순수한 유부녀 2

순수한 유부녀 2

미래힐 장편소설

Vol.1

부부끼리 하는 것	7
딜을 하는 어린양	40
처음엔 다 그렇게 시작하는 거다	74
둘이 흠뻑 젖어서	106
우리 집 뽀시래기	140
정한의 귀납적 추리	195
죽도록 노력하고 싶은 일	228
불순한 위로	265
오빠는 직진	299
트라우마	333
작은 노력	357
뽀시래기의 아찔한 탐구생활	397
반전에 반전	440
역대급 고백	477
눈부시게 용감한 디데이	505

[Contents]

Vol. 2

어느 날 멀리	7
슈퍼맨의 로드맵	39
누구보다 공정한 남자	75
뜻밖의 사고	118
김정한은 내 남자니까!	156
착각은 자유	200
꼭 만나야 할 사람	236
굿 럭	277
널 다시 만날 수 있을까	316
이별 준비	357
뜻밖의 전개	392
불타는 신혼여행	430
외전 1. 연애는 시간 낭비	469
외전 2. 예쁜 그림	499
외전 3. 해피는 엔딩이 아니라 ing!	530
작가 후기	550

chapter 16

어느 날 멀리

희미하게 울리는 알람에 그린은 간신히 무거운 눈꺼풀을 들어 올렸다. 몽롱한 잠결에 왜 사람이 계획대로 살아야 하는지 깊은 깨달음이 몰려왔다. 어제가 일요일이라는 걸 깜빡했네. 아무리 아쉬웠어도 한 주만 더 참을걸. 침대 아래로 발을 디디며 절로 터져 나오는 비명을 삼켰을 때는 크나큰 후회가 밀려왔다. 온몸이 쑤셨고 뻐근하지 않은 데가 없었다.

간신히 걸어 들어간 정한의 욕실은 오늘따라 유난히 덥고 습한 느낌이 들었다. 어리둥절해 둘러보던 그린은 고개를 갸웃했다. 손바닥 하나만큼이나 빠끔히 벌려 놓은 편백나무 덮개가 욕조 위에 덮여 있었다. 다가가 들여다보니 욕조 가득 찰랑찰랑 물이 채워져 있었다. 그린이 덮개를 밀어내고 조심스레 한 발을 집어넣는 순간 절로 감탄이 흘러나왔다.

'우와아. 온몸이 사르르 녹는 것 같아.'

새벽 일찍 나간 정한이 얼마나 뜨거운 물을 받아 놓았던 건지 아직까지 식지 않은 물 온도가 몸을 담그기 딱 좋았다. 문득 편백나무 덮개 위를 본 그린은 가느다란 팔을 뻗어 앞에 보이는 걸 집어 들었다.

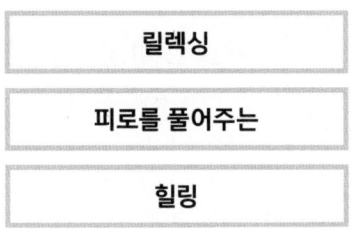

작은 쟁반 위에는 다양한 수식어가 쓰여 있는 입욕제와 배스 솔트, 버블 바가 놓여 있었다. 아마 이것도 오빠의 완벽한 계획 중의 일부였겠지.

'귀여워!'

그 건장한 남자가 백화점에서 혼자 심각할 정도로 진지한 얼굴을 하고 이것들을 골랐을 생각을 하니 절로 웃음이 터져 나왔다.

출근 준비를 마친 그린은 편한 플랫 슈즈를 골라 신고 정원을 가로질렀다. 그때 뒤뜰에서 급하게 뛰어온 한 씨가 그린을 불렀다.

"타요! 내 모셔다드릴게!"

그린은 놀란 표정으로 한 씨를 돌아보았다.

"갑자기 왜요?"

"사장님이 나가면서요. 오늘은 무슨 일이 있어도 차 태워서 데려다주라고 하더라고."

아, 정한은 그 바쁜 와중에 그린의 출근까지 챙기고 나갔나 보다.

뜨거운 물에 담그니 좀 낫긴 했지만 온몸의 관절들은 서 있기도 뻐근하다며 비명을 지르는 중이었다. 그린은 고개를 끄덕이며 한 씨를 따라 정한의 차에 올랐다. 걱정스러운 표정으로 벨트를 당겨 매던 그린이 물었다.

"아저씨. 오빠 오늘 많이 피곤해 보였어요?"

"그걸 어떻게 알아요? 맨날 그날이 그날인 양반인데."

하긴, 평소에 워낙 무표정에 말수가 없는 정한이니 그걸 스쳐보는 한 씨 아저씨가 알 리가 없겠지.

"거, 전에 언제냐. 열이 40도가 넘게 끓어도 아무도 몰랐잖아요. 생전 피곤하다고 티를 내는 사람인가. 어디."

창업 초기 미친 불도저처럼 산더미같이 쌓인 일을 처리하며 뛰어다니던 즈음이었나. 어느 날 정한이 들어오자마자 1층 소파에 드러누운 적이 있었다. 마침 집에 들른 순옥이 심상치 않아 보였는지 이마에 손을 짚어보지 않았다면 정한이 며칠째 불덩이 같은 고열을 달고 다녔다는 걸 아무도 모를 뻔했다. 원래 약도 안 먹고 병원도 안 가고, 그러다 어느 순간 나아져서 또 미친놈처럼 돌아다닌다는 순옥의 푸념대로였다.

고개를 끄덕이던 그린이 퍼뜩 놀라는 표정을 지었다.

"그런데 오빠 차가 왜 집에 있어요?"

"나야 모르죠. 오늘은 다른 차로 나갔어요. 그거 연식이 오래돼서 요즘 따라 더 꿀렁거리는데."

주로 한 씨가 집안일을 볼 때 타는 낡은 차를 끌고 나갔다는 말에 그린은 의아한 표정을 지었다. 의문은 금방 풀려버렸다.

"캬, 고급 차는 역시 달라. 조용하니 가는지 서는지도 모르겠고. 승차감 죽이네."

한 씨는 연신 감탄을 하며 붐비는 도로 위로 매끄럽게 차를 몰았다. 옆자리에 앉아 있던 그린은 말없이 붉어진 얼굴을 차창 쪽으로 돌렸다.

한 씨 아저씨의 말에는 하나도 틀린 데가 없었다. 보통은 무표정에 건조한 말투. 웃는 표정도, 힘들어하는 모습도, 좀처럼 감정이라고는 찾아볼 수 없는 그날이 그날인 남자. 그 무심하고 뚝뚝한 남자의 철저한 계획이, 아니 완벽한 배려가 도무지 믿기지가 않을 만큼 꿈만 같은 아침이었다.

주말에 있던 워크숍의 여파일까. 탄력적 재택 근무제를 쓰는 넥스트메딕의 로비는 오늘 따라 썰렁해 보일 정도였다.

그린의 부축을 받아 탕비실로 향하는 지화는 다친 다리에 깁스를 하고 있었다.

"이거 하고 있으면 더 빨리 낫는다고 병원에서 해줬어요. 며칠만 하고 풀 거예요."

걱정 어린 그린의 눈길에 대수롭지 않다는 듯 손을 젓던 지화는 눈을 동그랗게 뜨더니 그린의 귀에 바짝 입을 갖다 댔다.
"어제 대표님이랑 잤구나?"
"……!"
아무 말도 못 하고 새빨갛게 굳어버린 그린을 보며 지화는 크게 웃음을 터트렸다.
"진짜였어? 대박!"
"어, 어떻게 알았어요?"
"내가 그걸 어떻게 알아요? 그냥 한번 던져본 말인데."
"지화 씨이!"
그린은 작게 소리를 죽이며 동동 발을 굴렀다.
"아, 나 그린 씨 놀리는 거 재미 붙을 거 같아. 어떻게 바로 걸려들어요?"
까르르 웃는 지화를 바라보던 그린은 벅차오르는 감정을 느꼈다. 예전엔 팔짱을 끼고 재잘재잘 까르르 웃는 아이들의 뒷모습을 바라보기만 했다. 그땐 늘 혼자여서 외롭다는 생각도 하지 못했다. 스치며 욕을 하고 실수인 척 밀치는 애들만 없어도 다행이라 생각했으니까. 미소를 지으며 머신에 캡슐을 넣는 그린을 물끄러미 보던 지화가 물었다.
"참, 그린 씨 할아버지 말이에요."
"엄마야!"
순간 들고 있던 종이컵을 놓칠 뻔한 그린이 홱 고개를 돌렸다.
"네?"
"뭘 그렇게 놀래요? 워크숍 때 스쳐 들은 김에 궁금해서. 뭐

하시는 분인지 물어봐도 돼요?"

그린은 떨어지는 커피를 보며 난처한 표정을 지었다. 커피가 다 뽑아져 나왔는데도 그린은 고개를 숙인 채 한참 머신 앞에 서 있었다.

'우리 할아버지에 대한 걸 알게 되면 지화 씨도 결국 등을 돌릴까.'

문득 분노가 치밀어 올랐다. 왜 이런 걱정까지 해가면서, 항상 두려움을 품어가면서, 내가 홍길동도 아니고, 할아버지가 할아버지라고 말을 못 하나.

졸업한 지 몇 년인데도 아직도 이런 사소한 일에 흔들리는 것도, 죽을 때까지 지워질 것 같지 않은 학폭의 그림자도 끔찍하게 싫었다.

"그냥 생각난 김에 물어본 거예요. 말하기 싫으면 안 해도 돼요."

지화는 어깨를 으쓱하며 대수롭지 않게 넘겨버렸다. 그린은 물끄러미 지화를 바라보았다. 지화의 세상 쿨한 모습은 미련스러운 희망을 품게 해준다.

나쁜 사람. 그다음엔 좋은 사람. 정한이 했던 말을 믿고 싶어진다. 등하굣길에서 재잘거리던 아이들의 뒷모습만 보던 나도 더 이상은 외톨이가 아니라는 생각이 들게 해준다. 그린은 결심한 듯 지화를 향해 몸을 돌렸다.

"서남 민승로. 들어봤죠? 그분이 우리 할아버지예요."

그린은 조마조마한 마음으로 지화의 기색을 살폈다.

"와우, 그린 씨 알고 보니 더 대단한 사람이었네!"

지화의 눈동자가 입을 따라 위아래로 길어지더니 바로 엄지를 치켜든다.

"유명인 직계 가족. 나 태어나서 처음 봐요. 대애애박."

생각지도 못한 반응에 그린의 동공이 커다래졌다.

"근데 민승로 선생님 실제로는 어떤 분이세요? 난 교과서에 실린 사진밖에 못 봐서."

호기심 어린 지화의 질문에 그린은 홀린 듯 답을 내놓았다.

"엄청 대쪽 같으신 분이에요. 처음 만나는 사람은 눈만 마주쳐도 오금이 저린다고 할 정도로 꼿꼿하고 엄격하세요."

"어쩐지. 민승로 선생님 좀 무섭게 생겼잖아. 고집도 엄청 세죠? 얼굴에 쓰여 있어. 황, 소, 고, 집."

솔직한 감상에 웃음을 터트린 그린은 감동받은 얼굴로 지화를 바라보았다. 평생 부담스러운 굴레였던 할아버지의 그림자. 늘 조심스러웠던 얘기를 별것 아닌 수다로 바꿔버린 지화가 오늘따라 멋있어 보였다.

나 오늘부터 언니 팬 할래.

더 친해지고 싶은 마음에 그린도 들뜬 표정으로 물었다.

"지화 씨. 어쩐 하진우 이사님이랑······."

"그 사람 얘기, 내 앞에서 꺼내지도 말아요."

지화가 차가운 표정으로 그린의 말을 잘랐다. 지화에 날 선 반응에 그린은 멋쩍은 표정을 지었다. 혹시 자신이 실수라도 했나 싶은 마음에. 그제야 그린의 표정을 알아챈 지화가 누그러진 목소리를 꺼냈다.

"그게…… 나 고아잖아요."

"네?"

"괜히 엮였다 치사한 꼴 당하기 싫어서. 거긴 병원장 집 아들이잖아."

아, 순간 지화가 무슨 말을 하는지 알아챈 그린의 얼굴에 씁쓸한 기색이 감돌았다.

"그런 얼굴 하면 나 더 비참해진다?"

"아, 아니에요!"

"농담이에요. 전에 그랬죠? 난 대표님이나 하진우 이사님 같은 사람이랑은 같이 밥 한 번만 먹어도 감지덕지라고."

지화는 장난스럽게 웃으며 마시던 커피를 마저 들이켰다. 자리로 돌아온 그린은 새로운 깨달음 속으로 빠져들었다.

'그동안 내 아픔만 생각하며 살았어. 다른 사람들도 극복해야 하는 장애물과 어려움이 있을 텐데. 세상을 등지고 나만 비참하고 불행하다고 생각했어. 스스로 상처를 주는 건지도 모르고……'

피해 의식과 두려움에 늘 움츠러들기만 하던 제 모습. 자신과는 달리 담담하게 고아라는 사실을 밝히던 지화의 모습에 많은 생각이 교차했다. 그때, 습관적으로 지화를 부르던 허 팀장의 시선이 깁스를 한 다리로 향했다.

"유지화 씨. 나 지금 회의 들어가니까 이거 가지고 대표님…… 아, 민그린 씨가 다녀와요."

잠시 후, '어제 우리가 첫날밤을 보낸 게 혹시 꿈이었나?' 하는 어리둥절한 표정으로 그린은 정한의 집무실 안에 서 있었다.

평소와 한 치 오차 없는 건조한 표정.

"와서 앉아."

소파에 앉아 있던 정한이 무심하게 옆자리를 가리켰다. 몇 시간 만에 만난 오빠의 미모는 거의 한숨도 못 잔 사람으로는 전혀 생각되지 않을 만큼 매끈하고 눈이 부셨다.

아직도 믿기지가 않는다. 저 완벽한 피조물과 내가 어젯밤에……. 그린은 수줍은 표정을 지으며 조심스럽게 정한의 옆에 앉았다.

"누가 거기 앉으래."

아, 그래도 여긴 회사데. 오빠는 대표님, 나는 일개 신입이니까 맞은편에 앉았어야 하나. 민망한 표정으로 벌떡 일어선 그린을 정한이 부드럽게 끌어당겼다.

"찬 데 아무데나 앉으면 어떻게 해."

엉겁결에 정한의 허벅지 위에 올라앉은 그린은 아연한 표정으로 방금 앉았던 자리를 내려다보았다.

'난방이 기가 막힌 사무실 안 가죽 소파가 차가우면 뭐 얼마나 차갑다고.'

그러거나 말거나, 지금 정한의 관심은 그린의 컨디션을 세심히 살피는 데에만 쏠려 있었다.
"몸은 좀 어때? 어디 불편한 덴 없어?"
말과는 달리 뜨거운 눈길과 은근한 손길은 왜 엉뚱한 데 가서 배회를 하고 있나. 오해하기 딱 좋을 만큼 집요한 눈길이 한참이나 그린의 입술에 꽂혀 있었다. 결국 부끄러움에 먼저 시선을 피해버린 건 그린이었다.
"그만요. 여기 회산데……."
"내 회사잖아."
정한은 더없이 뻔뻔한 표정을 짓고 있었다.
와아, 외계인! 어딨어, 이 무서운 놈들! 오빠 방에 이어 기어이 회사까지 점령한 거냐.
"너 하루 종일 여기 붙잡아 둬도……."
노골적으로 갈증에 시달리는 시선이 그린의 부푼 입술 끝을 집요하게 훑었다.
"나한테 뭐라고 할 사람……."
벌컥.
순간 문이 열리더니 질색하는 진우의 목소리가 울려 퍼졌다.
"아우 씨! 뭐 하는 짓이야!"
와락 두 손에 얼굴을 묻은 그린에게 진우가 다급하게 해명했다.
"오해 말아요! 제수씨한테 그런 거 아니에요. 100% 김정한 놈 얘기라고."
진우는 다시 생각해도 진저리가 쳐지는 모양이었다.

"으, 느끼해. 김정한이 저런 표정도 지을 줄 알았나?"
"저 그만 가볼게요! 수고하세요!"

벌떡 일어난 그린은 고개를 숙인 뒤 도망가듯 문 쪽으로 내달렸다.

"잠깐만요!"

바로 뒤따라 나온 진우가 그린의 앞을 막아섰다.

"제수씨. 잠깐 얘기 좀 해요. 혹시 유지화 씨……."

아, 올 것이 왔구나.

그린은 긴장한 표정으로 진우를 올려다봤다. 그러고는 긴장한 표정으로 속사포같이 지화의 당부를 내뱉었다.

"하 이사님. 지화 씨는요, 이사님한테 이만큼도 관심이 없다고 했어요. 지화 씨 소원이 하 이사님하고 다시는 마주치지 않는 거래요."

"거 씨알도 안 먹히는 얘기하지 마시고."

진우의 반응은 예상을 빗나가도 한참은 빗나갔다.

그린은 허를 찔린 표정으로 더듬거렸다.

"아니, 지화 씨가 이 말 꼭…… 전해 달라고……."

"무슨 말인지는 알겠는데, 그건 내가 알아서 할 테니까."

진우가 재킷 안주머니를 뒤적거리더니 불쑥 꺼낸 것을 내밀었다.

"제수씨가 나 한 번만 도와줘요."

"이게 뭐예요?"

"지화 씨 좀 설득해줘요."

그린은 커다란 눈을 깜빡거리며 눈앞에 들이밀어진 것을 바라보았다.

"내 소원이에요."

간절한 눈빛을 한 진우가 불쑥 내민 것. 그건 사용 기한이 일주일 남은 놀이 공원 티켓 두 장이었다. 진우를 바라보는 커다란 눈이 영문 모르겠다는 듯 깜빡거렸다.

"데이트 신청이에요? 그래도 이거 전해주면 안 될 거 같은데……."

진우는 당치 않다는 듯 팔랑, 손에 든 티켓을 흔들었다.

"나머지 하나는 제수씨 거예요."

"네? 저요?"

"맞아요. 지화 씨 데리고 가서 기분 전환 좀 시켜주세요."

그린이 얼떨떨한 표정으로 물었다.

"언제요?"

"기한 내 아무 때나. 평일이든 주말이든, 회사 끝나고 야간이든, 마음 내킬 때 다녀와요."

진우는 그린에게 억지로 티켓을 쥐여 주고 돌아섰다.

엉겁결에 받아 들고 왔지만 계속 마음이 편치 않았다. 지화가 어떤 마음으로 진우를 피하는지 충분히 이해하기에. 그렇다고 절실하게 부탁하던 진우를 떠올리니 마냥 무시해버릴 수도 없었다.

사무실로 돌아온 그린은 이러지도 저러지도 못하다 서랍을 열고 티켓을 넣어버렸다.

퇴근 시간.

 천근만근인 발걸음을 끌며 걷던 그린은 대로변에 놓인 벤치에 털썩 주저앉았다. 어젯밤 채 몇 시간도 못 잤더니 이대로 지하철을 탔다간 서서 잠들 수도 있을 것 같았다. 멍하니 구두 끝을 들여다보고 있는데 '빵빵!' 가볍게 클랙슨이 울렸다.

"민그린 파트너! 타요!"

 화들짝 고개를 든 그린은 후다닥 조수석에 몸을 실었다. 기세 좋게 차를 출발시키는 정한에게 그린은 동동 발을 굴렀다.

"그렇게 큰 소리로 부르며 어떡해요? 지나가다 회사 사람들이 봤으면 어떻게 해요?"

"뭐."

 어깨를 으쓱한 정한이 부드럽게 핸들을 꺾었다.

"애사심이 한층 강해지겠지. 사장이 사원 퇴근길까지 챙길 만큼 복지가 좋은 회사가 흔한 것도 아니고."

"뭐라구요?"

 그린은 어이가 없다는 듯 한참을 쳐다보다 실소를 흘렸다.

"오빠 이런 사람인 줄 몰랐어."

"어떤 사람?"

"너무 느끼해."

"뭐?"

 나른한 미소를 흘리던 정한의 미간이 콰직 구겨져버렸다.

눈에 띄게 당황한 정한의 반응에 그린은 소리 내어 웃음을 터트렸다.

"원래 말도 없고 표정도 없고, 세상 무뚝뚝한 사람인 줄 알았는데 알고 보니까 되게 뻔뻔하잖아요."

그린의 구슬 같은 웃음소리에 정한도 결국 웃음을 터트렸다.

"꼬맹이 만나기 힘드네. 기껏 시간 내서 데리러 왔더니, 느끼하다는 구박이나 받고."

말은 그래도 벅찼는지 정한은 정차할 때마다 팔을 뻗어 조그만 손을 잡아보고, 마주칠 때마다 환하게 눈꼬리를 휘었다. 늘 막히고 지루했던 퇴근길이었는데, 눈 깜짝할 새에 집에 도착해버렸다. 집 앞에 차를 세운 정한이 다정하게 그린의 뺨을 쓸었다.

"저녁 든든하게 먹고, 개운하게 씻고. 푹 자."

"오빠는요?"

"회사 다시 들어가 봐야지."

그린은 당황한 표정으로 뺨 위에 얹어진 커다란 손을 붙들었다.

"설마…… 나 데려다주려고 나온 거예요?"

끄덕.

"잠깐 바람 쐬러 나온 거야."

"무슨 바람을 왕복 1시간을 넘게 쐐요? 그럼 저녁이라도 먹고 가요."

"바로 들어가야 돼. 일이 많이 남았어."

"그럼 아예 나오지를……!"

정한은 재빨리 고개를 기울여 그린의 입술을 막았다. 눈가엔 희미한 웃음기가 가시지 않은 채였다. 혹시라도 누가 볼까 작게 주먹질을 하던 그린도 어느새 살포시 눈을 감았다.

"……아, 이건 위험한데. 갑자기 가기 싫어지려고 하네."

간신히 고개를 뗀 정한은 코앞에 붉어진 얼굴을 쓰다듬으며 다시 달게 웃었다.

며칠 후.

거실로 나온 그린은 믿기지 않는다는 표정으로 커다란 눈을 깜빡거렸다. 정한이 흐트러짐 없는 모습으로 소파에 앉아 업무를 보고 있었던 것이다. 어제도 한밤중이 훨씬 지나서 귀가했을 텐데. 까칠하고 피곤한 모습이어야 할 오빠의 미모는 이른 아침에도 상쾌하고 말끔하기만 했다.

"일어났어? 가자."

차 키를 집어 든 정한은 긴 다리를 돋보이게 해주는 슬랙스와 편한 셔츠 차림이었다.

"혼자 갈 수 있어요. 오늘 재택근무 하는 날인데 집에서 쉬어요."

"회사 근처에 잠깐 볼일이 있어. 어차피 나가려던 참이야."

부드럽지만 단호하게 내뱉은 정한이 몸을 돌렸다.

정한의 차 안.

몇 번이나 입술을 달싹대던 그린은 결심한 듯 정한에게 시선을 돌렸다.

"솔직히요, 오빠 차로 회사 오가는 거 불편해요."

매끄럽게 핸들을 돌리던 정한의 입가에 느긋한 호선이 걸렸다.

"마음은 불편해도 몸은 편하잖아."

이 대답은 앞으로도 계속 출퇴근을 같이하겠다는 굳은 의지인가? 그렇다고 바로 물러설 수는 없지. 정한은 하루아침에 극성 남편이 되기로 결심한 모양이었다. 어제부터 제 무릎 위가 아니면 아무데도 못 앉게 하는 모습에 브레이크를 걸어줄 필요가 있었다.

"오빠 맘은 알겠는데, 이건 너무 과해요. 내일부터 출퇴근은 무조건 나 혼자 할 거예요."

그린의 엄한 말투에 정한은 바로 시무룩해졌다.

"그리고 오늘부터는 내 방에서 혼자 잘게요."

"말도 안 돼! 따로 잔다고?"

정한은 날벼락이라도 맞은 얼굴이었다. 믿기지 않는지 몇 번이나 진심이냐고 물었다. 그린의 야무진 선언에 끙끙거리는 정한의 모습을 보니 마음이 약해질 뻔했다. 하지만 단단히 마음을 먹은 그린은 칼같이 선을 그었다. 사람이 밤에는 잠을 자고 낮에는 일을 해야지, 오빠가 무슨 철인이라고. 밤에도 안 자고 낮에도 안 자고, 그러다 또 열이 40도까지 오르면 어떡하나.

"앞으로 평일에는 무조건 각방 쓸 거예요!"

야무진 그린의 선언에 정한은 나라 잃은 표정을 지었다.

"그린아, 제발 따로 자자는 말은 하지 말자. 각방만은 안 쓰면 안 되나?"

"주말에 같이 자면 되잖아요. 아, 일요일도 제외. 다음 날 출근하니까."

"너 정말……."

정한이 망연자실한 표정으로 중얼거렸다.

"잔인하구나. 그렇게 안 봤는데."

"오빠는 그렇게 안 봤는데 느끼하구요."

이제는 말 한마디로 정한을 쥐락펴락하는 그린이었다.

"여기서 내릴게요."

"내 소원인데도? 잠깐, 내리지 마! 내 얘기 아직 안 끝났……!"

"이따 집에서 봐요!"

처절하게 매달리는 정한을 뿌리치고 그린은 가뿐한 발걸음으로 회사로 향했다.

"일요일에 안 된다는 건 너무 심했나? 내일이 토요일이니까 오늘 밤부터 괜찮다고 해줄까?"

그린이 미소를 지으며 로비에 들어섰을 때…….

"민그린 씨!"

마케팅 본부의 승기석 팀장이 반갑게 손을 흔들며 다가왔다.

"안녕하세요."

워크숍 이후, 팀장급에서 말을 거는 경우에는 그린의 활약이 인상 깊었다는 말을 듣는 게 대부분이었다.

"부서 이동 얘기들었죠? 생각해봤어요?"

하지만 승 팀장의 입에서 나온 말은 전혀 뜻밖이었다.

"네? 부서 이동이요?"

'부서 이동'이라는 말에 그린은 영문을 모르겠다는 표정을 지었다.

"그래요. 내가 월요일에 직접 대표님 찾아가서 공식적으로 요청하고 왔잖아."

"대표님이요?"

그린은 당황한 듯 다시 승 팀장의 말을 되물었다.

"내가 지금 외부 일정이 있어서 자세한 얘기는 허 팀장님한테 물어봐요."

발걸음을 돌리기 전, 승 팀장은 경쾌하게 당부를 외치는 것도 잊지 않았다.

"너무 오래 고민하지 말고, 내가 특별히 직접 나서서 스카웃한 거니까, 긍정적으로 결정해서 알려줘요!"

그린은 얼떨떨한 표정으로 사무실로 돌아왔다. 뭐가 뭔지 도무지 영문을 알 수가 없었다.

'부서 이동, 스카웃. 이게 다 무슨 얘기지?'

그것보다 정한은 왜 한 주 내내 언급조차 안 했을까. 월요일에 나온 얘기가 금요일인 오늘까지 당사자인 그린에게 전달되지 않았다니. 그린은 바로 허 팀장의 자리로 향했다.

"팀장님. 저기…… 마케팅 부서 승 팀장님이 부서 이동 얘기 하시던데, 무슨 일인지 알 수 있을까요?"

허 팀장이 고개를 들어 물끄러미 그린을 올려다보았다.

"대표님이 아직 말 안 했어요?"

"네. 아무 얘기도 못 들었는데요."

다시 보고 있던 서류에 코를 박으며 허 팀장이 담담하게 답했다.

"그럼 대표님한테 물어보세요. 직접 듣는 게 더 나을 거 같으니까."

별다른 소득 없이 꾸벅 인사하고 돌아서는데, 지화가 그린의 책상 앞으로 다가가며 말했다.

"그린 씨! 나 핸드크림이 똑 떨어져서. 좀 빌릴게요!"

"네. 제일 큰 서랍 안에 있어요."

드르륵, 서랍을 연 지화가 고개를 갸우뚱하며 무언가를 집어 들었다.

"어? 이거 뭐야?"

다가가던 그린이 아차 하는 표정을 지었다. 안 그래도 복잡해진 마음에 복잡한 표정이 얼굴 위로 어렸다.

"놀이공원 초대권?"

눈을 빛내며 티켓을 들여다보던 지화는 놀란 표정을 지었다.

"어? 이거, 이번 주 안에 안 가면 휴지 조각 되는 거잖아?"

"아, 그렇죠. 그래서 휴지 조각을 만들어볼까…… 하고."

그린이 어색하게 웃으며 말끝을 흐리자 지화가 큰일 날 소리라는 표정을 지었다.
"미쳤어! 이게 얼마싸린데 그냥 버려요! 그럼 나랑 가요! 오늘 갈까요? 끝나고?"
"네?"
"가자. 응? 나 안 그래도 요즘 스트레스 많았는데, 무서운 거 타면서 소리 지르고 싶어. 가요, 그린 씨. 응?"
끈질기게 밀어붙인 지화는 결국 목적을 달성했다.
"오예! 그럼 내가 이거 온라인으로 예매해 둘게요!"
신난 지화를 보며 그린은 떨떠름한 미소를 지었다.
처음부터 지화 씨에게 기분 전환을 시켜주라며 내민 티켓이니, 결국 주인을 찾아간 셈인가. 자리에 앉은 그린은 자신 역시 퇴근 후, 바로 집으로 가고 싶지 않다는 사실을 깨달았다. 정한이 자신에게 비밀을 만들었다는 것. 그걸 한 주 내내 당사자에게 숨기고 있었다는 사실에 복잡한 기분이 들었다. 아무렇지 않은 척 지나가는 말로 물어봐야 할지, 이렇게 중요한 얘기를 왜 며칠이나 내색도 안 해서 서운하다고 해야 할지, 퇴근 후 어떻게 정한의 얼굴을 마주해야 할지 도무지 갈피가 잡히지 않았다.

퇴근 후, 미래월드.
반깁스까지 풀었겠다 지화는 간만에 들뜬 얼굴이었다. 입구에서 뜻밖의 누군가와 마주치기 전까지는.

"와우, 세상 좁네. 어떻게 여기에서 만나네요?"

"……!"

커다란 하트가 달린 머리띠를 한 진우가 환하게 웃으며 두 팔을 벌렸다. 지화의 얼굴이 창백해졌다. 그리고 진우의 옆을 본 그린의 얼굴도 굳어버렸다.

불타는 금요일 저녁. 신나는 음악이 흘러나오고, 반짝거리는 꿈과 모험의 세계와는 전혀 안 어울리는 이질적인 모습. 아침에 헤어질 때 그대로, 훤칠한 기럭지가 돋보이는 까만 슬랙스에 셔츠. 진우와 실랑이라도 했는지 살짝 흐트러진 머리. 차갑게 굳어진 얼굴. 커다란 손에는 반으로 와그작 접힌 캐릭터 머리띠를 움켜쥔 정한이 서 있었다. 대치한 넷 사이에 잠시 정적이 흘렀다. 먼저 입을 연 건 지화였다.

"세상 좁은 건 맞는데 놀이공원은 생각보다 엄청 넓은 거 알죠? 알아서 피해 다니죠?"

말이 끝나기 무섭게 지화는 그린을 끌고 멀어져 갔다.

"알아서 피해 다니재. 저렇게 귀여운데 아무리 피해 다녀도 한눈에 알아보지!"

진우는 초승달 모양으로 눈꼬리를 접으며 지화의 뒷모습을 좇았다. 정한의 눈에 신박한 미친놈을 본다는 눈빛이 감돌았다. 그런 둘을 뒤로하고 빠르게 발걸음을 옮기던 지화가 바쁘게 구시렁거렸다.

"기가 막혀. 우연은 무슨. 어디서 개수작이야."

그린이 지화에게 쭈뼛거리며 사과를 건넸다.

"미안해요. 지화 씨."

"무슨 상황인지 이해했어요. 그 티켓, 하 이사님이 준 거군요? 그린 씨 성격에 나한테 말도 못 했을 거고."

지화는 쿨하게 넘기려는 듯했지만 그린은 재차 미안한 마음을 건넸다.

"오늘 일은 정말 미안해요. 진심으로 사과할게요!"

"됐어요. 어차피 이렇게 된 거 신경 쓰다 못 놀면 나만 손해야. 가요."

지화는 아까부터 타고 싶다고 노래를 부르던 바이킹 앞으로 달려갔다.

"그런데 그린 씨. 혹시 대표님하고 싸웠어요?"

줄을 서는 동안, 눈치 빠른 지화의 질문에 그린의 표정이 어두워졌다.

"설마 했는데 진짜 싸웠구나? 어쩐지. 분위기가 너무 냉랭하더라."

"……싸운 건 아니구요."

"어쨌든 러브 러브한 상태는 아니라는 거잖아."

끄덕.

"잘됐네. 나야 하 이사님 피할 이유가 있지만요. 괜히 나 때문에 둘 사이 갈라놓은 건가 신경 쓰였는데."

"어후, 그런 거 없어요."

그린이 고개를 흔들며 밝게 웃었다.

"나도 오늘은 오빠 신경 안 쓰고 신나게 놀다 갈 거예요."
"콜! 우리 제일 무서운 걸로 10번 타고 가요!"
불쑥 등 뒤에서 장난기 어린 목소리가 들렸다.
"10번이나? 이거 다음엔 뭐 탈 거예요? 대신 줄 서고 있을게요."
홱 돌아본 지화가 어이없다는 표정을 지었다.
"아까 피해 다니자고 한 말 못 들었어요?"
"들었죠. 그런데, 인기 많은 놀이 기구는 한정적이잖아요."
"바이킹이 인기 많은 놀이 기구 1순위도 아니잖아요. 왜 하필 여긴데요?"
"내 마음의 1순위가 하필 여기라서."
선명한 진우의 눈빛이 똑바로 지화를 응시했다.
"하…… 참!"
지화는 붉어진 얼굴을 홱 돌렸다. 그 뒤로 지화는 처음만큼 냉랭하게 철벽을 치지는 않았다. 진우가 은근슬쩍 말을 걸 때마다 못 들은 척 고개를 돌리긴 했지만. 스릴 넘치는 놀이 기구 3개를 연달아 타고 나서, 지화가 거침없이 손가락을 뻗었다.
"다음에는 저거 타요!"
"지화 씨! 난 조금만 쉴게요!"
그린이 난색을 지으며 한발 물러섰다.
"뭐야. 10개 타기로 했잖아요! 혼자 타면 재미없는데?"
투덜대던 지화는 걱정스러운 듯 그린을 바라보는 정한과 그런 정한에게 여전히 거리를 두는 그린을 보고 어깨를 으쓱거

어느 날 멀리

렸다.

"그래요. 좀 쉴 때도 됐지 뭐."

"난, 아, 아직. 괘, 괜찮아요."

진우가 갓 태어난 새끼 사슴처럼 바들바들 떨리는 손을 들었다.

"둘이 타자고요?"

울상을 지으면서도 진우는 지화를 따라가겠다고 우겼다.

"됐어요. 나도 좀 쉬어야겠다."

잠시 고민하던 지화가 저쪽에 떨어진 벤치로 다가가 털썩 주저앉으며 말했다. 바로 옆자리에 핼쑥한 얼굴의 진우가 슬그머니 엉덩이를 들이미는 걸 못 본 척하면서. 계속 마음이 복잡했다. 일부러 매몰차게 튕겨내도 아무렇지 않은 척 웃으며 다가오는 하진우. 해사한 그 얼굴이 굳은 땅에서 고개를 내미는 새싹처럼 자꾸만 지화의 속을 비집고 들어왔다. 그만 좀 흔들어댔으면 하는 불안함. 계속 다가와줬으면 하는 아쉬움. 알쏭달쏭한 두 마음이 번갈아 지화의 심장을 두드려댔다.

"하아……"

지화는 저도 모르게 한숨을 내쉬었다. 방금 내쉰 한숨의 이유인 진우가 불쑥 말을 걸었다.

"날 왜 그렇게 피해요? 그날 밤에 우리 좋았잖아요."

"뭐, 뭐라구요?"

"내 착각인가? 난 진짜 좋았는데."

"뭐, 뭐가 좋다는 거예요? 미쳤어요?"

"주어는 없어요. 굳이 말하자면 다 좋았어요. 모든 게 다."

기겁을 하는 지화에게 능글거리던 진우가 진지한 눈빛으로 물었다.

"나는 그날 분명 우리 둘 마음이 통했다고 생각했는데. 왜 이렇게 필사적으로 피하는지 궁금해서요."

답답한지 지화가 세차게 고개를 가로저었다.

"지난번에 내 입장 충분히 설명했잖아요. 먹고살기도 빠듯해서, 연애할 형편이 안 된다고요."

"내가 유지화 씨 형편 몰라요? 그리고, 내가 지화 씨 하나 먹여 살릴 능력도 없는 놈으로 보여요?"

순간, 지화의 마음속이 찡잉 울려왔다. 지금껏 그 누구도 이렇게 자신 있는 눈빛으로 확신에 찬 말투를 건넨 사람은 없었다. 흔들리는 마음을 간신히 다잡고 지화는 왈칵 딱딱한 언어를 내밀었다.

"그쪽이 날 왜 책임져요? 이미 내 상황 바닥까지 다 보여줬잖아요. 애초에 차이가 나도 너무 나기도 하고요."

"무슨 차이? 돈?"

진우는 급격히 어두워지는 지화의 기색에 살짝 흥분한 표정을 지었다.

"그거 하나 말고 뭐가 그렇게 차이가 나는데요? 내 상황은 바닥 아닌가? 아버지 외도. 평생을 참던 엄마는 병에 걸려 비참하게 돌아가셨어요. 난 그것도 모르고 산소에 흙이 마르기 전에 안방 꿰차고 들어온 불륜녀를 10년 가까이 새어머니라고 부르면서 살았고."

지지 않고 울컥 튀어나온 진우의 속내에 지화는 아연한 표정을 지었다.

"이젠 그 여자가 아버지랑 날 이간질해서 사이 다 틀어놓고 어떻게든 날 쫓아내려고 혈안이 돼 있기까지 해요. 내 사정이야말로 리얼 막장이라고."

겉으로는 남부럽지 않아 보여도, 사실 초라한 건 나였다고. 자신의 인생에 당당한 당신은, 도망칠 필요 없다고.

"그만."

서러워 보이기까지 하는 진우의 눈빛을 외면하며, 지화가 담담하게 결론을 지었다.

"오늘 티켓 고마웠어요. 덕분에 기분 전환도 하고, 하고 싶은 말, 듣고 싶은 말 미련 없이 다 한 거 같네요."

"미련이 없긴 왜 없어요."

"없어요. 서로 힘든 사람끼리, 굳이 힘든 길 갈 필요 뭐 있어요. 딱 오늘까지만 즐거웠던 추억으로 간직하고, 쿨하게 제 갈 길 가요."

지화는 부러 목소리 톤을 명랑하게 가다듬고 고갯짓을 했다.

"저쪽도 심각한 거 같은데 가보자구요."

지화가 가리키는 곳을 따라 시선을 돌리니, 저쪽 벤치에 그린과 정한이 심각한 얼굴로 앉아 있었다.

"그린아."

정한은 고개를 숙여 유심히 그린의 안색을 살피는 중이었다.

"무슨 일 있어? 아까부터 좀 이상한데?"

잡힌 손목을 뺀 그린이 가만히 정한의 눈을 응시했다.

"왜 그래? 어디 안 좋아?"

"나한테 할 말 없어요?"

"할 말?"

영 감도 잡히지 않는지 고개를 모로 트는 정한에게 그린이 툭 던졌다.

"나 오늘 승기석 팀장님 만났어요."

움찔.

순간 정한의 얼굴에 스쳐간 미세한 변화에 그린은 가슴이 덜컹하는 걸 느꼈다.

"승기석 팀장님이 월요일에 내 부서 이동을 요청했다는 거 정말이에요?"

"……맞아."

지난 주 월요일, 마케팅 본부의 승기석 팀장이 정한의 집무실로 찾아왔다. 일분일초가 바쁜 이 시기에 경력직을 뽑아 쓸 에너지도, 신입을 가르칠 에너지도 없다고, 민그린 만큼의 적임자가 없다는 말을 하기 위해서. 승 팀장의 말은 사실이었다. 그만큼 그린은 워크숍에서 독보적으로 두각을 드러냈다. 어떻게든 그린을 영입하려는 승 팀장의 집요한 기세에 결국 정한도 한풀 수그러들었다.

― 그렇다고 간단히 바꿀 수 있는 건 아닙니다. 승 팀장 의견 충분히 알았으니까 숙고해볼게요.

개운치 않았던 독대를 상기한 정한이 천천히 고개를 끄덕였다. 가라앉은 목소리는 여느 때와 같이 차분했다.

"마케팅 부서에서 날 왜 스카웃을 해요? 그리고 나한테 왜 아무 얘기도 안 한 거예요?"

그린은 저를 들여다보는 깊은 눈빛을 탐색하듯 살폈다.

아무런 감정도 읽을 수 없었다.

그린의 목소리가 살짝 떨려오기 시작했다.

"오늘이 금요일인데…… 나한테는 언제 말하려고 했어요?"

"……."

정한은 끝내 입을 열지 않았다.

"지금도 말할 생각 없는 거 같네요. 오늘 안 물어봤으면 끝까지 말 안 했을 수도 있겠네."

그린도 두 손을 교차해 양 팔을 감싼 채 침묵을 유지했다. 등지고 선 자그마한 어깨를 내려다보며, 정한이 어떻게 서두를 꺼낼까 고민하는 사이.

"두 분, 충분히 쉬었죠? 다음엔 뭐 탈까……요?"

다가온 지화의 경쾌한 목소리가 푸스스 수그러들었다. 그만큼 찬바람이 부는 그린과 정한의 사이는 누가 봐도 냉전 중이라는 티를 팍팍 내고 있었다.

이 커플마저 싸운 채 돌아가게 할 수는 없었다. 이 모든 게 자신이 놀이공원에 오자고 우겨서 벌어진 일 같아서. 잠시 고민하던 지화가 눈을 빛내며 말했다.

"그냥 가기 아쉬운데 마지막으로 저거 한번 타고 갈까요?"

지화가 가리킨 건 놀이공원 한가운데, 위풍당당하게 돌아가는 대관람차였다. 티켓 값이 얼만데 그냥 갈 수는 없다며, 지화가 적극적으로 주장한 덕분에 다들 떨떠름한 표정으로 한 칸에 올라탔다. 건장한 성인 남성 둘만 타도 꽉 차는 공간에 어색한 넷이 무릎을 맞대고 앉았다. 팽팽할 정도로 날이 서버린 좁은 공간. 한참 만에 정한이 무거운 침묵을 걷어냈다.

"싫어서 그랬어."

그린은 동그랗게 뜬 눈으로 정한을 올려다보았다.

"싫다니, 뭐가요?"

올려다보는 그린의 말간 눈망울에 도저히 읽을 수 없는 무감한 눈빛이 짙게 얽혀왔다.

"그린이 네가 마케팅 부서에서 일하는 게 참을 수 없이 싫어서 그랬다고."

다른 것도 아니고 싫어서라니. 김정한이 언제부터 일을 감정적으로 처리하는 사람이었다고.

"⋯⋯그게 왜 싫어요?"

뜻밖의 대답에 그린의 목소리에 당황을 한참 넘어선 황당함이 묻어났다.

"마케팅 부서. 네가 감당할 만큼 만만한 곳 아니야."

"내가⋯⋯ 어때서요? 고작 사무 보조인 내 능력으로는 감당할 수 없다는 거예요?"

그린의 말에 정한이 바로 고개를 저었다.

"그런 거 아니야. 마케팅 부서도 미래전략팀 소속이니, 당연히 회사에서 제일 바쁜 부서 중에 하나야. 사람도 많이 만나야 하고, 업무나 스트레스 강도도 지금하고는 비교도 안 되게 높아."

"그러니까 내 능력으로는 부족하다는 얘기인 거잖아요."

"부족한 게 아니라 힘든 게 싫어서 그래."

"그걸 왜 오빠 맘대로 단정해요? 내가 힘들 거라고?"

"일단 조가연이 있잖아."

조가연이라는 말에 흠칫, 그린이 몸을 떨었다.

"봐. 이름만 들어도 이런 반응부터 보이는데. 트라우마 때문에 응급실까지 실려 갔으면서."

"할 수 있어요. 몇 번 봤는데 아무렇지도 않았잖아요."

"객기 부리지 말고. 그땐 어머니들 아니면 누구라도 같이 있었잖아. 매일 얼굴 마주치고 밥 먹고, 같이 일할 수 있겠어?"

"객기 아니에요."

생각보다 거센 그린의 반항에 이제는 정한이 당황한 표정을 지었다.

"오빠가 그랬잖아요. 오빠가 제일 세다고. 그러니까 오빠 믿고 설치라고."

서운함을 앞세운 감정이 밀려왔다.

"사실은 날 무시한 거겠지. 그러니까 이렇게 숨긴 거잖아."

"주말에 차분하게 얘기하려고 했어."

"거짓말."

"거짓말 아니야. 스스로 나를 설득할 시간도 필요했어."

"무슨 설득? 내 일인데 오빠가 먼저 받아들일지 말지 결정하는 게 말이 돼요? 오빠는 그냥 싫었던 거잖아요."

서운함과 원망에 찬 그린의 목소리를 덮듯, 격한 감정이 터져 나왔다.

"그래, 싫어. 네가 힘들어하는 거 보기 싫어! 사람 한계까지 몰아붙이고, 실적 압박에 시달리고, 매일 아이디어 짜내고, 야근에, 외근에, 출장까지. 그 개고생 시키기 싫어서."

"해보기도 전인데 왜 오빠 마음대로 고생이라고 단정 지어요?"

"내가 널 몰라? 말도 못 하고 혼자 다 짊어지고 끙끙 참을 게 뻔한데. 그러다 내가 안 볼 때 무슨 일이라도 나면? 24시간 지켜볼 수 있는 것도 아닌데. 걱정하다 내가 돌아버릴 거 같아!"

그린뿐 아니라, 진우와 지화 역시 입을 벌리고 정한을 바라보았다.

짧은 시간에 회사를 단번에 업계 최고의 위치로 끌어올린 넥스트메딕의 수장 김정한. 그런 정한을 표현하는 수식어는 언제나 한결같았다. 냉철한 이성과 차가운 심장을 가진 남자. 지금까지 몇 번이나 위기가 찾아오고 보통 사람은 상상조차 할 수 없는 과도한 업무량에 시달렸지만, 그 어떤 절체절명의 순간에도 정한은 한없이 담담했다. 그런 정한이 말 그대로 격해진 제 감정을 다 드러내는 모습은 충격적이기까지 했다.

잠시 침묵이 흐른 후, 차분한 시선을 보내던 그린이 조곤조 곧 입을 열었다.

"오빠도 힘들잖아요. 거의 매일 야근에 가끔은 철야에. 나도 걱정돼요. 그런데 난 오빠가 힘든 게 자랑스럽고 멋있어."

"……"

"그리고 나는 예쁘다는 말 대신, 멋있다는 말이 듣고 싶어. 당당하게 내 실력으로 승부해서 커리어를 쌓고 싶어요."

부드러운 그린의 설득에 들끓던 정한의 감정도 조금 가라앉은 듯 보였다. 그런 정한에게서, 어딘가 공허한 목소리가 흘러나왔다.

"그렇게 힘들어하다가 어느 날…… 멀리 가버리면……."

아까부터 심각하게 지켜보던 진우는 퍼뜩 무언가가 떠오른 표정으로 입을 벌리려다 말았다.

계속 정한에게만 시선을 쏟고 있던 그린이 달래듯 팔을 잡았다.

"아까부터 왜 자꾸 이상한 소리를 해요. 내가 어딜 간다고 그래요?"

"……"

어느새 기구에서 내릴 순간이 다가왔다.

Chapter 17

슈퍼맨의 로드맵

정한은 내내 굳어진 표정으로 침묵을 지켰다. 섣불리 말을 걸 수 없는 어두운 기운에 넷 사이의 분위기는 벌써 폐장이었다. 숙연해진 공기를 보다 못한 진우가 너스레를 떨기 시작했다.

"아, 한참 돌았더니 배고프네. 배 안 고파요?"

그린과 정한의 입은 딱풀로 붙여놓은 것처럼 꾸욱 다물려 있었다.

"왜 안 고파요! 대충 추로스나 씹어 먹고 말았는데 당연히 고프죠."

참다못한 지화 역시 최선을 다해 쿵짝을 맞추기 시작했다.

"그럼 뭐 좀 먹으러 갈까요?"

"가야죠! 이대로 집에 가면 서운하죠! 가요! 먹으러!"

결국 아무 대답도 없는 그린과 정한을 밀쳐두고, 진우와 지화의 눈물겨운 주접이 다이렉트로 이어졌다.

"뭐 먹으러 가지? 우리 유지화 씨는 뭘 좋아해요?"

"전 아무거나 다 좋아요."
"그럼 나도?"
"죽고 싶죠?"
"내가 왜? 맛있는 거 먹고 악착같이 살아야지. 고기 어때요?"
진우의 너스레에 결국 지화도 두 손 두 발 다 들고 말았다.
"좋아요. 나 이 근처에 맛있는 소줏집, 아니, 고깃집 알아요! 가요!"
결국 네 사람은 근처 고깃집으로 들어갔다. 진우와 지화는 밑반찬이 나오기도 전에 소주 1병을 급하게 비워버렸다. 얼어붙은 분위기를 견디지 못하고 빈속에 소주를 들이부었던 것이다.
팔짱을 낀 채 묵묵히 침묵을 지키는 정한은 흡사 얼음 조각상처럼 보일 지경이었다. 그린은 한없이 복잡한 심경으로 정한의 모습을 지켜보았다. 사랑하는 사람이 힘들어하는 모습이 보기 싫다는 말. 정한의 심정은 조금이나마 이해가 갈 것도 같았다. 특히 요즘 정한의 행동을 보면 그린이 조금이라도 힘들어하거나 불편할 상황은 극도로 꺼리는 게 느껴졌다. 그렇다고 해서 어디로 멀리 가버릴까 봐 싫다니. 오빠는 왜 갑자기 그런 말을 한 걸까. 힘들다고 어디로 가는 건 뭐야. 일이 너무 힘들어 도중에 도망갈까 봐 미리 걱정을 한 걸까?
"뭐야. 이 분위기 어쩔. 어떻게 좀 해봐요!"
"여기서 뭘 어떻게 더 해? 신경 끄고 술이나 먹어요."

한쪽에서 속닥거리던 진우와 지화는 포기한 듯 부지런히 잔을 부딪쳤다.
 얼마 후, 지화가 테이블에 고개가 닿을 듯 꾸벅꾸벅 졸기 시작했다. 퇴근 후, 놀이공원을 찾아 신나게 놀다 술까지 마셔 꽤나 피로한 모양이었다. 테이블 위로 다시 정적이 감돌았다. 아까부터 정한의 기색만 살피던 그린이 마침내 입을 열었다.
 "아까 그 말, 무슨 뜻이에요?"
 "……."
 정한은 무슨 말이냐며 되묻지조차 않았다.
 "내가 멀리 가버릴까 봐 싫다는 말, 그냥 한 말 아니잖아요."
 "……."
 "오빠."
 "뻔하잖아요. 윤수 때문에 그런 거지."
 꽤나 취한 진우가 불쑥 뱉은 말에 둘의 고개가 홱 돌아갔다.
 "하진우."
 정한이 매섭게 질렀지만 인사불성 직전의 진우는 눈에 뵈는 게 없었다.
 "정한아. 이제 그만 내려놔라. 윤수가 그렇게 간 게 네 잘못도 아닌데."
 "그만해."
 "너나 그만해. 왜 아직도 이렇게 못나게 굴어."

"일어나. 너 그만 가라."

"싫어. 제수씨는 모르죠? 우리 중학교 때."

"닥쳐."

정한은 오금이 저릴 정도로 서늘한 눈길로 으르렁거렸다. 하지만 평소에 헤실헤실 웃기만 하던 진우도 오늘은 단단히 맺힌 눈치였다.

소주를 탁 털어 넣은 진우가 버럭 고함을 질렀다.

"김정한 너나 닥치라고! 혼자 죄책감 짊어지고 한심하게 힘들어하는 거. 나도 이제 그만 보고 싶으니까!"

갑작스럽게 험악해진 분위기에 이번에는 그린이 어리둥절해졌다. 진우는 푸우 한숨을 내쉬더니 가물가물 상념에 빠지듯 예전 일을 털어놓았다.

정한과 진우와 떨어져 다른 중학교에 간 윤수는 첫날부터 운 나쁘게 질이 안 좋은 선배들에게 찍히고 말았다. 원래도 소심하고 겁이 많던 윤수는 아무에게도 말 못 하고 혼자 끙끙 앓았다. 중학교 1학년 겨울, 윤수가 갑자기 돈을 빌려갔다. 당시 중학생 용돈으로는 꽤 큰돈이었다.

며칠 후.

입술이 찢어지고 눈가에 푸르스름한 멍 자국이 난 윤수가 터덜터덜 학원에 나타났다. 결국 정한이 모든 사실을 알게 됐다. 그 길로 눈이 뒤집힌 정한은 윤수를 괴롭힌 선배들을 찾아 나섰다. 그때도 또래보다 머리 하나는 컸던 정한이었지만 상대는 다수였다. 그래도 죽기 살기로 덤벼들었다. 속수무책으로 당한 정한은 코피가 터지고 눈탱이가 밤탱이가 돼서 나가떨어졌다. 하지만 싸움이 끝날 무렵, 윤수를 때렸다는 선배는 그보다 더한 꼴을 당했다. 사정을 알게 된 윤수의 엄마는 뒤집혔다. 남편 없이 애지중지 키운 아들이 돈을 뺏기고, 고문에 가까운 괴롭힘을 당하며 학교를 다니고 있었다니. 결국 윤수 엄마는 정한과 진우가 다니는 학교로 윤수의 전학 수속을 마쳤다는 사연이었다.

진우의 이야기가 이어지는 동안, 그린은 정한에게만 시선을 고정하고 있었다.

"……윤수가 신나서 캐나다로 떠나던 날이 아직도 생생해. 3월부터는 셋이 같은 학교 다닐 수 있다고. 그 녀석 입이 귀에 걸려 있었잖아."

언제 화를 냈냐는 듯, 바라보는 정한의 얼굴에 어린 표정은 그저 고통스러움뿐이었다. 지독한 괴로움. 후회. 한마디 말보다 많은 것을 보여주는 슬픔에 찬 모습에 그린도 가슴이 미어지는 것 같았다.

"그 윤수라는 친구한테…… 무슨 일이 있었는데요?"

"캐나다에서 돌아온 첫날."

조심스럽게 묻는 그린과 바로 대답을 잇는 진우를 정한도 더 이상은 말리지 않았다.

"죽었어요. 정한이가 보는 앞에서."

그린이 입을 막으며 숨을 들이켰다.

"제수씨. 웃긴 게 뭔지 알아요? 김정한 이 자식, 통제광에 집착 쩌는 거. 그 사고 이후로 성격이 변해서 그래요. 원래 승부욕도 강하고 고집도 셌지만 이 정도는 아니었어요."

그제야 오늘 정한의 이상한 반응이 조금은 이해될 것 같았다.

"정한이 쟤요, 원래 축구 선수가 꿈이었어요. 공만 보면 미쳐서 하루 종일도 뛰어다니던 애예요. 윤수가 맞고 다니는 거 알았을 때 제일 먼저 달려 나간 것도 정한이에요."

정한을 응시하는 진우의 눈에 투명한 막이 서서히 차오르기 시작했다.

"원래 앞뒤 안 가리고 직진부터 하던 놈이었다고. 그런데 그날 이후로…… 정한이 잘못이 아니었는데…… 그냥 사고였을 뿐인데……."

"괜찮으니까. 이제 그만해."

기어이 울먹거리기 시작한 진우를 차분한 정한의 음성이 나직하게 감쌌다. 그린은 안타까운 표정으로 정한을 바라보았다.

'사실 오빠는, 내가 부서 이동을 하는 게 싫은 게 아니라 두려웠던 걸지도 몰라.'

그래서 정한이 자신을 과할 정도로 보호하려 하는 걸지도 모른다는 생각이 들었다. 윤수 역시, 혼자 끙끙대며 곪아 터질 때까지 내색도 못 하고 힘들어했다고 하니까. 그린은 지금은 전혀 상상조차 할 수 없는 정한의 모습을 떠올려봤다.

괴롭힘당하는 친구를 지켜주기 위해 물불 안 가리던 시절의 김정한. 이성적인 판단 앞에 정의감이 앞서고, 때로는 무모하기까지 했던 열다섯의 소년을.

그러자 눈앞의 정한은 한 점 흐트러짐 없던 평소와는 달리 텅 비어버린 표정이 곧 무너질 듯 느껴졌다.

자신이 학폭 피해자라는 사실을 털어놓았던 날, 말없이 안아주던 정한의 강인하고 따스한 품이 떠오른 그린이 충동적으로 팔을 뻗었다. 와락, 끌어안으려던 순간…….

"다들 뭐야! 빨리 원샷 해야죠!"

테이블에 고개를 박고 있던 지화가 벌떡 일어나며 외쳤다.

"마시고! 2차로 지, 집에 갈까요? 이만 해산……."

그러다 지화는 힘차게 치켜든 술잔을 슬그머니 내려놓았다. 눈치 빠른 지화답게 잠깐 졸고 일어났더니 달라진 분위기를 깨달은 모양이었다.

"그래요. 갑시다. 정한아. 제수씨하고 들어가."

진우가 일어서며 말했다.

"유지화 씨는 내가 데려다줄게요. 대리 부를 테니까 기다려요."

계산대로 향하는 진우의 뒷모습에, 지화는 난감한 듯 입술을 깨물었다. 잠시 고민을 하더니, 지화가 그린의 팔을 붙잡았다.

"그린 씨. 오늘 우리 집에서 자고 갈래요?"

"아, 그게……."

그린 역시 난처한 표정으로 말을 잇지 못했다. 어떻게 보면 자신이 놀이공원 티켓을 받아왔기 때문에 오늘 이 자리가 만들어진 셈이다. 하지만 지화는 불편할 텐데도 그런 그린을 위해 계속 피하던 진우와 분위기를 띄우고 취할 때까지 술도 마셨다. 세상에 둘도 없을 의리녀 지화가 제발 날 혼자 내버려 두지 말라고 간절한 눈빛을 보내고 있다.

하지만 그린은 오늘만큼은 의리 없는 행동을 하고 싶었다. 진우에게 들은 정한의 숨겨진 사연은 그만큼 충격적이고 가슴 아팠고, 이대로 정한을 혼자 보낼 수 없기 때문이었다. 그린이 이러지도 저러지도 못하고 쩔쩔매고 있는데.

"같이 가. 유지화 씨 사정이 곤란한 거 같은데."

맞은편에 앉아 있던 정한에게서 차분한 음색이 흘러나왔다.

"대표님! 정말 감사합니다! 이 은혜는 죽어도 잊지 않을게요!"

지화는 살았다는 표정으로 꾸벅 인사를 건넸다. 그러고는 대리를 부탁하는 진우에게 다가갔다.

"네. 두 대요. 하나는 xx동 들렀다가 XX동으로 갈 겁니다."

"아뇨! 전 따로 갈게요!"

"같이 가요."

"오늘 그린 씨! 우리 집에서 자기로 했어요."

"왜요?"

대번에 서러움이 몰려온 강아지 같은 눈망울을 지화는 애써 외면하며 어깨를 으쓱거렸다.

"그렇게 됐어요."

주차장에서 지화는 진우를 붙잡고 심각한 표정으로 이야기를 주고받았다. 그동안 그린은 밖에 서서 차 안의 정한을 물끄러미 바라보았다. 차창에 팔꿈치를 기대고 무심히 턱을 괸 정한은 계속 앞을 보고 있는 채였다. 우뚝하게 솟은 코가 수려한 옆얼굴에 깊은 그늘을 만들어내고 있었다. 이쪽을 보는 그린의 시선을 느꼈을 텐데 정한은 미동도 없었다. 잠시 망설이던 그린이 똑똑 차창을 두드렸다. 곧 창문이 내려가고 남자답게 각이 진 날카로운 턱이 올라왔다.

"왜?"

"오늘 혼자 잘 수 있어요?"

피식. 웃어 버린 정한이 부드럽게 답했다.

"내가 어린애야?"

그건 아니지만. 지금의 오빠는 걱정이 됐다. 몹시.

"나도 같이 가고 싶은데……."

"난 괜찮으니까 오늘은 유지화 씨 옆에 있어 줘."

언제 괴로운 표정을 지었냐는 듯, 정한의 얼굴은 더없이 평온해 보였다.

"미안해요. 아침에 일찍 갈게요."

"일어나면 전화 해. 데리러갈게. 일단 타."

고개를 끄덕인 그린은 대리 기사가 도착하자 지화와 나란히 뒷좌석에 앉았다. 정한의 차가 먼저 지화의 집으로 향했다. 진우도 발길이 떨어지지 않는 얼굴로 제 차로 향했다.

지화의 집으로 가는 내내, 조수석의 정한은 무겁게 침묵을 지켰다. 그린은 물끄러미 정한의 뒤통수를 바라보았다. 아파도 아프다고 하지 않는 사람. 힘들어도 힘들다고 하지 않는 사람.

자꾸만 가슴이 아려왔다. 상상도 할 수 없을 만큼 깊은 상처가 굳은살처럼 무감해질 때까지, 얼마나 많은 시간을 혼자 견디며 지내 왔을까. 약한 부분을 절대 보이고 싶어 하지 않는 정한의 모습에 은근한 걱정도 밀려왔다. 꾹꾹 참고 담아만 두고 있는 게 얼마나 위험한 건지 누구보다 잘 알고 있는 그린이었기에.

어느새 지화의 집에 도착했다. 잠깐 내린 정한은 짤막하게 인사를 한 뒤 대리 기사가 모는 차를 타고 떠났다. 지화의 집은 한눈에 보기에도 무척 낡아 보이는 다세대 주택이었다. 그린은 지화를 따라 엘리베이터도 없는 좁은 계단을 걸어 올라갔다.

"들어와요."

입구에 들어서자 현관 겸 주방이 모습을 드러냈다. 주방이라고 하기에는 전기로 된 인덕션 하나와 개수대가 있는 작은 싱크대뿐이었고, 맞은편이 화장실이었다.

"대표님 집은 여기에 비하면 궁궐 같죠?"

"아니에요. 엄청 깔끔하고 아기자기한데요, 뭘."

그린의 말과 달리 지화의 형편은 초라하기 그지없었지만, 지화는 전혀 거리낌이 없었다.

"먼저 씻을래요? 내가 갈아입을 옷 줄게요."

지화는 겨울용 트레이닝 바지와 두꺼운 맨투맨 티를 찾아 내밀었다.

"웃풍이 있어서 추워요. 따뜻하게 입고 자야 돼요."

먼저 씻고 나온 그린이 이불 안으로 쏘옥 들어갔다.

"와, 따뜻하다."

지화가 미리 전기장판을 켜놓은 덕분에 이불 안은 따뜻했다. 손을 뻗어 휴대폰을 집어 든 그린은 메시지 창을 열었다.

> 집에 가는 길이에요? 아직 도착 안 했죠?

> 거의 다 왔어.

> 난 씻고 누웠어요. 내일 봐요. 잘 자요.

> 그래. 잘 자.

평소처럼 무미건조한 답장만으로는 정한의 상태를 알 수가 없었다.

위이이잉. 지화가 머리를 말리는 소리에 그린은 빼꼼 이불 밖으로 고개를 내밀었다. 눈이 마주치자 탈탈 머리를 털던 지화가 씨익 웃으며 말했다.

"그린 씨. 내가 지난번 워크숍 때도 느꼈는데."

"뭘요?"

"그린 씨는 속옷도 꼭 그린 씨 같아."

"그게 무슨 말이에요?"

"너무 순수해. 담백하기가 차암 이루 말할 수가 없어."

쉽게 이해할 수 없는 표현에 고개를 갸우뚱거리자 지화가 빨래 건조대에 걸린 제 속옷을 가리켰다.

"저런 디자인은 시도해볼 생각이 없나? 유교걸?"

지화의 손을 따라 시선을 이동한 그린의 얼굴이 화악 달아올랐다. 총천연색 아니면 호피 무늬, 가느다란 끈과 망사. 지화의 속옷은 19금 영화에서나 볼 법한 과감한 디자인이 주를 이루고 있었다.

"저, 저런 건 어디에서 사는 거예요?"

휘둥그레진 그린을 귀엽다는 듯 보던 지화가 행거 아래 종이 박스를 열어 뒤적거리기 시작했다.

"나 대학교 때부터 부업으로 속옷 장사 했거든요. 처음엔 알바로 시작했는데 수완이 좋다고 사장님이 동업을 제안해서."

산전수전 다 겪어봤다는 지화의 말은 과장이 아닌 것 같았다.

"완전 대박 나서 돈도 많이 벌었어요. 낮밤이 바뀌어서 취직하느라 때려치웠지만, 그때 팔다 남은 게 아직도 많거든."

어느새 그린도 일어나 호기심 가득한 표정으로 박스 안을 들여다보기 시작했다. 평생 듣도 보도 못했던 과감한 디자인에 감탄을 금치 못하고 있는데, 지화가 하늘거리는 천 조각을 불쑥 내밀었다.

"이거 대표님 선물! 오늘 그린 씨 빌려준 보답이라고 전해요."

"네에?"

지화가 내민 건 태그도 떼지 않은 순백의 레이스로 된, 말 그대로 천 쪼가리 2장이었다. 입을 딱 벌린 그린의 얼굴은 불에 타고 있는 게 아닌가 할 정도로 새빨개졌다.

"이, 이게 뭐예요?"

"뭐긴? 이건 위. 이건 아래."

그린은 민망한 표정으로 지화가 치커든 것을 뚫어지게 바라보았다. 어떻게 입어야 하는지 감도 안 잡히는 레이스와 끈으로 이루어진 게 속옷이라니! 보고도 믿을 수가 없었다.

"돼, 됐어요. 이걸…… 오빠가 어디에 쓰겠어요……."

그린이 웅얼거리자 지화는 박장대소를 하며 한참이나 허리를 펴지 못했다.

"당연히 그린 씨 입으라고 주는 거죠!"

"오빠 선물이라면서요?"

"그린 씨가 입으면 그게 대표님한테 선물이지 뭐!"

거기에서 더 빨개질 수 있을까 할 만큼 달아오른 그린이 격하게 고개를 흔들었다.

"안 돼요. 난 이런 거 못 입어요!"

"에이, 그러지 말고 한번 입어 봐요. 싸우고 화해하고 싶을 땐 이만한 게 없어요."

"싸운 적 없어요! 잠깐 오해가 있었는데 다 풀렸어요."

지화는 끈질겼다. 오늘 보니 끈실기고 포기를 모른다는 점에서 진우와 천생연분인 거 같기도 하고.

"아직은 좀 어색하겠네. 어색할 땐 이런 이벤트 한 방이면 풀린다니까."

"우리도 어색할 때 하는 거 있어요."

"있긴 뭐가 있어요. 초딩도 아니면서, 뽀뽀나 하고 말겠지."

격하게 거부했지만 지화는 그린의 가방에 속옷을 쑤셔 넣은 뒤 대화를 마무리했다.

'옷장 깊숙이 꽁꽁 숨겨 놓으면 되지. 오빠가 저걸 입은 나를 볼 일은 세상이 열두 번 뒤집어져도 없을 테니까.'

거기까지는 말리지 못한 그린도 지화와 나란히 자리에 누웠다. 불쑥 지화가 물었다.

"우리 집 보고 놀랐죠? 돈도 많이 벌었다면서 이렇게 허름한 집에 살아서."

쉽게 대답을 내놓지 못하는 그린을 대신해 지화는 대답을 이어갔다.

"그때도 말했지만 내가 자랐던 시설이 형편이 넉넉하지가 않거든요. 번 돈 대부분은 거기 들어가요."

그제야 지화의 자세한 사정을 알게 되었다. 지화는 경기도 외곽의 작은 교구에 딸린 보육원 출신이라고 했다. 지화가 제일 맏이이고 지난달에 들어온 막내는 이제 아장아장 걷는 수준이라고.

"거기다 우리 신부님, 나이도 많고 건강도 좋은 편이 아니거든요. 지금은 내가 기둥이나 마찬가지인데 진지하게 누굴 만나는 건 좀 그래요. 아무래도 식구들한테 소홀해질 수밖에 없잖아요."

목이 멘 그린은 그저 고개만 끄덕거렸다.

"그래서 난 하 이사님 절대 만날 생각 없어요. 아까 잘 얘기하고 왔으니까 앞으로 그린 씨 곤란하게 하는 일도 없을 거예요."

홀가분한 표정으로 잠든 지화와는 달리 그린은 이런저런 생각에 한참을 뒤척거려야만 했다.

텅 빈 집에 홀로 들어선 정한은 굳은 표정으로 복도를 지났다. 2층 계단 앞에 선 정한은 고개를 떨구었다. 그날, 다급하게 계단을 올랐을 윤수의 모습이 떠올랐다. 옥상에 설치된 CCTV에는 숨을 곳을 찾던 윤수가 발을 헛디디는 모습이 뚜렷하게 찍혀 있었다. 진우의 말대로 그냥 사고였을 뿐이었다. 하지만 윤수의 엄마는 끝까지 사고로 받아들이지 못했다. 장례식장에서, 윤수 엄마는 정한의 멱살을 잡으며 악에 받친 오열을 내질렀다.

― 왜 우리 윤수가 죽었어! 왜 우리 윤수가 죽어야 돼! 왜 우리 윤수만 죽은 거냐고!

넋이 나가 흔들리던 열다섯의 정한은 아무런 대답도 하지 않았다. 꼭 지금처럼 고개를 숙이고 우두커니 서 있을 뿐이었다. 쓰린 가슴에 윤수의 걸음이 맺혀 차마 계단에 발을 올릴 수가 없었다. 복도의 센서 등이 꺼지고 한참 후에도 정한은 오래된 석상처럼 멈추어 있었다. 그날 밤, 정한은 꽤 오랫동안 자신을 괴롭혔던 지독한 악몽에 시달렸다.

2월 어느 날, 봄은 코앞이지만 유난히 추운 날이었다. 방학 동안 캐나다에 갔던 윤수가 예정보다 하루 먼저 돌아왔다. 새로 산 게임기를 가지고 정한의 집으로 가던 윤수는 운 나쁘게 학폭 가해자들과 마주쳐 쫓기게 되었다. 윤수는 아파트 옥상으로 도망가며 정한에게 애타게 전화와 문자를 보냈다. 정한은 하루 종일 축구를 하다 오후 늦게야 휴대폰을 확인했다.

정한은 몇 번이나 넘어져가며 얼어붙은 길을 달렸다.

그리고…….

퍽!

아파트 입구.

눈앞으로 떨어진 윤수의 구겨진 몸뚱이. 뒷머리에서 흘러내린 피가 정한의 손을 적셨다.

— 윤수야! 윤수야!

핏발이 돋은 눈으로 고함을 질렀지만 윤수는 대답이 없었다.

번쩍! 눈을 뜬 정한은 스탠드를 켜고 숨을 몰아쉬었다. 아직 어스름한 새벽이었다. 이렇게 악몽에서 깨고 나면, 언제나처럼 뼈아픈 후회가 밀려왔다.

그날, 내가 학원을 땡땡이치지만 않았다면. 도중에 잠깐이라도 휴대폰을 확인했더라면. 조금만 더 빨리 달렸더라면. 심장이 터지고. 온몸이 부서질 정도로 전력을 다해 윤수에게 뛰어갔더라면. 싸늘해진 두 주먹을 으스러져라 쥐다가, 정한은 떨리는 손가락을 조심스레 펴보았다. 아직도 그날의 시린 공기와 손가락을 타고 흘러내리는 뜨끈한 액체의 감촉이 생생했다.

괴로운 표정으로 내려다보던 정한은 와락 두 손에 얼굴을 묻었다.

순간, 문밖에서 노크 소리가 들렸다.

똑똑똑. 노크 소리 후 바로 문이 열렸다.

"괜찮아요?"

잠결에 새어 나온 신음을 들은 건지 그린의 얼굴에 걱정스러운 표정이 가득했다. 정한은 믿기지 않아 크게 뜬 눈으로 문가를 응시했다.

"이 시간에…… 어떻게……."

목이 멘 소리가 다 흘러나오기도 전에 그린이 침대 옆으로 다가왔다.

"눈이 떠졌는데, 보고 싶어서."

와락, 팔을 뻗은 정한은 그대로 그린을 끌어당겨 품에 안았다. 본능에 가까운 반응이었다.

"오빠 추워요? 손이 너무 차요."

걱정스럽게 묻는 다정한 목소리가 위로처럼 귓가에 녹아들었다. 정한은 부드럽고 따스한 몸을 껴안고 익숙한 체취를 흠뻑 들이마셨다. 몇 번이나, 몇 번이나. 마치 그린이 산소 호흡기라도 되는 것처럼. 그제야 미친 듯 뛰던 심장이 제 박동을 찾기 시작했다.

창백한 얼굴의 정한이 갑자기 빨아들이듯 끌어안았는데도 그린은 아무 말도 하지 않았다. 그저 정한의 머리칼을 부드럽게 만지작거릴 뿐이었다. 쥐기도 아까울 정도로 작고 가냘프다고만 생각했던 손이 한참이나 등을 쓸어주고 식은땀이 난 이마를 어루만져주었다. 오가는 어떠한 언어도 없었지만, 그 어느 때보다도 깊은 교감이 있었다. 그렇게 새벽을 건너 아침을 지날 때까지, 정한은 그린의 품에 얼굴을 묻고 있었다. 그러다 스르르 잠이 든 모양이었다.

얼마 후, 일어나보니 침대 위에는 정한 혼자 누워 있었다. 텅 빈 옆자리에 익숙한 향기가 어렴풋하게 떠돌고 있었다. 파란 하늘과 초록이 선명한 잔디, 방금 걷어 온 새하얀 이불. 햇살 가득 맑은 바람. 이제는 눈만 감아도 그린의 포근한 체취가 익숙하게 떠오른다. 잠시 여운에 잠겨 있던 정한은 벌떡 몸을 일으켰다.

씻고 내려와 보니 주방 쪽에 분주함이 느껴졌다. 보글보글 찌개가 끓고 경쾌하게 그릇이 부딪히는 소리. 앞치마를 두르고, 또각또각 칼질에 열중하는 작은 어깨. 가만히 지켜보던 정한은 먹먹한 심호흡을 뱉었다. 오늘처럼 악몽을 꾼 날엔 하루 종일 뒤숭숭해 곤두서 있는 게 익숙했는데, 같은 공간에 그린이 있다는 것만으로도 안정감이 들었다. 기척이 느껴졌는지 그린이 고개를 들었다. 말간 얼굴이 아침 이슬을 맞은 꽃처럼 싱그러워 보였다. 돌아본 얼굴에 활짝 피어나는 웃음은 이제껏 본 수많은 아침 중에 최고의 풍경이었다.

"깼어요?"

"깨웠어야지. 언제부터 나와 있었어?"

"1시간쯤 전?"

정한이 찌개 냄비 쪽으로 성큼 다가가 손을 뻗었다.

"이리 줘. 내가 할게."

"할 거 없어요. 담아서 옮기기만 하면 되는데."

"여기?"

정한은 앞에 놓인 개인용 무쇠 솥을 가리키며 그린이 쥔 국자를 향해 손을 내밀었다.

"국자."

"아이, 참. 그냥 앉으라니까."

애써 식탁으로 떠밀던 그린은 휙 돌아선 정한이 벽에 가두듯 양팔을 짚자 얼어붙었다. 건장한 상체가 크게 기울더니 입술이 부드럽게 맞부딪치는 소리가 들려왔다.

쪽.

"내가."

쪽.

"한다니까."

쪽.

"계속."

쪽.

"고집."

쪽.

"부리면."

쪽, 쪽, 쪽.

"밥이고 뭐고."

나른한 중저음과 쏟아지는 뽀뽀 세례에 머리가 다 어지러울 정도였다. 순간 국자를 쥐고 있던 손에 힘이 풀려버렸다. 그린의 분홍빛 입술이 살며시 벌어졌다. 벌어진 입술 사이로 파들거리는 소리가 새어나왔다.

"아침부터…… 이러면 안……."

될 건 없지. 신혼 때는 눈만 마주쳐도 불타올라주는 게 식탁 앞에서의 매너라고 들었다. 그린도 적극적으로 정한의 목에 팔을 감은 순간, '쨍그랑' 국자가 떨어지는 소리에 정한이 몸을 뒤로 물렸다.

"미안. 또 굶길 뻔했네. 밥부터 먹어야지?"

몸을 굽혀 국자를 줍는 정한을 본 그린의 눈빛이 일렁였다.

'무슨 서운한 소리를! 오빠를 건너뛰느니 밥을 굶는 게 나은데.'

아쉬운 눈빛은 식탁에 마주앉아서도 이어졌다. 마님이 쌀밥을 차려주면, 그다음은 돌쇠가 센스 있게 알아서 다 하는 거 같던데. 오빠는 쌀밥을 줬는데도 과할 정도로 성실하게 밥만 먹는다. 그 모습을 보니 오늘 새벽에 식은땀까지 흘리며 떨던 모습, 일어나자마자 잡아먹을 듯한 눈빛으로 온 얼굴에 뽀뽀 세례를 퍼붓던 모습과 같은 사람인가 싶을 정도였다. 차분한 표정으로 단정하게 젓가락질을 하는 걸 보니 평소의 정한이 맞는 것 같긴 했지만.

야릇한 눈길 한 번 주지 않고 식사를 마친 정한은 그린이 통화를 하는 동안 거실로 자리를 옮겼다.

"……너무 곤히 자길래 안 깨웠어요. 네. 그래요. 주말 잘 보내요."

지화와 한참 수다를 떤 그린이 거실로 나오자 탁자 위에는 정한의 찻잔이 정갈하게 놓여 있었다. 바로 옆에 나란히 그린의 찻잔과 함께.

한쪽 다리를 기다랗게 꼰 정한은 태블릿을 들여다보는 중이었다. 단정한 이마 위로 가볍게 흐트러진 머리. 휴일이라 입은 느슨하게 목선이 드러나는 셔츠와 편안한 바지가 건장한 체구와 훤칠한 기럭지를 돋보이게 해주었다. 뒤로 기대앉은 모습이 나른해 보이다가도 태블릿 위에 펜을 긋고 체크를 하는 눈빛은 치밀하고 예리했다. 커다란 손으로 찻잔을 거머쥐고 한 모금 들이켜던 정한의 시선이 그린에게 향했다. 시원하게 뻗은 눈매를 치뜨는 바람에, 살짝 이마에 잡힌 주름도 더할 나위 없이 섹시해 보였다. 아침부터 심장에 돌직구를 날리는 자태. 짤이라도 만들어 무한 재생하고 싶은 장면.

달칵.

찻잔을 내려놓는 소리가 들리더니 단정한 입매가 유려하게 휘어졌다.

"뭘 그렇게 멀뚱히 서 있어. 와서 차 마셔."

그윽한 목소리에 발걸음이 소파를 향해 자석처럼 딸려갔다. 그린도 찻잔을 들어 한 모금을 삼켰다. 쌉싸름한 녹차 향이 입 안을 휘돌고, 마주 보는 정한의 산뜻한 미소는 눈 안 가득 차올랐다. 다시 태블릿을 향해 숙여진 수려한 옆선을 보며 그린은 아쉬운 마음을 달랬다. 사심 1도 없는 눈빛으로 쌀밥만 축내도, 모처럼 느긋한 휴일에 서류만 들여다보고 있어도 뭐 어떠냐고. 이 정도만 해도 얼마 전까지는 꿈도 못 꿨던 장면인데. 지나친 욕심은 화를 부른다고, 물끄러미 정한을 감상하고 있는데 매끄러운 호선을 그리는 입술을 타고 뜻밖의 언어가 흘러나왔다.

"잠깐만. 마지막으로 인사 명령서만 검토하고."

인사 명령서. 정한이 보고 있던 건 그린의 부서 이동에 관한 서류였다.

"오빠……."

생각지도 못한 인사 명령서라는 말에 그린은 뭉클한 표정을 지었다.

"승 팀장이 올린 인사 추천서, 허 팀장한테 받은 업무 평가 보고서. 꼼꼼하게 검토해봤어. 무엇보다 그린이 네 선택을 존중해. 지난번엔 내 생각이 짧았어."

정한의 솔직한 고백에 뭉클해진 그린이 다짐하듯 고개를 끄덕였다.

"가서 열심히 할게요. 윤수라는 그 친구 때처럼, 절대로 걱정할 일 없게 할게요."

"누가 그래. 윤수 때문에 걱정한다고."

톤은 건조하지만 분명하게 날이 선 목소리가 그린의 말을 갈랐다.

"네?"

그린이 힘들게 더듬어 꺼낸 이름을 정한은 무안할 정도로 선명하게 발음했다.

"부서 이동은 윤수하고 전혀 상관없어."

정한은 다시 윤수의 이름에 분명하게 선을 그었다.

"진우 말대로 어쩔 수 없는 사고였고, 이미 지나간 일이야. 어제처럼 한 번씩 이야기가 나오면 달갑지 않은 정도고."

말투는 사무적이고 차가운 대표님인데 저릿한 눈빛은 내 여자 때문에 애가 타는 한 남자의 것이었다.

"어제도 말했지만 그린이 네가 힘든 게 싫어서 반대했던 거야. 내가 직접 필드에 나가서 뛰는 한이 있더라도 너 고생하는 거 보기 싫어서."

듣고 있던 그린의 눈에 안타까운 기색이 들어찼다.

"왜 혼자 다 짊어지려고 해요?"

당돌한 그린의 질문에 찔리기라도 한 듯 정한의 입술이 일자로 다물어졌다.

"……."

"어제 하 이사님도 그랬어요. 오빠가 혼자 다 떠안았다고."

"그런 적 없어. 충분히 감당할 만한 일이었고."

"그런 일은…… 혼자 떠안을 수 없어요. 특히 중학생일 때는."

그린은 씁쓸한 표정으로 중얼거렸다.

"아니, 중학생이 아니라, 누가 겪어도 힘든 일이에요."

"내가 그렇게 약해 보여?"

견고한 방패 같은 눈빛을 보니, 도저히 그렇다는 말은 나오지 않았다.

"오빠는, 강한 사람……이에요."

"앞으로도 그럴 예정이야."

단호하게 결론을 내린 정한이 다음 말을 덧붙였다.

"약한 모습 보이기 싫은 게 아니라, 그 정도는 떠안을 수 있어."

더불어 부서 이동에 대해서도 확고히 마음을 굳힌 듯했다.

"내 생각보다는 네 마음이 중요하지. 어떤 결정을 내리든 그린이 네 선택, 충분히 존중해."

정한의 솔직한 심정에도 그린의 눈빛은 다른 곳을 떠도는 것처럼 아득해 보였다. 지금의 오빠는 보이는 그대로 과거를 털어버렸을까. 다른 사람이 보기에는 끔찍한 상처를, 희미해진 흉터처럼 덤덤하게 느끼고 있을까. 혹시, 애써 아무렇지 않은 척하고 있는 건 아닐까. 어쩌면 일부러 묻어 두고 살았던 나보다, 아무렇지 않다 말하는 오빠의 트라우마가 훨씬 깊은 거 아닐까. 이젠 아무렇지 않다는 덤덤한 말이 꼭 건드리지 말라는 날 선 으르렁거림으로 느껴지는 건 왜일까.

딱! 정한이 눈앞에서 두 손가락을 튕겼다.

"갈지 말지 결정을 못 하겠어?"

"아, 아뇨. 그냥 잠깐 딴생각."

그린은 가볍게 머리를 흔들며 멋쩍게 웃었다.

"딴생각? 부서 이동으로 머릿속이 꽉 차 있는 줄 알았는데."

"그 생각은 천천히 할래요. 아직 토요일 오전이니까."

살랑 흔들리던 그린의 머리칼이 정한의 길쭉한 손가락 끝에 걸렸다.

"주말이라 시간 많다 이거지."

정한이 고개를 숙여 스르르 빠져나가는 매끄러운 머리칼에 입술을 가져다댔다. 그대로 치켜뜨며 지그시 올려다보는 눈빛에 다시 한번 심장이 쿵 내려앉았다.

"내가 얼마나 참았는데."

깎아지른 듯 우뚝한 코가 눈앞으로 솟아오르더니.

"어젯밤에도 참고."

자그마한 턱 아래에서 동굴 같은 목소리가 울렸다.

"오늘 아침에도 참고."

저릿한 저음이 서서히 올라오더니 입술 끝을 간질이기 시작했다.

"밥부터 든든하게 먹이고, 차분하게 결정할 시간도 줘야 되니까."

떨리는 손으로 꼬옥 심장 근처를 누른 그린은 숨도 제대로 쉬지 못할 지경이었다.

"얼마나 여유가 넘치면 딴생각이나 하고 말이야."

나른해진 목소리가 보드라운 입술을 촉촉하게 베어 물었다.

"기껏 참은 보람도 없게."

질척하게 입술이 부딪치는 소리가 나더니, 산뜻한 녹차 향기가 겹쳐질수록 진해졌다. 그제야 그린은 제가 아쉬웠던 게 아니라 정한이 참은 거라는 걸 깨달았다. 순간, 뜨거운 숨결이 여린 점막을 거침없이 헤집었다. 어느새 단단한 정한의 품 안에 안긴 건지, 소파에 누운 건지. 애가 타는 숨결이 목선을 타고 아래로, 아래로, 한참이나 아득하게 내려가는 중이었다. 겹쳐진 몸 아래에서 그린은 야릇한 신음을 흘리는 것 말고는 아무런 생각도 할 수가 없었다. 꿈꾸는 것처럼 몸이 둥둥 뜨는가 싶더니 실제로도 시야가 서서히 올라가기 시작했다. 정신을 차려보니 정한의 건장한 팔에 안겨 이동하는 중이었다.

"어디, 가요?"

그린이 할딱이며 간신히 물었다.

"곧 아주머니 출근할 시간이야."

품 안에 그린이 안겨 있을 때는 무조건 두 계단씩. 이번에도 정한은 단숨에 계단을 올라 2층으로 향했다.

어둑한 방 안, 눈을 뜬 정한은 희미하게 울리는 소리에 온 신경을 집중했다. 사방이 고요한 가운데 그린이 들릴 듯 말 듯 새근거리고 있었다. 가는 목덜미에 코를 박은 정한은 습관적으로 크게 폐를 부풀렸다. 익숙한 향기를 흠뻑 들이마시자 본능적으로 안도감이 차올랐다. 언젠가부터 그린은 더 이상 정한이 보호해줘야 할 나약한 존재가 아니라는 생각이 들었다. 가끔 그린이는 정한을 지키고 위로하기 위해 이 세상에 온 건 아닌지, 이젠 그린이 없으면 단 하루도, 아니 일분일초도 견딜 수 없을 거라는 생각마저 몰려왔다.

'그래도 이건 아니지.'

토요일 하루가 통으로 날아가버렸다. 같이 이른 아침을 먹은 거 말고는 하루 종일 침대를 벗어나지 못했다. 차근차근 모든 경험을 시켜주고 싶다는 계획을 세운 적이 있기는 한 건지 무색할 정도였다. 피식 웃은 정한은 좀 더 단단히 그린을 끌어안았다. 압력이 느껴졌는지 그린이 '끄응' 하는 소리를 냈다.

"몇 시예요?"

"일어났어? 저녁 먹어야지."

"벌써 그렇게 됐어요?"

잠시 몸을 뒤척인 그린이 기지개를 켜며 자리에서 일어났다.

"내려가요. 아주머니가 차려놓고 가셨을 거예요."

"치우기 귀찮으니까 나가서 먹자."

정한도 벌떡 일어나 훌렁 셔츠를 뒤집어썼다. 사실 맘 같아서는 저녁이고 뭐고 대충 간단히 때우고 다시 침대로 기어들어 오고 싶었다. 하지만 이대로라면 지난 주말에 이어 이번 주말도 사랑에 빠진 미친놈의 이기적인 주말로 마무리가 될지도 모른다. 정한은 일부러 집에서 좀 떨어진 지역 위주로 그린이 좋아하는 메뉴를 꼼꼼하게 검색했다.

식당에 나란히 앉아 꽁냥거리며 밥을 먹고 돌아오는 길. 조수석에 앉은 그린이 고개를 갸우뚱하며 정한을 돌아보았다.

"집으로 가는 길 이쪽 아니잖아요?"

"잠깐 들를 데가 있어서."

"어디? 편의점?"

정한은 대답 없이 잔잔하게 웃으며 어딘가로 차를 몰았다. 제법 차를 달려 도착한 곳은 한 공영 주차장 앞이었다.

"여기가 어디예요?"

"좋은 데."

"좋은 데 어디?"

"가보면 알아."

영문도 모르고 그린은 정한을 따라 발걸음을 재촉했다. 부드러운 봄바람에 추운 줄은 몰랐지만, 커다란 손이 뻗어와 작고 하얀 손을 덮었다. 그리고 입고 있던 재킷 주머니에 포옥 겹쳐진 손을 넣었다. 어느새 발걸음은 어슬렁 느려지는 중이었다.

"혹시 지금 산책하는 거예요?"

끄덕.

"밤바람이 상쾌해서 기분 좋아요."

뜻하지 않은 밤 산책에 신이 났는지, 그린은 종알거리며 수다를 떨기 시작했다.

"……어? 여기 개나리 엄청 많이 피었네. 예쁘다."

하천을 따라 걷던 중, 그린은 길가 옆에 흐드러지게 핀 개나리에 시선을 뺏겼다. 팔랑. 그때 무언가가 날아와 뺨을 간지럽혔다. 문득 시선을 돌린 그린이 정면을 쳐다보았다.

"……!"

부드럽게 부는 봄바람에 호르르 떨어지는 여린 핑크색 꽃잎들이 부서지듯 쏟아지며 반짝거렸다.

"오빠……."

저도 모르게 입을 벌린 그린은 눈앞에 끝없이 펼쳐진 벚꽃길에 넋을 잃고 말았다.

"그래."

다정하게 감싸쥔 손에 꼬옥 힘이 들어갔다.

"이 풍경을 둘이 함께 보고 싶었어."

귓가에 달콤한 목소리가 일렁이더니 당겨진 몸이 정한의 한 품에 쏘옥 들어갔다. 그린은 감동 어린 눈빛으로 정한을 올려다보았다.

"그냥 산책이 아니었네요?"

쪽. 대답 대신 다정한 버드 키스가 올려다보는 그린의 입술을 간질였다. 쪽. 이번에는 그린도 발끝을 들어 화답했다. 다시 흩날리는 꽃잎을 따라, 다정하게 손을 잡은 그린과 정한은 꽃길을 걷기 시작했다.

"여긴 되게 조용하네요."

"음, 많이 알려지지는 않은 장소라."

정한의 말대로 서울 곳곳에 있는 벚꽃 명소는 밤늦은 시간에도 발 디딜 틈 없이 붐비고 있을 게 분명했다. 반면 이곳은 고즈넉하기만 했다.

"여긴 어떻게 알았어요?"

들뜬 그린의 목소리에 이어지는 정한의 목소리가 살짝 아련하게 느껴졌다.

"예전에, 자주 왔던 곳이야."

고개를 끄덕인 그린은 꿈꾸는 얼굴로 사뿐사뿐 걸음을 옮겼다. 까만 밤하늘을 배경으로 흐드러지게 핀 벚꽃나무는 올려다보면 볼수록 장관이었다. 몽글몽글 솜사탕 같기도, 자잘자잘 팝콘 같기도. 술도 마시지 않았는데 끝없이 나오는 아련한 핑크빛에 취할 것만 같았다. 다정하게 맞잡은 크고 따뜻한 손. 나란히 보폭을 맞춘 발걸음. 지금 이 순간, 바로 옆에서 걷고 있는 사람이 정한이라는 게 믿기지 않을 만큼 행복했다. 몇 걸음을 걷다 돌아본 그린이 정한을 보며 환하게 웃었다.

"꽃이 너무 예쁘게 폈다. 너무 좋아요."

원래도 말수가 없지만 정한의 입에선 더 이상의 말이 나오지 않았다. 아니 그 이상의 말은 필요 없었다. 양 입가에 부드러운 호선을 그린 채, 정한도 애틋한 눈빛으로 그린을 바라보았다.

내 마음에도 네가 너무 예쁘게 피어 있다. 꽃처럼 예쁘게. 아니, 꽃보다 예쁘게.

집으로 돌아온 둘은 정원을 가로지르는 동안에도 자연스럽게 손을 잡고 있었다. 어느새 그린의 손바닥 안쪽에 땀이 배어 촉촉해지기 시작했다. 집이 가까워질수록 간질간질 부끄러운 마음이 퐁퐁 솟아올랐다. 방금 전, 차에서 내리기 전 정한이 한 말 때문이었다. 벨트를 풀어 주는 정한의 코에 쪽, 뽀뽀를 한 그린은 움찔하는 모습을 보며 재미있다는 듯 웃었다.

"왜 이렇게 놀라요? 그냥 뽀뽀한 건데."

굳어버린 오빠가 귀여워 와락 끌어안는데 정한이 황급히 몸을 뒤로 물렸다.

"만지지 마."

"왜?"

정한이 덜컥 차 문을 열며 크게 심호흡을 했다.

"더 이상 건들면 집에 들어갈 때까지 못 참아."

바로 알아들은 그린의 얼굴이 확 달아올랐다.

과연 정한은 현관문이 닫히기가 무섭게 커다란 상체를 숙여 왔다. 거친 숨을 헐떡이던 정한이 그린의 하얗고 고운 목을 뜨겁게 머금었다. 한 손은 옷자락을 들추고 가느다란 허리를 커다란 손에 거머쥔 채였다.

"하아, 오빠……."

그린은 자지러질 듯 몸을 떨며 상체를 휘었다. 번쩍 한 손으로 안아 올린 정한은 반대 손으로 툭, 툭, 그린의 신발을 벗긴 뒤 성큼 복도를 가로질렀다. 자연스레 그린의 양다리가 정한의 허리에 착 감겼다. 몇 번이나 느낀 거지만 걷는 도중, 어떻게 이렇게 뜨거운 키스가 가능한 건지. 벽에 부딪히거나 넘어지지도 않고 오빠는 거침없이 직진이었다.

"아니야! 그래도 거긴……!"

정한이 소파로 발걸음을 트는 게 느껴지자 그린은 혼비백산하며 도리질을 했다.

"우리 둘 뿐인데 뭐 어때."

머리를 뗀 정한의 헐떡이는 대답에 그린은 넓게 벌어진 어깨에 와락 머리를 묻었다.

"부끄럽단 말이에요."

아무리 둘만 있는 집이라고 해도 거실 한복판 소파는 아니었다.

"그렇게 급하면 내 방으로…… 가요."

수줍은 초대에 정한은 그린의 방으로 발걸음을 돌렸다. 그린을 닮아 깨끗하고 아기자기한 느낌의 방. 그린이 매일 누웠던 침대에 나란히 몸을 눕힌 정한은 여느 때보다 더 뭉클한 눈빛이었다. 한 팔로 침대를 짚은 정한이 수줍어하는 그린의 이마 위로 흘러내린 머리칼을 걷어주었다. 이어 부드러운 볼을 지나 목덜미와 어깨를 더듬는 입술의 움직임이 날렵했다. 거침없는 손길이 옷자락을 들추고 쑥 안으로 들어왔다.

"꺅. 하지 말아요!"

그린은 간지럽다며 웃음을 터뜨렸지만, 곧 아득한 감각이 온몸을 휩쓸기 시작했다. 방 안에 질척한 공기가 짙어질수록 그린의 몸에도 표식이 하나둘씩 늘어가기 시작했다. 저돌적이다가도 놀랄 정도로 섬세하고 부드러운 정한의 움직임에 그린은 끙끙 앓는 소리만 낼 뿐, 어느새 황홀감이 머릿속을 휘젓더니 끝도 없는 열락에 빠져들었다. 정한과 몸을 겹친 채 한참을 헐떡이다가, 흐느끼다가, 칭얼거리며 도리질을 치다 기절하듯 잠에 빠져들고 말았다.

다음 날, 그린이 눈을 뜬 시간은 점심이 가까워질 무렵이었다. 깜빡깜빡 몇 번이나 눈꺼풀을 밀어 올리자, 어느새 말끔하게 씻고 편한 옷차림을 한 정한이 눈에 들어왔다. 문을 닫은 정한이 잔잔히 웃으며 침대로 다가왔다.

"잘 잤어? 몸은 좀 어때?"

그린이 재빨리 이불을 끌어 올려 드러난 어깨를 가리며 수줍게 고개를 끄덕였다.

"천천히 씻고 나와. 밥 먹고 갈 데가 있어."

"어디요?"

"가보면 알아. 아, 운동화 신고 가야 돼."

정한은 검지를 뻗어 그린의 코끝을 톡 친 뒤, 다시 밖으로 나갔다. 느릿느릿 일어나 샤워를 한 그린은 편한 바지에 후디를 챙겨 입고 거실로 나왔다. 주방 쪽이 부산한 느낌이었다. 가까이 다가가니 맛있는 냄새가 코끝을 찔렀다.

"아가씨. 일어났어요?"

송천댁이 바쁘게 김밥을 말고 있었다.

"웬 김밥이에요?"

"그러게요. 사장님이 아가씨랑 나들이 간다고 싸달라고 하시던데요? 꽃놀이 가시나 봐요?"

송천댁의 푸짐한 웃음에 그린은 고개를 갸우뚱거렸다.

꽃놀이는 어제 했는데?

놀러 간다는 그린은 어리둥절한 표정인데 김밥을 써는 송천댁이 더 신난 얼굴을 하고 있었다. 3단 찬합이 김밥에 떡갈비, 새우튀김에 후식으로 과일까지 빼곡하게 채워졌다. 송천댁이 건넨 찬합 외에도 정한은 뭔가 한 짐을 트렁크에 채워 넣었다. 대문을 빠져나오던 정한이 전화를 걸었다.

[어.]

시큰둥하게 전화를 받는 사람은 진우였다.

"지금 출발한다."

[차 키 안에 넣어놨어.]

"끝나고 다시 갖다줘? 아니면 월요일에 회사로 가져갈까."

[회사.]

알 수 없는 통화를 마친 정한이 피식 웃으며 중얼거렸다.

"이 녀석. 기운이 하나도 없는 걸 보니 결국 까였나 보네."

"하 이사님이요?"

그린은 '아' 하는 얼굴로 고개를 끄덕이고 씁쓸한 뒷말을 꿀꺽 삼켰다.

잠시 후, 어느 아파트에 도착한 정한은 자연스럽게 동 호수를 누른 후 지하 주차장으로 차를 몰았다.

"여기가 어디에요?"

"진우네 집."

정한은 하얀색 대형 SUV 옆에 주차를 한 뒤, 들고 있던 차 키를 안에 던져 넣었다.

"내리자."

디스커버리 문을 벌컥 연 정한은 콘솔 박스를 뒤져 차 키를 꺼낸 뒤 시동을 걸었다. 정한이 가져온 짐이 옮겨지고 그린이 조수석에 올라타자 차는 부르릉거리며 지하 주차장을 빠져나갔다.

서울을 빠져나간 차는 남양주를 지나 포천 근처까지 올라갔다. 정한이 차를 세운 곳은 졸졸 물이 흐르는 개울가 근처의 다리 아래였다. 주변은 뻥 뚫린 노지로, 저쪽에는 작은 마

슈퍼맨의 로드맵

을이 하나 보일 뿐 지나다니는 차도 거의 없는 한적한 곳이었다. 정한은 뒷좌석을 180도로 눕히고 매트를 깔았다.
"이거 그거죠? 차박!"
단박에 들뜬 표정이 된 그린은 간이 테이블과 접이식 의자를 꺼내는 정한을 돕기 시작했다.
"대충 비슷해. 내일 출근해야 하니까 차박까진 못 하지만."
"대박! 신난다!"
정한의 말에 그린의 얼굴에 환한 웃음이 차올랐다. 그린은 왕따로 변변한 친구가 없어 누군가와 꽃길을 걸어본 적도, 엄마가 아파 가까운 곳 한 번을 놀러가본 적도 없었다. 집에서 하루 종일 얼굴만 마주 보고 있어도 좋은데, 피곤하지도 않은지 분주하게 움직이는 정한을 보니 행복감에 가슴속이 부풀고 벅차왔다. 어제는 기대도 안 했는데 밤 산책을 나가 황홀하게 펼쳐진 꽃길을 걷고 왔다. 거기다 오늘은 진우의 차가 근사한 야외 카페로 변신을 마쳤다.
주말이라고 별다를 것 없이 적막했던 그린의 시간이 어느새 가장 기다려지고 소중한 순간으로 촘촘히 아로새겨지는 중이었다.

Chapter 18

누구보다 공정한 남자

평소에도 바쁜 마케팅 본부지만 월요일 아침은 더 정신없이 돌아갔다. 오늘도 제오는 여전히 쾌활하고, 다정했다. 가연을 제외한 모든 팀원들에게.

'짜증 나.'

한숨을 쉰 가연은 제오를 힐끗 쳐다보았다. 민그린이 뭐라고. 그 찌질한 버러지 같은 애 때문에 제오가 하루아침에 거리를 두고 서먹하게 군다. 그뿐이 아니었다. 지난 한 주간, 워크숍에서 망친 이미지를 원상 복구하느라 얼마나 고생을 했는지 모른다. 기나리를 비롯한 여직원들에게 밥을 사고, 커피를 돌리고, 교묘하게 말을 바꿔 유지화를 성격도 입도 더러운 여자로 각인시켜놨다.

이게 다 민그린 때문이야. 걔 때문에 몇 명한테 비위를 맞추고 다닌 거야. 내가 대표 이사 사모님 자리에 오르면 눈도 못 마주치고 굽신거릴 것들한테. 생각하면 할수록 분통이 터져 돌아버릴 것 같았다.

'됐어. 앞으론 신경 끌 거야. 하찮은 잡무나 처리하는 애를 뭐 하러 견제해.'

 같은 회사라지만, 민그린과는 부서도 완전 다르고. 딱히 마주칠 일도 없었다. 가연에게는 앞으로 쌓아 올릴 커리어와 그 너머의 목표가 더 중요했다. 어떻게든 실적을 올려 일단 정한의 눈에 드는 게 최우선이었다.

 '현명하게 판단하자. 나한텐 더 중요한 일이 있잖아.'

 가연은 끓어오르는 분노를 삭이며 업무에 집중하기 시작했다. 잠시 후, 오전 일찍 자리를 비웠던 승기석 팀장이 나타났다.

 "다들 주목. 갑작스럽지만 오늘 부서 이동을 통해 팀원 1명을 충원하기로 했습니다. 가볍게 인사 한마디 하실래요?"

 고개를 들어 앞을 바라본 가연은 얼어붙은 표정을 지었다. 조용하던 사무실 안에 깨끗하고 맑은 음색이 울려 퍼졌다.

 "안녕하세요. 오늘부터 마케팅 본부에 새로 합류하게 된 민그린입니다. 잘 부탁드립니다."

 '민그린이 왜? 말도 안 돼!'

 고개를 치켜들어 그린의 얼굴을 확인한 순간, 가연은 순간 피가 날 정도로 입술을 짓씹었다. 그린은 밝은 얼굴로 인사를 나누기 시작했다.

 "민그린 파트너! 워크숍 때 진짜 인상 깊었습니다."

 "같이 일하게 돼서 영광입니다. 앞으로 잘 부탁해요."

 직원들이 순식간에 그린을 에워쌌다. 그중에는 가연의 커피

서틀인 민철도 있었다.

'하! 어이없어. XX 같은 자식.'

더 짜증 나는 건 다들 워크숍 때 얘기만 하고 있다는 것이었다. 워크숍 얘기를 하다 보면 자연히 가연이 망신을 당한 일도 떠오를 텐데, 가연은 그린이 자신의 치부를 들추러 왔다는 생각마저 들기 시작했다. 워크숍 때 가연의 도발은 이미 존재감 없이 잊힌 지 오래인데. 이러다간 그린이 주목을 받는 만큼 자신은 무시를 당할 거라는 피해 의식마저 몰려왔다. 옆자리의 기나리가 고개를 들이밀고 소곤 거렸다.

"대박! 충원한다는 얘기는 들었는데 민그린 씨가 올 줄은 몰랐어요."

황급히 표정 관리를 한 가연은 서류를 팔락 넘기며 차분하게 목소리를 가다듬었다.

"그런데 스펙 좋은 경력직을 뽑아도 모자랄 판에 좀 걱정이긴 하네요."

가연의 말에 기나리의 얼굴에 서서히 심란한 기색이 감돌기 시작했다. 그것을 놓치지 않고 가연이 어깨를 으쓱거렸다.

"경력자가 와야 도움이 될 텐데. 우리 팀 특성은 고려 안 하고 랜덤으로 뽑았나 봐요."

상냥하게 웃으며 다음 말을 덧붙이는 것도 잊지 않았다.

"너무 걱정 말아요. 많이 서툴겠지만 우리가 많이 도와주면 되잖아. 같이 몇 달 고생하면 금방 적응하겠죠."

가연의 말에 기나리의 얼굴이 흙빛이 됐다. 안 그래도 바빠 죽겠는데 민그린까지 도와줘야 된다고? 누구도 그런 말을 한 적은 없지만 가연의 말을 듣고 보니 생글생글 웃기만 하는 그린이 꼴 보기 싫어지고 여간 거슬리는 게 아니었다. 한쪽에서는 승 팀장이 제오를 불렀다.

"류제오 파트너."

"네. 팀장님."

"두 달 후면 바론바이오로 복귀하죠? 오늘부터 민그린 파트너하고 업무 공유하고 같이 움직이세요. 류제오 파트너가 떠나고 나면, 그 자리는 민그린 파트너가 메꿀 겁니다."

"알겠습니다! 맡겨 주십시오!"

승 팀장의 말이 끝나기 무섭게 제오는 옆자리에 산더미처럼 쌓인 파일을 제 책상 위로 옮겼다.

"민그린 파트너! 여기 앉아요!"

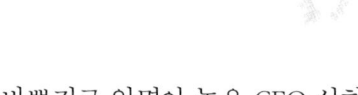

바쁘기로 악명이 높은 CEO 산하 미래전략팀 부서답게, 마케팅 본부의 하루도 정신없이 돌아갔다. 그린은 오자마자 떠안은 업무로 살짝 정신이 없어 보였다. 지켜보던 제오는 따로 시간을 내 도와줘야겠다고 마음먹었다.

"일단 미래전략팀의 주요 사업을 3분야로 나눠서 설명해 줄게."

"R&D, 홍보, 영업."

말이 끝나기 무섭게 또렷한 그린의 목소리가 돌아왔다.

제오는 놀란 표정을 지었다.

"알고 있었어?"

"어느 정도는. 앞으로 몸담을 부서인데 기본적인 건 알아야지."

어느 정도는 알고 있다는 말과는 달랐다. 마케팅 본부에 대한 그린의 이해도는 제오의 예상을 훨씬 뛰어넘었다. 입을 떼기만 해도 관련 정보를 술술 내미는 야무진 모습에 제오는 혀를 내둘렀다.

"와. 민그린. 누가 보면 너 평생 마케팅 일만 한 사람인 줄 알겠다. 나보다 훨씬 많이 아는 거 같은데?"

"에이. 아니야. 난 관련 전공자이지만, 제오 네가 이만큼 하는 게 훨씬 더 대단하지."

그럼에도 이만큼의 잘난 척도 없이 그린은 진지한 표정으로 제오의 말에 귀를 기울였다.

"내가 맡은 프로젝트 중에 가장 큰 건 국제 종양 학회하고 세계 의학 물리학회 부스 참가야."

"두 곳 다 같은 내용으로 들어가는 거야?"

"종양 학회는 임상 실험 결과 위주고. 의학 물리학회는 선형 가속기 품질이나 성능 공개가 주요 사업이야. 참. 영어는 필수인데, 너 영어 잘 하지?"

제오는 고등학교 시절, 그린이 영어 스피치 대회에 나가 상을 휩쓸던 기억을 떠올렸다.

"잘하는 건 아니고. 꾸준히 하고 있어."

그린은 첫날부터 빠르게 적응하고 녹아들었다.

업무는 정한이 말한 대로 과하다 싶게 많았지만, 바쁜 것도 적성에 맞는지 그린은 내내 밝은 얼굴이었다. 하지만 모든 것이 좋기만 하지는 않았다. 첫날부터 쏟아지는 서류에 카페인을 보충하러 탕비실에 들렀던 오후, 커피를 마신 그린이 기지개를 켜며 속으로 파이팅을 외치는데 문이 열리고 여직원 몇이 안으로 들어왔다. 살짝 고개를 숙이고 나가는 그린의 등 뒤로 기나리가 툭 혼잣말을 던졌다.

"이해가 안 되네. 어떻게 마케팅으로 부서 이동을 했지?"

또 시작이다.

그린은 속으로 한숨을 내쉬며 꾸욱 입술을 깨물었다.

"경영팀에서 사무만 보다 왔으면 아무것도 모를 텐데."

단순한 성격 탓에 조종을 당하는지도 모르고, 기나리는 가연의 말을 그대로 옮겼다.

"이러다 우리만 폭탄 떠안는 거 아냐?"

주어 없는 비아냥거림이었지만 주저 않고 몸을 돌린 그린이 똑바로 기나리를 마주 보았다.

"걱정 마세요. 원래 전공은 마케팅 업무에 더 가깝기도 하고, 민폐 끼칠 만큼 일 못 한다는 소리는 안 듣게 할 테니까요."

또렷한 그린의 목소리에 기나리는 더 받아치지 못하고 움찔 시선을 피했다. 탕비실을 나온 그린은 빠르게 뛰는 심장을 달래려 후하후하 심호흡을 뱉었다. 기나리는 오전 내내 조가연 옆에 딱 붙어 앉아 못마땅한 시선을 보냈다. 예전에는 그 시선에 움츠러들기만 했다면 이제는 더이상 근거 없는 비난에 기죽고 싶지 않았다. 그래서 지지 않고 한마디 던졌는데 마음 한 구석이 무거운 건 사실이었다.

기나리의 말대로 내가 마케팅 부서의 폭탄이 되면 어쩌지? 혹시라도 이 팀에 민폐가 되면 안 될 텐데. 결국 그린은 일거리를 한 아름 들고 집으로 돌아왔다. 힘들고 답답할수록 더 악착같이 스펙을 쌓던 때처럼, 주어진 업무를 다 해내고도 끊임없이 관련 업무를 조사하고 공부했다. 정한도 늦게 들어오는데 그보다 전에 그린의 방에 불이 꺼진 걸 본 적이 없었다.

'이건 뭐 수험생이 따로 없구만.'

결국 아침을 먹다 코피까지 흘렸다는 송천댁의 걱정에, 정한은 험악한 표정으로 집과 회사를 오가기 일쑤였다. 그린도 처음으로 참석하는 마케팅 부서의 회의 시간, 딱딱한 말투의 정한은 오늘따라 더 날이 서 있는 모습이었다.

"다들 알겠지만 경쟁 업체인 미라이 제약의 중성자 암 치료기에 대한 의료 기기 승인이 오늘 오전 통과되었습니다."

승 팀장이 대수롭지 않다는 듯 어깨를 으쓱했다.

"저희도 발표 봤습니다. 오늘 승인 받은 기기는 라이낙 타입(LINAC type)을 쓰는 우리와는 달리 사이클로트론 타입(Cyclotron type) 시스템을 쓰는 가속기라고 하던데요."

승 팀장의 말투에는 어떤 여유마저 감돌고 있었다.

누구보다 공정한 남자

"그 방식이면 환자가 방사선 피폭에 노출될 우려가 높아지는데, 우리 입장에서는 잘 된 일 아닙니까?"

정한의 날카로운 시선이 승 팀장에게 꽂혔다.

"잘 됐다고만은 볼 수 없죠. 어쨌든 품목 허가가 완료됐다는 얘기니까."

"네. 그거야 뭐. 그래봤자 가속기 종류가 아예 다른데 크게 신경 쓸 필요 있습니까?"

"그쪽에선 여름에 있을 종양 학회에, 뭐라도 팔릴 만한 물건을 가지고 올 거라는 얘기입니다."

정한의 지적에 승 팀장은 아차 하는 표정을 지었다.

"우리는 청사진만 들고 나가야 되는 상황입니다. 실물을 가지고 나온 저쪽이 먼저 의료기 시장을 선점할 가능성은 안 봐도 높겠죠."

그제야 상황의 심각성을 인지한 듯 팀원들의 얼굴에도 긴장이 감돌기 시작했다.

정한이 의미심장한 어투로 뒷말을 덧붙였다.

"이 상황에 마케팅 부서의 역할이 더 중요해졌습니다. 따라서 간단한 조직 개편을 통한 새로운 비전을 제시하려고 합니다."

정한은 보고 체계를 단축시키고, 모든 파트원이 서로의 프로젝트를 긴밀하게 공유할 수 있는 로드맵을 제시했다. 언뜻 보면 복잡하고 유기적인 시스템이었지만 시뮬레이션을 해보니 놀라울 정도로 유연하고 유동적이었다.

"다시 한번 강조하지만, 가장 중요한 건 소통과 협력입니다. 최근 몇 주간 가장 많이 반려시킨 보고서도 그 점을 중점적으로 보았기 때문입니다."

순간 가연이 흠칫 고개를 들었다.

"혼자 스포트라이트를 받고, 공을 독차지하려는 생각은 버리세요."

싸늘한 질책에 다시 숙여진 가연의 얼굴이 서서히 붉어졌다.

"하나 더, 지금 필요한 건 초단기 최대 성과입니다. 그걸 개인이 끌고 가다가는 프로젝트 하나 끝나기도 전에 쓰러집니다."

정한의 말대로, 입사 직후부터 넥스트메딕에서 누누이 강조한 건 커뮤니케이션과 협업이었다.

팀장급 이외에는 따로 직급 체계를 두지 않고 모든 팀원을 동등하게 파트너라 호칭하는 것도 그 이유에서였다. 정한에게 보내자마자 되돌아왔던 가연의 보고서는 회사의 정책과 정확히 반대되는 성향을 띠고 있었다. 말만 협업이었지, 보고서를 기획한 가연 혼자서 모든 공과 성과를 가져가는 것. 가연은 오늘에서야 대표실로 올려 보낸 기획안이 보내는 족족 반려된 이유를 알 수 있었다.

"이상입니다. 각자 업무 복귀들 하세요."

정한은 뒤도 돌아보지 않고 회의실을 나가버렸다. 승 팀장을 비롯한 팀원들도 주섬주섬 일어섰다.

"와. 지독하다. 지독해. 난 류제하가 세상에서 제일 독한 줄 알았는데 더한 사람이 있었네."

제오는 정한이 제시한 로드맵을 들여다보며 절레절레 고개를 저었다. 간결하게 정리해 보니 정한의 비전이 한눈에 들어왔다. 팀원 누구나 최소 이상의 책임을 져야 했다. 그 대신 누구에게든 정도를 넘은 과도한 업무를 주지 않았다. 그 정점에는 모든 상황을 빈틈없이 파악하고 조율하는 한 사람이 있었다. 팀원들 대신 혼자 거대한 책임을 떠맡을 사람.

"이건 일중독을 넘어서 그냥 미친 건데? 아님 과로사로 죽고 싶은 건가?"

항상 투지를 불러일으켰던 라이벌의 역량을 바로 눈앞에서 보고 나니 무시무시하게 느껴질 정도였다.

이 정도로 치밀한 사람이 본격적으로 그린이에게 대시를 한다면?

제오는 바로 앞에 앉아 있는 그린에게 시선을 돌렸다. 그린도 진지한 표정으로 정한의 로드맵을 들여다보는 중이었다. 티 없이 해맑은 얼굴에는 그늘 한 점 없었다. 김정한이라면 저 맑은 얼굴에 눈물 한 방울 떨어질 일 없게 하겠지? 혼자 모든 걸 떠안고 이런 로드맵을 구성하는 걸 보면, 무슨 일이 있어도 제 여자도 목숨 걸고 지켜내고 말겠지. 김정한은 그런 유형의 수컷이 분명하니까.

순간 가슴이 덜컥 내려앉았다. 세상 두려울 것 없이 패기 넘치던 류제오도 난생 처음 용기가 사그라들고 위축되는 제 모습을 느꼈다.

다음 날 저녁, 정한은 평소보다 훨씬 일찍 회사를 빠져나왔다. 굳게 다물린 입술, 살짝 수심이 어린 표정. 그린이 마케팅 본부로 옮긴 후, 속이 타들어갈 만큼 긴 한 주였다. 승 팀장은 정한을 볼 때마다 싱글벙글한 얼굴이었다.

― 한 번 말하면 바로 알아듣고, 맡긴 일은 손댈 필요 없이 깔끔하게 처리하고요. 제가 사람 보는 눈 하나는 기똥차지 않습니까?

물론 그린이 몇 사람 몫 이상을 야무지게 해낼 거라는 건 믿어 의심치 않았다. 그린의 이름으로 올라온 보고서를 검토 후 뿌듯한 표정으로 사인을 한 적도 많았다. 하지만 의기양양한 얼굴로 매번 그린의 칭찬을 늘어놓는 승 팀장을 생각하면 괜히 부아가 치밀어 올랐다. 사람 보는 눈 정확한 승 팀장 때문에 그린이 얼마나 고생을 하는지 알기나 하나. 핸들을 움켜쥔 손등에 퍼런 핏줄이 튀어 올랐다.

혹시라도 그린이가 혼자 일을 다 떠맡지는 않을까, 조가연 무리들의 텃세에 소외되지는 않을까. 파격적으로 업무 시스템까지 바꿔버린 보람도 없었다. 최대한 공평하게 일을 분배하고, 활발하게 커뮤니케이션을 하도록 판을 짜놓으면 뭐하나. 그린이는 어제도 늦게까지 공부하다 그대로 책상에 엎드려 잠이 들었다. 조심조심 안아 침대로 옮겨놓은 정한은 이를 악물고 돌아서야만 했다.

'내일이 토요일인데, 오늘은 설마 쉬고 있겠지.'

마음 같아서는 회사고 뭐고 다 때려치우고 그린이만 데리고 무인도에라도 가서 살고 싶었다. 아무에게도 방해받지 않는 곳. 그린이와 단둘만 있을 수 있는 곳으로.

한 주 내내 주말이 오기만을 기다렸다. 정한에게도 그 어느 때보다 치열한 며칠이었다. 밥 먹는 시간도 아껴가며 미친 듯이 일에 몰두하는 정한을 본 진우가 이마에 손을 짚어 보고 간 적도 여러 번. 이번 주말은 무슨 일이 있어도 그린이와 하루 종일 붙어 있을 작정이었다. 정한은 차고에 차를 주차하고, 정원을 가로질렀다. 커튼이 쳐진 그린의 창문에서 새어 나오는 불빛을 따라 정한의 입에서도 웃음이 새어 나왔다. 퇴근 후, 그린의 방을 찾아가면 멘트는 한결같았다.

— 나 공부할 거 많단 말이에요. 저리 가요.

고개도 들지 않고 보고 있던 자료에 코를 박고 새침하게 쏘아붙이는 바람에 터덜터덜 2층으로 올라가 독수공방을 하던 서러웠던 나날들. 이제는 안녕. 불금에서 토요일까지는 괜찮다고 했으니까, 혹시 책상에 엎드려 잠이 들었어도 상관없다. 오늘 밤엔 묻지도 따지지도 말고 보쌈이다. 서둘러 그린의 방문을 열어본 정한의 눈썹이 살짝 치켜 올라갔다.

'없잖아?'

침대 위는 텅 비어 있었다.

'혹시!'

정한은 단숨에 계단을 뛰어 올라갔다. 기세 좋게 방문을 열어젓혔지만 정한의 침대 역시 썰렁했다.

"그린아?"

다시 1층으로 내려와 집 안 구석구석을 살펴봤지만 그린의 모습은 보이지 않았다. 정한은 혹시나 하고 창고 쪽으로 발걸음을 옮겼다.

그린은 창고에서 딱지와 부리를 무릎 위에 얹어두고 묵묵히 생각에 잠겨 있었다. 정한의 새로운 로드맵에 따르면 업무에 빠질 수 없는 건 협응과 의사소통. 그리고 그린이 커뮤니케이션을 해야 하는 사람 중 한 명은 조가연이었다.

그동안 가연을 마주하고 아무렇지 않은 척했지만, 손발은 차갑고 가슴 속은 한없이 두근거렸다. 그린에게 가연은 아직 떠올리기만 해도 상처가 되는 존재였다.

며칠 전 일만 해도 그랬다. 학회를 주로 담당하는 팀원들끼리 실무적 사안을 정리하는 자리가 있었다. 그린이 의견을 제시할 때마다 가연과 친한 무리들은 피식거리거나 아무런 호응도 하지 않았다.

— 우리 회사 마케팅 본부가 그렇게 만만하게 보이니? 여기 학벌 쟁쟁한 사람들도 힘들어서 못 버티는 부서야.

거기다 더해 가연은 면전에 대고 비아냥거리기까지 했다. 넥스트메딕처럼 의료 행위와 IT가 결합된 의공학 업체는 고학력,

고스펙, 또는 외국계 전문가가 많이 포진해 있었다. CEO인 성한도 국내 최고 대학 출신. 진우는 의사. 지금 이 자리에 있는 제오도, 가연도. 기나리마저 학벌로는 뒤지지 않는 스펙을 자랑하고 있었다. 그런 가연이 그린을 깔아뭉갤 수 있는 것은 그린의 변변찮은 학력이라고 생각한 모양이었다.

― 그린이 고등학교 때 공부 잘 했는데? 1등도 많이 했고, 난 성적으로는 그린이를 한 번도 이겨본 기억이 없는데.

듣다 못한 제오가 나서주지 않았더라면 고스란히 비웃음을 당할 뻔했다.

회의가 끝난 후 제오는 그린과 업무를 다시 분담했다. 의견 취합 등의 커뮤니케이션은 제오가, 판매 전략이나 B2B 마케팅처럼 혼자서 하는 아이디어 제안은 그린이 하는 걸로. 그러면서 제오는 아무렇지도 않은 얼굴로 따스하게 덧붙였다.

― 그린이 네가 온 지 얼마 안 돼서 팀원들도 네가 낯설 거야. 팀원들도 적응할 시간을 좀 줘야지.

제오가 적극적으로 나서 가연의 태클을 쳐내고 최대한 마주치지 않게 배려해 주는 모습에 든든하게 의지가 되는 건 사실이었다.

'하지만 제오는 두 달 후에 바론바이오로 돌아가야 되잖아.'

결국 가연과의 갈등은 오롯이 그린의 문제였고, 제오는 친구이기 이전에 직장 동료이기에 더 민폐를 끼치고 싶지 않았다.

냥냥! 배를 내밀고 뒹굴뒹굴하는, 아기 고양이들을 조물거리는 그린의 얼굴은 쓸쓸한 기색 한가득이었다. 이제야 정한의 우려가 와닿기도 했다. 정한과 세 엄마들, 아니면 제오가 도와주지 않으면 속수무책으로 당하기만 해야 하는 걸까. 그렇다고 무시하기엔 업무가 얽혀 쉽지만은 않은 일이었다.

"이쪽에서도 같이 들이받아버릴 수도 없고."

"뭘 들이받아?"

"아우, 깜짝이야!"

너무 깊이 생각에 잠겨 정한이 들어오는 것도 모른 그린은 놀라 엉덩방아를 찧었다.

"미안. 발소리 낸다고 냈는데, 여기만 들어오면 뭘 그렇게 정신이 팔려 있어?"

정한도 털썩 주저앉아 딱지를 데려가 어루만지기 시작했다. 부리도 슬그머니 다가가 무릎을 타기 시작했다. 정한은 몰라도 고양이들은 정한을 좋아했다. 넉넉한 정한의 품이 편해서 그런 걸까. 세상 마이 웨이인 초록이마저 스윽 다가와 정한에게 몸을 비비기 시작했다. 몸을 딱 붙이고 골골거리는 고양이들을 물끄러미 보던 그린이 중얼거렸다.

"생각해 보면 그때도 냥이들은 오빠를 좋아했어."

"아기냥들이 날 좋아해?"

연신 자기부터 만져 달라고 울어대는 통에 커다란 양손에 한 마리씩 끼고 어루만지던 정한이 무심코 물었다.

"오빠 정말로 기억 안 나요?"

"무슨 기억?"

"예전에 나 중학교 때, 골목 끝 빈 집에서 우리 둘이 가끔 만났잖아요. 고양이 네 마리랑. 치즈, 참치, 소시지, 햄이."

뚝.

정한의 손길이 멈추었다.

불현듯 한 장면이 머릿속을 스쳐갔다. 이제는 익숙해진 골목 끝, 반쯤은 허물어져 가는 폐가. 정한은 그 동네에 볼일이 없는데도 한 번씩 들르곤 했다. 이상하게 그곳에 가 있으면, 마음이 편해지고 숨통이 트이는 기분이 들었다. 표면상으로는 왕따라도 당하나 싶은 그 여자아이가 걱정돼 찾아간다는 거였지만, 정작 주저앉아 별거 아닌 얘기를 주고받다 돌아오는 날은 왠지 모르게 커다란 위로를 받은 기분이었다. 그래서 특히 더 아픈 날에는, 지치고 외로운 날에는 버릇처럼 그곳에 가 있는 자신을 발견하곤 했다. 낡은 대문을 밀고 들어가면 그곳엔 항상 네가 있었으니까.

이제 와 떠올려보니 가끔 후드티의 커다란 모자 부분을 푸욱 뒤집어쓰고 있을 때 살짝살짝 보였던 오뚝한 콧날이 겹쳐 보이는 것 같기도 했다. 정한은 말로 설명할 수 없는 표정을 지으며 그린을 뚫어지게 바라보았다. 어딘가 고통스러워 보이면서도, 안도감이 어리는, 웃을 듯하다가도 눈물이 흘러내릴 것 같은 미묘한 표정을 지으며.

"그 못난이가…… 너였어?"

"못난이라니!"

아련한 BGM이라도 깔릴 것 같던 분위기는 그린이 꽥 소리를 지르는 바람에 사뿐 날아가버렸다. 고양이들을 내려놓은 정한이 낮게 웃음소리를 내며 바싹 얼굴을 들이댔다.

"그 못난이가 민그린이었다니!"

"어어? 못난이 아니었다니까요?"

"그래. 그냥 못난이가 아니라 귀여운 못난이였지."

학창 시절부터 가뜩이나 성형 의혹에 시달렸던 그린은 못난이라는 말에 꽂혀 거세게 도리질을 쳤다. 아랑곳하지 않은 정한이 커다란 손으로 그린의 작은 턱을 치켜들었다. 활처럼 휘어진 눈매로 정한은 다시 한번 커다란 웃음을 터트렸다.

"그 못난이가 이렇게 커서 나랑 결혼을 한 거야?"

힘줄이 솟아 있는 팔뚝을 투닥투닥 두드린 그린이 씩씩거렸다.

"자꾸 못난이라고 할 거면 저리 가요!"

생각해 보니까 이 양반 못쓰겠네. 뽀시래기. 꼬맹이. 못난이. 어떻게 부르는 별명마다 죄다 어린애 취급이야. 이쯤 되면 자존심이 걸린 문제. 부부 사이에 진지하게 한 번쯤은 짚고 넘어가야 할 문제. 오빠는, 내가 아직도 마냥 어리게만 보이는 걸까. 정한이 못난이로 기억하던 시절의 제 모습을 떠올리니 왠지 부끄러움이 몰려와 양 뺨을 가리던 그린이 '맞다!' 하는 표정으로 질문을 던졌다.

"근데 오빠. 나 궁금한 게 하나 있는데."

"뭔데."

"우리 마지막으로 만나던 날. 기억나요?"

듣고 있다는 듯 어깨만 으쓱하는 정한에게 그린이 조심스럽게 마지막 기억을 들려주었다.

"그날, 오빠가 막 뛰어 들어와서…… 참치 캔을 발로 찼어. 그 후로 오빠를 다시는 못 봤구요."

"아."

짧게 탄식을 내뱉은 정한은 복잡한 표정을 지으며 코로 한숨을 내뱉었다.

'그래서 가끔 고양이 싫어하냐고 물어봤던 거구나.'

어디까지 얘기해야 할까. 바로 결단을 내렸는지 간결한 대답이 이어졌다.

"그때 한참, 고양이 사료에 나쁜 짓을 하고 다니는 사람들이 있어서."

그때 주도적으로 그린을 괴롭혔던 인물 중 하나가 조가연인 걸 아는 이 상황에, 회사에서 마주칠 때마다 그런 끔찍한 짓을 저지른 걸 되새기게 하고 싶지는 않았다. 안 그래도 업무 때문에 스트레스 받는 거 같은데 괜한 공포감까지 심어줄 수도 있고.

"어쩐지. 오빠가 고양이를 싫어할 사람이 아닌데 갑자기 왜 그랬나, 그 일만 떠올리면 속상했는데."

그린의 얼굴이 바로 환해졌다. 이제는 안심하고 당당하게 고양이 가족을 예뻐해 줘도 되겠다는 생각에 그린은 본격적으로 냥이들을 끼고 앉아 며칠 간 나누지 못한 얘기들을 쏟아냈다.

주로 업무에 관한 얘기였는데 궁금했던 걸 정한에게 묻고 조언을 듣기도 했다. 점점 밝아지는 그린의 표정과는 달리 정한은 수다가 길어질수록 뚱한 표정이 되었다. 하진우가 불금을 왜 그렇게 좋아했는지 이제야 깊이 이해할 거 같은데. 지금도 흘러가는 1분 1초가 아까워 죽겠는데.

"노랭아."

그린이 물통을 갈러 간 사이에 초록이를 어루만지던 정한은 못마땅한 표정으로 불퉁거렸다.

"네 언니 머릿속엔 회사 일 말고 다른 건 없는 거냐?"

생글생글 웃으며 돌아온 그린은 자리에 앉자마자 다시 업무 얘기를 끄집어냈다. 그러다 보니 자연스레 간간이 등장하는 건 매일 찰싹 붙어서 같은 업무를 보는 제오였다.

"그래서 제오가…… 그러니까 제오가…… 그랬는데 제오가……."

정한은 딱히 아무런 대꾸도 없었지만 시간이 흐를수록 점점 얼굴이 굳어졌다. 문득, 그린이와 보란 듯 딱 붙어서 싱글벙글하던 애송이의 얼굴이 스쳐가더니 위기감이 몰려왔다. 뜨거운 밤을 몇 번이나 보낸 사이인데도, 아직까지 정한의 발목을 잡고 있는 강력한 이유는. 늘 정한을 불안하게 만드는 계약서 마지막 조항 때문이었다.

세상의 모든 직장인들에게 순삭돼서 아쉬운 주말이 지나고 그래서 더 원망스러운 월요일이 돌아왔다. 지난밤도 어김없이 뜨거웠다. 그린은 늦잠을 자게 만든 원흉인 김정한을 살짝 째려보았다. 분명 어젯밤, 아침에 지각한다고 그만 자자고 했는데 오빠가 기어이 못 자게 했단 말이지. 제 시간에 깨워준다고 너스레를 떨면서.

창고에서 대화를 나누던 금요일 저녁엔 갑자기 말수가 줄어들고 어딘가 심기가 불편한 얼굴이었는데. 그 직후엔 뭐가 그리 조바심이 나는지 애가 타는 얼굴로 뜨겁게 달려들고. 그러다 보니 주말 48시간을 거의 침대에서 벗어나지를 못했다. 그 와중에 잠깐이라도 마케팅 부서 얘기만 나오면 시큰둥하거나 뚝뚝한 표정을 지었다.

오늘 아침엔 가장 붐비는 주차 구역 한가운데다 떡 하니 차를 세우면서도 세상 느긋한 표정이다. 도저히 알 수가 없는 오빠의 온도차. 김정한답지 않게 수시로 바뀌는 모드. 가까스로 제 시간에 맞춰 도착한 그린은 자라목을 한 채 조심스레 차 밖을 살폈다. 정한이 주차를 하기가 무섭게 그린은 잽싸게 차에서 내려 종종걸음으로 걸어갔다.

"민그린 씨! 같이 갑시다!"

순간 뒤에서 울리는 우렁찬 목소리에 그린은 움찔 놀라며 고개를 돌렸다. 차에서 내린 정한이 긴 다리를 뻗으며 눈 깜짝할 사이에 거리를 좁혀왔다.

"왜, 왜 그래요?"

그린은 혼비백산한 얼굴로 작게 핀잔을 주었다. 정한은 태연한 얼굴로 어깨를 으쓱할 뿐이었다.

 이 오빠. 분명 같은 걸 먹었으니까 뭘 잘못 먹은 건 아닐 텐데. 대체 왜 안 하던 짓을 하고.

 그린은 벌게진 얼굴로 주변의 눈치를 보며 서둘러 발걸음을 옮겼다.

 엘리베이터 안. 주차장을 지난 엘리베이터가 1층에 도착하자 출근길을 서두르던 직원들이 우르르 밀려들어 왔다. 안쪽에 있던 그린이 움츠러들며 벽에 붙는 순간 정한은 팔을 뻗어 그린의 어깨를 단단하게 감쌌다. 그린이 눈을 흘기며 밀어내자 정한이 이내 팔을 거둬갔다. 하지만 당황한 기색의 그린과 달리 정한의 태도는 아까부터 거침없고 당당하기만 하다. 팔을 거둬갈 때도 재빨리 빼는 게 아니라 프레임 하나하나가 어루만지듯 느긋하기만 했다. 그린은 기가 찬다는 얼굴로 정한을 올려다보았다.

 '이 오빠. 혹시 일부러 그러는 거야?'

 다행히 출근길 엘리베이터 안에 얼굴을 아는 사람은 없었다. 암 치료 센터와 가속기 연구소 직원들뿐인데다 엘리베이터 안도 고층으로 올라갈수록 한산해졌다. 하지만 꾸욱 입술을 다물고 있는 그린의 얼굴엔 못마땅한 표정이 가득이었다. 결국 둘만 남았을 때, 그린은 내려야 할 층에 내리지 않고 닫힘 버튼을 눌렀다. 이윽고 마케팅 본부 바로 위, 대표 이사 집무실이 있는 층에 도착했다.

 딩동-. 엘리베이터가 맨 위층에 멈추자 힐끗 밖을 내다본 그린이 정한의 소매 깃을 잡아끌었다.

"우리 얘기 좀 해요."

정한도 어딘가 복잡한 표정으로 고개를 끄덕거렸다. 개미 한 마리 지나가지 않는 고요한 복도 한 구석, 지금 이 층에는 진우와 정한밖에 없는 걸 알고 있지만 그린은 한껏 목소리를 낮추며 물었다.

"방금 엘리베이터 안에서 선 넘은 거, 알고 있죠?"

굳은 표정만큼이나, 굳은 목소리가 되돌아왔다.

"어."

뭐야, 설마설마 했는데 정말이었어. 잠시 멈칫한 그린이 당황한 표정으로 물었다.

"혹시, 일부러 그런 거예요?"

"어."

헐, '일부러'라고 했다.

"설마 주차장에서도 일부러?"

"어."

오늘 오빠의 콘셉트는 '어봇'인 건가. 결국 부글부글 끓던 그린의 뚜껑이 꽝 열려버렸다.

"회사에서는 절대로 티 안 내기로 했잖아요. 우리 결혼한 거. 비밀로 해주겠다고 했잖아요!"

주목받기 싫다고, 눈에 띄기 싫다고. 입사 전 친하지도 않은 정한의 옷깃을 붙잡고 늘어지며 얼마나 사정사정을 했는데.

"대체 왜 그런 거예요?"

원망 어린 그린의 물음에 정한이 시무룩하게 답했다.

"우리 회사 직원은 없었잖아. 나도 그 정도 눈치는 있어."

그린은 기가 막혀 더 말문을 잇지 못했다. 정한은 이때다 싶었는지 조심스럽게 물었다.

"그러지 말고 그냥 밝히는 게 어때?"

"미쳤어요?"

그린이 기겁을 하며 고개를 저었다.

"나 부서 이동 한 지 한 달도 안 됐어요. 절.대. 싫어요."

그린은 단호하게 고개를 저었다. 하지만 오늘은 정한도 의견을 굽히지 않았다.

"지금까지 하고는 비교도 안 될 정도로 업무 환경이 쾌적해질 텐데?"

"기가 막혀. 내가 누구 때문에 주말 내내 업무에 지장을 받았는데?"

안 그래도 주말에 꼭 보고 싶은 자료가 있었는데 어디서든 허리를 꼭 껴안고 놓지 않는 정한 때문에 도통 정신을 집중할 수가 없었다. 물론 결국엔, 들고 있던 자료를 내팽개치고 적극적으로 오빠를 덮친 그린의 책임도 없다고 할 순 없겠지만. 그러게 왜 슬금슬금 눈치만 보다가 한 번씩 목덜미에 코를 박고 가련한 척을 하는 거냐구.

정한은 답답한 표정으로 이맛살을 조였다. 정한에게도 정한 나름의 사정이 있었던 것이다. 오늘 아침 주차장에서, 그린을 보자마자 '어?' 하고 놀란 표정을 지으며 따라가던 남자. 분명 그 남자였다. 입사 전 정한이 그린을 미리 신사옥에 데리고 왔던 날, 로비에서 그린에게 말을 걸었던 암 치료 센터 소속 의사. 정한이 그린을 부르지 않았다면 분명 말을 걸고도 남았을 것이다. 게다가 엘리베이터에서도 그 남자는 필요 이상으로 그린의 옆에 바짝 붙어 서기까지 했다.

그뿐만이 아니었다. 그린은 마케팅 부서로 옮긴 후 더 많은 직원들의 입에 오르내리기 시작했다. 그린이 능력 있다는 소리를 듣는 건 정한에게도 뿌듯한 일이었다. 하지만 그 소리만 들려오는 건 아니었다.

사랑하는 아내의 이름이 다른 남자들의 입에 오르내리는 걸 잠자코 듣고 있어야만 하는 일. 업무 외적인 얘기가 들려와도 결혼한 걸 비밀로 해야 하기에 내색도 못하는 상황. 이 모든 게 정한에게는 고문이나 마찬가지였다.

아무리 포커페이스로 이름난 김정한도 그린이 화제에 오르면 저도 모르게 주먹을 꽉 쥔 채 떠드는 남자들을 노려보기 일쑤였다.

'그린이 유부녀라는 게 알려지면 필요 이상의 관심도 금방 거두어질 텐데.'

그뿐인가. 호시탐탐 다가오는 늑대들의 접근에 철벽을 칠 필요도 없을 테고.

그린은 쾌적한 업무 환경에 대해 정한과는 180도 다른 생각을 하고 있었다. 결혼한 사이라는 게 밝혀지면, 백허그에 집착하는 오빠는 시도 때도 없이 집무실로 불러댈지도 모르지. 그리고 무엇보다 가장 염려되는 건 따로 있었다.

"우리가 결혼했다는 게 밝혀지면 내가 하는 모든 업무에 오빠의 입김이 작용한 걸로 보이겠죠. 내 힘으로 해낸 일도 무조건 오빠 빽으로 한 거라고 할 텐데."

뜻밖의 야무진 대답에 정한의 미간이 심각하게 조여들었다. 그린의 말에도 물론 일리는 있었다. 마케팅 부서에서 오롯이 제 힘으로 자리를 잡고 싶어 하는 마음도 백번 이해가 됐다. 하지만 이대로 밝히지 않고 얼마나 견딜 수 있을까. 정한은 이러다가는 제 속이 까맣게 타버리고 말지도 모르겠다는 생각이 들었다.

그린과의 약속을 지킬 수도 깰 수도 없는 답답한 상황. 정한은 마지막으로, 인간적으로 호소해보고자 마음먹었다.

"그린아. 너 이제 마케팅 본부 파트너들하고 외근도 다니고, 출장도 가야 되잖아. 단둘이 갈 일도 많을 거고."

그린은 믿지만 저 시커먼 늑대 놈들은 절대 믿을 수가 없었다. 그렇다고 그 모든 외근과 출장에 일일이 따라갈 수도 없는 일이고. 차라리 시원하게 유부녀임을, 그것도 대표 이사와 결혼한 사이임을 밝혀버리는 게 늑대들의 접근을 차단하는 가장 확실한 방법 아닐까. 정한은 저 스스로도 이런 제 모습을 이해할 수 없었다. 누군가에게 온통 마음을 뺏겨 이렇게 전전긍긍 하는 날이 올 줄이야. 하지만 제 타는 속도 모르고, 무정한 뽀시래기는 양 허리에 두 손을 짚고 으름장을 놓았다.

"그러니까 내 말이요! 대표 이사 와이프랑 누가 편하게 외근을 다니고 출장을 가요? 그러다 업무에 지장 생기면 아무리 오빠여노 나 못 참아요!"

"아니, 그린아. 내 얘기도 좀 들어봐줘."

정한이 해명을 하려던 순간, 그린의 가방 안에서 휴대폰이 울렸다. 아직 출근 전인 제오에게서 온 전화였다.

"응. 제오야."

[그린아. 나 언론사 인터뷰 중이야. 오전 중에 해외 마케팅용 리플릿 올려야 되는데 취합해 줄 수 있겠어?]

"알겠어. 내가 마무리해 놓을게. 걱정 말고 천천히 와."

전화를 끊은 그린은 짤막한 한숨을 내쉬었다.

"일단, 사무실 들어가 봐야 되니까 나중에 얘기해요."

정한의 대답은 듣지도 않고 쌩 몸을 돌린 그린은 비상구 쪽으로 발걸음을 옮겼다. 뒤에 남은 정한은 답답한 표정으로 한숨을 내쉬었다.

사무실로 돌아와 팀원들이 보내온 자료를 검토하던 그린은 조금 더 긴 한숨을 늘어뜨렸다. 제오가 직접 나설 때와 그린이 맡을 때의 업무 차이는 확연하게 두드러졌다. 가장 큰 원인은 조가연이었다. 아니나 다를까, 벌써 며칠째 이리 빠져나가고 저리 빠져나가며 대면을 회피하는 가연의 보고서가 업로드되지 않았다. 잠시 망설이던 그린은 낭랑하게 목소리를 높였다.

"조가연 파트너. 리플릿 시안 안 올라왔는데요. 아직인가요?"

잠시 사이를 두고, 가연의 자리에서 샐쭉한 대답이 들려왔다.

"조금만 더 기다려요."

"얼마나요?"

"그거야 모르죠."

성의 없는 말투에 살짝 혈압이 올랐다. 순간 욱 치밀어 오르는 화를 가라앉히며 그린은 다시 차분하게 물었다.

"그럼 언제까지 줄 수 있어요?"

"그걸 내가 어떻게 알아요."

하아. 오늘 무슨 날인가. 출근 전, 정한과 한 판 하고 온 것도 모자라 2라운드는 조가연과 치르게 생겼네. 결국 그린의 인내심도 한계에 다다르고 말았다. 벌떡 일어선 그린이 가연의 자리로 다가갔다.

"조가연 파트너. 잠깐 나 좀 볼까요?"

작지만 서늘하게 내지른 말에 가연이 코웃음을 쳤다.

"싫은데요."

"그럼 이 자리에서 얘기할까요?"

한 치도 물러서지 않는 그린의 단호한 태도에 가연은 놀란 듯 고개를 치켜들었다.

"나가서 얘기하죠."

또각또각. 그린이 차게 몸을 돌려 사무실을 나갔다. 가연은 가소롭다는 얼굴로 자리에서 일어났다. 책상 위에 놓여 있던 아이스아메리카노를 집어 들며 한 손으로 손부채질을 했다.

"나 참. 어이가 없어서."

정신없이 바쁜 월요일 아침이라, 그린과 가연의 고요한 폭풍 전야를 눈치챈 사람은 없어 보였다. 사납게 얼굴을 일그러뜨린 가연은 그린을 따라 비상계단으로 향했다. 비상계단 문이 닫히자마자 가연의 얼굴이 사납게 일그러졌다.

"네까짓 게 뭔데 함부로 오라가라야?"

앙칼지게 내뱉은 말에도 그린은 흔들리지 않는 눈빛으로 가연을 마주 보았다.

"가연이 네가 나한테 왜 그러는 건지 난 아직도 모르겠어."

새빨간 입술이 들고 있던 아이스아메리카노를 쭈욱 빨았다.

"내가 뭘 어쨌다고 아침부터 트집인 건데?"

튀어나온 빈정거림에 되돌아오는 그린의 목소리는 나직하지만 단단했다.

"하지만 네가 왜 그러는지 이젠 궁금하지도 않아."

담담한 표정으로, 그린은 차분하게 뒷말을 이었다.

"여기는 학교가 아니라 직장이야. 적어도 업무 관련한 일에는 사적인 감정을 배제해줬으면 좋겠어."

가연의 눈동자가 분노로 이글거리기 시작했다. 마침 보는 사람도 없겠다, 가연은 와락 본색을 드러냈다.

"야. 민그린. 너 진짜 많이 컸다?"

한 발 바싹 앞으로 다가선 가연의 잇새에서 욕설이 새어 나왔다.

"찐따면 찐따답게 굴어. 이게 어디서 건방지게 이래라저래라야?"

"조가연. 너야말로 성인이면 성인답게 굴어. 애같이 유치하게 굴지 말고."

지지 않고 받아치면서도 그린 역시 자신의 대담한 모습에 놀라는 중이었다. 이제는 가연을 피하지 않고 업무 관련한 이야기를 주고받을 수는 있었지만, 더 나아가 한마디도 지지 않고 싸울 수 있을 줄은 정말 몰랐다.

어디에 이런 깡이 숨어 있던 건지. 이게 다 주말 내내 댕댕이처럼 따라다니던 김정한 때문이다. 애처롭게 끙끙거리던 모습에 괜히 마음이 약해져가지고.

　ㅡ 그래도 넘어가지 말았어야 돼, 자꾸 여지를 주니까 오늘
 　　같은 일이 생기지.

순간 그린은 눈앞의 가연보다 엘리베이터 안에서 뻔뻔하게 팔을 두르던 정한의 모습에 더 부아가 치밀어 올랐다. 그나마 회사에서는 세상 건조하고 시니컬한 CEO였는데, 정한은 언젠가부터 슬금슬금 선을 넘기 시작했다. 안 그래도 오늘 출근길에 있었던 일 때문에 심기가 사나운데 이제는 조가연까지. 씩씩거리는 그린의 모습에 어버버하던 가연은 급 노기가 솟구쳤는지 빽 소리를 질렀다.

"야! 민그린!"

"왜! 조가연!"

그린도 지지 않고 눈을 부릅떴다. 너만 소리 지를 줄 알아? 누구보다도 크게 지르고 싶은 건 지금 나라고! 그랬다. 지금 당장이라도 대표실 문을 박차고 들어가 삐딱한 입력어를 출력하던 '어봇'에게 퍼부어야 할 화가 엉뚱하게 가연에게 퍼부어지고 있는 셈이었다. 부부 싸움이 이렇게 무서운 거였다. 쩌렁한 그린의 목청에 가연은 반사적으로 어깨를 움츠렸다.

"뭐, 뭐야. 왜 소리를 지르고 난리야. 용건이 있으면 곱게 말로 할 것이지."

"처음에 곱게 말로 했어. 사적인 감정 빼고 일하자고. 리플릿 건, 너 때문에 늦어지고 있잖아."

"네 실력에 감당 못 할 거 같으니까 이제 와서 내 책임으로 떠넘기는 거 아니야? 그게 왜 나 때문인데?"

가연은 적반하장으로 억지를 부리기 시작했다.

"너 말고 다른 팀원들 건 주말 전에 다 업로드됐으니까!"

"뭐야. 리플릿 멤버들. 나 말고 다 남자 파트너들이잖아."

가연은 건수를 잡았다는 듯 피식 조소를 내비쳤다.

"민그린. 여전하네. 얼마나 꼬리를 쳤으면 그 짧은 시간 안에 다 받아냈을까."

확연히 비아냥거리는 목소리로 쐐기를 박았다.

"너 학교 다닐 때부터 천박하게 흘리고 다녔잖아."

학교 다닐 때부터 그린은 인기가 많았다. 말수도 적고 조용조용한데도 존재감이 두드러졌다.

학교 최고 존잘남이 그린을 좋아한다더라, 같은 반 아이돌

연습생이 누구의 고백을 거절한 이유가 민그린 때문이라더라. 그저 인기가 많다는 이유로 시기와 질투의 대상이 될 이유는 충분했다.

가연은 그 기회를 한껏 이용해 무수히 많은 소문을 흘렸고, 연적이라도 뺏긴 듯 이를 가는 아이들이 많아질수록 그린은 점점 위축되고 주눅이 들었다. 하지만 오늘의 그린은 조금도 위축되거나 주눅 들지 않았다.

"나 학교 다닐 때 한 번도 그런 적 없었어."

그뿐이 아니었다.

"오히려 흘리고 다니는 건 가연이 너 아니야?"

가연의 눈이 커다래졌다. 전혀 기죽지 않고 쏘아붙이는 저 당당한 모습. 눈앞에서 역으로 공격을 해오는 사람은 평생 만만한 먹잇감이라고 생각했던 찐따 민그린이 아니었다!

"뭐, 뭐라고?"

예전이라면 상상도 할 수 없을 만큼 당당해진 모습에 가연은 당혹스러운 눈빛을 감추지 못했다.

"야. 민그린! 네가 봤어? 내가 흘리고 다니는 거 봤냐고!"

그린에게서 흘러나온 경멸 어린 시선의 목적지는 가연의 손에 들린 아이스아메리카노였다. 오늘 아침 한민철 파트너가 질척한 농담과 함께 건넨 그 커피, 가연은 전혀 불쾌해하지 않고 웃으며 농담을 받아 주었다.

"글쎄. 나만 봤을까?"

순간, 그린의 차가운 지적에 가연의 바닥만 남은 이성이 폭발해버리고 말았다.

"이게 미쳤나! 눈 안 깔아!"

눈이 뒤집힌 가연은 반쯤 남은 커피를 내동댕이치고 그린의 블라우스 앞자락을 덥석 잡았다. 곧 정신이 번쩍 날 만큼 짜릿한 통증이 가연의 눈앞에서 번쩍거렸다. 그린도 지지 않고 가연의 머리채를 움켜쥐었던 것이다.

"아야! 이거 안 놔?! 민그린! 이거 놓으라고!"

쫘악 구부러진 그린의 손가락은 가연의 머리칼 깊숙한 곳으로 힘차게 파고드는 중이었다. 비록 속성으로 배웠지만 갈고리 기법은 듣던 대로 절대 빠지지 않았다. 지화 씨 땡큐. 이걸 써먹는 날이 올 줄이야. 가연이 할퀴듯 팔을 허둥거리며 머리를 비틀었다. 그럴수록 그린의 손가락이 깊숙이 파고드는 바람에 눈물이 쏙 빠질 만큼 아프기만 했다. 그린은 이를 악물고 손가락에 힘을 주었다.

"뭐? 천박? 흘리고 다녀?"

속에서 폭풍 분노가 솟구쳐 올라왔다. 시작은 부부 싸움이었을지 몰라도, 우연이 필연이 되었을지 몰라도 과정은, 그리고 끝은 조가연이 맞았다. 중학교 시절. 그린이 복도를 걸어갈 때면, 아이들은 종이를 뭉쳐 던지며 점수 내기 놀이를 했다. 머리는 5점, 얼굴은 10점, 몸통은 몇 점 해 가면서. 점심시간마다 식판 채로 머리부터 쏟아지던 음식 찌꺼기들, 갈기갈기 난도질 돼 있던 체육복 때문에 교복 차림으로 나가 혼자 기합을 받았던 일, 고등학교 때는 성형녀를 비롯해 남자 꼬시러 학교에 온다는 소리까지, 몸서리쳐지는 언어 폭력에 시달려야 했다. 시간이 흘러도 지옥 같던 시간은 계속 되감기되고 괴로운 기억을 현재 진행형으로 만든다. 정한과 결혼하기 전에는 꿈속에서 수백 번을 울부짖고 몸부림치다 눈물 젖은 얼굴로 깨어나는 밤이 수없이 많았다. 그리고 그린이 기억하는 모든 기억 뒤에는 악랄하게 웃음을 짓는 조가연이 있었다. 아무렇지 않게 사무실을 활보하는 조가연을 보면 아직도 한 번씩 가슴이 철렁하고, 욱신욱신 아팠다.

하지만 지금 이 순간, 속수무책으로 당하기만 했던 순한 어린양은 더이상 없었다.

"앞으로 한 번만 더 말도 안 되는 헛소문 퍼트리기만 해 봐! 나도 이젠 안 참을 거야!"

폭발해버린 그린은 악에 받쳐 소리를 지르며 잡고 있던 머리채를 흔들었다.

"이거 놓고 얘기해! 이거 놓으라고!"

가연은 휘청대며 비명을 지르는 일 말고는 아무것도 할 수가 없었다.

"뭐 하는 짓이야! 이 손 당장 놓지 못합니까!"

누군가 와락, 그린과 가연의 사이에 끼어들었다.

가연이 잡고 있던 그린의 옷깃을 놓았다. 동시에 풀린 그린의 손에는 구불거리는 머리칼이 몇 가닥 쥐어져 있었다.

"둘 다 제정신이에요? 대체 회사에서 뭐 하는 짓이에요!"

격하게 소리를 지르는 사람은 승 팀장이었다. 한 층 위, 대표 이사실에 보고를 올리러 갔던 승 팀장은 엘리베이터 대신 비상계단으로 돌아오는 길이었다. 그리고 승 팀장의 바로 옆에 거대한 그림자 하나, 정한이 경직된 얼굴로 우뚝 서 있었다.

"세상에! 대체 이게 무슨 일입니까!"

승 팀장은 흥분한 얼굴로 고래고래 소리를 지르고 있었다.

그때였다.

"와아아앙!"

가연이 커다란 소리로 통곡을 하기 시작했다. 승 팀장은 기가 차다는 표정으로 그린과 가연을 번갈아 바라보았다.

"나 원 참. 살다 살다 별 일을. 어떻게 회사에서 머리채를 잡고 싸우……."

가연이 억울한 표정으로 승 팀장의 말을 끊었다.

"머리채는 제가 잡혔죠! 전 민그린 씨 머리 안 잡았어요! 팀장님도 보셨잖아요!"

"대신 조가연 파트너는 제 멱살 잡고 있었으니까요."

그린도 바로 가연의 말을 톡 끊었다.

"내가 멱살 안 잡게 생겼어! 네가 걸레 같은 X이라고! 천박하게 남자들한테 흘리고 다니지 말라고 욕했잖아!"

가연은 기회를 놓치지 않겠다는 듯 발까지 동동 구르며 외쳤다.

"안 그럼 제가 미쳤다고 멱살을 잡았겠냐구요! 저 진짜 억울……!"

"그만 못 해요! 대표님 앞에서 이게 무슨 짓이야!"

듣다 못한 승 팀장이 다시 버럭했다.

"대표님! 정말 죄송합니다! 이런 꼴을 보시게 하다니, 전부 다 제 불찰입니다."

승 팀장은 90도로 고개를 숙여가며 몇 번이고 깍듯하게 용서를 구했다.

가연도 그제야 정한의 존재를 인식한 듯 흠칫 고개를 돌렸다. 양 주머니에 손을 꽂고 삐딱하게 서 있는 정한의 표정은 한없이 무감해 보여 무슨 생각을 하는지 알 수가 없었다. 가연은 당황한 얼굴로 제 모습을 훑어보았다. 헝클어진 머리, 손목에는 커피 물이 들고, 눈가는 잔뜩 번져 있을 게 뻔했다. 뒤늦게 수치감이 몰려온 가연의 눈에 다시 핑그르르 눈물이 돌았다. 가연은 바들바들 입술을 떨며 정한을 올려다보았다.

"대표님. 저는 아무런 잘못도……."

뚜벅.

한 걸음 앞으로 나온 정한이 건조한 한마디를 뱉었다.

"따라오세요."

그대로 둘을 스친 정한이 긴 다리를 뻗으며 비상계단의 문을 열었다.

"승 팀장도."

소회의실 안의 공기는 무겁게 내려앉아 있었다. 상석에 앉은 정한은 한동안 말이 없었다. 승 팀장은 정한의 눈치를 보며 연신 죄송하단 말을 웅얼거렸고, 가연은 이따금 눈물을 훔치며 훌쩍거렸다. 하지만 그린은 끝까지 아무런 말도 하지 않았다. 꼿꼿하게 앉아 굳은 표정으로 정면을 응시하고 있을 뿐이었다. 설핏 애틋한 눈빛을 보내던 정한은 곧 무심하게 목소리를 가다듬었다.

"일단은 경미한 몸싸움이었으니 쌍방 폭행으로 결론이 나긴 하겠지만, 각자 고소 원하면 지금 말하세요."

정한의 입에서 건조하게 떨어진 '쌍방 폭행', '고소'라는 말에 가연이 움찔 몸을 떨며 고개를 저었다.

"아뇨! 고소라뇨! 그, 그렇게까지 할 생각은 없습니다."

한 치 미동도 없이 가만히 듣고 있던 그린도 조용히 입을 열었다.

"저도 고소할 의사 없습니다."

고개를 끄덕인 정한은 이번에는 승 팀장에게 시선을 꽂았다.

"직원들끼리 사소한 시비로 다툰 걸 가지고 징계를 내리기도 애매하고, 그렇다고 그냥 넘어갈 수는 없을 것 같은데, 관련된 내규가 있습니까?"

가연은 서운한 얼굴로 번쩍 고개를 들었다. 사소한 시비라니. 아까도 그랬다. 경미한 몸싸움? 머리채까지 잡히고 험한 꼴을 당했는데 내가 왜 징계를 받아야 돼! 사회생활 만렙, 눈치가 빠른 승 팀장은 바로 맞장구를 쳤다. 부글부글 끓기 시작하는 가연의 속도 모르고.

"글쎄요. 사내 팀원 간 괴롭힘은 아니고, 일방적인 폭행이나 주먹다짐이 오간 것도 아니고……. 동료들끼리 가벼운 불화가 있다는 사유로 징계를 내렸다는 건 들어본 적이 없습니다."

역시 처세의 달인다웠다. 징계니, 고소니, 말은 그렇게 했지만, 정한의 워딩은 일을 크게 만들지 않겠다는 의도가 분명했다. 대표님의 의향을 바로 캐치한 승 팀장은 긴장이 풀린 얼굴로 어깨를 으쓱해 보였다.

"인사팀에 알아는 보겠지만 회사 차원에서 징계까지 내리는 건 좀 과한 것 같습니다."

다시 고개를 끄덕인 정한이 이번에는 그린을 바라보았다.

"민그린 씨. 둘이 왜 다퉜는지 설명해 보세요."

그린은 굳은 표정을 풀지 않은 채, 꾸욱 입술을 말아 물었다.

"어려워 말고 말해요. 처음부터, 차근차근."

달래듯 나직한 정한의 음성에 앵두 같은 입술이 달싹였다.

"조가연 파트너가."

잠시 후, 툭 한마디를 뱉은 그린은 조목조목 야무진 말투로 상황을 설명하기 시작했다.

"지정된 기일 안에 보고서를 제출하지 않았습니다. 저는 협조를 요청했을 뿐인데, 오히려 조가연 파트너가 나머지 팀원들이 남자들이라서 제가 꼬리 쳐서 받아낸 거라고 모욕했습니다."

가연이 새된 소리로 비명을 질렀다.

"잠깐만요! 설마 저 말을 믿으시는 건 아니죠? 쟤 말만 들으면 제가 완전 나쁜 X으로 들리잖아요! 야! 민그린 너 진짜 웃긴……!"

"조가연."

바로 무시무시하게 꽂힌 정한의 예리한 음성에 가연은 얼음처럼 굳어 버렸다.

"……파트너. 해명은 이 뒤에 듣기로 하죠. 가나다순으로 민그린 파트너 발언부터 듣는 것뿐입니다."

정한이 험악해진 얼굴로 한 자, 한 자 으르렁거리며 박아 넣었다. 정한의 말대로였다. 가나다순으로 하면 민 씨인 그린이가 먼저였다. 조 씨인 가연은 차례를 기다리라는, 어떻게 보면 당연하고도 공정한 말이었다. 서슬 퍼런 정한의 기세에 가연은 목이라도 물어뜯긴 듯 고개를 움츠렸다. 잠시 후 힘없는 대답이 흘러나왔다.

"네……."

"그리고 학교 다닐 때 저한테 천박하게 흘리고 다녔다는 모욕적인 말을 뱉어서 저도……."

"내가 언제 그랬어!"

가연은 다시 참지 못하고 소리를 질렀다.

"아까 분명히 했잖아."

그린은 힘 있는 눈동자로 가연을 노려보았다. 가연은 할 말을 잃은 채 멍하니 그린을 응시했다. 이상하다. 저건 민그린이 아닌데. 또박또박 한마디도 지지 않는 쟤가 정말 민그린이라고?

"그래서 전 그에 상응하는 대꾸를 했을 뿐입니다. 조가연 파트너가 먼저 제 멱살을 잡긴 했지만, 그렇다고 참지 못하고 머리채를 잡은 건 잘못입니다. 죄송합니다."

그린의 설명은 침착하고도 간결했다. 정한은 최대한 무표정을 유지한 채 듣고 있었지만 속으로는 뭉클한 심정이 한 가득이었다. 간간이 분한지 테이블 아래에서 꾸욱 주먹을 쥐면서도, 최대한 냉정한 태도를 유지하는 침착한 모습. 얼마 전, 조가연의 이름을 듣고 통곡을 하던 그 민그린이 맞나 싶을 정도였다. 어느새 이렇게 씩씩해졌나. 가연의 뒷모습을 본 것만으로도 패닉에 빠져 응급실까지 실려 갔던 그 뽀시래기가 예뻐 죽겠다. 사랑스러워 미치겠다. 기특한 내 마누라.

"아니에요! 대표님! 팀장님! 저는 정말 억울합니다!"

가연은 울컥하며 외쳤다. 눈물을 뚝뚝 떨구는 가연의 모습은 애처로워 보이기까지 했다.

"민그린도 저한테 회사에서 흘리고 다닌다고 했어요! 거기다……!"

돌연 정한의 미간이 확 일그러졌다.

"승 팀장."

"네! 대표님."

"생각해 보니, 내가 학교 선생님도 아니고, 알바들 싸운 얘기 들어주는 동네 구멍가게 점주도 아니고. 안 그래도 바빠 죽겠는데 저 구질구질한 하소연을 계속 듣고 있어야 됩니까?"

대표님 머릿속에 지우개가 있는 걸까. 소회의실로 따라오라고 한 사람도 김정한, 자리에 앉으라 한 사람도 김정한, 무슨 일이 있었는지 말해보라 한 사람도 김정한이었는데. 정한은 어지간히 듣기가 싫은지 당장이라도 자리를 박차고 나갈 것처럼 눈살을 찌푸렸다.

"하지만 지금은 제 차례……!"

"조가연 씨! 그 입 좀 그만 다물어요! 대표님 앞에서 계속 추태 부릴 거야!"

승 팀장이 펄쩍 뛰며 호되게 나무랐다. 가연은 억울해서 기절해버릴 것만 같았다. 하지만 직속 팀장이 눈앞에서 펄펄 뛰는데 더 이상 아무런 말도 할 수가 없었다. 모욕감에 어금니가 부서져라 사리무는 가연의 머리 위로 서늘한 언어가 떨어졌다.

"일 크게 만들지 말고 승 팀장 선에서 처리하고 끝내죠."

"예! 대표님! 제가 책임지고 조용히 마무리 짓겠습니다! 염려 마시고 올라가시죠."

"아니, 회사 최고이자 최종 책임자로서, 그냥 좌시할 수는 없습니다. 이 건, 매듭지으세요. 내가 보는 앞에서."

"알겠습니다. 대표님!"

승 팀장은 깍듯하게 고개를 숙인 뒤, 엄한 얼굴로 그린과 가연을 재촉했다.

"거 당장 화해 안 하고 뭐 합니까? 서로 사과하고 풀어버립시다! 어서 미안하다고 하세요!"

기다렸다는 듯, 정한이 바로 가연을 돌아보았다.

"공정하게 역순으로 하죠. 이번엔 조가연 파트너가 먼저."

지금 이 순간만큼은 더할 나위 없이 편파적인 공정한, 아니 김정한 대표님. 아까는 가나다순으로 그린이 먼저였으니 이번엔 역순으로 가연이 먼저 하라는 말이 틀린 건 아니었다. 승 팀장은 정한의 말이 떨어지기가 무섭게 가연을 재촉했다.

"뭐 해요? 조가연 씨! 빨리 사과하지 않고!"

가연은 부들부들 떨며 한동안 숨만 몰아쉬었다.

"사과 안 하고 시말서 쓸 거야? 나중에 고과 반영할 때 이번 일 자세하게 기술해 놓을까!"

짜증 나고 분하고 억울해서 피까지 토할 것 같았지만 진퇴양난이다. 피가 맺힐 정도로 깨물고 있던 입술이 바르르 떨렸다. 가연은 띄엄띄엄 힘겨운 한마디를 꺼냈다.

"미안······해."

마지못해 나온 한마디에 정한은 매섭게 눈썹을 치켜올렸다. 슬쩍 정한의 눈치를 본 승 팀장이 와락 인상을 썼다.

"조가연 씨. 둘이 동창이었다는 건 들어서 아는데, 그래도 이왕 하는 거 절차 갖춰서 제대로 해야죠. 여긴 회산데."

승 팀장의 핀잔에 가연은 바르르 입술을 떨었다.

"······민그린 파트너. 정말 미안합니다. 내가 실언했어요. 멱살 잡은 것도······ 사과할게요."

평생 자신의 입에서 나오지 않을 거라고 믿었던 말이었다.

가연은 모멸감에 푸욱 고개를 수그렸다.

"자, 민그린 파트너."

승 팀장은 조금 누그러진 목소리로 그린에게 손짓을 했다.

"민그린 파트너도 깨끗하게 사과하고 마무리합시다."

가연은 기다렸다는 듯 이를 갈며 그린을 노려보았다. 순간 정한의 미간이 살짝 꿈틀댔다. 아까 비상계단에서, 그냥 못 본 척 하고 돌아설 걸 그랬나. 일단 상황을 정리하려고 데리고 들어오긴 했는데, 그린은 조가연에게 사과하는 게 죽기보다 싫을 게 분명했다.

"민그린 파트너 뭐 합니까? 대표님 바쁘신데 빨리 끝내죠?"

승 팀장이 다시 그린을 재촉했다. 겉으로는 느긋한 태도를 보였지만 정한의 속도 타들어가기 시작했다. 잠시 적막이 흐르는 공간에 그린의 또렷한 목소리가 울려 퍼졌다.

"전 사과 안 할 건데요."

"……!"

정한이 놀란 눈으로 돌아보니 가연의 눈도 튀어나올 만큼 커다래져 있었다.

"순간적으로 감정을 제어 못 하고 근무 시간에 난동을 부린 건 죄송하게 생각합니다. 하지만 조가연 파트너에게 사과를 하라니, 아무리 생각해도 전 잘못한 게 없습니다. 억지로 사과를 하느니 그냥 시말서 쓰겠습니다."

그린은 승 팀장을 똑바로 바라보며 당당하게 말했다.

"아니. 그래도 대표님이……."

얌전하고 부드럽게만 보였던 그린의 반전 있는 태도에 승 팀장도 쩔쩔매는 순간…….

"뭐, 다 큰 성인이 죽어도 하기 싫다는 데 억지로 시킬 순 없죠. 그럼 이걸로 마무리하는 걸로 하고. 승 팀장하고 민그린 파트너는 나 따라오고. 조가연 파트너는 업무 복귀하세요."

벌떡 일어선 정한이 뒤도 돌아보지 않고 사무실을 나가버렸다.

"예! 대표님! 민그린 씨는 나 따라오고, 조가연 씨! 얼른 사무실로 돌아가요!"

승 팀장도 정한의 말을 따라하며 부리나케 일어섰다. 벌떡 일어선 그린도 후다닥 승 팀장의 뒤를 쫓았다. 덩그러니 혼자 남은 가연은 혈압이 쭉쭉 올라 미쳐버릴 것만 같았다.

"아아아아악! 민그린! 죽여버릴 거야!"

머리를 움켜쥐며 몸부림을 친 가연은 핏발이 선 눈으로 출입문을 노려보았다.

chapter 19

뜻밖의 사고

엘리베이터로 향하던 정한이 걸음을 멈추었다.
"민그린 파트너는 잠깐 대기."
몇 걸음 걸어가며 승 팀장에게 상체를 기울인 정한은 무언가 이것저것 지시를 내렸다.
"예. 대표님. 알겠습니다."
"승 팀장은 엘리베이터 타고 내려가세요. 난 비상계단으로 가죠."
다시 몸을 돌려 뚜벅뚜벅 걸어온 정한이 그린을 돌아보았다.
"민그린 파트너는, 큼. 나 따라서 크흠, 올라오고."
비상구 문을 여는 정한에게 옆을 지나치던 직원들이 고개를 숙였다. 미래전략팀은 대표실이 있는 꼭대기층 바로 아래층이었다. 때문에 정한은 엘리베이터를 기다리기 귀찮아 비상계단을 이용하곤 했다. 자주 있는 일이기에 다들 그런가 보다 할 뿐, 비상구로 빠져나가는 정한과 그린에게 의심의 눈초리를 던지는 사람은 없었다.

"크흠. 크흠."

오늘따라 목이 건조한 건지 계속 목청을 가다듬던 정한은 비상구 문이 닫히자마자 우뚝 멈춰 섰다. 그린은 닫힌 문 앞에서 갑자기 멈춰 선 정한을 올려다보았다. 커다란 한 손으로 얼굴을 누른 채 한참을 서 있다가.

"……큭큭큭."

고개를 숙인 정한에게서 뜻밖의 소리가 새어 나왔다. 한참을 들썩거리던 정한의 건장한 가슴이 확 젖혀지더니 결국 커다란 웃음소리가 터져버렸다. 입사 이래, 무감하고 서늘한 표정만을 고수하는 대표님이 이렇게 호탕하게 웃을 수도 있다는 걸 알면 까무러칠 사원이 한둘이 아닐 텐데, 정한은 눈가에 찔끔 눈물까지 맺힐 정도로 웃고 있었다.

'뭐야, 지금 웃는 거야?'

그린은 웃음이 터진 정한의 모습이 기가 막힌지 '하!' 소리를 내뱉었다. 단단하게 팔짱을 낀 뽀시래기는 씩씩거리는 얼굴로 정한을 올려다보며 말했다.

"이게 다 오빠 때문이에요!"

밑도 끝도 없는 말을 꺼낸 그린은 토라진 얼굴을 홱 돌려버렸다. 우아한 콧날 위로 기다란 속눈썹이 섬세한 그늘을 드리우고 있었다.

토라진 얼굴마저도 미치게 사랑스러우면 어쩌라고.

슬며시 배어 나오는 웃음을 감추며 정한은 애써 표정을 가다듬었다.

"둘이 나 때문에 싸웠다고?"

"아니이!"

답답한지 발을 구른 그린이 발끈하며 말했다.

"오빠가 아침부터 자꾸 이상하게 구니까! 안 그래도 화가 나는데 조가연까지 시비를 걸잖아요!"

"화가 왜 났는데?"

천연덕스럽게 내려다보는 정한의 얼굴은 더없이 무구해 보였다. 질렸다는 듯 바라보다 결국 헛웃음을 터트린 그린이 물었다.

"진짜 몰라서 물어요?"

"어."

으아아아. 이놈의 어봇! 전원 어딨어! 코드라도 있으면 당장 뽑아버릴 텐데!

"농담은 미안. 그린이 네 기분 충분히 이해해. 존중해 주고 싶고. 그런데 내 사정도 좀 알아주면 안 되나."

머리끝까지 난 그린의 화는 바로 이어진 차분한 언어에 허무하게 가라앉고 말았다.

"마케팅 본부, 민그린. 일도 잘하는데 예쁘기까지 하다는 소리, 오며 가며 하루에 적어도 두세 번은 듣고 있어."

씁쓸한 고백을 되새기며 잠시 생각에 잠겼던 그린의 눈이 커다래졌다.

'잠깐, 이건 또 무슨 소리야? 되게 기분 나쁘다는 얘기 같은

데? 설마! 그래서……?'

고개를 갸웃하던 그린은 '에이, 아니지?' 하는 표정으로 물었다.

"오빠 혹시, 질투…… 하는 거예요?"

대답은 필요 없었다. 목덜미까지 벌게진 정한의 모습이 대신 답을 하고 있었으니까.

그제야 정한의 마음이 이해되었다. 주말 내내, 정한은 그린이 업무상 물어보는 모든 이야기에 진지하게 귀를 기울이고 조언을 건네주었다. 조금이라도 싫어하는 티는 없었는데. 주말인데 서류만 붙들고 있을 거냐는 불평도 전혀 안 했는데. 그래서 그린은 정한이 이런 마음을 가지고 있을 거라고는 상상도 하지 못했다. 하지만 한 번씩 풀이 죽어 그린의 목덜미에 코를 박으며 한숨을 내쉬고는 했다. 생각해 보니 제오나 같은 부서의 남직원들 얘기가 나올 때마다 그랬던 것 같다. 뒤늦게 '아차'한 그린은 슬며시 눈치를 보며 위로를 건넸다.

"그래도 난, 오빠뿐인 거 알잖아요."

"네가 못 미더워서가 아니야. 제 와이프 이름이 외간 남자들 입에 오르내리는 데 기분 좋을 남자가 어디에 있겠어. 그리고……"

머뭇거리며 튀어나온 다음 말에 그린은 뜨아! 하는 표정을 지었다.

"계약서 마지막 조항. 솔직히 그 생각만 하면 초조해."

"오빠 그건!"

잠시 후, 쭈뼛쭈뼛 털어놓은 그린의 고백에 정한도 한참이나 멍한 얼굴이 되었다.

"그러니까. 순전히 질투심을 유발하기 위해서 그런 거였다고?"

끄덕끄덕.

"하."

한참이나 말을 잇지 못하던 정한은 헛웃음을 터트렸다. 오해가 풀린 자리에는 곧 서로만을 담아내는 오롯한 눈빛이 밀려들었다. 혹시라도 누가 들어올까 눈치를 보며, 발끝을 치켜들고 재빨리 입을 맞춘 그린이 생긋 웃어 보였다.

"그럼 여름 종양 학회까지만이라도 기다려줘요."

"여름?"

"나도 끝까지 숨길 생각은 없어요. 그 정도면 가시적인 성과가 나오니까 프로젝트 잘 끝내고 그 후에 밝힐래요."

"……."

"그 정도는…… 기다려주면 안 되나……."

눈치를 살피는 목소리에 굳어 있던 정한의 표정이 순간적으로 움찔했다.

"네? 그 정도는 해줄 수 있잖아요. 네에?"

커다란 눈망울로 올려다보며 조르는 소리에 정한은 허무하게, 쉽게, 필연적으로 무너져버렸다. 역시, 이건 더 좋아하는 사람이 불리할 수밖에 없는 대결. *끄덕.* 풀죽은 커다란 멍멍이처럼, 고개를 끄덕이는 정한에게 그린은 비장한 표정으로 새끼손가락을 치켜들었다.

"약속해요. 우리 결혼했다는 얘기. 그때까지는 절대! 안 하기로!"

탕비실 문손잡이를 당기던 제오는 순간적으로 멈칫 굳어버렸다.

"흑흑. 나리 씨. 나 이번에는 진짜 억울해요. 으흐흑. 갑자기 불려나가서, 다짜고짜 욕먹고. 흐흐흑. 머리 잡히고."

눈물 콧물 쏟아내며 하소연하는 목소리는 분명 조가연이었다.

"그런데 대표님은 민그린 편만 드는 거야!"

"에이. 설마요."

"진짜라니까! 나리 씨도 직접 봤어야 해요. 대표님이 안 그런 척하면서 민그린만 챙겼다니까!"

"흐음. 설마 대표님이 진짜로 민그린 씨를 마음에 두고 있나?"

"모르죠. 그새 뒤에서 둘이 썸이라도 타고 있는 걸지도! 분명! 둘 사이에 뭔가 있다니까요!"

가연의 앙칼진 대꾸에 제오의 가슴이 덜컥 내려앉았다. 숨을 죽여 문을 닫은 제오는 심각한 표정으로 돌아섰다. 가연이 그린에 대해 하는 말은 거의 대부분이 터무니없는 거짓말이 분명했다. 하지만 방금 한 말은 진실일지도 모른다는 불안감이 제오의 가슴을 짓눌렀다. 그러고 보니 너무 안일하게 굴고 있었다. 앞으로 한동안 그린과 함께 업무를 보고 하루의 대부분을 공유할 수 있다는 것만으로도 들떠 있었고, 그린에게 제 마음을 표현하겠다는 생각은 멀찌감치 밀려나 있었다. 매일매일 얼굴 볼 수 있다는 것 하나만으로도 넘치게 행복했으니까.

'하아아아.'

속이 터질 만큼 답답해진 제오는 터덜터덜 옥상으로 발걸음을 옮겼다. 그린이가 김정한 대표와 진짜 썸이라도 타고 있나? 설마. 그린은 집에까지 업무를 가져갈 정도로 새로 맡은 일에 열성을 보이고 있었다. 마케팅 본부에 적응하는 것만으로도 버거울 텐데, 누군가와 썸을 타고, 연애를 할 여유는 없을 게 분명했다.

그런데도 자꾸만 불안했다. 그 정도로 김정한의 존재는 무겁게 제오를 짓누르고 있었다. 처음부터 완벽해 보였던 김정한이 이제는 거대하게 느껴질 정도였으니까. 옥상 문을 열고 걸음을 내디딘 제오의 발이 뚝 멈추었다. 난간 저 앞에서 주머니에 손을 꽂은 채 우뚝 서 있는 한 사람. 봐도 봐도 감탄밖에 나오지 않는 웅장한 어깨, 넓어도 너무 넓은 떡 벌어진 등판.

바로 김정한이었다. 문득 기척을 느낀 정한이 천천히 몸을 돌렸다.

"저기요. 아니. 대표님."

긴장한 표정이 역력한 애송이의 목울대가 꿀꺽 오르내렸다.

바싹 마른 입술은 바르르 떨리고.

"……혹시."

표정은 한없이 절박해 보였다.

"그린이한테 고백했습니까?"

찬찬히 훑어보던 정한의 입술이 느릿하게 움직였다.

"안 했는데."

휴우. 커다랗게 한숨을 내쉰 애송이는 그제야 안도의 미소를 지었다. 이야. 김정한. 그래도 의리는 있군. 페어플레이 하자는 약속. 기억하고 있었구나!

"정말이죠? 정말 안 한 거 맞죠?"

무감한 표정으로, 정한은 끄덕 고개를 움직였다. 비로소 제오의 표정이 환해졌다.

"민그린 씨한테 고백, 한 적 없습니다."

바로 이어지는 다음 말이 선고처럼 떨어지기 전까지는.

"받은 적은 있어도."

제오는 정한의 말에 매섭게 심장이라도 찔린 얼굴이었다. 순박한 눈망울이 상처를 고스란히 비춰 보이고 있었다. 아마 다른 상황이었더라면 정한은 방금 제가 한 행동에 가슴이 뜨끔해졌을 거라는 생각이 들었다. 제오의 부드러운 갈색 눈동자는 그러고도 남을 만큼 서럽고도 서럽게만 보였다. 하지만 냉혹하고, 무신경할수록.

"민그린 씨가 먼저 고백하더군요."

그리고 단호하게 빨리 끊어버릴수록.

"나를 좋아한다고."

이 어린 친구가 받을 충격과 상처도 최소한이 된다.

순간적으로 텅 비어버린 제오의 동공이 꺼져가는 촛불처럼 흔들리기 시작했다. 겉으로는 세상 무자비한 사냥꾼처럼 냉혹하게 굴었지만 마음 한 구석이 착잡한 건 사실이었다. 그렇다고 지금 정한이 해줄 말은 아무것도 없었다. 해주고 싶은 말도 없었다. 아마도 꽤 오랜 시간 앓고 나서, 그 후로도 한동안 따끔따끔한 후유증을 겪고 나서야 상처 입은 마음은 다시 조심스럽게 새로운 인연을 꿈꿔볼 수 있겠지. 충격받은 제오의 곁을 뚜벅뚜벅 스쳐가는 정한의 입은 굳게 다물려 있었다.

사무실로 돌아온 정한은 한결 차분해진 마음으로 업무에 임했다. 먼저 메일함부터 훑다가, 반듯하던 미간이 순간적으로 조여들었다.

발신	KINS 한국원자력안전기술원
제목	20xx년 원자력 안전법령 관련 정기점검 실사 일정 안내

"아."

정한의 입에서 짤막한 탄식이 터졌다. 까맣게 잊고 있었다.

홍세아. 잠시 상념에 빠지듯, 굳은 표정으로 화면을 응시하던 정한은 이내 수화기를 들었다.

똑똑.

잠시 후 정한의 집무실 문이 열렸다. 빠른 걸음으로 다가온 그린은 바로 돌아 나갈 기세로 서류철부터 내밀었다.

"이거, 승 팀장님이 전달해드리라고."

"어."

손을 뻗은 정한이 서류철을 엎어놓은 뒤 자리에서 일어섰다.

"앉을까?"

"바로 가봐야 돼요. 오늘 되게 바빠서."

"잠깐만 앉았다 가."

고갯짓으로 소파를 가리킨 정한이 인터폰을 눌렀다.

"김 비서. 차 좀 주세요."

그린은 일부러 발을 쿵쿵 구르며 따라와 맞은편에 풀썩 앉았다. 아마 정한이 잠깐이라도 얼굴을 보고 싶어 부른 줄 알고 불만인 모양이었다. 물론 정한도 지금 그린의 마음을 잘 알고 있었다. 하지만 이대로 돌려보낼 수는 없었다. 아무것도 모르고 있는 그린에게 간략하게라도 설명을 해줄 필요가 있었다. 당연히 그린도 알아야 할 일이었기에. 곧 비서가 들어와 녹차 두 잔을 놓고 나갔다.

정한은 그린에게 찻잔을 밀어주며 잠시 생각을 가다듬었다. 어디부터 이야기를 꺼내야 할까. 이번에 KINS에서 감사를 나오는 홍세아가 정한의 옛 여친이었다는 사실을.

"네가 꼭 알아둬야 할 일이 하나 있어서 불렀어."

쓸데없는 사족을 붙이지 않는 정한다웠다. 지금 많이 바쁜지, 일은 잘 되고 있는지 등의 형식적인 말은 칼같이 생략하고 본론부터 꺼내든다. 마침 테이블 위에 올려둔 휴대폰이 울리기 시작했다.

하진우

정한은 살짝 미간을 찡그리며 무음으로 바꾸어버렸다. 평소와는 다른 심각한 표정에 한참 일하다 끊고 올라와 불만이던 그린의 마음도 제자리를 찾았다. 회사에서 마주하는 정한은 여느 때와 똑같은 모습이었다. 먼지 한 톨, 구김 한 점 보이지 않는 말끔한 와이셔츠. 과한 조임도, 한 치 느슨함도 없이 좌우 대칭이 완벽하게 조여진 넥타이의 매듭. 소매 밖으로 반쯤 나온 시계의 메탈 프레임과 브레이슬릿에는 잔 기스 하나 보이지 않았다. 하지만 설핏 주름이 진 미간은 이토록 흐트러짐 없는 남자의 심기를 긁어대는 뭔가가 있다는 걸 드러내 보이고 있었다.

동그랗게 뜬 눈에 이내 걱정 어린 빛이 담겼다.

"무슨 일 있어요?"

"음. 다음 주에……."

정한의 책상 위 유선 전화가 요란하게 울려댔다. 쯧, 혀를 찬 정한이 책상 앞으로 걸어가는데.

"왜 전화를 안 받아!"

벌컥 문이 열리더니 진우가 헐레벌떡 뛰어들었다.

"오이타마에서 방사능 유출됐대!"

"뭐!"

정한이 고개를 돌림과 동시에 그린도 벌떡 일어섰다. 진우가 말한 오이타마라 함은, 일본 최대 원자핵 소립자 실험실이 있는 국립 연구소. 문제는 이 실험실에서 공동 연구를 하는 한국의 물리학과 교수나, 핵물리학자가 다수 포진해 있다는 점, 그 중 가장 큰 프로젝트 그룹에 넥스트메딕에서도 4명의 연구원을 파견했다는 것이었다.

"아침에 그랬나 봐! 자세한 상황은 나도 몰라."

책상 앞으로 뛰듯이 다가간 정한은 서둘러 서랍을 잡아 뺐다.

"여권 챙겨서, 10분 뒤에 주차장으로."

정한의 말이 떨어짐과 동시에 진우가 총알처럼 튀어나갔다. 바로 인터폰을 누른 정한이 속사포 같은 지시를 내렸다.

"김 비서. 나리타 행 제일 빠른 거 예약 부탁해요. 티켓은 나랑 하 이사. 나카이 선임 연구원 셋. 현지 렌트, 숙소 연결하고 김 비서는 남아서 대기, 나카이 연구원도 즉시 여권 챙겨서 내려오라고 해요."

옷걸이를 챈 뒤 재킷을 벗겨 걸치던 정한의 눈에 그제야 얼떨떨한 표정의 그린이 눈에 들어왔다.

뜻밖의 사고 129

성큼 다가온 정한은 와락 그린을 한 품에 끌어안고 이마에 입을 맞추었다.

"연락 안 될지도 몰라. 다녀올게."

순식간에 정한의 집무실이 텅 비어버렸다. 그린은 책상으로 다가가 데스크톱 전원을 끄고 있는 대로 빼놓은 서랍을 닫은 뒤 정한의 집무실을 나섰다. 김 비서는 빛의 속도로 정한의 지시를 수행하느라 혼이 반쯤은 나가 있었다. 어느새 그린도 정한이 꼭 할 말이 있다는 얘기는 까맣게 잊어버린 채였다. 터덜터덜 사무실로 돌아온 그린은 자리로 돌아가다 말고 갸우뚱한 표정을 지었다. 오전에 자리를 비웠던 제오가 그새 돌아온 모양이었다. 그런데 늘 활기에 차 있던 제오는 책상 위에 힘없이 엎드려 있었다.

"제오야. 어디 아파?"

그린이 걱정스럽게 들여다보며 물었다.

"……."

제오는 대답할 기운도 없는지 머리를 더 깊이 묻어버렸다.

바로 찾아온 점심시간.

계속 같은 자세로 엎드려 있던 제오는 한숨을 내쉬며 몸을 일으켰다. 걱정스러운 얼굴로 들여다보던 그린이 조금이라도 먹고 오자고 권했지만 제오는 생각 없다며 차갑게 거절해버리고 말았다.

조금 전, 시무룩해져 나간 그린의 얼굴이 아른거렸다. 그 고운 얼굴이 너무 예뻐서 더욱 아팠다. 오랜 첫사랑이었던 네가,

다른 남자를 좋아하고 고백까지 했다는 사실보다 더. 치졸한 거절의 말에 풀죽은 얼굴로 돌아선 모습이 더 시리고 아팠다. 나는 아직도 너를 이렇게나 많이 좋아하고 있나 보다. 네가 다른 남자를 마음에 두고 있다는 사실보다 내 차가운 한마디에 상처 입은 네 얼굴을 보는 게 더 속이 상한다. 제오는 아려오는 가슴을 텅텅 때린 뒤 억지로 마우스를 쥐었다.

맞은편의 가연은 잘근잘근 입술을 깨물며 그 모습을 지켜보고 있었다. 아까부터 그린을 외면하던 제오는 분명 냉랭한 태도를 보이고 있었다. 무슨 일인지는 모르지만 그린에게 거리를 두는 제오의 모습엔 분명 이유가 있을 것이다. 가연의 한쪽 입꼬리가 삐뚜름하게 솟아올랐다.

"많이 힘들지?"

조심스러운 가연의 목소리에 제오가 고개를 들었다. 가연이 다 안다는 듯 씁쓸한 표정으로 덧붙였다.

"내 앞에선 애써 괜찮은 척할 필요 없어."

제오는 관심 없다는 듯 고개를 돌려버렸다. 하지만 바로 이어진 가연의 말에 돌아간 고개가 바로 제자리를 찾았다.

"너 뒤통수 맞은 거잖아. 민그린한테."

제오가 움찔하는 걸 눈치챈 가연은 속으로 쾌재를 불렀다. 징글징글할 정도로 첫사랑 타령을 하던 남자가 하루아침에 돌아선 원인은 뻔하지. 혹시나 하고 넘겨짚은 게 진짜로 맞았을 줄이야.

"내가 계속 말했지? 민그린 걔, 앞에서는 순진한 척하면서 뒤에서 엉큼한 짓 하고 다니는 애라고."

제오는 긍정도 부정도 하지 않고 묵묵히 가연의 말을 듣고만 있었다. 잘됐다 싶었던 가연은 내친김에 오늘 오전에 있었던 일까지 몽땅 그린에게 덮어씌우기로 했다.

"제오야. 저기, 이건 비밀인데 나 사실…… 대표님하고 진지하게 만나던 사이였어."

"김정한 대표?"

순간 차가워진 제오의 목소리에 가연은 억지로 눈에 힘을 주며 고개를 끄덕였다.

"그런데 갑자기 대표님이 차가워져서……."

정한은 단 한 번도 가연에게, 아니 회사의 그 누구에게도 냉랭하고 무심한 태도 외의 모습을 보인 적 없었다. 하지만 그날 워크숍에서, 그리고 오늘 소회의실에서, 민그린을 바라보는 정한의 눈빛엔 분명 온기가 넘치고 있었다. 다른 누구도 아닌 정한이 그린을 감싸는 모습에 미칠 만큼 속이 뒤집히고 이가 갈렸다.

"바보같이. 민그린 취미가 남의 남자 뺏는 거였는데. 깜빡했었어."

순식간에 빨개진 눈에서 눈물을 쥐어짜며, 가연은 훌쩍거리기 시작했다.

"혹시나 하고 확인했다가 아침에 욕먹고 머리채까지 잡혔다고. 흐흑."

조용히 듣기만 하던 제오가 스르르 자리에서 일어났다. 어깨에는 가방을 멘 채였다.

"미안한데, BPA 치료제 브로슈어. 가연이 네가 마무리해서 좀 넘겨주라."

제오는 힘없이 중얼거린 뒤 그대로 나가버렸다. 잠시 후, 제오의 책상에 앉은 가연의 눈썹이 살짝 치켜 올라갔다. 곧 바론바이오로 돌아가야 하기에, 제오는 그린과 모든 걸 공유하고 있던 모양이었다. 로그인된 이름이 '민그린'인 걸 확인한 가연은 사악한 미소를 흘렸다. 전자 브로슈어를 열어 재빨리 몇 개의 숫자를 바꾼 가연은 파일을 업로드하기 시작했다.

······검토해 보시고 빠른 회신 부탁드립니다.
넥스트메딕 미래전략팀 마케팅 본부 담당자 민그린

경쾌하게 전송을 누른 가연은 콧노래를 부르며 자리로 돌아왔다. 내가 나쁜 게 아니야. 짜증 나고 기분 나쁘면, 누구나 그럴 수 있잖아. 누구나 한 번쯤 이상하게 거슬리고 아니꼬운 애들은 짓밟아버리고 싶잖아. 물론 김정한 대표와 깊은 사이였다는 것도, 그린이 정한을 뺏어갔다는 것도 새빨간 거짓말이었다. 넋이 나가 사무실을 빠져나가던 제오의 뒷모습을 떠올리며 가연은 일그러진 미소를 지었다. 제오가 왜 저러는지는 몰랐지만 가연도 하나는 분명히 알 수 있었다. 이젠, 류제오가 검게 물들 차례라는 것을.

어제 급하게 일본으로 떠난 정한에게서는 아무런 연락도 없었다. 그린은 꼼꼼하게 인터넷을 뒤졌지만 일본 현지에서도, 한국에서도 방사능 유출 사고에 대한 뉴스는 없었다. 별일 아닌 건지, 쉬쉬하는 건지. 답답한 하루가 또 지나고 있었다. 문득, 맞은편 책상 너머에서 발랄한 목소리가 톡 날아들었다.

"제오야. 커피 마시러 갈래?"

발랄하기보다는 어딘가 의기양양한 목소리. 가연이 살갑게 웃으며 눈꼬리를 휘었다.

"그래."

제오가 고개를 끄덕이며 자리에서 일어났다.

"제오야. 내가 회사 앞에 새로 생긴 맛집 찾았는데, 퇴근하고 가보자."

생기 넘치는 가연의 목소리가 사무실 안을 쟁쟁 울렸다. 홀로 남은 그린은 절레절레 고개를 저었다. 학교 다닐 때는 저런 가연의 모습을 왜 그리 두려워했던 걸까. 오늘 보니 더없이 유치해 보이기만 했다. 지금은 열다섯이 아니라 스물다섯인데, 저렇게 빤히 보이는 이간질을 하고 싶을까?

한심하다는 듯 바라보던 눈동자에 이내 결연한 빛이 감돌았다. 가연의 농간에 놀아나고 상처받기엔 그린은 할 일이 너무 많았다. 그린은 금세 가연에 대한 걸 잊고 밀린 업무 속으로 빠져들었다. 정한이 부재중이라 그런 걸까. 어딘가 자꾸 불안해지는 마음을 애써 다독이며.

하지만 일은 퇴근 직전에 일어났다. 사무실로 걸려온 1통의 전화에 그린의 얼굴이 사색이 되었다.

[민그린 씨! 대체 일을 어떻게 한 거야! 계약서에 도장까지 찍었는데 단가가 다 틀렸잖아!]

수화기 너머, 오후에 바이어를 만나러 간 승 팀장이 화가 머리끝까지 난 채 고함을 지르고 있었다.

[무슨 일을 이따위로 하냐고! 이렇게 중요한 건 더블 체크를 했어야지!]

"네? 그럴 리가 없는데……."

분명, 몇 번이나 확인하고 또 확인했는데.

[그럴 리가 없기는! 없다고 하면 다야! 이거 어떻게 책임질 거야!]

"티, 팀장님. 지금 어디세요?"

그린은 승 팀장의 위치를 물은 뒤 정신없이 가방을 챙겼다. 뒤죽박죽으로 엉키는 혼란한 머릿속을 가다듬으며 그린은 차근차근 생각을 되짚었다. 어제, 상대 업체에 최종적으로 전자 브로슈어를 발송하기로 한 사람은 제오였다. 앞으로 그린이 맡아야 할 업무이기에 그린의 아이디를 공유하는 것일 뿐, 제오가 파견을 나온 동안은 제오가 맡아서 하는 일이었다. 하지만 이 상황에, 잘잘못을 따질 수는 없는 일이었다. 어제 제오의 상태가 안 좋아 보이기도 했고, 이미 일어난 일, 원인보다는 수습이 먼저였다. 엘리베이터에서 내린 그린은 정신없이 로비를 내달리기 시작했다.

　두말 않고 순순히 따라 나선 제오의 모습에 날아갈 듯 기분이 좋아진 가연이 물었다.
　"제오야. 오늘은 로비 카페로 갈까? 내가 쏠게!"
　하루를 마무리할 시간이라 그런지, 카페 안은 한산했다. 카페에서도, 한사코 가연을 앉혀 놓고 커피를 주문하고 가져오는 제오를 보며 간만에 짜릿함까지 밀려들었다. 당분간 맘껏 조종할 호구 하나를 잡았다는 생각에, 가연은 생글생글 웃음을 지어 보였다. 밝은 웃음 너머, 어김없이 그린의 험담을 하는 것도 잊지 않았다. 겨우 1분도 듣지 않은 채, 제오가 담담한 언어를 꺼냈다.
　"가연아. 이제 그만하면 안 될까."
　"뭘?"
　가연의 동그랗게 뜬 눈에 의아한 빛이 깃들었다.
　"뭘 그만해?"
　"다른 사람 욕하고 이간질하는 거."
　"갑자기 그, 그게 무슨 얘기야?"
　가연이 덜컹 내려앉은 목소리로 허둥댔다.
　그도 그럴 것이 제오는 더없이 평온한 표정을 짓고 있었다. 목소리도 여느 때와 다름없이 다정했다. 하지만 한 꺼풀 숨기고 있는 감정은 못 본 척하고 싶어도 고스란히 드러났다.

"이렇게까지 발버둥 쳐서 얻고 싶은 게 뭐야."

저를 한심하게 바라보는 눈빛에 가연의 떨리는 눈동자가 불안하게 제오를 훑었다. 하루 만에 까칠하게 상한 얼굴, 버석하게 말라버린 입술. 제오의 얼굴 깊이 드리워진 그림자를 포착한 가연은 마지막 발악이라도 하듯 눈물을 터트렸다.

"제오야! 나 심장이 갈기갈기 찢어진 거 같아. 내가 그 사람을 얼마나 좋아했는데. 이런 내 맘, 제오 네가 제일 잘 알 거 아니야."

떠올리니 아픈지 제오의 눈빛도 따라 흔들리기 시작했다.

"우리 상처받았잖아. 그러니까, 이 정도 심술은 부려도 되잖아."

"난 절대 그런 짓 안 해."

흔들리는 눈빛은 곧 가라앉고 나지막하지만 확신에 찬 목소리가 올곧게 날아왔다.

"그 사람을 진심으로 좋아했으니까."

"뭐?"

"그린이가 날 만나주지 않는다고 해서 그게 다른 남자가 그린이를 뺏어갔다는 얘기는 아니잖아. 그린이가 그 남자를 선택한 거야."

반박할 수 없는 진실이 정곡을 찔렀다.

"그럼 너무 억울하잖아. 제오 너, 오래 전부터 민그린 좋아한 거 알고 있어!"

"오래 좋아해서 뭐? 그냥 일방적인 마음이었어. 보상받고 싶다는 생각, 꿈에도 한 적 없어."

가연의 눈이 믿을 수 없다는 듯 커다래졌다.

"미련도…… 버릴 거야. 그린이를 위해서. 그린이 마음이 더 중요하니까."

뭐라는 거야. 류제오? 무슨 말도 안 되는 얘기를 하고 있어? 누군가를 이렇게까지 순수하게 좋아한다는 게 가능한 일이라고? 휘둥그레진 가연을 뒤로 하고, 제오는 미련 없이 자리에서 일어났다.

"가연이 너도 그만해. 이럴수록 훼손되는 건 결국 네 마음일 거야. 먼저 들어간다."

제오는 푹푹 한숨을 내쉬며 카페를 나섰다. 가연에게 한 말은 반은 맞고 반은 틀렸다. 보상받고 싶다는 생각은 없었지만 고백 한 번 못 해보고 오랜 짝사랑을 접는 건 마음이 아팠다. 못난 미련도 쉽게 버려질 것 같지는 않았다. 하지만 어제, 반쯤 넋이 나가 집에 돌아와 무너지듯 누웠을 때, 머릿속에 든 생각은 한 가지였다.

― 민그린을, 좋아한다고 나도.

다른 사람도 아니고 그 김정한이, 가볍게 이 여자 저 여자 오가며 저울질을 할 남자는 아니라는 것. 정한은 제오의 친형인 류제하와 같은 부류의 인간이었다. 평생 단 한 명의 짝만 마음에 품고 살아가는 늑대 같은 놈들.

'아오. 그러고 보니까 류제하 이 인간은 어디서 뭘 하고 있는 거냐. 이 정도면 실종 신고라도 해야 되는 거 아니야?'

갸우뚱거리며 로비를 가로지르는데 문득 엘리베이터에서 튀어나와 쏜살같이 내달리는 익숙한 얼굴이 보였다.

"그린아!"

허둥대는 모습에 심상치 않은 기색을 느낀 제오가 다가갔다.

"어디 가는 거야? 무슨 일 있어?"

잠시 후, 달리는 택시 안에서 그린의 옆자리에 나란히 앉은 제오는 사색이 된 얼굴로 떨고 있었다.

"으아. 어떡하냐."

휴대폰으로 업로드된 파일을 확인한 제오는 머리를 쥐어뜯으며 한숨을 내쉬었다. 과연, 승 팀장의 말대로 몇 개 품목의 액수에 터무니없는 금액이 적혀 있었다. 하필이면 넥스트메딕에서 이런 일이 벌어지다니. 그것도 그린과 함께 담당한 업무에서. 어제 제오는 정한에게 1차로, 가연에게 2차로 영혼 깊숙한 곳까지 탈탈 털려 반차를 쓰고 일찍 조퇴를 해버리고 말았다.

너무 큰 충격에 어제 일이 가물가물했던 제오는 애초에 메일을 보내기로 했던 사람이 자신, 그리고 그 일을 부탁하고 온 사람이 조가연이었다는 사실은 까맣게 잊고 있었다.

"그린이 너. 제대로 확인한 거 맞지?"
"응. 몇 번이나."
그린은 확신에 찬 목소리를 내밀었다.
"가서 뭐라고 하지?"
이어지는 제오의 푸념에 또랑또랑했던 그린의 목소리도 살짝 주춤하고 말았다.
"그러게……. 나도 전화 받자마자 뛰쳐나오긴 했는데……."
그린이 말끝을 흐리자 제오는 애써 태연한 표정으로 그린을 다독였다.
"걱정 마. 내가 어떻게든 해볼게."
하지만 제오 역시 어찌할 바를 몰라 속으로는 전전긍긍하고 있었다.
'하. 이게 바론바이오 일이었으면, 형이 어떻게든 수습했을 텐데.'
새삼 형인 제하의 빈자리마저 크게 느껴졌다. 곧 승 팀장이 접대를 나간 일식집에 도착한 둘은 서둘러 안으로 뛰어 들어갔다.
일식집의 별실 앞. 망설이던 제오를 제치고 용감하게 노크를 한 그린은 안에서 대답이 들리자 조심스럽게 문을 열었다.
"아니? 여긴 어떻게?"
승 팀장의 놀란 목소리에 마주 앉아 있던 바이어가 날카로운 눈빛을 보냈다. 나이가 지긋해 보이는 거래 업체의 사장은 보기에도 고집스러운 인상을 지니고 있었다. 그린과 제오는 약속이나 한 듯 고개를 수그리며 인사부터 건넸다.

"천 사장님. 죄송합니다. 이쪽은 저희 직원들인데 연락도 없이 실례를 범해서……."

승 팀장이 쩔쩔매며 말을 잇지 못하는 가운데 두 애송이를 지그시 쏘아보던 천 사장이 물었다.

"무슨 일이지?"

"아. 그게…… 어제 받으신 브로슈어에 납품 가격이 잘못 기재돼서……."

머뭇거리던 제오가 먼저 입을 열었다.

"간단히 설명드리자면 넥스트메딕은 업무 특성상 워낙 협업도 많고 보고 체계가……."

"승 팀장에게도 말했지만 왜 당신네들 사정을 나한테 설명하는 건지 모르겠군."

나직하지만 매서운 기세에 말이 끊긴 제오는 꿀 먹은 벙어리가 되고 말았다.

"계약서에 도장까지 찍은 이상, 더이상 헛수고 말고 자리 마무리하지요."

승 팀장을 보며 단호하게 내뱉은 천 사장이 몸을 일으킨 순간.

"죄송합니다!"

그린이 허리를 꺾으며 간절한 목소리로 외쳤다. 멈칫하던 천 사장이 지그시 그린을 쏘아보았다.

"자넨 또 뭔가."

뜻밖의 사고

그린이 떨리는 눈빛으로 말을 이었다.

"전, 저는, 이번 업무를 담당한 직원입니다. 제 부주의로 사장님께도, 회사에도 큰 피해를 입히고 말았습니다."

"그래서, 하고 싶은 말이 뭐지?"

"제가 실수한 일이니 사죄를 드려야겠다는 생각에…… 죄송합니다. 진심으로 죄송해서……."

기어 들어가던 그린의 목소리도 꿀을 삼킨 듯 잠잠해졌다. 가만히 듣던 천 사장이 캐듯이 물었다.

"그래. 자네 실수라고 했으니 이 일을 어떻게 책임질 건가?"

자신의 아들, 딸과 견주어 봐도 확연히 어려 보이는 모습.

"그게, 저는 아직 실무 책임자가 아니라…… 뭔가 확답을 드리기엔 결정권이 없어서……."

그 와중에 방법을 쥐어짜는지 커다란 눈망울이 또록또록 굴러가는 모습에 슬그머니 웃음이 일었다.

"그래도 이번 한 번만 너그럽게 이해하고 넘어가 주신다면…… 앞으로 두고두고 감사하게 생각하고, 훗날, 음, 제가 혹시 팀장님 정도 위치에 올라서면 어떻게든 보답을……."

제가 입으로 뱉고도 어처구니가 없는 공약 아닌 공약이었다. 그린이 낭패라는 생각에 푸욱 고개를 수그린 순간.

"크하핫!"

천 사장의 입에서 커다란 웃음이 터졌다. 전혀 예측하지 못한 상황에 모두의 놀란 시선이 천 사장에게 쏟아졌다.

"승 팀장. 알고 있나요. 오늘 처음으로, 변명이 아닌 사과를 받았다는 걸."

승 팀장은 뜨끔하는 얼굴로 벌떡 일어서 허리를 굽혔다.

"죄송합니다. 천 사장님!"

물끄러미 그린을 바라보던 천 사장이 고개를 끄덕였다.

"사람은 누구나 실수할 수 있습니다. 나도 신입 때는 이보다 더한 사고도 쳤지요."

천 사장은 계약은 추후에 다시 조정하자며 자리를 떠났다. 의공학 업계 특성상, 시장이 좁아 계속 마주쳐야 하기에 끝까지 고집을 부릴 생각은 없었다고 했다. 단지 승 팀장이 계약 전 유리한 조건을 선점하기 위해 계속 좀스럽게 군 점, 실수를 인정하지 않고 끝까지 변명으로 일관하려고 했던 모습에 속이 뒤틀려 어깃장을 놓아 본 것뿐이라는 말과 함께. 천 사장이 떠난 후, 승 팀장은 사색이 된 얼굴로 가슴을 쓸어내렸다.

"하아. 모가지 날아가는 줄 알았네. 민그린 씨, 류제오 씨. 정신 똑바로 차립시다."

"네!"

"예!"

그린과 제오 역시 떨리는 가슴을 쓸어내리며 회사로 복귀했다.

정한이 없는 한 주 동안 아무런 정보가 없으니 어느 누구도 정확한 상황을 알지 못했다. 누군가 KINS쪽에 수소문해 본 바로는 '연구동 하나가 폐쇄됐다더라.', '피폭된 사람도 많다고 한다더라.' 식의 카더라 식 소문만 무성하게 돌 뿐이었다.

한편으론 소식을 듣자마자 바로 일본으로 날아간 정한의 빠른 판단력과 추진력에 다들 혀를 내둘렀다. 보통은 하염없이 소식을 기다리는 게 대부분인데, 여기서 발만 동동 구르느니 직접 현지에 가서 상황을 파악하고 문제를 해결하는 게 몇 배는 신속한 건 사실이었다. 그렇다고 해도 그 때문에 어수선해진 사내 분위기가 쉽사리 가라앉을 리는 없었다.

"오늘 분위기가 왜 이래? 다들 모여 봐요."

오후가 되자, 승 팀장이 팀원들을 소집했다.

"다음 주에 KINS에서 실사 나오는 거 알고 있죠? 담당 부서는 주로 미래전략팀이지만 우리 마케팅 본부에서도 협조할 일 있으니까 차질 없이 준비하고."

"참. 오늘 감사 나오는 PM 누군지 모르죠?"

승 팀장이 나간 후, 들뜬 목소리로 질문을 던진 팀원은 미래전략팀의 이상범 파트너였다. 정한의 대학 직속 후배인 상범은 평소에도 흥미로운 가십거리만 물었다 하면 말이 많아지는 인물이었다.

"홍세아 과장이라고 이름은 들었는데, 상범 씨 아는 사람이에요?"

한 팀원의 질문에 상범의 목소리가 한 톤 높아졌다.

"우리 학교 때 홍세아 모르면 간첩이었거든! 그때 세아 선배 별명이 공대 여신이었어요."

"와. 그런 사람이 지금 KINS에서 과장이라고? 스펙 쩌네?"

"스펙만 쩌는 줄 알아요? 뛰어난 미모에, 집안도 빵빵하고 유학파에, 공대 여신 홍세아 잘난 거 얘기해 봐야 입만 아프지. 그런데 그게 문제가 아니라……."

주위를 한 번 둘러본 상범이 살짝 목소리를 낮추었다.

"대표님이랑 C.C였잖아. 학교에서 모르는 사람이 없는 유명한 커플이었다니까?"

"대표님이라니? 누구?"

"누구긴! 당연히 김정한 대표지. 우리 회사 CEO."

순간 그린과 제오가 동시에 홱 놀란 얼굴을 치켜들었다.

"어유, 요 신입들. 회의 시간엔 조용하더니 토끼 눈 뜬 것 좀 봐라. 일 얘기 말고 이런 얘기만 나오면 잠이 확 깨죠?"

상범이 껄껄대며 너스레를 떨었다.

"상범 씨. 진짜야? 대표님 전 여친이라고?"

"그렇다니까! 지금 생각해도 정한 선배랑 세아 선배, 기가 막히게 잘 어울렸는데. 어떻게 이런 우연이 있냐. 와, 내가 다 설레네."

"에이. 그건 오버다. 살다 보면 구남친, 구여친이 일적으로 엮일 수도 있는 거지."

다른 팀원이 딴지를 걸자 상범이 의미심장한 목소리로 답했다.

"그냥 하는 말이 아니니까 그렇지. 둘이 뜨겁게 만나다가 하루아침에 헤어져가지고, 동문회만 했다 하면 아직도 뒷말이 무성해요."

 혼자 김칫국부터 마셔버리는 상범의 말투에는 기대감이 가득 차 있었다.

 "이번에 잘 하면 세기의 커플이 다시 재회할지도 몰라요!"

 '세기의 커플?'

 상범의 말이 끝나기 무섭게 그린의 얼굴에서 순식간에 핏기가 빠져나갔다. 팀원들이 우르르 빠져나간 자리엔 그린과 제오 둘만 남게 되었다.

 "……린아? 그린아!"

 짝! 제오가 눈앞에서 박수를 치자 그제야 정신을 차렸는지, 그린의 커다란 눈이 깜빡깜빡 움직였다.

 "어? 어."

 "괜찮아?"

 "어? 어."

 '넋이 완전히 나갔네. 나갔어.'

 제오의 표현은 정확했다. 넋이 완전히 나갔다, 반쯤 들어왔다 한 상태로 그린은 기계적으로 걸음을 옮겨 사무실로 돌아왔다.

 ─ 대표님이랑 C.C였잖아. 학교에서 모르는 사람이 없는 유명한 커플이었다니까?

 ─ 이번에 잘 하면 세기의 커플이 다시 재회할지도 몰라요!

 머릿속에는 같은 문장이 끝도 없이 반복 재생 중이었다. 오빠의 전 여친. 어쩌면, 김정한의 첫사랑. 발을 내디딘 바닥은 단단하기만 한데 롤러코스터라도 탄 것처럼 심장이 덜컥 아래로 내려앉았다. 반걸음 뒤에서 따라가던 제오는 조심스레 그린의 눈치를 살폈다. 예전 같았으면 김정한은 기가 막히게 잘 어울리는 공대 여신이랑 재회하고, 자신은 그린을 위로해 주며 가까워질 찬스라고 생각해 기뻐했을지도 모른다. 하지만 표가 나게 풀이 죽은 그린을 보니 차마 그런 생각을 할 수가 없었다.

시무룩한 표정, 축 처진 어깨. 순간, 그린에게서 익숙한 장면이 겹쳐 보였다. 그대로 클럽으로 출근해도 될 만큼 핫한 차림에 고가의 백팩을 멘 세련된 차림의 김정한. 그 앞에 양손 가득 커피를 들고 땀을 뻘뻘 흘리며 심부름을 가던 신입 사원 류제오 같다고나 할까. 아마도 그린이는, 그날의 제오만큼이나 자신이 초라하게 느껴진 게 틀림없었다. 제오는 어떻게든 그린을 위로해주는 게 먼저라고 생각했다.

"그린아."

이렇게 되면 김정한과 그린의 사이를 인정하고 마는 꼴이 되고 말겠지만.

"너무 걱정 마."

물끄러미 올려다보는 저 맑은 눈동자에 드리워진 근심을 어떻게든 걷어주고 싶었다.

"원래 첫사랑은 이루어지지 않는다고 하잖아."

"……."

아. 괜한 말을 했나? 살짝 그늘이 졌던 얼굴 가득 먹구름이

몰려오는 걸 실시간으로 목격해버린 것 같은데.

"아! 취소, 취소! 첫사랑하고 결혼해서 행복하게 사는 케이스도 많……!"

"하아아."

제오의 말이 끝나기도 전에 그린이 깊은 한숨을 내쉬었다. 아까보다 몇 배는 더 힘이 빠져 보이는 표정과 목소리에 제오는 허둥대며 뒷말을 덧붙였다.

"너무 심란해하지 마. 괜히 쓸데없는 걱정일 거야."

"그래. 내가 쓸데없는 걱정 할 때가 아니지."

그린이 고개를 끄덕이며 중얼거렸다.

"대표님은 지금 위험한 현장에 나가 있는데 첫사랑이 중요한 게 아니잖아. 아무 일 없이 무사히 돌아오는 게 우선이지."

그러더니 야무진 표정으로 재촉했다.

"제오야. 가자. 이러고 있을 때가 아니야."

지금 할 수 있는 최선을 다하자며 맡은 일을 차질 없게 진행 시키자는 말과 함께 그린은 사무실을 향해 씩씩하게 발걸음을 옮겼다. 제오는 몰려오는 부끄러움에 얼굴을 붉혔다. 어제도 그린은, 회사와 거래 업체에 피해를 주지 않으려 최선을 다해 노력했다. 자신은 행방불명이나 다름없는 형을 간절하게 찾으며 아쉬워하기나 했는데. 오늘도 마찬가지였다. 제오가 공대 여신과 김정한의 재회라는 요행을 바라고 있을 때, 그린은 정한의 무사 귀환에 더 마음을 쓰고 있었다. 새삼 그린이 멋지다는 생각이 밀려왔다.

'대단해. 민그린. 실수를 인정한다는 게 쉬운 일이 아닌…… 잠깐, 실수? 아니지? 어제 브로슈어 발송은 내가 하기로 했었는데?'

불현듯 깜빡 착각했던 기억이 되살아났다.

'조가연! 어제 내가 대신 해달라고 부탁했어!'

분명 가연이 무슨 짓을 저지른 게 틀림없었다. 그리고 가연이 이런 식으로 사고를 치는 건 이번 한 번만이 아닐 거라는 예감도 들었다. 제오는 앞으로 주의 깊게 지켜봐야겠다는 결심을 굳혔다.

'그린이 말대로 아무 일 없이 무사히 돌아와야 할 텐데.'

그새 미운 정이라도 들어버린 걸까. 제오는 세상 오만하고 재수 없는 김정한이 무사하기를 바라는 제 모습에 어이가 없었다.

'으아아, 역시 나는 내추럴 본 호구인 것인가!'

제오는 머리를 쥐어뜯으며 그린의 뒤를 따랐다.

점심시간, 식당에 들어서던 그린은 뒤에서 누군가 툭 치자 고개를 돌렸다. 지화였다.

"그린 씨! 혹시, 대표님 연락 왔어요?"

소곤거리며 묻는 말에 고개를 끄덕인 그린이 기운 없이 답했다.

"전화 한 번 왔는데 별말 없었어요. 그냥 잘 있다고만."

"그, 하 이사님······!"

 진우의 이름을 입에 올리려다 말고 지화는 입을 다물었다. 같이 갔다는 진우의 안부가 미치게 궁금했지만 차마 물어볼 수 없었다. 그린도 심란한지 입을 꾹 다물어버렸다. 곁에 선 지화는 시무룩한 표정으로 마지막으로 본 진우의 모습을 떠올렸다.

 진우는 집에 들어가는 걸 싫어해 회사에서 오래 시간을 보내다 가곤 했다. 그 사실을 알고 있던 지화는 퇴근 시간이 훌쩍 넘을 때까지 기다리다, 진우의 사무실을 찾았다. 조용한 복도를 지나 열린 문틈을 살짝 들여다보니 역시나 진우는 책상 앞에 앉아 있었다. 진우는 수화기를 귀에 댄 채 바쁘게 키보드를 두드리고 있었다.

"RFQ(양성자 고속 가속기)를 3MeV까지 더 빠르게 못 올려요? 아니면 DTL(중성자 생성 가속기) 파트에서 빔을 더 크게 키우면 어때요?"

 평소의 웃음기 머금은 나긋한 말투 대신 연구에 한창인 시뮬레이션 팀을 몰아붙이는 말투는 예리하기만 했다. 바빠 보이는 모습에 방해하고 싶지 않았던 지화가 조용히 돌아선 순간. 현란하게 키보드 위에서 춤을 추던 손가락이 일시에 동작을 멈추었다. 휙 고개를 쳐든 진우는 얼빠진 표정을 지었다. 그동안 전화도 안 받고 문자도 읽씹하더니 결국은 수신 차단까지 해버린 유지화가 멀어지고 있었다. 다급하게 전화를 끊은 진우는 허겁지겁 문밖으로 달려 나왔다.

"지화 씨? 이 시간에 웬일이에요? 퇴근 안 했어요?"

지화는 애써 담담한 눈으로 진우를 올려다보았다.

"이제 하려구요."

"저녁, 저녁은 먹었어요? 아직이면 나랑 같이……!"

"아뇨. 가봐야 돼요. 바쁘신 거 같은데 일 보세요."

성큼. 지화의 앞을 가로막은 진우가 다정한 목소리로 물었다.

"나한테 할 말 있어서 온 거 아니에요? 무슨 일인데요?"

머뭇거리던 지화가 결심한 듯 툭 던졌다.

"하 이사님 돈 많은 거 알아요. 아버지는 병원장에, 하 이사님 능력도 출중하시잖아요."

"갑자기 그건 또 무슨 소리예요?"

갸우뚱한 진우를 향한 지화의 입에서 초라한 언어가 흘러나왔다.

"하 이사님 부자인 거 아니까 값싼 동정 하지 말라구요."

진우는 점점 더 영문을 알 수 없다는 얼굴이었다.

"네?"

"갑자기 1억 넘는 돈을 줬다고, 내가 하 이사님 만나줄 거 같아요?"

"1억?"

"네. 1억. 신부님도 놀라셨는지 바로 전화가 왔더라구요."

"지화 씨. 지금 무슨 소리를……?"

진우는 여전히 영문 모르겠다는 표정이었다.

"솔직히 많이, 아니 잠깐 흔들리긴 했는데요. 아무리 생각해 봐도 아닌 건 아닌 거예요. 그 말하러 왔어요. 돈은 고마운데요, 그렇다고 하 이사님 마음 받아들일 수 없어요."

떨리는 목소리로 말끝을 흐리며, 지화는 진우를 피해 걸음을 옮겼다.

고요한 복도 한가운데, 성큼 뒤따라 간 진우가 지화의 손목을 잡아챘다.

"무슨 말인지 알아듣게 얘기해요. 돈은 뭐고, 그거 때문에 흔들렸다는 얘긴 또 뭐고……."

돌연, 빠르게 상황 판단이 된 듯 진우가 고개를 저었다.

"대충 들어보니까, 누가 고아원에 기부금이라도 내고 간 거 같은데 난 모르는 얘기예요."

"시치미 떼지 마세요."

"난 정말 모르는 일이라니까요. 게다가 겨우 1억 때문에 조금이라도 흔들릴 거였으면 말을 하지. 잠깐 흔들렸다는 얘기만 듣고도 이렇게 설레는데."

"겨우, 1억이요?"

순간, 진지한 눈빛이 된 진우는 다시 한번 직진으로 제 마음을 꽂아 넣었다.

"평생 돈으로 사람 마음 얻는 짓, 꿈에도 생각해 본 적 없어요. 그런데 지화 씨 마음만 돌릴 수 있다면 아무리 큰돈이라도 나한텐 하찮게 느껴져."

"진짜 제정신 아니네요!"

입은 웃고 있었지만 진우의 눈은 쓸쓸하고 절실해 보였다.

"맞아요. 나 정신 돌아오게 할 사람은 지화 씨밖에 없어요. 그러니까 제발, 만나줘요."

"마, 말도 안 되는 소리 하지 말아요."

잡은 손을 쌀쌀맞게 뿌리치고 돌아설 것까진 없었는데. 그날을 마지막으로 위험한 현장에 가서 소식도 알 수 없게 될 줄이야.

'됐어. 어차피 마음 받아줄 것도 아닌데.'

자꾸 어른거리는 진우의 눈빛을 지워내듯 지화는 고개를 젓고 꾸역꾸역 숟가락질을 했다. 밥맛이 없기는 맞은편의 그린도 마찬가지인 모양이었다.

'하긴. 난 썸남이었지만 그린 씨는 남편이잖아. 속은 엄청 타들어가겠지? 그린 씨야 뭐, 워낙 내색을 안 하는 성격이긴 하니까.'

지화는 퍼뜩 '앗!' 하는 표정으로 그린을 빤히 쳐다보았다. 익명으로 기부가 들어온 후, 지화 또래의 젊은 여자가 휴일에

뜻밖의 사고　153

가끔 봉사를 온다는 얘기를 들은 기억이 났다. 아이들 학용품이며 장난감을 한 아름 사들고.

"왜 그렇게 봐요?"

그린이 빙그레 웃으며 고개를 갸우뚱거렸다.

"얼마 전에 1억. 그린 씨였어요?"

돌려 묻지 않는 지화의 질문에 그린은 머뭇거리다 고개를 끄덕였다.

"우리 애화원 어떻게 알았어요? 어딘지는 말해준 적 없는데."

"오빠가요. 신부님 연락처 알려줬어요."

지화의 속사정을 들은 날. 그린은 지난 3년간, 생활비 명목으로 통장에 넣어준 돈을 기부하고 싶다며 정한과 상의했다. 넥스트메딕은 소형에 의료용이긴 하지만 방사능 가속기를 다루는 업체였다. 그래서 만일의 사고에 대비해 전 직원이 비상연락처를 기재하도록 되어 있었다. 지화가 보육원에서 가장 역할을 떠맡고 있다면, 관련 연락처를 적어 놓지 않았겠냐는 정한의 추측대로였다.

─ 전부 네 돈이니까 하고 싶은 대로 해.

정한은 연락처를 내밀며 담담하게 고개를 끄덕였고, 그린은 망설이지 않고 1원짜리 하나까지 다 털어 기부를 했다. 그 후로도 조용히 봉사 활동을 하러 갔지만 지화에게는 굳이 알리지 않았다.

"어쩐지. 시골에 알려지지도 않은 교구에 누가 그렇게 큰돈을 갖다 줬나 했다."

 눈치가 빠른 지화였기에 혹시나 하고 던져본 건데 정말 그린이었을 줄이야. 결국 웃어버린 지화는 새삼스러운 눈길로 그린을 바라보았다. 타고나기를 상냥한 성격, 남을 배려하는 세심한 마음씨. 수없이 많은 상처를 받았음에도, 길고 아픈 시간을 홀로 버티고, 사람이 나누기 가장 쉬운 건 따스한 마음이라는 것을 몸소 보여주는 사람.

 '이렇게 멋지고 사랑스러운 그린 씨를 알게 된 건 정말 행운이야.'

 물끄러미 그린을 바라보던 지화가 씨익 웃으며 말했다.

 "오늘 커피는 내가 살게요!"

chapter 20

김정한은 내 남자니까!

답답한 주말이 지나고 월요일이 되었다.

인천 공항을 출발한 택시 뒷좌석에서 진우는 정한의 어깨에 이마를 박고 곯아떨어졌다. 그런 진우가 무척 성가시다는 듯, 정한의 단정한 미간이 가끔씩 일그러졌다. 하지만 밀어내지는 않은 채로, 정한은 밀렸던 전자 결재를 마치느라 여념이 없었다.

"하진우."

회사에 도착할 즈음, 나직하게 가라앉은 한마디에 진우의 눈이 번쩍 떠졌다.

"벌써 도착했어?"

흐아암. 기지개를 켠 진우는 눈물이 맺힌 눈을 쓱쓱 문지르며 엄살을 부렸다.

"어우. 도랏매앤. 내 살아생전에 이런 출장, 다시는 안 따라간다."

그도 그럴 것이, 지난 일주일 간 하루에 채 몇 시간도 못 자며 살인적인 일정을 소화해 내야 했다. 다행히 직원 중에 피폭된 사람은 없었다. 하지만 연구소에는 넥스트메딕 소속 연구원 말고도 한국으로 돌아가고 싶어 하는 인원이 꽤 많았다. 졸지에 한국 측 대표가 되어버린 정한과 진우는 폐쇄된 건물처럼 좀처럼 소통이 되지 않는 행정 절차를 뚫고 간신히 연구원들을 빼낼 수 있었다. 아마 정한이 아니었다면, 두세 달이 지나도 불가능한 일이었을 것이다. 그만큼 힘들고, 고생스러운 출장이었다.

하지만 김정한은 김정한이었다. 살인적인 스케줄을 마치고 돌아온 정한은 오늘도 새파랗게 날이 선 칼날처럼 예리해 보이기만 했다. 넥타이도 없이 털레털레 돌아온 진우와 달리 정한은 평소처럼 흐트러짐 없는 슈트 차림 그대로였다.

"어우. 회사야. 너 얼마 만이냐. 출근이 이렇게 행복할 줄이야. 고생했다. 하진우."

건물 정면을 바라보며 쉴 새 없이 셀프 칭찬을 늘어놓던 진우가 문득 생각났다는 듯 정한을 돌아보았다.

"맞다. 정한아. 오늘 아니었냐? KINS 실사……. 어?"

진우의 눈이 커다래짐과 동시에 기품 있는 목소리가 부드럽게 울렸다.

"오랜만이야. 정한 오빠."

정한도 천천히 고개를 돌렸다. 모델이 아닌가 싶을 만큼 늘씬한 키. 맵시 있는 하얀 슈트와 긴 생머리. 뒷모습만 봐도 웬만한 여자들은 곁에 서기도 싫을 만큼 완벽한 스타일링이었다. 게다가 학처럼 긴 다리를 뻗으며 걷는 자태 또한 우아하고 당당하기 그지없었다. 우아한 자태로 손을 뻗어 정한과 악수를 나눈 세아는 이어서 진우를 보며 방긋 웃었다.

"진우 오빠도 있었네요. 오랜만이에요."

"그, 그래. 오랜만이다. 홍세아. 이번 실사 PM이라는 소식은 들었어."

진우가 인사를 나누는 동안 돌아본 정한의 시선은 조금 더 뒤쪽을 향하고 있었다. 정한이 돌아본 몇 걸음 뒤에는 제오와 지화가 잔뜩 긴장한 표정으로 서 있었다. 다시 고개를 돌린 정한은 여상한 표정으로 세아와 몇 마디를 주고받았다.

제오는 당황한 표정으로 흘끔 그린을 돌아보았다. 정한이 고개를 돌린 순간, 그린은 이미 제오의 뒤로 숨은 뒤였다. 제오와 지화, 그린까지 셋이 함께 점심을 먹고 돌아오는 길이었지만 정한이 이를 알리 없었다. 그린이 워낙 자그마해 제오의 몸에 가려져 눈치채지 못한 것이다. 뒤에 숨어 있는 그린 때문에 이러지도 저러지도 못한 제오는 멀거니 정한 일행을 바라보았다.

들어가자는 정한의 제스처에 세아는 KINS의 나머지 감독관들과 함께 들어가겠다고 했다. 거리가 멀지 않은 데다 세아의 목소리가 워낙 또렷해 대화 내용이 간간이 들린 것이었다. 그때, 정한 옆에 서 있던 세아가 갸웃 고개를 움직였다. 길고 맵시 있는 손가락이 정한의 옷깃을 잡았다.

"이거."

정한이 흠칫 물러서자 세아의 두 손가락 사이, 자그마한 꽃잎이 모습을 드러냈다.

"이거 보니까 생각난다. 이맘때 벚꽃 보러 갔던 거 생각나요? 나 얼마 전에도 거기 지나갔는데."

고개를 돌린 세아가 진우를 보며 부드럽게 웃었다.

"정한 오빠. 요즘에도 차박 자주 해요? 다 같이 별 보러 갔던 게 엊그제 같은데."

진우가 무언가 대답을 하려는 찰나, 나머지 KINS의 직원들이 도착했다.

"들어가시죠."

"아, 네. 대표님."

다른 이들이 함께하자 세아는 언제 그랬냐는 듯 실무 책임자 모드로 돌아가 있었다.

같은 시각 건물 안.

미래전략팀 직원 몇이 로비 앞쪽에 서서 세아를 기다리는 중이었다.

일명 KINS라 불리는 한국 원자력 안전 기술원은 넥스트메딕이나 바론바이오 같은 방사선 발생 장치를 다루는 업체에서는 수퍼 갑일 수밖에 없는 기관. 의전까지는 아니어도 실사를 나오는 PM을 전담 부서원이 로비까지 몸소 맞으러 가야 하는 건 당연한 일이었다.

평소 같으면 긴장된 표정이어야 하겠지만 지난번 상범의 TMI에 모두의 얼굴엔 호기심이 한껏 들어차 있었다. 그간 철

김정한은 내 남자니까! 159

저하게 사생활을 드러내지 않은 대표님의 전 여친을 볼 수 있다는 기대감과 함께.

잠시 후, 로비 입구가 소란스러워졌다.

"안녕하십니까!"

수군거리며 기다리던 팀원들이 경직된 자세로 인사를 건넸다. 당당한 발걸음으로, 성큼 로비에 들어선 사람은 뜻밖에도 정한이었다. 곧 정한 일행의 뒤를 따라 그린과 제오, 지화도 로비 안으로 들어섰다.

"그린 씨! 쟤 누구야? 왜 아무나 보고 다 오빠래?"

저만치 멀어져가는 정한 일행을 보며 지화는 동동 발을 굴렀다.

"뭐 해요! 그냥 보고만 있을 거예요?"

그린의 손을 잡아 끈 지화는 씩씩거리며 로비 안으로 발걸음을 옮겼다.

혼잡한 엘리베이터 앞.

정한은 뒤에 그린이 따라오고 있다는 걸 눈치채지 못한 것 같았다. 분주히 오가는 사람들 틈, 그린은 뚫어질 듯한 시선을 세아에게 고정시키고 있었다. 꼬박꼬박 대표님이라는 호칭은 쓰고 있었지만 정한을 돌아본 세아의 눈빛은 관리 감독을 나온 실무 책임자의 것이 아니었다. 쨍그랑. 그걸 본 순간, 아까부터 땅굴을 파던 심장이 휘청 떨어지더니 부서져버렸다.

'오빠의 첫사랑, 같이 벚꽃 보러 간 사이, 같이 차박도 한 사이.'

한 발. 두 발. 슬그머니 물러서던 그린은 홱 뒤로 돌아 빠른 걸음으로 걷기 시작했다. 딩동. 마침 엘리베이터 문이 열렸다.

"타시죠."

정한의 손짓에 세아가 올라타고 진우와 직원들이 따라 탔다. 제일 마지막으로 타 뒤로 돈 정한의 눈에 의아한 빛이 감돌았다. 바로 앞에, 제오와 지화가 어쩔 줄 몰라 하는 얼굴로 서 있었다. 정한의 눈썹이 살짝 치켜 올라갔지만, 이내 엘리베이터 문이 닫혀버렸다.

정한 등을 태운 엘리베이터가 올라오던 그 시각, 복도 맨 끝 회의실에 가연이 홀로 서 있었다. 가연이 있는 이곳은 감사가 이루어지는 동안 세아 일행이 사용하게 될 공간. 들고 있는 서류는 그린의 손을 거쳐 최종으로 올라온 검토 자료였다. 감사 기간 동안 임시로 쓰려고 만든 사무실이기에 CCTV를 설치하지 않은 것까지 확인했다.

'이걸 어디에 숨기지?'

가연은 서류를 팔락거리며 숨길 곳을 찾아 두리번거렸다. 지난번, 브로슈어 발송 건은 운 좋게 넘어간 모양이었다. 하지만 같은 일이 두 번이나 일어난다면 그린의 이미지는 훼손되고 말겠지. 중요한 순간에 자꾸 실수를 하는 칠칠맞은 신입으로. 어떻게 짧은 시간 안에 그 많은 업무를 숙지한 걸까. 요즘 팀원들은 그린과 업무를 상의하고 협업을 하는 게 더없이 자연스러워 보였다. 이왕 이렇게 된 거, 그린에게 일을 다 떠넘기고 싶어도 정한이 바꿔버린 업무 시스템에 가로막혀 그것도 여의치가 않았다. 지난 1년간, 정한의 눈에 들기 위해 갖은 노력을 했지만 바위에 계란을 친 흔적조차도 되지 못했다.

그래도 상관없었다. 정한은 가연뿐 아니라 그 누구에게도 관심을 보인 적이 없었으니까. 하지만 회의실에서, 그린이 발표를 할 때가 아니어도 정한의 시선은 종종 그린을 좇고는 했다. 이러다가는 결국 마케팅 본부의 에이스는 민그린이 되고 마는 게 아닐까. 전학 온 지 얼마 안 된 그 시절, 선생님들의 관심을 독차지하고, 좋은 타이틀은 다 가져가버린 것처럼.

가연은 초조한 표정으로 입술을 짓씹었다. 마케팅 본부의 에이스는 앞으로도 계속 조가연이어야만 했다. 공적이든, 사적이든, 그린이 정한에게 특별한 관심을 받는 꼴은 죽어도 볼 수 없었다. 이를 바드득 갈며 되새기던 순간, 문밖에서 발걸음 소리와 함께 인기척이 들렸다. 가연은 재빨리 파티션 뒤로 몸을 숨겼다. 바로 문이 열리고 정한의 차분한 저음이 공간을 울렸다.

"필요한 거 있으면 미래전략팀 통해서 요청하고."

"CCTV가 없네? 나중에 요청하면 제출해야 하는데."

낭랑한 목소리의 여자는 KINS에서 점검을 나온 PM인 듯싶었다.

"설치 안 했어. 대신 이거. 오디오까지 기록되는 스마트 홈

카메라야. 여기도, 저기도. 총 4대야. 이 방을 들어가고 나오는 건 전부 다 기록될 거야."

정한의 설명에 가연은 질끈 눈을 감았다.

'그 스피커처럼 생긴 게 카메라였어? 하. 망했다.'

"철저하네. 오빠다워. 하나도 안 변했어."

이어지는 여자의 말에 가연이 번쩍 눈을 떴다.

'오빠?'

"나가자. 브리핑 시작해야지."

별다른 대꾸 없이 정한이 뚜벅 발소리를 냈다.

"수없이 생각해 봤어."

여자는 발소리 대신 차분한 목소리를 내밀었다.

"그때 헤어지지 않았더라면. 우린 지금 어땠을까."

'헤어져?'

"그때, 내가 고집 부려서 캐나다로 떠나지만 않았더라면 말이야."

전혀 예상하지 못한 여자의 말에 가연은 입을 틀어막고 숨을 죽였다.

"캐나다에 도착하자마자 후회했어. 오빠가 그렇게 칼같이 연락을 끊어 버릴 줄은……."

"일하러 왔으면."

아련한 여자의 말을, 정한의 싸늘한 목소리가 예리하게 갈라버렸다.

"일만 하고 가."

호기심을 누르지 못한 가연은 최대한 기척을 죽이며 파티션 틈에 한쪽 눈을 가져다 댔다.

정한이 몸을 틀자 여자가 다급하게 옷깃을 잡았다.

"난 우리 관계, 언젠가는 개선의 여지가 있다고 생각했어."

"팩트는."

바로 뿌리친 정한이 분명한 목소리로 선을 그었다.

"그 관계는 오래 전에 끝났다는 거야."

이내 문소리가 들렸다.

"오빠! 잠깐만. 내 얘기 좀……!"

여자가 급하게 따라 나가고 다시 사무실 안이 고요해졌다. 조용히 몸을 일으킨 가연은 살금살금 파티션 뒤로 걸어 나왔다.

'대박.'

가연은 여전히 한 손으로 입을 틀어막은 채였다. 방금 들은 얘기가 제 귀로 들어놓고도 믿기지 않았다. 가연은 뾰족한 손톱으로 책상을 두드리며 머리를 굴리기 시작했다. 지난번 상범이 정한과 세아의 일을 떠벌렸을 때, 가연은 마침 외근을 나가고 없었다. 그 사실을 까맣게 모르고 있던 가연은 들고 있던 서류를 제자리에 돌려놓으며 비틀린 웃음을 지었다.

고요한 복도 끝, 정한은 어느새 저만큼 앞서 가고 있었다.

"기다려줘."

세아는 서둘러 따라 나가며 정한을 불러 세웠다.

"우리, 제대로 헤어진 것도 아니었잖아."

천천히 돌아선 정한의 짙은 눈동자는 당황스러울 정도로 무감한 빛을 띠고 있었다.

"제대로 만난 적도 없지 않나?"

목소리 역시, 차라리 냉랭한 게 나을 정도로 무심하기 짝이 없었다. 그럴 리 없다고 생각하면서도 한결같이 벽을 치는 정한의 모습에 미심쩍은 언어가 툭 튀어나왔다.

"혹시 지금 만나는 사람이라도…… 있는 거야? 설마, 아니지?"

확신에 찬 세아의 얼굴을 내려다보며, 정한이 뚝뚝하게 내뱉었다.

"왜 없을 거라고 생각하지?"

잠깐 침묵이 흐르더니 세아의 반응을 듣기도 전에 정한이 차게 몸을 돌렸다.

"이만 브리핑하러 가시죠."

답답한지 거칠게 넥타이를 끌어내리며, 정한은 성큼 복도를 가로질렀다. 마침 회의실로 들어가려던 진우가 동그랗게 뜬 눈으로 물었다.

"어디 가?"

"준비 좀 부탁해."

"정한아? 정한아!"

뒤에서 부르는 진우는 돌아보지도 않고 쌩 지나친 정한이 비상계단 쪽으로 향했다. 머릿속에는 그린에 대한 생각뿐이었다. 한 주 내내. 일하다가도, 자면서도, 회사로 돌아오던 택시 안에서도 내내, 머리와 가슴을 가득 채우고도 끊임없이 흘러넘치는 단 하나의 상념. 환하게 웃는 얼굴. 반짝거리는 눈동자. 귓가에 대고 터트리는 맑은 웃음소리. 포근하고 깨끗한 향기. 사랑스러운 아내와 잠시라도 떨어진다는 게 이렇게까지 애가 타고 힘들 줄은 몰랐다. 잠깐이라도 보고 싶었다. 브리핑 시작 전에 어떻게든 찾아내서 단 10초라도 끌어안고 싶었다. 그래야 며칠간 누적된 피로가 조금이라도 풀릴 것 같았다.

그런데 그린이는 어디로 꽁꽁 숨었는지 머리카락 한 올 보이지 않는 데다, 도착하자마자 마주한 건 전혀 달갑지 않은 홍세아. 안 그래도 금쪽같은 시간을, 엉뚱하게 잡혀 날리고 말았다. 이러다가는 퇴근 후에나 보는 거 아닌가 하는 생각에 속이 타들어갔다.

안 되겠다. 탁 트인 데서 잠깐 시원한 공기라도 쐐야 조급함이 가라앉을 것 같았다. 비상구를 지나 두 계단씩 성큼 오르던 정한은 휴대폰을 꺼내 통화 목록을 훑었다. 건물 옥상에 한 발을 들이며 그린의 번호를 누르려던 순간.

멈칫! 한 정한의 시선이 정확히 한 점을 쏘아보았다.

'뭐지?'

휴대폰을 쥔 정한의 손이 스르르 내려갔다. 저 앞쪽에 심각한 얼굴로 쪼그리고 앉아 있는 건, 지난 며칠간 보고 싶어 애가 타던 우리 집 뽀시래기. 그 옆에 머리를 맞댄 사람은, 그린의 절친 경영팀 유지화. 맞은편에서, 진지한 얼굴로 고개를 끄덕이는 건, 옆집 애송이 제오. 옹기종기 앉아 있는 동갑내기들. 표정이 다들 비장미가 넘치는 게 혹시 뭐 심각한 일이라도 생긴 걸까.

정한은 슬그머니 한 발을 뒤로 물렸다. 돌아서는 얼굴에 꾸욱 다문 입술이 딱딱하게 굳어 있었다. 너 없는 일주일 간 나만 쓸쓸하고 애가 타 죽을 것 같았나. 나 없는 일주일을 우리 집 씩씩한 뽀시래기는 안 봐도 즐겁게 지낸 게 틀림없었다. 저리 고물고물 새끼 고양이들처럼 모여 노닥거리는 걸 보면. 사이좋게 모여 앉은 동갑내기들의 잔상에 괜한 질투가 치밀어 올랐다. 먼발치에서나마 잠깐이라도 보면, 뻐근하던 가슴 한 구석이 조금은 트일 줄 알았는데.

"뭐 하나 맘대로 되는 일이 없군."

정한은 방금 올라갈 때보다 더 답답해진 표정을 지으며 회의실로 향했다.

한편 옥상에서는 지화가 분개한 얼굴로 씩씩거리는 중이었다.

"거기서 왜 도망을 가냐구! 이 오빠는 내가 먼저 찜한 오빠입니다! 이 한마디면 되는걸!"

"지화 씨라고 뭐, 그 상황이었으면 도망 안 갔을 거 같아요? 공대 여신이라잖아요. 싸우기도 전에 진 기분인데 그럼 어떡해."

무릎을 껴안은 채 쪼그려 앉은 그린은 세상 쭈굴한 표정을 짓고 있었다.

"치, 여신은 무슨. 그나저나 그 여자 진짜 이상하네? 아들 부잣집 막내딸이야 뭐야. 왜 아무나한테 다 오빠래? 이러다간 우리 허 팀장님한테도 오빠라고 하겠더라!"

지화의 호들갑에 그린은 시무룩하게 고개를 떨구었다. 물론 오빠의 과거가 눈처럼 깨끗할 거라고 생각한 적은 없었지만 이건 해도 너무한다. 화려해도 너무 화려하고, 사치스러워도 너무 사치스러웠다. 공들여 날을 갈아 김정한을 찍어대면 뭐하리. 그 공대 여신은 금도끼, 은도끼를 넘어 다이아몬드 도끼쯤은 되겠던데. 열 번 찍어 안 넘어가는 나무 없다지만, 그런 최고급 도끼로 찍으면 웬만한 남자들은 갖다 대기만 해도 넘어가겠더라. 그린은 애가 타는 표정으로 제오를 바라보았다.

"제오야. 남자 입장에서 솔직히 말해줘. 그 공대 여신 정도 되는 여자가 들이대면 한 번만 찍어도 바로 넘어갈 거지?"

제오가 단호하게 고개를 저었다.

"아니. 키만 멀대 같이 커서 난 별로던데."

"근데 뭐. 둘 다 길쭉길쭉 훤칠해서 잘 어울리긴 하더라."

바로 이어진 지화의 팩폭에 그린의 얼굴이 처음보다 3배는 더 어두워졌다. '아차!' 하는 얼굴로 지화가 뒤늦게 그린을 달래기 시작했다.

"그래도 그린 씨랑 대표님이 100배는 더 잘 어울리지. 대표님 어깨가 또 쫌 넓어? 크으. 그 대문짝만 한 어깨를 하고 그린 씨랑 나란히 서 있으면 제대로 치이거든요! 원래 덩치 차이 나는 커플은 무조건 진리라니깐!"

지화가 절망 주고, 희망 주며 주접을 떠는 동안, 제오는 괜히 제 어깨를 만져보며 떨떠름한 표정을 지었다.

"어쨌든 그린 씨! 이렇게 숨어 있을 때가 아니에요! 여자는 뭐다? 자신감! 내 남자는 뭐다? 내가 지킨다!"

"그러는 지화 씨도 하 이사님 얘기만 나오면 쭈글거리면서 왜 나한테만 자신감 타령이에요?"

"아, 아니. 여기서 하 이사님이 왜 나와요?"

기습적인 그린의 공격에 지화는 어버버거리며 얼굴을 붉혔다.

"그리고! 그린 씨랑 나랑 같아? 나는 입장이 다르잖아. 입장이! 나랑 하 이사님이랑 사귀기를 했어, 고백을 주고받았어. 어쩌다 클럽에서 만나서 따악 하룻밤 불태운 거 가지구."

졸지에 지화의 연애사까지 듣게 된 제오가 민망한 표정을 지었지만 역시 유지화 아니랄까 봐 거침이 없었다.

"제오 씨가 말해봐요. 맘에 든 여자가 있어. 다 좋은데 보육원 출신이네? 다 잘 맞는데 부모가 없네? 그럼 좋겠어요? 싫겠어요?"

그린을 힐끔 쳐다본 제오는 이번에도 단호한 표정으로 결론을 내렸다.

"그게 무슨 상관이에요. 좋아하는 사람 부모님이랑 살 것도 아닌데."

지화는 감동받은 표정으로 두 손을 마주 잡았다.

"방금 그 멘트 대박!"

'아니, 그런데 내가 왜 연애 상담을 해주고 있는 거야. 이 중에 제일 힘든 사람은 난데.'

제오는 복잡한 표정으로 벅벅 머리를 긁었다.

"그건 그렇다 치고, 그린 씨. 이대로 가만히 있을 거예요?"

무릎을 끌어안고 있던 그린이 푸우 한숨을 내쉬었다.

"나보고 뭘 어떻게 하라는 거예요……."

"어떡하긴 뭘 어떡해. 그 불여우가 계속 오빠, 오빠 하게 놔둘 거예요? 그러다 대표님 흔들리면 어떡하냐구!"

"에휴. 땡땡이가 너무 길었다. 그만 들어가서 일이나 해요."

그린은 끙차, 몸을 일으키며 말을 돌렸다. 전의를 상실한 그린의 모습에 지화와 제오도 푹푹 한숨만 내쉴 뿐이었다. 셋이 쪼그리고 앉아 아무리 떠들어 봐야 시원한 결론은 나오지 않았다.

비상구 계단을 내려오는 그린의 표정은 한없이 복잡하기만 했다.

― 그러다 대표님 흔들리면 어떡하냐구!

지화의 무시무시한 마지막 외침이 계속 귓가를 맴돌았다. 전 여친을 다시 만난 김정한이 흔들릴 것 같으냐고? 아니. 오빠는 추호도 흔들릴 사람이 아니라는 건 확실했다. 지금 이 순간, 흔들리는 건 그린 자신이었다. 늘씬한 키에 빛나는 미모와 스펙. 여신이라는 수식어가 찰떡으로 어울리는 홍세아를 직접 보고 나니 자신감은 맨틀을 뚫고 핵까지 도달하기 일보 직전이었다.

이제야 정한의 애가 타는 마음이 이해가 되었다. 그린이 같은 팀 남직원들 얘기만 하면 왜 목덜미에 코를 박고 끙끙거렸는지, 주차장에서, 엘리베이터 안에서, 회사에서는 왜 더욱 티를 내고 싶어 했는지. 정한 역시, 그린을 못 미더워한 건 절대 아니었을 것이다. 사랑이라는 감정이 있기에 한편으로는 질투도 나고 불안할 수도 있는 거였다. 내 남자를 수많은 여자들이 호시탐탐 넘본다는 건 절대 유쾌한 일이 아니었다.

"하아. 내가 먼저 비밀로 하자고 했는데, 이마에 도장이라도 꽝 찍어 놓을 수도 없고."

뒤늦게 발등을 찍는 기분으로 사무실로 향했다.

"일이나 하자. 일이나 해."

오빠는 무사히 돌아왔고, 오빠의 첫사랑은 기가 죽게 멋지니 그린에게 남은 선택은 하나였다.

이제는 파이팅 넘치게 일을 할 시간. 그린은 애가 타는 마음을 꾹꾹 누르며 회의에 가지고 들어갈 사전 질의 응답서를 훑어보기 시작했다.

　브리핑을 시작하기 전, 화장실에 들른 세아는 찬물로 뺨을 식혔다. 화장을 고친 세아는 물끄러미 거울을 들여다보았다. 아까 로비에서 당당한 모습으로 악수를 청하던 여자가 지금은 거울 속에서 막막한 표정으로 눈을 맞추고 있었다. 정한은 예전과 달라진 게 조금도 없었다. 여전히 뻣뻣한 태도로 일말의 여지도 주지 않았다.
　'그렇다고 해도 어떻게 2번씩이나 똑같은 핑계로 밀어낼 수가 있어?'
　10년 전에도, 정한은 여자 친구가 있다는 성의 없는 거절로 사람을 초라하게 만들었다. 당시 온 대학에 김정한이 혼자라는 걸 모르는 사람이 없었는데도, 무수한 관심이 귀찮았던 정한은 만나는 사람이 있다며 단칼에 잘라버리기 일쑤였다. 하지만 포기하지 않고 정한의 주위를 지키던 세아는 결국 그의 옆자리를 차지했다. 하지만 끝까지, 정한은 냉기 어린 마음일지라도 단 한 자락 내어준 적이 없었다. 모두가 떠들썩한 자리에서 함께 있어도 정한은 홀로 떠 있는 섬처럼 느껴질 때가 많았다.
　처음에는 세아도 강의실에서, 각종 모임과 행사에서 정한의 옆자리를 지키고 있는 것만으로 만족하고 지냈다. 공식적으로는 세기의 커플이라 불리며 선망의 대상으로 비치는 것도 뿌듯했다. 하지만 시간이 갈수록 욕심이 커지고 정한에 대한 갈망이 점점 불어났다. 그래서 툭하면 독설로 상처를 주고, 트라우마를 눈치채고 캐나다로 떠나버릴 거라고 후벼 파고, 끝내는 정한을 시험하고 말았다.

그렇게 멀어진 이후로, 단 한순간도 후회하지 않은 날들이 없었다. 가만히 내버려 두기만 했어도 밀어내지 않을 남자를 괴롭혔다는 미안함. 내 욕심 때문에 그의 상처를 건드렸다는 죄책감. 물론 세아 역시 예전처럼 타버릴 듯한 고열로 애가 닳고 마음이 끓는 건 아니었다. 그래도 다시 재회할 기회가 생겼다는 걸 알았을 때, 이번에는 후회 없이 최선을 다해 정한을 배려하고 잘 해주리라 마음먹었는데. 아무리 오랜 시간이 흘렀어도, 정한은 여전히 그대로였다. 여전히 같은 핑계로 사람을 밀어내는 정한의 모습에 세아는 피식 웃음을 터트렸다.

'그 남자가 누군가를 뜨겁게 사랑할 일은 평생 없으려나 봐.'

다른 사람도 아니고 그 김정한이 누군가 때문에 속을 태우고 조바심을 낸다는 건 지구가 두 쪽으로 갈라져도 있을 수 없는 일로 보였다. 또각또각. 그때 뒤에서 선명한 구두 소리가 들렸다. 쏴아아 물을 틀어 손을 씻던 여자의 시선이 거울을 따라 흘렀다. 문득 집요한 따가움을 느낀 세아가 숙인 고개를 들었다. 과할 정도로 화려한 인상의 여자가 거울을 통해 까딱 목례를 건넸다.

새빨간 입술이 열리고 자신감 넘치는 언어가 흘러나왔다.
 "실례지만, 아까 대표님하고 한 얘기, 본의 아니게 듣게 됐어요."
 단정한 눈썹이 모이더니 바로 세아의 입술에서 뾰족한 대꾸가 튀어나왔다.
 "실례인 거 알면, 듣고도 모른 척해 주는 게 매너 아닌가요?"
 "대표님하고! 다시 만나고 싶은 거 아니세요?"
 잠시 정적이 흘렀다. 상대는 그 틈을 놓치지 않고 파고들었다.
 "대표님이 지금, 신경 쓰는 여자가 하나 있긴 한데요, 민그린이라고. 저랑 같은 마케팅 본부에 있어요. 이따 회의에도 들어갈 거고요."
 세아는 '그게 나랑 무슨 상관이죠?'라는 표정으로 빤히 바라보기만 했다.
 하지만 가연은 굴하지 않았다.
 "제가 PM님을 좀 도와드릴 수 있을 것 같은데. 걔가 동창인데 학교 때부터 취미가 남의 남자 뺏는 거였거든요. 이번 기회에 확실하게 실체 까발리는 거 정도는……."
 피식, 새초롬한 입술을 비집고 바람이 새어 나왔다.
 "오지랖이 과하면, 무례한 걸 넘어 추해 보이는 거 알고 있어요?"
 "네?"
 뜻밖의 매운 소리에 가연의 미간이 조여들었다. 종이 타월을 뽑아 손을 닦은 세아는 혐오와 경멸의 표정을 감추지 않고 뭉친 것을 쓰레기통에 휙 던져버렸다.

"그쪽이 뭔데 날 돕겠다는 건진 모르겠지만, 진심으로 돕고 싶으면 점검이나 똑바로 받아요. 그런 뒷얘기로 바쁜 사람 시간 낭비시키지 말고."

홍세아 표 매운 독설에 눈앞의 여자가 모멸감을 느껴 파들거리든 말든 상관없었다. 세아는 심기 상한 표정을 풀지 않고 화장실을 나섰다. 서둘러 회의실로 향한 세아는 한결 홀가분해진 목소리로 말했다.

"늦어서 죄송합니다. 시작할까요?"

발끝을 세우고 들어가 비어 있는 정한의 옆자리에 앉았다. 정한은 세아를 향해 눈길조차 돌리지 않았다. 세아 역시 한동안 앞쪽의 스크린만 뚫어지게 바라보았다. 세아가 정한을 향해 시선을 돌린 건 그로부터 한참 후였다. 브리핑이 끝나고 미래전략팀의 관리 감독 실무자들이 회의실 안으로 들어왔다. KINS의 파견 직원들이 실무자들과 질의 응답을 하는 동안, 총괄 프로젝트 매니저인 세아는 서면 지적 사항을 체크하는 중이었다.

문득 이질감이 느껴져 고개를 들었다. 방금까지 정한의 주위를 채우고 있던 익숙한 기류는 온데간데없었다. 다른 이들과 함께할수록 더 무심하고, 딱딱하고, 건조한 아우라를 뿜어내던 남자가.

"계약일 후, 인수 검사 및 적합 사항 평가 결과지입니다. 43

페이지 하단의 표를 참고해 주십시오."

세아가 앉은 쪽, 정한의 대각선 맞은편에서 들려오는 나긋하지만 명료한 말소리. 말간 얼굴에 오목조목 예쁘게도 들어찬 이목구비. 정한은 지금 보고서를 읽는 한 여자를 뚫어져라 바라보는 중이었다. 덕분에 세아는 제 쪽으로 돌린 정한의 얼굴을 볼 수 있었다. 그러다 한순간, 절절 애가 타는 눈빛을 읽어 버린 세아의 머릿속을 아찔한 충격이 강타했다. 정한이 누군가를 만난다는 말은 사실이었다. 그뿐만이 아니라.

'김정한이! 사랑에 빠졌다고?'

보고가 끝난 뒤, 그린은 뒤도 안 돌아보고 회의실을 빠져나왔다. 마침 브레이크 타임이라 뒤따라 나온 승 팀장이 그린을 불러 세웠다.

"아! 민그린 파트너! 물리학회 예산 최종 승인 났어요. 대표님이 사업비 넉넉하게 책정해 주셨으니까 부스 구성 좀 내실 있게 짜봐요."

"네. 알겠습니다."

"자료실 가서 작년 참가 업체들 어땠는지 살펴보고……."

그때 승 팀장의 뒤로 남들보다 머리 하나는 높은 실루엣이 불쑥 솟아올랐다. 정한이었다. 정한이 승 팀장의, 아니 정확히는 그린의 곁으로 성큼 다가오던 순간…….

"오빠! 아니, 대표님. 잠깐 얘기 좀 해요."

공대 여신이 정한을 불러 세웠다.

"팀장님. 저는 그럼 자료실에 가보겠습니다."

그린은 정한과 세아에게 정신이 팔린 승 팀장에게 꾸벅 고개를 숙이고 돌아섰다.

'지화 씨 말대로 아들 부잣집 막내딸이야. 뭐야. 허 팀장님도 오빠 친한 선배지만 회사에서는 깍듯하게 대표님이라고 하는데.'

구시렁거리며 엘리베이터로 향하던 그린은 '아차!' 소리를 내며 걸음을 멈추었다. USB를 깜빡했던 것이다. 그린은 한숨을 쉬며 다시 회의실로 향했다.

반가운 표정으로 그린에게 다가간 순간, 타이밍 나쁘게도 세아가 정한을 불러 세웠다. 정한의 미간이 깊숙한 칼날처럼 패이고 말았다. 왠지 험상궂게 느껴지는 정한의 기세에 승 팀장도 눈치껏 회의실로 들어가버렸다. 돌아서는 정한에게서 한숨이 흘러나왔지만 세아는 아랑곳 않고 정한의 코앞에 바짝 얼굴을 들이댔다.

"아까 내가 했던 말. 말끔하게 잊어줬으면 좋겠어요."

뜻밖의 말에 의아하게 내려다보니 세아는 멋쩍은 표정을 짓고 있었다.

"내가 단단히 오해를 했던 거 같아. 아까도 말했지만 우리 관계에 조금이라도 개선의 여지가 있을 거라는 희망을 가지고 있었거든."

"……."

"오늘 오빠 보니까 알겠더라구요. 그동안 나 혼자 착각하고 있었다는 걸."

하지만 미련 가득 질척이던 아까와는 달리 지금 세아의 목소리는 홀가분하고 담백했다.

"오빠가 그랬잖아. 잡아주기 바라서 그런 거라면 오빠가 날 잡을 일은 죽어도 없을 거라고. 그런데 난, 다시 돌아와서 내가 오빠를 잡으면 된다고 생각했어. 만약 오빠가……."

"저기요! 초면에 실례인 거 아는데요!"

떨리지만, 또랑한 목소리가 세아의 말꼬리를 잡아챘다.

"……?"

세아와 정한의 시선이 동시에 같은 곳으로 향했다.

"그 오빠라는 호칭, 함부로 쓰면 안 되거든요?"

그때 회의실 문이 소리 없이 열렸다.

"야, 정한아. 다들 기다리는데 왜 안 들어오……?"

중얼거리며 나오는 진우를 미처 못 본 그린은 두 주먹을 불끈 쥐고 질러버렸다.

"오빠라는 말은! 저한테 허락 맡고 쓰세요. 김정한은 내 남자니까!"

"허어얼!"

터져 나온 진우의 외마디 소리. 그린은 꾸욱 감은 눈을 화들짝 치떴다. 곧 진우에게 시선을 돌린 그린이 짤막한 비명을 질렀다.

"엄마야!"

회의실 문이 활짝 열려 있었다. 얼빠진 얼굴로 지켜보는 진우의 뒤쪽으로 경악에 휩싸인 수십 쌍의 눈동자가 그린의 망막을 가득 채웠다. 순간의 선택이 이런 결과를 가져올 줄은 꿈에도 몰랐다. 머릿속이 하얗게 비어버린 대신 한 가지 생각이 허리케인처럼 머릿속을 휘저었다.

나 방금, 사고 친 거 같다······. 그것도 역대급으로!

정한과 진우, 세아의 눈 역시 역대급으로 커다래져 있었다. 말로는 설명할 수 없는 묘한 정적이 흐르는 가운데.

"어······ 저기······ 그러니까······."

땡그랗게 열린 동공이 미친 듯이 춤을 추더니 한 걸음, 두 걸음, 간격이 벌어지기 시작했다.

"오······ 아니 선배. 이분은 누구셔?"

세아가 차분하게 물었지만 질문이 떨어지기가 무서웠다. 핏기가 가신 새하얀 얼굴로 어쩔 줄 몰라 하다가, 그린은 빛의 속도로 줄행랑을 치고 말았다.

'뭐지? 저 귀염 뽀짝한 생물체는?' 하는 눈빛으로 뚫어져라 바라보던 세아의 눈이 초승달 모양으로 서서히 휘어지기 시작했다.

한편, 그린이 던진 폭탄은 말 그대로 역대급이었다. 곧 얼음 같은 정적이 깨지고 회의실 안이 수런수런, 충격이 잔물결처럼 밀려들기 시작했다.

"지금 도망간 사람, 민그린 파트너 맞지?"

"아까 대표님한테 내 남자라고 한 거 들었어요?"

"헐! 민그린 파트너가 대표님한테 공개적으로 고백한 거야?"

그중 가장 큰 소리로 떠드는 사람은 그새 돌아온 정한의 직속 후배, 미래전략팀의 이상범 파트너였다.

"뻔하지 뭐. 세아 선배한테 쫄려서 일단 지르고 본 거라니까. 우리 회사에 대표님 짝사랑하는 여직원이 한둘이야?"

다들, 새파랗게 어린 신입 사원의 치기 어린 돌발 행동이라고 대수롭지 않게 넘기는 분위기였다.

이 와중에 정한만이 평소와 한 치 다를 바 없었다. 방금 무슨 일이 있었냐는 듯, 변함없이 건조한 표정으로.

"들어가지."

회의실 안으로 들어선 정한은 뚜벅뚜벅 긴 회의장 안을 가로질렀다. 상석에 앉은 정한이 연단을 향해 뚝뚝하게 지시했다.

"진행하세요."

"아. 네. 그럼 다음으로 각 부서에서 각별히 신경 써야 할 사항에 이어, 위반 사항 사례를 몇 가지 알려드리겠습니다. 현장 시설 검사 결과에서 자주 지적되는……."

KINS에서 파견 나온 방사선 안전 관리자의 두 번째 브리핑이 이어졌다. 하지만 회의실 안, 모든 이의 관심은 오로지 한 곳에 쏠려 있었다.

"요즘 어린 애들은 대단해. 사랑 고백도 적극적이고."

"적극적으로 고백하면 뭐 해요. 대표님 반응 봐요. 상대할 가치도 없는지 깨끗하게 무시하잖아."

"그럼 단순한 해프닝인 거야? 내가 보기에는 분명 뭔가 있는데?"

"정말 궁금해 죽겠네. 둘이 대체 무슨 사이인 거야?"

그 대답을 정한이 해줄 거라는 기대를 하는 사람은 아무도 없었다. 하지만 호기심은 상식을 거뜬하게 파괴해버리는 법. 브리핑이 이어지는 동안, 모두의 시선은 여전히 정한에게로 쏟아지고 있었다. 고개를 숙인 채, 손에 든 보고서를 보고 있던 정한도 이내 따가운 시선을 눈치챈 모양이었다. 숙여 있던 날렵한 콧대가 정면을 향하더니 서늘한 눈빛이 회의장 안을 훑었다.

"뭘 그렇게들 보십니까."

어수선한 공기를 가르고, 느긋한 저음이 의기양양하게 흘러나왔다.

"임자 있는 남자 처음 보는 것도 아닐 텐데."

순간, 외마디 감탄사가 합창으로 터져 나왔다.

"서, 선배. 아니 대표님! 그, 그럼 혹시 민그린 파트너하고 대표님하고!?"

믿을 수 없다는 상범의 질문에 정한은 시크하게 고개를 끄덕였다.

"상당히 각별한 사이, 맞습니다."

이어서 정한의 입에서 나온 말은 감히 그 누구도 상상조차

하지 못한 내용이었다.

"참고로, 여자 친구 아니고 와이프."

순간, 회의장 안이 단체 패닉에 빠져버렸다.

연단에 선 KINS 소속 팀원을 돌아보는 정한만이 여전히 초연한 표정이었다.

"뭐 합니까? 계속하세요."

수치사.

일찍이 할아버지인 서남 민승로는 국어사전에 등재되지 않은 말을 쓰는 걸 극도로 경계해야 한다고 하셨다. 하지만 지금 이 상황과 기분을 설명할 수 있는 단어가 그 이상 떠오르지 않았다. 이쯤 되면 민그린은 넥스트메딕 공식 흑역사 제조기. 회사 생활. 망했어요. 안 봐도 내일부터 무수히 쏟아질 별명과 수식어가 자동으로 머릿속을 떠다녔다. 아무리 오빠 믿고 설치랬다고, 정한도 이 정도로 사고를 칠 줄은 꿈에도 몰랐겠지. 허겁지겁 자리로 돌아온 그린은 후다닥 가방을 싼 뒤, 비장하게 자판을 두들겼다.

> 〈사직서〉|

그때, 옆자리에 있던 제오가 불쑥 머리를 들이밀었다.

"그린아. 물리학회 부스 건 말이야. QR코드로 웹 세미나에 접속하는 아이디어 승인 났어. 이번 주 안으로……."

"네? 아! 어!"

그린은 벌떡 일어나 온몸으로 모니터를 가린 채, 허둥지둥 고개를 끄덕였다. 아직, 마케팅 본부 사무실 안은 고요하고 평화로웠다. 사무실에 남아 있던 팀원들은 회의실 앞에서 있었던 일을 까맣게 모르고 있었다. 다들 여느 때와 같이 분주하게 각자 업무를 수행하느라 여념이 없었다. 책임감. 그랬다. 수치심이 문제가 아니었다. 그보다 앞서는 건, 막중한 의무감과 연대 의식, 그린의 공백으로 인해 팀원들이 겪어야 할 피해와 부담.

> 〈 사 직 |

그린은 울상을 지으며 글자를 지웠다. 영혼이 반쯤은 떠나간 상태로, 기계적으로 움직이던 그린은 최면이라도 걸 듯 같은 말을 몇 번이나 되뇌었다.

"못 들었다. 아무도 못 들었어. 오빠랑 공대 여신 말고는 아무도 못 들었어."

그렇지 않고서야 사무실 안이 오후 내내 이렇게 조용할 리가 없었다. 하지만 헛된 기대와는 달리, 사내 곳곳의 단톡방과

삼삼오오 모인 직원들 사이에서는 창립 이래 역대급 사건이 들불처럼 퍼져나가고 있었다. 그리고 시간이 좀 더 지난 후의 일이었지만, 그린은 사내 최신 유행어의 창조자로 선두를 달리게 되었다.

"이 서류 결재 맡고 싶으면 저한테 허락 맡고 가져가세요! 이 서류는 내 서류니까!"

"이 가속기 켜고 싶으면 나한테 허락 맡고 켜세요!"

한동안 사내에서는 그린이 했던 말이 가장 핫한 밈이 되었고.

"김유미는 내 약혼녀니까!"

그린이 했던 말을 절묘하게 패러디 해 로비 한가운데에서 프러포즈를 한 직원까지 나올 정도였다.

퇴근 후, 회사 근처 주점.

벌써 몇 잔째인지. 소주가 따라지기 무섭게 잔을 집어 든 그린이 왈칵 들이켰다.

"지화 씨. 나 어떡해요? 내일부터 회사 어떻게 다녀? 제오야. 어디 타임머신 파는 데 없을까?"

그린은 나라 잃은 표정으로 울먹거렸다. 퇴근 시간 즈음에는 민그린이 김정한 대표와 결혼한 사이라는 사실이 온 사내에 다 퍼져버렸다.

"난 그냥 내 남자라고 했을 뿐인데, 어떻게 결혼한 사실까지 알려진 건지 모르겠어."

"사설팀 누가 그러던데, 대표님 입으로 직접 말한 거라고 하던데?"

"아니에요. 오빠가 자기 입으로 결혼했다는 말 절대 안 한다고 약속했단 말이에요."

그 말대로였다.

콕 집어서 '와이프'라고 지칭했을지언정 정한은 결혼의 '기역'자도 꺼내지 않았다.

"어떡하긴 뭘 어떡해. 이렇게 알려지고 나니까 내 속이 다 시원한데."

뭐가 문제냐는 듯, 지화는 그저 심드렁한 반응이었다.

"안 그래요? 제오 씨?"

"……."

제오는 대답조차 못 하고 있었다. 실연의 상처를 채 극복하기도 전, 그린과 정한이 3년도 더 전에 결혼한 사이였다는 걸 알게 된 류제오의 영혼은 반 이상 깎여나간 채였다.

"이참에 조가연이니 공대 여자니 어이없이 들이대던 인간들도 한방에 정리하고 잘 됐지 뭐."

민그린에게 어이없이 들이대던 인간 중 하나. 제오는 시무룩한 표정으로 고개를 떨궜다. 한편 지화는 지금 그린의 상황이 부럽기만 했다. 겉으로는 센 척했지만, 사랑 앞에 한 없이 초라해지고 작아지는 제 모습이 오늘따라 한심해 보였다. 잘 참고 있었는데, 오늘따라 그 사람이 왜 이렇게 생각이 나는 걸까.

결국 쪼그리 모드로 돌아선 셋은 동시에 한숨을 쉬며 소주잔을 치켜들었다. 챙. 잔이 부딪히고 쓴 소주가 꿀꺽 넘어가는 순간, 가게 문이 열리더니 거짓말처럼 정한과 진우가 안으로 들어섰다. 뒤에는 허 팀장과 홍세아도 함께였다.

"어? 여기서 만나네?"

진우는 이게 웬 횡재냐는 표정으로 함박웃음을 지으며 테이블로 직진했다.

"셋이 마시고 있었어요? 잘됐다. 우리도 2차인데 합석해도 되죠?"

번쩍 테이블을 붙인 진우의 추진력에 얼결에 합석한 자리 위로 애매한 침묵이 흘렀다.

"아. 나는 잠깐 화장실 좀."

이중 가장 걱정 근심 없어 보이는 절대적인 분위기 메이커 진우는 자리에 앉기가 무섭게 화장실로 향했다. 그런 진우의 뒷모습을 물끄러미 보고 있던 지화가 결심한 듯 질끈 입술을 물며 벌떡 일어섰다. 얼마 후, 화장실에서 나온 진우의 눈꼬리가 환하게 휘어졌다.

"뭐야. 나 기다리고 있었어요?"

장난삼아 던진 말에 지화는 굳이 부정하지 않았다.

"어? 진짠가 보네?"

지화는 떨리는 눈으로 진우를 올려다보았다.

"너무 많이 마시지 마. 그러다 속 다버려요."

이지적이고 세련돼 보이는 인상과 달리 안경테 너머 반짝이는 눈빛은 한없이 다정하기만 했다. 이제 결정을 내릴 시간. 당신의 그 따뜻한 마음 한 자락에 얼어붙은 마음을 잠시라도 녹여보고 싶어서, 그 정도 용기는 내도 되지 않을까 하는 자그마한 욕심에, 나중에 돌아올 이별이 사무치게 아프더라도 지화는 오늘 틈을 보인 걸 후회하지 않을 자신이 있었다.

"저기……."

어렵게 입술을 달싹인 지화는 결심한 듯 맹랑하게 고개를 치켜들었다.

"나 되게 쿨한 거 알죠?"

"알죠."

웃음기 가득한 목소리가 이마 위로 내려앉았다.

"하 이사님 쿨한 거야 회사에서 모르는 사람이 없구요."

"그랬구나."

이제는 귓가에서 살랑거리는 다정한 목소리.

"쿨한 사람끼리, 통할 것 같아서 하는 말인데."

물끄러미 듣고 있는 진우에게 지화가 도발적으로 턱을 치켜들었다.

"우리 쿨하게 만나 볼래요?"

"으음? 네?"

"서로 발목 잡고 질척거리지 말고. 적당히 만나다가 질리면 제 갈 길 가자구요."

나긋하게 물어오는 목소리.

"지금 이해가 잘 안 돼서 그러는데, '쿨하게'라니. 그게 무슨 의미예요?"

지화는 대담하게 엄지를 들어 진우의 입술을 부드럽게 뭉개며 속삭였다.

"알잖아요. 그날 클럽에서……."

탁!

"유지화 씨."

서글서글, 생글생글, 살랑살랑. 세상의 모든 다정하고, 유하며, 부드러운 형용사 앞에 가장 잘 어울리는 남자. 그 하진우가 섬뜩할 정도로 차가운 눈빛과 목소리를 내뿜고 있었다.

"그 정도로 만나기 싫으면 차라리 그렇다고 제대로 거절해요."

"네?"

"술김에 이딴 식으로 도발해서 사람 쓰레기 만들지 말고."

"아니. 난…… 그게 아니고……!"

누군가는 앞뒤 재지 않고, 돌아올 리스크는 생각하지 않고, 용감하게 온몸으로 부딪히고 돌진해 당당하게 사랑을 쟁취해 낸다. 하지만 결국 사랑보다 자존심을, 사랑보다 상처를 걱정한 비겁한 마음은 생애 단 한 번뿐일 수도 있는 진심을 허무하게 놓쳐버릴 수도 있다. 순간의 술김이 아니었는데. 쉽게 한 선택이 아니었는데. 사실은 나도 그대의 따뜻한 온기를 내 삭막한 일상에 잠시라도 가져다 두고 싶었다. 하지만 언젠가는 오게 될 이별의 순간에 최대한 상처받지 않고 돌아설 핑계도 필요했다.

뒤늦게 밀려오는 아찔한 후회감에 지화는 겁에 질린 표정으로 진우를 올려다보았다. 그런 지화의 얼굴을 경멸인지, 비난인지, 아니면 심연 깊은 곳에서 가득 올라오는 슬픔인지 모를 서러운 눈빛으로 한동안 내려다보던 진우는.

"난 하루를 만나도, 진심으로 좋아하는 여자 아니면 죽어도 안 만나."

그대로 차게 돌아서 걸어가버렸다. 진우는 처음부터 끝까지 진심이었다. 클럽에서 맨 처음 지화를 만난 그날은 버릇없게 대든다며 같이 버럭한 하 원장에게 뺨을 맞고 울분에 차, 집을 나온 날이었다. 겉으로만 클럽 죽돌이에, 천하의 난봉꾼, 여자 없으면 못 사는 하진우는 알고 보면 외로움도 많이 타고 상처도 많은 여린 남자였다. 그렇다고 해서 쉽게 누군가를 만나거나 옆에 둔 적은 없었다. 그날 클럽에서 지화를 만나기 전까지는. 그 자리에 있는 많은 사람들 중에서 자신과 꼭 닮은 쓸쓸한 눈빛.

─ 나랑 나갈래요?

진우의 한마디에 바로 고개를 끄덕인 지화가 진우의 손을 잡았다. 진우와 지화는 겉으로는 누구보다 뻔뻔하게, 이 정도는 매일 밤 익숙하게 일어나는 일인 것처럼 굴었다. 그렇게 쿨한 척, 당당하게 호텔로 들어가 체크인을 했다. 둘 다 난생처음 벌이는 일탈에 속으로는 한없이 긴장한 채 떨고 있다는 걸

서로 끝까지 모른 채. 그리고 그날 밤 진우와 지화의 역사가 시작되었다. 차라리 그날 손을 내밀지 말 걸. 아니 차라리, 내민 손을 뿌리치지. 북받쳐 올라오는 서러움을 몇 번이나 깨물어가며 진우는 뒤도 안 돌아보고 가게 밖으로 나가버렸다.

화장실에 간다던 진우는 함흥차사였다. 얼마 안 있다 지화가 혼자 터덜터덜 걸어 들어왔다. 살짝 넋이 나간 채로, 금방이라도 울 것 같은 표정을 하고. 세아에게 정신이 팔린 그린은 지화의 상태를 눈치채지 못했다.
"오빠는 왜 이렇게 말랐어? 밥은 잘 먹고 다니는 거예요?"
유지화의 예언이 맞았다.
세아는 허 팀장님에게도 오빠라는 호칭을 거침없이 쓰고 있었다. 이 여자는, 정말로 세상 모든 남자를 오빠라고 부를 셈인가. 그린은 눈도 깜빡거리지 않고 뚫어져라 세아를 관찰하기 시작했다.
"술은 완전히 끊은 거예요? 무리 안 하는 게 좋죠."
세아가 살갑게 웃으며 허 팀장의 잔에 음료를 따랐다. 저러다가는 제오한테도 오빠라고 부르는 거 아닌가 몰라. 문득 고개를 든 세아가 맞은편의 정한을 물끄러미 바라보았다. 정한은 아까부터 옆에 앉은 그린이 말고는 아무것도 눈에 들어오지 않는 모양이었다. 아까 회의실에서도 느꼈지만 김정한이 저렇게 뜨거운 시선도 보낼 줄 아는 남자였다니. 격세지감이란 건 이럴 때 쓰는 말인가. 그린을 바라보는 정한의 눈빛은 그 전에 세아를 만날 때는 단 한 번도 보여주지 않았던 종류의 것이었다.

세상의 모든 애정과, 염려와, 애틋함과 달콤함을 다 쓸어 담은 눈빛. 천하의 김정한이 저런 표정을 짓게 만드는 여자라니. 세아는 바로 옆의 그린에게 시선을 돌리며 슬쩍 미소를 지었다. 불시에 기습을 당한 그린의 표정이 순간 풀리며 움찔했다.

'귀여워! 조금 놀려줄까?'

불시에 장난기가 돈 세아가 능청스럽게 말을 걸었다.

"너무 내 얘기만 했죠? 그러고 보니 결혼 생활은 어떤지 아무 얘기도 못 들었네."

세아가 아무 얘기도 못 들은 건 당연한 일이었다. 세아는 허 팀장과, 정한은 진우와 각자 저녁을 먹고 나오는 길에 우연히 마주친 것뿐이니까.

"혹시 오빠 과거에 대해서 궁금한 거 있으면 물어봐요. 내가 민그린 씨보다는 먼저 만났잖아요."

무슨 쓸데없는 소리를 하냐는 듯 정한이 확 인상을 썼지만 세아는 아랑곳하지 않았다.

"처음 만났을 때 오빠는 막 제대한 복학생 선배였죠. 그때만 해도 엄청 풋풋했는데."

세아가 팔짱을 끼며 여유로운 자세로 빙긋 웃었다. 그린은 부글부글 끓어오르는 속을 간신히 달래며 세아를 노려보았다. 가까이에서 본 홍세아는 확실히 기가 죽을 만큼 멋지고 당당해보였다. 나보다 먼저 벚꽃도 보러 가고, 나보다 먼저 차박도 한 사이. 예뻐도 너무 예쁘고, 멋져도 너무 멋진, 뭔데 이리 당당한 구여친.

잠깐, 그런데 만난 걸로 치면 내가 훨씬 더 먼저 만난 거 아닌가? 김정한을 만난 순서에 굳이 선착순을 따져보자면, 번호표는 내가 먼저 뽑았지!

"만난 것도, 좋아한 것도 내가 먼저니까 내가 그린 씨 선배다 그렇죠?"

세아가 눈꼬리를 흐드러지게 휘어보였다. 아니, 저 여자는 무슨 자랑을 저리 살갑게도 하시나.

지화 씨 말이 맞았다. 내 남자는 내가 지켜야지! 결국 참다 못한 그린이 벌떡 일어섰다. 그런데 자꾸만 혀는 꼬이지, 머릿속은 방금 무슨 말을 주고받은 건지 뒤죽박죽 엉켜버리지. 생전 마셔보지도 못한 소주를 연거푸 들이켰더니, 테이블이 솟아오르면서 파도처럼 넘실거렸다. 자꾸만 눈앞이 빙글빙글 돌기 시작했다. 결국 더 이상 참지 못한 그린은 와락 지르고 말았다.

"자꾸 오빠라고 부르지 말라니깐!"

난장판이 되어버린 술자리는 그린이 삿대질을 하며 아르릉 소리를 지름과 동시에 끝나버렸다.

"제가 그쪽보다 먼저 만났거든요! 좋아한 것도 그쪽보다 훨씬 먼저! 야! 김정한이다고 그냥 이름 불러…… 읍!"

정한이 재빨리 커다란 손바닥으로 그린의 입을 틀어막았다. 세아는 폭소를 터트리며 정한에게 쌍엄지를 치켜들었다.

"와, 김정한 와이프 진짜 끝내준다! 제대로 철벽인데?"

정한이 허 팀장을 돌아보았다.

"형, 먼저 일어날게요. 마무리 좀 부탁해요."

퇴근 후 배가 고프다며 징징거리는 진우를 데리고 저녁을 먹는 동안, 가볍게 반주라도 하자는 제안을 거절한 게 다행이었다. 머릿속은 온통 한시라도 빨리 집에 가서 그린과 단둘이 있고 싶다는 생각뿐이었다. 이미 인내력은 한계였기에. 그리고 그 인내력은 그린의 앞에 텅 비어 있는 소주병을 본 순간 바닥을 찍었다. 취한 그린을 다독이며 대리를 기다리지 않아도 된다는 사실이 얼마나 다행인지. 차까지 오는 길에도 허우적거리던 그린을 번쩍 안아 뒷좌석에 기대어 놓고 집에 오는 길.

"내가 먼저 만났다! 끄윽."

꼬인 혀가 슬슬 원위치로 되돌아오는 걸 보니 점점 술이 깨는 거 같긴 한데.

"나는 딸꾹! 군대 가기 전부터……. 끅. 알았는데!"

지금은 아예 드러누워버린 코알라. 정한은 절레절레 고개를 저었다.

"그린아. 민그린?"

집에 도착한 정한이 뒷좌석 문을 열고 허리를 숙여 상체를 집어넣었다.

"그만 일어나야지?"

김정한은 내 남자니까! 193

시트 아래로 떨어질 듯 젖혀 있던 고개가 꿈틀 제자리로 돌아왔다.

"······어디에요?"

"집이야."

정한이 머리부터 고개를 집어넣은 덕에 거꾸로 마주한 두 눈이 허공에서 얽혔다. 그린은 그대로 팔을 뻗어 정한의 넥타이를 잡아당겼다.

"오빠······."

달빛 아래 흠뻑 취한 목소리가 아찔하면서도 은근했다.

"오빠는······."

한숨처럼 풀리는 달콤한 음성. 나른하게 벌어진 입술 새로, 희미한 알코올 향이 짜릿하게 번졌다. 떨어져 있던 지난 며칠간, 정한의 안에서 간신히 제어하고 있던 열기가 무섭게 들끓어 오르기 시작했다.

"그래. 여기 있어."

하지만 타는 제 욕망보다는 취한 그린을 진정시키는 게 더 먼저였다. 일단 데리고 들어가야겠다는 생각에 살며시 안아 올리려는 순간.

"오빠는 진부하고 뻔한 남자야."

"뭐라고?"

분명 아까보다는 또렷해지긴 했지만 여전히 취기가 가시지 않은 목소리로.

"오빠는 하 이사님보다 천만 배는 더 난봉꾼이야."

쿵!

느닷없이 퍼부어지는 폭풍 비난에 번쩍 고개를 들던 정한은 차체 프레임에 세게 뒤통수를 찧고 말았다.

"흐아……."

정한은 주저앉아 뒤통수를 감싸며 끙끙거렸다.

그린이 휘영청! 몸을 일으켰다.

"쌤통이에요!"

차박 차박, 발걸음 소리가 멀어져 갔다. 한동안 어질어질한 머리를 부여잡고 있던 정한은 간신히 고개를 들어 두리번거렸다. 중심축에서 최소 5.5도 이상은 기울어진 랜드마크가 왜 이탈리아가 아닌 우리 집 정원에 있는 건지. 그린은 비틀비틀 갈지자로 정원을 가로지르는 중이었다.

"민그린!"

"벚꽃…… 차박이…… 나만 설렜지. 나만……."

그린은 위태위태하게 걸음을 옮기며 중얼거렸다.

"난 처음이었는데……. 데이트 돌려 막기나 하고……. 나쁜 놈……."

차 문을 닫지도 못하고 뛰어간 정한이 그린의 팔을 붙들었다.

"이러다 넘어져."

"이거! 놓으시지!"

세차게 뿌리친 그린의 몸이 진짜로 기우뚱! 그린을 낚아챈 정한은 작은 몸을 번쩍 들어 건장한 어깨에 들쳐 멨다.

"내려! 놓으시지!"

버둥버둥 앙탈을 부리던 그린은 복도를 지나 1층 침실에 들어설 때까지 있는 힘껏 팔딱거렸다.

"아오. 진짜."

이를 악물고 저벅저벅 걸어가, 침대 위에 살며시 내려놓은 정한이 엄한 목소리로 으름장을 놓았다.

"여기 그대로 가만히 있어."

"싫다면?"

"진짜 혼난다? 괜히 사고 치지 말고 얌전히 있어라. 꼬맹아."

뒷걸음질을 치며 쭉 뻗은 검지로 고정시키듯 경고를 날린 정한은 서둘러 정원으로 뛰어나갔다. 뒷좌석에 널브러진 재킷과 가방을 챙긴 정한은 차 문을 닫고 터벅터벅 돌아왔다. 주방으로 들어가 숙취 해소제와 물을 데워 큰 컵 가득 꿀물을 타는 동안도, 나오는 건 한숨이요, 뒤따라 붙는 건 황당함뿐이었다. 저 뽀시래기가, 술주정에 이렇게 소질이 있는 줄은 꿈에도 몰랐네.

한편.

"어이가 없네. 내가? 어딜 봐서 꼬맹이라니······."

나른하게 풀린 눈을 한 그린은 흔들흔들 옷장 앞에 서 있었다.

"그 말······ 후회하고 싶지······."

도통 알 수 없는 말을 중얼거리며 서랍 안을 잔뜩 헤집어 무언가를 꺼냈다.

"어디…… 후회해주지……."

잠시 후, 복숭아처럼 발그레해진 얼굴에 담뿍 의기양양한 미소가 돌았다.

"……찾았다."

그린이 찾아낸 건 얼마 전 지화가 선물해 준 속옷이었다. 처음 봤을 때만 해도, 정한 앞에서는 죽어도 못 입는다며 세차게 고개를 저었던 옷인데.

'이거야!'

취한 눈으로 보니 대담한 디자인이 무척 마음에 들었다. 그린은 비틀거리며 속옷에 팔을 끼우기 시작했다. 머릿속에는 오직 한 가지 생각뿐이었다. 이걸 입고 나가서 오빠의 코를 납작하게 해줘야지. 무사히 속옷을 입은 그린은 거울 앞에 서자마자 탄성을 질렀다.

"우와!"

평소 같으면 귀엽게만 보일 발그레한 뺨마저 야릇한 속옷의 효과인지 더없이 고혹적으로 느껴졌다.

'결혼한 지 벌써 몇 년인데, 언제까지 꼬맹이야? 오빠가 날 꼬맹이라고 부른 걸 후회하게 만들어주겠어요!'

홋. 이런 박력이 넘치는 대사도 날려줘야지. 더 극적인 효과를 위해 위에는 헐렁한 면 원피스를 뒤집어썼다. 정한 앞에서 과감하게 벗어 던지려는 계획이었다. 그린은 의미심장한 미소를 지으며 방문을 활짝 열었다. 마침 주방에서 큰 컵 가득 꿀물을 타 가지고 나오는 정한의 모습이 보였다.

"좀 괜찮……?"

정한의 질문이 떨어지기가 무서웠다.

"난! 언제까지…… 꼬맹이야!"

야심차게 준비한 말과는 달리 엉뚱하게 헛나가는 소리가 나오고 말았다. 취기가 확 올라온 탓이었다. 아, 그 순간 입을 틀어막았어야 하는데.

"그래. 이 꼬맹아."

귀엽다는 듯 피식 웃어버린 정한의 모습에 꼬이던 혀에 용기가 차올랐다. 발그레하게 꽃물이 들어 붉어진 눈가로.

"오빠랑 결혼한 몇 년…… 후회해요!"

그렇게 외마디 소리와 함께 그린은 쿵 쓰러지고 말았다. 그리고 정한은 벼락이라도 맞은 것처럼 한참을 굳은 채로 서 있었다. 조금 전 귀여운 캐릭터가 그려진 옷을 입은 그린이 씩씩하게 방문을 박차고 나왔다.

― 난 언제까지나 꼬맹이야!

앞으로도 귀엽게 봐달라는 선언인 건가. 미묘하게 잘못 들은 정한이 피식 웃으며 맞장구를 친 순간. 뒤를 이어 낭랑하게 떨어진 폭탄선언에 하늘이 무너지는 심정이었다. 처음 그린의 의도를 거쳐 출력한 내용과 정한에게 입력된 후 해석된 것은 물론 완벽하게 다른 내용임에도 불구하고.

'뽀시래기는 나와의 결혼을 후회하고 있다.'

정한의 머릿속엔 그린에게는 '결혼 = 후회' 라는 공식이 각인되어버렸다. 그렇지 않아도 꽃다운 어린 나이의 그린을 도둑놈처럼 채 오고 말았다는 죄책감이 항상 발목을 잡고 있었는데. 직접 그린의 입으로 확인을 받으니 정한이 위축된 건 당연한 일일 수밖에 없었다.

금방이라도 털썩 주저앉고 싶었지만 그린이부터 살피는 게 먼저였다. 서둘러 달려간 정한은 그린을 안아 올렸다. 정한은 그린을 안고 2층 계단을 오르기 시작했다. 뽀얀 얼굴은 언제 그랬냐는 듯 평온해 보였다. 그윽하게 감긴 눈과 새초롬하게 다물린 입.

아무리 무자비한 말을 퍼부었다 해도 이 고운 모습을 두고 따로 잔다는 건 이제는 상상조차 할 수 없었다.

Chapter 21
착각은 자유

 침대 위, 정한의 옆에는 그린이 곤하게 새근거리고 있었지만 그는 도저히 잠을 이룰 수 없었다. 마음속에서는 치열한 갈등이 한창이었다. 나는 이제 네가 없으면 안 되는데. 너는 이제 살아가는 이유를 넘어 내 목숨이 되어버렸는데. 갑자기 그린이 훌쩍 떠나버릴지도 모른다는 상상은 단순히 막막하고 두렵기만 한 게 아니었다. 앞으로 그린이 없는 하루하루를 생각하니 그 짧은 순간에도 제 살을 가르고 심장을 꺼내는 절망감이 느껴졌다. 그럼에도 불구하고 얼마나 후회가 컸으면 술김을 빌려 속마음을 털어놓았을까.
 늦었겠지만 지금이라도 보내줘야지. 저렇게 후회한다는데. 이러지도 저러지도 못하는 동안 밤은 깊어가고 있었다.

 지독한 갈증에 그린은 가늘게 뜬 눈을 찌푸렸다.

"으음……."

어슴푸레한 조명 아래, 그린은 정한의 운동장만 한 침대 위에 누워 있었다. 옆을 돌아보니 팔짱을 껴 탄탄하게 각이 잡힌 팔 근육이 가장 먼저 눈에 들어왔다. 정한은 깨어 있었는지 침대에 기대어 앉아 있었다.

"물……."

"어."

갈라지는 소리에 정한이 급히 협탁 위의 컵을 집어 들었다. 정한은 그린의 입에 대고 세심하게 컵을 기울였다. 꿀꺽. 꿀꺽. 꿀꺽. 큰 컵 가득 꿀물을 다 마시고 난 그린은 그제야 살 것 같은 표정을 지었다. 시계를 보니 새벽 2시를 조금 넘긴 시각이었다.

잠시 후.

말끔하게 양치질까지 마친 뽀얀 얼굴이 거울을 들여다보고 있었다. 거울 속의 그린은 편안한 면 원피스를 뒤집어쓴 채였다. 어? 분명 엄청 취했던 거 같은데, 속도 멀쩡하고 머리도 맑았다. 혈관을 타고 도는 젊은 피 덕분에 지금 이 나이에는 숙취가 없다는 것도 모르고.

'나. 알고 보면 주당이었을지도.'

그린은 거울을 향해 씨익 미소를 지어 보였다. 제오의 말이 맞았다. 만년 신입 사원, 소심하고 기가 죽어 있던 햇병아리는 이제 더 이상 없다. 하루가 끝나고 쓴 소주 한 잔에 시름을 달래고 돌아오는 저녁이라니. 크으. 이렇게 차근차근 경험치를 쌓아가다 보면 어느 날엔가는 직장 생활 만렙의 커리어 우먼으로 거듭나 있겠지. 뿌듯한 미소는 침대를 향해 한 발, 한 발 다가갈 때마다 점점 옅어졌다. 주변 공기마저 살얼음이 낄 듯 냉랭한 표정으로 팔짱을 낀 채 앉아 있는 저 남자.

저건, 분명…… 화가 난 건가? 그린은 자신 없는 표정으로 찍기를 시도했다. 사실 정한은 외로워도, 슬퍼도 딱딱하게 굳은 표정을 짓고 있기에 기색만 보고 기분 상태를 맞추는 건 상당한 고난이도의 스킬을 필요로 했다.

"이리 와서 누워."

간결한 목소리에 그린은 후다닥 침대 위로 올라갔다.

"눈 감고."

고드름처럼 뚝뚝 떨어지는 서늘한 말투에 자동으로 눈이 감겼다.

바로 실눈을 뜬 그린이 정한을 불렀다.

"저기…… 오빠."

"일단 자고, 내일 얘기해."

자리에 누운 정한은 저쪽으로 등을 돌려버렸다.

"오빠?"

"……"

'진짜 화난 거야?'

이상하다. 아무리 화가 나도 대꾸는 해주는 사람인데. 태평양처럼 넓은 어깨를 바라보고 있자니 슬며시 서운한 마음이 밀려들었다. 그린은 머릿속을 더듬어 흐릿한 기억을 짜 맞춰

보았다.

― 김정한은 내 남자니까!

어제 창조한 흑역사를 말끔히 지우고 싶어 술을 마시던 중이었지. 정한이 갑자기 구여친과 함께 등장했고, 그 뒤는 일단 암전. 드문드문 떠오르는 몇 장면을 조합해봤지만 뭐가 어떻게 돌아가는지 알 수 없었다. 어쨌든 철벽처럼 돌린 뒷모습을 보니 뭔가 사고를 치긴 했나? 그린은 바로 고개를 저었다. 생각해 보면 이게 다 누구 때문인데! 그러게 누가 신성한 회사에 구여친을 끌어들이래. 나보다 먼저 벚꽃 놀이도 가고, 나보다 먼저 차박도 하러 간 구여친. 그 여신 포스 낭낭한 다이아몬드 도끼가 눈앞에서 번쩍번쩍하는데, 내가 술을 안 마시고 배겨?

처음에 흑역사를 지우고 싶어 술을 마셨다는 건 잊고 말았다. 엉뚱한 회로를 돌린 그린은 열이 뻗치는 얼굴로 벌떡 일어나 이불을 걷었다.

"오빠! 우리 얘기 좀 해요."

"……"

"안 자는 거 다 알고 있어요."

"……"

퍽!

"민그린!"

정한이 벌떡 일어나 뒤통수를 감쌌다. 그린은 베개를 들고 씩씩거리며 정한을 노려보았다.

"계속 이럴 거야? 이게 어디서 자꾸 못된 것만 배워가지고!"

"오빠가 대꾸도 안 하니까 그렇지!"

"너 지금 취했으니까 내일 맑은 정신으로 얘기하자는 거 아니야."

"술 다 깼거든요?"

"후우우우."

일자로 악다문 입. 우뚝한 코에서 깊은 한숨이 흘러나왔다. 침대 위에 양반다리를 한 정한은 두 무릎 위에 꽈악 손바닥을 짚었다.

"너 잘 들어. 이제 어디 가서 술 한 방울이라도 먹기만 해."

"내가 괜히 먹었나? 오빠 때문에 먹었잖아요."

"핑계 한번 좋다. 사고는 네가 쳐놓고 수습은 내가 다 하고 다녔는데, 왜 나 때문이야?"

"전여친이 감사 나온다는 거 나한테 숨겼잖아!"

한마디도 지지 않는 그린의 모습에 정한은 답답한 듯 벅벅 머리를 털었다.

"미리 알려주려고 했어. 오이타마 사고 났던 날."

아…… 그날. 집무실로 불러 꼭 할 얘기가 있다던 게 그 얘기였어? 하지만 그렇다고 해서 순순히 물러설 순 없지.

"그렇다고 해서 같이 밥 먹어도 되는 건 아니잖아요."

"난 진우랑 따로 먹었어. 나오는 길에 우연히 마주쳤고."

"우연이었어도 결국은 다 같이 술 마시러 왔잖아요?"

"허 팀장님이 대학 선배잖아. 계속 권하는데 거절하기가 그래서, 잠깐 앉아 있다 바로 나오려고 했어."

이번에는 그린의 말문이 막혔다. 이렇게 듣고 보니 오빠는 하얀 눈처럼 순결하고 오점 하나 없는 남자 같잖아. 이런 식이라면 나만 바가지를 긁는 극성 아내로 박제될지도 몰라. 그린은 질끈 눈을 감으며 꾹꾹 참았던 말을 질러 버렸다.

"그래도 오빠는 나빠! 데이트 돌려 막기 했잖아!"

"하. 참나."

정한이 기가 차다는 듯 헛숨을 뱉었다.

"대체 그 데이트 돌려 막기가 뭔지 제발 좀 알고 싶다. 아까부터 계속 양아치니 뭐니……."

헐! 내가 그런 말까지 했다고?

그런 심한 말까지 한 건 살짝 미안해지려고 하는데. 그래도 서운한 건 서운한 거다! 그린은 약해지려는 마음을 다잡았다.

"어제 회사 앞에서 다 들었어요. 같이 벚꽃 보러 갔다고 했잖아요. 차박도 하고. 물론 나하고 만나기 전에 있었던 일이라는 건 알지만……."

그린은 최대한 서운한 표정을 지었다.

"그래도 난 태어나서 처음 해보는 거였는데. 오빤 벚꽃도 차박도 다 해본 거잖아."

살짝 고개를 숙인 정한은 급 반성이라도 하는지 잠시 말이 없었다. 그린은 이때다 싶어 쐐기를 박았다.

"나 혼자만 설렌 게 바보 같잖아요. 오빠는 이미 다 해본 거니까."

어때요. 내가 밑도 끝도 없이 트집만 잡은 건 아니잖아?

이제는 오빠의 입에서 '미안해.'가 나올 시간.

"야, 이 주정뱅이야."

그런데 정한의 입에서 나온 말은 전혀 뜻밖이었다. 커다란 손이 뻗어오더니 그린의 코를 두 손가락 사이에 끼워 가볍게 흔들었다.

"궁금한 게 있으면 맨 정신에 제대로 물어보든가."

"……?"

영문 모르고 커다랗게 뜬 눈에 절레절레 고개를 젓는 정한의 모습이 비쳤다.

"세아는, 공대 후배긴 했어도 과는 달랐어. 진우랑 다 같이 연합 동아리 후배로 만났고. 벚꽃도, 차박도 동아리에서 간 걸 말한 거라고."

"아……."

"너랑 같이 갔던 벚꽃 길은……. 예전엔 그 근처에 운동장이 하나 있었어. 진우하고, 윤수."

정한의 입에 올라온 뜻밖의 이름에 그린의 눈이 한층 똥그래졌다.

"셋이 하루 종일 공을 차다가 그 길을 걸어 돌아오곤 했지. 어린 나이에도 꽃길이 예쁘다는 생각이 들었고, 너한테도 보여주고 싶어서 같이 갔던 거야."

이번엔 그린이 꿀 먹은 벙어리가 되었다.

"우리가 차박 하러 갔던 그 장소도……."

에이, 설마.

"윤수가 그렇게 가고 얼마 안 있다, 이맘때였을 거야."

헐! 설마 했는데 차박을 한 장소도 전여친이 아닌 윤수와의 추억이 어린 곳이었다니!

"너무 보고 싶어서 불쑥 찾아갔었지. 버스가 일찍 끊기는 것도 모르고. 무작정 걷다가 해가 져서 길을 잃었어. 진우랑 다리 밑에서 끌어안고 밤을 보냈는데, 아침에 일어나니까……."

정한이 나지막한 웃음소리를 냈다.

"윤수 있는 추모원에서 직선으로 1킬로도 안 됐던 거지."

웃고 있는 얼굴에 쓸쓸한 그늘이 졌다.

"그 후로 윤수 기일 전에는 진우랑 그곳에서 밤을 보내. 예전만큼 괴로워서 가는 게 아니고, 그냥 바람 쐬러 가는 거야."

어느새 그린은 무릎을 꿇은 채로 공손하게 두 손을 모으고 있었다.

"이래도 양아치야? 계속 돌려 막기라고 할 거야?"

"당장 끊겠습니다. 이 시간부로 술은 단 한 방울도 입에 대지 않겠습니다."

어이없다는 듯 바라보던 정한은 피식 웃고 말았다.

"오해 풀렸으면 이제 자. 늦었다."

먼저 자리에 누운 정한은 이번에도 저쪽으로 등을 돌려버렸다.

어라?

오해가 풀렸으니 속이 시원해야 하는데, 왜 이렇게 계속 답답한 거지? 오빠도 누명을 벗었으니 개운해 보여야 하는데, 왜 저렇게 심란한 모습이지? 태산 같은 등을 하염없이 바라보다가, 그린이 조심스럽게 입을 열었다.

"오빠. 혹시…… 뭐 화나는 일 있어요?"

끄응, 돌아누우며 이마 위에 팔을 얹는 얼굴이 한없이 씁쓸해 보였다.

"내가 화를 낼 입장은 아니지."

이건 또 무슨 소리?

잠시 후, 마른 입술을 축인 정한이 머뭇머뭇 말을 꺼냈다.

"계약서. 아직 유효하니까 마음 바뀌면 언제든 얘기해."

"계약서라니, 무슨 계약서요?"

고개를 갸우뚱한 그린은 정한의 다음 말에 허엇! 두 손을 올려 입을 막았다.

"나랑 결혼한 게 그렇게 후회되면, 이제 와서 무를 수는 없지만……."

정한은 결심한 듯 툭 내뱉었다.

"계약대로, 1년 후에 깨끗하게 헤어져줄게."

정한의 말과 동시에 머릿속에 탁! 불이 켜졌다. 조금 전까지만 해도 암전이 돼버려 까맣게 묻힌 기억이 생생하게 떠오르고 말았다.

─ 오빠랑 결혼한 몇 년…… 후회해요!

허어어어어얼! 두 손으로 꾸우욱 입을 틀어막은 채로, 그린은 속으로 비명을 삼켰다.

그러니까, 저 서늘한 표정은 화가 난 게 아니고 시무룩한 거였고, 계속 돌아누웠던 건 내가 꼴 보기 싫어서가 아니라, 상처받아서 그런 거였다고?

커다란 눈동자가 깜빡, 깜빡. 슬며시 일어나서, 그린은 난감한 눈으로 정한의 얼굴을 내려다보았다. 길게 뻗은 눈은 반듯하게 감긴 채였다. 단정한 미간이 한 번씩 꾸욱 조이는 걸 보면 어지간히 속이 타들어가는 모양이었다. 지난밤의 기억이 고스란히 떠오른 그린은 말도 못 하고 끙끙거렸을 정한을 어떻게든 달래줘야겠다고 결심했다.

이제는, 내가 오빠의 오해를 풀어줘야 할 시간. 어쩌지. 난 말주변이 좋지 못해서, 오빠처럼 논리적으로 조목조목 해명할 자신이 없는데. 잠시 고민에 빠진 그린은 결심한 듯 원피스 끝자락을 잡고 단숨에 머리 위까지 끌어올렸다.

"오빠."

그린은 태산 같은 어깨를 살그머니 흔들었다.

"오빠아."

"……."

아까보다 훨씬 나긋해진 목소리에도 정한은 미동조차 하지 않았다.

"내가 선물 하나 주면, 오빠 마음이 풀릴까?"

이어지는 살랑살랑 녹을 듯한 그린의 애교에.

"오빠. 눈 좀 떠 봐요."

마지못해 감긴 눈을 뜬 정한은 그대로 숨이 멎을 듯한 표정을 지었다.

"……!"

그린은 정한이 알고 있는 언어로는 도저히 묘사할 수 없는 수위의 속옷을 입고 있었다.

"너!"

튕기듯 일어난 정한은 기겁을 하며 이불로 그린을 꽁꽁 싸맸다.

"왜, 왜 이래! 아직 술이 안 깼어?"

과하게 헐벗은 덕분에 그린은 포장지 없이 리본만 둘러맨 선물이 되고 말았다. 그 때문에 그린도 어색하고 민망한 건 매한가지였다. 그래도 지화 씨가 분명히 그랬는데, 이걸 입고 가면 그게 대표님한테 선물이라고. 그런데 정한은 선물을 받고도 전혀 기쁜 기색이 아니었다.

"스트레스 많이 받았어? 그렇다고 이렇게 갈기갈기 찢어 놓을 것까지는……."

심각한 얼굴로 그린의 이마에 손을 짚는 오빠를 보니 서서히 불만이 차오르기 시작했다. 이러다가는 내가 평생 꼬맹이 신세를 못 벗어나지! 안 되겠다. 오늘은 무조건 유교걸 졸업이다!

그린은 대담한 표정으로 이불을 걷었다.

"왜 이렇게 놀라요? 촌스럽게."

"초, 촌스러워?"

"선물받는 사람의 자세가 이래도 돼요?"

"설마 선물이라는 게……."

정한은 더 말을 잇지 못하고 입술만 달싹거렸다. 두 눈은 어디에 둘지 모르겠다는 듯 불안하게 흔들리고 있었다. 바로 코앞에서 거대한 쓰나미가 일어나도 눈썹 한 올 꿈쩍 안 할 것 같은 남자가 식은땀까지 흘리며 쩔쩔매는 모습이라니. 쉴 새 없이 동공 지진을 일으키는 모습에 꾸욱 웃음을 참은 그린은 정한의 목을 확 끌어당기며 시크한 언어를 뱉었다.

"조명 은밀하게."

침실에 설치된 인공 지능 시스템이 찰떡같이 알아듣고 야릇한 조명을 쏘았다.

"한 번만 더 꼬맹이라고 해 봐요. 두고두고 후회하게 만들어 줄 테니까."

그제야 정한은 지난밤 그린이 하려고 했던 말을 정확히 파악할 수 있었다. 정한은 허탈하게 웃으며 그린의 리드에 기꺼이 몸을 맡겼다. 수려하게 뻗은 굵은 눈썹, 짙게 가라앉은 눈매, 조각같이 우뚝 솟은 코 아래, 매끈하게 솟아오른 입술까지. 그린의 가느다란 손가락이 지독할 정도로 잘생긴 얼굴을 촘촘하게 어루만졌다. 이어서 대담하게 쑥 들어온 손바닥 아래 나른한 온기가 느껴졌다.

정한도 홀린 듯 양팔을 교차해 단숨에 셔츠를 끌어올렸다. 입술이 닿는 모든 곳에 진득하게 속살이 뭉개졌다. 깎아놓은 것처럼 매끈한 대리석을 한 번 더 새기듯, 꽉 짜인 굴곡을 따라 저릿한 열기가 피어올랐다. 곧 고요한 침실에 헐떡이는 숨소리와 야릇하게 질척이는 소리가 피어오르기 시작했다.

커다란 창을 통해 밝아지는 새벽 여명 아래. 정한은 숨을 고르며 털썩 옆으로 누웠다. 눕는 동시에 작은 몸을 자석처럼 단단히 당겨 안았다. 만지기는커녕 보기도 아깝다는 듯 오목조목 예쁜 눈, 코, 입, 품 아래 펼쳐진 머리칼 하나하나를 쓸어내리듯 바라보던 순간, 커다란 눈으로 올려다보던 그린이 가느다란 손목을 뻗었다. 천천히 따라가던 작은 손이 정한의 뺨 위로 포근하게 안착했다.

"오빠랑 결혼한 거, 단 한 번도 후회한 적 없어요."

확신에 찬 목소리에 정한의 동공이 커다랗게 열렸다.

"다시 처음으로 되돌아간다고 해도, 그땐 3년이 아니라 30년 동안 오빠가 날 쳐다보지 않는다고 해도, 그래도 오빠랑 또 결혼할래."

어딘가 목이 막힌 듯 끅 소리가 나오다가, 바로 입을 다물어 버린 정한은 하염없이 그린을 내려다보기만 했다.

"평생 오빠 옆에 있을래. 난 아무 데도 떠나지 않을 거야. 절대로."

어떻게 너는 내가 듣고 싶었던 말을 기다렸다는 듯 해주는 걸까. 그 작은 몸에서, 그 작은 얼굴로, 그 작은 입술을 움직여 어떻게 그렇게 강인하게 나를 붙잡아주는 걸까. 멎을 듯한 표정으로 절절하게 내려다보던 정한의 입술이 마침내 열렸다.

"사랑해."

꽉 막혀 오르는 것처럼 묵직하게 내려앉았던 심장이 이 작고 보드라운 손짓 한 번에 허무할 만큼 가볍게 떠올라버렸다.

"사랑해. 그린아. 사랑해."

모든 언어를 잊은 대신, 너를 붙잡을 기도 하나를 얻게 되었다.

"나도 사랑해요."

간절한 정한의 진심에 응답하듯 그린도 속삭이듯 웃음을 지었다.

　

이른 아침 그린이 씻으러 간 사이, 정한은 1층으로 내려왔다. 어제 저녁, 송천댁에게 미리 부탁해 두었던 콩나물국을 데우고 밥솥의 취사 버튼을 눌렀다. 빠르고도 능숙하게 계란말이와 두부를 부치고 밑반찬을 준비하는 동안 출근 준비를 마친 그린이 내려왔다.

"속은 괜찮아?"

뽀얀 얼굴로 배시시 웃으며 고개를 끄덕거린다.

"너무 말짱해서 신기할 정도예요. 나 음주에 재능 있나 봐요!"

"그래서 또 마시게?"

"아하하. 서, 설마요. 술 끊었다니까요."

숨겨진 재능을 발견하자마자 하루 만에 금주를 선언한 그린이 머쓱하게 웃으며 식탁 앞에 앉았다.

"천천히 먹어. 오늘은 같이 출근해."

"아뇨, 아뇨. 지하철 타고 갈게요."

"밤새 못 잤는데 차에서라도 한숨 자야지."

무심하게 떨어지는 말에 뽀얀 얼굴이 화악 달아올랐다.

국을 뜨려고 뒤돌아선 정한의 표정은 알 수 없었지만, 또 저렇게 뚝뚝하게 내뱉는 거 보니 표정 역시 당연히 아무렇지도 않겠지. 나만 아무렇지. 나만.

달아오른 뺨에 손부채질을 하던 그린은 고개를 갸우뚱하며 시선을 보냈다. 오빠, 허리는 괜찮은 걸까? 건장하게 버티고 있는 역삼각형의 상체를 따라 시선을 내리자 지난밤의 여운이 되살아나 목덜미 부근이 후끈 달아올랐다. 아니. 지금 오빠 허리 걱정할 때가 아니지. 이러다 내 허리가 먼저 나가는 거 아닌가 몰라.

뻐근한 허리에 손을 짚어보던 그린은 저도 모르게 앓는 소리를 냈다.

"많이 힘들어?"

"괜찮아요."

혀를 쏙 내민 그린이 덧붙였다.

"어제가 평일이라는 걸 깜빡했어."

정한이 싱긋 웃으며 받아쳤다.

"깜빡? 어쩐지. 주말도 아닌데 우리 집 뽀시래기가 웬일로 그렇게 후한가 했다."

휙 고개를 치켜든 그린이 도끼눈을 뜨며 아르릉거렸다.

"앞으로 뽀시래기도 금지! 아직도 내가 어린애로 보여요?"

국자를 내려놓은 정한이 천천히 몸을 돌렸다.

어린애로 보일 리가. 그저 뽀시래기는 정한이 할 수 있는 최고의 찬사일 뿐인데.

그린을 여자로 보기 시작한 날 이후로 살짝씩 드러나는 목덜미만 보고도, 가끔 무방비한 표정으로 턱을 괴고 있는 모습만 보고도 하루 종일 제정신을 못 차릴 정도인데. 오늘 아침만 해도 침대 위에 흐드러지게 누워 있는 요염한 자태에 회사고 뭐고 김정한답지 않게 어마어마한 사고를 칠 뻔했는데. 전장에 나가는 장수처럼 비장하게 떨치고 아래층으로 내려온 것도 모르고.

때로는 말보다는, 행동으로 보여주는 게 훨씬 빠르고 확실한 효과를 가져오는 법.

오냐. 그렇게 걱정이 된다면 온몸으로 보여주지.

"왜, 왜요?"

위험할 정도로 페로몬을 흩뿌리며 다가오는 정한의 모습에, 그린은 긴장한 표정으로 슬금슬금 몸을 물렸다. 곧 식탁 위로 질척이는 소리에 화답하는 쾌감 어린 소리가 12첩 수라상보다 화려하게 펼쳐졌다.

출근길 차 안.

"그러지 말고 한 입만 먹어봐. 꼬맹이."

"지금 뭐 먹으면 멀미한단 말이에요! 그리고 자꾸 꼬맹이라고 부를 거면 그냥 여기에서 내릴 거예요."

 정한이 편의점에서 종류별로 집어 온 삼각 김밥을 부루퉁한 표정으로 바라보던 그린이 팩 고개를 돌렸다.

 "그렇다고 생으로 굶고 출근할 거야? 점심까지 어떻게 버티려고."

 "내가 누구 때문에 생으로 굶었는데! 오빠가 시간 여유 있다고 한 번 더……."

 말을 하다 뚝 끊은 그린의 얼굴이 새빨개졌다.

 "평소 루틴을 좀 벗어나긴 했지만 출근 전 급박한 상황을 감안해도, 내 계산은 맞았어. 그린이 네가 갑자기 앞치마를 집어 들어서 오차가 난 거라고."

 "정말 그게 옷인 줄 알았다구요!"

 운전대를 잡고 있던 정한이 싱긋 웃으며 고개를 끄덕거렸다.

 "그건 인정. 그렇게 걸쳐놓으니까 나름 옷이긴 하더군. 아주 실용적이라 앞으로도 종종……."

 "아아아아아! 안 들린다, 안 들린다."

 그린은 양 손으로 귀를 두드리며 진저리를 쳤다. 알고 보니 밥상머리 앞에 선 오빠는, 무형 문화재로 지정해도 손색이 없을 돌쇠 오브 탑 돌쇠였다. 챙겨준 쌀밥도 뺏어야 될 정도로 심각하게 정력이 넘치는.

 그 어느 날보다 더 쌩쌩해 보이는 정한이 주차를 하기 무섭게 눈을 흘긴 그린은 서둘러 주차장을 가로질렀다. 반면 정한은 여유 만만한 표정이었다. 지난밤에 이어 오늘 아침까지, 평일에는 얄짤 없던 뽀시래기가 아낌없는 은혜와 기적 같은 축복을 내려준 날이었다. 지금 정한은 오히려 온몸에 에너지가 넘쳐흐르는 느낌이었다.

"대표님. 늦었지만 축하드립니다."

가끔 지나치는 직원들의 깍듯한 축하 인사는 덤. 간만에 배부른 포식자와 여유로운 승자의 미소를 흘리며 집무실로 향하던 길.

"굿모닝."

엘리베이터 앞에서 마주친 세아가 까딱 고개를 숙이며 미소를 지었다.

"안 그래도 찾아가려고 했는데 마침 만났네요."

"음. 같이 올라가죠."

정한도 가볍게 고개를 끄덕이고 맨 꼭대기 층 버튼을 눌렀다. 정한의 집무실. 보고서를 넘기는 세아의 언어는 내내 경쾌한 톤을 유지했다.

"치료 기기 정도 관리 인력 부분은 보충이 필요할 것 같아요. 총책임자인 대표가 부재중이었다고 탓할 수도 없고, 오이타마 건이 갑자기 터졌으니까요."

세아는 쿨하게 어깨를 으쓱거렸다.

"상부에서 특별 지시가 있었어요. 이번에는 서면으로 지적하고 끝내라고."

"서면 지적으로 충분하겠어?"

"대표님 덕분에 KINS 연구원들도 무사히 돌아왔잖아요. 우리가 할 일이었는데."

세아가 찡긋 윙크를 날렸다.

실사가 마무리될 무렵, 세아는 다시 생각해도 귀엽다는 듯 웃음을 터트렸다.

"어디서 그렇게 사랑스러운 사람을 만났어요?"

"아."

바로 그린의 얘기임을 알아챈 정한은 짤막한 대답으로 자세한 정보는 주고 싶지 않다는 의사를 표했다.

"여전하네. 철벽 치고 자기 사람 지키는 성미는."

피식 웃은 세아가 새삼스럽다는 듯 읊조렸다.

"놀랐어요. 다른 사람도 아니고 김정한의 가슴을 꽉 채우는 사람이 나타날 줄이야."

"그만 일어나지. 오늘은 바론바이오 실사 때문에 바쁜 걸로 아는데."

"네네. 알겠습니다."

세아가 떠난 한참 뒤에도, 정한은 자리에서 꿈쩍도 하지 않았다. 그녀가 불쑥 손을 내밀며 한 말은 늘 무감했던 표정 위로 미세한 균열을 가져왔다.

— 선배가 내내 편안하길 바라요.

윤수를 허무하게 떠나보낸 후로 정한은 그 누구에게도 진심으로 마음을 열거나 곁에 둔 적이 없었다. 물론 형제보다 가까운 진우는 예외였지만. 하진우가 겉으로만 오는 여자 안 막고 가는 여자 안 잡는 쿨한 이미지였다면, 정한은 오는 사람에게 벽을 치고, 가는 사람을 단 한 번도 돌아보지 않았다. 그랬던 삶이기에, 방금 세아가 했던 말은 생경한 깨달음을 가져다주었다. 편안. 지우고 살았던 언어를 꺼내 들고, 정한은 소파에 느릿하게 몸을 묻었다. 믿기지 않을 정도로 편안한 요즘이라는 생각이 들었다. 그리고 그건 바로.

― 평생 오빠 옆에 있을래. 난 아무 데도 떠나지 않을 거야.
절대로.

언젠가부터 구원처럼 건져 올린 목소리가 상처를 어루만지고 있었으니까.

진우는 다 죽어 가는 표정으로 회사 앞 카페로 들어왔다.
"아이스티요. 얼음 가득 넣어서."
잠시 후, 아이스티를 단숨에 빨아 마신 진우는 테이블 위로 턱을 괴었다.
― 우리, 쿨하게 만나 볼래요?
유혹적인 눈빛. 부드럽게 입술을 뭉개던 손가락의 감촉이 아직도 입술 위에 남아 있는 것 같았다. 잘그락거리는 얼음처럼 애써 다져놓은 마음은 쉽게 부서지기만 했다.
'쿨하게라……. 갑자기 왜 그런 얘기를 한 걸까. 물어보기라도 할 걸 그랬나?'
진우는 숙취가 가시지 않은 머리를 세차게 흔들며 질척거리는 미련을 털어냈다.

'아니다. 길이 아니면 가지를 말라고 했다.'

너무 세게 흔들었는지 어지러운 머리통을 부여잡고 끙끙대는데, 앞 테이블에 두 명의 남자가 와서 앉았다.

"그래서, 결국 반지를 샀어?"

"네. 종로를 혼자 헤집고 다니는데 얼마나 쑥스럽던지. 헤헤."

"차 대리 그렇게 안 봤는데 추진력 대단하네."

"이왕 맘먹은 거 끝장을 봐야죠."

결심에 찬 차 대리라는 이에게 맞은편 남자가 우려 섞인 목소리를 내밀었다.

"뭐, 차 대리 사람 좋은 거야 오래 봐서 알고. 유지화 씨도 싹싹하니, 둘이 결혼하면 잘 살긴 하겠지만……."

순간 들려오는 이름에 진우의 눈이 번쩍 뜨였다. 자세히 보니 경영 3팀의 김동민 과장과 차도훈 대리였다.

"네. 저는 지화 씨 같은 야무진 여자 만나서 잡혀 살아야 돼요."

"뭐, 그것도 틀린 말은 아닌데……."

"지화 씨가 생활력도 강하니까 돈도 빨리 모을 수 있을 거예요. 둘이 죽어라 벌면 소형 아파트 대출금이야 금방 갚지 않겠어요?"

"벌써 거기까지 생각했다고?"

더 듣지 못하고 진우는 벌떡 일어섰다. 의자가 밀리는 소리에 고개를 돌린 김동민과 차도훈이 진우를 알아보고 꾸뻑 고개를 숙였다. 진우가 돌아서 나가자 김동민 과장이 의자를 당겨 앉았다.

"참. 허 팀장님은 뭐래. 상의해봤어?"

"아, 그게요."

차도훈 대리가 민망하게 웃으며 머리를 긁적였다.

"네가 왜 서른 넘어서까지 모태 솔로인지 알겠다고요. 지화 씨 마음은 확인도 안 하고 망상질 이냐고 뭐라고 하셨어요."

"음, 허 팀장님다운 말이네. 사실 나도 허 팀장님 의견에 동의……."

차 대리는 자신감 넘치는 말투로 김동민 과장의 말을 막았다.

"에이, 지화 씨는 고아잖아요. 솔직히 정상적으로 결혼하기는 힘들죠. 그나마 어리고 이쁠 때 결혼해준다는 사람 있는 걸 감지덕지해야 되는 거 아니에요?"

그 후로 한참 이어진 차 대리의 망상에 김동민 과장은 난감한 기색을 띠었다. 자신감이 넘치는 건 좋은데 근거 없는 자신감에 어디서부터 충고를 해야 할지도 모르겠다는 표정이었다.

"하! 유지화……. 대단하다. 대단해."

정신이 번쩍 들더니 그렇게도 안 깨던 술이 단번에 깨버렸다. 지화의 이름을 되뇌던 진우는 결국 냉소를 터트렸다.

결혼 얘기가 오가는 남자가 있었던 거야? 그런데 쿨하게 만나자는 건 무슨 소리인 건지. 그거에 또 흔들린 어떤 놈은 밤새 머리 싸매고 고민하고. 이제는 어느 게 진짜 지화의 모습인지. 처음 만난 날 진심이라고 믿었던 그 밤, 지화에게서 받았던 느낌도 알고 보면 내 착각이었던 건지.

"등신."

울컥 올라오는 배신감을 차갑게 씹어뱉은 진우가 로비로 들어섰다. 굳은 표정으로 로비를 가로지르는데 뒤에서 총총거리는 발소리가 났다.

"저어…… 하 이사님."

돌아보니 지화였다.

"네."

바로 고개를 돌린 진우의 입에서 차가운 단답이 쏟아졌다.

"저기. 어제요. 제가, 제가 실수를 한 거 같아가지고……."

"어제?"

"네. 어제 제가 했던 말이요. 사실은……."

"유지화 씨."

"네?"

"업무 얘기 아니면 굳이 하지 말죠? 별로 듣고 싶지 않은데."

진우답지 않은 차가운 눈빛, 서늘한 말투에 얼어붙은 지화가 놀란 토끼 눈을 했다. 더 말을 섞고 싶지 않다는 듯, 진우는 그대로 멀어져갔다. 둘 사이의 간극은 금방 메워졌다. 엘리베이터가 바로 내려오지 않아 또 만나야 했다.

"어? 하느님이다!"

"하 이사님!"

지화 또래의 여직원들이 진우에게 반갑게 알은체를 했다. 순식간에 둘러싸인 진우는 슬쩍 옆으로 시선을 돌렸다. 밀려오는 사람들 사이에서 주춤주춤. 풀이 죽은 어깨. 울었는지 불그스름한 눈꺼풀에 하루 만에 꺼칠해진 얼굴. 지화답지 않게 기가 죽은 모습이 자꾸만 눈에 밟혔지만 애써 털어버리고 인사를 건네는 직원들에게 고개를 끄덕거렸다.

"민그린 파트너. CRO(임상시험대행) 결괏값은 어떻게 됐어요?"

"지금 PPT 만들고 있습니다."

"다 되면 하 이사님한테 먼저 보고해주세요. 발표자가 가장 먼저 봐야지."

"네! 지금 실시간으로 공유중입니다. 계속 피드백 주셨어요."

마케팅 본부 직원들은 평소와 다름없이 그린을 대해 주었다. 어제 김정한은 내 남자라며 그 난리를 치고 정식으로 팀원들을 마주하는 자리라 잔뜩 긴장을 한 게 무색할 정도로.

그게 다 사회생활 만렙인 승 팀장이 대표님 사모님이 불편하지 않게 하라는 엄포 때문이었던 것도 모르고.

'와. 학교하고 사회는 확실히 다르구나. 괜히 걱정했네.'

그린은 가뿐해진 마음으로 일에 집중할 수 있었다. 사실 팀원들의 속마음은 궁금함 가득이었다. 팀 동료가 하루아침에 대표님과 결혼한 사이가 되다니. 물어보고 싶은 것도 많았고, 이럴 줄 알았으면 더 친하게 지낼 걸 하는 아쉬움도 진하고, 너무 부담스럽게 들이댄 건 아닌지 제 발 저려하는 사람도 있었다. 하지만 어느 누구도 그린에게 사적인 이야기를 꺼내지 않았다. 승 팀장의 당부도, 그린에 대한 배려도 아닌 오직 한 가지 이유로.

"으으. 너무 바빠. 우리 회사는 순한 맛이었어."

옆자리에서 앓는 소리를 내는 제오의 말 그대로였다. 아침부터 마라 맛 업무가 회오리처럼 몰아치고 있었다. 덕분에 맡은 업무를 척척 처리하는 건 물론 자진해서 번거로운 일까지 덜어가는 그린은, 없으면 팀이 위기에 빠지는 소중한 파티원 그 이상도 이하도 아니었다.

하지만 딱 한 사람. 바득바득 이를 갈며 분을 삭이는 한 사람이 있었다.

'지난 1년간, 얼마나 기를 쓰고 달려왔는데.'

가연의 입장에서는 너무 억울했다. 어린 시절부터 원하는 걸 손에 넣고 최고의 위치에 도달하기 위해 부단한 노력을 해왔다. 때로는 거짓말, 도둑질, 모함도 서슴없이 해야 했다. 그래도 후회한 적 없었다. 모두가 부러워하는 위치라는 달콤한 보상이 일말의 양심마저 지워버렸다. 하지만 어느 날, 아무것도 모른다는 무해한 얼굴로 톡 끼어들어 온 애가 가연의 것을 야금야금 가로채기 시작했다. 끝내는 김정한까지. 오직 정한을 목표로 회사에 최선을 다했는데. 높은 곳으로 올라갈 계단이 순식간에 무너진 허탈감이 밀려왔다.

그것보다 더 가연을 초조하게 만드는 건 따로 있었다. 가연은 어제 실사에 참석하지 않았다. 그래서 그린이 '대표님은 내 남자'를 외치던 그 시각, 가연은 친한 여직원들 단톡방에 메시지를 올렸다. 민그린이 대표님한테 꼬리 치는 걸 봤다고. 홍세아 PM이 잘해보고 싶은 눈치던데 민그린의 여우짓에 포기한 거 같다고. 학교 다닐 때부터 남의 남자 뺏는 악취미는 여전하다고. 세아와 정한의 사이에 확실히 선을 그음과 동시에 그린을 견제하기 위한 손쉬운 방법이었다. 그런데 하나둘 메시지는 확인하는데 아무도 답이 없었다.

잠시 후, 가연은 소스라치게 놀란 얼굴로 다른 채팅창에 올라온 글을 확인했다. 생각도 못 한 반전에 피가 거꾸로 솟는 기분이었다. 믿고 싶지 않았지만 대표님의 입에서 직접 '와이프'라는 단어가 나왔다고 했다. 패배감에 속에서는 천불이 나는데 방금 저지른 실수부터 수습하는 게 먼저였다. 황급히 메시지를 지웠지만 이미 반 이상의 인원이 확인한 뒤였다. 그 이후로 오늘까지 단톡방은 잠잠했다. 아무도 메시지를 올리지 않았다. 어떻게 된 일인지는 잘 알고 있었다. 가연이 많이 했던 일 중의 하나였으니까. 따돌림 시킬 사람만 놔두고 새로운 채팅방을 만드는 것. 가연은 이 모든 상황이 또 그린의 탓인 것처럼 느껴졌다.

'워크숍 때부터 뭘 믿고 그렇게 나대나 했더니!'

처음부터 믿는 구석이 있으니 그리 기고만장했던 거다. 속에서는 미칠 듯한 억울함과 분노가 끓어오르기 시작했다.

날이 뜨거워질수록 넥스트메딕의 에너지도 활기차게 들끓고 있었다.

임상 시험은 성공적으로 끝나고 승인 허가만 받으면 됐다. 진우가 밤낮을 잊은 듯 일에만 매달린 덕분이었다. 정한도 백방으로 뛰어다닌 덕에 치료용 중성자 기기의 개발이 완료되어 설치만 목전에 두고 있었다.

"종양 학회 이전에 시설 준공 허가 완료가 떨어지면 가장 먼저 두경부암 환자를 대상으로 치료를 진행할 예정입니다. 이미 메이저 5대 병원에서 선행 임상 치료 협약을 타진하는 중이고, 단기 치료 후 전체 생존율 수치를 가을에 있을 세계 물리학회와 연계하여······."

그린의 간결하고 딱 떨어지는 브리핑이 끝났다.

만족스러운 듯 고개를 끄덕인 승 팀장이 이번에는 제오를 돌아보며 물었다.

"참. 며칠 후에 방송국에서 촬영 나오는 건 차질없이 준비하고 있죠?"

"네. 팀장님. 어차피 일회성이고 가속기 부서 안내하고 가속기가 뭔지 간단하게 설명만 해주면 되는 거라 크게 어려운 일은 아닙니다."

"번거롭겠지만 수고 좀 해줘요."

"네!"

넥스트메딕에는 종종 뉴스나 각종 자료 화면이 필요하다는 이유로 방송국에서 취재를 나오는 일이 종종 있었다. 넥스트메딕과 한 건물 안에 서울 인근에서 가장 큰 중성자 암 치료 센터와 가속기가 있기 때문이었다. 이번 촬영은 제오가 바론바이오로 돌아가기 전, 마지막으로 맡은 업무였다.

촬영 당일. 아침부터 로비에는 여직원들이 구름처럼 몰려 있었다.

"봤어? 대박! 완전 잘생겼지?"

"남자가 얼굴이 어떻게 저렇게 작지? 실물이 훨씬 더 멋있어!"

"나 오늘부터 구현준 팬클럽 가입해야겠다!"

현준은 익숙한 찬사와 환호성을 들으며 우아한 발걸음으로 로비를 가로질렀다. 오늘은 '몰쓸신박' 방송의 패널로 넥스트메딕에 오게 되었다.

구현준. 미래 방송국 간판 아나운서. 훤칠한 키와 빼어난 외모로 웬만한 연예인보다 훨씬 높은 인기를 가지고 있다. 그런

현준을 대표하는 이미지는 따로 있었다. 바로 재벌 3세라는 것. 바른 이미지와 완벽한 외모, 뛰어난 학벌을 더 빛나게 해 주는 건 구만전자라는 집안 배경이었다.

오프닝은 넥스트메딕 로비에서 서글서글 웃는 인상의 류제오라는 젊은 직원과 함께 찍게 되었다. 그리고 다음 촬영을 위해 가속기 부서를 찾았을 때였다.

"방사선 발생 장치에 점검 등이 들어와서 바로 촬영은 어렵겠는데요?"

가속기 부서 팀장의 말에 피디와 출연진의 얼굴에 긴장감이 감돌았다.

"아. 걱정 마세요. 방사광 가속기는 원전처럼 자동으로 방사능을 만들거나 하지는 않습니다. 기계가 멈춰 있으면 방사능 생산은 불가능합니다."

불안해하는 기색을 눈치챈 제오가 유한 웃음으로 촬영팀을 달랬다.

"그래도 안전상 점검은 꼭 필요한데 어쩌죠? 오늘은 폐쇄를 할 수밖에 없을 것 같은데."

피디의 얼굴에도 난감한 기색이 감돌았다. 그렇다고 한국에 몇 대 없는 가속기를 찾아 포항이나 대전까지 갈 수도 없는 일이었다. 결국 스케줄 조율을 통해 며칠 후로 촬영 날짜를 옮기기로 했다. 제오는 견학을 희망하는 물리학자 패널과 남기로 하고, 방송 팀은 바로 철수하기로 했다. 감독과 매니저를 대동하고 엘리베이터에 올라탄 현준이 잔뜩 아쉬운 목소리를 꺼냈다.

"저도 김 박사님하고 남고 싶었는데 어떻게 아셨는지 아버지랑 점심 약속이 잡혔네요."

"회장님이 부르셨으면 가야죠. 그런데 구 아나도 방사능 설비에 관심이 있었어요?"

피디의 말에 현준이 자신만만한 표정으로 싱긋 웃었다.

"아뇨. 얼핏 스쳐가긴 했는데 아까 로비에서 이상형을 만난 것 같거든요."

"뭐라고? 누군데? 구 아나를 한눈에 반하게 만든 사람이라니. 궁금해지네?"

"저도 아무것도 몰라요. 바지 정장을 입은 여자분이었는데, 연보라색이요."

"예뻤어요?"

"얼굴은 잘 기억 안 나요. 그냥 느낌이 좋았어요."

순간, 엘리베이터 뒤쪽, 스텝들 사이에 서 있던 가연이 번쩍 고개를 들었다. 오늘 바지 정장으로 된 연보라색 슈트를 입고 온 여자. 징글징글한 악연. 또 민그린이었다.

그린은 밝은 얼굴로 퇴근을 서둘렀다. 정한과의 사이가 알려진 후 가장 좋은 건 역시 출퇴근을 함께할 수 있다는 거였다. 물론 정한의 퇴근이 훨씬 늦어 따로 할 때가 많았지만, 오늘처럼 시간이 맞으면 외식을 하기도 했다. 얼마 후, 둘은 정한이 미리 예약해둔 분위기 좋은 레스토랑에 마주 앉아 있었다. 보통은 그린이 그날 일에 대해 쉴 새 없이 수다를 떨었다. 정한은 그린의 접시에 음식을 올려주고, 잔에 물을 채우고, 웃으며 고개를 끄덕이는 쪽이었다. 그런데 오늘은 확실히 분위기가 달랐다.

"외근 나가는 것만 아니면 나도 계속 지켜보고 싶었어. 진짜, 진짜, 진~짜 잘생겼어요. 키도 크고 피부도 웬만한 여자들보다 더 좋아요!"

"……."

정한은 험악한 얼굴로 나이프를 움직일 뿐이었다.

"잠깐 스쳐가면서 봤는데도 사람이 후광이 뜬다는 게 무슨 말인지 알겠더라구요. 우리 팀 몇 명은 사인도 받고 사진도 찍었는……."

그린의 입에 느닷없이 스테이크 한 조각이 들어왔다.

"그냥 가만히 서서, 음. 사진인데 완전 으음. 화보."

"다 삼키고 말해. 사레들려."

정한은 아까보다 더 서슬 퍼런 얼굴로 나이프를 휘둘렀다.

"그래 봤자 눈 두 개, 코 하나, 입 하나. 사람 생긴 게 거기서 거기지. 뭘 또 진짜, 진짜, 진짜, 세 번씩이나 잘생길 것까지야."

애꿎은 스테이크가 깔끔한 절단면을 선보이며 나동그라졌다. 분위기만 보면 조선 제일의 검객이라도 온 줄.

그제야 아차 한 그린은 배시시 웃으며 정한의 눈치를 봤다.

"태어나서 TV 나오는 사람 처음 봐서 그래요."

"두 번만 봤다가는 '진짜' 소리 밤새도록 듣게 생겼군."

"오빠도 그랬을걸? 예쁜 여자 연예인 봤으면 진짜 소리가 저절로 나왔을걸?"

정한이 코웃음을 치며 나이프를 내려놓았다.

"내가? 그럴 확률은 화성이 두 동강이 나서 오른쪽이 지구랑 충돌할 확률보다 희박해."

알맞게 잘린 스테이크가 거의 비어가는 그린의 입 안을 채웠다. 정한은 냅킨을 들어 오물거리는 입가를 세심하게 닦아주었다.

"요즘 들어 유부녀라는 자각이 점점 없어지는 것 같은데?"

"내가 안 해도 출근과 동시에 모든 사람들이 하고 있을 텐데요 뭘."

대수롭지 않게 어깨를 으쓱거리는 모습에 정한의 심기가 한층 사나워졌다.

"암 치료 센터, 연구소, 하다못해 오늘 촬영 나온 수많은 인원들은 전혀 모르고 있잖아."

그린은 눈을 동그랗게 뜨며 당황한 목소리를 꺼냈다.

"오빠! 그 정도면 망상 아니야?"

"그냥 하는 말 아니야. 아까 그 구 진짜인가 뭔가도 널 봤으면 정신 못 차릴걸?"

"구현준 아나운서가요? 말도 안 돼!"

어이가 없는지 웃음을 터트린 그린이 야무지게 고개를 저었다.

"그 사람은 방송국에서 예쁜 사람들만 보고 다닐 텐데."

후식으로 라벤더 아이스크림이 나왔다. 연보랏빛 슈트를 입은 그린은 라벤더 꽃망울처럼 싱그러워 보였다. 그린은 디저트 접시 위로 신중하게 스푼을 가져다댔다. 정한의 시선도 자연스레 스푼의 궤적을 따라갔다. 모양 좋게 솟아오른 입술이 아이스크림이 얹어진 스푼을 달콤하게 집어삼켰다.

이 순간, 사르르 녹고 있는 게 아이스크림인지 정한의 심장인 건지. 사나웠던 심기도 속절없이 녹아 주르륵 흘러버린 지 오래. 다시 아이스크림을 옴폭 떠낸 스푼이 정한의 입 안으로 빨려 들어왔다. 기꺼이 받아먹은 정한은 선명한 라벤더 향기를 오래, 오래, 혀 위로 굴렸다. 저릿할 정도로 달콤한 생각도 머릿속을 굴렸다.

자각이 없어도 너무 없는 민그린. 자신이 얼마나 예쁜지 몰라도 너무 모르는 순수한 유부녀. 정한의 입에 물렸던 스푼은 다시 그린의 앙증맞은 입술을 건드리는 중이었다. 안 그래도 열기 어린 시선이 핥듯이 감겨들었다.

"하. 가서 계약서부터 없애버리든가 해야지."

"이혼 계약서요?"

그게 존재하는 한은 왠지 안심을 할 수가 없었다. 어디로 튈지 모르는 요 뽀시래기 때문에.

"아직은 안 돼요."

이럴 줄 알았다.

또 상상도 못 했던 엉뚱한 대답부터 내밀 줄 알았다.

"왜. 가지고 있다 협박용으로 쓰게?"

낭랑하게 웃어버린 그린은 고개를 가로저었다.

"참. 할아버지가요. 올해 한글날엔 행사를 크게 하나 봐요. 그때 서울 오신 김에 한동안 머무르신다는데."

"그래? 오시면 바로 찾아뵙자."

"오빠. 할아버지 아직도 많이 어렵죠?"

"대한민국에 민승로 선생님이 어렵지 않은 사람이 있을까?"

그린이 할아버지를 화제에 올리자 웬만한 일엔 꿈쩍도 안 하는 정한도 살짝 긴장이 되는 모양이었다. 워낙 대쪽 같고 깐깐한 성미에다, 평생 우리말, 우리글 지킴이로 살아온 할아버지와 뼛속까지 이과인 공대 오빠 정한이 친해질 수 없는 건 당연한 일인지도 몰랐다. 게다가 첫 손녀라는 첫 정이 유난히 각별한 할아버지였다.

알고 보면 손녀 바보인 민승로는 장인어른인 민 교수보다 더 못마땅한 눈으로 정한을 보며 쯧쯧거리기 일쑤였다. 하긴, 지난 3년간은 90살이 가까운 어르신의 눈에도 정한이 그린을 소 닭 보듯 하는 게 여실히 느껴졌을 테니까. 정한의 주의를 딴 데로 돌리는 데 성공한 그린은 부지런히 아이스크림을 해치운 뒤 스푼을 내려놓았다.

"이제 집에 가요."

기다렸다는 듯 고개를 끄덕인 정한이 벌떡 일어서 그린의 떠날 채비를 도왔다. 계산을 마친 둘은 가게 앞으로 나와 주차 요원을 기다렸다. 그 잠시 동안도 정한은 단단하게 낀 손깍지를 한 번도 풀지 않았다. 너무 여봐란 듯 당당하게 소유권을 주장하는 듯한 그 행위가 가끔은 부끄러울 때도 많았다. 키를 받고, 발렛비를 건네는 지금처럼. 그 사소한 동작 하나에도 정한의 뜨거운 시선은 온통 그린에게만 향해 있었다. 그린은 차에 올라타자마자 투덜거리기 시작했다.

"오빠랑 외출하는 게 점점 창피해지려고 해. 주문할 때나 계산할 때도 나만 보고 있으면 어떻게 해요? 그 사람들이 어떻게 생각하겠어?"

"별로. 그 사람들 생각까지 궁금하진 않고."

정한은 고개를 기울여 그린의 입술을 슬쩍 핥았다. 달짝지근한 맛과 코끝을 맴도는 라벤더의 향기. 어루만지듯 열기 어린 눈빛은 이미 달콤함 한도 초과였다. 그린도 참지 못하고 슬며시 입술을 벌렸다. 밀폐된 차 안에 노골적으로 물기 어린 소리가 울렸다.

잠시 후, 끄응 소리를 내며 상체를 일으킨 정한이 투덜거리며 시동 버튼을 눌렀다.

"어떻게 하면 최단 경로로 1분이라도 빨리 집에 도착할 수 있을지는 궁금해 미치겠는데."

정한은 꽉꽉 막힌 도로를 내다보며 한숨을 내쉬었다.

"이 시간에 나오는 게 아니었는데."

"왜요? 집에 가서 급하게 할 일 있어요?"

"음. 특별히 아껴놓은 디저트가 있거든."

무슨 의미인지 바로 알아챈 그린의 얼굴이 화르르 달아올랐다. 그러고 보니 정한은 제 몫으로 나온 아이스크림엔 손도 대지 않았다. 그린이 떠주는 걸 두어 번 받아먹은 게 전부였다.

금요일 퇴근길. 정한은 지금부터 주말 내내 특별한 디저트에 올인할 계획인 모양이었다. 넣자마자 입 안에서 사르르 녹아버리는 디저트처럼, 주말이 사르르 녹아 없어져버렸다.

chapter 22

꼭 만나야 할 사람

며칠이 흐른 뒤 방송 촬영 일이 다가왔다.
"안녕하세요. 강호철 피디입니다. 여긴 오늘 촬영 도와주실 김 박사님, 그리고 구현준 아나운서예요. 그리고 여기는……."
피디는 촬영 팀을 맞으러 온 넥스트메딕 직원에게 현준과 김 박사를 비롯한 패널들을 소개했다.
"안녕하세요. 구현준입니다."
부드러운 미소를 띠며 악수를 청하던 현준의 눈이 살짝 커졌다. 지난번 촬영 팀을 맞았던 제오는 바론바이오로 복귀한 뒤였다. 자세한 사정까지는 몰랐던 현준은 담당 직원이 바뀌었다는 것만 전달받았다. 청초해 보이는 옅은 화장. 큼지막한 이목구비 너머 어딘가 시선을 끄는 아련한 표정. 긴장한 표정으로 손을 맞잡은 그녀가 수줍은 언어를 내밀었다.
"안녕하세요. 조가연입니다……."
일주일 전, 잠깐 스쳐봤지만 한동안 어른거렸던 모습 그대로 가연은 연보랏빛 슈트를 입고 있었다. 현준은 믿기지 않는 듯 눈만 끔뻑거렸다. 한 번은 다시 만나고 싶었던 그녀가 눈앞에 있었다.

타고난 승부사였던 현준은 지난번 촬영 당시, 일부러 밀폐된 엘리베이터 안에서 얼핏 말을 흘렸다. 얼굴이 알려진 탓에 노골적으로 캐묻고 다닐 수는 없었기 때문이었다. 그날 엘리베이터에는 방송 팀 외에도 넥스트메딕의 직원으로 보이는 몇이 타고 있었다. 구현준이 이상형을 언급했다는 얘기가 건너서 귀에 들어갈 수도 있겠지. 그날 입은 옷차림을 정확히 묘사했으니 다음 촬영에 사인이라도 받으러 오지 않을까 하는 실낱같은 기대감이 있었다. 그런데 정확히 같은 옷차림을 하고 눈앞에 나타날 줄이야.

"자! 좀 빠듯하니까 부지런히 움직입니다. 바로 가속기 부서로 이동하겠습니다!"

강 피디의 말에 일사분란하게 촬영이 시작되었다. 현준은 촬영 내내 주의 깊게 가연을 살폈다. 그날 역시 촬영 중이었고 너무 빠르게 스쳐가서 그랬는지, 생각했던 것보다 키도 컸고, 화려한 인상의 이목구비를 가지고 있었다.

하지만 현준의 눈을 사로잡은 건 연보랏빛 슈트의 그녀가 가지고 있던 특유의 분위기였다. 너무 떨지도, 과하게 나서지도 않는다. 눈치 빠르게 분위기를 파악하고 차분하게 움직인다. 스탭 한 명, 한 명에게 깍듯이 예의를 지키고 미소를 잃지 않는 모습이 좋았다. 촬영이 끝날 무렵, 기회를 보던 현준은 가연에게 다가가 명함을 내밀었다.

"끝나고, 식사 어떠세요?"

가연이 공손히 고개를 숙이고 명함을 갈무리하자 바로 오프닝 촬영이 시작되었다. 어수선한 분위기 속에 가연이 회심의 미소를 짓는 건 아무도 눈치채지 못했다.

얼마 후, 그린도 출근하는 인파에 섞여 로비 안으로 들어섰다. 웅성거리는 소리에 돌아보니 방송 촬영이 한창이었다. 바쁘게 발걸음을 놀리던 그린도 촬영 현장을 보며 잠시 발걸음을 늦췄다. 그러다 소스라치게 놀라며 정면을 응시했다.

어깨 아래로 드리워져 끝이 살랑거리게 말린 머리. 정확히 일주일 전 그린이 입고 있던 연보랏빛 슈트.

깜빡거리는 눈을 비빈 그린이 뚫어져라 앞을 응시했다. 뒷모습이지만 마치 도플갱어를 보는 느낌이었다. 하루아침에 바뀐 가연의 스타일에 팀원들도 어리둥절한 반응이었다. 그도 그럴 것이 가연은 워낙 강렬한 색상, 과감한 스타일을 즐겨 입었다. 우연의 일치라기엔 오늘 가연이 입고 온 옷은 그린이 입었던 것과 같은 브랜드의 옷이었고 그 옷은 굳이 말하자면 가연이 평소에 입지 않는 수수한 스타일에 속했다.

오후가 되면서 촬영 현장을 찍은 사진이 사내 커뮤니티에 속속 올라오기 시작했다. 주로 구현준을 찍은 사진이지만 가연의 모습도 간간이 찍혀 있었다. 당연히 그린이 방송에 나간 거라 착각하고 한마디씩 물어보는 사람들도 많았다. 헤어스타일까지 정확하게 일치했기에, 뒷모습이나 먼발치에서 찍은 사진을 보면 그린이 보기에도 영락없는 제 모습 같아 보였다.

> 오빠.

 걱정이 된 그린은 커뮤니티의 링크를 보낸 후 걱정스러운 표정으로 화면을 들여다보았다. 읽음 표시가 사라지더니 잠시 대답이 없다가.

> 누구야?

 정한이 보인 뜻밖의 반응에 그린의 얼굴에 반색이 돌았다.

> 나 아닌 거 어떻게 알았어요? 뒷모습인데?

> 딱 봐도 너 아니잖아.

> 그래요? 다들 나라고 착각하길래 신기해서 보내봤어요.

> 눈들도 참. 그것보다 계속 공복이야? 간식거리라도 좀 사다줘?

 시큰둥한 반응을 보인 정한의 관심사는 오직 단 하나. 출근 전까지는 주말이라며 억지를 부린 자신 탓에 그린이 쫄쫄 굶고 출근을 했다는 걱정거리뿐인 것 같았다. 그제야 안심이 된 얼굴로, 그린은 후 한숨을 내뱉고 사진을 지워버렸다.

꼭 만나야 할 사람

'그래. 다들 착각하면 어때. 오빠만 알아보면 되지.'

가연은 그날 이후로도 새로 바뀐 스타일을 고수했다. 정확히는 그린과 거의 비슷하거나 같은 옷을 입고 나타났다. 끝이 말려 올라가 까랑까랑한 목소리도 차분하고 또박또박한 톤으로 바뀌어 있었다. 지켜보는 그린의 마음은 당연히 편할 리 없었다.

도대체 무슨 꿍꿍이인 걸까.

가연이 이유도 없이 그린을 따라 할 리는 없었다. 불안한 마음을 다독여주는 정한이 있다 해도 거슬리는 건 거슬리는 거였다. 나랑 똑같은 옷에, 똑같은 머리 모양을 한 사람이 내 말투와 내 웃음소리를 하며 주변을 돌아다니는 건 누구에게나 불쾌한 일이 아닐 수 없었다.

어느 날 오후, 탕비실에서 가연을 마주친 그린이 불쑥 물었다.

"너 대체 왜 그러는 거야?"

가연은 알아들었음에도 일단 시치미를 떼기로 했다.

"내가 뭘?"

"몰라서 물어? 나랑 똑같은 옷, 머리 모양, 신발, 말투까지. 왜 따라 하는 거냐고."

가연이 어이가 없다는 듯 코웃음을 쳤다.

"웃긴다. 야. 민그린. 네가 이런 스타일 특허 냈니? 당장 밖에만 나가봐도 흔하게 보는 옷차림인데 웬 트집이야?"

가연의 말이 맞았다. 그린과 가연이 입고 있는 옷은 어디서

나 볼 수 있는 오피스룩이기도 했다. 다만 가연이 평범한 오피스룩을 추구하는 스타일이 아니었다는 게 문제였을 뿐. 가연이 비아냥거리듯 뒷말을 붙였다.

"그리고. 내가 좀 따라 했다 치자. 그게 뭐? 오히려 넌 우쭐해야 되는 거 아니야? 내가 찐따 민그린을 따라하는 날이 올 줄은 꿈에도 몰랐잖아?"

듣고 있던 그린은 어이가 없다는 듯 헛웃음을 터트렸다.

"넌 그럼 결국은 이렇게 따라 하기나 할 거면서, 뭐 때문에 날 그렇게 괴롭혔던 거야?"

"내가 뭘 얼마나 괴롭혔다고 그래? 어릴 때 잠깐 티격태격했던 거 가지고?"

"어려서 그랬다고? 난 너한테 받은 상처가 너무 커서 죽고 싶을 만큼 괴로웠는데?"

울컥하는 그린을 보고도, 가연은 대수롭지도 않다는 듯 어깨를 으쓱거렸다.

"지금은 죽고 싶은 거 아니잖아."

너무도 뻔뻔한 태도에 그린의 입술이 바르르 떨렸다.

"그럼 가연이 넌…… 나한테 미안한 마음 같은 건 아예 없는 거야? 그 일에 대해서 사과할 생각이 조금도 없어?"

"사과? 나 때문에 민그린 네가 피해 본 거 있어? 지금은 대표 이사랑 결혼해서 잘 먹고 잘 살고 있잖아."

더 이상 대꾸할 가치도 느끼지 못한 그린이 허탈한 웃음을 내뱉었다.

"······그래. 이런 널 붙잡고, 내가 무슨 말을 더 하겠니."

가연을 스쳐 지나가 문손잡이를 붙잡고 그린은 서늘한 한마디를 뱉었다.

"나만큼 아파 보라고는 안 할게. 하지만 가연이 너도 언젠가는 이날을 후회할 날이 왔으면 좋겠어."

탕비실에서의 신경전 이후로, 그린은 가연에게 더 이상 신경을 쓰지 않았다. 아니, 신경 쓰고 싶지 않았다. 엄연히 따지고 보면 가연은 가해자였고, 그린은 피해자였다. 하지만 가연은 자신이 얼마나 끔찍한 짓을 저질렀는지 조금도 깨닫지 못하는 것 같았다. 일말의 미안함이라도, 적어도 민망함이라도 간직하고 있을 줄 알았는데.

그날 저녁, 정한의 품에 안겨 마지막으로 펑펑 울며 속마음을 쏟아놓은 그린은 다시는 무가치한 일에 에너지를 쏟지 않기로 했다.

그땐 어렸으니까. 이미 지나간 일이니까. 지금 잘 먹고 잘 살면 된 거니까. 가연의 확실한 속마음을 알게 된 이상, 더 이상 가연 때문에 괴로워하거나 눈물을 흘리고 싶지 않았다. 상대방은 제대로 기억조차 하지 못하는 일에 언제까지나 끌려다니며 괴로워하기에는 내 인생이 너무 소중하니까.

홀가분하게 생각을 정리한 그린은 그날 이후로 더 밝게 웃었다. 열심히 일하고, 열심히 놀고, 사랑하는 사람들과 마음을 나누었다. 괴로운 생각을 털어버리니 하루하루가 더 소중하고 의미 있게 느껴졌다.

가연 역시 조용히 회사를 오갔다. 더이상 그린의 험담을 하거나 은근슬쩍 소문을 내는 일도 없었다. 가연의 머릿속에는 오직 한 가지 생각뿐이었다.

민그린이었다면 어떻게 했을까.

물론 이 생각은 당연히 구현준의 마음을 사로잡기 위한 것이었다. 현준은 틀에 박힌 정략결혼에는 거부감이 있었다. 방송가에 몸담으며 화려한 스타일의 사람들은 지겹도록 봐왔기에 예전의 가연 같은 스타일에는 질색을 했다.

그랬던 현준의 눈에 멀리서 지나치던 그린이 들어온 건 우연이 아니었다. 그린은 어딜 가나 사람들의 호감을 사고 자연스럽게 주목을 받았다. 그린 특유의 차분하면서도 고아한 분위기는 팔색조 같은 여자들에 지친 현준에게 오히려 강렬한 인상으로 다가왔던 것이다.

가연은 회사에서도 철저하게 거울처럼 그린의 말투나 표정, 행동을 따라 했다. 현준과의 만남이 본격적이 되면 분명 현준의 집안에서도 뒷조사가 나올 거라는 계산에서였다. 현준과 처음 만난 날도 일부러 허름한 국밥집에서 약속을 잡았다. 재벌가이지만 검소한 가풍이 미덕인 집안에서 자란 현준의 마음을 사로잡기 위한 눈물겨운 노력의 일환이었다.

노력은 헛되지 않았다. 현준은 지난번 방송의 패널들과 가연까지 자신이 진행하는 교양 프로그램에 초대했다. 김정한이 아무리 대단하다고 해도 한낱 벤처 기업 사장일 뿐인데 구만전자 오너 3세인 구현준과는 비교도 되지 않는다.

'내가 이겼어.'

가슴속 깊은 곳에서 짜릿한 기분이 끓어올라 절로 탐욕스러운 미소가 지어졌다. 지난 며칠간, 일부러 차를 놔두고 다닌 가연은 오늘도 지하철로 방송국에 도착했다. 표지판 앞에서 미래 방송국 출구를 확인하는 순간.

"Excuse me."

나이 든 외국인 남자가 다가오자 가연의 눈썹이 살짝 찌그러졌다.

"미래 방송국으로 가려면 어느 쪽으로 가야 되나요?"

가연은 귀찮다는 듯 출구를 향해 손가락질을 하며 'That way.'라는 성의 없는 한마디를 뱉었다.

또각또각 걸음을 옮긴 가연은 가방 속에서 울리는 폰을 꺼냈다.

"네. 현준 씨. 방금 지하철 내렸어요. 아니에요. 환경을 생각하면 혼자 차 타고 다니는 게 마음이 편하지가 않아서요……. 네. 이따 만나요."

가연은 상냥한 목소리로 통화를 마쳤다.

방송국 횡단보도 앞. 힐끗 옆을 보니 아까 길을 물어본 외국인 할아버지가 빙그레 웃어 보였다. 휙 고개를 돌린 가연은 길을 건너다 고개를 돌리고 뒤를 노려보았다. 분명 이쪽엔 방송국 건물 하나밖에 없는데, 아까부터 노리고 접근하는 거 아니야?

"당신 뭐 하는 거야! 왜 무섭게 사람을 쫓아다녀? 이 노망난 늙은이 같으니라구!"

가연은 외국인 노인을 향해 쏘아붙였다.

"아니에요. 아가씨. 나는 그저……."

당황해서 대답도 잘 못하는 노인에게 가연은 냅다 소리를 질렀다.

"Stupid old man! 경찰 부르기 전에 썩 꺼져!"

다시 휙 몸을 돌린 가연은 빠르게 걸음을 재촉했다. 저런 늙은이가 방송국은 무슨. 지하철에서부터 말을 걸고 싶어 따라온 게 분명했다.

'어디서 수작을 부리려고!'

모퉁이를 도니 정문 앞에는 구현준이 나와 기다리고 있었다. 가연은 활짝 웃으며 자신을 기다리는 밝은 미래를 향해 손을 흔들었다.

"현준 씨!"

정한이 출장을 간 주말, 모처럼 시간이 난 그린은 큰맘 먹고 차를 끌고 외출을 했다. 그동안 틈틈이 연수를 받아 이젠 제법 여기저기 돌아다니는 게 익숙해졌다. 그래서 오늘은 꽤 멀리까지 나가보기로 했던 것이다.

미래 추모원.

서늘한 납골당 각 호실 안에 걸린 사진을 훑어 내려가던 그린의 눈이 한곳에 멎었다.

"……아!"

온통 나이 든 사람들 사이에 앳된 남자아이의 얼굴이 별처럼 떠올랐다.

나윤수

꽃다운 나이에 일찍 져버린 윤수는 사진 속에서도 수줍고 얌전한 표정을 짓고 있었다.

"안녕…… 하세요."

첫마디를 어렵게 꺼낸 그린은 한참을 그 앞에 서 있었다. 복잡한 기분이었다. 당신은 어떤 사람이었나요? 지금은 오빠에게 어떤 존재일까요? 한 번씩 윤수에 관한 얘기가 나오면, 정한은 더없이 차고 무감하게 받아들였다. 하지만 그게 다가 아니었다. 정한의 마음 깊숙이 드리워진 그늘이 그린에게는 언뜻언뜻 보였다. 그럼에도 불구하고, 정한은 단 한 번도 자신의 불안을, 약한 모습을 비춘 적이 없었다. 그린이 출장을 다니고, 외근을 하고, 점점 더 많은 사람을 만날 때에도 묵묵히 지켜봐 주고 최선을 다해 서포트를 해줄 뿐이었다. 정한의 곁에서, 서서히 상처를 치유해가던 그린은 정한도 한번쯤은 자신의 상처를 제대로 마주했으면 좋겠다는 생각이 들었다.

'아무렇지도 않은 척한다는 건 몇 배로 더 꾹꾹 참고 있다는 얘긴데……'

한숨을 내쉰 그린은 터덜터덜 발걸음을 옮겼다. 그러다 맞은편에서 오는 사람을 보고 신기하다는 시선을 보냈다.

'어?'

유명 프랜차이즈 치킨집 앞에 서 있으면 딱 어울릴 듯한 은발에 통통한 체격. 이곳과는 영 동떨어진 느낌의 외국인 노신사가 가볍게 눈인사를 하며 그린을 지나쳤다. 팔락. 그린은 노신사가 지나치며 떨어뜨린 종이를 주워들었다. 택시 영수증이었다.

"Excuse me."

그가 돌아보자 그린이 영수증을 건넸다.

"이거……"

"오! 고맙습니다!"

뜻밖에도 그는 느릿하지만 꽤 유창한 한국어를 구사했다. 그린도 생긋 웃으며 고개를 끄덕이고 발소리를 죽여 납골당을 벗어났다. 산책 삼아 추모원 근처를 한 바퀴 돈 그린은 그 외국인 노신사를 다시 만나게 됐다. 그는 정문 앞, 텅 빈 택시 정류장 앞에 우두커니 서 있었다. 아마도 올 때처럼 택시를 타고 돌아갈 예정이었던 모양이다. 다가간 그린이 잠시 망설이다 물었다.

"혹시 괜찮다면, 제 차 타고 같이 갈까요? 저도 서울로 돌아

꼭 만나야 할 사람

가는 길인데."

그린은 가방을 뒤적거려 명함을 꺼냈다.

"저 이상한 사람 아니에요. 여기는 제가 다니는 회사에요."

그린의 명함을 본 노신사의 눈에 놀라움이 가득 들어찼다. 곧 환하게 웃은 그가 말했다.

"고맙습니다."

둘은 차 안에서 이런저런 이야기를 나누기 시작했다.

"추모하러 오셨나 봐요."

"친구의 소중한 사람을 보러 왔답니다. 미스 민은요?"

그린이 웃으며 고개를 흔들었다.

"그냥 그린이라고 불러주세요."

"나도 그럼 핍이라고 불러주세요. 친구들은 다 날 핍이라고 부르거든요."

"핍. 만나서 반갑습니다. 저도, 소중한 사람의 친구를 보러 왔어요."

핍이라 불린 노신사는 알겠다는 표정으로 고개를 끄덕였다. 그 후로 핍은 그린의 회사에 관해 이것저것 물어왔다. 그린은 그간 넥스트메딕의 성과와 앞으로의 비전에 대해 설명해주었다. 핍은 과하다 싶을 정도로 흥미로운 표정으로 이것저것 묻더니 아낌없는 칭찬을 퍼부었다.

"알고 보니 그린과 나는 공통점이 정말 많네요."

"공통점이요?"

그린의 궁금한 표정으로 물었다.

"나는 친구의 소중한 사람, 그린은 소중한 사람의 친구를 만나러 메모리얼 플레이스를 찾아왔잖아요?"

아. 짤막한 소리를 낸 그린이 조심스럽게 물었다.

"핍의 친구라는 그분은 아직도 많이 힘들어하나요?"

"그녀는……"

핍의 억양이 부드러웠다.

"그녀는 한때 길을 잃었어요. 하나뿐인 아들을 잃었으니까."

뜻밖의 말에 그린은 가슴 아픈 표정을 지었다. 하나뿐인 아들이라니 감히 무슨 말로 위로를 꺼내야 할지. 그린의 속마음을 알아챈 듯, 핍이 빙그레 웃었다.

"지금은 많이 괜찮아졌어요. 마지막 숙제 하나만 남았거든요."

핍이 쓴 인칭 대명사에서 그린은 핍의 친구가 여자라는 걸 알아챘다. 핍이 들려준 얘기에 따르면 핍은 스위스에 살고 있다고 한다. 우연히 캐나다로 휴가를 갔다가 그 친구라는 여성을 만났다고 했다. 마침 지금이 안식년이라 사랑하는 여인의 나라에 긴 휴가를 왔다는 핍의 얼굴은 더없이 밝고 행복해 보였다.

미래 호텔. 핍이 머물고 있는 호텔 정문 앞에 차를 세우자 도어맨이 다가와 조수석 문을 열었다.

"오늘 만나서 반갑고 고마웠어요, 그린. 다음에 또 보게 되면 내 친구를 소개해줄게요. 그때 그녀는 내 아내가 되어 있을 겁니다."

"그분하고 결혼하시는 거예요?"

"내 프러포즈가 성공한다면요."

핍은 찡긋 윙크를 한 뒤 유쾌한 웃음을 지으며 멀어져갔다. 진심으로 행운을 빌어준 그린도 미소를 띤 얼굴로 차를 돌렸다.

그날 밤 늦게, 정한의 품에 안긴 그린은 낮에 핍을 만난 일을 얘기했다. 추모원 얘기는 하지 않고 어쩌다 우연히 만났다고만 해두었다. 섣불리 윤수에 대한 이야기를 꺼내 정한의 마음을 불편하게 만들고 싶지 않았기에.

"너무 로맨틱하죠?"

정한의 길쭉한 손가락은 그린의 머리카락을 부드럽게 어루만지고 있었다.

"그 연세에 사랑하는 사람을 위해 외국어까지 배우다니, 정말 대단한 거 같아요."

갑자기 그린은 궁금한지 눈을 반짝이며 물었다.

"오빠가 그런 상황이었다면 그 핍이라는 할아버지처럼 할 수 있을 것 같아요?"

정한은 대수롭지 않다는 듯 어깨를 으쓱거렸다.

"같은 언어를 써서 다행이지만 널 만나기 위해서는 외계어라도 배울 의향이 있지."

"에이, 그건 과장이 너무 심하잖아."

정한은 까르르 웃는 그린을 와락 끌어안았다.

"진심인데. 그것보다 얼마 만에 둘이 이렇게 같이 있는 건지 모르겠네."

"어젯밤에도 정확하게 이 자세로 누워 있었거든요?"

"그러니까. 꼬박 하루 가까이 떨어져 있었잖아."

정한의 능청에 그린은 다시 웃음을 터트리고 말았다. 곧 촉촉한 호흡이 그린의 가느다란 쇄골 뼈를 타고 흐르기 시작했다. 정한의 말대로, 지금은 오롯이 둘만의 시간에, 둘만의 이야기에 집중할 시간이었다. 그린은 야트막한 신음을 내며 정한의 목에 팔을 감았다.

그린이 추모원에 다녀온 뒤, 시간은 말 그대로 쏜 화살처럼 빠르게 흘러갔다. 종양 학회가 얼마 남지 않은 시점. 그린이 승 팀장에게 다가가 서류를 내밀었다.

"팀장님. 데이터 정리 다 됐습니다. 연차별 전체 생존율 부분부터 보시면 돼요."

서류를 확인하던 승 팀장이 고개를 갸우뚱했다.

"PFS(무진행 생존기간) 결과표는?"

"지금 통계 돌리는 중입니다."

"아직도? 결과 나온 지가 언젠데 여태 미적거려?"

지그시 입술을 문 그린은 바로 표정을 가다듬었다.

"죄송합니다. 회의 들어가시기 전에 제출하겠습니다."

"정신 똑바로 차려요. 학회 코앞이야."

"네."

자리로 돌아가던 그린은 가연의 자리를 찌릿 노려보았다.

'얜 또 아침부터 어딜 간 거야. 처음부터 그냥 내가 할 걸 그랬어.'

다들 발바닥에 땀나게 뛰어다니는 상황인데 업무 파트너가 불성실하니 바꿔달라고 할 수도 없고.

승 팀장이 요구한 자료는 점심을 건너뛰면 어떻게든 될 것 같기는 했다. 머리를 질끈 묶은 그린은 모니터에 코를 박고 바쁘게 키보드를 두드리기 시작했다.

그 시각, 비상 계단.

계단에 쭈그리고 앉은 가연은 활짝 웃는 얼굴로 통화를 마쳤다. 오늘처럼 현준의 스케줄이 없는 날에는 통화뿐이지만 꽁냥거리는 시간이 점점 늘어나는 중이었다. 현준과의 만남은 거의 초기에 밝혀지고 말았다. 그도 그럴 것이 둘의 데이트 사진을 제보한 사람이 당사자인 가연이었으니까.

**구만전자 3세 구현준 아나운서의 핑크빛 데이트 현장!
상대는 스타트업에 다니는 미모의 재원!**

사진이 찍혔을 때, 가연은 방송에 출연했던 날과 같은 옷을 입고 있었다. 네티즌들은 매의 눈으로 현준이 출연한 방송에서 연보랏빛 슈트를 입은 가연을 찾아냈다. 모자이크로 얼굴을 가렸지만 가연의 SNS까지 알려진 건 순식간이었다. 현준은 일반인인 가연에게 피해를 줬다며 미안해했지만 가연은 오히려 현준을 걱정하고 다독거렸다. 차분한 가연의 대응에 감동한 현준은 약혼식 날짜부터 잡자며 서두르기 시작했다.

이렇다 할 스캔들 없이 깨끗한 사생활에 바른 이미지를 가진 현준과, 일반인이지만 잘나가는 벤처 기업에 재직 중인 능력 있는 미녀라는 조합이 시너지 효과를 일으켰다. 직장인 SNS 여신, 출근룩 끝판왕. 단아하면서도 세련된 가연의 스타일은 또래 여성들에게 각광을 받기 시작했다.

자연히 옷이며 쥬얼리 등 각종 업체에서 협찬 문의가 쇄도하기 시작했다. 은밀히 찔러주는 뒷광고 비용, 네티즌들에게는 부러움과 찬사 일색인 관심만 받으니 요즘 가연의 기분은 최고조였다.

"아, 맞다. 오늘 입은 옷 찍어야지?"

가연은 기지개를 켜며 자리에서 일어났다.

요즘 가연은 탕비실이 아닌 꼭 1층 카페에 가서 커피를 마셨다. 채광이 잘되는 창가에 앉아 협찬 제품을 찍어 업로드 하는 게 중요한 일과 중 하나가 되었기 때문이다.

엘리베이터 앞에 선 가연은 문이 열리자 멈칫 한 걸음을 물렀다. 한 층 위에서 내려온 엘리베이터 안에는 위협적인 장신의 남자가 타고 있었다.

안으로 들어간 가연은 삐딱한 표정으로 정한을 곁눈질했다. 피지컬로만 보면 확실히 구현준보다는 김정한이 우월한 건 사실이었다. 오늘도 딱 떨어지는 슈트 차림인 정한의 길쭉하고 탄탄한 몸은 한숨이 절로 흐를 정도로 근사하고 멋있었다. 몸서리가 쳐질 정도로 냉기가 서린 표정마저 관능적으로 느껴질 정도로 자극적인 남자였다.

'됐어. 비교할 걸 해야지. 저쪽은 구만전자야.'

가연은 애써 끈적거리는 미련을 떨쳐버렸다. 뾰로통한 표정으로 서 있던 가연의 뇌리에 어제 정한이 했던 말이 스쳐갔다.

― 요즘 근태가 불성실하다는 보고가 이어지는데, 종양 학회 자료 누락 건도 그렇고, 예의 주시하고 있다는 거 유념하기 바랍니다.

그나마 정한은 팀원들이 자리를 뜬 후 주의를 주었다. 하지만 가연으로서는 그마저도 불만이었다.

'미친 거 아니야? 얻다 대고 지적질이야.'

현준과의 약혼설이 솔솔 나돌기 시작하면서 가연은 일명 '지덕체를 다 갖춘 국민 예비 며느리'로 이미지를 굳혀 가고 있었다.

곧 재벌가의 일원이 될 자신이 회사에 있어 주는 것만으로도 고마워해야지, 지적질이라니!

다시 생각하니 배 속이 부글부글 끓어오르기 시작했다. 정한은 굽신거려도 모자랄 판에 고개만 까딱하고 초지일관 무시하는 태도를 보였다. 짜증을 누르지 못한 가연은 홱 몸을 돌려 정한을 쏘아보았다.

"상황 파악이 아예 안 되는 거 같은데 충고 한마디 할게요."

역시 거만한 남자 아니랄까 봐 듣고도 눈썹 한 올 꿈쩍하지 않는다. 부아가 치밀어 오른 가연은 앙칼진 음성을 꺼냈다.

"나한테 잘 보여도 모자랄 판에 지적질이라니 어이가 없네요."

"내가 '조가연' 씨한테 잘 보일 이유라도 있습니까?"

정한은 일부러 그러는 듯 이름에 힘을 주어 툭 물었다.

"내가 만나는 사람이 누군지 몰라서 그래요? 구만전자 구현준이잖아요?"

"그래서?"

"혹시 모르죠. 엎드려서 싹싹 비는 시늉이라도 하면 구만제약에서 회사를 통째로 인수해줄지도."

"구만제약에서 왜 우리 넥스트메딕을 인수한다는 겁니까?"

정한의 물음에 가연의 목소리가 한 톤 더 의기양양해졌다.

"내가 현준 씨한테 잘 말해줄 수도 있다는 거죠. 뭐 빠지게 뛰어서 고생하느니 구만제약 밑으로 들어와서 시키는 일이나 고분고분 하는 게 훨씬 낫지 않겠어요?"

가연은 지난 몇 달간 갈아 넣다시피 하며 밤낮으로 자금 확보와 의료기 판매를 위해 뛰어다니던 정한을 비꼬듯 비아냥거렸다. 울컥할 만도 한데 정한의 목소리는 흔들림이 없었다.

"화장품과 외용약을 주력으로 하는 회사가 굳이 암 치료제에 관심을 가질 리는 없죠."

결국 다시 발끈한 건 가연뿐이었다.

"함부로 단정 짓지 말아요! 내가 구현준이랑 결혼만 하면 이딴 거지같은 회사 무슨 수를 써서라도 쓸어버리는 건 일도 아니까!"

엘리베이터 문이 열리자 가연은 생긋 웃으며 고개를 까딱였다.

"그럼, 좋은 하루 보내세요. 대표님."

뒤에 남은 정한은 아무런 대꾸도 하지 않았다. 그저 또각또각 멀어지는 가연을 바라보며 품 안에 손을 넣어 무언가를 꺼낼 뿐이었다. 마침 보이스 리코더를 휴대하고 다니던 참이었다. 눈코 뜰 새 없이 바쁜 일정에 혹시나 빠뜨리는 게 있을까 해서였다.

딸깍. 정한은 생각에 잠긴 표정으로 만년필 모양 녹음기의 버튼을 눌러보았다.

그날 저녁.

퇴근 후 현준을 만난 가연은 눈물부터 쏟아 냈다. 오후에 있었던 마지막 회의에서, 정한은 가차 없이 가연을 몰아붙였다. 구만전자 이름을 앞세워 겁을 주면 조금이라도 기가 죽을 줄 알았는데. 정한의 말은 틀린 데가 하나도 없었지만 팀원들 앞에서 눈물이 쏙 빠질 정도로 망신을 당하고 말았다. 분하고 억울해 미칠 것만 같았다.

"당장 그만둬요. 이참에 좀 쉬면 어때요?"

걱정 섞인 현준의 제안에 가연은 눈물을 글썽이며 고개를 저었다.

"맡은 일이 한두 가지도 아니고 그럼 팀원들이 피해를 보잖아요. 안 그래도 대표님 와이프까지 같은 팀이라 몇 배로 더 고생하는데."

"그 낙하산으로 들어왔다는? 요즘도 갑질 심해요?"

현준은 답답한 표정으로 크게 한숨을 내쉬었다.

"가연 씨네 회사, 들을수록 아닌 거 같아요. 그런 악덕 기업이 잘나가면 안 되는 건데."

"실력과 인성은 별개니까요. 어쨌든 바로 퇴사는 안 돼요. 그건 너무 민폐예요."

마지막 말은 반만 사실이었다. 현준과의 결혼이 확실해지기 전까지는 넥스트메딕에 착실히 몸담고 있을 필요가 있었다.

딱히 직업이 없는 인플루언서보다는 벤처 기업을 다니는 미모의 재원이 훨씬 있어 보이니까. 보이는 이미지를 중시하는 가연은 혹시라도 '취집했다'는 소리가 나올까 사소한 부분까지 철저하게 신경을 썼다.

"알겠어요. 가연 씨 의견 존중할게요. 대신, 가연 씨가 알려준 모든 비리들, 내가 파헤칠 수 있는 한, 어떻게든 파헤칠 거예요. 그것만은 말리지 말아줘요."

현준의 어깨에 고개를 기댄 가연은 슬쩍 미소를 흘렸다. 현준과의 만남 이후로, 지금이 가장 짜릿한 순간이었다. 이번에도 역시, 제 손을 더럽히지 않고 간단하게 상대를 부숴버릴 수 있게 되었으니까. 부드럽게 가연을 어루만지던 현준이 휴대폰을 들어 일정을 확인하며 물었다.

"참, 토요일 약속은 취소해야 할 거 같은데 어쩌죠? 오랜만에 대학 동기를 만나기로 해서."

"난 괜찮아요. 현준 씨 일정이 더 중요하죠. 그런데 누구예요?"

"지금 ABS 기자로 있는 친구예요. 이번 세계 물리학회 취재차 한국에 들어왔거든요. 아, 그러지 말고 같이 볼래요? 가연 씨 소개해 주고 싶은데."

퍼뜩 기가 막힌 생각이 떠오른 가연은 환하게 웃으며 고개를 끄덕였다. 아까 정한에게 호되게 질책을 당한 가연은 어떻게든 방법을 찾아 넥스트메딕이 휘청거리는 꼴을 보고야 말겠다고 다짐을 했다. 그렇게 결심한 지 하루도 지나지 않아 이렇게 좋은 기회가 금방 굴러들어올 줄은 몰랐다.

아이비리그 대학을 나온 현준의 동기가 ABS 기자라니! ABS 기자를 만나 넥스트메딕에서 만든 치료기는 실패작이고 임상시험도 조작 가능성이 있다는 뉘앙스를 닥치는 대로 흘려야지.

회사를 곤경에 빠뜨리기 위해서는 그것 말고도 무궁무진하게 거짓말을 지어낼 수 있었다.

'두고 봐. 그 망신을 당했는데 내가 조용히 퇴사할 거라고 생각했다면 오산이지.'

다시 현준의 어깨에 기댄 가연의 입가에 싸한 미소가 흘렀다.

한 주가 또 눈 깜짝할 사이 흘러갔다. 금요일 오후. 회의도 순조롭게 끝나고, 주말을 앞두고 들뜬 팀원들은 웅성거리며 잡담을 나누기 시작했다.

"참. 그거 들었어? 세른에서 그 누구지? 그 '힉스 입자' 프로젝트 주도한 물리학자 있잖아. 그 양반 지금 한국에 있다는데?"

넥스트메딕의 공식 확성기 이상범 파트너의 호들갑에 모두의 시선이 그쪽으로 몰렸다.

"세른? 지금 스위스에 있는 그 CERN 말하는 거예요? 거기 연구소장인 필립 샤메르?"

누군가 던진 말에 옆에 있던 팀원 하나가 말도 안 된다는 듯 코웃음을 쳤다.

"에이, 설마. 필립 샤메르가 왜 생뚱맞게 한국에 있겠어?"

다들 고개를 끄덕이는 걸 보니 이상범의 말은 무시되는 분위기였다. 상범이 말하는 세른(CERN)은 세계 최대의 입자 물리 연구소였다. 구내식당에 가보면 여기저기 옆 테이블에 역대 노벨상 수상자들이 앉아 점심을 먹고 있다는 곳.

얼굴은 본 적 없지만 그린도 필립 샤메르의 이름은 들어본 적이 있었다. 20년 가까이 세른을 이끌던 영국 출신의 노벨 물리학상 수상자. 핵물리학과 관련한 세계 최고 권위자. 그 필립 샤메르가 한국에 있다는 건, 서울 한복판에 브라키오사우루스가 집 나간 아들내미를 찾으러 나타났다는 말보다 더 황당한 얘기였다. 상범이 분명히 들었다며 열을 올릴수록 팀원들의 야유도 커졌다. 지난번, 정한과 세아를 두고 세기의 커플이니 뭐니 하며 설레발을 친 이후로 신뢰도가 뚝 떨어진 탓이었다.

"아이고, 이상범 파트너. 거 쓸데없는 루머 생성하지 말고 다음 주 학회 준비를 그렇게 열성적으로 해보라고. 그나저나 조가연 파트너는 어디 갔어?"

주섬주섬 나갈 채비를 하던 승 팀장이 문득 회의실 안을 둘러보았다.

"오늘 연차라던데요?"

"어제 재택근무 하고 또 연차를 써? 안 그래도 바빠 죽겠는데."

승 팀장이 못마땅하다는 듯 혀를 차며 그린을 돌아보았다.

"안 되겠어. 그거, 그냥 민그린 파트너가 합시다!"

"네? 그거라뇨?"

그린이 고개를 갸웃하자 승 팀장이 말했다.

"그, 학회에서 언론사 브리핑하고 인터뷰 몇 개 잡혀 있잖아. 원래 조가연 파트너 담당인데 이렇게 자주 자리를 비워서야, 쯧쯧. 수시로 바뀌는 사항이 한두 가지도 아닌데 영 못 미더워. 민그린 파트너가 아예 전담해줄 수 있죠?"

"아."

잠시 망설이던 그린이 고개를 끄덕였다.

"네! 알겠습니다."

예전 같으면 앞으로 나서는 일이라면 질색을 했겠지만 지금은 달랐다. 종양 학회 참가 부스와 관련한 일은 하나부터 열까지 제 손길이 가지 않은 부분이 없었다. 지난 몇 달간, 정한이 몸이 부서져라 국내외를 가리지 않고 뛰어다니는 걸, 진우가 임상 시험팀을 이끌고 방사선 발생 장치 앞에 붙어 있느라 회사에 살다시피 하는 걸 바로 옆에서 보았다. 국내는 물론 세계 어느 업체와 견주어 봐도 뒤지지 않는다는 자부심, 최선의 모습을 어필해 최고의 성과를 내고 싶은 욕심이 생겨버렸다. 나서기 싫어하는 그린의 성격을 알고 있는 승 팀장은 의외라는 표정이었다.

"진짜? 민그린 파트너가 흔쾌히 나서 준다니 안심이긴 한데, 정말 할 수 있겠어요?"

"네! 최선을 다하겠습니다!"

힘차게 고개를 끄덕이는 그린의 모습에 승 팀장은 안심한 표정을 지었다.

토요일이 되었다.

"그린! 잘 지냈나요?"

그린은 밝게 웃으며 핍과 악수를 나누었다. 지난번 차를 얻어 탄 답례로 식사를 대접한 핍은 조심스럽게 부탁이 있다고 말했다. 핍이 여자 친구의 선물을 사고 싶다고 하자 그린은 흔쾌히 백화점에 동행했다.

"여름이니까 모자는 어떨까요?"

그린의 제안에 핍은 기뻐하며 함박웃음을 지었다. 그린이 심사숙고해 고른 고급스러운 라피아 햇이 모자 케이스에 담겼다. 핍은 들뜬 표정으로 모자 케이스를 들고 몇 번이나 감사를 표하다 조심스럽게 제안했다.

"혹시 시간이 되면 같이 만나면 어떨까요? 조금 이따 만나기로 했는데."

"핍의 여자 친구 분을요?"

"네. 그린에게 꼭 소개해주고 싶어요."

그렇게 셋은 근처의 카페에서 만나게 되었다. 윤애라는 중년의 여인은 다소 마른 듯한 몸집에 차분한 미소가 돋보이는 인상이었다.

"저이와는 추모원에서 만났다면서요? 들었겠지만 거긴 내 아들이 잠들어 있는 곳이에요."

윤애가 먹먹한 얼굴로 말했다.

"어떻게 위로를 해드려야 할지……. 많이 힘드시겠어요."

그린이 안타까운 눈빛을 건넸다.

"자식은 가슴에 묻고 산다는데 겪어보니 그 말도 사치였어요. 여기가 너무 헤집어져서……."

윤애는 툭툭 제 가슴팍을 건드렸다.

"여기 묻어놓으면 우리 애가 편히 못 쉴까 봐. 그러지도 못해요."

듣자마자 눈물이 그렁해지는 그린과 눈을 맞추며 윤애는 아련한 미소를 지었다.

"지금은 많이 괜찮아졌어요. 그 일이 있고 도망치듯 한국을 떠났는데, 우연히 만난 이 사람이 큰 힘이 돼 주었거든요."

핍은 빙그레 웃으며 윤애의 손을 꼬옥 마주 잡았다.

"지금까지 힘들어하셨으면 하늘에서 아드님도 많이 슬퍼할 거예요."

"맞아요. 우리 애가 정말 착했거든."

진실된 표정으로 이야기를 들어주는 그린에게 마음이 열린 것일까. 윤애는 핍과 결혼 후 아들의 유골을 가지고 외국으로 떠나면 아마 다시는 한국에 들어오지 않을 것 같다는 사정까지 털어놓았다.

"그래도 고향을 떠나는 건데 아쉬운 마음도 있으시겠어요."

"아뇨. 홀가분해요. 다만 한 가지…… 꼭 해결해야 할 숙제가 하나 있는데, 할 수 있을지 어떨지……."

자신이 없는 듯, 말끝을 흐리던 윤애가 툭 던졌다.

"우리 애, 학교 폭력으로 괴롭힘을 당하다 저세상으로 갔거든요."

"아……!"

윤애가 씁쓸하게 털어놓은 말에 그린은 아연한 얼굴이 되었다.

"당시, 우리 애랑 친했던 아이가 있는데, 그 애를 찾아서 꼭 풀어야 할 일이 있어요."

"풀어야 할 일이요?"

"너무 개인적인 얘기라 자세히 말하긴 그렇지만, 마지막으로 그 앨 꼭 만나야 돼요."

묵묵히 고개를 끄덕인 그린이 입을 열었다.

"저도 사실은…… 학교 폭력 피해자였어요."

윤애도 아연한 표정으로 그린을 응시했다.

"그 친구라는 분에게 어떤 마음이신지는 모르겠지만…… 아드님은 그 친구가 있어서 참 좋았을 거예요. 괴로운 날도 있었겠지만 즐겁고 행복한 날도 많았을 거예요."

생각지도 못한 얘기에 윤애의 동공이 잘게 흔들렸다.

"어린 마음에 집에는 차마 얘기를 못 했어요. 그런데 더 비참한 건 하루 종일, 나한테 말 걸어주는 친구가 한 명도 없다는 거였어요."

어둡고 힘든 얘기지만 그린의 얼굴에는 잔잔한 미소가 흐르고 있었다.

"그때 단 한 명이라도, 인사를 건네거나 속 얘기를 털어놓을 수 있는 친구가 있었다면, 그렇게까지 아프고 괴롭지는 않았을 텐데. 그런 생각을 가끔 하거든요."

윤애가 놀랍다는 듯 물었다.

"그린 씨는 그 일을 어떻게 극복했죠? 지금은 전혀 힘든 일을 겪은 사람으로는 보이지 않는데."

"좋은 사람들을, 많이 만났어요."

그린의 담담한 어투에는 어딘가 상대방의 마음을 어루만져 주는 따스함이 있었다.

"처음엔 무섭고 힘들었지만 시간이 지날수록 잘했다는 생각이 들어요. 아픈 과거를 마주 보는 일이요."

윤애는 홀린 듯 그린을 바라보았다.

"과거에 계속 얽매여 있으면 가장 괴로운 건 결국 자기 자신이거든요. 아. 죄송해요. 초면에 너무 주제넘은 얘기를 해버렸죠?"

그린이 멋쩍은 표정을 지었다.

카페 앞에서, 그린이 인사를 하고 돌아서자 윤애가 미소를 지으며 말했다.

"참 사랑스러운 아가씨네요."

"그렇죠? 능력도 대단한 사람이에요."

핍이 장난스러운 미소를 지었다.

꼭 만나야 할 사람

"그린은 내 정체를 모르겠지만 가을에 있을 컨퍼런스에서 다시 만날 수 있을 거예요."

"그린 씨를요? 필립이랑 관련 있는 일을 하고 있나요?"

"맞아요. 그린은 넥스트메딕이라는 바이오 메디컬 엔지니어링 회사에 다녀요."

핍과 윤애는 멀어지는 그린에게 따스한 눈빛을 보냈다.

그날 저녁.

휴대폰을 움켜쥔 윤애의 얼굴에는 형언할 수 없는 많은 감정이 담겨 있었다.

그린이 다닌다는 회사가 궁금해져 검색을 한 게 불과 5분 전.

국가주도 지원사업 혁신의료기에 넥스트메딕 중성자 암 치료기 선정.

꿈의 암 치료기 시스템 개발 완료 넥스트메딕 장중 한때 주가 최고치 경신.

흥미 가득한 얼굴로 기사를 훑어보던 윤애의 얼굴이 순간 경직되고 말았다.

넥스트메딕 CEO 김정한 차세대 리더로 급부상,
해외 각국에서 투자유치 봇물!

어릴 때 죽마고우였던 하진우 공동 대표와
중성자 의공학 벤처기업 넥스트메딕을 창업한 뒤…….

놀란 표정으로 입을 틀어막은 윤애는 그대로 굳어버려 한동안 움직이지 않았다.

그리고 그날 잠자리에 들기 전.

"필립."

핍이라는 애칭이 아닌 본명을 부른 윤애의 목소리는 긴장한 듯 잔뜩 굳어 있었다.

"가을에 있다는 그 물리학회. 나도 같이 가게 해줘요."

"당신이? 그렇게 가보자고 해도 관심도 없는 것 같더니?"

보통 VIP 게스트 자격으로 초청받아 가는 필립이기에 윤애의 ID 카드를 하나 더 신청하는 건 어려운 일이 아니었다. 하지만 평소 귓등으로도 안 듣던 윤애가 가보고 싶다는 말에 필립도 적잖이 놀란 눈치였다. 윤애가 단단히 결심을 한 표정으로 답했다.

"그곳에 가서 꼭. 만나야 될 사람이 있어요."

종양 학회 전날이 되었다. 미리 행사 부스를 배정받은 마케팅 본부 팀원들은 새벽같이 나와 준비에 한창이었다. 지원을 나온 경영 1팀 직원들 사이에는 분주하게 뛰어다니는 지화도 있었다.

점심시간. 도시락을 먹은 그린과 지화는 한쪽에 쪼그리고 앉아 오랜만에 수다를 떨었다.

"지화 씨, 많이 지쳐 보인다. 그냥 허 팀장님 밑에 있지 그랬어요. 경영지원팀 중에 1팀이 외근이 제일 많은데."

지화는 몇 달 전, 부서 이동을 요청해 3팀에서 1팀으로 보직을 바꾸어버렸다.

"안 그래도 학회건만 끝나면 다시 3팀으로 가려구요."

"정말? 그래도 된대요?"

"네. 이제 와서 말하지만."

커피를 한 모금 쭉 빨아먹은 지화는 주위를 둘러보더니 아무도 없는 걸 확인하고 소곤거렸다.

"이번에 차 대리님 그만뒀잖아요. 이직한다고. 그래서 허 팀장님한테 다시 가고 싶다고 했더니 바로 받아주시더라구요."

"차 대리님이요?"

영문을 모르는 그린에게, 지화는 홀가분한 표정으로 그동안의 일을 털어놓았다.

"어머. 진짜? 차 대리님이 갑자기 프러포즈를 했다고요? 반지까지 들고 와서?"

"응! 난 처음엔 장난치는 줄 알았다니까."

"갑자기 왜요? 지화 씨랑 썸 비슷한 것도 없었잖아요?"

"내 말이! 차 대리님 혼자 내뇌 망상으로 나랑 결혼식 올리고 아들에 딸까지 낳았더라. 진심인 거 알고 소름 끼쳐 죽을 뻔했다니까."

그제야 지화가 부서 이동을 한 뒤, 왜 한동안 다 죽어가는 표정을 하고 다녔는지 알 수 있었다. 그린은 자책 가득한 얼굴로 말했다.

"나한테라도 말하지 그랬어요. 내가 뭐라도 도와줄 수 있으면 좋았을 텐데."

"그럼 그린 씨도 차 대리님 이상하게 봤을 거 아냐. 그냥 나만 못 들은 걸로 하고 덮고 가는 게 낫지 뭐."

시무룩한 표정으로 빨대를 질겅질겅 씹던 지화의 시선이 문득 앞으로 향했다.

"그, 그린 씨! 나 화장실! 화장실 갔다 올게요."

지화는 놀란 토끼 눈을 하며 허둥지둥 자리를 피했다. 그린의 시선도 지화의 눈길이 향했던 곳으로 향했다. 저쪽 앞에서 걸어오다 허둥거리는 사람은 분명 하진우였다. 진우는 정한의 팔을 잡고 괜히 학회장 천장 위로 손가락질을 하며 딴청을 피웠다.

"아……."

그린은 한숨을 쉬며 턱을 괴었다. 진우도, 지화도, 둘 사이에 무슨 일이 있었는지 단 한 번도 말한 적은 없었다. 하지만 안 들어도 뻔한 일. 둘은 경쟁이라도 하듯 어떻게든 마주치지 않으려고 애를 썼다. 그린의 눈에도 다 보일 정도로 서로 의식하면서 필사적으로 피하는 두 사람의 모습이 너무 안타까워 보였다. 그린도 덩달아 심란한 표정을 짓고 있을 때.

"여기서 뭐 해?"

불쑥 나타난 제오가 그린의 앞에 쪼그리고 앉아 고개를 들이밀었다.

"제오야. 지금 오는 거야?"

"우린 어젯밤부터 와 있었어. 뭐 도와줄 거 있어?"
"아니야. 괜찮아. 너흰 벌써 부스 단장 다 끝났어?"
"어. 우리 형놈이, 아. 미안. 우리 형이 악마력을 최고 레벨로 업그레이드를 해 가지고 돌아왔거든."

제오는 무릎 위에 팔을 걸친 채 세상 고단한 표정으로 투덜거렸다.

"진짜 요즘은 사는 게 사는 게 아니다. 내가 다른 사람도 아니고 지구 최강 일붓 김정한 CEO를 그리워할 날이 올 줄은 꿈에도 몰랐다니까."

멀찌감치 서 정한은 흥미로운 표정으로 그 모습을 바라보고 있었다. 쪼그리 한 명은 도망가고, 애송이는 농땡이 부리는 중이고. 우리 뽀시래기는 오늘도 심하게 예뻤다. 마지막으로 그린에게 꽂힌 정한의 시선에 진우는 질색하는 표정으로 오만상을 찌푸렸다.

"그렇게 꼭 꿀 떨어지는 눈으로 쳐다봐야겠어? 어우. 점심 먹은 게 다 올라오려고 하네."

여기까지 와서 둘이 닭살 떠는 꼴은 죽어도 보기 싫다며 진우가 정한의 팔을 잡아 끌 때였다. 미소가 지워지지 않은 채 힐끗 그린을 돌아보던 정한의 눈썹이 흠칫 올라가고 말았다.

학회장 안에 들어선 현준은 두리번거리며 넥스트메딕의 부스부터 찾았다. 현준은 이번에 미래 방송국의 창사 특집 프로그램 '핵의 미래'의 내레이션을 맡았다. 핵융합 테크놀로지의 선두 주자인 넥스트메딕에 관한 내용이 상당 부분을 차지하고, 평소 일 처리에 완벽주의인 현준이 따로 취재차 학회장을 찾은 건 자연스러운 일이었다. 표면상으로는 그랬다. 하지만 현준의 목적은 따로 있었다.

일단 가연을 만나 한 번 더 확인할 게 있었다. 멀리서 가연의 뒷모습을 발견한 현준은 함박 미소를 지으며 다가갔다. 서 있을 땐 늘씬한 가연이지만 저렇게 쪼그리고 앉아 있으니 자그마해 보이는 게 더없이 귀엽게 느껴졌다. 같이 쪼그리고 앉아 있던 젊은 남자 직원이 웃음을 보이며 멀어져갔다. 가연도 탁탁 털고 자리에서 일어나는 순간, 다가간 현준이 어깨에 손을 짚었다.

"나 왔어요."

그런데 손의 위치가 조금 달랐다. 평소보다 아래로 뻗어 내려진 손. 170cm에 가까운 가연보다는 분명 작아 보이는 그녀가 뒤로 돌았다.

"가연…… 씨?"

투명할 정도로 뽀얀 얼굴에 커다랗게 뜬 맑은 눈망울과 마주친 순간, 현준은 알 수 없는 기시감에 가슴이 덜컥 내려앉았다. 꾸밈없는 말간 눈빛이 물끄러미 이쪽을 올려다보고 있었다. 분명 어디서 만난 사이 같은데. 아니, 어디서 분명 본 사람이었다. 현준은 홀린 것처럼 눈길을 떼지 못했다.

"아, 조가연 파트너요?"

현준을 알아봤는지 그녀가 갸웃하며 두리번거렸다.

"학회장에서 만나기로 하셨어요? 지금 사무실에 있을 텐데."

"사무실이요?"

현준에게서 당황한 반문이 튀어나왔다.

"전날엔 담당 직원들만 나오거든요."

현준이 혼란스러운 표정으로 머뭇거리는데 누군가 그녀를 불렀다.

"민그린 파트너. VR 핵반응 처리기 왔는데 어디에 설치할까요?"

"아, 그거요? 임상 결과표 배너 옆에 놓으면 어때요? VR 보고 바로 확인할 수 있게……."

현준에게 까딱 목례를 한 그린은 팀원들과 바쁘게 무언가를 상의하기 시작했다. 엉거주춤 물러난 현준은 한동안 그린에게서 눈을 떼지 못했다. 민그린.

'저 여자구나.'

가연에게 듣던 대로였다. 가연과 똑같은 헤어스타일에 비슷한 옷차림, 말투나 표정도 꼭 가연을 보는 것 같았다. 그러니 꼭 어디서 만난 것 같은 느낌이 든 거겠지. 가연에게 열등감이 심해 같은 회사까지 따라 입사했다는 여자. 지금은 대표 와이프라는 지위를 이용해 남의 실적을 가로채고 갑질을 일삼는 여자. 현준이 못마땅한 얼굴로 그린을 쏘아본 순간.

"무슨 일입니까?"

날이 선 목소리가 예리한 차단기처럼 내려왔다. 살짝 시선을 드니 마주친 눈빛이 선득했다.

"아. 안녕하세요. 미래 방송국 구현준입니다. 그게, 이번에 창사 특집 다큐멘터리 '핵의 미래' 프로그램 준비로 미리 와봤습니다. 진행자 역시 프로그램에 대한 이해도가……."

"연락받았습니다. 궁금한 게 있으시면."

정한이 흘끗 시계를 내려다보았다.

"제가 잠깐 시간 내드릴 수 있습니다. 보시다시피 우리 직원들은 바빠서요."

부스 앞의 직원들이 분주해 보이는 것도 사실이었지만 정한의 어투에는 노골적으로 접근하지 말라는 메시지가 담겨 있었다.

'괜히 아내 되는 사람이 입이라도 잘못 놀렸다 없는 실력이 들통날까 걱정하나?'

훗. 가벼운 조소를 날린 현준도 도전적으로 눈빛을 빛냈다. 마침 정한도 한번 만나보고 싶던 차였다. 김정한처럼 매력적인 외모와 고학력이라는 적당한 간판을 갖춘 CEO들이 자고 일어나면 슈퍼스타가 되는 게 요즘 벤처계의 현실이었다.

"마침 잘 됐네요. 대표님도 꼭 만나보고 싶었는데. 너무 경이로워서 믿기지 않는 임상 시험 결과부터 묻겠는데요. 그 수치들이 정말 현실적으로 가능한 수치인가요?"

현준 역시 어슬렁거리며 동태나 살피러 온 건 아니었다. 정곡을 찌르는 날카로운 질문에 정한의 얼굴에도 좀 전과는 다른 의미의 긴장감이 감돌기 시작했다.

"당연히 모든 암에 적용되는 건 아닙니다. 우선 두경부암에서는 원발성이냐, 재발암이냐, 분산암이냐에 따라 차이가 있는데요. 각 수치가 차례로……."

정한의 대답은 간결했지만 검색 엔진에 물어도 그보다 정확한 답은 나오기 힘들 정도로 치밀했다. 원자력 보건 기술원과의 공동 연구, 국내 5대 메이저 병원과의 업무 협약이라는 상황에서 시험 환경이나 결과는 절대 조작할 수 없다는 건 현준도 잘 알고 있었다. 회사 내 자체 실험실에서나 하면 모를까. 인상적인 장면은 그것뿐만이 아니었다.

정한의 어깨 너머로 간간이 보이는 얼굴. 무거운 장비에 달려들어 합심해 옮기고, 다른 팀원이 던진 농담에 깔깔거리고 웃는 모습. 진지하게 고개를 끄덕이며 의견을 나누고 힘차게 파이팅을 외치는 모습. 그린의 인상은 가연에게 들은 얘기와는 너무도 달랐다.

"마지막으로 단도직입적으로 묻겠습니다. 가연 씨는 왜 업무에서 배제된 겁니까? 누구보다 열심히 준비했던 걸로 알고 있는데."

곧 약혼 기사도 나가겠다, 현준은 굳이 돌려 묻지 않았다. 정한은 잠시 말이 없었다. 곧 길게 뻗은 눈매가 가늘어지더니, 슬쩍 비틀린 입술에서 시니컬한 목소리가 흘러나왔다.

"그건, 본인에게 물어보시죠. 당사자가 제일 잘 알고 있을 테니."

 마뜩잖은 정한의 반응은 현준의 예상을 한참 벗어나 있었다.

 얼마 후. 부스를 돌아 나오는 현준의 얼굴에는 복잡한 표정이 아로새겨져 있었다. 얼마 전 현준은 가연과 함께 대학 동문들인 ABS 기자인 딜런, 시사 제작국의 총괄 피디인 유재성 피디와 만남을 가졌다. 식사 도중 유 피디가 기획하는 프로그램이 화제에 올랐다.

 유 피디는 요즘 벤처 기업의 성공 뒤에 숨겨진 그늘에 관한 관련 자료를 긁어모으기 위해 실현 가능성이 없는 기술을 내세워 주가를 올리는 벤처 사기꾼들을 추적 중이라고 했다. 흥분한 딜런도 가세해 실리콘밸리에서 유명했던 '제2의 스티브 잡스' 사기극 취재 일화를 털어놓던 중. 입술을 짓씹던 가연이 눈물을 글썽이며 넥스트메딕에서 자행되는 비리에 대해 털어놓기 시작했다.

 유 피디와 딜런은 먹잇감을 포착한 독수리처럼 펜과 메모지를 꺼내 가연의 얘기를 받아 적기 시작했다. 실험 결과는 조작된 수치들이었고 개발된 기기를 상용화하려면 아직 멀었다는 것. 대학 동문을 포섭해 원자력 기술원의 실사도 어영부영 넘어가고 말았다는 것. 듣던 사람들이 가장 놀란 점은 가연을 밀어내고 학벌이 보잘것없는 CEO의 와이프를 요직에 앉혔다는 점이었다.

 안 그래도 세계 물리학회에 취재를 갈 예정이었던 딜런은 특종의 기미에 흥분한 표정이었다. 유 피디 역시 크게 한 건 잡았다며 '핵의 미래' 내레이션을 맡은 현준에게 미리 답사를 가는 척해서 캐올 수 있는 걸 캐와 달라 협조를 구했다. 그런데 아무리 생각해도 석연치가 않았다. 실제로 본 민그린과 김정한은 듣던 것과는 정 반대 유형의 사람들이었다.

'아무래도, 김정한 대표를 다시 한번 만나봐야겠어.'

결심을 굳힌 현준은 아까 정한에게 받은 명함을 갈무리하며 학회장을 나섰다.

chapter 23

굿 럭

종양 학회도 순탄하게 마무리된 어느 가을의 초입, 회의실 안의 팀원들은 귀를 쫑긋 세우고 라디오에 귀를 기울이는 중이었다.

"오늘은 우리 프로 고정 패널이신 이 박사님 말고도 또 한 분의 게스트가 스튜디오를 찾아주셨어요. 이 박사님이 소개해주시겠어요?"

"안녕하세요. 이상욱입니다. 지금 제 옆에 계시는 분은 유럽 원자핵 공동 연구소 소장이신 필립 샤메르 박사님입니다. 이 분이 얼마나 대단하신 분이냐 하면 여러분도 잘 아시는 노벨상 있죠? 그 노벨 물리학상을 수상하신 분이세요."

'필립 샤메르'의 이름이 나오자 집중해서 듣던 팀원들 사이에 동요가 일었다.

"와. 말로만 듣던 노벨상 수상자를 직접 눈앞에서 보니 정말 뜻깊은데요. 유럽 원자핵 공동 연구소. 아무래도 대중들에게 친숙한 이름은 아니잖아요? 조금 더 자세히 설명해주실 수 있나요?"

진행자의 말에 이 박사가 흥분한 목소리로 답했다.

"네네. 제 딸이 그 요즘 제일 유명한 그룹. 월드 투어를 한 번 갔다 하면 기록적인 인파가 몰린다는 아이돌 그룹 아시죠? 제 딸 소원이 그 가수들을 실물로 한 번 보는 거라고 하던데요. 물리학계에서는 필립 샤메르 박사님이 그 정도 위상을 가지고 있다고 하면 쉽게 이해가 되실지 모르겠네요."

상범이 볼륨을 줄이며 어깨를 으쓱거렸다.

"내가 뭐랬어. 필립 샤메르가 지금 한국에 있다고 했지?"

다들 믿기지 않는다는 얼굴로 감탄을 내뱉었다.

"대박! 샤메르 박사님이 지금 같은 하늘 아래서 같은 미세먼지를 마시고 있다고?"

"그런데 한국엔 웬일이지?"

"곧 세계 물리학회 있으니까 그것 때문에 오신 거 아닐까요?"

"온다는 얘기 없었는데? 있었으면 벌써 난리 났겠지."

곧 팀장들이 들어오고 정한까지 착석하자 좀 더 시급한 문제로 화제가 돌아갔다.

"언론사 취재나 인터뷰 건은 이번에도 민그린 파트너가 맡아줬으면 합니다."

승 팀장의 제안에 팀원들 모두 동의하는 듯 고개를 끄덕였다. 지난번 종양 학회에서 그린의 활약이 그만큼 두드러졌다는 얘기였다. 하지만 그린은 망설이는 얼굴이었다. 그도 그럴 것이 이번 세계 물리학회는 종양 학회와는 달랐다. 의료 전문 채널이나 의학 저널에서 취재를 나오니 조용히 묻힐 리는 없었다. 아시아에서는 거의 개최된 적이 없는 대규모의 국제 학술 대회였으니까. 거기다 꿈의 암 치료기라 불리는 의료 기기를 선보이는 넥스트메딕에 큰 이목이 쏠릴 건 자명한 일, 국내외를 가리지 않는 수많은 취재 요청과 언론사 인터뷰를 감당할 수 있을지 자신이 없었다.

"마케팅 부서에서 민그린 파트너만큼 적극적인 사람은 없습니다. 그간 양 학회 일을 거의 전담하다시피 해오기도 했고, 다른 팀원에게 맡기려면 시간도 촉박한데다 처음부터 준비할 게 한두 가지가 아닐 거고요."

승 팀장의 말에 다들 자라목이 되고 말았다. 한두 가지도 아니고 처음부터 준비해야 할 사람이 자신은 아니기를 바라는 눈치였다.

"민그린 파트너. 가능합니까?"

정한의 물음에 그린은 고개를 끄덕거렸다.

"네. 그럼, 최선을 다해 보겠습니다."

"무리하지 않는 선에서 평소처럼 실력 발휘 부탁합니다."

떨떠름한 표정으로 고개를 끄덕인 그린은 '굳이 최선을 다할 필요까지는 없고.' 중얼거리듯 뒷말을 잇는 정한을 지그시 째려보았다. 저건 분명 어젯밤 일을 담아두고 하는 말이겠지. 간만에 둘 다 일찍 퇴근한 날이었다. 저녁을 먹고 한참을 꽁냥거리다 일찍 잠자리에 들려고 했다. 하지만 정한은 일찍 잘 생각이 조금도 없는 것 같았다. 결국 침대에서는 최선을 다할 필요 없다는 폭풍 잔소리를 들은 뒤에야 마지못해 눈을 감았다. 아침에 일어나 보니 한 팔로 그런의 머리를 받친 정한의 다른 손에는 서류가 들려 있었다.

─ 언제 일어난 거예요?
─ 2시간 전.
─ 쉬라고 했더니 평소보다 더 일찍 일어나면 어떡해요?
─ 간만에 푹 잤더니 체력이 남아도는데 그럼 어떻게 해. 이거라도 들여다봐야지.

다정스레 이마에 쪽 입을 맞추면서도 정한은 과한 숙면은 체질에 안 맞는다고 투덜거렸다. 하지만 덕분에 이 중 누구보다 개운한 얼굴로 회의에 들어오게 됐으면서. 어젯밤, 괜히 일찍 재웠나 하는 후회가 들 정도로 정한은 불도저 같은 기세로 진두지휘를 하고 있었다.

큰 이벤트가 연달아 이어진 탓에 팀원들의 피로감도 나날이 가중되는 중이었다. 하지만 가시적인 성과가 눈에 보이자 다들 뿌듯한 성취감이 가장 앞섰다. 그건 이번 산만 무사히 넘으면 약속된 꿀 같은 휴가와 거액의 인센티브 때문만은 아니었다. 밤낮도, 주말도 잊고 열정적으로 매달린 정한이 이끌어온 사업이 아시아 최초로, 어쩌면 그걸 넘어 혁신 의료기 부문에서 세계가 주목하는 유니콘 기업이 될 수도 있다는 확신. 그건 정한이 타고나기를 천생 리더이기에 가능한 일이었다. 팀원 하나하나를 소모품으로 보지 않고 적절한 동기 부여와 보상을 통해 하고 있는 일에 열정과 자긍심을 심어주는 것.

어느새 다른 팀원들처럼 신뢰가 가득 담긴 시선으로 정한을 바라보던 그린도 열정적으로 토론에 참여하는 중이었다. 열기가 들끓는 회의실에서 단 한 사람. 가연의 마음속에선 계속 삐딱한 생각이 고개를 쳐들고 있었다.

'뭘 저렇게 유난을 떨어?'

품목 허가에 시스템 개발도 완료됐겠다. 회사 이름만 갖다 팔아도 가계약이 줄을 이을 텐데. 학회에는 팸플릿이나 번지르르하게 만들고 기억에 남는 이벤트나 준비해서 가면 손 안 대고 코 풀 수 있는데.

표면상으로는 진지한 얼굴로 회의에 임하고 있었지만 속으로는 심드렁하기만 했다. 그러다 SNS에 빼곡한 메시지를 확인하던 가연의 눈에 낯익은 아이디가 들어왔다.

revenge23

벌써 23번째. 차단에 차단을 박아도 지겹지도 않은지 뒷자리만 바꿔서 줄기차게 메시지를 보냈다.

마지막으로 경고한다. 사과해.

나 지은서라구. 너 때문에 망가진 학창 시절 후유증으로 지금도 정신과 약 복용 중이고…….

애도 참 질린다 질려. 통하지도 않는 경고를 몇 번이나 하는 건지. 이만큼의 고민도 없이 'revenge23'을 간단하게 차단해 버린 가연은 포털의 메인 기사를 훑었다.

> **구만전자의 신데렐라에서 SNS 여신으로 거듭나다!**

오늘도 가연의 기사는 찬사 일색이었다. 속으로 콧노래를 부르던 가연의 기분은 무심코 다음 기사를 본 순간 사그라들고 말았다.

> **'구현준♥' SNS 여신 조가연 학폭 의혹!**

"뭐라고!?"

저도 모르게 벌떡 일어선 가연은 팀원들의 이목이 쏠리자 당황한 표정으로 더듬거렸다.

"화, 화장실 좀."

서둘러 회의실을 빠져나와 기사를 클릭했다. 가연에게 고등학교 시절 괴롭힘을 당해 결국 학교를 자퇴하고 지금까지 우울증 약을 복용하고 있다는 A 양에 대한 기사였다. 분명 A 양은 지은서일 거라는 직감이 뇌리를 스쳤다.

"이 미친!"

이미 소속사까지 생겨 거액의 계약금까지 받고 활동을 시작하고 있었기에 가연에게 바로 담당 매니저로부터 전화가 걸려왔다. 가연은 펄펄 뛰며 잡아뗐다. 다행히 소속사에서는 의심 없이 가연의 말을 믿어주었다. 통화를 끊은 가연의 얼굴이 악독하게 일그러졌다.

지은서. 이과로 진학해 더 이상 그린을 괴롭히지 못하는 가연의 앞에 새로 나타난 타깃이 지은서였다. 학기 초, 같은 모둠에서 살짝 꼼수를 부리려다 은서에게 면박을 당했던 가연은 그때부터 은서의 모든 걸 싸잡아 대놓고 따돌리기 시작했다. 그린이 고양이 앞의 쥐였다면 지은서는 쥐보다 못한 꼴로 괴롭힘을 당했다.

하지만 지금 가연에게 은서와의 일은 다 지난 일이었다. 뜻하지 않게 민그린이 다시 나타나는 바람에 예전의 일을 잠시 되풀이하는 실수를 저지르긴 했지만. 그때와는 달리 지금은 완전히 다른 모습으로 산 지 오래였다. 당당하면서도 밝은 성격. 누구와도 잘 지내는 모나지 않은 인간관계. 워너비 스타트업 중 한 군데에 가뿐하게 합격한 뛰어난 실력. 지금의 가연을 아는 사람은 누구나 이렇게 얘기할 게 분명했다. 이렇게 다른 성격으로 살고 있는데. 지난 몇 년간 누군가를 괴롭힌 적은커녕 얼굴 붉힌 적도 없었는데.

'침착하자. 저런 찐따 말을 누가 믿겠어.'

가연은 애써 스스로를 다독이며 최면 같은 주문을 걸었다. 이미 다 지난 일이라고. 지금의 나는 예전과는 완전히 다른 사람이라고. 같은 날 오후. 가연의 소속사에서는 허위 사실 유포와 명예 훼손 행위로 고소장을 제출하겠다며 강력하게 부인하는 기사를 올렸다.

퇴근 후, 가연은 회사 앞까지 찾아온 기자들 앞에서 억울함을 호소했다. 학교 다닐 때 친구들끼리 티격태격하고 삐질 수는 있지만 이건 너무 가혹하다며 펑펑 눈물을 흘렸다. 다행히 여론도 가연의 편이었다. 그동안 워낙 교묘하게 왕따를 주동하고 될 수 있으면 앞으로 나서지 않은 덕분이었을까. 소속사에서도 빠르게 손을 써 다음 날부터 학폭 의혹 기사가 속속 내려가기 시작했다. 대중들 역시 가연을 시기 질투하는 누군가의 짓이라고 믿고 넘어가는 눈치였다.

그 후로도 한동안 가연에게는 올라갈 일만 남은 것 같았다. 곧 재벌가의 일원이 된다는 기대감에 동료들과도 금방 예전의 관계를 회복했다. 개중에는 가연에게 잘 보이고 싶어 대놓고 아부를 떠는 사람들도 있었다. 현준과 친한 아나운서 부부가 리얼리티 예능을 찍을 때 깜짝 출연한 걸 시작으로 광고계에서도 러브 콜이 빗발치고 있었다. 단아한 엘리트 이미지의 가연이 과거 학폭 가해자였다는 사실은 누구도 믿으려 하지 않았다.

학회 당일. 가연은 어느 때보다도 청초한 분위기로 꾸미고 학회장으로 향했다. 집을 나서기 전, 응원 가득한 댓글과 메시지를 확인한 가연은 기쁜 듯 미소를 띠었다.

'굿 럭, 조가연. 역시 행운은 내 편이야.'

개최를 알리는 세리머니가 끝나자마자 한 무리의 외신 기자들이 몰려와 일명 '꿈의 암 치료기'에 대해 질문을 쏟아내기 시작했다.

"넥스트메딕의 중성자 치료기는 수십 번 행해지는 기존의 방사선 치료와 달리 단 1회의 치료를 통해 암세포를 사멸시키는 획기적인 의료 기기로서 1회 치료에 발생하는 에너지는 10Mev, 빔 파워는 25kW……."

그린이 또박또박 깔끔한 영어로 브리핑을 하던 도중, 제 차례를 기다리기 답답했던지 한 기자가 가연에게 마이크를 들이댔다.

"그래도 암세포를 죽이려면 방사능을 생성해야 하는데요. 정말 인체에 해가 없다고 장담할 수 있습니까?"

"으음. 모든 일에는 어느 정도의 희생은 따르기 마련이니까요."

가연이 살짝 어두운 표정으로 꺼낸 'sacrifice'라는 단어가 대번에 그린의 귀에 꽂히고 말았다.

"아! 피폭에 대한 우려는 제가 정확하게 설명할 수 있습니다! 중성자 치료기의 원리는 정상 조직이 아닌 오직 암세포에만 저격하는……."

다급한 그린의 말을 가연에게 질문을 던진 기자가 코웃음을 치며 끊어버렸다.

"그 원리에 대해 듣고 싶은 게 아니라, 이렇게 믿을 수 없을 정도로 놀라운 수치를 과연 신뢰할 수 있냐는 얘기인 겁니다."

기자가 던진 질문의 의도를 파악하려는지 단정한 그린의 미간이 좁아들었다.

"솔직히 보고도 믿을 수 없는 수치입니다. 실험 결과에 조작이라도 하지 않는 한은요."

두 번째 질문에 그린의 단아한 눈매가 무례한 도발을 참지 않겠다는 듯 예리하게 빛났다.

"지난 수개월간 슈퍼컴퓨터가 수억 번 넘게 측정한 결과가 실시간으로 기록되었습니다. 국내 5대 메이저 병원과 합동으로 임상을 진행했는데, 한두 군데도 아니고 수치를 조작하는 게 가능하다고 생각하시나요?"

그린이 확실한 근거를 끌어오자 놀란 기색이었지만 기자도 물러날 생각은 없어 보였다.

"오늘 브리핑 담당자인 민그린 파트너? 듣기로는 CEO인 미스터 김과 결혼한 사이라고 알고 있는데요. 그러니까 남편의 회사에 아내가 홍보를 맡고 있는 거죠?"

이쯤 되면 싸우자는 얘기로밖에 들리지 않는다. 곧 심상치 않은 분위기를 느낀 승 팀장은 재빨리 머리를 굴려보았다.

'저렇게 사적인 정보를 왜 굳이 이런 자리에서 폭로하듯 물어보는 거지?'

분명 회사 내부의 누군가가 실없는 소리를 흘린 게 분명했다. 승 팀장은 정한에게 보고하기 위해 급히 자리를 빠져나갔다.

"바꿔 말하면, 보잘것없는 학력을 가진 CEO의 아내인 당신보다 월등한 인재들을 밀어내고 중요한 업무를 수행하고 있다는 건데요."

연거푸 코너로 몰아넣는 질문에 몰려선 기자들이 술렁거리기 시작했다.

"인맥으로 운영되는 회사에서 만든 치료기가 얼마나 정밀할까요?"

팔짱을 꼬며 지켜보고 있던 가연의 입가에 의미심장한 미소가 걸렸다. 서로 모르는 척하고 있었지만 그린을 공격하는 기자는 현준의 동문인 딜런이었다. 곧 현준과의 약혼을 앞둔 가연은 바로 내일, 사표를 던지기로 마음먹었다. 학회 도중에 그만두는 이유는 혼란에 빠진 틈이 발을 빼기가 쉬울 것 같아서였다. 딜런이라는 카드로 논란의 불씨를 심어 행사를 망쳐놓고, 학회가 끝나는 날, 유 피디의 방송이 나가면 넥스트메딕은 벼랑 끝에 설 게 분명했다. 결국 이 모든 일을 사주한 사람이 가연이라는 게 밝혀져도 가연은 구만전자에 입성한 후일 것이다. 아무리 김정한이라도 절대로 건드릴 수 없는. 순조롭게 흘러가는 듯 보이던 상황은 그린의 다음 말에 꼬여가기 시작했다.

"지금 질문을 주신 기자 분은 어디의 누구시죠?"

"아, ABS의 딜런, 딜런 앤서라인입니다."

흔들림 없는 시선을 맞춘 그린에게서 또렷한 목소리가 흘러나왔다.

"말씀하신 대로, 넥스트메딕의 홍보 담당은 제가 맞습니다. 그런데 저는 ABS 방송국에서 사전 인터뷰 요청을 받은 적이 없습니다. 그럼 역으로, 단지 누군가에게 들은 얘기는 얼마나 신뢰할 수 있는지 묻고 싶네요."

딜런의 얼굴에 순간 당혹감이 번졌다.

"사실 관계 확인을 하려면 얼마든지 할 수 있을 텐데, 누군지는 모르겠지만 허위 사실을 발설한 익명의 제보자와 아무런 근거도 자료도 없는 허위 사실을 믿어버린 기자 분께 깊은 유감이 듭니다."

순간, 취재의 기본을 잊고 있었다는 생각이 들었다. 가연의 말만 믿고 누구보다 빨리 특종을 잡아 한 건 터트리려는 생각에 흥분했던 것이다. 생각지도 못한 상황에 딜런이 머뭇거리는 사이, 뒤쪽에 있던 누군가가 슬그머니 앞으로 나섰다.

"난 홍보 담당자 이야기를 좀 더 들어보고 싶은데요."

그린을 가리키는 노신사를 본 기자들은 탄성을 지르며 재빠르게 플래시를 터트렸다. 그린의 얼굴에도 놀라움이 들어찼다.

'핍?'

핍이 왜 여기에 있는 거지? 그린은 당황한 표정으로 주위를 두리번거렸다. 영문을 모르는 그린과는 달리 몰려선 기자들은 모두 핍을 알고 있는 것 같았다. 자신을 에워싼 기자들을 헤치고, 그린 앞에 선 핍이 말했다.

"궁금한 게 몇 가지 있습니다. 일단 몇 가지 짚고 넘어간 후에 브리핑을 마저 듣도록 하죠."

핍의 말투에는 더 이상의 질문을 생략하게 만드는 권위가 실려 있었다. 그린은 홀린 듯 고개를 끄덕이며 핍의 질문에 귀를 기울였다.

잠시 후, 그린의 일목요연한 설명을 들은 핍은 만족스러운 표정으로 고개를 끄덕였다. 그때 열심히 받아 적던 한 기자가 물었다.

"필립 샤메르 박사님. 미국과 일본 회사에서 만든 중성자 치료기와 한국의 넥스트메딕에서 만든 것 중 어느 것이 베스트라고 생각되시나요?"

"뭐라구요? 피, 필립 샤메르?"

그제야 핍의 정체를 안 그린은 경악하는 얼굴로 핍을 뚫어지게 바라보았다.

"어느 것이 더 낫다고 이 자리에서 섣불리 말할 수는 없지만, 분명한 건 넥스트메딕의 중성자 치료기는 공간 점유율에 있어 독보적으로 우수하고, 환자가 받는 방사선 피폭량에 대한 안전성도 확실하게 확보한 것으로 보이는군요. 매우 프로페셔널하고 인상적인 브리핑이었습니다. 앞으로 이 회사의 행보가 무척 기대가 됩니다."

필립은 하얗게 질려 있는 딜런을 향해 돌아섰다.

"당신, ABS의 딜런이라고 했나요? 이것만은 알아두세요. 나는 케임브리지 출신입니다. 졸업생 중 이름을 알 만한 사람들은 음, 아이작 뉴턴, 찰스 다윈. 아, 스티븐 호킹도 우리 대학 출신이군요."

필립의 말에 딜런은 사시나무 떨듯 떨기 시작했다.

"하지만 평생 대학의 수준으로 타인을 판단하는 사람은 만나본 적도 없었고 상상도 할 수 없는 일입니다. 그건 인생의 패배자들이나 하는 짓이에요."

딜런은 물론 그가 속한 방송국의 위상마저도 땅으로 떨어지는 순간이었다. 기분이 땅으로 떨어진 사람은 딜런뿐만이 아니었다. 필립을 알아본 가연의 얼굴도 파랗게 굳어버렸다.

― Stupid old man! 경찰 부르기 전에 썩 꺼져!

필립과 유일하게 나눴던 대화, 아니 필립에게 질렀던 소리가 제 귓가에 쟁쟁 울리고 있었다.

"물론, 겉만 보고 날 'stupid old man'으로 보는 사람도 있겠지만, 학교나 지위라는 간판 없이 진심으로 상대방을 대하는 사람도 있죠. 그런 순수한 마음이야말로 그 무엇보다 가치 있고 고귀하다고 생각합니다."

필립은 그런에게 다가가 정중하게 고개를 숙이며 악수를 청했다. 세심한 브리핑에 대한 감사 인사를 하는 듯 보였다. 수많은 인파가 학회장을 떠나는 필립 샤메르의 뒤를 따라 멀어져 갔다. 그리고 그 자리를 새로운 사람들이 채우기 시작했다. 각종 언론사와 세계 각국의 바이어들이었다.

곧 주요 뉴스 헤드라인으로 넥스트메딕에서 개발한 '꿈의 암 치료기'에 관한 기사가 무수히 쏟아졌다. 수많은 기사 중에는 그 '필립 샤메르'를 상대로 성공적으로 1인 브리핑을 마친 팀원이 있었다는 이야기도 간간이 실려 있었다. 넥스트메딕은 이날 학회에서 가장 바쁘고 가장 많은 인기를 끈 부스가 되었다. 게다가 지난 몇 년간의 성과가 무색해질 만큼 최대치의 영업 이익을 얻어내기까지 했다.

한편, 좀 떨어진 곳에서 지켜보던 승 팀장 역시 얼떨떨한 표정을 짓고 있었다. ABS 방송국 기자의 돌발 행동에 하늘이 무너지는 기분이었다. 하얗게 비어버린 머릿속에는 '이 상황을 해결할 수 있는 건 김정한 대표님뿐이다!' 말고는 아무것도 떠오르지 않았다. 결국 세계 최대 제약회사와 MOU 협상을 마친 정한이 수없이 찍힌 부재중 전화를 보고 연락했을 때 승 팀장은 다른 의미로 넋이 나가 있었다.

"아, 아닙니다. 대표님. 일이 좀 있었는데. 너무 잘 해결됐습니다."

몸이 열 개라도 모자랄 만큼 바쁜 와중, 그린의 머릿속엔 마지막으로 핍이 한 말이 맴돌고 있었다. 학회장을 떠나기 전, 통통한 몸을 기울이며 미소를 지은 핍은 그린에게만 들리게 속삭였다.

"지금은 바쁘니까 자세한 얘기는 나중에 만나서 하기로 해요. 내 이름은 필립이지만 친한 친구들은 모두 나를 핍이라고 부른답니다. 굿 럭."

가연은 완벽하게 보였던 자신의 계획이 실패로 돌아간 것도 모자라 엉망진창으로 꼬인 것이 도저히 믿을 수 없다는 표정이었다. 면전에서 딜런의 원망 섞인 비난을 고스란히 받은 가연은 필립 샤메르에게까지 찍히고 말았다는 생각에 좌절감이 몰려왔다. 필립의 일이 혹시라도 현준의 귀에 들어갈까 심장이 오그라드는 느낌이었다. 저쪽에서 바쁘게 움직이는 그린은 지금까지 본 중 가장 생기 넘치는 모습이었다. 부들부들 떨며 그린을 노려보던 가연은 문득 손에 쥔 휴대폰이 정신없이 울리고 있다는 걸 깨달았다.

"여보세요?"

[조가연 씨! 대체 무슨 짓을 한 거예요!]

"네? 무슨……?"

[기사도 안 봤어요? 지금 난리도 아니라고!]

소속사에서 걸려온 전화에 가연은 허겁지겁 인터넷 창을 열었다. 덜컥! 순간 심장이 내려앉아 버렸다. 유서를 쓰고 극단적인 시도를 한 A양이 응급실에 실려갔다는 기사가 포털을 도배하다시피 올라오고 있었다.

진짜 고소를 할 생각까지는 없었는데. 겁만 주고 말 생각이었는데. 곧바로 소속사로 달려갔지만 분위기가 험악해 속수무책으로 발만 동동 굴러야 했다. 모르쇠로 버티던 가연은 결국 그날 밤, SNS에 자필 사과문을 올렸다.

> …… 사실이 아닌 것도 있고 과장된 것도 있지만 진실을 떠나 저 때문에 마음에 상처를 입으신 분들께 사죄드립니다. 뜻하지 않은 논란으로 주변 분들에게도 많은 피해를 끼쳐 진심으로 죄송하다는 말씀을 전합니다.

긴가민가, 반신반의하던 여론도 이 사과문을 계기로 급반전이 이루어졌다. 갑자기 봇물 터지듯 추가 폭로가 이어졌다.

'구만전자의 신데렐라는 허상이었나'라는 기사를 시작으로 가연의 과거가 낱낱이 까발려지기 시작했다. 고등학교는 물론 대학교 시절에도 자신보다 예쁘거나 공부를 잘하는 동기가 있으면 주변을 선동하고 날조된 소문을 퍼트려 피해를 본 사람이 가연의 기억보다 훨씬 많은 모양이었다.

그뿐만이 아니었다. 가연과 오랜 기간 만난 남자가 수십 건의 호텔 결제 내역과 함께 찍은 사진들을 첨부하며 그동안 주고받은 문자, 통화 내역까지 보낼 수 있는 모든 걸 언론에 공개해버렸다. 약혼 기사가 나기 일주일 전, 느닷없이 이별 통보를 하고 잠수를 탄 가연에게 앙심을 품은 그는 명예 훼손으로 고발당하는 것까지 감수하며 가연의 이중생활을 폭로했다.

'딜런이고 뭐고 그냥 조용히 회사나 그만둘 걸. 아니, 지은 서한테 연락해 돈으로 입막음이라도 할 걸. 아니, 애초에 민그린이랑 엮이는 게 아니었어. 저 재수 없는 X이랑 얽히면 되는 일이 하나도 없었어!'

후회에 후회를 곱씹어봐도 달라지는 건 없었다. 숨통이 꽉 조이는 것 같았다. 목이 졸리는 느낌이었다. 이러다 기절하는 건 아닌지, 무슨 정신으로 집으로 돌아온 건지. 내딛는 걸음 밑이 캄캄하기만 했다. 오자마자 방문을 걸어 잠그고 온 집안의 커튼부터 쳤다. 가연은 덜덜 떨며 하루 종일 연락이 되지 않는 현준에게 다시 전화를 걸었다.

그 시각, 꺼져 있는 휴대폰을 든 현준은 정한과 독대 중이었다. 생각하면 할수록 미심쩍었던 현준은 결국 양쪽 말을 다 들어보기로 결정했다. 처음에는 좋아하는 감정에 눈이 멀어 가연의 말을 전적으로 믿었다. 하지만 현준 역시 감정보다는 이성이 앞서는 사람이었다.

결국 정한에게 연락해 궁금했던 모든 것을 듣게 되었다. 정한은 현준에게 회사의 상황, 실적, 그리고 필요한 모든 데이터를 기꺼이 확인시켜 주었다. 마지막으로 현준은 결혼을 앞둔 예비 신랑이니 충분히 물어볼 수 있는 일 아니냐며 간곡하게 물었다. 상사로서 회사 내에서 가연에 대한 평가를 솔직히 말해달라고. 정한은 현준이 묻는 모든 말에 건조한 어투로 답을 해주었다. 담백한 언어와 가감 없는 내용이었는데도 들으면 들을수록 충격적이었다. 그렇다고 마냥 믿을 수는 없어 조심스럽게 증거를 요청하자 그것 역시 빠르게 내밀었다.

KINS에서 실사를 나온 날 담당 PM의 사무실에 숨어 들어가 서류를 빼돌리는 모습이 담긴 영상과 엘리베이터에서 정한에게 행패를 부리는 녹음 파일까지.

"녹화도, 녹취도, 일부러 조가연 파트너를 겨냥했던 건 아닙니다. 업무상 우연히 기록된 거고 물론 구현준 씨 외에 누구에게도 공개할 생각은 없습니다."

"그렇다면 왜 이런 걸 간직하고 있었던 겁니까?"

"절차상 보관했을 뿐입니다. 부당 해고라며 구제 신청이라도 하면 사측에서도 해명을 해야 하니까요."

한동안 고개를 숙이고 있던 현준이 참담한 표정으로 물었다.

"대표님이 직접 나서서 이렇게까지 철저하게 챙기는 이유가 뭡니까."

정한의 눈을 마주 본 현준은 학회장에서 목덜미가 선뜩할 정도로 위협감을 느꼈던 이유를 그제야 깨달았다. 목숨을 걸고 지키고 싶은 것을 해하고 건드린 것에 대한, 날이 선 수컷의 경고였던 것이다.

"내 아내도, 피해자 중 한 명이었거든요."

그 다음 날도 넥스트메딕 소속 팀원들은 새벽부터 일찍 학회장에 나와 있었다. 바쁜 와중에도 기습적으로 터진 가연의 후속 기사에 다들 한마디씩 던지느라 분주했다.

아침부터 가연의 기사를 샅샅이 뒤져보던 기나리는 절레절레 고개를 저었다.

"대박이다. 어떻게 까도 까도 양파보다 더 심하냐. 그린 씨는 그동안 왜 아무 말도 안 했어요? 이 정도로 또라이라는 거 학교 다닐 때 알았을 거 아니에요?"

바쁘게 정리를 하던 그린이 차분하게 입을 열었다.

"기나리 파트너. 그쪽에 브로슈어 좀 주세요. 어제 너무 많이 나가서 더 꺼내놔야 할 거 같아요."

"아. 네! 두 가지 다요?"

별로 얘기하고 싶지 않다는 눈치에 기나리도 조용히 입을 다물고 준비에 몰두했다. 하지만 채 몇 분도 지나지 않아 애써 꾹 붙여놓은 기나리의 입이 떡 벌어지고 말았다. 평소처럼 공을 들여 꾸미기는커녕 산발이 된 머리에 퀭한 눈, 손에 잡히는 대로 대충 걸쳐 입었는지 예전에 주로 입던 과감한 디자인의 짧은 원피스를 입은 가연이 학회장에 뛰어들었던 것이다. 이른 새벽, 안 그래도 기사를 읽고 조여들던 가슴이 현준의 연락에 덜컹 내려앉고 말았다.

― 가연 씨와 남은 인생을 함께할 확신이 없어요.

차갑게 울리는 현준의 목소리가 모든 걸 말해주고 있었다. 현준은 더 이상 가연을 믿을 생각도, 가연의 편이 돼 줄 생각도 없다는 걸.

> SNS 여신 좋아하네. 학폭 가해자였다니 역겨워.

> 와, 간도 크다. 어떻게 저런 사실을 숨기고 재벌가에 시집 갈 생각을 했지?

> 지금 학폭 하는 애들 잘 봐둬라.
> 이게 너희 미래의 모습이다.

마침 각계각층에서 불거진 왕따 논란에 기사가 포털 메인에 걸려 매운 댓글에도 고스란히 노출되어야만 했다. 가연은 학창 시절, 별생각 없이 저지른 일이 부메랑으로 돌아와 자신의 인생이 망가질 거라는 예상은 단 한 번도 해본 적이 없었다.

지금도 마찬가지였다. 내가 뭘 그렇게 잘못했는데! 철없는 어린 시절엔 한 번쯤 그럴 수도 있잖아! 그렇다고 심각한 범죄를 저지른 것도 아니잖아! 그냥 묻어줄 수도 있는 거잖아!

그러다 퍼뜩 이 모든 상황을 꾸민 건 김정한이라는 생각이 몰려왔다.

'그 하찮은 계집애 때문에! 자기 와이프 말만 믿고! 날 이렇게 궁지에 빠뜨리려는 거야!'

무수히 쏟아지는 따가운 시선을 맞으며 주변을 두리번거리던 가연은 저쪽에서 승 팀장에게 심각하게 지시를 내리는 정한을 발견했다. 정한에게 뛰어간 가연은 핏발이 선 눈으로 악을 쓰며 소리를 질렀다.

"당신 짓이지! 당신이 다 꾸민 일이잖아! 이 천벌받을 인간! 나한테 이래놓고 무사할 줄 알아!"

악귀 같은 표정으로 달려드는 가연을 승 팀장과 주변의 팀원들이 간신히 떼어놓았다.

"이거 놔! 이거 안 놔! 저 인간만 아니면 너희 버러지 같은 것들은 손도 못 댈 사람이었다고, 난!"

곧 근처 부스의 관계자들도 속속 모여 진귀한 장면을 카메라에 담기 시작했다.

"이 더러운 손들 치워! 내가 감히 누군 줄 알고 잡아!"

아직도 가연의 머릿속에는 다 잡은 구현준을 놓쳤다는 생각보다는 어떻게든 구만전자의 패밀리가 되어 김정한도, 이 회사도 쓸어버리겠다는 생각뿐인 것 같았다. 저주에 가까울 정도로 무시무시한 욕설을 퍼붓는 가연을 정한은 차가운 눈으로 내려다보았다.

잠시 후, 건조한 표정으로 시계를 들여다본 정한이 말했다.

"지금 이 시간부로, 근무 태만, 위계 및 상급자와 동료들에 대한 폭언, 모욕과 업무 방해를 사유로 조가연 파트너를 해고 처분하겠습니다. 사안이 엄중하고, 서면으로 예고하기엔 시간이 촉박해 일단 구두로 통보합니다."

정한이 승 팀장을 돌아보며 말했다.

"계속 소란 피우면 경찰에 연락하세요."

곁에 서 있던 팀원들은 지하 깊숙한 곳에서 터져 나오는 탄산 가득한 천연 암반수를 들이켠 듯한 표정을 지었다. 반대로 보안팀이 출동해 끌려 나가는 가연의 얼굴에서 터져 나오는 건 미칠듯한 분노와 억울함뿐이었다.

다음 날, 정한과 단둘이 점심을 먹은 그린은 다정하게 손을 잡고 모처럼 산책을 즐겼다.

"피곤하지? 잠도 거의 못 자고."

정한은 깍지를 낀 손을 엄지손가락으로 부드럽게 문질렀다. 어제 하루 종일 참으로 많은 회한과 상념에 가슴이 뻐근하고, 머릿속이 복잡했을 그린에게 할 수 있는 최대한의 위로였다.

"그래도 여름에 한 번 해봐서 할 만해요. 재미도 있고."

학회 얘기가 아닌 걸 알면서도 그린은 애써 담담한 표정을 지었다. 잔잔하게 미소를 띤 얼굴은 보는 사람이 속상할 정도로 핼쑥해져 있었다. 어제, 피곤한 하루를 마치고 잠자리에 누운 그린은 뒤척거리느라 밤을 새우다시피 했다. 그전에도 같은 반응이었다. 가연이 세아의 사무실에서 서류를 훔치고, 정한에게 독설을 퍼부었다는 얘기를 들었을 때에도, 현준이 찾아와 외신 기자에게 정보를 흘린 사람이 조가연이었다는 걸 밝혔다는 말에도, 묵묵히 고개만 끄덕일 뿐이었다. 지켜보던 정한은 그저 말없이 껴안고 다독이는 것 말고는 해줄 수 있는 게 없어 답답하기만 했다.

"평생 널 힘들게 하던 사람이 추락하는 걸 봤는데, 별로 기쁘지 않아?"

결국 조심스러운 정한의 물음에 그린은 한동안 말이 없었다. 괜한 것을 물었나 자책하며 가녀린 등을 쓸어주는데 툭 속마음이 튀어나왔다.

"되게 복잡해요."

정한은 말없이 그린의 등을 토닥거렸다.

"분명히 기뻐야 할 거 같은데, 기쁘지가 않아. 그렇다고 나한테 일어났던 일이 없어지는 건 아니니까."

뜻밖의 말에 정한은 멈칫 굳어졌다.

"괴로운 기억은 어떻게 해도 씻기지 않는다는 걸 알았어요. 진심으로 미안하다는 소리를 들어도, 아팠던 마음이 치유되진 않을 거 같아."

그린은 못내 씁쓸한 얼굴로 다음 말을 이었다.

"그냥, 계속 그런 생각만 들었어요. 만약에 단 한 번이라도 엄마한테 말했다면 어떻게 됐을까. 만약에 걔한테 거짓말하지 말라고 크게 소리라도 질렀으면 어땠을까. 만약에 나도 똑같이 뒤에서 욕이라도 하고 다녔으면 어땠을까."

"이프(If)에는 끝이 없어."

차분하게 그린을 달랜 정한은 스스로에게 되뇌듯 중얼거렸다.

"만 번을 후회하고 곱씹어도 달라지는 건 없어. 그러니까, 너무 깊이 빠져들지 말고, 덮어두든 무시하든 그냥 잊고 살아. 빨리 일상으로 돌아와야지."

"오빠는 그렇게 살아왔던 거예요?"

순간 허를 찌르는 질문에 정한은 흠칫 발걸음을 멈추었다.

"난 그래도 어떻게든 극복하고 싶어. 아, 이 방법이 아니면 다른 방법을 써보면 되지 않을까. 이건 별로 소용이 없는데 이렇게 해보면 어떨까. 어느 날엔가는, 진심으로 떨치고 앞으로 나가고 싶어요."

그린은 결연한 눈을 들어 정한을 올려다보았다.

"오빠 상처도. 같이 고민하다 보면 언젠가는 치유되지 않을까?"

"내가 상처가 어딨어."

애써 눈을 피한 정한이 한 걸음을 내딛자 그린은 그 앞을 막아섰다.

"있잖아. 여기."

그린이 정한의 가슴 한가운데를 콕 짚었다.

"좋은 사람을 만나도, 사랑하는 오빠가 내 옆에 있어줘도, 조가연이 망하는 걸 봐도, 그 시절 아픈 기억이 사라지지가 않는데."

"……"

"나도 이런데, 오빠는 누구한테 한 번 털어놓은 적 없이 혼자서 꾹꾹 버티고 있잖아."

"말했잖아. 버틸 만해서 버티는 거라고."

"그게 아니라, 덮어두고 무시하고 살고 있는 거잖아."

"그런 적 없고, 떠올려도 아무렇지도 않으니까 덤덤한 거고. 그보다, 이런 쓸데없는 얘기로 에너지 낭비하기 싫은데, 들어가자."

정한은 홀연히 몸을 돌려 앞서 걸어갔다. 뒤에 선 그린은 심란한 얼굴로 저벅저벅 멀어지는 뒷모습을 바라보았다.

학회장으로 돌아온 그린은 바쁜 와중에도 짤막한 한숨을

내쉬곤 했다. 정한은 윤수에 관한 것을 화제에 올리면 좋아한다는 티를 냈을 때보다도 더 철벽을 치곤 했다. 어떻게 정한의 마음을 열어야 할지 막막했다. 그러면서도 힐끔힐끔 자신의 눈치를 보는 게 느껴졌다. 윤수 얘기만 나오면 날을 세우는 것도, 그린을 혼자 두고 돌아선 것도 다 맘에 걸리는 모양이었다. 좀 떨어진 곳에서 시무룩한 표정으로 바라보거나, 괜히 주위를 서성거리다 차마 말을 걸지 못하고 돌아서곤 했다.

'흐음, 어쩌면 그 방법이 먹힐지도?'

그린은 생각에 잠긴 얼굴로 고개를 끄덕거렸다.

그날 저녁. 하루 종일 서먹한 거리를 유지하던 그린은 잠자리에서도 등을 돌린 채였다.

"미안해. 내가 잘못했어. 나 좀 봐주면 안 되나?"

정한은 집에 오는 길에도 몇 번이고 사과를 했지만 그린은 끝내 대답을 하지 않았다. 푸우 한숨을 내쉰 정한은 팔을 괴고 똑바로 누웠다.

"그린이 네 말이 맞아. 안 그러면 못 견딜 것 같아서 겁쟁이처럼 살고 있는 거야."

작은 동물처럼, 그린의 작은 등줄기가 바짝 긴장했다. 정한은 담담하게 윤수 엄마와의 일화를 털어놓았다. 일찍 남편을 여읜 윤수의 엄마는 윤수를 어떻게든 의사로 만들기 위해 지극정성으로 키웠다. 그런 그녀에게 정한은 당연히 걸림돌일 수밖에 없었다. 축구뿐만 아니라 공부도, 경시대회도, 반장이나 회장 자리도 정한은 설렁설렁하는 것 같은데도 윤수와 비슷하거나 가끔 앞질러 있었다.

그래서 윤수 엄마가 윤수와 자신이 같이 어울리는 걸 싫어하는 걸 알면서도 정한은 차마 윤수를 밀어내지 못했다. 가끔 도를 넘는 진우의 짓궂은 장난에도 순둥이처럼 웃고 넘기고 강아지처럼 자신을 졸졸 따라다니는 윤수가 어린 동생처럼 느껴지기도 했다. 하지만 윤수 엄마는 공부에 방해가 된다는 이유로 윤수만 다른 중학교로 진학시켰고 그곳에서 윤수는 고스란히 학폭에 노출되고 말았다. 어느새 몸을 돌린 그린은 그렁한 표정으로 정한을 바라보고 있었다.

"윤수가 날 믿고 의지하는 걸 알면서도, 결국 윤수를 외롭게 만들었어."

"전학은 윤수 엄마가 시킨 거잖아요……."

그린이 희미하게 웅얼거렸다.

"결국 나 때문에 전학을 간 거니까."

"그건 윤수 어머니 선택이었어요."

그린의 위로에도 정한의 목소리에는 쓴 후회가 묻어 있었다.

"나 때문인 거 맞아. 그 얘기를 들은 후로 1등 자리를 단 한 번도 놓친 적이 없었거든."

"그 얘기라뇨?"

"윤수 어머니가 학부모회에서 우리 어머니를 대놓고 무시했다는 얘기를 들었어. 부모는 식당 일이나 다니는데 저런 애한테 회장을 맡기면 격 떨어진다고."

그린이 놀란 듯 숨을 들이켜는 소리에 정한은 씁쓸하게 고개를 끄덕거렸다.
"어린 마음에 얕보이기 싫어서 오기로 더 했어. 결국 못 견디신 거겠지. 같은 중학교로 보내면 윤수가 계속 뒤처질 거 같으니까."
그린은 가만히 몸을 일으켰다. 눈물 한 방울 나오지 않지만, 한없이 쓸쓸해 보이는 정한의 눈가를 가만히 쓸어 보았다.
"안 울어."
낮게 웃음을 터트린 정한이 가만히 그린의 몸에 팔을 둘렀다.
"이야. 우리 부인 대단한데? 평생 입 밖에 꺼낼 줄 몰랐던 비밀까지 술술 털어놓게 만들다니. 비결이 뭐야?"
"그런 거 없어요."
그린이 머쓱한 표정으로 웅얼거렸다. 꽈악 끌어안고 목덜미에 얼굴을 파묻은 정한이 중얼거렸다.
"그게 네가 가진 힘이겠지. 상대방을 편안하게 만들어주고 속 얘기를 거리낌 없이 털어놓게 하는 거. 그런데, 답답한 속을 털어놓아도 죄책감이 단 1그램도 줄어들지를 않아."
뒤이어 나온 고백에 그린은 기운을 북돋워 주려는 듯 토닥거렸다.
"한 걸음이 중요한 거죠. 이제부터 나랑 같이 고민해봐요."
"같이?"
"응. 우리 둘이 함께. 오래된 상처를 제대로 마주 보게 되면 분명 다른 방식으로 윤수라는 친구를 추모할 수 있을 거예요."

 쓸쓸하기만 한 정한의 표정에 그린은 분위기를 바꿔보려는 듯 농담을 던졌다.

 "에이, 왜 그렇게 자신 없는 얼굴을 해요? 어제 기사에서도 그러던데, 혁신과 개혁의 아이콘 김정한이라고."

 너무 분위기를 가라앉히고 있었다는 생각에 정한도 가볍게 미소를 흘렸다.

 "거기다 이 능력 있는 와이프가 도와준다고 하잖아요. 자꾸 새로운 시도를 하다 보면 좋은 방법이 나오지 않겠어요?"

 "음. 그럼."

 순간, 정한이 의미심장하게 눈을 빛냈다.

 "능력 있는 민그린 씨 도움을 좀 받아볼까?"

 "말만 해요. 뭘 도와줄까요?"

 "뭐가 됐든, 새로운 방식을 시도해보자고."

 누운 채로 번쩍 그린을 안아든 정한이 가느다란 허리를 바싹 끌어당겼다.

 "잠깐! 뭐 하는 거예요!"

 그린은 당황한 얼굴로 정한의 가슴 위에서 내려오려고 버둥거렸다.

 "말했잖아. 새로운 방식을 시도해본다고."

 "내려줘요! 미쳤나 봐!"

 커다란 손아귀로 단단하게 틀어잡은 정한은 새빨개진 얼굴을 올려다보며 치명적인 미소를 띠었다.

"매일매일 새로운 시도라니, 벌써부터 기대되는데?"

다음 날. 간간히 허리를 부여잡으며 끙끙거리던 그린은 정한과 눈이 마주칠 때마다 있는 힘껏 레이저를 쏘았다. 팔짱을 낀 채, 어깨를 으쓱하던 정한은 딴청을 피우며 휴대폰을 만지작거렸다.

딩동.

> 오늘 밤도 새로운 시도 잔뜩 기대 중.

화장실로 향하는 길에 메시지를 확인한 그린은 붉으락푸르락 하며 자판을 두드렸다.

> 꿈도 꾸지 마세요! 오빠는 변태야!
> 우주 괴물한테 잡혀가세요!

학회 마지막 날이 되었다. 행사 기간 내내 꼭두새벽에 집을 나섰던 그린도 마지막 날인 오늘은 여유 있게 집을 나섰다.

행사장으로 향하던 그린은 눈에 익은 얼굴을 발견하고 반가운 표정을 지었다.

"어? 안녕하세요?"

필립과 함께 만났던 윤애가 학회장 입구를 서성거리고 있었던 것이다.

"그린 씨? 마침 여기서 만나게 되네요."

살짝 떨리는 윤애의 목소리에 그린이 고개를 갸웃하며 물었다.

"필립 박사님과 만나기로 하셨나요? 오늘은 안 오신 걸로 알고 있는데?"

"아, 핍을 보러 온 건 아니에요……."

"네. 그럼 다음에 또 뵐게요."

뭔가 사정이 있는 듯 말끝을 흐리는 윤애의 모습에 그린이 묵례를 하며 몸을 돌린 순간.

"저기!"

"네?"

"지금 시간 괜찮으면…… 같이 차 한잔할래요?"

시계를 들여다본 그린은 고개를 끄덕였다. 어차피 끝나가는 마당이라 인터뷰 등의 바쁜 일정은 거의 끝난 뒤였다.

잠시 후, 차 한 잔을 두고 마주 앉은 윤애는 한동안 굳은 얼굴로 앉아 있었다. 그린 역시 섣불리 말을 걸지 못하고 애꿎은 커피 잔만 만지작거렸다.

"혹시…… 무슨 하실 말씀 있으세요?"

잠시 후, 조심스레 물은 그린의 질문에 그제야 입술을 달싹거렸다.

"그린 씨 남편 분, 김정한 대표…… 얘기예요."

"네?"

윤애의 입에 오른 이름이 뜻밖이긴 했는지 그린의 눈썹이 놀란 모양으로 치켜 올라갔다.

"지난번에 내가 얘기한 적 있죠? 우리 아들, 죽기 전에 친했던 친구가 있었다고."

"네."

"그 친구가 바로, 김정한 대표예요."

"아……!"

탄식이 나옴과 동시에 속으로는 덜컥 걱정도 밀려왔다. 윤수의 어머니가 윤수의 죽음에 직접적인 책임을 물은 건 아니지만, 그 이상으로 정한을 깊이 원망하고 있었다고 들었다.

— 다만 한 가지…… 꼭 해결해야 할 숙제가 하나 있는데…….
— 너무 개인적인 얘기라 자세히 말하긴 그렇지만, 마지막으로 그 앨 꼭 만나야 돼요.

지난번 윤애가 비장한 표정으로 내뱉은 말도 떠올랐다.

대체, 만나서 뭘 어쩌려고. 혹시, 마지막으로 담아두고 있던 원망을 퍼부으려고? 설마 그럴 리는 없겠지만, 필립 샤메르의 명성을 이용해 회사에 위협이라도 가하려고?

순간적으로 눈앞이 아찔했다.

"제가…… 당사자가 아니라 이런 말씀드려도 될지 모르겠지만."

마른침을 한 번 삼킨 그린이 힘겨운 언어를 꺼냈다.

"오빠도 많이 괴로워하고 있어요. 물론 훨씬 더 힘드시겠지만! 그리고 변명을 하는 건 아니지만요. 아직도 가끔 악몽을 꾸고, 돌이킬 수 없다는 걸 알면서도 계속 자책을 해요."

필사적이기까지 한 그린의 호소에 윤애 역시 목소리를 키웠다.
"정한이가요? 그 애가 왜……! 자책을 해요?"
어지간히 놀란 듯 깍듯하게 붙이던 대표님이라는 호칭도 내버려둔 채였다.
"네? 그, 그게……."
친구를 지키지 못했다는 자괴감 때문에요. 그리고, 오빠를 원망하셨다면서요. 그때는.
차마 속말은 꺼내지 못하고 머뭇거리는데 윤애가 괴로운 듯 얼굴을 쓸었다.
"나 때문이겠죠. 그 어린 것한테 몹쓸 짓을……."
더 아는 척을 하기도 뭐해 그린도 가만히 고개만 숙이고 있었다. 잠시 머뭇거리던 윤애가 별안간 팔을 뻗어 그린의 손을 잡았다.
"혹시 그린 씨가, 날 좀 도와줄 수 있겠어요?"
"제가요?"
"사실 정한이에게, 꼭 하고 싶은, 아니 꼭 해야 할 말이 있는데."
"……."
"차마 염치가 없어서요."
그러더니 옆에 두었던 것을 부스럭거리며 집어 내밀었다.
"이걸 좀. 전해 주세요."
윤애가 내민 건 자그마한 쇼핑백이었다.

"……?"

"전해주면 알 거예요. 그리고 이 말도 좀……."

머뭇거리면서도 마지막으로 건넨 말에는 절절한 진심과 후회가 담겨 있었다.

"미안, 미안하다고요. 내가 그때는 정신이 나간 거나 마찬가지여서, 정한이한테 못할 짓을 했다고요. 진심으로 미안하다고, 후회하고 있다고. 미안하다고. 꼭 좀 전해주세요."

그러자 그때까지 말없이 숙이고 있던 그린의 고개가 들렸다. 툭. 눈물이 떨어짐과 동시에 딱풀처럼 붙어 있던 입도 열렸다.

"미안……하다구요?"

그린의 눈물에 윤애가 안절부절못하며 답했다.

"나도 이제 와서 이러는 거 너무 늦었다는 거 알아요. 직접 말하기도 염치도 없고. 내가 무리한 부탁을 했죠?"

황급히 눈물을 훔친 그린이 강하게 고개를 저었다.

"아뇨! 아뇨. 그게 아니구요. 사과라는 게, 아무 의미도 없다고 생각했었는데. 흑."

하지만 다시 터져 나온 흐느낌에 작은 어깨가 들썩였다. 잠시 후, 연신 흐르던 눈물을 닦아낸 그린이 목을 가다듬었다.

"죄송해요. 괜히 저 때문에 놀라셨죠."

"아니에요. 그린 씨한테도 남 일 같지 않다는 거 알고 있어요."

고개를 끄덕인 그린은 벌게진 눈가를 훔친 뒤 담담하게 진심을 꺼냈다.

"어제, 제가 오빠한테 그랬어요. 그 애한테, 진심으로 미안하다는 말을 들어도 아픈 마음이 치유되지 않을 것 같다고요."

"아……!"

"그랬다고 저한테 일어난 일이 없어지는 것도 아니고, 그 말을 들었다고 해서 그 애를 용서할 것 같지도 않았거든요."

푸욱 수그러지던 윤애의 고개가 바로 이어진 말에 번쩍 들렸다.

"그런데 지금은 아니에요. 사과라는 게, 아무 의미가 없다고 생각했는데 방금 하신 말씀 들으니 왜…… 제 마음이 스르르 녹아내리는 거 같을까요. 아파서 뻥 뚫린 구멍이 메워지고 치유받는 느낌이 드는 걸까요."

그린은 눈물을 훔치며 밝게 미소를 지었다.

"오빠가, 정말 좋아할 거예요. 직접 이 말을 듣게 된다면요."

"무슨 일인데 여기까지 오라 가라야?"

진우는 정한을 데리고 학회장 바깥 한적한 곳으로 걸음을 재촉하는 중이었다. 원래는 그린이 직접 데려오고 싶었지만 진우에게 부탁을 할 수밖에 없었다. 울어서 퉁퉁 부은 눈과 빨개진 코, 꽉 잠긴 목소리를 들으면 정한이 앞뒤 사정도 듣지 않고 난리부터 피울 건 안 봐도 뻔했기 때문이었다.

"누가, 그러니까 어떤 분이 널 좀 만나고 싶다고 해서."

"나를?"

의아한 얼굴로 진우를 따라 걷던 정한의 발걸음이 우뚝 멈추었다. 고개를 돌리고 있던 마른 몸집의 여인이 이쪽을 돌아보았다.

"⋯⋯윤수 어머니."

중얼거리듯 부르며 고개를 숙인 정한에게 윤애가 떨리는 발걸음으로 다가왔다. 세월의 흔적이 보이는 모습이었지만, 정한은 선명하게 각인된 기억에 질끈 눈을 감았다.

오늘은 어떤 비난을 퍼부을까, 아니면 또 따귀를 내리치실까. 굳은 표정으로 고개를 숙인 정한의 손을, 윤애가 끌어 잡았다.

"고맙다. 정한아."

"네?"

정한이 번쩍 고개를 들었다.

"너무 고맙고⋯⋯ 정말 미안하다. 미안하다. 정한아."

윤애는 울음 섞인 목소리를 토했다.

"윤수 아빠 일찍 보내고 애지중지하던 아이라서. 그래서 내가⋯⋯ 욕심에 눈이 멀어서 윤수도, 정한이 너도⋯⋯ 내가 사지로 내몬 거였어."

윤애는 울음과 함께 꾸역꾸역 힘겹게 한마디, 한마디를 꺼냈다.

"날 용서하는 건 힘들겠지. 이제 와서 변명을 하자면⋯⋯ 자식을 잃은 어미라서 그때는 세상 모든 게 다 원망스러웠어."

"……용서라니요."

얼어붙어 있던 정한이 간신히 툭 한마디를 뱉었다.

"아니야. 너한테 꼭 용서를 빌고 싶었는데, 그동안 용기가 안 났구나. 이제야 찾아와서 미안하다. 흐흑. 진심으로 미안해."

크윽. 목에서 올라오는 소리를 간신히 삼키는 정한의 눈가도 촉촉하게 젖어 있었다. 윤애는 훌쩍이며 정한의 손을 토닥였다.

"우리 윤수. 하늘에서 행복하게 잘 지내고 있을 거야. 정한이도 네 인생 행복하게 살아. 앞으로 남은 시간, 진심으로 정한이 네 행복을 빌어줄게."

옆에 선 진우는 아까부터 폭풍 눈물을 쏟아내고 있었다. 뒤에 떨어져 있던 그린도 마찬가지였다. 아까 카페에서 참회 가득한 윤애의 눈빛을, 목소리를 보고 듣는 순간, 그린의 마음 안에 응어리져 있던 것도 스르르 풀리는 기분이었다.

그제야 알 것 같았다. 왜 아무리 시간이 많이 흐른 뒤에도, 진심 어린 사과의 말. 미안하다는 말 한마디를 꼭 전해야 하는지. 그게 얼마나 큰 울림을, 중요한 의미를 가져다주는지.

하는 사람도, 받는 사람도 서로를 치유해 주는 일이었다. 남은 나날들을 살아가기 위해 소중한 한 걸음을 내딛는 일이었다.

"윤수 어머니!"

멀어지는 윤애를 향해 정한이 깊숙이 고개를 숙였다.

"죄송합니다! 그리고 진심으로 감사드립니다."

깊이 고개를 숙인 정한을 두고 발걸음을 옮긴 윤애는 건물 모퉁이를 돌며 흐릿한 시야를 닦아냈다. 그리고 제 앞에 기다리고 선 사람을 확인하고 미소를 지었다.

"마이 디어, 윤애."

필립이 다정하게 윤애를 토닥거렸다.

"잘 마무리하고 온 모양이군요."

"덕분에요."

마지막 눈물을 훔친 윤애가 밝게 웃으며 덧붙였다.

"하마터면 반쪽짜리 마무리가 될 뻔했는데, 좋은 사람들이 곁에 있어줘서 다행이었지 뭐예요."

"좋은 사람이요?"

"네. 당신이, 그리고 그린 씨가 도와준 덕분이에요."

아까 카페에서 그린이 마지막으로 건넨 말은 윤애의 맘속에 잔물결같은 여운을 남겼다.

― 만약에 말이에요. 삶의 마지막 순간에 스쳐가는 것들이, 기쁘고 행복했던 일보다 후회가 더 많이 남는다면.

그린의 말에 가슴이 철렁했다.

― 너무 슬프잖아요. 직접 만나서 얼굴을 보고, 눈도 마주치세요. 손도 잡아보고, 담아두었던 말도 꼭 해보세요.

다음 말에는 용기를 얻었고.

― 다른 누구를 위해서가 아니라 윤수 어머님 자신을 위해서요.

마지막 말에는 따스한 온기가 번졌다. 직접 얼굴을 보고, 사과의 말을 건네지 않았더라면, 눈을 마주 보며 진심을 전하지 않았더라면.

'남은 날 동안 내내, 깊은 후회를 안고 살겠지. 감히 앞으로 걸음을 내딛지 못하고.'

필립의 팔짱을 단단히 낀 윤애가 웃으며 말했다.

"갈까요."

Chapter 24

널 다시 만날 수 있을까

 다 큰 성인 셋이, 아니 둘이. 훌쩍이며 눈물을 훔치고 있었다. 진우와 그린이었다.
 "야, 김정한. 이 잘생긴 용안에서 눈물, 콧물 역대급으로 많이 뽑아낸 거 영광인 줄 알아라. 내가 엄마 돌아가셨을 때도 이렇게는 안 울었다고."
 민망한 분위기를 상쇄하려는 듯 진우는 너스레를 떨며 시뻘게진 눈을 쓱쓱 비볐다.
 "들어가자. 마무리해야지."
 정한도 따라서 때꾼해진 눈을 쓸며 툭 던졌다.
 "세수라도 해야지 이 꼴로 어떻게 들어가냐?"
 자리를 피해주려는지 진우는 코를 훌쩍거리며 화장실로 향했다. 그린이 멍하니 진우의 뒷모습을 바라보는데 담담한 손길이 뻗어왔다.
 "어떻게 된 거야?"
 커다란 손을 마주 잡은 그린은 정한의 한 품에 빨려 들어가

듯 안겼다. 주름 하나 없이 말끔하게 다려진 셔츠에 젖은 얼굴을 비비니 익숙한 체향이 밀려들었다. 동시에 뻣뻣하게 부풀어 있던 건장한 흉곽이 풀어지듯 긴 숨을 내쉬었다. 아. 당신도 나만큼, 어쩌면 나보다 더 많이 긴장하고 있었구나. 팔을 둘러 정한의 허리를 끌어안은 그린이 젖어 있는 목소리로 답했다.

"픕이 프러포즈한다던 여자 친구가 윤수 어머니였어요. 그 사실을 나도 오늘 알게 된 거고요."

가만가만 고개를 끄덕이는 정한을 올려다본 그린이 물었다.

"내가 괜한 짓을 한 건 아니죠? 처음엔 미안하단 말만 전해달라고 하셨는데, 직접 만나는 게 좋을 것 같다고 했거든요."

고개를 가로저은 정한이 부드러운 머리칼을 헤치자 선 고운 이마가 드러났다.

"괜한 짓이라니. 잘했고, 고맙고."

입술을 꾸욱 누르며 주문 같은 말을 몇 번이고 되풀이했다.

"고맙고, 그리고 고마워."

뿌듯한 마음만큼 꼬옥 조이던 팔에 걸린 쇼핑백이 툭, 정한을 건드렸다.

"맞다. 이거."

그린이 쇼핑백을 들어 보이며 물었다.

"아까 전해달라고 하셨는데. 지금 볼까요?"

"나중에, 집에 가서."

그제야 너무 오래 자리를 비웠다는 생각에, 그린도 얼른 고

널 다시 만날 수 있을까

개를 끄덕였다.

학회장으로 돌아가는 길. 그린을 내려다보는 정한의 입술은 내내 부드러운 호선을 그리고 있었다.

"내색은 안 했지만 얼마나 깜짝 놀랐는데요. 아임 유어 파더. 거의 이런 기분이었다니까요?"

너라는 위로.

한결 밝아진 목소리. 예쁘게 반짝거리는 눈동자. 연리지처럼 애틋하게 얽힌 깍지 손. 같은 보폭으로 같은 곳을 향하여 내딛는 걸음. 정한에게는 지금 이 순간이 그저 기적처럼 느껴졌다.

그건 아마도, 다른 사람의 상처를 함께 고민하고 기꺼이 나누는, 제 일처럼 마음 아파하는 그 순수한 마음씨 때문이겠지. 사실 그린에게 노력해 보겠다고 했지만, 자신은 없었다. 너무 오랜 시간 노출돼서인지, 상처라면 무기력했고, 흉터라면 무감했다. 그렇게 굳어버린 사막 같던 내 안에 네가 불어넣은 많은 것들. 상처라면 치료하고, 흉터라면 감싸야 하는 거라고. 당연하게 간직하고 살아야 하는 건, 사막 어딘가에서 반짝이는 오아시스와, 어딘가로 가로지르는 희망인 것이지, 건조한 모래바람도, 아득한 절망도 아니라고.

결국 밀려오는 뭉클함을 주체 못 한 정한이 그린을 돌려세웠다. 영문 몰라 맑게 뜬 눈동자를 가득 담으며, 예쁘게 솟은 입술에 매일 새기던 한마디를 또 새겼다.

"사랑해."

"나도요. 사랑해요."

더 이상 정한의 마음이 사막이 아니라는 걸 증명하듯, 겹쳐진 입술에서 되돌아온 메아리는 벅차고, 고왔다. 애틋하게 겹쳐 있던 입술을 간신히 떼어낸 정한이 끙 한숨을 뱉었다.

"하아. 맘 같아서는 학회고 뭐고."

쿡 웃은 그린이 손을 뻗어 넥타이의 매듭을 반듯하게 고쳐 매주며 말했다.

"조금만 더 참아요. 학회 끝나면, 바쁜 거 웬만큼 끝나니까 같은 날 연차 내요."

"뭐 하고 싶은 거 있어?"

정한도 그린의 옷자락을 여며주며 다정하게 물었다.

"많죠. 오빠랑 못 해본 게 아직도 한가득인데. 일단, 늘어지게 늦잠부터 잘 거야. 초록이네 식구들하고 하루 종일 놀고도 싶고, 잠깐 나들이 가는 거 말고 진짜 차박도 해보고 싶고. 아! 오빠가 해주는 떡볶이도 한 번 더 먹고 싶어. 이제 주말이랑 빨간 날엔 무조건 데이트할 거야."

그린이 기다렸다는 듯 빼곡한 계획을 줄줄이 읊어대는 사이, 거대한 컨벤션 센터 입구에 도착했다.

정한이 잠시 전화를 받으러 간 뒤, 그린은 듬성듬성 비어가는 부스 사이를 지나 넥스트메딕 부스로 향했다. 예정된 철수

시간은 남았지만 찾아오는 사람이 없어 간만에 한숨 돌리는 분위기였다. 성공적으로 끝난 행사에 다들 들뜬 얼굴로 이야기꽃을 피우던 사이.

"이거 하나씩 마시고 해요!"

제법 묵직한 박스를 들고 온 지화가 안에 든 병을 꺼냈다.

"오, 땡큐! 그런데 비타민이나 피로 회복제도 아니고 웬 감기탕?"

넉살 좋은 이상범 파트너가 마시는 한방 감기약을 받아 들고 희한하다는 눈길로 내려다보았다.

"아 뭐가요. 피곤할 땐 이거 만한 게 없거든요?"

"비타민이나 피로 회복제도 아니고 컨디션 멀쩡한데 감기약을 먹으려니. 좀."

"먹기 싫음 관둬요. 기껏 사다 줬는데 불만은."

"아니에요! 잘 마실게요!"

다들 떨떠름한 얼굴로 감기탕을 사이좋게 들이켰다.

"그린 씨. 이거."

지화는 박스에 남은 두 병을 꺼내 그린의 양손에 꼬옥 쥐어 주었다.

"사장님이랑…… 저, 같이, 드리세요."

"네?"

영문 몰라하는 그린의 표정에도 지화는 더 말을 잇지 못하고 머뭇거렸다.

머릿속에는 아까 화장실 앞에서 마주친 진우의 얼굴이 아른거렸다. 사슴처럼 순박하던 눈은 벌겋게 충혈되있고, 오뚝하니 날렵하던 코 주변도 울긋불긋했다. 차마 묻지는 못하고 안타까운 얼굴로 스쳐가야 했다. 그러다 가장 가까운 편의점에 들어가 한방 감기탕을 모조리 쓸어가지고 부스로 돌아온 것이다.

"혹시? 아! 아아! 네. 그럴게요!"

다행히 그린은 바로 눈치챘는지 고개를 끄덕였다. 아까 윤수 어머니 때문에 그린과 같이 눈물 콧물을 쏟은 진우를 감기에 걸렸다고 오해한 걸 깨달은 것이다.

조금 안심이 된 얼굴로 지화는 바싹 말라붙은 미소를 지었다.

"갈게요."

지화가 터덜터덜 사라진 후, 그린은 기가 막힌 타이밍에 돌아오는 진우를 보며 안타까운 한숨을 내쉬었다.

살짝 빨개진 코끝을 쓱쓱 비비며 다가온 진우가 너스레를 떨었다.

"아. 정한이 덕분에 펑펑 울었더니 속이 다 시원하네."

그린은 비장한 얼굴로 진우의 양손에 감기탕을 한 병씩 쥐여주었다.

"하 이사님. 펑펑 우느라 기운 다 빠졌을 테니까 이거 드시고 원기 회복하세요."

"에?"

진우는 황당한 표정으로 양손을 번갈아 내려다보았다.

"원기 회복에 감기탕이 좋다고? 의사한테? 치킨집 사장한테 닭갈비 쏘는 거예요, 지금?"

지나가던 기나리가 진우의 말을 듣고 냉큼 한 병을 집어 들었다.

"그럼 저 주세요. 하 이사님."

"안 돼요!"

저도 모르게 소리를 지른 그린이 잽싸게 기나리의 손에서 감기탕을 낚아챘다.

"두 병 다 하 이사님 거예요."

"에이. 지화 씨도 참. 이왕 사 올 거면 인원수대로 맞춰서 사 올 것이지."

투덜대며 멀어지는 기나리를 보다가, 진우가 굳은 목소리를 꺼냈다.

"이거. 유지화 씨가 가져온 겁니까?"

"네……."

풀 죽어 고개를 끄덕인 그린에게 진우가 잘그락 유리병을 돌려주었다.

"마신 걸로 할게요."

돌아서던 진우는 머뭇거리다 뒷말을 덧붙였다.

"참. 결혼…… 축하한다고 전해주세요."

그린에게서 놀란 목소리가 튀어나왔다.

"무슨 소리세요? 지화 씨가 누구랑 결혼을 해요?"

"그, 같은 팀에 있었잖아요. 차 대리."

무슨 말도 안 되는 소리냐는 듯 그린이 단호한 태도로 못을 박았다.

"절대 그럴 일 없거든요?"

그러다 설핏 든 생각에 돌아서는 진우를 불러 세웠다.

"하 이사님."

그래. 한 번이 어렵지 두 번이 어렵냐.

아까, 정한의 일로 평소의 그린이라면 생각도 못 했던 오지 랖을 부리고 나니 생전 해본 적 없는 남의 얘기도 불쑥 꺼내게 되었다.

"그거요. 차도훈 대리님이 일방적으로 들이댄 거예요."

"뭐라고요?"

"차 대리님이 다짜고짜 반지부터 내밀어서 지화 씨가 얼마나 기겁을 했는데요. 소름 끼쳐 죽을 뻔...... 아니. 그러니까."

하다 보니 너무 함부로 오르내리게 했다는 생각이 들었는지 그린은 살짝 미안한 표정으로 얼버무렸다.

"지화 씨는 차 대리님을 이성으로 생각한 적 한 번도 없어요."

혼란에 빠진 표정으로 듣던 진우가 중얼거리듯 물었다.

"차 대리가, 혼자서 꾸민 일이라고요?"

"네!"

하. 서럽게 들리는 헛웃음을 뱉고 진우는 급히 몸을 돌려 멀어져 갔다. 아니, 다시 돌아와 그린의 손에서 감기탕 두 병을 낚아챈 뒤에.

그날 저녁. 욕실에서 나와 머리를 털던 정한이 침대에 기대앉은 그린에게 물었다.

"참, 아까 그거 어됬어? 윤수 어머니가 주신 거."

"아!"

그린은 침대 아래로 팔을 뻗어 쇼핑백을 집어 들었다.

"대신 좀 열어봐 줄래?"

수건을 집어 던지고 나와 털썩 옆에 걸터앉은 정한의 말에 그린은 고개를 끄덕이며 쇼핑백을 열었다.

"어? 오빠. 이거?"

안에서 나온 뜻밖의 물건에 그린의 눈동자가 커다래졌다. 자그마한 쇼핑백 안에서 나온 건 낡은 다이어리 한 권이었다.

"어? 일기네요? 오빠 친구 거?"

정한의 손에서 후루룩 넘어가는 페이지를 보던 그린이 탄성을 질렀다.

"어. 윤수 글씨 맞아."

삐뚤빼뚤 적혀 내려간 글씨에 정한이 담담하게 고개를 끄덕였다. 무심코 한 페이지를 본 그린이 맑은 목소리로 읽어 내려가기 시작했다.

"돌아오는 3월부터는 정한이랑 진우랑 같은 학교를 다닌다. 생각만 해도 웃음이 난다. 지금까지는 학교만 생각하면 가기 싫고 죽고 싶기만 했는데 이제는 하루라도 빨리 학교에 갔으면 좋겠다."

나직나직 부드러운 목소리에 정한도 아련한 미소를 지었다.

― 정한아. 넌 정말 좋은 애야. 다른 애들은 내가 약하다고 무시하는데 넌 안 그러잖아. 귀찮을 텐데 끝까지 가르쳐 주고, 실수해도 그럴 수 있다고 해주고.

보통은 소심하고 조용한 숙맥 윤수는 정한과 단 둘이 있을 때면 꽤 말이 많아지곤 했다.

― 혼자 다른 중학교 가서 잘 할 수 있을까? 자신 없다가도 정한이 널 떠올리면 괜히 든든한 기분이 들어.

― 그게 뭐야.

퉁명스러운 대답에도 윤수는 그저 좋은지 씨익 웃어 보였다.

― 넌 나한테, 정말 고마운 친구라고.

문득 꺼내 든 오래된 단편같은 기억을 툭 깨고 고운 목소리가 귓가에 울렸다.

"조금 더 읽어봐도 돼요? 오빠 옛날얘기 나오니까 신기하다."

그린은 정한이 희미하게 고개를 끄덕이는 걸 보고 몇 장을 넘겼다.

> 오늘은 꿈에 대해 이야기를 했다. 정한이의 꿈은 단 한 번도 바뀐 적이 없다. 정한이의 꿈은 축구 선수이다. 정한이는 언젠가 세계적인 무대에서 뛰기 위해 매일 밤 꿈에서도 공을 찬다고 했다. 정한이의 유일한 소원은 그거 하나밖에 없다는데. 꼭 이루어지면 좋겠다.

"와. 오빠 예전에 축구밖에 몰랐다고 하더니 꿈에서도 공을 찼나 보네."

그린은 감상에 젖은 미소를 지었다.

"나는 의사가 되고 싶다. 암 수술을 전문으로 하는 뛰어난 의사가 돼서 아빠처럼 암으로 일찍 죽는 사람이 없게 할 것이다. 아니면 암을 정복하고 치료하는 기계를 만드는……."

살짝 들떠 있던 그린의 숨소리가 점점 잦아들어 가기 시작했다.

"……그래서 우리 엄마처럼 가족을 잃고, 쓸쓸하고 외로워서, 눈물 흘리는 사람이 없게 하고 싶다. 정한이는 내 꿈을 꼭 이룰 수 있을 거라고, 진심으로…… 응원해줬다. 나는 암으로, 정한이는 축구로…… 세계를…… 정복하는 그런 날이 꼭, 오겠지."

끝으로 갈수록 무언가에 막힌 듯 물기 어린 목소리가 몇 번이나 멈추기를 반복했다. 툭. 다이어리를 내려놓은 그린이 가늘게 탄식을 흘렸다.

"그래서 오빠, 넥스트메딕을……!"

정한은 윤수를 한시도 잊지 않은 거나 마찬가지였다. 넥스트메딕은, 결국은 윤수의 꿈이었다. 세상을 먼저 떠난 친구를 위해, 그 친구의 꿈을 이어가기 위해 그토록 피나게 노력한 이유였고 결과인 것이었다. 그린은 흐릿해진 시야를 올렸다. 정한은 가늘게 떨리는 몸을 지그시 품 안으로 끌어당겼다.

"그런 것도 모르고…… 덮어두고 무시하지 말라고."

탄탄한 가슴에 반쯤 묻힌 숨결이 뭉그러졌다.

"정말 미안해요. 알지도 못하면서 멋대로 판단했어."

"그게 왜 미안할 일이야."

정한은 말도 안 되는 소리라며 일축했지만 그린은 밀려오는 자책감에 정한의 얼굴을 마주 볼 수 없었다. 정한의 성격상 절대 정략결혼 같은 걸 절대 받아들일 리가 없었는데. 이제 와 생각하니 친구의 꿈을 절실하게 이뤄주고 싶어 결국 감행한 모양이었다. 그 와중에 아직 대학생인 그린이 엄마의 병원비 때문에 이 결혼을 받아들였다고 오해까지 한 상황이었다. 최단기간에 목표를 이루어야 할 이유가 또 하나 생겨버린 것이다. 한시라도 빨리 그린을 자유롭게 풀어주기 위해 3년 안에 어떻게든 회사를 성공 궤도에 올려놓는 것.

3년. 당연히 불가능한 시간이었다. 그린도 넥스트메딕에 입사하고서야 알았다. 정한이 지난 3년간 이뤄낸 것은 업계 사정상 최소 2, 3배의 시간과 노력을 들여도 될까 말까 한 일이었다는 걸. 하지만 한시라도 빨리 그린을 자유롭게 풀어주고 싶었던 정한은 혼신을 다해 밤낮도 주말도 갈아 넣어 불가능을 기적으로 만들어버렸다.

"생각해보니까 예전에도 있잖아요……."

그린이 가물가물 상념을 풀어냈다. 정한은 한집에 살고 있는 게 맞는지 알쏭달쏭할 정도로 늦게 들어오고 새벽같이 나갔다. 늘 한밤중에 들어오는 정한이지만 그린도 가끔은 정한의 귀가를 알아챌 때가 있었다. 과제나 공부 때문에 늦게까지 깨어 있을 때가 그랬다. 저벅저벅. 현관 복도를 지나 거실을 가로질러 계단을 오르는 발소리가 나면 그린이 빼꼼히 문을 열고 나왔다.

― 안 자니?

― 네. 과제가 많아서요.

머뭇머뭇 정한의 얼굴을 바라보던 그린은 괜히 묻지도 않은 말을 덧붙이곤 했다.

― 물 마시려구요!

― 그래. 너무 늦게까지 깨 있지 말고.

그렇게라도 잠깐이지만 얼굴을 보고 인사를 주고받는 것마저 좋았다. 첫사랑과 한집에 사는 특권이라는 생각까지 들었다. 그런데 희한하게도 시험 기간에는 정한의 귀가 시간을 도통 알 수가 없었다. 늦게까지 깨어 있어도 정한의 발소리가 좀처럼 울리지 않았던 것이다. 그래도 시험 보는 날 아침에는 꼭 정한과 함께 집을 나섰다. 이제야 알겠다는 듯 그린은 짤막한 탄성을 질렀다.

"시험 기간 때마다 일부러 발소리 죽이고 들어온 거죠?"

대답 대신 나직한 웃음소리가 울렸지만 그걸로 충분했다.

"나 도서관 갈 때 어차피 가는 길이라면서 태워준 것도!"

"늦게까지 공부하고 새벽부터 버스 타고 가면 피곤하잖아."

시큰해지는 콧잔등을 문지른 그린이 투정 섞인 목소리를 꺼냈다.

"그럼 나 때문에 일찍 나간 거잖아요. 그때 우리 학교 들렀다 구사옥 가려면 엄청 돌아가야 했을텐데."

생각해 보면, 그리고 알고 보면 배려 그 자체였던 남자. 뚝뚝한 말투에 무감한 표정. 정한은 그저 철저하게 설계된 계획에 따라 일과를 진행하고 하루를 살아가는 것처럼 보였는데 그 계획 안에는 온전한 희생이 녹아 있고 소중한 이를 위한 배려가 숨어 있었다.

반짝. 애틋한 시선이 맞닿았다. 여린 새순을 막 틔워 낸 버드나무 가지가 나부끼듯, 가느다란 양팔이 건장한 어깨를 거슬러 목 뒤에서 만났다.

"고마워요. 이젠 내가 더 잘할게요."

녹아버릴 것만큼 달콤한 목소리가 나긋하게 흘러들어 왔다.

"아무것도."

가라앉고 있는 건 낮게 울리는 음성만이 아니었다. 정한의 목에 팔을 두른 그린은 조심스레 제 등을 받친 커다란 손바닥도 중력의 방향을 따라가는 걸 느꼈다. 어느새 침대 위에 누운 그린의 몸 위로 거대한 그림자가 드리워졌다.

"아무것도 할 필요 없어. 옆에 있어 주기만 하면 돼."

진득한 숨결이 흘러들어 오기 전.

"그게 나한테 잘하는 거야."

겹쳐진 입술을 따라 같은 언어가 덧그려졌다. 사랑한다고. 사랑한다고. 사랑한다고. 수없이 흘러나온 언어는 같은 모양이었지만 가녀린 목을, 우아하게 뻗은 쇄골을, 동그랗게 말린 예쁜 어깨를 지날 때마다 쉬지 않고 색과 형태를 바꾸었다. 여

널 다시 만날 수 있을까

린 살갗, 어느 한 곳도 지나지지 않고 자잘하게, 촘촘하게, 아찔하게 아로새겨졌다. 오늘의 정한은 비명이 터져 나올 정도로 저돌적이다가도 애달플 정도로 느긋했다. 밤이 꽤 긴 것 같았는데도, 정한은 끝나지 않는 밤보다 더 끈질겼다. 바르르 눌러 참는 고운 이마에 촉촉한 땀이 배어 나왔다. 심장 깊은 곳까지 쾌감이 차 일렁거렸다.

그린이 가쁘게 뱉던 야트막한 신음이 흐느낌에 가깝게 터져 나올 즈음, 흐트러짐 한 점 없을 것 같던 남자도 거친 숨을 토해내기 시작했다. 그러면서도 눈물이 날 정도로 배려가 넘쳤다. 간간이 멈춰 호흡의 구간을 맞추고 조심스레 벅찬 언어를 덧그렸다. 그린이 고개를 끄덕이자 차오르던 눈물이 기다란 속눈썹에 맺혔다. 입술을 내려 더듬는 순간, 정한의 귓가에도 같은 말이 새겨졌다. 나지막하고도 어여쁘게.

사랑해. 사랑해요. 사랑해.

그린이 가까스로 눈을 뜬 건 아직 어슴푸레한 새벽이었다. 혼곤한 시야로 어둑어둑한 방 안을 더듬어보니 드레스룸에서 희미한 불빛이 새어 나오고 있었다. 문지르듯 눈을 비빈 그린은 침대를 내려가 방을 가로질렀다. 여닫이 도어를 살그머니 밀어보니 길쭉한 스툴 위에 걸터앉아 있던 정한이 고개를 들었다.

"미안. 불빛 때문에 깼 거야?"

고개를 저은 그린의 호기심 어린 시선에 정한은 손에 있던 걸 슬쩍 들어 올렸다.

"윤수 일기."

"잠이 안 와요?"

"아니. 눈이 떠지니까 다시 잠들기가 애매해서."

탁. 다이어리를 덮은 정한이 팔을 뻗자 다가간 그린이 포옥 얼굴을 묻었다.

"뭐 재미있는 거 읽고 있었어요?"

"그래 보여?"

"응. 미소 띤 얼굴로 보고 있길래."

치켜든 고개를 내려다보는 얼굴엔 여전히 은은한 미소가 남아 있었다.

"그냥. 윤수가 날 참. 따뜻한 시선으로 봐주고 있었구나 싶어서."

"오빠가 따뜻한 사람이니까."

빼곡하게 적혀 있던 내용 중 간간이 나오던 정한의 이름을 떠올리며 그린도 잔잔하게 웃었다.

"글씨도, 딱 그 나이대 남자애 같아서 정말 귀여웠어."

그러다 갸우뚱하더니 물었다.

"오빤 언제부터 그렇게 글씨를 잘 썼어요?"

"나?"

그런 생각은 안 해봤는지 잘생긴 눈썹이 슬쩍 치켜올라갔다. 그린의 말대로 정한의 필체는 남다르게 훌륭했다. 흠 잡을 데 없이 반듯하고 단정한 모양새에 수려하게 그은 획에는 힘이 넘쳤다.

> 넥스트메디 대표 김정한

 오죽하면 어느 행사에서 정한이 방명록에 남긴 서명이 사내 커뮤니티를 휩쓸었던 적도 있었다. 알고 보니 웅장한 건 대표님의 어깨뿐만이 아니었다고. 안 그래도 잘생긴 사람이 글씨까지 잘생겨서 덕질을 안 할 수가 없게 만든다고. 그린 역시 예외는 아니었다.
 "내가 제일 좋아하는 것 중의 하나가 오빠 글씨예요."
 "그랬어?"
 "응! 오빠 글씨가 너무너무 좋아서, 오죽하면 이혼 계약서도 갖고 있겠……!"
 들뜬 나머지 무심코 비밀을 털어놓던 그린은 허겁지겁 입을 틀어막았다.
 "뭐?"
 "그, 그게 아니라 사람 일은 모르는 거니까……."
 황급히 얼버무리며 정한의 눈치를 살피던 그린이 재빨리 외쳤다.
 "방금 한 말은 취소! 아니 무효!"

하지만 정한은 이미 들어버린 뒤였다. 오빠 글씨가 너무너무 좋다는, 그래서 이혼 계약서를 차마 버리지 못했다는 세상 엉뚱한 고백을. 정한은 생각할수록 기가 막힌지 황당한 표정으로 물었다.

"이혼 계약서를 가지고 있는 이유가 고작 내 글씨 때문이라고?"

그린은 새빨개진 얼굴을 가리며 고개만 도리도리 흔들었다.

'사춘기 소녀도 아니고, 얼마나 한심해 보일까.'

몰려드는 부끄러움에 대답은 고사하고 쥐구멍에라도 숨고 싶은 마음이었다. 그린의 생각과는 달리 정한은 금방이라도 녹아 죽을 것처럼 벅차게 그린을 바라보는 중이었다. 하. 어디까지 튀나 했더니 거기로까지 튈지는 몰랐다. 사랑스러운 뽀시래기 때문에 정말 심장이 남아나지를 않을 것 같았다. 처음의 당황한 반응도 잠시, 정한은 곧 큰 소리로 웃음을 터트리기 시작했다.

"아이. 웃지 마요! 안 그래도 창피해 죽겠는데!"

그린은 안 닿는 팔을 뻗어 정한의 입을 막으려 허둥거렸다. 눈물이 맺힐 정도로 박장대소를 하던 정한은 와락 그린을 끌어안고 뽀뽀를 퍼붓기 시작했다.

"손으로 적어달라고 고집을 부릴 때부터 뭔가 이상하더라니. 진짜 못 말리겠다. 널 어떡하니."

"몰라요! 어떡하긴 뭘 어떡해요. 그냥 모른 척해 줘요."

그린의 애원에도 한참이나 웃음을 지우지 못하던 정한이 설핏 눈썹을 치켜올렸다.

"그런데 내 글씨를 언제 봤지? 볼 일이 딱히 없었던 거 같은데?"

여전히 발그레한 빛을 가득 담은 얼굴로 그린이 우물거렸다.

"상견례 날."

"상견례?"

"응. 할아버지가 오빠 이름 한자로 어떻게 되냐고 물었잖아요."

"아. 그때."

한글로 '김정한'이라고 적고 그 옆에 한자를 적어드렸던 기억이 어렴풋이 났다.

"그때 잠깐 보고?"

"그날 어른들도 칭찬이 자자했었는걸 뭐. 필체가 남다르게 힘차고 잘났다고."

피식 웃어버린 정한은 사정을 하듯 고개를 조아렸다.

"이제 알겠다. 모른 척해 줄 테니까 이혼 계약서는 지금 당장 없애 줘. 부탁이야."

비밀을 들켜버린 데다 실컷 웃음거리까지 된 느낌인지 샐쭉한 표정을 짓고 있던 그린은 홍조가 가시지 않은 얼굴로 툭 내뱉었다.

"그럼 없애 주는 대신, 조건이 하나 있어요."

"또?"

정한은 안고 있던 두 팔을 지그시 조이며 낮은 웃음을 터트렸다.

"우리 민그린 씨는 염라대왕 앞에 가서도 그냥은 못 죽는다며 조건을 내밀 여자야."

성가신지 얼굴을 찡그리는데도 자그마한 코와 예쁘게 솟은 입술에 연신 입을 맞추다가 정한이 물었다.

"그래. 들어나 보자. 조건이 뭔데? 종신 계약서라도 한 장 써 줘?"

"아뇨! 편지! 직접 쓴 편지요!"

의외의 대답에 나긋하게 휘어 있던 눈매가 살짝 찌그러졌다.

"편지?"

"그냥 편지가 아니라 오빠가 주로 해가 질 때 하는 말들을 써줬으면 좋겠어. 아침에 가장 먼저 눈뜨면 해주는 말도 좋구요."

그린은 반짝반짝 눈을 빛내며 희망 사항을 줄줄이 나열하기 시작했다.

"아무튼! 열렬한 사랑 고백 같은 게 담겨 있었으면 좋겠어요!"

순간이었지만 은근한 색으로 달아오르기 시작하던 정한의 안면에서 방금 뭔가가 펑! 터진 듯한 착각이 들었다.

"사, 사랑 고백?"

"그냥 고백 말고 열렬하게요."

갈 곳을 잃었는지 세차게 흔들리던 동공이 삐그덕 초점을 맞췄다. 주로 해가 지거나 아침에 가장 먼저 정한이 건네곤 하는 말들. 사랑 고백 같은 게 아니라 방금 그린이 말한 대로 열렬한 사랑 고백은 틀림없지만.

"그러니까 연애편지. 뭐 그런 걸 말하는 건가?"

"그런 게 아니라 정확히 그거 맞아요."

"아니. 난 못 해."

정한은 질겁을 하며 고개를 저었다. 그린이 눈앞에 있으면 저도 모르게 껴안고 입을 맞추게 된다. 그뿐 아니라 사랑한다는 말을 몇 번이고 되뇌듯 속삭이고 있다. 그건 정한에게는 극히 당연한 반사 행동 같은 거였다. 의식을 한 게 아니니 자연스럽게 흘러나올 수밖에 없었다. 하지만 말로 하는 것과 글로 쓰는 건 엄연히 차이가 있었다. 그린을 떠올리면 뭉클할 정도로 차오르는 수많은 감정들. 그걸 혼자 앉아 글로 일일이 표현을 한다니 생각만 해도 낯이 뜨거워지는 정한이었다. 평소 정한의 성격을 알기에 그럴 줄 알았다는 듯, 그린은 어깨를 으쓱하며 말했다.

"그럼 어쩔 수 없죠. 이혼 계약서는 파기 안 하는 걸로."

"그건 없애야지!"

"그럼 연애편지."

아. 이건 확실히 데자뷰다. 저 고집으로 똘똘 뭉친 표정은 익히 잘 알고 있는 거였다. 정한을 쥐락펴락. 마음대로 조종하는 요망한 어린양, 아니 이제는 절대 갑 뽀시래기.

하지만 손으로 쓴 연애편지라니. 정한은 벌게진 얼굴로 목덜미를 쓸며 물었다.

"그냥 노래 가사 같은 거 써주면 안 되나?"

"하기 싫으면 관둬요."

결국 더 버티지 못한 정한이 고개를 끄덕이고 말했다.

"그럼 이거 하나만 들어줘."

"뭔데요?"

"계약서. 오늘 당장 없애면 안 되나? 이번 주 안으로 무조건 써줄 테니까."

그린이 이혼 계약서를 가지고 있는 게 어지간히 싫은 모양이었다.

"좋아요. 지금 바로 내려가서 없앨게요."

발끝을 든 그린이 정한의 입술에 입을 맞춤과 동시에 협상은 극적으로 타결이 되었다. 그 길로 1층 침실로 내려온 그린은 화장대 깊숙한 곳에 간직해 두었던 이혼 계약서를 꺼내 들었다.

작년 크리스마스 다음 날, 정한과 마주 앉아 이혼 계약서를 쓰던 순간이 아직도 생생했다. 그때 계약서 마지막 조항을 제안하면서 속으로는 얼마나 떨었는지 모른다. 그런데 채 1년도 안 돼 둘 사이가 이렇게까지 발전할 줄이야.

감회 어린 눈으로 내려다보다 종이 맨 위쪽을 찌지직 나누던 순간. 똑똑똑. 다급한 노크 소리가 들렸다.

"진우한테 좀 다녀와야 할 것 같은데."

대답도 하기 전에 들이민 정한의 표정이 꽤 심각해 보였다.

"안 좋으시대요?"

"그런가 봐. 저녁에 못 돌아올 수도 있어."

"난 신경 쓰지 말고 어서 가봐요. 아니! 나도 같이 가요!"

"너도?"

"네! 오늘 일요일이고 뭐 내가 도와줄 일이 있을 수도 있으니까."

고개를 끄덕인 정한이 물었다.

"10분이면 준비 되겠어?"

"5분도 돼요!"

벌떡 일어난 그린은 욕실로 가서 칫솔부터 집어 들었다. 양치질을 하면서 활동하기 편한 바지와 후드티를 챙기고 얼른 세수만 한 뒤 방을 나섰다. 거실에서 서성이던 정한은 그린이 나오는 걸 보고 현관으로 걸음을 옮겼다.

"시동 걸어둘 테니까 빠뜨린 거 없나 살펴보고 나와."

"휴대폰만 있으면 돼요. 가요!"

그린이 주저 않고 정한을 따라나선 이유는 진우가 걱정되기도 하지만 지화 때문인 것도 있었다. 어젯밤, 그린은 기대감에 부푼 얼굴로 정한에게 지화와 진우의 일을 들려주었다. 그런데 정한에게 뜻밖의 말을 들었다.

— 진우 지금 정신 하나도 없을걸? 진우 아버지 쓰러지셨거든. 급하게 연락받고 응급실로 갔어.

들어보니 학회장으로 들어오는 길, 정한은 정신없이 뛰어나가는 진우와 마주쳤다고 한다. 무슨 일 있으면 연락 준다고 했다던 진우는 이른 새벽에서야 간신히 연락을 해왔다. 어두운 정한의 기색을 보니 달가운 소식은 아닌 게 분명했다. 그린 역시 심란한 표정으로 조수석 시트에 푸스스 등을 기댔다.

'하. 지금쯤이면 만날 줄 알았는데…….'

어떻게 엇갈려도 이렇게 엇갈리는 건지. 어딘가에 원망이라도 하고 싶어질 정도로 지화와 진우의 상황이 안타까웠다.

'우선은 하 이사님 아버님 쾌차가 더 우선이니까.'

하지만 은근 기대하고 있었는지 맥이 빠지고 시무룩해지는 건 사실이었다. 여전히 전방을 주시하고 있던 정한도 힐끗, 그린의 심란한 표정에 담담하게 위로를 건넸다.

"진우 그 녀석이, 겉으로는 여려 보여도 강단 있는 놈이야. 일단 밀고 나가기 시작하면 추진력도 상당하고."

굳은 얼굴로 정한을 따라 나서는 그린의 뇌리에 마지막으로 본 진우의 얼굴이 또렷하게 생각났다. 그린의 손에 든 감기탕 두 병을 다신 놓치지 않겠다는 듯 붙잡던 그 표정을.

그린과 정한이 서둘러 나간 후, 부지런히 걸레질을 마친 송천댁이 그린의 침실 문을 열어젖혔다. 어제 종일 비가 오다 말다 해 꿉꿉해진 바닥도 닦고 환기도 좀 시켜놓을 요량이었다. 아까 그린과 정한이 나가는 걸 봤지만 언제 들어올지 몰라 부랴부랴 서둘러야 했다. 커튼을 젖히고 창문을 연 송천댁은 그린의 침대를 바라보며 흐뭇하게 웃음 지었다.

"요즘 아래층 침대는 거의 안 쓰는 모양이네. 확실하게 합방도 한 김에 좋은 소식 좀 들려주면 참 좋아. 그린 엄마도 애타게 기다리는 거 같던데."

지난 3년 송천댁의 쏠쏠한 재미 하나가 그린과 동네 사우나를 다녀오는 거였는데 그린이 취직을 한 후로는 통 갈 일이 없었다. 대신 요즘은 순옥 형님과 그린의 엄마인 영은과 찜질방에 다니는 재미에 푹 빠져 있었다. 영은이 먼저 편하게 '그린 엄마'라고 부르라며 살갑게 대해준 덕분에 집에 놀러가 차를 얻어 마신 것도 여러 번이었다.

오늘 이른 아침부터 뭔가 심각한 얼굴로 집을 나서는 모습에 슬며시 걱정도 밀려왔지만, 요즘 대체로 그린과 정한의 사이에 큰 문제는 없어 보였다. 펄럭. 화장대 위에 있던 종이가 거실까지 날아가버렸다.

"아이구. 뭔 바람이 이렇게."

태풍 끝인지 바람도 세다는 구시렁거림과 함께 송천댁은 거실로 나갔다. 끙차. 몇 번이나 몸을 뒤집는 종이를 간신히 집어 펄럭펄럭 침실로 돌아왔다.

"뭘로 눌러 놓든가 해야지. 어디 적당한 게……."

다시 화장대 위에 올려놓으려다 무심코 종이를 내려다본 순간.

"아니! 이, 이게!"

허겁지겁 종이를 고쳐 쥔 송천댁의 동공이 경악의 빛으로 물들었다.

이혼 계약서

"이, 이혼!"

외마디 소리를 지른 송천댁은 떨리는 가슴을 누르며 내용을 살펴보았다. 날짜를 보니 작년 겨울. 단정하고 또렷한 필체는 가끔 서재를 청소할 때 오며 가며 봤던 정한의 글씨가 맞았다.

"이걸 어째! 아이고! 이걸 어떡하면 좋아!"

발을 동동 구르다가 송천댁은 한달음에 그린의 침실을 빠져나갔다. 새하얘진 머릿속엔 한 가지 생각만 맴돌고 있었다. 앞으로 3개월 뒤. 그린과 정한은 이혼을 할 예정이었다.

민 교수의 집.

며칠 전부터 기상 시간이 일러진 영은은 쌀을 씻은 뒤 전기밥솥 버튼을 눌렀다.

"뭐 도와줄 거 없어요?"

민 교수가 주방으로 들어서며 물었다.

"특별히 없어요. 어제 순옥이가 밑반찬을 어찌나 많이 챙겨 왔는지."

"요즘 일찍 일어나서 고단하진 않아요? 무리하는 거 아닌가 걱정이네."

"그 대신 일찍 자잖아요. 아. 나온 김에 수저 좀 놔줄래요?"

민 교수는 고개를 끄덕이고 익숙하게 행주를 적셔 식탁부터 닦기 시작했다.

"당신 요즘 컨디션이 부쩍 좋아진 거 같아서 안심이에요."

"찜질방 가서 뜨겁게 지지는 게 효과가 있나 봐요. 순옥이랑 송천댁 아주머니랑 늘어지게 수다도 떨고. 스트레스가 확 풀린다니까요."

민 교수와 영은이 눈을 마주치며 웃던 순간. 쾅쾅쾅쾅! 딩동! 딩동! 쾅쾅쾅쾅!

"그린 엄마! 그린 엄마!"

세차게 문을 두드리는 소리와 초인종이 거의 동시에 울렸다.

"이 새벽에 누구지?"

민 교수의 당황한 표정에 영은도 놀란 얼굴로 대답했다.

"그린 엄마라고 부르는 거 보니 송천댁 아주머니 같은데요?"

영은은 흠칫 떨며 민 교수의 옷자락을 잡았다.

"호, 혹시 우리 그린이한테 무슨 일이라도!"

영은의 말에 민 교수가 한달음에 현관으로 향했다.

"무슨 일입니까?"

문이 반도 채 열리기 전에 뛰어 들어온 송천댁은 말 그대로 혼비백산한 표정을 하고 있었다.

"교수님! 계셨어요?"

"이른 시간부터 무슨 일이세요? 우리 그린이는요?"

송천댁은 눈물에 젖어 번들거리는 얼굴로 와락 소리를 질렀다.

"큰일 났어요! 사장님이랑 아가씨가! 이, 이혼을 한대요!"

"네? 그게 무슨 소리예요?"

뒤따라 나온 영은이 파르르 묻자 송천댁은 그때까지 꽉 쥐고 있던 종이를 내밀었다.

"이거! 이거 좀 보세요! 여기! 올 겨울에 이혼한다고!"

"네? 무슨 밑도 끝도 없는 소리를……?"

민 교수가 의아한 얼굴로 종이를 받아 든 순간.

"그거, 이리 가지고 와 봐라."

등 뒤에서 서릿발 같은 목소리가 울렸다. 놀란 송천댁이 홱 고개를 돌렸다. 오금이 저릴 정도로 송곳 같은 눈빛. 백발이 성성했지만 꼿꼿한 자세에 기백이 넘치는 포스. 그린의 할아버지인 민승로였다.

잠시 후, 민승로가 꼿꼿하게 선 자세 그대로 들고 있던 종이를 읽어 내려가는 동안. 지켜보고 있던 세 사람은 숨소리도 내지 못할 정도로 긴장하고 있었다. 곧 민승로의 안경 너머, 날카로운 안광이 번뜩였다.

"지금 당장."

파르르. 끓어오르는 노기를 삼키고 간신히 다음 말을 뱉었다.

"애들 불러라."

중환자실 앞.

진우는 초조한 얼굴로 중환자실 앞을 서성거리고 있었다. 중환자 병동을 찾아간 정한과 그린은 곧 진우를 발견하고 서둘러 다가갔다.

"괜찮으신 거야?"

"아까 어레스트(심정지) 잠깐 왔었는데 좀 전에 깨어나셨어."

"널 알아는 보셔?"

진우는 참담한 표정으로 고개를 저었다.

"의식은 안 돌아왔어."

"어쩌다 쓰러지신 거야?"

"뇌출혈이지 뭐."

"갑자기? 원래 안 좋으셨나?"

"글쎄. 평소에 혈압이 있긴 했는데……."

안 그래도 하얀 진우의 얼굴이 핏기가 가시니 걱정될 만큼 창백해 보이기까지 했다. 그린도 잔뜩 걱정스러운 얼굴로 권했다.

"아직 식사 전이죠? 오빠랑 먹고 오세요. 여긴 제가 있을게요."

진우는 아무것도 먹을 기분이 아니라며 고개를 저었지만, 하루 이틀에 끝날 일이 아니라는 정한의 말에 마지못해 발걸음을 뗐다.

"그런데 새어머니는?"

"아. 집에."

"뭐라고? 남편이 쓰러졌는데?"

"동생 학원 픽업해 주고 교대하러 온다고 하긴 했어."

두런두런 정한과 진우의 목소리가 멀어졌다.

하아. 그린은 중환자실 앞 벤치에 털썩 주저앉았다. 익숙한 풍경과 익숙한 냄새였다. 그린의 엄마도 수없이 이곳을 들락거렸으니. 그래도 그린에게는 아빠도 있었고 간간이 찾아오는 할아버지 내외와 시어머니인 순옥도 있었다. 그리고, 가장 많은 힘이 되어 준 정한이 계속 옆에 있었다. 하지만 진우는 혼자인 거나 마찬가지였다. 진우와는 관계가 껄끄럽다는 얘기는 들었지만 남편이 쓰러졌는데도 병원에 모습을 보이지 않는 새어머니라니.

'역시 지화 씨한테 연락을 하는 게 좋을까?'

슬그머니 입술을 깨문 그린은 결심한 듯 휴대폰을 꺼내 들었다.

그린이 고민을 하다 지화에게 연락을 하기로 마음먹은 순간. 액정이 반짝거리기 시작했다. 발신자를 확인한 그린이 고개를 갸웃거리며 전화를 받았다.

"엄마? 이렇게 아침에 무슨 일이에요?"

잠시 후, 그린과 정한은 민 교수의 집으로 가는 길이었다.

"뭔가 이상해. 엄마가 이렇게 일찍 왜 전화한 거지?"

"가보면 알겠지."

계속 고개를 갸웃하는 그린에게 주차선에 반듯하게 차를 댄 정한이 덤덤하게 답했다.

"물어보니까 아프신 건 아니래요. 아. 맞다. 할아버지한테 인사 안 가서 부르셨나? 학회 끝나자마자 찾아뵙는다고 했는데?"

얼마 전, 그린의 할머니가 낙상으로 입원을 하는 바람에 민승로는 아들인 민 교수의 집에 머물게 되었다.

"급하게 오느라 아무것도 못 샀는데 괜찮으려나."

"에이. 할아버지 그런 거 절대 신경 안 쓰세요."

다정하게 손을 맞잡고 올라가던 길. 마침 엘리베이터 안에 단둘만 있자 다정하게 끌어안은 정한이 진득한 시선을 보냈다.

"왜, 왜 그래요? 여기 공공장소예요!"

그린이 부끄러워하며 타박을 했지만.

"할아버님 앞에서 할 순 없잖아."

정한이 지그시 입술을 눌러오자 어쩔 줄 몰라 하면서도 포르르 부드러운 숨결을 되돌려주었다.

딩동.

벨을 누른 그린은 문이 열리자 활짝 웃으며 안으로 들어섰다.

"엄마! 잘 지냈어? 할아버지! 그린이 왔어요!"

그런데 뭔가 이상했다.

숙연할 정도로 굳어진 영은의 표정. 뒤에서 안절부절못하는 민 교수의 모습. 그린과 정한이 괜히 눈치를 보며 안으로 들어서자마자.

"이 고오얀 것들!"

서슬이 시퍼런 일갈이 터졌다. 영문을 몰라 커다란 눈만 깜빡거리는 그린, 심상치 않은 분위기에 굳어진 정한의 표정.

"이혼 계약서라니! 어디서 그런 해괴망측한 짓을 해!"

"그게 왜 거기에!"

그린이 놀란 표정으로 외마디 소리를 질렀다. 금세 상황을 파악한 정한이 침착한 표정으로 입을 열었다.

"할아버님. 일단 진정하십시오."

신발을 벗은 정한은 민승로의 앞에 다가가 무릎을 꿇었다. 그린도 울듯한 표정으로 정한의 뒤를 따랐다.

"노하신 거 충분히 이해합니다. 제가 다 설명드리겠습니다."

"이럴 거면서 왜 그린이와 혼인을 받아들인 게냐! 누구 일생을 망치려고!"

둘을 사납게 쏘아보던 민승로가 한 번 더 노성을 터트렸다. 나란히 꿇어앉은 그린과 정한, 둘 중 누구도 섣불리 입을 떼지 못했다.

그린은 정한보다 몇 배는 더 무거운 마음으로 자책을 하는 중이었다. 이혼 계약서가 왜 할아버지의 손에 들어가 있는지는 어렵지 않게 추측할 수 있었다. 아까 진우를 만나러 갈 때 급하게 나서는 바람에 그대로 화장대에 올려두었다. 그게 우연히 송천댁의 손에 들어간 건 안 봐도 뻔했다. 요즘 부쩍 엄마와 친하게 지내는 송천댁이니 한달음에 민 교수의 집으로 달려온 것도 어찌 보면 당연했다.

"왜 대답이 없어."

날이 선 질문에 그린은 결국 찔끔 눈을 감아버렸다. 언제나 제게는 다정한 할아버지였지만 워낙 대쪽같은 민승로였다. 아무리 무자비하고 냉혹하다고 정평이 난 정한도 할아버지 앞에서는 지금 이 순간은 새파란 애송이일 뿐이었다. 그것도 지난 3년간, 금쪽같은 손녀딸에게 무심하기 그지없었던 괘씸한 손주 사위.

"할아버님. 전부 다 오해십니다."

더없이 공손하지만 명료한 정한의 목소리에.

"몰라서 물은 게 아니다."

자비라곤 한 점도 느껴지지 않는 반응에 정한도 다시 입을 다물 수밖에 없었다. 민승로가 이 결혼의 시작부터 짚고 넘어갈 수밖에 없는 이유.

> *지난 3년간의 결혼 계약이 만료됨에 따라*
> *혼인 기간을 1년 연장하기로 하고, 그에 따른 조건을 추가한다.*
> *새로운 계약서를 이혼 계약서로 명명하고*
> *편의를 위해 계약서라고 표기한다.*

이혼 계약서 맨 윗단에 떡하니 적혀 있는 문구 때문이었다. 일을 처리할 때 워낙 꼼꼼하고 철저한 정한 덕분에, 지금 민승로가 손에 들고 있는 게 단순한 이혼 계약서가 아닌 3년간의 계약 결혼의 연장이었다는 것까지 알려지고 만 셈이었다.

"애초에 3년 따위 조건을 걸면서까지 혼인을 한 이유가 뭐냐고 물었다."

차마 아무도 입을 열지 못하자 민승로가 재차 물었다.

"혹, 그런 어미 때문이었냐."

하루아침에 빚이 없어지고 1인실로 자리를 옮긴 영은이 집중 치료로 놀라울 정도로 건강을 회복한 이유를 단번에 파악한 민승로였다. 정한은 일단 강하게 부정하기로 결심한 모양이었다.

"아닙니다."

"내가 시골 촌부라고 끝까지 기만하겠다는 거냐."

"정말 오해십니다. 제가 어찌 할아버님을! 장모님 병원비는 사위로 마땅히 도리를 한 것뿐입니다."

정한의 부정에도 민승로의 노여움도 더 강렬해진 모양이었다. 이번에는 노여움의 화살이 민 교수 부부에게로 날아갔다.

"목에 칼이 들어와도 지켜야 할 도리가 있거늘. 어찌 아프다는 이유로 자식을 팔아!"

단정을 지어버린 민승로의 질책에 한쪽에 고개를 숙이고 있던 영은이 끅. 울음을 삼켰다.

영은과 민 교수 역시, 그린과 정한이 지난 3년간 계약 결혼을 한 상태라는 건 오늘 처음 알았다.

3년 전, 아직 대학생인 그린이 고집을 부리며 정한과의 결혼을 우긴 이유.

어렴풋이지만 민 교수 부부도 그 이유가 영은의 치료비와 빚 변제에 있었을 거라고 짐작하고 있었다. 그래서 민 교수 부부는 속으로는 항상 그린에 대한 부채감이 있었다. 물론 그린은 절대 아니라며 정한에게 첫눈에 반했다고 강력하게 주장했고, 반신반의했지만 단 한 번도 고집부린 적 없는 그린이 너무도 간절하게 하고 싶다는 모습에 마음이 약해지고 말았다. 그리고 그 마음은 정한이 병간호를 하며 그린에게 지극정성을 쏟는 걸 본 이후로 둘의 사이가 나날이 좋아지면서 점차 희석되는 중이었다.

"아닙니다! 장모님 때문은 절대 아니었습니다. 저 때문입니다."

"네 녀석이 왜."

잠시 머뭇거리던 정한이 툭. 고개를 떨어뜨렸다.

"당시에 사업 자금이 필요했습니다. 이 결혼을 받아들이면 아버지께서 사업 자금을 대준다고 하셨습니다."

"오빠!"

그린이 떨리는 목소리로 정한을 불렀다. 하지만 어떠한 변명도 결국 민승로에게는 통하지 않는다는 걸 정한 역시 대번에 파악한 뒤였다. 일생을 대쪽처럼 꼿꼿하게, 소나무처럼 강직하게 살아온 그 앞에서 얼버무리고 넘어간다고 통할 일이 절대 아니었다.

"처음부터 끝까지 제가 주도했고 그린이는 선택권이 없었습니다. 제가 불순한 마음에 그린이를 이용했습니다."

침착하게 자초지종을 털어놓으면서도 정한은 끝까지 그린을 감쌌다.

"잘못했습니다. 지금은 그린이를 사랑하는 마음 외에 다른 아무런 사심은 없습니다. 맹세코 그린이를 향한 제 마음은 진심입니다."

"네. 할아버지. 저도 오빠한테 진심이에요. 엄마 때문에 이 결혼 받아들인 거 아니에요. 처음부터 제가 하고 싶다고 해서 시켜주신 결혼이잖아요. 믿어주세요. 할아버지!"

그린이 떨리는 목소리로 정한을 감싸자 일생을 청렴한 자부심 하나로 살아온 민승로의 노기는 참담한 기색으로 바뀌고 말았다.

"진심인 놈이 다른 것도 아니고 계약 결혼에 이혼 계약서라니. 지금 나보고 그 말을 믿으라는 게냐."

"믿어주세요. 할아버지······."

눈물이 핑 도는 얼굴로 민승로를 올려다보던 그린도 그 참담한 표정에 말끝을 흐렸다. 아무리 진심 어린 호소를 해도, 민승로는 절대 둘의 진심을 받아들이지 않을 모양이었다.

"예전에야 얼굴도 모르고 시집, 장가가서 정붙이고 살았다지만 지금 시대가 어느 땐데. 조건이니 계약이니 그런 발칙한 소리를 하는 놈이 뭐 그리 좋다고 덜컥 혼인을 해."

사실 민승로는 그 나이 세대 중 생각이 트인 사람 중 한 명이었다. 민 교수 부부가 딸밖에 없는걸 두고 단 한 번도 아쉬워한 적 없었다. 오히려 '그린 것처럼, 예쁜 그림처럼' 살아가라며 손수 이름을 지어 주고 애지중지 아꼈다.

그만큼 귀하게 여겨, 오히려 그린이 맘껏 꿈을 펼치며 홀로 당당하게 살아간다고 하는 걸 더 좋아했을지도 모르는 손녀바보였다. 그린이 너무 이른 나이에 결혼을 한다는 것도 아까웠지만 평생 순하디 순하던 손녀가 첫눈에 반한 남자와 하루라도 빨리 살고 싶다며 고집을 부리는 통에 어쩔 수 없이 받아들여야 했다.

그런데 상대 놈은 고작 사업 자금 때문에 눈에 넣어도 아프지 않을 손녀의 진심을 이용했다니 피가 거꾸로 솟는 기분이었다. 거기다 만료 날짜가 얼마 남지 않은 '이혼 계약서'라는 걸 눈으로 본 이상 이제 와 진심으로 서로를 사랑하고 있다는 말은 도저히 믿을 수가 없었다.

"이렇게 살라고 지어준 이름이 아니다."

결국 그린의 눈에서 뚝뚝 눈물이 떨어졌다. 정한 역시, 밀려드는 수많은 후회에 고개만 숙이고 있었다.

목표를 이루고 싶은 조급한 마음에 민승로에게 그토록 소중한 그린의 인생을 대수롭지 않게 결정해버렸다는 죄책감이 밀려왔다.

3년 후에 자유로운 이혼녀 신분이라니. 애초에 그게 달가울 부모가 세상 어디에 있을까. 행복하게 사는 모습을 보고 싶지

위자료를 몇십 억을 들고 온들 어린 나이에 이혼한 손녀딸을 보는 할아버지의 심경이 어떨까.

민승로가 어떤 마음으로 그린의 이름을 짓고, 어떻게 살아가기를 바랐는지 직접 제 귀로 듣고 나니 죄스러운 마음에 차마 고개를 들 수가 없었다.

하지만 이대로 오해하게 놔둘 수도 없었다. 그저 오롯이 서로를 사랑하는 마음. 서로를 기적이라고 느끼는 순수한 마음을 정한은 어떻게든 전하고 싶었다.

"죄송합니다. 노여움 푸십시오."

정한이 머리를 조아리며 사과했지만 한 번 틀어진 심기는 풀릴 기미가 보이지 않았다. 으스러져라 주먹을 쥐고, 숨을 몰아쉬던 민승로의 입에서 청천벽력같은 한마디가 떨어졌다.

"당장 갈라서라. 이 혼인, 나는 절대 용납 못 한다."

"할아버지!"

"할아버님!"

그린과 정한이 다급하게 불렀지만 소용이 없었다.

"내 눈에 흙이 들어가도 틀어진 건 바로 잡고 가야겠다. 이혼 날까지 받아놓고 시작한 결혼. 하루라도 더 이어지는 꼴은 못 본다."

끝내 노기를 꺾지 않은 민승로는 뒤도 안 돌아보고 방으로 들어가고 말았다. 닫힌 문 앞에서 어쩔 줄 모르는 정한에게 민 교수가 다가와 고개를 저었다.

"김 서방. 오늘은 그만 돌아가는 게 좋겠네. 시간 지나면 아버지도 좀 누그러지실 거네."

 민 교수 역시 참담한 표정이었지만 차마 정한을 나무랄 수가 없었다.

 "죄송합니다. 전부 다 제 탓입니다."

 "그게 어디 자네 탓뿐이겠나."

 놀란 건 사실이었지만 무턱대고 정한에게만 책임을 전가할 민 교수는 아니었다. 나름 무거운 마음으로 진행시킨 결혼이었지만 지난 3년, 사위로서의 정한은 더없이 든든하고 진중한 사람이었다. 이 상황에서도 그린을 감싸는 모습까지 보고 나니 분명 사정이 있는 거라고 한발 물러서 생각할 뿐이었다.

 영은은 그저 이 모든 게 자신 때문인 거 같아 속으로 피눈물만 삼키는 중이었다.

 "엄마. 진짜 오해야. 오빠가 진짜 내 첫사랑이었단 말이야. 그리고 이혼 계약서도 내가 만들자고 했어. 오빠는 잘못 하나도 없어."

 그린이 꾹꾹 눈물을 참아 가며 진심을 전했지만 어지러운 영은의 마음에 전혀 와닿지 않았다. 애초에 제가 아프지만 않았더라면, 그린이 그 어린 나이에 덜컥 결혼을 결심했을까. 아직 학생인데 맘껏 연애나 하라고 할 것을, 찢어질 듯 죄스러운 마음에 후회만 가득 밀려왔다.

 "일단 오늘은 가고 기회 봐서 다시 얘기하게."

 결국 민 교수가 일으켜 세운 뒤에야 그린과 정한도 마지못해 무거운 발걸음을 돌렸다.

집에서 나온 그린은 차에 타자마자 후회 어린 눈물을 쏟았다.

"오빠. 미안해. 처음 얘기 나왔을 때 바로 없애버릴걸. 내가 왜 그걸 가지고 있었을까."

후회와 미안함은 자책으로 이어졌다.

"이미 벌어진 일이야. 일부러 그런 것도 아닌데 네가 왜 미안해 해."

품에 안긴 작은 몸을 한참이나 다독거렸지만 그린은 견딜 수 없이 괴로운 모양이었다.

"아버님 말씀대로, 할아버님 노여움이 조금이라도 풀릴 때까지 기다리자."

"아니야. 오빠가 몰라서 그래요."

전혀 위로가 되지 않는다는 듯 그린은 몇 번이나 고개를 저었다.

"평생을 대쪽같이 살아오신 분이야. 한 번 결정한 거 절대 바꾸실 분 아니에요. 아까 할아버지 말대로 목에 칼이 들어와도요."

"분명 방법이 있을 거야. 너무 걱정 말고 일단 집에 가자."

집으로 가는 차 안, 어지간히 피곤한 모양이었는지, 그린은 차가 움직이자마자 웅크린 채 잠이 들어버렸다.

널 다시 만날 수 있을까

정한도 내내 굳어진 얼굴이었다. 간혹 미간이 선명하게 패고, 우뚝한 코에서 긴 한숨이 흘러나오기도 했다. 그린이 너무 겁에 질린 것 같아 다독이기는 했지만 정한도 어찌해야 할지 막막하기만 했다.

답답함이 걷히지 않았다. 하지만 방법이 없다고 포기할 정한이 아니었다.

고르게 내쉬는 저 안온한 숨소리를 죽어도 지키고 싶었다. 핸들을 틀어쥔 정한의 손등에 유난히 핏줄이 도드라져 보였다.

chapter 25

이별 준비

집에 돌아온 두 사람은 굳은 얼굴로 정원을 가로질렀다. 아까 먼저 돌아간 송천댁이 놀란 얼굴로 달려 나왔다.

"사장님! 아가씨!"

목이 빠져라 기다렸는지 정말 이혼하는 거냐며 몇 번이나 확인을 했다. 울먹이는 송천댁에게 그린도, 정한도 차마 뭐라고 할 수가 없었다.

"아니에요. 절대 그럴 일 없어요."

"아유. 내가 잘 알지도 못하면서 주책을 떨었네. 할아버님 어떡해요."

"울지 마세요. 함부로 놔둔 제 탓이죠, 뭘."

그린은 오히려 폭풍 눈물을 흘리는 송천댁을 달래주었다. 송천댁이 별채로 돌아간 뒤, 정한은 그린부터 챙겼다.

"배고프지? 아무것도 안 먹었잖아."

그린이 고개를 저으며 기운 없는 목소리를 꺼냈다.

"생각 없어요."

지금 그린의 심정을 모르는 것도, 억지로 먹일 일도 아니기에 정한도 고개를 끄덕였다.

 "그럼 옷 갈아입고 좀 쉬어."

 방으로 돌아온 그린은 맥없이 침대에 드러누워 버렸다. 눈을 감으니 단호하게 갈라서라던 할아버지의 표정이 선명하게 돋아났다.

 평생을 자상한 할아버지였지만 그런 할아버지도 화를 내는 걸 본 적은 있었다. 물론 그린에게 낸 건 아니었지만. 한때 정치권에서 민승로의 명성과 업적을 노리고 온갖 회유가 들어온 적이 있었다. 노기 띤 얼굴로 단호하게 끊어내고 칼같이 돌아서던 할아버지의 뒷모습이 오늘과 겹쳐 보였다.

 걱정되는 건 그뿐만이 아니었다. 민승로의 심기가 단단히 틀어진 결정적인 계기는 따로 있었다.

 결혼 후 처음 맞는 그린의 첫 생일이었다. 할아버지, 할머니 내외를 포함해 온 가족이 외식을 하고 단란한 하루를 보냈다.

 그러나 그 자리에 정한은 없었다. 민승로는 휴일인데 하루 종일 보이지 않는 정한의 행방을 궁금해했다.

 ─ 김 서방 지금 출장 중입니다. 국내에 없대요.

 민 교수의 말에 그래도 생일인데 전화 한 통 없는 거냐며 못마땅한 기색을 보였다. 민승로의 말대로였다. 정한은 끝내 연락이 없었다.

 ─ 괘씸한 놈. 아무리 바빠도 그렇지 전화 한 통 못 넣는다는 게 말이 돼!

밤이 늦어 집으로 돌아가기 전, 결국 노여움을 참지 못한 민승로가 일갈을 터트렸다.

나중에 안 일이지만, 유럽으로 출장을 간 정한은 살인적인 일정을 뚫고 스위스에 다녀왔다. P사의 커스터마이징 시계를 구하기 위해서였다. 기판은 은은한 연두색, 베젤에는 탄생석인 에메랄드를 촘촘하게 둘러 만든 한정판 시계였다.

5월의 신록 한가운데 태어나서 그런지 그린은 유난히 초록빛 액세서리나 소품을 좋아했다. 출장에서 돌아온 정한은 가장 먼저 시계부터 내밀었다.

─ 첫 생일이었는데 혼자 보내게 해서 미안해. 늦었지만 생일 축하해.

명품에는 전혀 관심이 없던 그린도 시계를 보자마자 탄성을 질렀다. 그린이 애용하는 머리핀이나 목도리, 폰 케이스 같은 걸 눈여겨봤던 정한의 예상이 적중했던 것이다. 나중에 정한에게 시계에 얽힌 얘기를 들었을 땐 뭉클한 감동에 가슴이 벅차올랐다.

그동안 정한이 선물했던 시계들은 그린에게 가장 잘 어울리는 것, 디자인이 겹치지 않는 걸 꼼꼼하게 고민해 직접 선택한 것들이었다.

하지만 할아버지가 이런 사연을 알 리 없었다. 둘의 사이가 좋아진 모습을 보여드리기라도 했어야 하는데, 그린도 취업 후 회사 일이 바빠 할아버지 생각까지는 하지 못했다. 결국 지난 3년간, 민승로에게 정한은 천하에 둘도 없는 무심한 놈, 이제는 제 사리사욕을 위해 순진한 손녀를 이용까지 한 천인공노할 놈이 되고 말았다.

'하아. 어떡하지.'

할아버지는 한 번 결심한 건 하늘이 두 쪽이 나도 바꿀 사람이 아니었다.

답답해진 그린은 벌떡 일어나 2층으로 향했다. 정한 역시 심란한지 옷도 갈아입지 않은 채 책상 앞에 앉아 있었다.

"피곤하지 않아?"

그린을 보자마자 반사적으로 굳은 표정을 풀며 작은 몸을 당겨 안았다.

"오빠. 할아버지가 맘을 안 풀면 어떻게 하죠?"

불안한 기색을 띤 목소리에 두른 팔에 더 단단하게 힘이 들어갔다.

"그렇게 꽉 막히신 분은 아니잖아. 결국엔 마음 돌리실 거야."

불안한 표정이 가시지 않은 그린에게 정한이 다독거리듯 말했다.

"내일 다시 찾아뵙고 차근차근 사정 말씀드리자."

정한의 말대로 할아버지가 덮어놓고 반대하는 게 아니라는 걸 그린도 잘 알고 있었다.

사정을 아시고 나면 풀리겠지. 풀리고도 남을 분이니까. 그런데 듣지도 않으려고 하면 어쩌지.

역시 편하지 않은 마음으로 남은 하루를 보내야 했다.

다음 날, 출근길에 득달같이 문자를 보냈지만 민 교수도, 영은도 일단 지켜보자는 답장뿐이었다. 그날 오후 민 교수의 집을 찾았을 때.

"할아버지가 어제부터 아무것도 안 드신다. 곡기를 완전히 끊으셨어."

어제부터 내내 이어진 불안감이 민 교수의 말을 듣는 순간 덜컹, 현실로 변해버렸다.

"할아버지가요?"

외마디 소리를 지른 그린이 할아버지가 머무는 방으로 뛰어들어갔다. 민승로는 바닥에 놓인 작은 상 앞에 단정하게 앉아 있었다. 파락. 책장을 넘기는 주름투성이 손이 가늘게 떨리고 있었다.

"할아버지!"

울음 섞인 목소리의 그린과 달리 민승로는 시종 차분한 모습이었다.

"웬 소란이냐."

하루 만에 때꾼해진 할아버지의 얼굴에 그린의 커다란 눈에 다시 눈물이 차올랐다.

"할아버지. 이러지 말고 뭐라도 좀 드세요. 네?"

민승로는 차가운 얼굴로 그린의 애원을 외면했다.

"할아버님. 제가 백번 천번 잘못했습니다. 그래도 식사는 하서야죠."

싸늘하게 노려보는 날카로운 눈빛에 간곡하게 부탁하던 정한도 움찔할 수밖에 없었다.

"그 말들 하려고 온 거면 듣기 싫다."

"처음에 가볍게 생각했던 건 사실입니다. 하지만 저희. 지금은 진심으로 서로를 아끼고 사랑하고 있습니다. 제발 노여움 푸십시오."

"네. 할아버지. 저 오빠랑 하루도 떨어져서 못 살아요."

민승로의 눈빛은 쇠라도 뚫을 듯 단단해 보였다.

"자네는 사업을 할 때 범법도 서슴지 않고 저지르나? 좋은 결과를 얻기 위해서는."

"……."

"이제 와 당당히 말할 수 있는 것도, 이런 결과가 아니면 못 했겠지. 계속 소원하게 지냈으면 내 손녀는 몇 달 뒤 이혼녀 신세 아닌가."

민승로의 말 하나하나, 도저히 반박을 할 수가 없었다.

"이제 와 어떤 말을 한들, 치졸한 변명으로밖에 들리지 않네."

더 이상 말을 붙이지 못하고 돌아 나온 가족들은 집 앞 카페로 향했다. 작은 집에서 민승로를 지척에 두고 두런두런 거리면 더 노할까 싶어 나온 것이었다. 정한은 민 교수 부부에게 차근차근 그간의 일을 설명했다. 그린도 이어서 중학교 시절, 가장 힘들었을 때 정한을 만나 의지한 사연을 털어놓았다.

"듣고 보니 인연은 인연이구나. 결국 이렇게 다시 만난 걸 보면."

민 교수 내외는 그린과 정한이 가장 힘들 때 서로를 버티게 해주는 위안이었고, 앞으로 나가게 하는 힘이었다는 걸 알아주었다. 하지만 민승로의 말을 무시할 수도 없었다. 처음 결혼의 시작이 잘못 꿰어진 단추였다는 건 변함이 없으니까.

"할아버지 말씀도 일리가 있다. 애초에 계약 결혼 같은 걸 저지른 건 사실이니. 물론 김 서방 자네만 탓하는 건 아니지만."

민 교수는 안타까운 듯 말끝을 흐리다 뒷말을 이었다.

"너도 알겠지만 할아버지 고집이 어디 보통 고집이냐. 그걸 꺾을 사람은 아무도 없을 거야."

그린이 힘없이 고개를 끄덕였다.

"그래도 매일 와서 사정할게요. 들어주실 때까지."

"그렇게 무모하게 군다고 들어주실 양반도 아닌데."

걱정스러운 영은의 말에 정한도 힘 있게 한마디를 보탰다.

"이대로는 할아버지 건강도 염려되고, 그렇다고 저희가 헤어질 수도 없습니다. 하는 데까진 뭐든 해보겠습니다."

다음 날, 소식을 들은 순옥과 김홍삼 사장도 민 교수 부부의 집을 찾았다.

"사돈 어르신. 이게 다 못난 제 탓입니다. 배운 건 없고 돈 벌기 급급해 재산을 일구고 나니, 남들 앞에 자랑할 만한 간판이 욕심났습니다."

김홍삼 사장은 끙끙거리며 뒤늦게 자신의 과오를 뉘우쳤다. 지나고 나니 병원장집 며느리, 검사 사돈 며느리도 다 별거 아닌 것을. 서현과 은별은 시부모는 물론 제 남편들도 깔보고 무시하기 일쑤였다. 그저 눈이 벌게서 시아버지인 김홍삼 사장에게 어떻게든 한 푼이라도 더 뜯어낼 생각밖에 없었다. 그런 둘과 그린이 비교되는 건 당연한 일이었다. 진심으로 어른들을 대하고 특별한 일이 없어도 챙기는 그린을 보며 돈과 명예에 정신이 팔렸던 지난날이 부끄러워졌다. 김홍삼 사장의 간곡한 부탁에도 민승로는 요지부동이었다. 더 이상의 대꾸도 하기 싫다며 눈을 감아버렸다.

속절없이 시간이 흘러갔다. 끝내 자리보전을 한 민승로는 급격하게 쇠약해져갔다.

"계속 이렇게 음식을 거부하시면 다발성 장기 부전으로 위험해질 수도 있어. 가족들이 잘 설득해서 어떻게든 드시게 해야지."

정한의 요청에 찾아온 진우가 혈압계를 빼고 무거운 얼굴로 말했다. 민 교수의 집 앞. 정한이 심각한 얼굴로 진우를 따라 나갔다.

"수액이라도 좀 맞으시게 하면 어떨까?"

"그게, 왕진은 의료법상 절차가 좀 까다로워. 내가 지정 기관 소속도 아니고, 의료 폐기물 문제도 있고."

고개를 저은 진우는 슬쩍 정한의 눈치를 살폈다.

"이대로 응급실로 모신다 해도 환자 본인이 강력하게 거부하면 아무것도 할 수 없어. 의식은 또렷하시잖아."

진우의 말이 사실이었기에 정한도 묵묵히 고개만 끄덕였다.

"나도 나지만 너도 참 무슨 날벼락이냐."

"참. 아버님은 좀 어떠셔?"

"그대로지 뭐. 안 그래도 복잡할 텐데 나까지 이래서 어떡하냐."

진우는 못내 미안한 표정이었다. 쓰러진 아버지의 부재가 길어질 거 같아 진우는 일단 병원으로 들어가기로 결정한 상황이었다.

"맘 같아선 눈 딱 감고 모른 척하고 싶은데, 새어머니 쪽 동향이 심상치가 않아."

진우의 말대로 이사회의 구성이나 병원의 핵심 인물은 새어머니의 측근들이 장악한 지 오래였다. 결국 긴급 이사회에서 새어머니를 임시 이사장으로 앉히자는 말까지 나왔다. 불길한 예감이 든 진우는 당분간 병원 일에 매진하기로 마음먹었다.

"이쪽은 걱정 말고. 가서 몸이나 잘 챙겨."

"너도, 나 없다고 쓸쓸해하지 말고."

서로 녹록지 않은 상황에도 농담을 던지는 진우에게 정한은 슬쩍 미소를 지으며 발길을 돌렸다.

결국, 금요일 저녁 정한과 그린을 마주한 민 교수가 비장한 얼굴로 말했다.

"억지로라도 병원에 모셔가야지. 더는 안 되겠다."

"예."

짤막한 대답과 함께 벌떡 일어나는 정한에게 민 교수가 고개를 가로저었다.

"마저 얘기 끝내고 가도록 하지."

애써 담담한 표정이었지만 민 교수의 눈빛은 비장하기 그지없었다.

"병원에 모신다고 해결될 일이 아닌 건 너희도 알고 있겠지. 앞으로 어떻게 해야 될지."

그린은 믿을 수 없다는 듯 고개를 흔들었다.

"설마, 할아버지 말대로 하라는 얘기는 아니죠?"

"그럼 저대로 돌아가시게 둘 셈이야?"

어제까지만 해도 미적거리던 민 교수는 결국 결심을 굳힌 모양이었다.

"할아버지 의지가 저리 강력한데 나로선 더 설득할 방법이 없다."

"그럼 이대로…… 헤어지라는 말씀이세요?"

그린의 목소리가 떨려왔다.

"언제까지요?"

그린의 말이 맞았다. 언제까지?

할아버지가…….

차마 그다음 말은 아무도 내뱉지 못했다. 그만큼 민승로의 의지는 강력했다. 거기다 아무리 시간이 흘러도 꺾이지 않을 거라는 건 모두가 잘 알고 있었다. 무거운 침묵이 깔리고, 누구도 섣불리 말을 꺼내지 못했다.

"그렇다고, 진짜로 이혼을 시킬 수는 없잖아요."

망설이던 영은이 간신히 입술을 달싹거렸다.

"이렇게 예쁘게 잘 살고 있는 아이들을."

새삼 시아버지인 민승로에게 원망까지 치솟아 오르는 모양이었다.

"어떻게 억지로 갈라놓으라는 거예요."

"그러다 아버님한테 무슨 일이라도 나면 어떻게 해."

민 교수가 영은의 마음을 이해 못 하는 건 아니었다. 하지만 민 교수는 그린의 아버지인 동시에 민승로의 아들이기도 했다. 무작정 자식 편을 들자니 단식을 하다 쓰러지기까지 한 아버지를 나 몰라라 할 수도 없었다. 그런 남편의 심정이 오죽할까 싶어 영은의 미약한 반발도 곧 잠잠해졌다. 아무도 이렇다 할 결론을 내리지 못하는 가운데, 한동안 무거운 침묵이 깔렸다.

한참 후, 굳은 표정으로 듣고만 있던 정한이 입을 열었다.

"그렇게 하겠습니다."

괴로운 표정이었지만 낮게 깔린 정한의 목소리는 흔들림이 없었다.

"할아버님 말씀에, 따르겠습니다."

그린도 같은 마음이라는 듯 착잡한 표정으로 고개를 내렸다. 안타까운 눈으로 둘을 바라보던 민 교수와 영은은 답답한지 한숨만 내쉬었다. 그 길로 민승로의 방으로 들어간 정한이 침대 맡에 꿇어앉았다.

"할아버님."

미동도 없이 누워 있는 민승로에게서 연한 신음 소리가 흘러나왔다.

"말씀하신 대로 하겠습니다."

정한이 한마디, 한마디를 힘겹게 박아 넣었다.

"그린이와, 헤어지겠습니다."

스르르 민승로의 눈이 열렸다. 물어볼 기운도 없는지 입술은 다문 채였지만 여전히 날카로운 눈빛이 정한을 쏘아보고 있었다. 선명하게 눈맞춤을 한 정한이 고개를 끄덕였다.

"상황이 이렇다고 둘러대는 거 아닙니다. 믿어주십시오."

그 길로 민승로는 응급실로 이송되었다.

"수액으로 체액량은 보충했는데, 워낙 여러 날 굶으셔서 회복되려면 시간이 좀 걸릴 겁니다. 며칠이라도 입원하는 게 좋을 것 같은데요."

담당의의 말에 병실로 옮겨진 민승로는 마른 입술을 떨어뜨려 그린부터 찾았다. 내내 옆을 지키던 그린이 뼈마디가 드러난 야윈 손을 그러잡았다.

"할아버지. 저 그린이에요. 옆에 있어요."
고개를 끄덕인 민승로가 희미하게 웅얼거렸다.
"……자."
"네?"
"나 따라서…… 영산으로, 내려가자……."
그 말에 둘러서 있던 식구들 모두, 할아버지의 저의를 알아차렸다. 서울을 떠나 민승로가 사는 곳으로 가자는 얘기는 그린과 정한을 기어이 떨어뜨려 놓겠다는 뜻이었다. 잠시 말이 없던 그린이 민승로의 귓가에 나직하게 속삭였다.
"그럴게요. 할아버지 따라서 갈게요. 일단은 건강부터 회복하셔야 돼요."
바로 일어선 그린이 담담하게 민 교수 부부를 바라보았다.
"짐 정리해서, 월요일에 회사 들렀다 올게요."
"그린아……."
"저 괜찮아요. 주말 동안 할아버지 잘 부탁드려요."
차마 뒷말을 잇지 못하는 민 교수 내외에게, 안심시키는 표정으로 고개를 끄덕인 그린은 정한의 손을 잡고 병실을 나섰다.

집으로 향하는 길.
말없이 차창을 응시하던 그린은 잠시 정차한 틈을 타 운전석으로 눈을 돌렸다. 굳게 다물린 입과 잔뜩 조여든 미간. 그러다 쳐다보는 시선을 느꼈는지 마주 돌아보는 눈가가 애틋하게 휘었다. 온 세상의 애정을 다 끌어다 담은듯한 미소에 이 상황이 비현실적으로 느껴질 정도였다. 방금 전까지 심각해 보이다 못해 험상궂을 정도로 인상을 구기고 있던 사람 맞나 싶을 정도로 따스한 표정.

평생 지을 일 없을 것 같은 표정을, 이 남자는 자신의 앞에서만은 이렇게도 쉽게 지어버린다. 어떻게 보면 이 모든 일을 자초한 그린에게도, 기약 없이 떨어져 있게 만든 할아버지에게도 원망이나 서운함이 있을 수도 있을 텐데 조금의 부정적인 흔들림도 없는 상냥한 눈짓이었다. 다시 생각해도 미안한 마음이 뭉클 올라오는 순간······.

"그린아."

전방을 주시하고 있던 정한이 그린의 생각을 읽은 것처럼 말했다.

"다른 생각은 하지 말자. 지금 제일 중요한 건 할아버지가 건강을 회복하시는 거야."

"······."

정한의 말이 맞았다. 그린은 작게 대답하며 고개를 끄덕였다.

그날 밤, 어슴푸레하게 들어오는 달빛을 의지해 그린은 오래도록 정한과 눈을 맞추었다. 별처럼 예쁘게 눈을 빛내는 남자를 보고 있자니, 계속 풀 죽어 있을 수만은 없다는 생각이 들었다.

"오빠. 우리 월요일에 점심 나가서 먹을까요?"

"웬일이야? 회사에서는 티 내는 거 질색하면서."

"에이. 내가 언제 그랬어요."

속은 헝클어질 대로 헝클어졌지만 그린은 일부러 더 밝은 목소리를 꺼냈다.

"새로 생긴 맛집이 있는데 오빠랑 꼭 가보고 싶었거든. 근데 거기 엄청 인기 있는 데라 미리 가서 줄 서야 되는데."

"흐음. 대신 줄 서달라는 소리로 들리지 왜."

"딩동댕!"

남자의 빛나는 눈동자가 별보다 예쁘게 춤을 추기 시작하더니 나직한 웃음소리가 울렸다.

"주말엔 뭐 하고 싶다고 했었지? 초록이네 식구들하고 하루 종일 놀 거라고 했었지? 내일 날씨가 좋았으면 좋겠다."

"응……."

"내일은 아침에 떡볶이 해줄게. 따뜻하게 입고 산책도 하고……."

점점 눈앞이 흐려졌다. 졸린 게 아니라 눈물 때문에 부예진다는 걸 알면서도, 애써 하품을 해 지워버렸다. 지금 울어버리면, 누구보다 속상해하고 마음 아파할 사람은 정한이니까. 정한의 품에 안겨, 차오르는 눈물을 꾹꾹 누르다 까무룩 잠이 든 모양이었다. 생각보다 깊이, 늦잠까지 자버렸다는 걸 깨달은 그린은 허둥지둥 아래층으로 내려왔다. 주방에서 달그락거리는 소리가 나고 가까이 다가갈수록 맛있는 냄새가 풍겨왔다. 그 어느 날엔가처럼, 하얀 셔츠에 앞치마를 둘러맨 정한은 궁중떡볶이를 만드는 중이었다. 식탁 위에는 상큼한 드레싱이 뿌려진 샐러드와 폭신한 팬케이크, 신선한 과일과 채소를 착즙한 주스가 시원하게 물기가 맺힌 유리잔에 정갈하게 담겨 있었다.

"이거 다 오빠가 만든 거예요?"

눈을 휘둥그레 뜬 그린에게 다가온 정한이 입을 맞추고 의자를 빼주었다.

"딱 맞춰서 내려왔네."

아침을 먹는 내내, 정한의 시선은 온통 그린에게만 쏠려 있었다.

"너무 크면 잘라줄까?"

"물 줘? 아니면 주스 더 마실래?"

"냅킨 여기."

그린의 행동 하나하나를 보고 있다 기다렸다는 듯 필요한 걸 내밀고 세심하게 챙겼다. 아침을 먹고 나란히 뒷정리를 한 둘은 집 뒤 창고로 향했다. 둘의 발소리가 들리자 고양이 삼남매는 창고 문이 열리기도 전에 문 앞에 서서 수선을 피웠다. 냥이들은 정한이 자리를 잡고 앉자마자 다투어 정한의 품으로 몰려들었다.

"이거 봐. 이렇게 비싼 거 사 주면 뭐해. 오빠만 보면 거들떠도 안 본다니까."

 그린이 큰맘 먹고 사준 바퀴가 부착된 전동 낚싯대도 정한 앞에서는 속수무책이었다. 새침하기로는 둘째가라면 서러워할 토리도 어떻게든 정한의 손길 한 번이라도 더 받아보고 싶은 듯 커다란 손바닥 아래로 연신 고개를 들이밀었다. 바라보던 그린은 다시금 가슴속이 답답해오는 걸 느꼈다. 오빠랑 얼마나 떨어져 있어야 할까. 어느 날엔가는 고양이 식구들이 날 까맣게 잊어버리는 건 아닐까. 결국엔 오빠도, 나 없는 생활을 자연스럽게 받아들이면 어쩌지. 툭. 고개를 떨군 그린의 무릎 위로 노랗고 커다란 무언가가 스윽 올라왔다.

 "윽."

 이제는 묵직한 모래 주머니를 얹고 있는 느낌이 들 정도로 돼냥이가 되어 버린 초록이였다. 더 이상 아기냥들을 보살필 필요가 없어서 그런 걸까. 요즘 들어 더욱 혼자 있는 걸 좋아하는 초록이. 한 씨 아저씨가 만들어준 개구멍, 아니 고양이 전용 통로를 통해 언제 나가고 언제 들어오는지 도통 얼굴을 보기 힘든 초록이. 늘어지게 하품을 한 초록이는 포실한 고개를 터억 그린의 무릎에 얹었다.

 "초록이는 그래도 그린이밖에 없는 건가."

 정한의 나직한 목소리가 장난스럽게 울렸다. 짤막하게 웃어버린 그린도 초록이를 끌어안고 부비부비를 시작했다.

 "그랬쪄요? 언니 기분 별로인 거 눈치챈 거야? 언니도 우리 초록이밖에 없어."

그린은 초록이를 와락 껴안고 쓰담쓰담하다 얼굴을 비비기 시작했다.

"넌 대체 인생 몇 회차길래 평생을 부루퉁한 표정인 거냐."

정한의 핀잔에도, 그린의 격한 애정표현에도 초록이는 해탈한 듯 심드렁한 표정을 짓고 있었다. 그 모습은 묘한 안정감을 가져다주었다. 걱정을 끌어다 할 필요 뭐 있어. 초록이의 한결같은 표정과 행동이 그렇게 말하는 것 같아 둘의 얼굴에도 웃음이 번졌다.

"그만 갈까? 남은 일정이 많은데."

정한의 말이 떨어지기가 무섭게 초록이는 스윽 그린의 품에서 내려와 또 어딘가로 사라져버렸다. 그린은 뚱실한 초록이의 뒤태에 웃음을 터트리고 말았다.

"한참 있다 돌아와도, 초록이는 저 모습일 거 같아요."

"이 집의 모든 게 그럴 거야. 하다못해 이 창고에 있는 못 하나 위치도 바꾸지 않을 테니까."

그린을 끌어안고 느릿하게 입술을 가져다 댄 정한이 진득한 숨결을 흘려 넣었다.

"아무 걱정 말고. 잘 다녀와."

창고를 나선 둘은 정한이 예약해 둔 글램핑장으로 향했다. 도중에 마트에 들러 장을 봤더니 오후가 훌쩍 지나 있었다. 정한이 이른 저녁을 준비를 하는 동안 그린은 들뜬 얼굴로 텐트 안팎을 들락날락했다. 글램핑이라더니 과연, 안에는 간이 샤워실에 화장실까지 다 갖춰져 있었다. 구경을 마친 뒤, 딱히 할 일이 없어진 그린은 어슬렁거리며 텐트 앞 데크로 향했다. 셔츠 소매를 걷어붙인 정한은 씻어온 양파와 당근을 솜씨 좋게 썰고 있었다.

"오빠는 진짜 못 하는 게 뭐야?"

이어서 감자를 집어 들고 술술 껍질을 깎아내던 정한이 응? 하듯 한쪽 눈썹을 치켜올렸다. 커다란 손에 들린 감자와 과도가 우스꽝스러워 보일만도 한데 그 모습이 묘하게 섹시했다.

"청소, 빨래, 다림질에 요리까지 잘하고."

"몇 번 안 했잖아."

"송천댁 아줌마 안 계실 때는 오빠가 다 해주잖아요. 회사는 두말할 필요도 없고 집안일도 너무 잘해."

정한은 피식 웃으며 툭툭 칼질을 시작했다.

"집안일을 잘한다라. 듣기 좋은 칭찬이네."

"그럼요! 집에서 하는 일은 다 잘해!"

정한이 슬쩍 미소를 짓는 모습에 그린은 오버에 가까운 칭찬을 늘어놓기 시작했다.

"틀린 말은 아니지. 집에서 하는 것 중 특히 어떤 건 꽤 자신 있는 편이고."

"특히 어떤 거?"

그린이 고개를 갸웃거리자 정한은 은근하게 목소리를 낮추

이별 준비

었다.

"그거. 침대 위에서……."

그린이 새빨개진 얼굴로 정한의 입을 틀어막았다.

"뭐라는 거야! 사방이 탁 트인 야외에서!"

"어어! 나 칼 들었어! 조심!"

정한이 허둥거리며 과도를 내려놓았다. 투닥거리다 웃어버리는 듣기 좋은 중저음과 깔깔대는 맑은 목소리가 시릴 정도로 맑은 하늘 아래 울려 퍼졌다.

저녁은 치킨 스테이크에 카레였다.

"맛있어."

할아버지 일로 한동안 입맛이 없었던 그린도 남김없이 싹싹 접시를 비웠다. 정한이 설거지를 하는 동안 그린은 모닥불 옆에 쪼그리고 앉아 있었다. 잠시 후, 정한이 다가와 뒤에서 담요를 펼쳐 포옥 감싸 안았다.

"뭐 하고 있었어?"

"별이요. 별이 쏟아질 것처럼 많아."

정한도 고개를 들어 하늘을 올려다보았다.

"오늘따라 유난히 많이 보이네."

미소를 지은 정한이 내민 머그컵에는 김이 모락모락 올라오는 향긋한 액체가 담겨 있었다.

"어? 이거!"

"기억나?"

빙긋 웃은 정한도 제 컵 안의 것을 한 모금 마셨다.

"와아. 향기 너무 좋다. 기억나요. 그날."

그린은 컵 안의 글루바인을 호로록 들이켜고 반가운 미소를 지었다.

"오빠가 만들어줬잖아."

둘의 머릿속에 같은 장면이 스쳐갔다. 작년 연말 유난히 고요했던 밤, 그린은 정한이 만들어 준 글루바인을, 정한은 와인을 마시며 나란히 앉아 있었다. 그러다 정한이 깜빡 잠이 들었다. 그 틈을 타 그린이 도둑 키스를 하려다 팔을 잡혀 소파에 누웠고, 그 위로 정한의 거대한 그림자가 드리워졌는데.

"그땐 오빠한테 진짜 혼나는 줄 알았어."

쿡쿡 웃던 그린은 고개를 돌려 남자다운 턱선에 볼을 비볐다.

"'진짜 혼나볼래?' 이래 가지구."

"내가 그런 말을 했었나?"

"응. 엄청 무서운 얼굴로 그랬다니까."

그린의 웃음기 어린 목소리에도 정한은 진지한 표정으로 고개를 저었다.

"기억 안 나. 사실 그때는 아무 정신도 없었어."

"왜요?"

"입 맞추고 싶다는 것 말고는 다른 생각을 할 겨를이 없었거든."

뜻밖의 대답에 그린의 눈이 동그래졌다.

"그땐 오빠가 날 꼬맹이로만 보는 줄 알았는데?"

"나도 그렇다고 생각했는데, 사실은 전혀 그렇게 안 보여서 문제였지."

몸을 돌려 정한을 올려다보는 그린의 눈은 호기심에 차 반짝거리고 있었다.

"솔직히 말해봐요. 내가 언제부터 여자로 보였어요?"

"네가 여자인데 여자로 보이지. 설마 남자로 봤을까 봐?"

"그런 거 말고. 언제부터 나한테 키스하고 싶다고 생각했는데? 응?"

"뭘 그런 걸 묻고 그래."

쑥스러운지 피식 웃은 정한은 컵에 남은 걸 마저 들이켰. 그린이 애틋한 미소를 지으며 중얼거렸다.

"신기해. 그때 나랑 같은 마음이었다니."

"그리고 아마."

느슨한 중저음이 귓가를 스쳤다.

"지금도."

작은 귓바퀴를 입술에 머금다가, 정한은 느긋하게 굴곡을 핥았다.

"지금도 같은 마음일 거야."

겨울 초입다운 쌀쌀한 날씨였다. 시린 밤공기에 노출된 피부 위로 더운 숨결이 흘렀다. 기분 좋은 소름이 가녀린 목덜미를 타고 돌았다. 튀어나올 정도로 두근거리는 심장을 꾹 누른 그린이 간신히 한마디를 흘렸다.

"오빠, 여기 밖……."

"뭐 어때. 아무도 없는데."

어둠보다 짙은 저음이 느긋하게 깔렸다. 정한의 말대로였다. 캠핑을 하기엔 추운 날이어서인지, 우연히 한적한 텐트를 고른 건지, 사방은 어둡고 주위는 고요했다. 하지만 역시 지붕이 없다는 건 모처럼 잡은 분위기도 흐트러뜨리는 일이었다. 그린은 작은 몸을 옹송그리며 연신 주위를 살폈다. 그 모습에 피식 웃음을 지은 정한이 번쩍 일어섰다.

"엄마야!"

단단한 두 팔이 받치고 있는 걸 아는데도, 그린은 정한의 목덜미를 와락 끌어안았다.

"그렇게 신경 쓰여?"

"빨리 들어가요. 일단 들어가서……."

그린이 뒷말을 잇기도 전에.

"들어가면, 소리 참을 수 있겠어?"

나직한 숨결이 대답을 먹어버렸다.

희끄무레한 새벽이 밝아올 무렵, 서늘한 공기가 드러난 뺨을 간질였다. 잠이 덜 깬 그린은 따뜻한 이불 속 손발을 꼼지락거렸다. 코끝을 스치는 청량한 공기가 익숙한 침실 안의 포근한 온도와는 분명 달랐다. 한쪽 뺨은 차갑고, 다른 한쪽엔 온기가 스며 있는 기분 좋은 이질감.

'여기가 어디지?'

잠시 후, 파르르 속눈썹을 치뜬 그린은 넓적한 가슴팍에 얼굴을 묻고 있다는 걸 깨달았다. 슬그머니 고개를 들어보니 미동도 없이 누워 있는 정한의 눈은 단정하게 감겨 있었다. 점점 환해지는 여명 아래, 긴 속눈썹이 우뚝한 코에 짙은 그늘을 드리우고 있었다. 그린의 홀린 듯한 시선이 잠에 취한 정한의 모습을 쓸었다. 텐트 안의 침대가 좁게 느껴질 정도로 넓은 어깨. 그 아래 흠 하나 잡을 데 없이 매끄럽고 탄탄하게 짜인 근육. 추운 날씨 때문에 맨투맨을 입었지만 워낙 우월한 피지컬은 두툼한 옷감 위로도 여실히 드러났다. 의식 없이 자고 있는데도 거만해 보일 정도로 단단한 자신감이 뚫고 나오는 착각까지 들었다.

살포시 이불을 여며준 그린은 살금살금 텐트 밖으로 나왔다.

밤새 시커멓게 보이던 숲은 점점 밝아지는 햇살 아래 알록달록하게 단풍이 든 경계를 드러내고 있었다. 그린은 요즘 따라 습관적으로 나오는 한숨을 눌러 참았다. 대신 시린 새벽 공기를 크게 들이마셨다.

"약해지지 말고."

굳게 중얼거리며 이틀 전, 민 교수의 집에서 정한이 했던 말을 또렷하게 되새겼다.

― 할아버님 말씀에, 따르겠습니다.

결연한 한마디에 놀랄 틈도 없었다. 정한은 바로 그린에게 팔을 뻗었다. 차가워진 작은 손을 꼬옥 잡고 정한이 굵은 목소리를 힘주어 뱉었다.

― 지금은 할아버지 뜻대로 해드리는 게, 최선인 것 같습니다.

이어서 떨어진 정한의 말은 민 교수 부부와 그린, 세 명 모두를 흠칫하게 만들었다.

― 하지만 저. 그린이와 절대로 헤어질 생각 없습니다.

눈도 마주치지 못할 만큼 냉엄한 민승로의 눈빛도 단번에 깨뜨릴 만큼 강인한 기운.

― 어떻게든 할아버님 마음, 돌려보겠습니다.

단호하게 선언하던 목소리가 여전히 귓가에 선명하게 울렸다. 그날의 정한을 생각하니 그린 역시 침울한 모습을 보이고 싶지는 않았다.

"이보다 더 힘든 일도 이겨냈잖아. 걱정은 그만하고 파이팅하자."

드넓게 펼쳐진 잔디밭 너머를 바라보는 그린의 두 눈엔 결연한 의지가 반짝거렸다. 지금까지 그랬듯 이번 일도 씩씩하게 이겨내고 싶었다. 예전에는 정한 때문이었다면 이제는 정한을 위해서.

아무리 단단하게 결심을 해도, 싫은 건 싫은 거, 슬픈 건 슬픈 거였다. 하룻밤이지만 글램핑장을 떠나는 마음이 무척이나 아쉬웠다. 그린은 아쉬움을 숨기듯 내내 차창만 바라보았다. 정한도 마찬가지였다. 온 신경은 내내 그린에게만 꽂혀 있었다.

길이 막히거나 신호에 걸려 정차하는 순간.

그 짧은 순간마다 어김없이 고개를 튼 시선은 숙인 고개와 동그만 어깨를, 늘어뜨려 마주잡은 작은 손을 애틋하게 쓸고 어루만졌다. 설움을 꾸욱 눌러 참느라 창밖으로 돌린 눈가가 언뜻 벌게지는 것 같기도 하고, 그러다가도 눈이 마주치면 용케 웃어 보인다. 나무랄 데 없이 씩씩한 표정으로. 마주 웃은 정한이 슬쩍 말을 건넸다.

"필요한 건 다 챙겼어?"

오늘이 지나면, 그린은 당분간 본가에 머물며 병원을 오가야 한다. 그 후 민승로의 건강이 회복되면 함께 영산으로 내려가기로 했다.

가벼운 여행을 떠나듯 물었지만 앞으로 얼마나 떨어져 있어야 할지 기약 없는 이별이 기다리고 있었다.

"옷은 대충 싸놨어요. 화상 회의 할 거랑, 업무에 필요한 것도 다 준비했고."

"그냥 마음 편하게 휴직을 하라니까."

"에이. 갑자기 어떻게 그래요."

"당분간은 큰 프로젝트도 없고, 어차피 바쁜 거 끝나서 차례로 장기 휴가 주려고 했어."

그린뿐 아니라 원하는 팀원은 밀린 연차에 특별 휴가까지 얹어 쓸 수 있도록 시스템을 짜놓았다. 그러니 모처럼 푹 쉬는 게 어떠냐는 정한의 권유에도 그린은 재택근무를 하겠다며 고집을 부렸다. 지난 1년간 그린 역시 누구보다 열심히 일했기에 쉴 자격이 충분한데도.

"하던 일은 마무리하고 싶어요. 그리고 영산에 내려가서 아무것도 안 하면 나만 뒤처지는 기분이 들 거 같단 말이에요."

사실은 회사 일마저 놓아버리면 정한과 연결된 모든 끈이 다 떨어질 것만 같아서였지만, 본심은 반만 내놓았다.

"뭐, 영업 말고 마케팅 쪽 팀원들은 거의 재택으로 돌리는 추세이긴 한데."

정한이 어깨를 으쓱했다.

"그러지 말고 이번 기회에 하고 싶은 걸 찾아보든지."

"하고 싶은 거?"

"음. 원래 취직은 가족들 먹여 살리려고 했던 거 아닌가?"

다시 둘의 머릿속에 같은 장면이 스쳐 갔다. 먹여 살릴 식구들이 있어서 정한의 회사에 원서를 넣었다고 당당하게 말하던 뽀시래기의 모습이.

그린의 말대로 처음엔 먹고 살기 위해 닥치는 대로 이력서를 넣은 곳 중 한 곳이 정한의 회사였지만 1년이 지난 후 그린이 이뤄낸 성과는 눈부실 정도였다.

"전공 살려서 회사의 핵심 인재가 된 건 대단한 일이지만."

정한은 웃음 어린 목소리로 그린의 지난 1년을 추켜세웠다.

"생각해보니 따로 얘기한 적이 없었던 거 같아. 그린이 네 꿈에 대해서."

"내 꿈이요?"

따라서 쿡쿡 웃던 그린이 뜻밖이라는 듯 되물었다. 그러고 보니 적성이나 꿈보다는 점수에 맞춰 들어온 학교였고 철저하게 취업만을 고려한 학과였다. 물론 지금 하는 일도 재밌고 잘 맞는 일이었지만.

"내 꿈이…… 뭐였더라."

그린은 곰곰 지난 시간을 되감아 보았다. 첫사랑인 정한과 같은 대학에 가는 것, 다시 만난 정한과 결혼하는 것, 결혼 후에는 넥스트메딕의 CEO인 정한에게 어울리는 멋진 여자가 되는 것. 그건 진짜 꿈이라기보다는 살아남기 위한 출구 같은 거였다. 예전만큼 생생한 건 아니지만, 떠올리면 마음 한구석이 소란해지는 그 시절, 정한은 그린이 유일하게 붙잡을 수 있는 위로와 희망이었으니까.

"그땐 아프고 힘들었던 걸 견디는 거 말고 다른 생각을 할 여력이 없었던 거 같아요."

"나도 그랬어."

그린의 담담한 고백에 정한도 고개를 끄덕였다.

"나도. 윤수에 대한 부채감으로 쉴 새 없이 달려왔어."

돌이켜보니, 그린과 정한은 다른 듯 닮은 삶을 살아왔다는 느낌이 들었다. 살아남기 위해, 살아가기 위해. 필사적으로 목표를 향해 달렸고, 결국 목표를 이뤘지만, 이게 다는 아니라는 생각이 들었다. 정말 걸어가고 싶었던 길. 인생에서 진짜 이루고 싶은 꿈은 뭐였을까.

"고민…… 해볼게요. 내가 진짜 하고 싶었던 일이 뭔지."

깊게 수긍이 가는지 골똘히 생각에 잠겨 있던 그린이 답했다. 고르고 고른 의지로 고개를 끄덕이는 그린의 모습에 정한은 울컥거리는 속을 애써 달랬다. 솔직한 심정으로는 할아버님이고 뭐고 다 내려놓고 뚝 떨어진 데로 도망이라도 가자고 애원하고 싶었다. 할아버지의 눈을 피해 전화나 문자를 한다 해도 이제는 만지고 싶다고 만질 수 없는 사이. 껴안고 온기를 느끼지도, 부드러운 입술에 입을 맞출 수도 없다고 생각하니 속이 타들어가다 못해 바싹 졸아서 가루가 될 지경이었다.

하지만 이 사랑스러운 뽀시래기 앞에서는 아무리 그러려고 해도 제 욕심이 앞서지가 않았다.

감히 내세워보겠다는 생각조차 해본 적이 없었다. 김정한에게 민그린이란 그 자체만으로도 이미 차고도 넘치는 존재니까. 어느새 서러운 표정을 걷고 진지하게 고민에 빠진 뽀시래기의 모습에 정한은 슬쩍 미소를 지었다.

집에 돌아와서도 뒷정리는 정한의 몫이었다. 정한은 커다란 욕조에 온도를 맞춰 물부터 받고 입욕제를 풀었다. 물이 채워지는 동안엔 글램핑장에 가지고 갔던 것들을 풀어놓은 뒤 말끔하게 정리를 마쳤다. 바쁘게 서두르면서도 일사불란한 동작

이별 준비

이었다. 그린과 함께할 시간이 이제 채 하루도 남지 않았다는 생각에 조급해진 탓이었다. 정한이 서두르는 이유를 알고 있는 그린은 귀엽기도, 애틋하기도 한 마음이 들었다.

결국, 곁에서 기웃거리던 그린은 손댈 것 하나 없다는 말에 떠밀리듯 욕실로 향했다. 어느새 욕조 가득 물이 차 있고 평소 그린이 좋아하는 입욕제의 달콤하고 포근한 향이 데워진 공기를 타고 떠돌고 있었다.

"와아. 기분 좋아."

노곤해진 몸을 담그고 머리를 기대니 찰박거리는 물소리가 기분 좋게 울렸다. 몸을 뒤집은 그린은 욕조 난간에 턱을 고였다. 내일이면 정한과 떨어져 있어야 된다는 사실 때문일까. 자꾸만 이혼 계약서를 쓰던 무렵의 일이 스쳐갔다.

이혼 서류를 내밀며 용감한 제안을 했을 때만 해도 정한은 세상 차갑게 철벽을 쳤다.

그러다 초록이를 키우는 걸 들켰을 때는 퉁명스러운 말투였지만 기꺼이 받아들여주었다. 면접을 가장한 백문백답에 성실하게 응하고 같이 백화점까지 가서 손수 출근복을 골라준 적도 있었다. 동서들 앞에서 편을 들어줄 때도, 그린의 기분을 살펴 자동차 극장에 데려가 줬을 때도. 겉으로는 무뚝뚝하지만 속은 누구보다 배려심이 깊은 츤데레 남편이었던 정한이 지금은 누구보다 뜨거운 남자로 변해버렸다.

새록새록한 기억에 웃음을 짓던 그린은 새삼스럽다는 듯 욕실 안을 둘러보았다. 그러고 보니 이 욕실에도 엄청난 추억이 얽혀 있었다. 때아닌 폭우가 쏟아져 흠뻑 젖은 날. 그린의 방에 딸린 욕실에는 샤워부스만 있었기에 1층 욕실에서 탕 목욕을 하려고 했다. 무심코 문을 열었다가 자욱한 수증기 사이에 당당하게 서 있던 정한을 보고 혼비백산했던 순간이 떠올랐다. 그 장면을 생각하니 다시 웃음이 터져 나왔다.

"처음인데 수위가 너무 높았지."

이제는 알 거 다 알고 나니 세기의 조각가가 빚은 듯 완벽한 근육하며, 남다르게 우월한 정한의 자태에 너무 짧게 눈 호강을 했다는 아쉬움이 몰려왔다. 좋은 건 두 번 보는 거라 배웠는데.

"에이, 안 보는 척 손가락 사이로 뚫어져라 쳐다볼 걸. 이렇게……."

순간, 쫙 펼친 손가락 사이로 빠끔 커다란 눈을 내놓은 그린의 입이 딱 벌어지고 말았다.

활짝 열린 욕실문 밖으로 자욱한 물안개가 빠져나가더니.

"으아아아!"

그린의 입이 손가락 사이보다, 욕실문보다 더 크게 벌어지고 말았다.

"왜, 왜 그러고 있어요!"

허리에 당당하게 손을 올린 완벽한 자태가 성큼, 성큼 다가오고 있었다. 환한 욕실 등 아래 또렷하고 선명하게.

"씻으려고."

뚝뚝하게 답한 정한이 욕조 안으로 불쑥 한 발을 집어넣자

이별 준비

그린은 격하게 두 손을 휘저었다.

"어딜 들어와요! 저리 가요!"

그도 그럴 것이 아무리 불타는 신혼이라 해도 이렇게 환한 조명 아래 적나라하게 마주한 건 처음이었으니까. 허둥지둥, 그린의 등이 욕조 끝에 바짝 붙었지만, 정한의 건장한 몸은 반 이상 들어찬 뒤였다. 어디다 둘 줄 몰라 아찔해진 시선을 질끈 감은 순간.

촤아아아! 욕조 밖으로 어마한 양의 물이 넘치더니 회상 속의 완벽한 근육이 3D처럼 눈앞에 솟아올랐다. 동시에, 은근하게 젖은 목소리가 동굴 같은 욕실을 울렸다.

"같이 씻어. 시간도 없는데."

방금 전까지만 해도 격하게 저항하던 그린은 순식간에 조용해졌다. 대신 몽글몽글한 욕조 안에 참방거리는 소리가 차오르기 시작했다. 커다란 눈만 내놓은 그린이 빼꼼거리며 움직이는 소리였다. 작은 물고기가 수면 위로 정찰을 나온 듯한 모습에 절로 웃음이 났다. 조금 전, 당장 나가라며 난리를 치던 그린은 기겁을 하다 욕조 안으로 미끄러져버렸다. 정한이 고개를 끄덕이며 벌떡 일어섰기 때문이었다. 정한이 재빨리 잡아 일으켰지만 이미 물을 먹은 코로 한참을 캑캑거렸다. 그린이 이렇게까지 부끄러워 할 줄 몰랐던 정한이 당황해하며 물었다.

"나 먼저 나갈까?"

"안 돼요!"

"그럼 네가 먼저 일어나든가."

"미쳤어요?"

그린은 끔찍한 소리 하지 말라는 듯 세차게 고개를 저었다. 조명이 너무 밝았다. 누가 먼저 나가든 서로를 고스란히 보여 줘야 한다는 생각에 '아무도 꼼짝 마!' 상태로 한동안 대치가 계속되었다. 이러지도 저러지도 못하게 하는 그린 때문에 오히려 더 난감한 상황이 되고 말았다.

"그럼 이렇게 하자."

물살을 가두며 거리를 좁힌 정한이 은근한 목소리를 꺼냈다. 그린은 잔뜩 경계 어린 눈빛을 풀지 않고 물었다.

"어떻게요?"

"눈 감아 봐."

아. 눈을 감고 있는 동안 재빨리 나가주겠다는 오빠의 배려인 걸까?

수증기 가득한 욕실 안. 고개를 끄덕인 그린은 서둘러 눈을 감았다. 잠시 욕실 안에 정적이 흘렀다. 정한이 움직이는지 수면이 찰락이는 소리가 들리더니 길게 뻗은 팔이 가냘픈 목과 허리를 감아 왔다. 목덜미에 내려앉은 부드러운 것이, 발그레한 홍조가 어린 턱을 거슬러 번졌다.

정한의 입술이었다.

"……!"

크게 뜨인 눈이 다시 파르르 내려 감겼다. 정한의 목에 나긋하게 팔을 감은 그린도 입술을 벌리며 고개를 기울였다. 조

이별 준비

금 전까지, 부끄러워 허둥대던 마음은 비눗방울 터지듯 터져버린 후였다. 촉촉한 숨결이 얽히면서 예민한 곳을 살짝 건드리다 흠빨고 깊이 들이마시다가. 똑. 똑. 물방울 떨어지는 소리뿐 고요한 욕실 안이 점점 거칠어지는 호흡으로 얼룩지고 말았다.

길쭉하고 날렵한 정한의 손가락이 수면 위아래를 자유자재로 유영했다. 때로는 기분 좋은 물살처럼, 그러다가 더없이 야릇하고 자극적으로. 존재하는 모든 것이 사라지고, 시공간마저 기화해버린 듯 뿌연 의식 속에 단단하게 자신을 지탱한 정한의 성난 근육만이 또렷하게 느껴졌다. 한참 후, 그린은 고개를 뒤로 물리고 숨을 가다듬었다. 시야가 몽롱하고 취한 것처럼 가늠이 되지 않았다.

"그만 나갈까?"

스르르 뺨을 기댄 탄탄한 가슴을 통해 그윽한 저음이 울렸다. 멍하니 눈을 드니 초조한 듯 저를 내려보는 시선이 걸렸다. 차분한 목소리와 대조적으로 열망과 굶주림이 잔뜩 서린 눈빛이었다. 들어올 때는 더없이 뻔뻔하고 당당했지만 사실 정한은 제 욕구는 완전히 뒤로 제친 상태였다. 저돌적으로 달려들다가도 그린의 상태를 배려하며 세심하게 물러서는 바람에 결국 한계에 이른 모양이었다.

죽을힘을 다해 눌러 참는지 팽팽해진 흉곽이 거칠게 들썩이고 있었다. 어느새 부끄러움도 잊은 그린은 서둘러 욕조를 벗어나 가운을 챙겼다. 대답은 없었지만 가운을 챙기는 건 맘껏

제 욕심을 풀지 못한 정한에게 답답한 욕조를 벗어나도 좋다는 허락이나 마찬가지였다. 신호가 떨어지자마자였다. 그린이 한 팔을 가운에 꿰기도 전에 번개같이 제 걸 걸친 정한이 가운채로 감싸 안고 욕실 문을 박차고 나왔다. 그렇게 힘들었으면 그냥 참지 말지. 그린의 입가에 웃음이 번지기도 전에 물기 어린 숨결이 밀려왔다. 커다란 보폭으로 몇 걸음을 옮기다가도, 성큼 계단을 오르다가도, 이제는 본능만 남은 남자의 조급한 숨이 퍼붓듯 밀려왔다.

쾅! 방문이 닫히고 침대 위에 투명할 정도로 뽀얀 그린의 자태가 펼쳐졌다. 벅찬 눈으로 마주보던 정한이 고개를 기울여 내리자 부드러운 입술이 녹아들었다. 마주칠 때마다 눈부시게 지어지는 미소. 한 번도 떨어진 적 없는 것처럼 단단히 깍지를 틀어 얽힌 손. 밤이 깊도록, 날이 새도록, 침대 위에 펼쳐진 농밀한 시간은 끝날 줄을 몰랐다.

애태울 정도로 서로를 집요하게 찾는 시간이었다.

chapter 26
뜻밖의 전개

다음 날 출근길.

송천댁과 한 씨는 못내 서운한 얼굴로 대문 앞까지 따라나왔다.

"할아버님 쾌차하시는 대로 바로 돌아오는 거죠?"

송천댁 내외가 걱정할까 봐 할아버지의 병간호 핑계를 댄 거였다.

"그럼요. 아주머니. 저 없는 동안 오빠 잘 부탁드려요. 아저씨! 고양이 식구들이요!"

"아이고. 걱정 마쇼. 내가 자식새끼도 그렇게 지극정성으로는 안 돌봐요."

말은 퉁퉁거렸지만 한 씨가 얘기한 대로였다. 본 척 만 척 쌩한 초록이나 토리와 달리, 아기 때부터 애교가 넘치는 딱지와 귀여움의 결정체인 부리 덕분에 한 씨의 고양이 사랑은 동네에서 유명할 정도였다. 정한의 차에 몸을 실은 그린은 송천댁 내외에게 손을 흔들며 아쉬운 표정으로 집을 돌아보았다.

"금방 돌아올 수 있었음 좋겠다."

"그럴 거야."

정한이 안심시키듯 대답을 내밀어도 막연함은 뭉게뭉게 퍼져가는 중이었다.

"한 달 뒤면 우리."

나직이 읊조리는 그린의 목소리엔 아쉬움이 짙게 묻어났다.

"결혼 4주년인데."

"벌써 그렇게 됐나?"

그 말을 끝으로 출근길 내내 차 안은 고요했다. 회사에 도착한 정한은 무서운 기세로 쌓인 업무를 해치워야만 했다. 바쁜 프로젝트는 다 끝났다 해도 진우의 부재로 일상은 몇 배로 더 바빠졌다. 진우의 부재에 대해 이런저런 얘기가 슬슬 퍼지더니 결국 지난 금요일. 갑작스럽게 공고가 내려오고 말았다. 공동 대표의 사임에 술렁거리던 것도 잠시였다. 진우의 병원에서 열린 임시 이사회 결과에 다들 머리 좋은 금수저는 다르다며 감탄을 내뱉기 바빴다. 서른 초반에 대형 종합 병원의 대표 원장이라니. 안 그래도 잘생기고 서글서글한 인싸였던 진우의 주가는 이미 유부남이 되어 버린 정한을 앞지를 정도였다.

오전 내내 재택근무를 위한 지침을 숙지하고 관리 프로그램을 점검한 그린은 잠깐 지화를 만나 소식을 전했다. 물론 지화에게는 할아버지의 병세가 악화돼 당분간 재택근무를 하며 병간호를 한다고 말해 두었다. 지화가 어깨를 추욱 늘어뜨리며 투덜거렸다.

"그린 씨랑 점심 먹고 커피 마시는 재미로 다녔는데. 하아. 회사 오는 낙이 없어. 낙이."

진우도 갑작스럽게 사라진 데다 그린까지. 대놓고 외로워하는 지화를 두고 돌아서자니 발걸음이 떨어지지 않았다. 점심시간엔 뜻밖의 방문객이 그린을 찾았다. 연락을 받고 로비로 내려가니 말끔하게 슈트를 빼입은 제오가 와 있었다.

"그린아!"

"와. 자리가 사람을 만든다더니 몰라보게 멋있어졌네!"

그린의 말대로, 얼마 전 제오는 바론바이오 기획팀 실장으로 초고속 승진을 했다. 형인 제하에게 CEO 자리를 승계받기 위해 경영 전면에 나서 주도적으로 움직이기 시작한 것이었다. 그린과 제오는 로비 카페로 들어가 근황을 주고받았다. 당분간 회사에 오지 못한다는 그린의 말에 고개를 끄덕인 제오는 대수롭지 않던 표정을 심각하게 바꾸며 물었다.

"그린아. 너 혹시 조가연 얘기 들은 거 없어?"

"조가연? 아니? 무슨 일 있어?"

그럴 줄 알았다는 듯 제오는 얼마 전 동창회에서 들은 가연의 소식을 전해주었다. 가연의 소속사가 서둘러 손절을 해버린 데다, 가연 개인에게 걸린 광고 위약금과 소송도 한두 개가 아니라 길에 나앉기 직전이 되었다는 얘기를. 안 좋은 일은 한꺼번에 닥친다고 했던가. 소규모지만 탄탄한 가족 사업을 하던 가연의 부친이 경영하던 회사는 친인척 내부 비리가 상당했고, 직원 처우는 형편없다는 것까지 밝혀져 강도 높은 세무

조사에 들어가게 되었다는 것. 대학 교수인 가연의 모친 역시 학내에서 파벌을 형성해 분란을 일으키고, 강사들을 대상으로 갑질을 휘두른 녹취록이 돌아 곤경에 처했다고 한다. 하루아침에 집안과 가연의 인생이 풍비박산 나버린 셈이었다. 거기다 입에 담지도 못할 악플, 무서워 벌벌 떨릴 정도로 섬뜩한 협박 메시지에 지금 가연은 밖에 제대로 나가지도 못할 만큼 피폐한 상태라고 했다. 제오가 씁쓸한 표정으로 이야기를 마무리했다.

"넌 괜찮아?"

조심스러운 질문에 그린은 담담하게 웃어 보일 뿐이었다. 학폭으로 얼룩졌던 학창 시절은 이제 와보니, 멀리 지나간 일이었다. 한 번씩 따끔거리고 답답한 날도 분명히 있겠지만 그저 지나는 시간들에 흘려버리고, 다가오는 시간들을 새로 채우는 수밖에 없다. 상처받은 만큼, 행복해지면 되는 일이고, 그러기 위해서는 계속 앞으로 걸어가야 했다. 그만큼 단단해졌다는 얘기인걸까. 무너져버린 조가연의 소식도 이제는 먼 남의 일처럼 무감하게 느껴질 뿐이었다.

"할아버지! 그린이 왔어요!"

잔뜩 풀이 죽어 있거나, 울먹거릴 거라고 생각했었는지, 움찔 놀라는 민승로의 시선이 느껴졌다. 병상 곁으로 다가간 그린이 민승로의 손을 잡았다.

"이젠 괜찮아지신 거죠? 오늘은 밥 드셨다면서요?"

"그놈하고는."

확실히 카랑카랑해진 목소리로, 민승로는 가장 궁금했던 것부터 확인했다.

"확실히 헤어진 거냐."

그린은 풀 죽은 얼굴로 고개를 끄덕거렸다.

"지난주에 오빠가 그러겠다고 했잖아요. 잡아도 뿌리치고 가던데요."

"괘씸한……."

무심코 혀를 끌끌 차던 민승로는 끓어오르는 화를 삭이듯 지그시 입술을 오므렸다. 처음 만난 사정이야 어찌 됐건, 그린이 정한을 오래 짝사랑했다는 말은 사실인 모양이었다. 눈에 넣어도 안 아플 손녀딸이 정한을 붙들었다니. 헤어지라고 한 건 민승로 본인이었는데도, 정한이 기어이 돌아섰다는 말에 괘씸한 마음이 올라왔다. 붙잡아도 제 놈이 붙잡아야지, 감히 누구를 뿌리쳤다는 말인가. 한편으로는 덜컥 걱정도 됐다. 저러다 그린이 정한을 쫓아가 울고불고 매달리면 어떻게 하나. 하루라도 빨리 건강을 회복해 데리고 내려가는 수밖에 없다는 생각이 들었다.

"어린애도 아니고, 일일이 간섭할 생각은 없다만, 내 눈을 피해 만나거나 하는 일은 없어야 한다. 난 한 번 정한 건 절대 꺾지 않을 생각이니까."

"그럼요! 할아버지 또 굶으시면 다음번에는 크게 건강 해칠 거라고 했어요."

"느이 할머니 퇴원하는 대로 바로 내려가기로 했다."

"네에."

씩씩한 기색으로 맞장구를 쳤지만 그린의 마음 속에선 스멀스멀 막막함이 올라오고 있었다.

> 오빠. 어쩌죠?
> 할아버지 마음이 풀릴 것 같지가 않아요.

> 겨우 하루도 안 됐잖아.

군이 심기 거스를 짓은 하지 말자며, 정한은 차분하게 그린을 다독였다. 바쁜 와중에도 틈틈이 문자를 보내고, 통화 가능한 시간엔 잠깐 서로에게 목소리도 들려주었다. 오후 늦게, 병실에 들른 간호사가 퀵서비스가 왔다며 커다란 박스를 갖다주었다. 백화점 로고가 찍혀 정성스럽게 포장한 걸 풀어보니 멜론, 망고 등 과일과 고운 화과자 세트였다. 그 외에도 부드러운 식감이 주를 이루는 디저트 종류가 가득 들어 있었다.

"그게 다 뭐냐?"

"아까, 오다가 주문했어요."

바로 정한이 보낸 걸 알았지만 그린은 시침 뚝 떼며 얼버무렸다. 정한이 보낸 걸 알면 버럭 하며 치우라고 하고도 남을 할아버지였으니까. 할아버지도, 낙상으로 입원했던 할머니도 생각보다 빠르게 건강을 회복했다. 그린은 꼼짝없이 할아버지

뜻밖의 전개

내외를 따라 영산에 내려오고 말았다.

기약 없는 유배 생활이 시작되었다.

'어휴. 로미오와 줄리엣. 견우와 직녀가 따로 없네.'

엄포를 놓았던 것처럼, 민승로의 틀어진 마음은 돌아설 기미가 안 보였다. 어쩌다 집에 들른 민 교수가 조심스레 운을 뗐다가 불호령을 받고 쫓겨나는 일도 있었다. 언제 기력을 잃었냐는 듯, 그린의 극진한 보살핌에 민승로 역시 예전보다 더 꼬장꼬장 정정해진 어느 날. 잠시 시내에 외출을 했던 민승로가 집으로 돌아왔다. 식탁 위에 노트북을 펼쳐 놓고 재택근무를 하던 그린은 화장실이라도 갔는지 자리를 비우고 없었다. 힐끗, 노트북 화면으로 시선을 돌린 민승로의 눈이 커다래졌다.

"그린아! 이게 왜 여기, 이게 무슨 짓이냐!"

"네. 할아버지!"

벼락같은 소리에 밝게 웃으며 뛰어오는 그린을 본 민승로의 눈은 튀어나올 듯 더 커지고 말았다.

밝게 웃으며 뛰어나오는 그린은 화사한 재킷에 블라우스 차림이었다. 단정한 머리에 연하게 화장까지 한 채였다. 하지만 민승로가 놀란 이유는 따로 있었다. 당장 어느 자리에 가도 손색없는 차림이었지만 그건 딱 상반신까지였다. 알록달록한 수면 바지에 부들거리는 수면 양말. 위아래가 전혀 매치가 안 되는 차림의 그린이 곁으로 다가왔다.

"넌 꼴이 그게 뭐냐? 그런 차림으로 어디를 가려고?"

해괴망측한 모습에 방금 전 고함을 지른 이유를 잠시 잊고 있던 민승로의 매서운 눈길이 노트북 화면으로 향했다.

"저놈 사진은 뭐냐. 보라고 일부러 띄워놓은 게냐!"

민승로가 말하는 저놈은 물론 정한이었다. 화면 가득 차오른 수려한 얼굴은 근 한 달 만에 보는 '전' 손주 사위가 틀림없었다.

"저, 아무 데도 안 가요. 중요한 일이 있어서 잠깐 입은 거예요."

중요한 일이라는 말에 민승로의 눈썹이 꿈틀 치켜 올라갔다. 그런데 화면 속 단정하게 다물려 있던 입술이 움직이더니 차분한 목소리가 흘러나왔다.

"할아버님 안녕하십니까. 이런 식으로 인사를 드려 죄송합니다."

무슨 일이 있었냐는 듯 태연한 정한의 인사에 예쁘게 차려입은 그린의 모습까지. 이것들이 뭐 하자는 수작인지. 대놓고 화면으로 연애질이라도 하겠다는 얘긴가.

"이런 고얀……!"

기어이 제 말을 무시하나 싶어 버럭 하려는 순간.

"민그린 파트너! 곧 회의 시작하니 착석하세요."

"네! 대표님!"

위엄이 서린 정한의 목소리가 민승로의 노기 어린 말을 갈랐다. 항상 듣던 공손한 투가 아닌 차갑고 권위적인 기세에 민승로는 뒷말을 잇지 못하고 뻐끔거려야 했다. 그린이 화면 앞에 자리를 잡고 앉아 말했다.

"오늘만 좀 봐주세요. 제가 꼭 참석해야 되는 회의거든요."

곧 노트북의 정한 얼굴이 줌 아웃 되더니 회의장 전체의 전경이 들어왔다.

"저 혼자 빠지면 팀원들한테 민폐기도 하고, 오늘은 회사 대표님 대 직원으로 만나는 거니까 괜한 오해 하시면 안 돼요."

그린의 살가운 해명이 아니어도 민승로는 더 아무 말 못 하고 뒤로 물러나야만 했다. 정한 혼자 있던 회의실 안으로 팀원들이 속속 들어오기 시작했던 것이다. 못마땅한 표정이었지만 입을 다물고 거실 한쪽에 자리를 잡고 앉았다.

회의는 예상보다 꽤 오래 진행되었다. 그린이 재택을 하며 기민하게 연락을 주고받았다 해도 직접 얼굴을 대면하는 건 거의 한 달 만이기에 논의할 게 꽤 많았던 것이다. 처음에는 민승로도 그 점이 마음 쓰였다. 울상이거나 풀 죽은 얼굴은 한 적 없었지만 그린은 지난 한 달간 볼 수 없었던 환한 얼굴이었다. 반가워하는 동료들과 그린의 부재를 대놓고 아쉬워하는 상사들. 저렇게 활동적인 애를 제 고집으로 이곳에 묶어두었으니 얼마나 심심했을까 하는 안쓰러움이 밀려왔다. 안쓰러움은 곧 놀라움으로 바뀌고 말았다.

"CERN에서 감마카운터 컨설팅해주기로 한 건 어떻게 진행되고 있습니까?"

"민그린 파트너가 총괄 담당인데 자세한 사항은…… 보고서 올라오면 검토 후 다시 말씀드리겠습니다."

"당장 다음 주인데 너무 늦는 거 아닙니까?"

정한의 날카로운 질문에 승 팀장이 쩔쩔매자 그린이 차분하게 답했다.

"계측 부서에서 자문을 구할 현안에 대해 논의가 길어졌습니다. 오늘 오후에 해결하기 어려운 것부터 우선순위 같이 검토하려구요. 정리해서 내일까지 올려드릴게요."

고개를 끄덕인 정한은 빠르게 다음 안건으로 넘어갔다. 그 후에도 가끔씩, 그린이 입을 다물고 있으면 우왕좌왕 하는 상황이 생기곤 했다. 매일 회사에 나가 실시간으로 체크하지 못해 생길 수밖에 없는 일이었다.

결국 재택근무를 시작한 직원들을 위한 더블 체크 시스템을 만드느라 회의는 예정보다 길어지게 되었다. 가만히 지켜보던 민승로의 입에서 끄응 한숨이 흘러나왔다. 그린과 정한을 떼어놓을 생각만 하느라 결국 회사에 피해를 주었다 생각하니 마음이 무거워진 탓이었다. 그러다 깜빡 잠이 든 모양이었다. 나직했지만 그린이 웃는 소리에 까무룩 감긴 눈이 떠졌다. 회의는 끝난 모양인지 화면으로 보이는 회의실 안은 다시 텅 비어 있었다. 오직 정한의 자리를 제외하고.

"이렇게 수면 바지 입고 있었어. 감쪽같이 몰랐죠?"

그린은 식탁을 벗어나 카메라에 멀찌감치 제 몸을 이리저리 비추어 보였다.

"말 안 했으면 꿈에도 몰랐겠는데? 이제 점심 먹어야지?"

"응. 할아버지 일어나시면. 잠깐 잠드신 거 같아요. 오빠는?"

"난 바로 미팅 있어서 간단하게 먹으려고."

"또 차에서 샌드위치 같은 걸로 때우려고요?"

회의 내내 치열하던 모습은 어디가고 질세라 서로를 챙기는 둘은 누가 봐도 달콤하고 애틋하기만 했다.

"할아버님 깨시겠다. 그만 끄자."

"아쉽지만 그럴게요. 오빠 먼저 들어가요."

"그래. 그린아. 사랑해."

손주 사위의 애틋한 사랑 고백에 민승로는 저도 모르게 질 끈 눈을 감아버렸다. 쇳덩이보다 차갑게 굳어 있던 심경에 잔잔한 파문이 번지고 있었다. 결국 그린이 식사하시자며 깨우러 올 때까지 자는 척하고 말았다.

여느 때처럼 도란도란한 저녁 식사 자리였건만 민승로의 마음은 여러 모로 편하지 않았다.

안 그래도 요즘 불편한 표정으로 얼굴을 구기곤 하는 민승로였다. 그린과 나란히 앉아 TV를 보고 있으면 '어? 저기 오빠랑 가본 덴데.', '어? 저거 오빠가 만들어준 건데.', '맞아요! 할머니. 저도 오빠랑 타본 적 있는데 저거 하나도 안 무서워요!' 그린의 입에서 툭하면 정한의 이름이 흘러나왔던 것이다. 그러다 움찔 하며 할아버지의 눈치를 보는 걸 보면 일부러 그러는 것 같지는 않았다. 하지만 참는 데도 한계가 있었다.

오늘도 그린은 어김없이 고양이 식구들도 정한만 찾는다는 얘기를 신이 나서 늘어놓기 시작했다.

"그놈 얘기 좀 작작 하거라."

식사 내내 듣다듣다 못한 민승로는 결국 버럭 숟가락을 놓고 나가버렸다. 그린은 풀이 죽은 얼굴로 할아버지의 뒷모습을 바라보았다.

"아무래도 작전 실패인가?"

사실 민승로의 앞에서 회의를 한 것도, 툭하면 정한의 이름을 입에 올린 것도 그린이 세운 계획 중 하나였다. 어떻게든 할아버지의 마음을 돌려보겠다고 했지만 정한에게 딱히 좋은 방법이 있던 건 아니었다. 지난번 캠핑장에서 그린은 막막해하는 정한에게 자신만만하게 세운 계획을 털어놓았다. 우연인 듯 정한의 좋은 모습을 자주 노출시키면 할아버지의 마음도 조금 누그러지지 않을까 하는.

거기에 더해서 그린이 나름의 몫에 최선을 다하고 있었다는 걸 보면 할아버지는 자랑스러워 할 게 분명했다. 단순히 사랑하는 남편의 회사라서가 아니라 일할 때 나오는 정한과 그린의 시너지가 얼마나 보기 좋은지, 일하는 그린의 모습이 얼마나 반짝거리는지 보면 굳게 닫힌 할아버지의 마음도 꼭 열리고 말 거라고.

일명 '할아버지 공략법'이 있으니 오빠는 나만 믿고 따라오라며 큰소리를 뻥뻥 쳤던 것이다. 하지만 역시 할아버지는 요지부동이었다. 상황이 이렇게 되니 그린도 살짝 지치는 건 사실이었다. 얼마 안 있으면 결혼기념일인데. 이번에도 꼼짝없이 독수공방하게 생겼다는 생각에 눈물이 찔끔 나올 정도로 서

뜻밖의 전개

러워졌다.

하지만 이 정도로 포기할 민그린이 아니었다. 고난과 역경에 더 단단해지는 사람. 어떤 시련도 끈질기게 이겨내는 사람. 그린은 다시 파이팅을 다지며 불안해지는 속을 추슬렀다.

식탁에서도 민승로는 정한이나 회사에 관한 이야기는 한마디도 입 밖으로 꺼내지 않았다.

다음 날.

그린은 할머니와 시내로 볼일을 보러 가 집 안은 고요했다. 혼자 남아 우편물을 점검하던 민승로는 고개를 갸웃했다. 발신 주소는 넥스트메딕. 크기나 형태를 보니 연하장 같은 게 틀림없었다. 망설이던 주름투성이 손이 봉투를 뜯었다. 툭. 안에서 나온 건 크리스마스 카드였다.

> 사랑하는 그린이에게.

단정한 필체로 쓰인 서두를 읽은 민승로의 입에서 못마땅한 쯧쯧 소리가 흘러나왔다. 하지만 얼마 전까지만 해도 정한과 관련된 일이면 서슬 퍼런 눈으로 레이저를 쏘던 것과는 달랐다. 민승로는 주위를 흘끔 둘러본 뒤 카드를 읽어 내려가기 시작했다.

> 네가 떠난 날부터 편지를 쓰기 시작했어. 그리운 마음이 들 때마다 쓰다 보니 제법 많아졌는데 전해줄 길이 없어 고스란히 가지고 있어. 언젠가 그린이 네가 읽어 주는 날이 오게 될까? 이렇게 떨어지니 못 해줬던 것들만 생각이 나서…….

꾹꾹 눌러쓴 글자 하나하나에 그리워하는 마음이 절절하게 전해져 왔다.

> ……어쩌면 나는 너를 만나기 위해 이 세상에 태어난 게 아닐까 싶을 정도로 함께한 시간들을 감사할 때가 있어. 이거 하나만 기억해 줘. 다시 만나지 못한다고 해도 나에게 아내는 민그린 하나뿐이야. 죽을 때까지 마음속에 간직할 사람. 내 사랑.
> 결혼기념일 축하하고. 사랑해. 메리 크리스마스.

지그시 눈을 내려감은 민승로의 입에서 가느다란 탄식이 터졌다.

제법 큰 여백에 빽빽하게 쓰인 내용 어디에도 지금 자신들의 처지에 대한 불만이나 원망은 단 한 글자도 없었다. 그 후로도 한참이나 민승로는 손에 쥔 걸 만지작거렸다. 방금 읽은 카드에서 오롯이 느껴지는 건 오직 그린에 대한 진실한 마음뿐이었다. 보는 사람이 먹먹할 정도로 애틋한 연애편지였다. 하지만, 평생 쌓아온 신념이나 가치관을 바꾸는 일은 민승로에겐 특히 더 쉬운 일이 아니었다. 매매혼이라는 말까지 써 가며 비난을 퍼부어놓고 이제 와서 마음을 돌리는 것도 여간 자존심이 상하는 일이었다.

하지만 누구보다 손녀 사랑이 지극한 민승로였다. 무엇보다 가장 마음에 걸리는 건 역시 눈에 넣어도 아프지 않을 그린이었다. 어젯밤만 해도 잠이 안 와 뒤척이다 마당이라도 한 바퀴 돌아볼까 하던 민승로는 평상 위에 쪼그리고 앉은 그린을 발견했다.

"추운데 왜 나와 있어?"

"할아버지. 별 보고 있었어요."

민승로는 그린의 곁에 걸터앉아 하늘을 올려다보았다.

"어릴 때부터 여기 누워서 별 구경 하는 걸 그리 좋아하더니 오랜만에 보고 싶었나 보구나. 서울에선 통 볼 일이 없었지?"

"왜요. 오빠랑 캠핑 가서 실컷 보고 왔는데. 날씨만 맑으면 엄청 많이 보이……."

신나서 얘기하던 그린은 아차 하며 말끝을 흐렸다. 묵묵히 듣고 있던 민승로는 끄응 하며 몸을 일으켰다. 차디찬 마당에 나와 풀 죽은 얼굴로 있는 그린을 보니 더 이상 버럭할 마음도 올라오지 않았다.

'늙은이 아집으로 괜한 소란을 일으켰나.'

혀를 끌끌 차다가 결심한 듯 몸을 일으킨 민승로는 서랍을 열어 정한이 보낸 카드를 깊숙이 밀어 넣었다. 열쇠를 돌리고 단단하게 잠겼는지 확인하듯 두어 번 흔들어보는 입매는 굳게 다물려 있었다.

시간이 흘러 어느덧 크리스마스 이브가 되었다.

할아버지를 따라 내려온 후로 애써 밝은 얼굴로 웃음을 지어 보이던 그린도 오늘은 어쩔 수 없는 모양이었다. 아침부터 기운 없이 쭈그리고 앉아 있는 모습에 민승로 내외의 마음도 편치가 않았다. 심란했던 분위기는 오후가 되자 심각해지고 말았다. 정한이 불쑥, 모습을 드러낸 것이었다. 민승로는 굳은 얼굴로 정한이 서 있는 마당으로 향했다.

"그리 일렀는데 무슨 일로 찾아온 게냐."

머뭇거리다 차마 답을 내놓지 못한 정한은 덥석 무릎을 꿇었다. 매사 철저하게 계산된 행동, 계획을 벗어나는 일은 한 치도 저지른 적 없던 정한답지 않게 보고픈 마음을 참지 못하고 무작정 찾아와버린 것이었다. 가뜩이나 연말이라 빡빡한 업무에 살인적인 스케줄은 어떻게 하고 내려온 건지. 그린도 전전긍긍 할아버지의 눈치만 보았다.

잠시 침묵이 이어지더니, 민승로는 그대로 몸을 돌려 들어가버렸다. 설상가상으로 눈발이 날리기 시작했다. 밤새 함박눈이 펑펑 쏟아져 화이트 크리스마스가 될 거라는 예보대로였다. 미동도 없이 꿇어앉은 정한의 어깨에 툭 툭, 차가운 눈이 내려앉기 시작했다. 안에서 지켜보던 그린은 발만 동동거렸다. 안 그러려고 해도 고집불통인 할아버지에 대한 원망이 스멀스멀 새어 나왔다.

'저러다 동상이라도 걸리면 어쩌지? 혼날 때 혼나더라도 일단 데리고 들어와야겠어.'

굳게 결심한 그린이 발딱 일어난 순간, 벌컥, 방문이 열렸다. 영문 모를 눈으로 올려다보니 외투로 중무장을 한 할아버지가 서 있었다. 떨리는 그린의 눈동자를 지그시 응시하던 민승로가 깊은 한숨을 내쉬었다.

"속도 시끄러운데, 네 할미랑 바람이나 쐬고 오련다. 집 잘 지키고 있어라."

"네?"

언뜻 이해하지 못해 갸웃하다가 그린의 눈이 뒤늦게 커다래졌다.

"할아버지!"

"크허험."

민승로는 대답 대신 무안한 헛기침과 함께 돌아섰다.

잠시 후.

마당을 가로지르던 민승로가 정한의 곁을 지나며 스치듯 뱉었다.

"눈 쌓이기 전에 데리고 올라가거라."

바로 알아들은 정한은 무릎을 꿇은 상태에서 깊숙이 고개를 숙였다.

할아버지 내외가 대문을 나서자마자 닫혔던 현관문이 벌컥 열렸다.

"오빠!"

사무치게 그리웠던 얼굴이 신발도 신지 않은 채 뛰어오고 있었다. 황급히 일어선 정한은 넘어질 듯 달려드는 작은 몸체를 가까스로 받아냈다. 그대로 번쩍 안아 올리자 향긋한 체취가 코끝을 스쳤다. 정한은 따스하고 보드라운 목덜미에 코를 박고 한동안 감격 어린 숨만 들썩거렸다.

그린도 마찬가지였다. 정한의 목에 꼬옥 매달려 미소와 눈물이 번진 얼굴을 몇 번이나 비벼댔다. 짧다면 짧을 수도 있는 한 달여의 시간. 하지만 그린과 정한에게는 더없이 길고 초조한 나날이 아닐 수 없었다.

지난 한 달간, 업무상 꼭 필요한 이메일 외에는 일체의 연락을 주고받지 않았다. 눈 가리고 아웅 하고 싶지도 않고, 진심으로 할아버지의 마음을 돌리고 싶었으니까. 시간이 지날수록 초지일관 굽힐 생각이 없는 민승로의 모습에 속이 타들어갔다. 그래도 그린은 할아버지 내외의 말벗도 되어 드리고 할머니를 도와 집안일을 하며 답답한 하루를 버텨냈다.

하지만 정한은 달랐다. 폭풍처럼 몰아치는 업무를 마치고 집에 돌아오면 저를 기다리는 적막한 공간에 몸서리쳐지는 고독감이 밀려왔다. 사무치는 외로움은 밤이 되면 더 심해졌다. 그린이 누워 있던 침대, 함께 밥을 먹었던 식탁, 집 안 곳곳에 그린의 흔적이 묻어나지 않은 곳이 없었다. 가끔은 맑은 웃음소리가 들리는 환청에 온 집 안을 헤집고 다닌 적도 있었다.

그렇게 외로움에 몸부림치다가도 깊이 참회하는 심정으로 지난날을 반성하곤 했다. 이 커다란 집에서, 그린은 무려 3년이 넘는 시간을 홀로 견뎌야 했다. 혼자 잠이 들고, 혼자 밥을 먹고, 대화를 나눌 사람도 없이 많은 날을 보내야 했다. 가끔 함께 밥이라도 먹을 것을, 힘든 건 없는지, 지내는데 불편한 건 없는지 물어라도 볼 것을. 여자로 보지 않는 것과, 그림자 취급하는 건 분명 다른 문제였는데. 일부러 더 딱딱한 표정으로 본척만척 지나쳐버린 벌이라면 받아도 싸다고 뉘우치다가, 그리움에 뒤척거리는 불면의 밤을 보내야 했다.

그러다 결국, 그날로부터 정확히 1년이 되는 날이 오고 말았다. 오늘은 크리스마스 이브였지만, 휴일이라고 같이 소주 한 잔 기울일 진우도 자리를 비운 지 오래였다. 일찍 집에 돌아와 방문을 연 정한의 시선이 문득 한 곳으로 향했다. 그리고 한참을 제 커다란 책상 앞에 우두커니 서 있었다.

작년 오늘. 불쑥 제 방에 올라온 그린은 이혼 서류를 내밀며 기절초풍할 부탁을 내밀었다.

― 우리, 같이 자요!

그날, 그린이 왜 그런 말을 했는지 한 번 들어보지도 않은 채 쫓아내버리고 말았지. 얼마나 무안했을까. 한심한 표정으로 쫓아버린 내가 얼마나 원망스러웠을까. 이제는 아득하게 지나버린 그 순간마저 참을 수 없이 미안하고 후회가 됐다. 그리고……. 보고 싶었다. 죽을 만큼 보고 싶었다. 커다란 눈을 질끈 감으며 용감하게 외치던 뽀시래기가 보고 싶어서, 미칠 것만 같았다. 그러다 생전 처음 격한 충동이 밀려와 그대로 집을 뛰쳐나왔다. 정한 길 외에는 절대 가지 않는 김정한이 아무런 계획도 없이 무작정 차를 몰고 영산으로 내려와버린 것이었다.

오직 그린이 보고 싶다는 애타는 마음 하나만을 가지고.

그래서 이 순간이, 까마득하게 먼 훗날에 올 시간인 줄로만 알았다. 속으로는 두려웠지만 애써 담담하게 일상을 보낸 둘에게는 지금 이 순간이 꿈만 같이 느껴졌다.

"보고 싶었어."

떨리는 첫마디를 꺼낸 정한의 기다란 속눈썹은 젖어 있었다. 커다란 눈송이 하나가 떨어졌다 녹아내린 탓이었다.

"이제 다시는……"

그런데 젖어버린 속눈썹을 따라 그윽한 목소리도 촉촉해져 있었다.

"아니, 차라리 죽으면 죽었지……. 다신 떨어지지 않을 거야."

힘겹게 떨어져 있던 시간이, 애가 타던 1분 1초가 고스란히 느껴지는 말투로 울먹거리는 정한이었다. 그린은 뭉클한 심정도 잊은 채 멍 하니 정한의 얼굴을 들여다보았다.

뜻밖의 전개

"오빠. 혹시…… 울어요?"

"크흑! 당연한 거 아니야? 다시는 못 보는 줄 알았는데……."

세상에! 다른 사람도 아니고. 온혈, 냉혈을 넘어 빙하혈이 흐르고 있을 것만 같은 세상 무심하고 차가운 남자가 눈물을 흘리고 있었다.

"으흑. 넌 이 감격스러운 순간에 눈물이 안 나?"

생전 처음 보는 오빠의 약한 모습에 가까스로 웃음이 터질 뻔한 걸 꾹 참고, 그린은 정한의 차가운 두 뺨을 포근하게 감쌌다. 반짝반짝. 떨어지는 눈송이보다, 까만 밤하늘의 별보다 순수하고 맑은 눈빛으로, 사랑하는 남자를 그윽하게 바라보다가.

"울 시간이 어딨어요."

"……!"

그린의 뜨거운 입술이 정한의 울먹이는 숨결을 삼켰다. 뜨거운 포옹과 입맞춤은 한참이나 계속되었다. 그러다 몸이 차갑게 식은 뒤에야 부르르 떨며 집 안으로 들어왔다.

"어휴. 감기 걸리겠어요. 우리 따뜻한 것 좀 마셔요."

곧장 주방으로 들어간 그린은 냉장고를 열어 할머니가 담근 모과차 병을 꺼냈다.

"어? 이거……."

식탁 위를 내려다본 그린과 정한의 눈이 동시에 마주쳤다.

잠시 후.

할아버지가 식탁에 올려둔 건 정한이 쓴 크리스마스 카드였다. 그걸 읽고 있는 그린의 얼굴은 눈물, 콧물로 범벅이었다.

"흐어엉. 죽을 때까지 간직할 내 사람이래. 필체 너무 멋있다."

"아까는 울 시간도 없다며?"

정한은 자신이 아닌 제가 쓴 글씨를 더 반가워하는 모습에 살짝 억울한 표정이었다.

"흐엉. 너무 좋은 걸 어떡해요. 오빠가 처음으로 써준 진짜 연애편지인데."

결국 피식 웃음을 터트린 정한이 눈물을 펑펑 쏟는 그린을 끌어안았다.

"앞으로 매일이라도 써줄게. 그만 뚝. 이러다 홍수 나겠다."

그제야 건너편 장식장 유리에 눈물에 콧물까지 범벅된 제 얼굴이 비쳐 보였다. 그린은 정한의 옷자락에 얼굴을 급히 얼굴을 파묻으며 투덜거렸다.

"아. 창피해. 오빠가 눈물 찔끔 한다고 속으로 웃었는데 그대로 돌려받네. 내일 아침에 눈 퉁퉁 붓겠다."

나직하게 웃은 정한이 그린을 번쩍 들어 식탁에 앉힌 뒤 눈높이를 맞추었다.

"어디, 제대로 얼굴 한 번 보자."

"보지 말아요. 지금 엉망이란 말이에요."

"어디가? 예쁘기만 한데?"

"콧물 나온단 말이에요."

"그래도 예뻐. 침을 질질 흘려도 예쁠 거야."

뜻밖의 전개

새침하게 눈을 흘긴 그린은 흘러내린 눈물을 꼼꼼하게 닦아 주고 코까지 팽 풀어 주는 정한의 손길에 순순히 얼굴을 맡겼다. 정한이 두 손으로 그린의 얼굴을 다정하게 감싸며 그윽하게 말했다.

"못 본 사이에 더 예뻐졌네."

"오빠는 못 본 사이에 더 잘생겨졌네요."

닭살 돋는 대화를 농담처럼 주고받았지만 떨어져 있으니 더 절실하게 느껴졌다. 지금 이 두 손에 감싸인 것이 얼마나 소중하고 귀한 것인지. 한동안 서로의 눈을 들여다보던 둘의 얼굴이 스르르 가까워졌다. 뽀뽀보다는 조금 길고 진한 입맞춤을 나눈 뒤 꼬옥 껴안고 벅차게 서로의 온기를 느꼈다. 뜨겁게 끌어안고 있으려니 뒤를 따라 끓어오르는 건 당연히 사심이었다.

하지만 여긴 다른 곳도 아니고 할아버지의 집. 지금 이 정도만으로도 불경한 마음이 들어 더 이상의 애정 행각은 참을 수밖에 없었다. 한동안 머뭇거리던 둘의 눈이 마주쳤다.

"흠. 눈이 밤새 온다고 했는데. 그만 올라갈까?"

"그럴까요? 폭설에 고립될 수도 있으니까요."

그래봤자 저녁에 잠깐 내리다 말 함박눈이라고 했지만, 그린은 낮에 봤던 예보는 깡그리 무시하기로 마음먹고 부리나케 식탁에서 내려왔다.

"오빠. 나 가방 챙겨 가지고 나올 테니까 잠깐만 기다려요!"

천천히 하라는 정한의 말은 들리지도 않는지 방으로 뛰어

들어가서 가방을 열고 보이는 대로 이것저것 쑤셔 넣었다.

"그 많던 짐을 벌써 다 싼 거야?"

언제 서울로 돌아올지 몰라 두꺼운 겨울옷에 커다란 트렁크 하나 바리바리 짐을 싸가지고 내려왔던 그린이었는데 떠나는 준비는 순식간이었다.

"급한 것만 챙겼어요. 나머지는 나중에 와서 천천히 가져가죠. 뭐."

"그렇게 해. 그럼."

고개를 끄덕인 정한은 캐리어를 번쩍 들고 나머지 한 손을 내밀었다.

"갈까?"

맞잡은 두 손을 다시는 떨어지지 않겠다는 듯 꼬옥 밀착한 채 둘은 나란히 차로 향했다.

이젠 집에 돌아갈 시간이었다.

"응. 엄마. 할아버지한텐 바로 전화드렸지. 그럴게요. 아빠 바꿔준다고? 아빠! 저희 지금 올라가는 길이에요. 아. 그게 어떻게 된 거냐면……."

서울로 올라가는 길. 그린은 할아버지를 비롯한 이곳저곳에 전화를 하느라 여념이 없었다. 운전에 방해가 될 법도 하건만 정한은 옆에서 쉴 새 없이 종알거리는 소리도 그저 좋은 모양이었다. 바로 이어 시어머니와 지화 씨, 송천댁 아주머니까지 긴 통화를 마치는 동안 잔잔하게 미소 띤 얼굴로 듣기만 했다.

한참만에야 휴대폰을 내려놓은 그린은 배시시 웃으며 정한을 바라보았다. 꽤 오랜만에 바라보는 풍경이었다. 정한과 형식적으로만 부부 관계를 유지하던 시절. 운전하던 정한을 힐끔힐끔 훔쳐보던 일이 유일한 낙 중 하나였는데. 그 뒤, 서로의 사이가 가까워지고 매일 출퇴근을 같이 하다 보니 운전석의 정한을 바라보는 시간은 급격히 줄어갔다.

"무슨 생각을 그렇게 해?"

물끄러미 저를 바라보는 시선을 느꼈는지 부드러운 목소리가 물어왔다.

"당연한 일들에 더 많이 감사해야겠다는 생각."

"당연한 일들?"

고개를 끄덕인 그린의 목소리가 다시 촉촉하게 젖어 있었다.

"평범한 일상이 누군가에게는 정말 간절할 수도 있잖아요. 그게 언제까지나 영원히 지속된다는 보장도 없고요. 익숙함에 속아 소중함을 잃으면 안 된다는 말이 너무 와닿는 날이에요."

묵묵히 듣고 있는 정한에게 이번에는 그린이 물었다.

"오빤 아까부터 무슨 생각을 하느라 그렇게 말이 없어요?"

원래도 말수가 많은 정한은 아니지만 오늘따라 대화 사이사이, 유난히 침묵이 길어지곤 했다.

"그건…… 이따 집에 가서 알려줄게."

궁금한지 갸웃한 그린에게 웃으며 얼버무렸지만 아까부터 정한의 속에서는 뜨거운 열기가 치밀었다 내려가기를 반복하는 중이었다. 식탁에서 그린을 안고 입을 맞추고 나니, 당연한 욕망이 밀려왔다. 죽을힘을 다해 일단 참고 올라가는 길이다. 지난 한 달간 떨어져 있던 것까지 합해 오늘 밤 뜨겁게 그린을 안아주겠다는 생각. 그걸 차마 말로 할 수는 없어 집에 가자마자 말이 아닌 행동으로 보여주겠다는 결심이 밀려왔다. 그렇게 활활 타는 정한의 결심에 찬 물을 끼얹은 건 다름 아닌 그린이었다.

"맞다. 그때 오빠랑 얘기한 거 있잖아요."

"언제?"

"캠핑 갔다 돌아오던 날. 내가 진짜로 하고 싶은 게 뭔지 생각해 보라는 거."

"아. 하고 싶은 거 생겼어?"

고개를 끄덕인 그린의 목소리는 열성적이었다.

"생각해봤는데, 나처럼 학교 폭력으로 힘들어하는 아이들이나, 후유증에 시달리는 성인들한테 조금이라도 도움이 돼 주고 싶어요."

"어떤 식으로?"

"일단 학사 편입으로 관련 학과를 들어간 다음에 자격증을 따려구요."

"본격적으로 하고 싶은 거구나. 좋아. 나도 응원할게."

뜻밖의 전개

"그런데 가고 싶은 학교는 경쟁이 치열하다고 해서, 지금부터 열심히 공부해야 될 거 같아요."

그린이 가고 싶어 하는 학교는 정한이 졸업한 대학이었다.

"맞아. 우리 학교는 편입도 전공 시험을 필수로 본다고 들었어."

사랑하는 아내가 저렇게 의지를 불태우며 자신의 후배가 되고 싶다는데 정한으로서는 기꺼이 응원을 해주고 싶은 일이었다.

그린의 다음 말이 떨어지기 전까지는.

"그래서 말인데 당분간은 집에 수험생이 있다고 생각하고 오빠도 최대한 협조해 주세요. 1층 다닐 때는 발소리도 조심조심."

기겁을 한 정한이 이번에는 진짜로 급브레이크를 밟았다.

"뭐라고!?"

졸지에 날벼락을 맞은 정한의 속도 모르고 그린이 엄한 표정으로 덧붙였다.

"당분간 내 방에 '공부 중' 팻말이 걸려 있으면 출입 금지예요. 알겠죠?"

"그, 그린아. 좀 더 시간을 가지고 천천히 준비하는 게……."

"안 돼요. 벌써 원서 접수도 해 놨단 말이에요."

"벌써?!"

낭패였다. 오늘부터 매일 밤, 그린과 함께 할 뜨거운 시간을 생각하며 부풀었던 마음이 재회한지 몇 시간도 안 돼 꺼져 버리고 말았다. 눈앞에 악몽이 펼쳐지는 기분이었다. 이미 한 번 겪어봤기에 정한은 그린이 무언가에 한번 집중하면 얼마나 독종이 되는지 알고 있었다. 겨우 몇 달 전에도, 미래전략팀에 입사한 후 마케팅 공부를 한다며 불태운 전적이 있으니까. 한 번 결심하고 나면 기동력도 좋은 뽀시래기다웠다. 풀이 죽은 정한은 그 뒤로 더욱 더 말이 없어졌다.

집에 돌아오니 이제나저제나 집 앞까지 나와서 서성이던 송천댁과 한 씨가 보였다. 반가운 재회가 잠깐만에 끝날 리 없었다. 그린이 송천댁의 손을 맞잡고 다정하게 현관으로 들어가는 걸 보며 한숨을 내쉰 정한은 묵묵히 트렁크를 끌어내렸다. 그린과 송천댁은 거실에 앉아 한바탕 수다를 풀어놓기 시작했다.

정한은 그런 둘을 지나 2층으로 올라가 코트만 벗고 풀썩, 책상 앞에 앉았다. 문득 탁상 달력을 보니 '25'라는 숫자에 크게 동그라미가 쳐져 있었다. 씁쓸하게 웃음을 지은 정한은 물끄러미 달력을 바라보며 회상에 잠겼다. 오늘은 크리스마스이브고, 내일은 4주년 결혼기념일이 되는 날이다. 그리고 작년 오늘. 대충 이 시간 즈음에 그린이 똑똑 노크를 했었고.

"들어와."

그날 물어보지도 않고 했던 대답을 정한은 무의식중에 입 밖으로 꺼내 중얼거려보았다. 순간, 거짓말처럼 문이 열렸다.

"잠깐 들어가도 돼요?"

뜻밖의 전개

상상이 아닌 생생한 목소리에 정한이 놀란 얼굴로 일어섰다.

"아주머니는?"

"벌써 가셨죠."

"일찍 가셨네?"

"늦었으니 쉬시라고 했어요. 우리 결혼기념일, 1시간도 안 남았잖아요."

서둘러 책상을 빙 돌아 한달음에 다가갔다.

문 앞에 서 있는, 그린 것같이 고운 예쁜 얼굴은 작년과 그대로였다. 달라진 점이 있다면 잔뜩 얼어붙어 있던 그때와는 달리 1년 만에 정한을 쥐락펴락하게 된 뽀시래기가 화사하게 웃고 있다는 것.

"뽀시래기 너 때문에 정말…… 오늘 천국과 지옥을 몇 번을 오가는지 모르겠다."

"어어? 또 뽀시래기! 이젠 잘 나가는 커리어 우먼이라고 몇 번을 말해요?"

"예뻐 죽겠는데 어떻게 해. 이건 불가항력이라고."

고개를 기울인 정한이 부드러운 입술과 함께 투덜거림까지 삼켜버렸다. 오늘 하루, 조심스럽게 맞닿았다 아쉬운 멀어짐을 반복하던 입술이 빈틈없이 맞물렸다. 이제야 누구의 눈치도 보지 않고 뜨거운 열기를 피워올리기 시작했다. 창밖에 하얀 눈이 소복소복 쌓이는 동안, 아늑한 침실 안에 야릇하게 피어오르던 열기는 밤을 넘어 새벽까지 활활 타올랐다.

다음 날 아침, 잠에서 깬 그린은 낯익은 침실 천정을 보고 한참이나 깜빡거렸다. 집에 돌아왔다는 게 기쁘면서도 한편으로는 실감이 나지 않았기 때문이었다. 그러다 뚫어질 듯한 시선을 느끼고 고개를 돌렸다. 한 팔로는 저를 안고 다른 팔은 턱에 괸 정한이 그린의 얼굴을 물끄러미 내려다보고 있었다.

"카함, 짝이야. 언제 일어났……어요?"

물어보는 그린은 제 목소리에 더 깜짝 놀란 표정이었다. 그럴 것이 잔뜩 갈라지고 쉰 목소리가 튀어나오고 말았던 것이다. 지난밤, 그린은 제 입에서 그렇게 야하고 도발적인 소리가 나올 줄은 꿈에도 몰랐다. 몇 번이나 참으려고 억눌러봤지만 소용없었다. 침실이 워낙 방음이 잘 되는 데다 별채는 멀리 떨어져 있으니 안심하라는 정한의 다독임 때문일 수도, 제가 어떤 소리를 내는지 나중에는 가늠이 안 될 정도로 환희와 전율 사이를 오갔기 때문일 수도 있었다.

"한참 전에."

"그런데 왜 안 깨웠…… 아, 나 목소리가 왜 이러지."

결국 제 소리가 민망한지 얼굴을 묻어버린 그린이었다. 같이 잠긴 목소리인데 왜 정한의 목소리는 밤새 더 그윽해진 건지, 목소리를 억지로 내려다보니 뻣뻣하고 컬컬해진 음색이 민망하게 느껴졌다.

그린은 정한이 아무리 말을 시켜도 고개만 흔들 뿐 한동안

뜻밖의 전개

모든 대답을 거부했다. 그런 모습도 마냥 예쁜지 결국 웃음을 터트린 정한이 와락 그린을 끌어안았다.

"왜 안 깨우긴. 목이 이렇게 쉴 때까지 괴롭혔는데, 감히 깨울 수가 있어야지."

정한은 삼세번이 아니라 삼십 번쯤은 되는 뽀뽀를 온 얼굴에 쉴 새 없이 퍼붓고 뒷말을 이었다.

"기껏 참고 있었는데 겁도 없이 도발을 하네?"

이번에는 삼백 번은 될 법한 뽀뽀가 목 아래로 쏟아부어졌다.

"꺄악!"

결국 간지러움을 참지 못한 그린이 깔깔거리며 웃음을 터트렸다. 둘이 침대에서 빠져나온 시간은 해가 중천에 뜬지도 한참 지난 후였다.

꿈만 같던 연말이 지나고 한 해의 시작도 정신없이 지나갔다.

넥스트메딕에서 개발한 꿈의 암 치료기는 우수한 성능을 인정받아 국내를 넘어 세계 시장에서도 날개 돋친 듯 팔려 나가기 시작했다. 가뜩이나 폭풍 업무를 몰고 다니던 정한이 더 바빠진 건 말할 필요도 없었다. 그린 역시 마찬가지였다. 정한이 졸업한 대학은 국내 최고의 명문 대학이었다. 안 그래도 어렵고 까다로운 편입 준비에 관련 전공 공부까지 하느라 고3 수험생, 고시생 저리 가라 공부에 매달렸다. 한집에 사는데도 생사 확인만 하고 넘어갈 정도로 바쁜 나날들이 지나고 기쁜 소식이 전해졌다. 올해 단 1명만 뽑는다는 역대급으로 어려웠다는 편입 시험에 그린이 당당하게 합격을 한 것이었다.

하지만 온 가족이 모이는 설 명절, 그린의 시댁이자 정한의 본가인 김홍삼 사장네의 분위기는 그다지 좋지 않았다. 나이가 나이인지라, 가벼운 감기에 걸렸던 김홍삼 사장이 폐렴기가 돌아 입원을 한 것이다. 김홍삼 사장이 입원한 1인실에 모처럼 온 가족이 모이게 되었다. 그린과 정한이 병원에 도착했을 때는, 병실 안의 분위기가 험악해지기 직전이었다.

"에이, 그러니까 이참에 정리할 거 개운하게 정리하시라는 말이잖아요. 내 말이 틀려, 형?"

"네. 아버지. 새한이 말이 맞아요. 아버지도 이제 건강에 자신할 때는 지나셨잖아요."

정한의 두 형제인 윤한과 새한이 앞다투어 김홍삼 사장을 설득하는 중이었다. 보아하니 제 아버지가 병원에 입원한 걸 핑계로 못난이 두 형제가 또 돈을, 아니 이번에는 크게 한몫 챙기려는 모양이었다.

"아버님. 저희 왔어요."

퉁퉁거리던 김홍삼 사장은 그린의 목소리가 들리자 환하게 눈꼬리를 접었다.

"아이고. 막내 왔냐. 그래, 이번에 어려운 시험에 떠억 붙었다며?"

"헤헤. 운도 좋았어요."

쑥스럽게 웃는 그린에게 김홍삼 사장도 벙글벙글한 목소리로 말했다.

"내 그린이 네 학비는 물론, 공부하는 데 들어가는 건 연필 한 자루까지 다 대주마! 졸업하고 대학원도 간다고 했지? 돈 걱정은 말고 하고 싶은 공부 맘껏 해라."

"뭐라고요? 아버지! 제정신이세요? 거기 학비가 1년에 얼만지는 아세요?"

득달같이 달려드는 못난이 형과 아우의 모습에 보다 못한 순옥이 빽 소리를 질렀다.

"시끄러. 이놈들아! 그린이 들어간 대학이 어디 보통 대학이냐? 국내 최고 명문 대학인데 학비 아니라 뭔들 못 대줘!"

"엄마. 그래도 이건 아니지."

"아니긴! 네놈들! 고약한! 심보가! 아니지!"

결국 터져버린 순옥의 심기에 어김없이 솥뚜껑 같은 손이 날아들었다. 정초부터 덕담 대신 등짝을 맞은 윤한과 새한은 아파 죽겠다며 병실 안을 뛰어다녔다. 나이를 먹고도 철딱서니가 없는 둘의 모습에 고개를 절레절레 젓던 그린은 화장실에서는 고개를 저으며 한숨까지 쉬어야만 했다.

"동서, 알고 보니 학벌 콤플렉스가 어마어마했나 봐? 나도 대학원까지 다 갔지만 공부 잘 해봐야 별거 없는데."

"사서 고생이네요. 늦은 나이에 어린애들이랑 공부하려면 힘들 텐데?"

사람 고쳐 쓰는 거 아니라더니. 지난번에 그렇게 망신을 당하고도 아직 정신 못 차린 서현과 은별이었다.

안 그래도 부글부글하던 그린도 결국 터져버렸다.

"말은 바로 해야죠. 형님이 다녔던 데는 평생 교육원이잖아요. 아버님한테 대학원이라고 속이고 학비 부풀려서 받아간 거 지금이라도 털어놓으실래요? 그리고 은별 씨. 계속 반존대 쓸 거면 차라리 우리 말 놓자. 야, 강은별. 난 어린애들하고 말이라도 통하지, 넌 미국에 있을 때 말도 안 통해서 수업 시간에 묵언 수행만 하다 왔다면서!"

역시, 강약약강은 어디 안 갔다. 그린이 세게 나오자 기가 죽은 둘은 대답도 제대로 못 하고 버벅거렸다.

"펴, 평생 교육원 교수진들이 얼마나 탄탄한데……. 같은 교수들이 어차피 대학원 수업도 들어가니까 그게 그거지……."

"아, 아니 그 얘긴 새한 씨가 웃자고 한 말인데……. 왜 예능을 다큐로 받으세요. 그, 그린 형님."

푸흐. 입바람으로 머리칼을 날린 그린이 매서운 눈초리로 둘을 노려보았다.

"내가 아는 어떤 분이 학벌 가지고 사람 차별하는 건 인생 패배자들이나 하는 짓이라고 했어요. 한 번만 더 유치하게 굴면 나도 똑같이 할 거예요. 휴대폰에 패배자 원, 패배자 투라고 저장해 둘 거예요!"

서현과 은별은 쌩 찬바람을 일으키며 나가는 그린의 뒤에서

뜻밖의 전개

얼빠진 얼굴로 한참을 서 있었다. 씩씩거리며 병실로 돌아와 보니 두 형제의 유치한 투닥거림은 여전히 현재 진행 중이었다. 한참 후, 지그시 눈을 감고 있던 김홍삼 사장이 눈을 번쩍 뜨고 이렇게 말했다.

"좋다. 너희 말대로 이번 기회에 미리 재산 정리나 해야겠다. 각자 다들 향후 최소 10년간 어떤 인생 계획이 있는지, 꼼꼼하게 작성해 봐. 제일 가능성 있는 놈한테 강남에 있는 미래 빌딩을 물려줄 테니, 아들, 며느리 가리지 말고 준비해 와라!"

일주일 후, 김홍삼 사장 내외 앞에서 인생 계획 설명회가 열리게 되었다.

첫 스타트를 끊은 사람은 정한이었다. 정한의 빈틈없는 준비성과 철저한 계획성은 가족들도 익히 알고 있었다. 즉 가장 막강한 경쟁자라는 얘기였다. 그런데 정한의 발표는 예상을 깨고 싱겁게 끝나고 말았다.

"전 됐습니다. 돈은 지금도 차고 넘치게 벌고 있어요. 쓸 시간이 안 나서 문제이지. 필요 없으니까 저는 빼 주세요."

채 1분도 안 걸린 간결한 발표에 윤한과 새한은 유력한 경쟁자가 없어져 싱글벙글한 표정이었다. 그 후로 이어진 발표는 꽤나 치열했다. 윤한과 서현, 새한과 은별의 발표는 어지간한 기업의 사업 설명회가 무색했다. 컨설팅 전문가에게 의뢰라도 한 건지, 각종 차트와 도표, 슬라이드까지 등장한 본격적인 발표회였다. 마지막으로 학업과 목표를 구체적으로 제시하고 하루하루 감사하며 주어진 일에 최선을 다하겠다는 그린의 발표까지 끝났다.

김홍삼 사장과 순옥은 진지하게 머리를 맞대고 의논했다. 모두가 긴장한 가운데 김홍삼 사장이 결과를 발표했다.

"그럼 인생 계획 설명회 우승자를 발표하겠다. 우승자는 바로……!"

광고가 필요 없는 김홍삼 사장이기에 결과는 1초 만에 나왔다.

"없다!"

손에 땀을 쥐고 결과를 기다리던 가족들은 순간 황당한 표정을 지었다.

"네? 방금 뭐라고 하셨어요?"

"아버님! 지금 장난치시는 거죠?"

몇 번을 확인했지만 대답은 한결같았다.

"없다니까! 들어보니 다들 굳이 내 돈 없이도 성공해서 탄탄대로를 달리게 생겼던데!"

아뿔싸! 너무 완벽한 인생 계획표를 만들어 온 게 독이 될 줄은 몰랐다. 다들 아차 하는 표정을 짓는 가운데 김홍삼 사장의 청천벽력 같은 두 번째 발표가 이어졌다.

"대신 남은 재산은! 노후에 쓸 것만 남기고 몽땅 사회에 환원하기로 했다. 그러니 아이들 교육비며 생활비도 이제는 능력 좋은 너희들이 각자 알아서 해결해라!"

그 뒤는 아수라장이 따로 없었다.

덤벼들 듯 따지던 윤한과 새한은 끝내는 생전 증여를 부추긴 서로의 탓이라며 멱살잡이까지 하다 정한이 완력으로 떼어놓은 뒤에야 간신히 떨어졌다. 서현과 은별까지 나서 그동안 잘못했다고, 앞으로 최선을 다해 모시겠다고 울고불고 사정을 해도 소용없었다. 머리가 아파진 김홍삼 사장은 두 아들 내외를 쫓아내다시피 한 뒤 문을 걸어 잠갔다.

그때까지도 아무도 몰랐다. 세 번째 발표가 남아 있다는 것을.

"그린이 너 학교 피해 센터인지 뭔지 만들고 싶다며. 아예 재단을 설립해 보면 어떠냐?"

학교 폭력 상담 센터가 아니라 무려 학교 폭력 예방 및 지원 재단. 통 큰 김홍삼 사장답게 재단 법인을 설립해 여생은 사회에 일조하는 삶을 살아보고 싶다는 얘기였다. 그간 이런저런 일을 겪으며, 부나 명예가 전부가 아니라는 걸 깊이 깨달은 김홍삼 사장의 뜻깊은 결단이었던 것이다.

"아버님. 그게 무슨 말씀이세요?"

김홍삼 사장의 말에 그린의 커다란 눈이 휘둥그레지고 말았다.

"정한이한테 다 얘기 들었다. 그렇게 힘든 일을 겪고도 남을 돕고 싶어하는 기특한 생각을 하다니 정말 장하구나. 강남에 빌딩 증여해줄 테니 한번 꾸며 보거라."

"아버님!"

눈물이 글썽해진 그린이 김홍삼 사장을 와락 끌어안았다. 김홍삼 사장은 쑥스러운 표정을 지으면서도 허허거리며 그린을 다독였다.

재단 설립을 위한 절차는 정한과 김홍삼 사장의 조력을 받아 은밀하게 진행되기 시작했다. 그린은 남다른 각오와 열정을 불태우며 재단 운영을 위한 밑그림을 착실하게 그려나갔다.

chapter 27

불타는 신혼여행

3월이 코앞이었다.

그린은 오랜만에 반가운 얼굴을 보기 위해 넥스트메딕 근처로 향했다. 바쁜 시간을 쪼개 잠깐 보러 나온 건, 동갑내기 삼총사 지화와 제오였다. 먼저 만나 그린에게 근황을 들은 지화는 연신 감탄을 내뱉었다.

"대단해, 그린 씨! 이렇게 잘나가는 회사 대표 사모님이면 편하게 놀고먹어도 되는데, 그 어려운 공부를 또 한다니."

그렇게 말하는 지화 역시 곧 퇴사를 앞두고 있었다. 넥스트메딕의 복지와 처우는 업계 최고였지만, 이렇다 할 스펙이나 전문성이 없던 지화는 한계를 느끼게 되었다. 결국 적성을 살려 속옷 사업에 뛰어들었다. 퇴사와 창업이 코앞이라 바빴지만 한동안 우울 모드로 좀비처럼 다니던 시절에 비하면 한껏 활기가 돌고 있었다.

"앞으로 내가 그린 씨 속옷은 평생 책임진다! 그래서 이렇게."

지화는 부스럭거리며 가방 속에서 종이 백을 꺼냈다.

"짜잔~! 야심차게 준비한 유지화표 섹시 란제리 2탄! 19금을 넘어! 29금을 향해 가는 미래지향적 디자인!"

"세상에! 필요 없어요! 그냥 지화 씨 입어요!"

그린은 지화가 쇼핑백을 열어젖히려 하자 기겁을 하며 밀어냈다.

"뭐야. 아직도 불타는 신혼이라 필요 없다 이거야? 하. 듣는 솔로 어디 서러워서 살겠나."

지화의 능청에 결국 거절도 못 하고 속옷을 받아야 했다. 그동안 그린을 보며 능력을 키우고 스펙을 쌓아 당당한 한 사람이 되는 게 먼저라고 생각한 지화는 들어오는 소개팅도 죄다 거절하고 밤낮으로 일에만 매달리는 중이었다.

잠시 후, 제오가 바쁘게 도착했다. 그 잠시에도 쉴 새 없이 업무 전화를 이어가는 제오의 모습은 누가 보아도 차기 CEO로 손색이 없어 보였다.

"와, 툭 하면 옥상에서 쭈그리고 앉아 한숨만 쉬던 때가 엊그제 같은데."

그린의 감회 어린 말에 다들 고개를 끄덕였다.

그게 채 1년도 안 된 일인데, 각자 이루고 싶은 일을 위해 열심히 달려가는 모습이 뿌듯하기도, 뭉클하기도 했다.

"어? 나 인수인계 건으로 좀 먼저 들어가 봐야 할 거 같아요. 그럼 그린 씨! 신혼여행 잘 다녀오고! 제오 씨! 건강하게 잘 지내요!"

불타는 신혼여행 431

지화가 총총거리며 들어간 후 그린은 제오와 이런저런 담소를 나누다 자리를 정리했다. 넥스트메딕과 바론바이오 사이 어디쯤, 차가운 겨울바람이 슬슬 누그러지는 거리 한가운데 두 친구가 마주 섰다.

"제오야. 생각해보면 너한테는 정말 고마운 일투성이였던 거 같아. 진심으로 고마워."

그린이 먼저 밝게 웃으며 손을 내밀었다. 제오는 물끄러미, 눈앞에 내밀어진 곱고 하얀 손을 바라보았다. 작년 이맘때쯤, 기적처럼 정확히 이 자리에서 잊지 못한 첫사랑을 만났다. 설레며 걷던 이 길을 어느 날엔가는 쓰라린 가슴으로 지나던 나날도 있었다.

"나도. 나도 고마워. 민그린."

이제는 떠올리면 아련한 따스함만 남는 이 길 위에서, 제오도 밝게 웃으며 그린의 손을 잡았다.

"나한테? 왜?"

그린이야 알게 모르게 제오의 도움을 많이 받았지만, 자신이 제오에게 해준 건 없는 것 같은데, 그저 의아한 표정만 지을 뿐이었다. 제오는 다시는 못 볼 사람이라도 보는 듯 그린의 커다란 눈망울과 오목조목 예쁜 얼굴을 눈에 담았다. 한때는 학폭 가해자의 이름만 듣고도 공황 장애가 올 정도로 나약하고 여리기만 했던 민그린. 그랬던 그녀가 용기를 내어 닥친 문제를 차근차근 풀어 나가는 걸 고스란히 지켜보았다. 오히려 나약한 건 자신이었다는 생각이 들었다. 제오는 업무로 사고를 치면 형에게, 조가연의 일로 골치가 아프면 정한에게, 일단 털어놓고 기댈 생각만 했다. 하지만 그린은 누구의 힘도 빌리지 않고 혼자서 씩씩하게 앞으로 나아가고 있었던 것이다.

"그냥. 한번 따라 해 봤어."
"에이. 싱겁기는. 얼른 들어가."
"먼저 가. 오늘 신혼여행 가는 날이라며."
"그래. 나 가서 짐도 싸야 되고 해서, 그럼 먼저 들어갈게. 잘 가!"

그린은 밝게 웃으며 손을 팔랑거리고 떠나갔다. 물끄러미 바라보던 제오도, 곧 몸을 돌려 갈 길을 서둘렀다. 고마워. 그 시절, 순수했던 마음 한 조각을 간직할 수 있게 해줘서. 힘들고 주저앉고 싶을 때마다 오롯이 버텨나가는 힘을 가지게 해줘서. 결국 끝까지 고백은 할 수 없었지만, 너를 생각하면 모든 것이 다 아름다웠고, 내내 고마웠다. 안녕, 내 첫사랑. 민그린.

집에 돌아온 그린은 부산을 떨며 짐을 챙겼다. 오늘은 정한과 함께 무려 이박 삼 일의 신혼여행을 떠나는 날! 곧 개강을 하는 3월이 되면 그린은 학업으로, 정한 역시 사업 확장과 관련해 본격적으로 바빠질 예정이었다. 그린과 정한은 앞으로의 여정에 파이팅도 할 겸, 한동안 공부봇, 일봇으로 지내야 하는 아쉬움도 달랠 겸 못 갔던 신혼여행을 가기로 했다. 시간이 짧아 장소는 남해에 있는 최고급 스파 리조트로 정했다. 기분 좋게 의기투합을 한 둘은 일사천리로 계획을 짜고 바로 오늘 정한의 업무가 끝나자마자 출발하기로 했던 것이다. 집에서 고양이 가족과 한참 놀다 남은 오후를 보낸 그린은 정한이 돌아오자 바로 남해로 출발했다.

꼬박 5시간을 달려 남쪽으로, 남쪽으로 내려가는 길.

휴게소에 한 번 들릴 때마다 포근해지는 공기, 이른 봄옷으로 갈아입기 시작하는 산과 들의 풍경을 보니 둘의 마음도 꽃망울을 틔우기 전처럼 부풀어 오르고 있었다. 숙소에 도착하니 이미 날이 저문 지 오래였다. 그린과 정한이 체크인을 한 곳은 삼 면이 바다로 둘러싸인 절벽 위의 거대한 독채 풀 빌라였다. 풀 빌라와 연결된 수영장과 갤러리를 꽤 지난 뒤에야 입구가 나왔다.

"우와! 오빠! 여기서 둘이 아니라 스무 명은 자도 되겠어요!"

그린은 신기한지 드넓은 풀 빌라 이곳저곳을 들여다보며 구경하느라 여념이 없었다. 총 3층으로 된 빌라 안에는 호화로운 침실이 자그마치 5개나 되었다. 층마다 다이닝 룸과 응접실을 완벽하게 갖추고 곳곳에는 중세 영화에 나올 것처럼 화려하고 커다란 욕조까지 배치되어 있었다.

"여기서 두 밤만 자고 가는 거 너무 아쉽다. 침실이 다섯 개니까 최소 다섯 밤은 자야 되는데."

아쉬워하는 그린과 달리 정한은 오히려 여유 만만한 미소를 띠고 있었다. 사실 빌라를 같이 돌아보는 동안 정한은 벌써 이박 삼 일 동안 저 다섯 개의 침실을 완벽하게 사용할 계획을 세우고 난 뒤였다. 그러기 위해서는 여행 첫날밤인 오늘부터 빈틈없이, 철저하게 움직여야 한다.

최대한 시간을 아끼기 위해, 각자 떨어진 욕실에서 샤워를 한다. 같이 씻으면 침실 1개도 이용하지 못하는 불상사가 일어날 수도 있으니까. 씻고 나오면 웅장한 벽난로가 있는 메인 응접실에서 만나기로 했다. 벽난로에 조명을 켜놓고 와인을 한잔하며 분위기를 잡은 다음 응접실과 이어진 제일 큰 침실로 직행하면 끝. 그 뒤, 1층 침실과 연결된 엘리베이터를 타고 3층 파노라마 베드가 있는 침실로 가면 첫날밤에 벌써 두 개의 침실을 클리어 하게 된다. 오늘따라 정성 들여 구석구석 꼼꼼히 샤워를 하다 제가 세운 완벽한 계획에 감탄을 한 정한은 박수까지 치며 셀프 칭찬을 아끼지 않았다.

뚝. 뚝.

군살 하나 없이 완벽하게 짜인 근육으로만 이루어진 탄탄한 몸을 타고 물이 흘렀다. 남은 밤을 효율적으로 보내기 위해 맨살 위에 샤워 가운만 걸친 정한은 미리 부탁해 칠링해 둔 샴페인을 가지러 다이닝 룸으로 향했다. 대리석 테이블 위, 샴페인 칠러와 티끌 하나 없이 반짝반짝 닦인 잔이 두 개. 빨간 장미까지 얹어 놓은 은쟁반을 본 정한은 계획대로 착착 진행되는 상황에 흡족한 표정을 지었다. 순조로웠다. 모든 것이 완벽한 밤이었다. 은쟁반째로 들고 거실로 향하기 전까지는.

"지금 뭐, 그거 하려고? 지금?"

그린은 메인 응접실 한가운데, 푹신한 러그 위에 주저앉아 있었다. 환하게 웃으며 올려다보는 그린의 모습에 정한의 입에서는 버벅거리느라 문장 성분을 파격적으로 재배치한 질문이 튀어나왔다.

"오늘 운전한 거 말고 아무것도 못 했는데, 그냥 자기 아깝잖아요!"

그린이 씨익 웃으며 늘어놓은 것들은 트럼프를 비롯한 각종 보드게임이었다. 아니야. 그린아. 그거 아니야. 지금 바로 자러 가야 아깝지 않은 거야. 단전에서부터 올라오는 하소연은 꾸욱 누른 채, 정한은 꾹 다문 입술을 길게 늘이며 가식적인 미소를 지어 보였다. 그래. 우리 뽀시래기가 놀고 싶다는데. 까짓것, 종류별로 한 판씩 속전속결로 해치우면 1시간이면 끝나겠지 뭐. 정한이 제 판단이 크나큰 착오였음을 알게 된 건 정확히 1시간 후였다.

"뭐야! 오빠 속임수 쓴 거 아니야? 어떻게 한 번을 안 져?"

낭패였다. 원활하고 빠른 게임 진행을 위해 주도적으로 리드한 덕분에 정한이 모든 판을 이기고 만 것이었다.

"나 이대로는 못 자. 다시 해요! 이번엔 두 눈 똑바로 뜨고 지켜 볼 거야!"

전투 의지를 활활 태우는 그린을 보며 정한은 속으로 탄식을 내질렀다. 생각해보니 지난 1년간 겪어본 민그린은 승부욕 또한 남다른 뽀시래기였던 것이다! 끝내 말 그대로 활활 불타는 신혼 첫날밤이 시작되었다. 그런데 불타는 게 부부의 뜨거운 밤이 아니라 왜 게임판을 사이에 둔 전투력인 건지.

"잠깐! 지금 나 무시하는 거예요? 일부러 봐준 거잖아요!"

"이상하네? 오빠. 혹시 카드 한 장 숨긴 거 아니야? 엉덩이 들어봐요!"

"방금은 너무 긴장해서 한숨을 쉬었더니 무너진 거예요! 이번 판은 무효!"

사랑하는 아내가 눈앞에 있는데도 왜 허벅지를 찌르는 심정으로 도를 닦아야 하는 건지.

그것도 무려 신혼여행 첫날밤을! 지기는 싫고, 그렇다고 요행으로 이기고 싶지도 않고, 무조건 정정당당하게 승부를 가려 이기고 싶다며 그린이 고집을 부렸기 때문이었다. 승부는 밤이 늦도록 계속되었다. 엎친 데 덮친다고, 연일 무리한 야근에 오늘 장거리 운전까지 한 정한의 눈이 서서히 감기기 시작하고 있었다.

잠시 후.

체스판 위를 뚫어져라 노려보며 다음 수를 고민하던 그린은 무언가가 러그 위로 후두둑 떨어지는 소리에 퍼뜩 정신을 차렸다. 아까 정한이 잡은 그린의 체스 말들이었다. 건너다보니 정한이 쥐고 있던 손을 활짝 편 채 꾸벅거리고 있었다.

"벌써 시간이 이렇게 됐나?"

시간을 확인한 그린은 슬그머니 손을 뻗어 정한을 흔들었다.

"오빠. 오빠아."

"으음."

"들어가서 자요."

다시 손을 뻗은 순간, 굵은 허벅지 위를 가리고 있던 가운 자락이 스르륵 미끄러지고 말았다.

헐! 세상에! 그린의 얼굴이 순식간에 벌게지고 말았다. 민망한 눈길로 흘끔흘끔 바라보던 그린의 마음속에 음탕한 생각들이 불쏘시개처럼 피어올랐다.

'어휴. 심장이야. 저렇게 태초의 상태를 하고 나왔으면 아까 말을 했어야지. 그럼 게임 말고 더 재밌는 걸 했을 텐데!'

하지만 버스는 떠난 뒤였다. 밤은 깊었고, 오빠는 이미 렘수면 상태에 빠져든 것 같았다. 간신히 정한을 부축해 침대로 간 그린은 풀썩 건장한 몸을 눕혔다. 단정하게 눈을 감고 잠이 든 정한의 곁에서 그린은 깊은 고민에 들어갔다. 정한이 피곤할 거 같아 푹 자게 해주고 싶은 배려심과 오늘 밤도 찾아주신 귀한 손님, 음란마귀 사이에서 치열한 갈등이 생긴 덕분이었다.

오빠의 숙면을 위해 오늘 밤은 한 침대에 누우면 안 되는 거 아닐까? 아까 그 모습을 보고야 말았는데, 내가 오빠를 더듬지 않고 이 밤을 보낼 수 있을까?

애초에 가만히 잠만 자는 건 그린의 선택지에는 없었다. 이대로 곁에 누우면 잠든 오빠를 마구마구 더듬을 것 같다는 예감이 강력하게 몰려왔다.

'오늘은 참자. 내일 밤도 있으니까.'

살그머니 문을 닫고 나온 그린은 거실을 정리하고 들뜬 마음으로 3층으로 향했다.

아까부터 호시탐탐 눈여겨본 그것. 3층 침실 한가운데 커다란 원형 침대가 놓여 있었던 것이다. 일명 파노라마 침대! 왜 파노라마인지는 모르겠지만, 성인 너다섯 명이 너끈하게 누워 뒹굴 수 있을 것 같은 그 침대에 아까부터 누워 보고 싶었다.

"아이고. 푹신하다."

침대 한가운데로 다이빙을 한 그린은 천장을 바라보며 활짝 행복한 미소를 지었다. 신혼여행. 진짜 좋은 여행. 별거 안 한 첫날밤부터 이렇게 좋은데 내일은 또 얼마나 좋을까. 스르르 잠이 든 그린의 입가에 밤새 예쁜 미소가 맺혀 있었다. 자정보다 새벽이 더 가까운 한밤중, 퍼뜩 잠에서 깬 정한이 허겁지겁 그린을 찾으며 구석구석을 뒤지고 다니던 그 순간까지.

"왜 또 하필 여기에서 자고 있냐."

정한은 곤히 잠든 뽀시래기의 모습에 탄식을 하다 맥없이 옆에 누웠다. 살짝 어긋나긴 했지만, 어쨌든 계획대로 하룻밤에 침실 2개는 클리어 한셈이 되고 말았다.

"으음."

품 안의 그린이 시원하게 팔다리를 뻗으며 기지개를 켜는 바람에 정한의 눈도 떠지고 말았다. 어느새 새벽이 밝아 오는 모양이었다.

"잘 잤어?"

"굿모닝."

꿀 떨어지는 뽀뽀부터 하다 말고 문득 정한의 어깨 너머로 시선을 돌린 그린의 입이 쩌억 벌어지고 말았다. 안 그래도 큰 눈이 저렇게까지 커질 수도 있나 싶을 정도로 땡그래진 채로.

"우와! 오빠! 저거 봐요!"

고개를 돌려 뒤를 돌아본 정한의 입에서도 저절로 감탄사가 흘러나왔다.

"와아……."

말 그대로 장관이었다. 3층은 층 전체가 전면이 통유리인 하나의 공간으로 되어 있었다. 한쪽 바다에서는 해무가 올라오고 반대편 절벽에서 이어지는 울창한 숲은 아스라한 안개에 덮여 있었다. 마치 구름 위에 있는 느낌이었다. 넋을 잃고 바라보던 둘의 시선에 바다 건너에서 서서히 올라오는 찬란한 해가 보였다. 그린과 정한은 어느새 서로를 꼬옥 끌어안고 뺨을 댄 채 창밖을 바라보았다. 대자연에 오롯이 둘러싸여 같이 일출을 보는 이 순간을, 죽을 때까지 잊을 수 없을 것만 같았다. 눈도 깜빡이지 않은 채, 해가 떠오르는 것을 지켜보던 그린은 정한에게 시선을 돌렸다. 윤기 나는 눈썹부터 베일 듯 날카로운 콧대, 매끈한 입술까지 정한의 얼굴이 온통 금빛 햇살로 뒤덮여 있었다. 눈부셨다.

그린의 속마음을 잃었는지 일렁일렁한 눈동자로 마주 보던 정한이 그윽하게 말했다.

"눈이 부실 정도로 예뻐."

목이 멘 그린은 부신 미소만 지으며 고개를 끄덕거렸다.

그림자를 지나면 빛도 있듯, 나쁜 사람이 있으면 좋은 사람도 있다고 말해 준 남자. 어둡던 하루하루를 등대같이 비춰주던 사람.

그랬던 그가 지금은 나를 보고 빛이 난다고 해준다. 참지 못하고 와락 정한의 목을 감싸자 촉촉한 숨결이 내리덮였다. 찬란한 아침 햇살 한가운데서 꼬옥 끌어안은 두 사람은 날이 환하게 밝을 때까지 떨어질 줄 몰랐다.

잠시 후, 식당으로 내려와 조식을 먹은 둘은 수영복으로 갈아입고 연결된 통로를 지나 수영장으로 향했다. 독채 빌라에 붙은 수영장은 해안선과 연결돼 바다 위에 떠 있는 듯 착시를 주는 인피니티 풀이었다. 그린은 선베드에 기대 우아한 자태로 칵테일을 홀짝거리다 말고 힐끔힐끔, 선글라스 너머로 정한을 훔쳐보기 바빴다. 손목 아래까지 단정하게 내려온 래시가드에 반바지 형태인 그린의 수영복에 비해 피부 면적을 아낌없이 드러낸 정한의 수영복은 확실히 과감했다.

'와아. 근육 미쳤네.'

딱 달라붙는 수영복을 입으니 왜 옷을 다 벗고 있을 때보다 더 야하게 느껴지냐. 저대로 들어다 박물관 한가운데 세워 두면 조각상으로 착각하고 지나갈 듯. 그린은 입가에 흘러내리는 칵테일인지 침인지 모를 것을 닦으며 홀린 듯 정한을 바라보았다. 정한은 두 팔을 쭉쭉 뻗고, 어깨를 돌리며 스트레칭을 하는 중이었다. 이번에는 뒤로 도니 문짝인지 등짝인지, 근육으로 좍좍 갈라진 완벽한 뒤태가 드러났다.

"대박. 갓벽해……."

그린의 입에서 할아버지가 싫어하는 사전에 등재되지 않은 말이 끊임없이 튀어나오고 말았다. 직업이 운동선수가 아닐까 싶을 만큼 탄탄하게 치켜 올라간 엉덩이. 그 아래 쭉 뻗은 다리를 힘껏 차는 동작으로 마무리를 한 정한은 그대로 첨벙! 풀장으로 뛰어들었다. 촤아아! 힘차게 물 위로 솟으며 머리를 쓸어 올리는 모습은 영화의 한 장면이 따로 없었다.

"들어와! 물 온도 좋아."

떨어질 뻔한 칵테일 잔을 가까스로 사이드 테이블에 올려놓은 뒤, 그린도 풀 사이드로 향했다. 핫둘, 핫둘. 준비 운동을 마친 그린이 뛰어들 채비를 마쳤다. 어느새 꽤 긴 풀장 끝까지 헤엄쳐 갔다 다시 이쪽으로 온 정한이 두 팔을 벌렸다. 퐁당! 작은 물보라와 함께 물속에 뛰어든 그린이 건장한 팔 안에 무사히 안착했다. 물보라 같은 자잘한 웃음이 서로의 입가에 번졌다.

오전 내내 신나게 물놀이를 한 뒤 오후에는 커플 스파를 받았다. 저녁은 남해 특선 코스 요리로, 싱싱한 해산물에 맛깔스러운 산해진미를 배가 터지게 먹었다.

식사 후 숙소로 돌아온 둘은 걷기 편한 신발에 윈드브레이커까지 챙겨 입고 밖으로 나왔다. 오늘의 마지막 일정은 이 리

조트의 명물 '달 보고 별 보고.' 골프장 코스 중 한 곳을 따라 조명도 없는 길을 오로지 달빛에만 의존해 걷는 체험이었다. 화려한 도시의 야경에 길들여진 눈이 불빛 한 점 없는 어두운 길을 지나려니 처음에는 어색한 기분이 들었다. 하지만 주위가 어두워서인지 달빛이 더 환하게 느껴졌다. 달빛 아래 터벅터벅 하늘을 보며 걷는 산책은 곧 둘의 마음을 사로잡았다. 골프장 그린 위 가장 높은 지대, 반환점 아래 선 둘의 입에서 탄성이 나왔다. 태어나서 그렇게 많은 별을 본 건 처음이었다.

"여기 와서 제일 많이 한 소리가 '와아!'인 거 같지 않아요?"

그린의 말에 정한도 웃으며 고개를 끄덕였다.

"보이는 모든 게 감동이니까."

별안간 그린을 돌려세운 정한이 두 팔을 뻗어 작은 몸을 살며시 끌어안았다.

"그중에 제일 감동적인 게 여기 있네. 이렇게 예쁜……."

"혹시! 또 그 말 하려고?"

그린이 발끈하자 정한은 웃음과 함께 '뽀'자로 시작하는 단어를 눌러 삼켰다.

"예쁜 여성분하고 결혼했다는 사실이 아직도 믿기지 않고 가슴이 뭉클합니다."

피식 웃어 버린 그린은 정한의 허리를 감싸며 가슴에 얼굴을 기댔다.

"나도. 아직도 믿기지 않아요. 사실 말은 안 했지만 오빠가 나를 거들떠도 안 보는 게 느껴져서 얼마나 속상했는데."

"그럴 리가. 거들떠도 안 본 게 아니라 일부러 외면한 거야. 자꾸 이성으로 느껴져서."

"빈말이 늘었네요? 립서비스인 거 알지만 기분 좋으니 그렇게 믿을게요."

"아닌데? 한 치 거짓 없는 진실인데?"

진지한 말투에 그린의 눈에 반짝반짝 호기심이 돌았다.

"진짜로? 내가 여자로 보였다고? 언제부터요?"

4년 전 어느 날, 정원이 딸린 단독 건물을 소유한 강남의 한 스튜디오.

스물여덟의 예비 신랑, 정한은 세트장 한가운데 앉아 있었다. 188의 완벽하게 균형 잡힌 몸에 턱시도까지 입으니 훤칠하다 못해 눈이 부셨다. 하지만 자꾸 시계를 들여다보는 정한은 표정도, 마음도 초조함과 불편함 사이를 오가는 중이었다. 이미 이 결혼의 형태와 유지할 기간까지 완벽하게 계획이 선 정한에게는 오늘 이 스튜디오 촬영이 전혀 달갑지 않았다. 어차피 3년 후, 이혼할 사이인데 사진으로 남겨놓는다는 게 부질없다 여겨졌으니까.

하지만 회사가 바빠 신혼여행을 못 간다는 소식에 양가 어른들은 하루 날을 잡아 사진이라도 멋지게 찍어두라며 압박을 해왔다. 게다가 다른 누구보다 그린이 가장 이 날을 기다리는 눈치였다. 안 그래도 바람만 불면 날아가게 생겼던데 뺄 살이 어딨다고. 열심히 다이어트를 하고 밤마다 정성스레 오이 마사지를 한다는 얘기에 피식 웃음이 나오기도 했다.

'아직 나이가 어려서, 결혼에 환상이 있을 수밖에 없나?'

그때까지 정한에게 민그린은 코스 요리 앞에서 허둥거리는 꼬맹이 이미지로 굳어져 있을 뿐이었으니까.

잠시 후, 무료한 듯 벌떡 일어선 정한은 팔짱을 낀 채 뚜벅뚜벅 스튜디오 안을 서성거렸다.

"곧 신부님 나오실 거예요!"

직원의 말에도 감흥 없이 고개만 끄덕이는 얼굴이 무심하기 짝이 없었다.

"세상에! 눈이 부시다, 눈이 부셔!"

"어머. 이 피부 좀 봐. 막 까놓은 달걀보다 더 매끈매끈하네!"

뒤쪽에서 들려온 직원들의 호들갑에 고개를 돌리기 전까지는.

"신랑님! 어떠세요?"

귓등을 스치고 지나간 직원의 말이 저 멀리로 튕겨져 나가고 말았다. 벌어질 뻔한 턱을 간신히 다물고 정한은 뚫어지게 그린을 바라보았다. 우아하게 틀어 올린 머리와 은은하지만 세련된 메이크업이 그린을 한층 성숙해 보이게 만들었다. 잡티 한 점 없는 고운 피부. 드레스 위로 드러난 매끄러운 어깨. 나이에 맞게 발랄한 튜브톱 드레스를 입었지만 눈앞의 그린은 꼬맹이가 아니라 눈부신 미모의 아름다운 신부 그 자체였다. 스태프의 안내에 따라 웨딩 아치 아래 그린과 마주 선 정한은 어딘가 당황한 표정이었다. 두근. 두근. 두근.

'갑자기 내가 왜 이러지?'

정한이 이상을 느낀 건 포토그래퍼의 주문이 떨어진 후였다.

"흠, 포즈가 너무 심심한데? 신랑님! 신부 허리에 팔 좀 감아 보세요!"

한 품에 쏙 들어오는 가느다란 허리 근처에 정한은 엉거주춤 매너 손 자세를 취했다. 수줍게 얼굴을 붉힌 그린에게서 달콤한 향기가 느껴졌다.

쿵! 쾅! 쿵! 쾅! 그저 꼬맹이에 불과했던 눈앞의 뽀시래기가 갑자기 정한의 심장을 미친 듯이 두드리기 시작했다. 이러다 돌보다 단단한 대흉근을 뚫고 튀어나오는 건 아닌지 걱정이 될 정도였다.

"아이. 이렇게 꽉! 안으셔야 사진이 예쁘게 잘 나옵니다!"

보다 못한 어시가 정한의 두 손을 그린의 허리에 단단하게 밀착시키자 입에서는 절로 '윽'하는 신음이 흘러나왔다. 서로의 몸을 밀착한 채 서 있자니 고문이 따로 없었다.

"신부님! 손 어색하시면 신랑님 가슴 위에! 네! 거기 살포시 얹어주세요. 좋습니다!"

본의 아니게 그린의 손이 가슴을 더듬자 정한의 표정이 험악하게 굳어지고 말았다. 눈앞에 보이는 모든 것이 예쁘고, 그

중 어느 것 하나 설레지 않은 게 없어서. 혹시라도 이 마음을 들킬까. 얼굴에 조금이라도 나타날까 봐.

"두 분! 이제 마주 보시고! 신랑님! 제발 얼굴 좀 펴세요! 마지막으로 한 번만! 한 번만 웃어주세요! 제발요!"

최선을 다해 경직된 입꼬리를 끌어올리던 정한은 보고야 말았다.

"하나! 둘! 셋!"

별처럼 초롱초롱 빛나는 눈동자로 환하게 웃으며 올려다보는 그린의 얼굴을.

고요한 밤하늘에 그린이 숨넘어가게 웃는 소리가 울려 퍼졌다.

"떨려서 그런 거라고요? 정말? 난 그날 오빠가 화난 줄 알고 얼마나 눈치를 봤는데!"

이제는 당당히 꺼내놓은 결혼사진 액자 속. 환하게 웃고 있는 그린과 달리 극과 극의 표정. 잔뜩 화가 난 사람처럼 차갑게 굳은 정한의 얼굴. 그 표정이 다른 이유가 아니라 그날 그린의 모습에 반해버려서. 여자로 느껴져 떨리는 속마음을 감추려다 그랬다는 얘기에 절로 행복한 웃음이 지어졌다.

"너무 아쉽다. 그때 서로 속마음을 알았다면 신혼여행도 가고, 오늘 같은 날도 더 빨리 왔을 텐데."

불타는 신혼여행

아쉬움이 듬뿍 묻어나는 그린의 말에 정한은 진지한 표정으로 고개를 저었다.

"아니. 그랬으면 난 회사 일도 팽개치고 마누라 껌딱지로 살았을 거야. 장기적으로 보면 지금이 나아."

"하긴. 생각해보니까 나도 오빠랑 알콩달콩 신혼부부 놀이 하느라고 학점도 엉망에 취직도 못 했을지도 몰라요."

마주 보고 환한 미소를 지은 둘은 손깍지를 한 채 도란도란, 남은 길을 다정하게 걸어 숙소로 돌아왔다. 평온했던 하루는 딱 거기까지였다. 샤워를 하고 침실로 돌아온 그린은 한동안 '말잇못' 표정만 짓고 있었다. 그린이 두 손으로 치켜들고 있는 건 미래지향적 디자인에 충실한 유지화표 29금 란제리였다. 뚫어지게 바라보던 그린의 입에서 떨리는 목소리가 흘러나왔다.

"이, 이걸, 와…… 이걸 어떻게 입어……."

보는 사람도 없는데, 불타는 홍당무처럼 빨개진 그린은 표정 그대로 말을 잇지 못하고 있었다.

"아니다. 아무리 봐도 이건 아니야."

아무리 불타는 신혼이라고 해도, 이제는 알 것 다 아는 유부녀라 해도 감당할 수 있는 수위라는 게 있었다. 지구에 비해 고도로 발달된 문명에서 온 외계인도 충격을 받고 134억 광년은 떨어진 은하계로 줄행랑을 칠 고수위 디자인을 보니 새삼 지화의 창의력에 감탄만 나왔다. 그런데 한참 들여다보고 있자니 꼬물꼬물 몹쓸 호기심이 기어 나왔다.

'그래도 준 성의가 있는데…… 한 번 입어보기는 할까……?'

생각해보니 오늘이 아니면 서랍 깊숙한 곳에 숨겨두고 평생 꺼내보지 않을 아이템. 정한은 회사 일로 통화를 하느라 한참 후에나 돌아올 게 분명했다. 은근 걱정이 많은 승 팀장은 정한이 자리를 비우면 더더욱, 사소한 일도 꼼꼼하게 확인받고 싶어했으니까. 결국, 호기심이 부끄러움을 이기고 말았다. 번개같이 입어보고 빛보다 빠르게 벗으면 되잖아. 결심이 선 그린이 잽싸게 움직이기 시작했다.

잠시 후.

"그렇게 알고 이 시간 이후로는 절대 연락하지 마세요. 계약이 날아가든, 말아먹든 승 팀장 선에서 알아서 처리하시라고. 그리고 마지막으로 한 가지 더……."

그린이 속옷을 입자마자 침실 문이 활짝 열리더니 정한이 불쑥 모습을 드러냈다. 통화를 하느라 떨어져 있던 그 짧은 순간에도 그린이 보고 싶어져 서둘러 돌아온 것이었다. 으헉! 기겁을 한 그린은 가릴 것을 찾아 허둥지둥 주위를 둘러보았다. 하지만 정신없이 서두르는 바람에 방금 벗어 던진 옷들도 저 멀리로 날아갔다는 게 문제였다. 툭. 들고 있던 휴대폰을 떨어트린 정한은 얼음으로 만든 조각상처럼 굳어버렸다.

[여보세요? 대표님? 잘 안 들리는데요? 대표님!]

카펫 위의 휴대폰에서 승 팀장이 애타게 정한을 부르는 소리가 들렸다.

슥! 그대로 발로 차 침실 밖으로 날려버린 정한이 성큼 다가갔다. 떨리면서도, 뜨거운 욕망이 어리는 정한의 눈을 마주치자 그린의 머릿속에서도 부끄럽다거나, 외계인도 감당 못 할 거 같다는 생각 따위는 날아가버리고 말았다. 외계인은 도망갈지 몰라도, 정한은 절대 그러지 않을 거라는 확신이 들었다. 본격적으로 불타는 신혼의 밤은 이제부터 시작이니까.

정한이 두 팔로 번쩍 안아 들자 그린도 화답하듯, 정한의 허리에 다리를 감았다. 뜨거운 숨이 격렬하게 섞이기 시작했다. 한동안 격렬했던 숨은 곧 촘촘하게, 자잘하게 수를 놓듯 온몸을 휘감았다. 집요하게 뭉근한 열기를 피워올리다가도 순간 타는 듯 뜨거워져 서로의 안에 깊게 파고들었다. 심해보다 깊게, 우주보다 멀리. 은밀해서 더 짜릿하고 아득해서 더 아찔한 감각이었다.

누구의 것이라 구분 짓는 게 의미 없을 만큼 하나로 녹아들어 서로의 욕망에 충실한 밤이었다. 얼마나 지났을까. 어둠 속에서 희미한 윤곽선이 가쁘게 드러났다. 깊고 깊은 한밤중에 시작된 열락의 시간은 어렴풋하게 동이 터올 때까지 그칠 줄을 몰랐던 것이다. 투명한 전면 유리를 통해 사방의 금빛 햇살이 꼭 끌어안은 둘을 부시게 비추었다.

이미 시간도, 공간도, 아득해져버린 둘이기에 어느덧 환해진 시야에도 거침이 없었다. 그저 땀에 젖어 윤기가 흐르는 살갗 위에 무서울 정도로 또렷한 감각만이 짙은 해무처럼 피어오르고 있었다. 둘이 함께 봤던, 셀 수 없는 별처럼 많은 시간이 흘러도, 그 시간이 다 녹아 없어지는 마지막 순간이 돼도 잊을 수 없으리만큼 황홀한 시간이었다.

신혼여행에서 돌아온 그린과 정한은 바쁘게 흘러가는 일상으로 돌아왔다. 봄이 가고 여름이 가고, 한 계절씩 나란히 돌아 같은 자리가 훌쩍 다가왔다. 무사히, 거기다 우수한 성적으로 그린은 편입 첫 1년을 마쳤다. 그리고 봄을 코앞에 둔 지금, 그린과 정한은 여행을 떠났다. 지난 1년간 공부 뒷바라지를 하느라 숱한 날들을 독수공방했던 정한을 위한 그린의 통 큰 결단이었다. 장소는 유럽. 기간은 열흘. 빠듯한 일정을 쪼개 시계 방향으로 한 바퀴 돌고 오는 여정이었다.

"그린 엄마. 나 어제 이상한 꿈 꿨어."

오늘도 사이좋게 찜질방에 모인 세 엄마는 맥반석 계란을 까먹으며 수다를 떠는 중이었다. 송천댁의 말에 영은과 순옥은 궁금한 듯 쫑긋 귀를 세웠다.

"아니, 우리 집 마당에 집채만 한 용 한 마리가 입에다가 글쎄……."

"혹시 여의주?"

"아니. 번쩍번쩍한 시계를 물고 집 안으로 들어가더라니까!"

송천댁의 말에 한바탕 웃음이 터지고 영은이 고개를 갸웃거렸다.

"나도 어제 희한한 꿈을 꿨는데. 내가 핸드폰 알람을 꼭 아침 6시로 맞춰 놓거든. 그런데 꿈에서 알람이 울리자마자 커다란 해가 뜨더니 내 품으로 확 들어오는 거 있지!"

"그것 참 신기하다. 나도 어제 꿈 꿨는데. 기차를 탔는데 차장이 다가와서 번쩍번쩍한 황금으로 만든 시간표를 주는 거야!"

하나같이 독특한 내용에 확실히 예사로운 꿈은 아니라는 생각이 들었다.

"이번에는 되려나?"

"그러게예. 순옥 행님이 운빨이 억수로 좋아가, 이번에는 기대해도 안 되것십니꺼?"

"그래. 순옥아. 이번엔 진짜 되려나 보다."

세 엄마는 매주 모일 때마다 천 원짜리 로또 딱 한 장을 샀다. 번호는 셋 중 한 명이 돌아가며 찍었다. 이번 로또 번호는 순옥이 고른 번호였다.

"가만, 이거 혹시 태몽 아냐? 내용이 하나같이 태몽 같은데?"

순옥의 말에 영은이 코웃음을 치며 손을 저었다.

"아니야! 그린이가 공부 끝나기 전에는 절대! 애는 없다고 얼마나 못을 쾅쾅 박았는데!"

"그렇겠지? 그리고 태몽을 셋이 같은 날 동시에 꿨다는 건 들어본 적도 없어."

"순옥 행님! 안 봐도 로또라니까예!"

물론, 그 주 로또는 꽝이었고 아무 일도 일어나지 않았다.

세 엄마도 개꿈이려니 하고 잊고 지나갔다. 그린은 편입 2년 차에는 더 바빠졌고, 정한은 다시 외로움에 눈물을 삼키며 쓸쓸히 잠이 들어야 했다.

그리고 여름 방학이 시작되었다. 방학 첫날부터 그린은 몸살과 배탈, 더위까지 먹어 3종 세트로 뚝 떨어진 컨디션에 응급실로 향했다.

"초기는 지나서 안정기에 접어들었기는 한데, 그래도 무리하면 안 되는 거 알죠? 입덧은 없었나 보네?"

마침 연락을 받고 내려온 진우가 차트를 살펴보며 몇 가지 주의 사항을 일러줬다. 그린과 정한은 황당한 표정을 지었다.

"입덧이요? 누가요?"

"제수씨요. 평균적으로는 지금이 가장 심할 때긴 한데 개인차는 있으니까 뭐."

정한이 갑자기 비 오듯 쏟아지는 땀을 훔치며 물었다.

"지, 진우야. 지금 그러니까, 임신이라는 거야? 그린이가?"

"응."

고개를 끄덕이던 진우가 갸우뚱한 표정으로 둘의 반응을 살폈다.

"혹시, 몰랐던 건 아니지? 자세한 건 산부인과 진료받아야 알겠지만 초음파상으로는 3개월은 된 거 같은데?"

"3개월이요?!"

이번에는 그린이 펄쩍 뛰다시피 하며 물었다. 동시에 제 납작한 아랫배를 만진 뒤, 그린이 세차게 고개를 흔들었다.

불타는 신혼여행

"그럴 리가 없는데!"

"그럴 리가 있습니다. 소변, 혈액, 초음파. 임신 확실하고요. 자세한 건 내일 외래 들러서 확인하세요."

진우의 단호한 태도에도 그린은 얼떨떨한 표정으로 중얼거렸다.

"원래 불규칙하긴 했지만, 3개월이나 됐는데 어떻게 모를 수가 있지?"

"그린아. 일단 눕자. 누워서 생각해."

정한은 조심스럽게 그린을 눕혔다. 그린은 누우면서도 여전히 믿기지 않는 표정이었다.

"오빠. 그때 유럽여행 갔을 때, 그때였나 봐. 말도 안 돼. 그때 진짜 조심했는데."

"알았으니까 좀 누워 있어. 진우가 무리하지 말라고 했잖아."

정한이 만지면 깨질세라 안절부절못하는 가운데, 그린은 넋이 나간 얼굴로 아랫배를 어루만지고 있었다.

"계획 없으면 꿈쩍도 안 하는 김정한이 2세 계획은 안 세웠나 보네? 제수씨 놀란 거 같은데 잘 달래줘라. 간다."

진우는 쩔쩔매며 그린을 달래는 정한을 툭툭 두드린 뒤 응급실을 나섰다.

"2세 계획이라……. 누구는 결혼 계획도 없는데 부러워서 배가 다 아프려고 하네."

농담조로 중얼거리는 진우의 얼굴에 쓸쓸한 표정이 감돌았다.

'잘 지내고 있을까. 지금은 좋은 사람 만났겠지?'

아버지가 쓰러지지만 않았어도, 그날 바로 지화를 찾아갔을 것이다. 그 이후엔 한동안 병원에서 먹고 자고 하느라 몸도 마음도 여유가 없었다. 몇 달 후, 기적처럼 아버지가 깨어나고 병원도 간신히 정상 궤도에 올라섰다. 간만에 숨 좀 돌릴 겸 넥스트메딕에 들러 정한과 점심을 먹다 지화가 회사를 떠났다는 얘기를 들은 게 마지막이었다.

─ 하 원장. 잊지 못한 첫사랑이라도 있는 거야? 왜 들어오는 선 자리마다 족족 거절인가?

은사인 교수님들을 비롯해 진우에게는 정, 재계 각층에서 하루가 멀다 하고 혼담이 쏟아져 들어왔다.

"잊지 못한 게 아니라, 아직은. 잊고 싶지 않은가 봅니다."

피식 웃으며 중얼거린 진우는 원장실로 바쁘게 발걸음을 돌렸다. 인연이 아닌가 보다 하면서도 아직, 하진우는 아직이었다.

다음 날.

날이 밝자마자 그린은 정한을 깨웠다. 설레는 마음에 밤새 한숨도 못 자다 새벽에야 잠깐 눈을 붙인 정한은 그린이 부르자마자 벌떡 일어났다. 가까운 산부인과에 가서 확인한 결과 그럴 리가 있다는 진우의 말대로 확실히 임신이었다.

출산 예정일은 12월 1일. 예정일을 듣자마자 그린의 얼굴이

어두워지고 말았다. 12월 초라니. 마지막 학기 기말고사가 남았는데. 계획에 없던 아기 천사가 찾아와 마지막 학기는 어설픈 마무리를 하거나, 어쩌면 휴학을 해야 할지도 모르는 일이었다. 그린이 심란해하는 이유를 눈치챈 정한은 맘 놓고 기뻐하지도 못하고 달래느라 여념이 없었다.

"교수님들도 이해해주실 거야. 시험은 과제로 대체 가능할 거고. 아니면 맘 편하게 아기 낳고 복학할래?"

"낳아 놓으면 애는 뭐 혼자 크나? 그리고 학교 가 있는 동안 아가는 어떻게 해요?"

"당연히 애는 내가 봐야지! 그린이 너는 아무 걱정 말고 하고 싶은 거 다 해."

정한은 쩔쩔매는 얼굴로 그린을 달래면서 동시에 벅차오르는 환희를 감추느라 고역이었다. 그러면서도 자꾸 웃음이 나오는지 한 번씩 입꼬리가 실룩거렸다. 집에 돌아와서도 그린의 얼굴은 당연히 편하지가 않았다. 어디가 많이 아픈 건 아닌지 걱정하던 송천댁이 정한에게 자초지종을 들었고 순식간에 양쪽 집에 그린의 임신 소식이 알려졌다.

그날 오후.

송천댁은 주방에서 백숙을 삶느라 바빴고 한 씨 아저씨는 붕어즙이 임산부에게 좋다는 얘기에 포천의 청정 1급수 낚시터로 급하게 낚시를 떠났다. 정한이 늦은 출근을 한 뒤, 영은과 순옥이 집으로 찾아왔다. 임산부 초기 영양제와 한우에 과일, 전복 등, 장바구니가 터질 듯 가득 차 있었다. 공부도 힘든데 언제 또 애는 만들었냐는 엄마들의 칭찬에도 그린의 마음은 편하지가 않았다.

아직 할 공부도, 하고 싶은 일도 많은데. 아이는 생각도 안 해봤는데. 아무런 마음의 준비도 못 했는데. 갑자기 찾아와 준 아기 천사가 반갑다는 생각보다는 덜컥 겁도 나고, 아이를 키우며 공부와 일을 병행할 수 있을지 자신도 없었다. 그러다 영은이 스치듯 한 얘기가 무심코 마음에 걸렸다.

― 김 서방도 나이가 있는데, 그동안 말은 못 해도 속으로는
　아이 원했을 거야. 잘했어. 그린아.

오빠가? 아이를 원했다고?

그린은 고개를 갸우뚱하며 지난날을 되짚어 보았다. 주변에서 2세 소식을 물어보면 그린은 '저 아직 20대잖아요. 공부 끝나려면 한참 멀었어요.'라며 잘라버리기 일쑤였고, 정한은 묵묵히 웃으며 듣기만 했었다. 지금 생각하니 씁쓸하게 웃은 것 같기도 하고? 순간 아찔한 생각이 들었다.

'가만, 오빠한테는 한 번도 물어본 적이 없었잖아!'

아이를 원하는지, 그렇다면 언제쯤 갖고 싶은지, 낳는다면 몇 명이 좋을지. 그린에게는 조금은 먼 훗날의 일이라고 느껴졌기에 당연히 상의할 생각도 하지 못했었다. 어제 응급실에서도, 오늘 산부인과에서도 정한은 그린의 컨디션만 신경 쓰고

기분을 살피느라 아기 얘기는 거의 하지 못한 채 출근을 했다. 그린은 심각한 표정으로 생각에 잠겼다.

잠시 후, 엄마들의 수다를 피해 방에 들어온 그린은 휴대폰을 들어 꾸욱 통화 버튼을 눌렀다.

[어, 그린아. 괜찮아?]

신호가 채 한 번 가기도 전에 정한의 목소리가 튀어나왔다. 그린은 대답 대신 나직하게 가라앉은 목소리로 용건부터 꺼냈다.

"오빠. 나 부탁이 하나 있는데……."

[부탁? 나 뭐 하면 돼?]

책상 앞에 앉아 있다 우당탕 일어난 건지, 정한은 하늘에 별이라도 따러 갈 것처럼 허둥지둥한 목소리였다.

"오늘 올 때 케이크 좀 사다 줄 수 있어요?"

[케이크가 먹고 싶은 거야? 다른 건? 다른 건 뭐 먹고 싶은 거 없어? 일 끝나자마자 갈게. 조금만 참아.]

하필 오늘 중요한 일정이 많아 잠시라도 자리를 비울 수 없다며 안타까워하는 정한과 통화를 마친 후, 그린은 다시 거실로 나왔다. 세 엄마는 3달 전 동시에 꾼 꿈이 태몽이 맞았다며 신기해하는 중이었다. 그린은 스윽 다가와 허벅지에 턱 머리를 얹은 초록이를 쓰다듬으며 태몽 이야기에 귀를 기울였다.

"용, 해, 황금 꿈이라니 장차 크게 될 아이가 나오려나 보다."

큰 소리로 흥분하던 순옥은 문득 그린의 옆에 찰싹 붙어 있는 초록이를 보고 심란한 표정을 지었다.

"그린아. 이제 임신도 했는데 고양이는 예전처럼 밖에서 키우면 어떠냐?"

"초록이요? 괜찮아요. 초록이가 워낙 얌전하고 반려동물이 아이랑 같이 있으면 아가들 정서 발달에도 좋다고 그랬어요."

그린이 초록이를 부여잡고 우쭈쭈를 하자 가만히 지켜보던 송천댁이 짝 손뼉을 쳤다.

"맞다. 성님! 그린이 유럽 갔다 온 뒤에 저 고양이가 집 현관에서 몇 날 며칠을 울었어예. 하도 시끄러워서 안에 넣어줬는데. 지금 보니 아 들어선 거 귀신같이 알았나 봐예!"

송천댁의 말대로였다. 집에 데리고 들어오려 하면 발광을 하던 초록이는 어느 날부턴가 자연스럽게 집 안에 들어와 살게 되었다. 초록이를 따라 딱지와 부리도 집으로 들어왔다. 자연스럽게 창고는 텅 비고 말았다. 초록이를 꼭 닮은 토리가 주로 지붕 위에 올라가 있는 바람에.

그날 오후, 그린은 헐레벌떡 집으로 돌아온 정한을 보고 아연한 표정으로 입을 다물지 못했다.

"이게 다 뭐예요?"

정한의 양손에는 시내 유명 디저트 가게와 특급 호텔에 입점한 베이커리에서 공수한 케이크 박스가 무려 5개나 들려 있었다.

"신 게 당길 것 같아서 이건 레몬 쉬폰, 이거는 지난번에 네가 맛있다고 했던 거……."

종류별로 사온 건 물론 구색을 맞춰 아이스크림 케이크까지.

"이 많은 걸 누가 다 먹으라고 사 온 거예요?"

"남은 건 내가 다 먹으면 되지. 먹고 싶은 거 있으면 한밤중에라도 꼭 깨우고."

어이가 없는지 피식 웃어버린 그린이 정한을 덥석 끌어안았다.

"고마워요."

"그게 무슨 소리야. 누가 할 소린데. 그린아. 정말 미안해. 내가 진짜 잘할게. 정말, 정말 미안하고, 고맙고."

마음껏 기뻐하지도 못하고, 어제부터 그린의 눈치만 살피는 정한이었다. 저녁을 먹은 뒤, 그린은 케이크를 꺼내 식탁 한가운데 올려두었다.

"오빠. 우리 같이 축하해요."

맞은편에 앉아 접시와 포크를 챙기던 정한의 동작이 그린의 말에 뚝 멈추고 말았다.

"축하?"

"응. 우리 아가랑 인사도 제대로 못 했잖아요."

"그린아……."

온 시내를 돌며 케이크를 쓸어오면서도 그저 임신한 걸 자각하고 나니 케이크가 당겨서 사다 달라고 했나 보다, 라고 단순하게 생각했던 정한은 이루 말할 수 없이 감격 어린 표정이었다.

"오빠, 임신한 거 듣고 솔직히 좋았죠?"

"그걸 말이라고 해? 하늘을 나는 기분이었지! 좋은 정도가 아니라 말도 못 하게 행복……."

평소답지 않게 격한 감정 표현을 하던 정한이 슬그머니 말꼬리를 흐렸다.

"물론 그린이 넌…… 다를 수도 있었겠지만……."

역시 정한은 날아갈 듯 기뻤다는 속마음은 티도 못 내고 속앓이만 했던 게 분명했다. 그도 그럴 것이 보통 그린의 나이면 한창 일하고 연애하느라 결혼은 막연하게 생각할 나이니까. 아직 해야 할 공부며 하고 싶은 것도 많을 텐데 뜻하지 않은 임신에 혹시 발목이라도 잡혔다는 생각을 하는 건 아닌지. 속으로는 자신을 원망하고 있는 건 아닌지. 별의별 생각에 어제도 잠 한숨 이루지 못하고 뒤척거렸던 것이다.

"처음에는요. 생각도 못 했던 일이라, 겁도 나고 당황한 마음뿐이었어요."

그린은 후후 웃음을 지었다.

"그런데 내 생각만 하느라 오빠랑 아기 생각을 못 했어요. 오빠도 오빠 의견이 있을 텐데 내 눈치 보느라 바쁘고, 듣고 있는 아가도 참 서운했겠다 이런 생각도 들고."

어느새 그린의 손은 아직은 납작해서 티도 나지 않는 아랫배를 살며시 감싸고 있었다.

"내 생각만 하느라고 가장 중요한 걸 까먹은 거 있죠."

"가장 중요한 것?"

"준비가 되든 안 되든, 분명 축복받아야 할 일인데. 고맙고 축하할 일인데 말이에요."

그린은 정한의 곁으로 다가가 목을 끌어안고 얼굴을 비볐다.

"너무 내 생각만 해서 부끄러웠어. 이런 이기적이고 부족한 나지만, 이제부터라도 열심히 노력해서 좋은 엄마가 되고 싶어요."

강인한 두 팔로 와락 끌어안은 정한도 고개를 끄덕거렸다.

"나도, 더 좋은 남편이 될게. 너와 아기를 위해서 더 노력할게."

"이미 차고 넘치는걸요."

대답과 함께 그린은 몸을 기울여 살포시 입을 맞추었다. 한 조각도 먹지 않은 케이크보다 더 달콤한 숨이 되돌아왔다. 주위를 감싼 공기마저 구름처럼 포근하게 느껴지는 순간이었다.

달콤한 휴식이었던 방학도 순식간에 끝나고 마지막 2학기가 되었다. 제법 불러진 배를 하고도 그린은 부지런히 학교에 나가 열심히 강의를 들었다. 정한과 꾸준하게 운동도 시작해서 체력은 오히려 더 좋아진 느낌이었다. 12월 1일. 예정일이 되었지만 아기는 감감 무소식이었다.

일주일을 지나고 2주도 넘어가기 시작하니 그린을 비롯한 온 집안 식구들은 슬슬 불안해하다 단체로 조급증까지 걸릴 지경이었다.

"예정일을 넘긴 과숙아는 태아도 산모에게도 위험하긴 한데, 아직 양수도 줄지 않고 몸무게도 정상이네요. 일주일만 더 기다렸다 안 나올 것 같으면 유도 분만 해 보고 안 되면 제왕절개를 해야할 것 같습니다."

담당의의 선언에 초조한 며칠이 흘렀다. 그리고 거짓말처럼 기말고사 마지막 날, 마지막 시험을 치르고 집에 돌아오자 진통이 느껴졌다. 출산 예정일 훨씬 전부터 육아 휴직을 신청해 밤낮을 가리지 않고 붙어 있던 정한은 그린과 함께 신속하게 병원으로 향했다.

그린은 병원에 간 지 2시간도 안 되어 무사히 출산을 했다. 달수를 넘겨 태어난 아이는 신생아답지 않게 숱 많고 윤기 나는 머릿결에 유달리 뽀얀 얼굴을 한 남자아이였다. 할아버지인 민승로는 곧고 바르게, 한결같은 품성을 지닌 사람이 되라는 의미로 순 한글 이름을 붙여주었다.

그렇게 엄마 아빠의 예쁜 곳을 정확히 반씩 빼닮은, 김정한과 민그린의 사랑스러운 아들 '김결'이 세상으로 왔다.

1년 후, 결의 첫 돌이 하루 앞으로 다가왔다.

지난 가을 학기에 대학원에 진학을 한 그린은 학부 때보다 더 많아진 공부량에 매일 책과 씨름 중이었다. 대표 이사 자리를 너무 오래 비워둘 수 없던 정한도 6개월의 육아 휴직이 끝나고 회사로 돌아갔다. 하지만 쉴 새 없이 일에 치여 살던 정한은 더 이상 없었다. 최대한 재택을 늘리고 꼭 필요한 출장이 아니면 집을 비우는 일은 아예 없었다.

세 엄마는 매일 출근을 하다시피 하며 밤낮으로 결의 양육을 도왔다. 또래보다 발달이 빨랐던 결은 첫발을 떼기가 무섭게 뒤뚱거리며 걷고 잠시만 눈을 떼면 계단을 눈 깜짝할 새 기어 올라갔다. 언어 발달도 남달라 벌써 십여 개가 넘는 낱말로 제법 억양을 갖추어 의사를 표현하고 집중력과 모방력 또한 뛰어났다. 어느새 아기방이 되어버린 1층 침실 안, 책을 들여다보던 그린은 방 안 가득 어질러진 장난감 한가운데 앉은 결을 보며 절레절레 고개를 저었다.

"결아. 아빠는 왜 또 장난감을 있는 대로 다 꺼내놓고 간 거니. 어차피 넌 큰큰 할아버지가 사주신 거 말고는 쳐다도 안 보는데."

이제는 제법 오랜 시간을 의젓하게 앉아 혼자 놀 수 있게 된 결은 '큰큰 할아버지', 그러니까 증조할아버지인 민승로가 사준 장난감에만 정신이 팔려 있었다. 옆에서 바구니에 차곡차곡 장난감을 주워 담던 송천댁이 기특하다는 듯 웃으며 말했다.

"어르신부터가 증손주라면 물고 빨고 어쩔 줄 모르시잖아예. 아무리 돌쟁이라도 다 느낀다니까예."

"그래서 정한이가 갑자기 마트 다녀온다고 나간 거였어? 애 보다 말고 어딜 그렇게 급하게 가나 했네."

순옥과 영은도 쿡쿡 웃으며 맞장구를 쳤다. 세 엄마의 말대로였다. 지난 몇 년간 그린과 정한이 한결같이 서로를 아끼고 위하는 걸 지켜본 민승로의 마음은 활짝 열린 지 오래였다. 그런 민승로이기에 누구보다 애지중지 결을 아꼈고 결도 유난히 그런 증조할아버지를 따랐다.

얼마 후, 정한이 들뜬 얼굴로 집에 돌아왔다. 그린과 정한과 카시트와, 세 엄마까지 타고도 남는 초대형 SUV에 가득 실린 장난감과 함께.

결은 늘 그렇듯 몇 번 두드려보고 만져본 뒤 어김없이 할아버지가 사준 장난감을 들고 쿨하게 돌아앉았다.

"은근히 기분이 나쁘단 말이야. 힘들게 사온 성의가 있으니까 봐 주기는 할게요. 꼭 그런 것 같지 않아?"

어차피 영유아용이라 단순한 구조이긴 하지만 눌러야 하는 버튼이나 기능은 또 기가 막히게 찾아내 눌러주고 휙 던져 버리는 결의 태도에 정한의 승부욕은 나날이 불타오르는 중이었다.

"그러게 매번 실패하면서 뭘 그렇게 많이 사오는 거예요. 얼른 정리하고 일찍 자요. 내일 중요한 날이잖아요."

그린은 매장을 차려도 될 정도로 산더미 같이 쌓인 장난감에 혀를 내두르며 핀잔을 주었다.

다음 날, 분주하게 외출 준비를 마친 그린은 단아하면서도 세련된 정장을 차려입은 모습이었다. 서둘러 계단을 내려온 그린은 1층 침실로 향했다. 기저귀 파우치에 물티슈. 차곡차곡 넣은 이유식 세트와 간식. 혹시 몰라 갈아입힐 여벌옷까지. 커다란 스포츠백 안에 외출용품을 능숙하게 챙긴 정한이 한쪽 팔에 번쩍 결을 안고 나오는 중이었다.

지난 1년간 활동성 좋은 옷 위주로 입던 정한도 오늘은 구김 하나 없이 각이 잡힌 슈트 차림이었다. 공교롭게도 결의 첫 생일과 같은 날인 오늘은 그린에게도, 이날을 위해 준비한 모든 이들에게도 무척 특별한 날이었다.

축 푸른잎 재단 개소식

처음 임신 소식을 알았을 때, 선뜻 기뻐하지 못했던 이유. 결을 낳은 뒤 육아를 거의 정한에게 맡기다시피 한 이유. 그래서 결에게 미안한 마음에 매일 눈물을 쏟으면서도 차근차근한 발씩 앞으로 나가게 해주었던 이유. 바로 학교 폭력으로 상처를 받고 힘들어하는 피해자들을 지원하기 위해 만든 재단이 출범하는 날이었던 것이다. 그린과 정한의 양가 식구들. 재단 관계자들과 축하를 위해 모인 각계각층의 손님들이 모인 가운데 행사가 시작되었다.

행사 후 어느덧 기념사진을 찍는 자리.

쉴 새 없이 사진을 찍고 돌아서던 중, 양가 어른들이 오늘은 결의 첫 생일이기도 하니 세 식구가 오붓하게 기념사진이라도 찍으라며 성화였다. 오늘은 결의 첫 생일이었지만 돌잔치는 며칠 전 가족들끼리 오붓하게 식사를 하는 걸로 대신했다. 오늘의 행사가 아니더라도 돌잔치 대신 간소하고 소박하게 결의 첫 생일을 보내자는 그린과 정한의 의견이 일치하기도 했기 때문이다. 하지만 돌잔치를 하지 못한 어른들은 서운한 마음에 사진이라도 많이 찍고 싶은 모양이었다.

"그럴까요? 기사님. 저희 사진 한 장만 부탁드려도 될까요?"

"당연하죠. 그쪽 현관 앞에 서 주세요."

그린의 부탁에 포토그래퍼가 흔쾌히 고개를 끄덕였고, 그린은 정한과 나란히 자리를 잡았다.

행사 내내 정한의 품에 안겨 잠을 자던 결도 반짝 눈을 뜨고 호기심 어린 얼굴로 두리번거리고 있었다.

"보기 좋습니다! 이젠 자연스러운 스냅 몇 장 찍어 볼게요!"

바쁘게 셔터가 눌리는 가운데, 그린은 정한과 눈을 마주쳤다. 부시게 웃는 눈빛 속에 이제는 말하지 않아도 오롯이 느껴지는 마음이 오갔다.
 '사랑해.'
 '사랑해요.'
 순간 뭉클해진 마음에 더듬어 손을 내미는데 정한도 같은 마음이었는지 커다랗고 따스한 손으로 그린의 손을 꽉 잡아주었다. 빛나는 눈동자도, 마주 잡은 손도, 깔깔거리는 결의 웃음소리도 무척이나 따뜻하게 느껴지는 가운데 그린은 문득 깨달았다.
 시간이 지나 돌아보니 어느새 나는 할아버지가 지어주신 이름대로 살고 있었다고. 지금도 한 번씩 믿기지 않을 만큼 따뜻하고 평화로운 일상을, 눈부신 마법처럼 꿈속 같은 매일을, 따뜻한 그림 속에서 하루하루 행복하게 살고 있다고. 무뚝뚝한 공대 오빠, 내 오랜 첫사랑, 사랑하는 남편 김정한. 사랑하는 당신과 우리 사랑의 결실인, 세상을 다 주어도 바꿀 수 없는 찬란한 보석 같은 결과 함께 다가올 미래도 하루하루 최선을 다해 예쁘게 그리며 살아가겠노라고.
 "자. 마지막으로 한 장만 더 찍습니다! 하나! 둘! 셋!"
 고개를 돌려 정면을 바라본 그린은 그 어느 때보다도 환하고 밝은 얼굴로, 활짝 웃음을 지었다.

연애는 시간 낭비

1년 후 인천 공항.

입국 게이트를 통과하는 인파 사이에 유독 눈에 띄는 한 여자가 있었다. 한겨울에 시원하게 등과 어깨를 드러낸 홀터넥 차림에 늘씬한 팔다리를 쭉쭉 뻗으며 모델 워킹을 하던 여자는 마중을 나온 비서가 들고 있던 고가의 구스 패딩에 팔을 끼워 넣었다. 통화 중인지 옷을 걸치면서도 휴대폰을 이리저리 양쪽 귀에 가져다 대었다.

"지금 가도 되죠? 잠깐 들러서 결이 선물만 주고 갈게요."

[지화 씨. 굳이 그럴 거 없어요. 피곤할 텐데 바로 집에 가서 쉬어요.]

"이걸 언제 또 들고 왔다 갔다 해요."

[뭘 얼마나 샀길래 그래요?]

"싱가포르에서 산 결이 모자랑 옷이랑 신발이랑 장난감이랑. 아, 면세점에서도 결이 것만 눈에 들어와서 이것저것 집어 들고 보니 좀 되네?"

카트 위에 한 아름 실린 면세점 쇼핑백에 흘끗 눈길을 던지며 지화는 속사포 같은 그린의 잔소리를 한 귀로 흘렸다.

[지난번에 사다 준 것도 잔뜩이잖아요. 몇 번 입지도 못하고 금방 커버릴 텐데.]

"뭐. 어때요. 남는 건 돈밖에 없고, 사랑하는 남자는 김결 씨 밖에 없는데. 요즘 나, 연하남한테 돈 펑펑 쓰는 재미로 사니까 부담은 넣어둬요."

3년 전, 속옷 브랜드를 론칭한 지화의 사업은 말 그대로 눈부신 성공을 거두었다. 그린의 임신을 계기로 임산부용 속옷을 출시한 것을 시작으로 각종 기능성 속옷이 연달아 히트를 친 덕분이었다. 지화는 이에 그치지 않고 요가복 시장에 진출했고 사업 규모는 해외에 공장을 설립해야 할 정도로 커졌다. 그린과 지화는 여전히 둘도 없는 절친으로 지내는 중이었다. 지화는 그린과 정한의 아들인 결에게 홀딱 빠져 남들이 보면 친 이모인 줄 알만큼 끔찍하게 예뻐했다.

"그린 씨, 나 전화 들어온다. 다시 할게요."

지화는 낯선 번호에 갸우뚱하며 통화 대기 버튼을 눌렀다.

"여보세요? 네. 맞는데요. 네? 언제요? 지금 바로 갈게요!"

전화를 끊은 지화의 발걸음이 뛰다시피 빨라지기 시작했다.

잠시 후, 하누리 종합 병원 응급실 안으로 뛰어 들어간 지화는 다급하게 데스크로 향했다.

"저, 저기요, 저희 신부님이요! 나이 많으신 신부님 여기로 실려 오셨다던데!"

"아, 스테파노 신부님요? 이쪽으로 오세요."

잠시 후 지화는 초조한 기색으로 담당의의 설명을 들었다.

"갑자기 두통을 호소하면서 쓰러졌다는데 CT 촬영 결과 측두엽 쪽에 뇌수막종이 발견되었습니다. 바로 응급 수술 들어가야 하니까 동의서에 사인해 주세요."

"뇌수막종이라니, 그럼 암이라는 얘긴가요?"

"뭐 그런 일종이라고 생각하면 되는데, 위치가 나쁘지 않아서 예후도 좋고 회복도 빠르실 겁니다."

그제야 한숨 돌리는데 간호사가 다가와 물었다.

"입원은 지금 다인실이 다 차서 2인실로 가서야 할 것 같은데 괜찮으세요?"

의료진의 말에 지화는 두 번 생각도 하지 않고 당당하게 요청했다.

"여기 특실 비어 있나요?"

곧이어, 시술을 마치고 VIP 병실로 내려온 신부님은 은발에 파란 눈의 외국인이지만 한국어가 유창한 초로의 노인이었다.

"마르타야, 병원비가 비쌀 텐데 6인실로 옮겨달라고 해."

마르타는 지화의 세례명이었다. 평생을 검소하게 살아온 신부님답게 질색을 하는데도 지화는 요지부동이었다.

"지금 병실이 꽉 차서 여기밖에 자리가 없대요. 자리 나면 바로 옮겨달라고 했어요."

물론 거짓말이었다. 그리고 눈 하나 깜짝 안 하고 거짓말을 하는 지화의 기분은 어느 때보다도 뿌듯했다.

연애는 시간 낭비　　471

'내가 밤잠 안 자고 그 개고생을 하면서 악착같이 돈을 번 이유가 뭔데. 이럴 때마다 수돗물 콸콸 틀어놓은 것처럼 쓰고 싶어서인데.'

지화의 소망대로, 보육원의 동생들은 지원을 물처럼 아끼지 않은 덕분에 하고 싶은 공부와 꿈을 마음껏 펼치고 있었다. 오늘 같은 날, 돈 걱정, 치료비 걱정 안 하고 단번에 특실을 요청하는 건 물론이었고. 병원에서 가장 비싼 병실에 신부님을 모셔다놓고 24시간 전용 간병인까지 구해놓은 지화는 상쾌한 얼굴로 병실을 나섰다. VIP 병동이라서인지 주위를 오가는 의료진도 괜히 더 많게 느껴졌다.

'저긴 떼로 몰려가네? VVIP라도 입원 한 건가?'

맞은편에 또 다른 의료진이 우르르 몰려가는 걸 무심코 바라보던 지화는 귀신이라도 본 얼굴로 기겁을 하며 돌아섰다. 하얀 가운을 입은 사람들 한가운데, 늘씬한 외양에 잡티 하나 없이 매끄러운 얼굴, 유난히 당당해 보이는 발걸음. 생각지도 못한 얼굴을 발견한 지화는 둣 손으로 입을 틀어막고 총총거리며 자리를 떴다.

정신없이 엘리베이터로 다가가던 지화는 멈칫하다 비상계단 쪽으로 방향을 틀었다. 안 그래도 넘쳐나는 환자들로 북적이는 병원, 하염없이 엘리베이터를 기다리다 또 마주칠 수도 있으니까.

'맞다! 그러고 보니 여기……!'

지화는 신기할 정도로 까맣게 잊고 있던 제 모습을 몇 번이나 자책하는 중이었다. 지금 이곳은 하누리 종합 병원. 직함에 비해 파격적으로 젊은 나이, 더해서 귀공자 같은 얼굴, 돈벌이보다 환자의 입장에서 생각하는 훌륭한 인품에 부드러운 카리스마까지 갖춘 병원장이 바로 하진우였던 것이다.

우연히 말기 암 환자 병동의 24시간을 다룬 다큐에 슬쩍 얼굴을 비춘 후로, 진우는 일반인임에도 불구하고 상견례 프리패스형 국민 사위로 불리며 높은 인기를 얻게 되었다. 그 후로 인기 많은 예능 프로그램에 자문 의사로 나오는 등 간간이 방송에 출연한 덕분에 지화 역시 오다가다 강제 시청을 한 것도 벌써 몇 번이었다.

"치. 하나도 안 늙었냐."

아직도 20대 후반이라고 해도 믿을 만큼 빛나는 진우의 미모에 지화는 쓱쓱 애꿎은 제 얼굴만 어루만졌다. 더불어 이러다 또 마주치면 어쩌나 하는 걱정이 계단을 내려가는 지화의 머릿속을 뱅글뱅글 돌았다. 바쁜 일정에 짧지 않은 비행시간, 신부님의 입원까지 지쳐 노곤했던 몸과 맘에 긴장이 확 드는 순간이었다.

"얼마나 놀랐는지 정신이 번쩍 드네. 커피 한 잔 마시고 가서 일이나 하자."

넓은 로비를 두리번거리며 커피숍을 찾다가 돌아선 순간.

"엄마야!"

코앞에 불쑥 솟아난 그림자에 지화의 눈이 튀어나올 듯 커다래지고 말았다. 씨익. 가지런한 하얀 이를 드러내며 싱그러운 미소를 짓는 남자.

"헬로. 언제까지 도망만 다닐 거예요?"

하진우였다.

잠시 후.

진우와 마주 앉은 지화는 어색한 표정으로 손에 든 커피 잔을 만지작거렸다. 오랜만인데 올라가서 차나 한잔하자는 제안에 쿨한 척 고개는 끄덕였지만 원장실에 들어온 후로 입은 바짝 마르고 손에는 땀이 차고 있었다. 정확히는 밀폐된 공간, 손만 뻗으면 닿을 정도로 가까운 거리에 하진우가 있다는 걸 의식한 순간부터.

진우 역시 믿을 수 없다는 표정으로 지화의 모습을 뚫어져라 보고 있었다. 집요하면서도 부드러운 눈길이 이마에, 코에, 뺨에 온 얼굴 샅샅이 어루만지듯 닿는 걸 느끼자 더운 느낌이 들었다. 거기다 원장실 안의 난방은 과할 정도로 빵빵하게 돌아가는 중이었다.

"어휴. 더워. 왜 이렇게 덥지?"

무심코 겉옷을 벗은 지화는 바로 아차 하는 생각이 들었다. 화려한 오렌지색 팬츠에 어지러운 패턴의 홀터넥 실크 톱 차림이었다는 게 뒤늦게 떠올랐기 때문이다. 놀란 표정으로 살짝 눈썹을 치뜨던 진우는 곧 여상한 표정으로 찻잔을 들었다.

"뭐 이러고 클럽이라도 갔다고 오해하는 건 아니죠? 싱가포르로 출장 다녀와서 그래요. 연락받고 공항에서 바로 오는 길이란 말이에요."

이미 붉어진 얼굴이었지만 지화 역시 최대한 태연한 표정을 유지하며 톡 쏘았다. 하지만 커피를 들어 한 모금 후루룩 마시는 동안에도 가늘게 떨리는 손은 지화가 얼마나 긴장하고 있는지를 보여주고 있었다. 달칵. 커피 잔을 내려놓은 지화는 지그시 입술을 깨물며 잇새로 가는 바람을 흘려보냈다.

이런 순간을 막연하게나마 그려본 적은 있었다. 잊지 못한 옛사랑을 우연히 마주치는 영화 같은 순간을. 수없이 다짐도 했었다. 예전엔 초라하고 보잘것없는 제 처지에 자꾸만 움츠러들었다면 다시 만난 그 순간엔 누구보다 당당하고 멋진 모습을 보여줘야지.

아직도 지화에겐 상처로 남아 있었다. 넥스트메딕 로비에서 큰맘 먹고 용기를 내어 다가갔는데, 업무 얘기 아니면 하지 말자며 차갑게 돌아서던 진우의 모습이. 그래서 진우도 그날을 떠올리며 아쉬워하기를. '이렇게 멋진 여자를 놓쳤다니!' 하며 속으로 탄식을 지르기를 빌고 또 빌었다. 남몰래 그려보는 짜릿한 순간에 도도한 미소로 돌아서는 상상까지 했는데.

'어휴. 망신. 망신.'

계단을 뺑뺑 돌아내려 오느라 땀은 났지, 숨은 차지, 로비에선 혼비백산해서 넘어질 뻔한 데다 원장실까지 따라와 보란 듯이 옷까지 벗어젖히고 말았다. 이제는 몇 백 명의 직원을 거

느린 잘나가는 CEO인데도 유지화는 아직도 그대로였다. 하진우 앞에만 서면 막 첫사랑을 시작한 사춘기 소녀가 되어버린다. 여전히 부끄럽고 서툴기만 했다.

"크흠. 방송 나온 거 봐서 잘 지내는 건 알고 있었어요. 인기 엄청 많던데요? 여자 연예인들도 이상형이라고 막 그러던데. 되게 좋으시겠어요?"

'유지화. 제발. 입 좀 다물자. 도도는 무슨, 한겨울에 얼어 죽어도 입만 살아서 주접을 떨 거냐고.'

몇 년 만이니 어색한 게 당연한데 아무 말 대잔치가 웬 말이냐. 지화는 울상을 지으며 입술을 잘근거렸다. 차라리 안 만나느니 못한 재회였다. 작정하고 유혹하는 것처럼 옷을 벗고, 급기야는 질투라도 하는 것처럼 나랑 상관없는 사람들 이상형이라는 얘기는 대체 왜 한 건지. 망신에 주접에 떨 수 있는 건 다 떨고 나니 급 현타가 밀려들었다.

'영화 같은 재회는 개뿔! 대체 무슨 부귀영화를 바라고 쫄래쫄래 원장실까지 따라온 거야. 집에나 갈 것이지.'

"가볼게요. 커피 잘 마셨어요."

벌떡 일어선 지화가 주섬주섬 겉옷과 가방을 챙기는데.

"미안했어요."

"······?"

불쑥 날아온 담백한 목소리에 사로잡혀 꼼짝을 할 수가 없었다.

"예전에 회사 로비에서, 냉정하게 밀어냈던 거, 계속 후회했어요. 오해하고 있었어요. 같은 팀 동료가 프러포즈한다는 얘기를 우연히 듣고 지화 씨가 양다리 걸치는 거라고 나 혼자 착각했어요."

스르르.

젖은 모래성처럼 주저앉는 몸을 따라 순식간에 마음도 무너져버리고 말았다.

"울 것 같은 얼굴로 돌아서게 한 거 한순간도 잊어본 적 없어요. 나 때문에 울었을까 봐, 두고두고 미안했어요."

이상하다. 듣고 싶었던 사과의 말도 들었는데, 저 사람 입에서 후회한다는 얘기가 결국 나오고 말았는데 왜. 상처를 줘서 미안하다는 말을 하면서 왜 더 상처 입은 얼굴을 하고 있는 거야.

"그리고 학회 날, 감기탕 받고 바로 뛰어나갔어요. 어떻게든 잡아서, 용서 빌고 설득하려고. 그런데……."

돌아보는 지화의 눈망울이 그렁해져 있었다.

"아버지가 갑자기 쓰러지셔서 경황이 없었어요. 간신히 수습하고 났더니 회사도 그만두고 지화 씨 번호도 바뀌어서……. 그 후로는 더 이상 용기를 못 내겠더라고요."

진우의 진솔한 고백에 지화도 울먹울먹 접어둔 속마음을 내밀었다.

"나도 고백할 거 있어요. 나 클럽에서 원나잇 해 본 거 난생처음이었어요. 하 이사님이 태어나서 처음이었다고요. 그때 술집에서 쿨하게 만나자고 한 것도 진심 아니었어요. 상처 받기 싫어서, 나중에 아프기 싫어서 허세 부린 거라고요."

 세상 누구보다 당차고 씩씩한 척했지만 사실 속은 누구보다 여린 지화였다. 믿었던 사람에게 몇 번이나, 결국은 현실의 벽에 부딪혀 배신 당한 경험을 한 뒤에는 더더욱. 그래서 가장 많이 사랑했던 남자에게 남들보다 더 단단하게 마음의 문을 닫아버리는 실수를 하고 말았다.

 잠시 후, 진우가 준 티슈를 받아 팽! 코를 푼 지화는 어느 정도 진정이 된 얼굴이었다. 금세 평소의 도도한 모습으로 돌아온 지화가 쿨하게 물었다.

 "서로 오해도 풀렸고, 시간 낭비할 거 뭐 있어요. 빙빙 말 돌리지 말고, 우리 진짜 연애 한 번 해볼래요?"

 묵묵히 듣고 있던 진우가 고개를 저었다.

 "싫은데요."

 "에?"

 지화의 심장이 얼음물이라도 끼얹은 듯 차갑게 굳어버렸다. 뜻밖의 거절에 머릿속이 아찔해진 순간. 싱긋 웃은 하진우가 나긋한 목소리를 건넸다.

 "시간 낭비 하기 싫다면서요. 연애 말고, 결혼해요. 우리."

 "……방금 뭐라고 한 거예요? 연애 말고 뭘 하자구요?"

 얼빠진 듯 굳어 있던 지화와 달리 생글생글 웃는 진우의 표정은 얄미울 정도로 여유가 넘쳐 흘렀다.

 "저쪽은 애가 벌써 3살이라 둘째를 가지니 마니 하는 소리까지 나오잖아요. 썸은 우리가 먼저 탔는데 억울하지도 않아요?"

여기에서 진우가 말하는 저쪽은 며칠 전 결의 두 돌 생일을 지낸 그린과 정한 커플이 분명했다.

"무, 무슨 소리예요? 거긴 합법적인 부부고 우린 클럽에서 만나서……."

"그러니까 더 억울하다는 거잖아요. 시작도 우리가 LTE급으로 빨랐는데."

"어머, LTE라니 못 하는 소리가 없어. 어쩌다 술김에 딱 한 번 그런 거 가지구!"

지화는 허둥지둥하며 겉옷을 챙겨입고 발딱 일어섰다.

"못 들은 걸로 할 테니까 연애할 생각 있으면 연락해요. 명함은 놔두고 갈 테니까."

스윽 팔을 뻗어 명함을 집어 든 진우는 침착하게 휴대폰에 지화의 번호를 입력했다.

원장실 문을 열고 나가려는 순간, 지화의 폰이 울렸다.

"나도 못 들은 걸로 할 테니까 결혼할 생각 있으면 전화받아요. 오늘부터 매일 이 시간에 한 번씩, 받을 때까지 할 거니까."

"절대 안 받을 거예요!"

무음으로 돌리고 황급히 뛰쳐나가는 지화의 뒤로 나직한 웃음소리가 들렸다.

"귀여워 죽겠네."

느긋하게 알람 설정을 하는 진우에겐 지난 몇 년간 한 번도 볼 수 없었던 하진우 특유의 해사한 분위기가 흐르고 있었다.

며칠 후 같은 시각.

"하아. 미치겠네."

휴대폰을 확인하자마자 쾅 엎어놓은 지화는 같은 자세로 책상에 엎드려 한숨을 내쉬었다.

"사장님. 무슨 일 있으세요? 요즘 계속 안절부절못하시더니 오늘은 땅이 꺼져라 한숨까지?"

"저희가 모르는 새 사고라도 치셨어요?"

이곳은 지화의 회사 '플라워지'의 회의실. 회의실에 둘러앉은 지화의 측근 가영과 윤철이 갸웃하며 물었다.

"가영 씨. 윤철 씨."

지화는 스르르 몸을 일으켜 비장한 표정으로 물었다.

"결혼의 장점이 뭐라고 생각해?"

"결혼이요? 사장님 결혼하세요?"

화들짝 놀란 윤철과 달리 가영은 시니컬한 표정이었다.

"할 생각이 없으시니까 저런 질문을 하시는 거겠지. 글쎄요. 전 안 해봐서 모르겠지만 이거 하나는 확실한 거 같네요. 안 하기 백번 천번 잘 했다는 거!"

"역시…… 그렇지?"

"그럼요! 그때 실수로 결혼이라도 했어 봐요. 이렇게 출근해서 맘 편하게 일할 수 있겠어요? 믿어 맡길 데도 없는데 독박 육아에 극성맞은 시월드에, 어휴 생각만 해도."

가영이 진저리를 치자 윤철도 동감한다는 듯 고개를 끄덕였다.

"하긴. 저도 짧게 해봐서 이러니저러니 평가할 주제는 못 되지만 그때처럼 하루가 멀다 하고 싸우고 스트레스받느니 우리 해리랑 알콩달콩 사는 지금이 훨씬 좋아요."

이어지는 윤철의 말에 지화는 시무룩한 표정으로 고개를 끄덕였다.

"그렇지? 결혼은 연애의 무덤이라는 말이 괜히 나온 게 아닐 거야……."

지화의 말에 가영과 윤철이 확신에 차 고개를 끄덕이는 건 괜한 이유에서가 아니었다. 지화의 이름을 센스 있게 바꾸어 만든 '플라워지'에는 다른 회사와는 큰 차별점이 있었다. 그중 하나는 회사 한 층을 통으로 비워 꾸민 탁아소와 방과 후 케어 시설을 운영하며 직원 중에는 보육원 출신이거나 차상위 계층, 미혼부모와 돌싱의 비율이 월등하게 높다는 것.

스펙도 꼼꼼하게 점검했지만 같은 조건이면 지화는 위에 해당하는 사람을 우선으로 뽑았다. 지금 회의실에 둘러앉은 가영도 미혼모, 윤철도 싱글 파더였다. 사실 처음부터 이랬던 건 아니었다. 처음에 의기투합한 창립 멤버들이 아이를 맡길 데 없어 코딱지만 한 사무실에 데려다놓고 고군분투를 하던 모습이 지화의 마인드를 바꿔놓았던 것이다.

물론 지화의 현재의 삶에 대한 만족도는 더 말할 나위 없이 높았다. 최고급 시설을 갖춘 강남의 주상 복합 아파트. 정신없이 야근을 하다 직원들과 소주 한 잔을 나누고 해 뜨는 걸 보며 집에 가는 치열한 하루가 좋았다. 휴가철에는 퍼스트 클래스에 특급호텔에 머무는 혼자만의 여행과 좋아하는 사람들에게 아낌없이 베풀 수 있는 능력까지. 지화는 말 그대로 화려하게 빛이 나는 솔로였다.

물론 가끔씩 회사에서 운영하는 탁아소에 들러 아이들과 잠깐씩 시간을 보내면 일하다가도 피로가 씻은 듯 사라진다는 말이 이해될 때가 있곤 했다.

그리고 결이. 결이의 한결같은 열성팬이자 극성 이모인 지화의 휴대폰에는 결의 사진과 동영상이 압도적으로 많았다. 오동통하고 뽀얀 볼에 얼굴을 비비고 달콤한 아가 냄새를 맡을 때면 세상 행복이 이런 거구나 싶을 때도 있었다. 하지만 결혼은 다른 문제였다. 마음껏 자유로운 이 생활을 내려놓고 한 사람의 아내로, 한 가정의 구성원으로 잘 지낼 수 있을까? 지금의 지화로서는 아무리 생각해도 자신이 없었다.

"사장님. 그분 있잖아요. 사장님 절친."

가영이 갸웃거리며 물었다.

"그분한테 물어보면 되잖아요? 가끔 들어보면 결혼해서 잘 사는 거 같은데 결혼의 장점이 뭔지 누구보다 잘 알려주지 않을까요?"

"누구요. 그린 씨? 어우 그쪽은 아니야."

지화는 질색을 하며 고개를 저었다.

"거긴 장르가 달라. 로맨스가 아니라 판타지라고. 물어봤자 맘만 상하고 현타만 올걸?"

지화의 말대로 그린과 정한의 관계는 여전히, 아니 나날이 더 설레고, 설레는 걸 넘어 뜨겁기까지 했다. 정한은 결이 태어난 후로 6개월간 육아 휴직을 내고 지극정성으로 그린과 결을 돌봤다. 덕분에 그린은 회복에만 전념할 수 있었고 무리 없이 다음 학기에 대학원에 진학했다.

하지만 육아의 일등 공신은 따로 있었다. 매일 출근을 하다시피 해 밤낮으로 붙어 있던 세 엄마도, 힘쓰는 일 궂은일은 도맡아 하는 정한도 아닌, 그린을 가장 편하게 해준 사람은 다름 아닌 결이었다.

이미 결은 학기 중엔 엄마의 배 속에 있다는 걸 숨기고 방학 첫날 제 존재를 드러냈다. 태어날 때도 예정일을 훌쩍 넘겨 다음 학기 기말고사를 마칠 때까지 배 속에서 기다려준 전적이 있는 효자였다. 그런 결답게 신생아 시절부터 낮에는 놀고 밤에는 잘 자는 철저할 정도로 규칙적인 아기였다. 세 엄마들이 입을 모아 이런 애가 있다면 한꺼번에 열둘도 키우겠다고 할 정도로 이상적인 아이였고 현재도 그러했다.

정한이 장르를 로맨스가 아닌 판타지로 바꿔버릴 정도로 세상에 다시 없을 이상적인 남편이자 아빠인 건 두말할 나위 없었고. 정한의 하루는, 아니 온 우주가 그린을 중심으로 돌아가는 게 아닐까 싶을 정도로 모든 포커스가 그린에게 맞춰 있었다. 물어볼 것도 없이 그린은 행복할 것이고 결혼을 강추할

게 뻔했다. 특히 프러포즈를 한 상대가 진우라는 걸 알면 하루라도 빨리 하라며 난리가 날 게 분명했다.

그날 저녁, 지화는 심란한 맘도 달랠 겸 퇴근길에 그린의 집으로 향했다.

"지와 임모!"

"결아아아아!"

환한 미소를 지으며 아장아장 뛰어오는 결의 모습에 심쿵한 지화는 자동으로 돌고래 비명을 질렀다. 만 2세라고는 믿기지 않을 정도로 의젓한 자태에 짧지만 간단한 문장으로 대화를 주고받을 정도로 훌쩍 커버린 결이 지화의 등 뒤로 돌아갔다.

"임모. 힘두루니깐 겨이가 안마해조."

작은 주먹을 쥐고 어깨를 통통 두드리는 모습에 하루의 피로가 눈 녹듯 씻기는 기분이었다.

"평일이라 바쁠 텐데 웬일이에요?"

저녁은 회사에서 간단하게 먹었다는 얘기에 그린이 예쁘게 깎아 담긴 과일 접시를 내밀며 물었다. 물론 정한의 솜씨였다. 멜론을 콕 찍어 결의 앞으로 가져간 지화가 어깨를 으쓱했다.

"그냥. 간만에 시간도 남고 결이도 보고 싶고."

"시여. 겨이가. 겨이가 먹어."

결은 고개를 살래살래 흔들며 주방으로 달려갔다.

"자기 포크 가지러 가는 거예요."

의아해하는 지화의 표정에 그린이 웃으며 설명해줬다.

"요즘 뭐든 혼자 하고 싶어 하거든요. 옷도 혼자 입겠다고 하고, 먹는 것도 누가 떠먹여 주면 싫어해요."

"세상에. 우리 결이가 과일을 혼자 찍어 먹는다고요?"

지화의 감동 어린 눈길이 토실한 뒷모습을 좇았다.

"결아. 칼은 아직 안 돼. 아빠가 깎아줄 테니까 포크로 찍어서 먹는 것까지만."

어깨 위에 번쩍 결을 앉힌 정한이 커다란 손에 앙증맞은 플라스틱 접시와 포크를 쥐고 주방에서 나왔다. 결은 심통이 난 건지 부은 입을 내민 채였다.

"그럼 결이가 귤 혼자 까서 먹어볼까?"

"네에!"

정한이 달래는 소리에 결은 금방 환해진 얼굴로 반색을 했다. 하지만 정한이 고사리 손으로 까기 좋기 꼭지 부근에 살짝 홈을 파서 내밀자 질색하는 얼굴로 밀어내는 결이었다.

"그래. 네 고집을 누가 말리냐. 옛다. 혼자 실컷 까봐라."

정한이 질렸다는 표정으로 덥석 오렌지를 집어 내밀자 그린이 휘둥그레져 나무랐다.

"오빠도 참! 그렇다고 오렌지를 주면 어떻게 해? 하여간. 애나 어른이나 똑같아."

어느새 오렌지를 받아 든 결은 낑낑거리며 오렌지를 이리 굴리고 저리 굴리는 중이었다.

그 와중에도 정한이 조금이라도 도와주려는 기색을 보이면 엉덩이를 들썩여 돌아앉기 바빴다.

빙그레 웃으며 바라보던 지화가 문득 중얼거리듯 물었다.

"그린 씨. 결혼의 장점이 뭐라고 생각해요?"
"결혼이요?"
갸우뚱거린 그린이 되묻자 지화도 물음으로 답을 대신했다.
"행복하죠? 대표님 같은 남자가 남편이라서."
"글쎄요. 요즘 같아선 행복은커녕 오빠랑 뚝 떨어진 데서 일주일만 지내다 왔음 좋겠다."
그린은 코를 찡그리며 질색하는 표정을 지었다.
"아니. 오히려 결이는 안 그러는데 세상 징징이에 질척거리는 거 보면 내가 알던 김정한 맞나 싶다니까요? 지금 생각해보면 예전이 좋았지. 한집에 살면서 소 닭 보듯 했을 때가 얼마나 자유롭고 편했는지. 그땐 그걸 몰랐어."
정한은 요즘도 늦게 자는 그린을 꼬박 기다렸다. 밤새 공부를 마친 그린이 아침에 눈을 뜰 때까지 턱을 괴고 지켜보느라 지각할 뻔한 적도 한두 번이 아니라고 했다. 하지만 말과는 달리 그린의 얼굴은 행복해 죽겠다는 표정이었다.
어느새 두 팔로 번쩍 결을 들어 비행기 태우듯 넓은 거실을 위이잉 가로지르는 정한과 깔깔거리는 결을 보는 그린의 얼굴엔 환한 미소가 들어차 있었다.

"에휴. 내 눈을 찔러야지. 무슨 좋은 꼴을 보겠다고 거길 찾아가서."

심란한 맘을 달래려다 염장을 지르는 모습만 보고 나니 싱숭생숭한 마음은 더 커져만 갔다. 그대로 집에 가기 허전해진 지화는 가끔 가는 특급 호텔의 스카이라운지로 향했다.

"위스키 스트레이트 더블로 하나 주세요."

술잔을 빙글빙글 돌리다가 한 모금에 쭈욱 비우자 짜르르 하며 기분 좋은 열기가 올라왔다.

"한 잔 더 주세요."

이런저런 생각을 하며 홀짝거리던 지화의 시선이 문득 창가 쪽의 한 남자에게 향했다. 높은 스탠드형 바 의자에 홀로 앉은 남자가 하염없이 야경을 내려다보고 있었다. 늘씬한 팔다리에 잘 어울리는 까만 실크 재질 셔츠. 곧게 뻗은 목과 아슬하게 열린 가슴께의 하얀 피부와 어우러져 묘한 색기를 자아내고 있었다. 꼭 밤의 산책을 나온 뱀파이어 귀족처럼 신비롭고 고혹적인 분위기를 가진 남자.

'딱 봐도 어려 보이는데. 모델인가?'

둘러보니 지화 뿐 아니라 바 안의 여자들은 거의 다가 노골적인, 아니면 적어도 흘깃거리는 눈길을 그에게 던지고 있었다. 그때 지화 옆으로 다가온 한 여자가 바텐더 쪽으로 몸을 기울였다.

"저기 창가에 저분이요. 술 한 잔 사드리고 싶은데."

"안 그러시는 게 좋을 거 같은데요. 가끔 오시는 분인데 고객님처럼 술 한 잔 사드린다고 하면 칼같이 거절을 하셔가지고요."

여자는 김샜다는 표정으로 자리로 돌아갔다. 물끄러미 보고 있자니 문득, 진우와 처음 클럽에서 만났던 순간이 오버랩되었다. 그날 진우도 그랬다. 창가의 저 남자처럼 주변에 다가왔다 무반응에 실망하고 돌아서는 여자들 사이에 외딴 섬처럼 거리를 유지하고 있었다. 그리고 진우의 모습에 끌린 지화는 평소의 유지화였다면 절대 나오지 않을 충동적인 행동을 했다. 술잔을 들고 다가가 건네주고 돌아섰던 것이다. 같은 색깔의 외로움을 가진 이에 대한 아무런 사심 없는 응원 같은 거였다.

그렇게 말없이 술잔을 건네고 돌아서는 지화의 손목을 잡고 진우는 이렇게 말했었다.

— 나랑 나갈래?

문득 그날의 감상에 젖은 지화는 스르르 술잔을 들고 일어나 창가로 다가갔다. 스윽. 말없이 고개를 돌린 남자를 본 지화는 소리 없는 비명과 함께 입을 틀어막았다.

"나랑 결혼 어때요?"

분위기를 넘어 목소리마저 그윽한 이 남자. 하진우였다.

헐! 뱀파이어 귀족남이 왜 하진우인 거야? 아니 그것보다 하진우가 왜 여기 있는 거야!

'망했다.'

소리 없는 아우성을 삼키며 눈만 끔뻑거리는 지화의 모습에 진우는 재밌다는 표정으로 후후 웃음을 지었다. 아까 지화가 들어왔을 때, 진우는 막 주문을 하려던 참이었다. 그런데 혼자 생각할 게 많으면 가끔 오는 이곳에서 지화와 우연히 마주칠 줄은 꿈에도 몰랐다. 안 그래도 전화도 안 받고 메시지를 읽고도 묵묵부답인 지화의 태도에 일생일대의 도박을 하는 심정으로 승부수를 던진 진우의 속도 점점 좁아들어 가는 중이었다. 끝내 받아주지 않으면 어쩌지. 곱게 연애나 하자고 했을 때 넙죽 '감사합니다' 하고 받아들여야 했나.

하지만 시간이 아깝다는 말은 진심이었다. 너무 멀리 돌아 다시 만난 둘이었다. 다시 한 발 한 발 처음부터 쌓아가는 연애마저 길고 긴 마라톤으로 느껴질 만큼 더 이상은 어떠한 기다림도 하고 싶지 않았다. 듣는 척도 안 하는 줄 알았던 지화 역시 흔들리는 모양이었다. 지화는 위스키를 단숨에 들이켜고 머리를 쥐어 싸매며 무언가를 중얼거렸다. 멀리서만 봐도 감정의 진폭이 또렷하게 느껴지는 귀여운 모습에 자꾸만 입꼬리가 치켜 올라갔다.

그러다 지화가 문득 몸을 돌려 가게 안을 두리번거리기 시작했다. 재빨리 창밖으로 시선을 돌리고 시침 뚝 떼는 와중에 생각지도 못한 반전이 일어났다. 창가에 반사된 모습을 보니 마치 홀린 것처럼 술잔을 들고 스르르 다가오는 게 아닌가. 그 장면에 클럽에서 처음 만났던 날이 떠올라 불쑥 말을 걸었다.

"나랑 결혼할래요?"

여유 있게 입꼬리를 치켜올린 진우와 달리 지화의 동공은 갈피를 잡지 못하고 이리저리 흔들리는 중이었다. 며칠 전, 한겨울에 과감한 홀터넥 차림으로 첫 재회를 한 것도 모자라 두 번째 만남은 대놓고 접근해 유혹하는 걸로 오해하지 않을까 걱정하는 얼굴이었다. 순식간에 벌게진 지화는 억울한 듯 쏘아붙였다.

"오, 오해 말아요. 수작이라도 걸러 온 건 아니에요. 그러니까, 나도 모르게 그냥……."

"누가 뭐라고 했어요?"

어둑한 스카이라운지 안, 휘황찬란하게 쏟아지는 야경의 불빛을 배경으로 유난히 희게 빛나는 피부에 붉은 입술. 눈가를 휘며 웃는 모습이 유혹적인 뱀파이어의 탈을 뒤집어 쓴 여우가 따로 없다.

"오해 안 해요. 그리고 수작 좀 걸면 어때요. 지화 씨처럼 멋진 여자가 다가와 주면 오히려 영광이죠. 기꺼이 넘어가 드릴게요."

"돼, 됐어요."

지화는 쑥스러운 표정으로 술잔을 내밀었다.

"넘어올 필요는 없고 이거 마시든가요. 정말 단 1도! 사심 없이! 주는 거예요."

"그럼, 이 술 마시면."

진우의 하얗고 매끈한 손이 유리잔 째로 지화의 손등을 부드럽게 감싸 안았다.

"결혼할 수 있어요? 유지화 씨랑?"

"무슨! 겨우 술 한잔 얻어먹고 너무 큰 걸 바라는 거 아니에요?"

당치도 않다는 듯 쏘아붙였지만 지화는 진우의 손을 뿌리지 않았다. 아니, 뿌리칠 수 없었다.
언제부터였을까. 늘 촉촉한 사슴 같던 눈망울이 위험할 정도로 진득한 남자의 눈으로 심장을 얽어오기 시작한 게.
어루만지듯 가볍게 얹은 손이지만, 세상 귀한 것을 보듯 나긋한 시선이었지만.
"해줘요. 결혼."
이르게 불어오는 봄바람보다 미약하기만 한, 부탁과 애원만이 섞인 어투였지만.
"……자신 없어요."
그 어느 때보다도 강인한 의지가 깃든 진우의 모습에 지화는 입술을 깨물며 고개를 저었다.
"왜요. 세상 당당한 유지화가 왜 자신이 없는데요."
"결혼해서 잘…… 살아갈 자신이 없어요. 내가 그런 걸 본 적이 있나 배운 적이 있나."
파르르 떨리는 입술에서 못난 속내가 고스란히 흘러나왔다.
자유로운 생활 패턴을 잃고 싶지 않다는 말도, 여행, 쇼핑, 떠들썩한 모임. 화려한 솔로 자리를 포기하고 싶지 않다는 말도 어쩌면 다 핑계였다. 결국은 돌고 돌아 자신에게 포커스가 맞춰지는 지화였다. 변변한 옷가지 하나 입지 못하고 영양실조 상태로 버려졌기에 이름도 얼굴도 모르는 부모는 찾을 생각도 해 본 적 없었다. 늘 사랑이 고픈 지화는 엄마, 아빠의 애정이 그리우면서도, 그만큼의 무게가 실린 애정이 다가오면 감당하기 힘들어했다. 누군가를 만나 평생을 약속하고, 사랑의 결실을 맺고, 무조건적인 사랑과 희생을 준다는 게 지화에게는 막연하고 어렵기만 한 일이었다. 지화는 짤막하게 고개를 흔들며 야멸차게 단정을 지었다.

"그러니까, 결혼 같은 거. 난 못 해요. 결혼 생활이라는 거 잘할 자신 없어요."

"누가."

진우는 역시 끈질겼다.

"잘하라고 했어요? 결혼 생활에 정답이 어딨어요."

나긋하지만 절대 물러서지 않겠다는 기세에 크게 한숨을 내쉰 지화가 따지듯 물었다.

"그것 말고도 이유는 많아요. 일을 그만 둘 수도 없고, 생활도 엄청 불규칙할 거고. 시월드 같은 거 감당할 자신도 없고요. 진우 씨는요? 이 결혼을 꼭 해야 하는 이유, 단 한 가지라도 댈 수 있어요?"

피식.

웃어버린 진우가 위스키 잔을 들어 단숨에 삼켜버렸다.

"그런 게 어딨어요. 이 결혼을 못 하면, 죽을 거 같으니까 죽어라고 매달리는 거지."

"······!"

이유는 없다. 그냥. 네가 없으면 죽을 것 같으니까. 네가 없는 내 삶은 죽은 거나 다름없으니까.

한 대 맞은 듯, 숨이 막힌 듯, 아찔한 표정으로 바라보는 지화에게 끝내 절박한 눈빛이 얽혀왔다.
"그러니까 제발, 그냥 알겠다고 해."
불안하게 속삭이는 목소리도, 대답을 기다리는 눈망울도 떨고 있었다. 그런 이 남자를 어떻게 밀어낼까. 이 사랑을 어떻게 외면할까.
결국 지화도 무너지고 말았다. 속마음은 진우와 같았다. 겉은 화려하게 채색했지만 지난 몇 년, 지화의 속도 텅 비어 있었다. 연애 말고 결혼이, 하진우이기에 그와의 결혼이 절실하게 하고 싶었다. 넋이 나간 듯 '알았어요.'라고 중얼거리는 소리가 채 끝나기도 전에 진우가 지화의 손목을 끌고 성큼 자리를 빠져나갔다.
잠시 후, 바로 1층 로비로 내려간 진우가 프런트 데스크 앞에서 조급한 표정으로 신용 카드를 내밀었다.
"객실 하나 주세요."
"네. 고객님. 잠시만요. 지금 남아 있는 객실이 있는지 체크하고……."
"아뇨."
지화가 직원의 말을 끊으며 번쩍거리는 금빛 카드를 내밀었다.
"스위트룸으로 주세요."
혹시 무슨 객실이냐며 취소해 달라고 할까 봐, 덜컹한 진우를 향해 지화가 당당하게 말했다.
"원나잇은 진우 씨가 냈으니까 투나잇은 내가 내야 공평하죠."

연애는 시간 낭비

바로 체크인 수속을 마친 둘은 엘리베이터를 타고 꼭대기 층으로 올라갔다.

쾅!

객실 문이 닫히자마자 진우가 지화의 목을 그러잡으며 다급하게 입술을 집어삼켰다.

"자, 잠깐! 일단 좀 씻고……!"

"말했잖아요. 시간 낭비하기 싫다고."

그 말이 신호라도 된 양 두 호흡이 격렬하게 부딪혔다. 화르르 타버릴 듯 어지러이 얽히고 그러다 송두리째 빨아들일 듯 깊숙이 맞물렸다. 투두둑. 진우의 얇은 실크 셔츠가 단추를 흩뿌리며 팔락거렸다. 늘씬하기만 한 외형과 달리 진우의 몸 구석구석은 운동으로 다져져 보기 좋게 근육이 잡혀 있었다. 어둑한 객실 안에 얼음처럼 매끄러워 보이는 피부가 창밖에서 흘러오는 불빛을 받아 눈부시게 빛나고 있었다.

정신을 차려보니 지화는 그새 침대에 누운 채였다. 몽롱한 시선을 들어보니 세상에서 제일 섹시한 뱀파이어가 잔뜩 굶주린 눈빛으로 군살 하나 없는 상체를 기울이는 중이었다. 기꺼이 목을 내민 지화는 곧 뜨겁게 퍼부어지는 감각에 눈을 감으며 아찔한 비음을 쏟아냈다.

위험할 정도로 자극적인 밤이었다. 한 순간도 낭비하고 싶지 않다는 열망이 빈틈없이 맞물리고 뜨겁게 휘감겼다. 천년이 지나고, 만년을 넘어도, 단 한순간도 흐려지지 않을 황홀한 시간이 반복되기 시작했다.

역사적인 투나잇이 이뤄진 후, 지화와 진우의 결혼은 일사천리로 진행이 되었다. 언젠가 정한의 말대로 일단 밀고 나가기 시작하면 하진우의 추진력은 아무도 따라갈 수 없다더니 역시나였다. 결혼의 장점은 세다 보니 지칠 정도로 많았지만 단점은 생각보다 찾기 힘들었다.

'……고 생각했었는데.'

지화는 새어 나오는 한숨을 지그시 누르며 맞은편에 앉은 여자를 빤히 바라보는 중이었다.

허 여사. 진우의 새어머니이자 지화의 시어머니가 될 세란은 한 치도 흐트러지지 않고 곱게 틀어올린 머리칼에 온몸엔 명품을 휘감은 모습이었다. 하지만 오랜 병간호에 지쳤는지 권태로움과 짜증에 신경질적인 기색이 역력했다. 처음 남편이 쓰러졌을 때만 해도, 세란은 너무하다 싶을 정도로 진우에게만 병간호를 맡겼다. 하루빨리 이사회를 장악하고 진우의 이복동생을 의대에 보내 병원을 잇게 하려는 조급함에 남편은 눈에도 들어오지 않았던 것이다.

하지만 진우의 부친이 병상에 누운 시간이 길어지고, 병원은 진우의 개입으로 한층 더 탄탄해졌다. 설상가상으로 아들은 대학을 가기 싫다며 세란의 뜻에서 엇나가기 시작했다. 이제 와 헤어지자니 실질적으로 호적을 합친 기간이 짧아 이혼 위자료라고 해 봐야 세란의 성에 차지 않는 수준이었다.

연애는 시간 낭비

결국 세란은 몸도 제대로 못 가누고 말도 제대로 못 하는 남편의 곁에서 가는 세월을 보내는 것 말고는 달리 할 도리가 없어져버렸다. 그렇게 불만 가득한 나날을 보내는데 느닷없이 진우의 결혼 소식이 들려왔다. 안 그래도 욕심 많던 세란은 저와 아들의 몫이 줄어드는 건 아닐까 하는 조급함이 더 커지고 말았다.

"듣자하니. 출신이 미천하다고 하던데,"

더 이상 들어볼 필요도 없는 서두였지만 지화는 일단 조신하게 눈을 내리깔았다. 어쨌든 결혼하면 시어머니 될 사람이니 일단 끝까지 들어나 보자는 생각에서였다.

"우리 진우 정도면 대한민국 1등 신랑감이잖아요. 어마어마한 데서 선 자리도 많이 들어오는 거 알고 있죠?"

잔을 들어 우아하게 한 모금을 삼킨 세란은 어이가 없다는 듯 피식 웃음을 흘렸다.

"그런데 참. 기도 안 차서. 평범한 집 며느리도 당황스러운데 고아라니."

하지만 결국 오늘 뒤로 몰래 지화를 불러내 본색을 드러내고 만 그녀였다.

"뭐, 유쾌한 얘기도 아니니 길게 말 안 할게요. 알아서 조용히 물러나 주세요."

후. 잠잠히 고개를 숙이고 있던 지화는 눈앞에 파리라도 쫓듯 세게 입김을 불었다.

"다른 것도 아니고 출신 가지고 반대하는 거, 너무 양심 없다고 생각하지 않으세요?"

"뭐, 뭐라고요?"

상상도 못 한 가시 돋친 말투에 세란의 눈이 화등잔만 하게 커져버렸다.

"듣자하니 진우 씨 이복동생 가졌을 때, 진우 씨 아버님은 유부남이었다고 하던데요?"

"누, 누가 그래요?"

"출신으로 따지면 전직 불륜녀에 첩으로 시작한 자리보다는 고아가 낫죠. 안 그래요?"

세란의 얼굴이 하얗게 질리고 말았다.

"그렇게 진우 씨 위하는 사람이 아픈 진우 씨 어머니 찾아가서 협박하고 스트레스로 말라 죽게 만들어서 기어이 안주인 자리 차지한 거예요?"

지화는 비뚜름하게 웃으며 5분 전에 세란에게 당한 모욕을 배로 돌려주었다.

"평생 첩으로 살 팔자에 안주인 자리 꿰찼으면 그 정도에서 만족하셔야죠. 진우 씨랑 사이 안 좋은 거 알지만 공식적인 자리에서 시어머니 대접까진 해드릴게요."

툭.

말 끝에 지화가 테이블 위로 꺼낸 건 한눈에 보기에도 두툼한 봉투였다.

"이 돈 받고."

"아, 아니 이게 무슨 경우 없는 짓이야?"

"요즘 연예인들 맞는 주사라도 가서 맞고 오세요."

파들거리며 경련까지 일으키는 세란에게 비웃음을 날리며 자리에서 일어선 지화가 시크하게 쐐기를 박았다.

"그래도 플라워지 대표 이사 시어머니잖아요. 쓸데없는 데 에너지 쓰지 말고 결혼식 전에 피부 관리나 열심히 하세요."

기선을 제압하기는커녕 끈 떨어진 연 신세가 되고 말았다는 것만 또렷하게 깨달은 허 여사는 굴욕을 삼켜야만 했다.

강렬한 시어머니와의 신경전이 있고 얼마 후, 지화와 진우의 결혼식은 지화가 자란 보육원에서 야외 결혼식 형식으로 소박하게 치러졌다. 하지만 지화의 결혼 생활은 누구보다 화려했다. 지화를 중심으로 새로운 시월드가 꾸려지자마자 지화는 돌아가신 진우 어머니의 기일부터 당당하게 챙겼다.

처음에는 밉살스러운 말로 툭툭 시비를 걸던 진우의 새어머니도 두 눈 똑바로 뜨고 할 말 다 하고 되를 주면 말로 돌려주는 지화의 드센 성격에 두 손 두 발 다 들고 잠잠해진 지 오래였다.

믿기지 않을 만큼 평화롭고 행복한 3년이 흘렀다.

외전 II
예쁜 그림

어느 봄날 오후.

그린과 정한의 집 거실 통창을 통해 느지막한 오후 햇살이 내리쬐고 있었다.

초록이는 푹신한 소파 위에서 꾸벅꾸벅 식빵을 굽는 중이었고, 딱지와 부리는 여느 때처럼 엉켜서 씨름을 하며 뒹굴었다. 커다란 거실을 한 바퀴 빙 돌고도 구불구불 연결된 장난감 기찻길 위로 전동 기차가 씽씽 달리고 있었다.

거실 한가운데 이제 5살이 된 결이 앉아 있었다. 결은 누가 불러도 건성으로 '응' 하고 말 뿐 아까부터 꼼짝도 안 하고 초집중 모드로 새로 받은 공룡 모양 로봇 장난감을 조립하는 중이었다. 주방 식탁에는 공룡 장난감을 사다 준 지화가 커다란 배를 내민 채 끙끙거리고 있었다.

"답답해 죽겠어. 언제 나오는 거야. 그린 씨는 이 지겨운 과정을 어떻게 2번이나 겪었어요?"

지화가 투덜거리자 그린은 못 말린다는 듯 웃으며 고개를 저었다.

"이제 4월인데 벌써 지겨우면 어떻게 해요. 예정일이 7월이었던가?"

"예정일이 7월이면 뭐 해. 이거 봐요. 배가 이렇게 커졌는데. 어휴. 쌍둥이 아니랄까 봐 벌써 밖에 나가면 만삭이냐고 한다니까."

"시간 금방 갈 거예요. 낳고 나면 더 금방이고. 우리 율이가 벌써 100일이라니 나도 안 믿기는데 뭘."

그린과 정한의 둘째는 그린을 놀랄 정도로 쏙 빼닮은 귀여운 딸이었다. 둘째는 부부의 요청에 따라 정한의 아버지인 김홍삼 사장이 이름을 짓기로 했다.

몇날 며칠을 끙끙거리던 김홍삼 사장은 '예쁜 노래 가락'처럼 즐겁고 행복하게 살아가라고 '율'이라는 이름을 정해 주었다.

"그래서, 율이는 내일 오는 거예요?"

"네. 엄마들 크루즈 여행 가기 전에 율이 데리고 가서 한밤 주무신다고, 지금 우리 집에 모여 있어요. 덕분에 아빠는 아버님이랑 한 씨 아저씨랑 강제 낚시터행이고."

세 엄마는 매주 찜질방에 가서 한 장씩 사던 로또 복권이 진짜로 당첨이 되는 바람에 난생 처음 크루즈 여행을 떠나게 되었다. 아쉽게도 번호가 딱 하나 틀려 3등이 되고 말았지만 당첨 기념으로 정한이 예약을 잡아준 덕분이었다.

쿡쿡 웃던 그린의 시선이 주방 창을 통과해 뒤뜰로 뻗어갔다. 아이들이 태어난 후, 정한은 앞마당은 놀이터로, 뒤뜰은 바비큐장으로 새롭게 리모델링을 했다. 바비큐 그릴 앞에 선 정한은 목장갑까지 끼고 능숙하게 바비큐를 뒤집는 중이었다. 근처에 어슬렁거리던 토리에게 틈틈이 간식을 하나씩 건네주기도 했다. 그 모습을 물끄러미 바라보던 지화가 새삼 신기하다는 듯 중얼거렸다.

"대표님은 진짜 못 하는 게 뭐야? 일은 말할 것도 없고, 청소, 빨래, 육아 만렙에 요리까지 잘 하잖아요."

갸우뚱하던 지화의 얼굴에 호기심이 들어찼다.

"종류가 한 가지도 아니고 직접 재료 손질에 바비큐 소스까지. 하나부터 열까지 직접 다 만든 거죠? 대체 요리는 어디에서 배운 거래요?"

"어? 그러고 보니……."

그린도 갸웃하며 말끝을 흐렸다.

"물어본 적이 없네? 뭘 만들어 줘도 다 맛있어서 먹을 때마다 감탄은 하는데. 오빠는 원래 다 잘하는 사람인가 보다 했던 거 같아."

"원래 다 잘하는 사람이 어디 있어요?"

둘 사이에 툭 끼어들며 먹음직스럽게 구워진 낙지호롱이 담긴 접시를 내려놓은 진우가 말했다.

"군대 가서 2년 내내 짬밥만 만들다 왔는데 못 하면 그게 이상한 거지."

"네에?"

생각보다 격한 그린과 지화의 반응에 진우가 더 놀란 표정이었다.

"몰랐어요? 정한이 쟤 취사병이었잖아요."

마주 보는 그린과 지화의 얼굴에 슬그머니 번지던 웃음은 진우가 나가자마자 터지고 말았다.

"대박! 오빠가 취사병이었다니! 꿈에도 몰랐어요!"

"대표님 정도면 특전사 정도는 다녀왔을 줄 알았는데. 그래서 못 하는 요리가 없는 거였구나."

다시 창밖을 보니 정한은 타닥거리는 불기 속에 손을 넣어 바쁘게 바비큐를 뒤집고 있었다.

"결혼한 지 10년이 돼 가는데도 서로에 대해 다 알지는 못하는 게 부부인가 봐요. 그린 씨랑 대표님 정도면 서로 너무 잘 알아서 탈일 줄 알았는데."

지화의 새삼스럽다는 말에 물끄러미 정한의 모습을 지켜보던 그린도 고개를 끄덕였다.

"물어봐야겠단 생각도 못 해봤으니까요. 생각해 보면 공부 다시 시작하는 것도, 아이 문제도, 항상 내 맘대로 결정하고 통보했던 거 같아요."

"그래도 대표님은 무조건 그린 씨 편이잖아요."

"그러니까요. 나도 무조건 오빠 편 해줘야 하는데, 오빠가 내 편이라는 것만 당연하게 생각하고 있었어요."

불현듯 기억 한 조각이 밀려들었다. 정한과 잠시 헤어졌다 눈물겨운 재회 끝에 집에 돌아오던 날. 당연한 것에 대해 더 감사하며 살아야겠다는 다짐을 몇 번을 되새기다, 점점 희미해지다, 어느 날부턴가 잊고 있었다는 것을. 그린은 애정 어린 시선을 찬찬히 돌려 이번에는 지화를 가만히 바라보았다.

"왜요? 내 얼굴에 뭐 묻었어요?"

무심코 얼굴을 슥슥 문지르는 지화에게 실내에 감도는 공기만큼이나 포근한 미소가 내려앉았다.

"고마워서요."

"에? 갑자기?"

"할 수만 있다면, 예전의 나한테 가서 꼭 말해주고 싶어요. 결국은 이런 날이 온다고. 사랑하는 가족들, 친구들이랑 둘러앉아서 맛있는 것도 먹고 도란도란 웃고 떠드는 날이, 살아가다 보면, 계속 살고 있으면 반드시 온다고."

무슨 말인지 바로 이해한 지화도 애틋한 미소를 되돌려주며 고개를 끄덕였다.

"그러네. 나도 가서 얘기해주고 싶다. 씩씩하게 열심히 살았더니 나만큼이나 나를 사랑해주는 사람을 결국은 만났다고. 그러니까 너무 외로워하지 말라고."

경험은 다르지만 비슷한 듯, 닮은 결도 가진 둘이었기에 서로를 깊숙이 이해하는 마음이 어느새 크게 자리 잡게 되었다.

오다가 사회에서 만난 사이지만 어쩌면 또 다른 가족의 마음으로, 앞으로도 서로를 의지하고 아껴주며 살아갈 나날들이, 그래서 더 기대가 되는 동갑내기 친구. 그린과 지화는 이제는 굳이 말로 하지 않아도 통하는 눈빛을 주고받으며 잔잔한 웃음을 지었다. 인생 베프끼리 서로 부부가 되어 만났으니 자연히 저녁식사 자리는 웃음이 끊이지 않았다. 오랜만에 본색을 드러낸 주접 커플, 지화와 진우의 티키타카와, 한마디씩 툭툭 던지는 정한의 썰렁한 농담에 그린은 허리가 아플 정도로 웃어댔다.

하지만 간만에 만나 끊이지 않는 수다에 내려올 줄 모르던 광대도 동시에 수직 하강을 할 시간이 오고 말았다. 이러다 밤을 새워도 모자랄 것 같은 분위기에 찬물을 끼얹은 건 어김없이 딱 한 사람. 저녁을 먹은 후 혼자 놀고 있던 결이가 쪼르르 다가와 정한을 끌고 가며 급 마무리가 되고 말았다.

"결이는 어떻게 저렇게 야무져요? 2살 때부터 뭐든 스스로 한다고 고집부릴 때부터 싹은 보였지만, 안 잔다고 떼쓰는 애들은 많이 봤는데 잘 시간 됐다고 제 아빠 데리러 오는 애는 처음 본 거 같아."

그 모습을 본 지화가 혀를 내두르자 그린의 입에서 기다렸다는 듯 봇물이 터졌다.

"잘 시간만 데리러 오는 줄 알아요? 일어날 시간도 기가 막히게 맞춰서 깨우러 온다니까. 결이 때문에 늦잠을 자 본 게 언젠지 모르겠어. 유치원 가는 시간도 10초만 늦어도 난리가 난다니까요."

"와. 내가 김정한만큼 철저하게 계획적인 인간은 다시는 못 볼 줄 알았는데 더한 사람이 있었네. 그것도 김정한 주니어가!"

진우의 소감대로였다. 자랄수록 정한의 외모와 체형을 빼다 박은 결은 외모 뿐 아니라 성격까지 고스란히 카피하고 거기에서 더 업그레이드까지 시키고 말았다. 매사 계획적인, 정한 길이 아니면 가지 않던 정한은 오직 저에게만 엄격하고 철저한 사람이었다. 하지만 결은 달랐다. 제 바운더리 안에 있는 사람은 무조건, 결의 스케줄에 맞추어 움직여야 했다. 그 바운더리에 있는 사람은 물론 그린과 정한이었다. 신기하게도 양가 할머니, 할아버지들, 유치원 선생님이나 친구들에게는 한없이 너그러운 결이었지만 엄마, 아빠는 예외였다. 그나마 저와 엄마 아빠를 제외한 다른 이들에게는 철저한 계획이나 규칙을 강요하지 않는 게 다행이라고 해야 할까.

"어휴, 태몽이 용, 태양, 황금이라고 좋아했는데 그게 아니었어! 알고 보니까 엄마들이 딱 결이 성격을 알아보고 꿔준 태몽이더라니까요."

그린의 푸념대로 시계를 문 용, 알람이 울리자마자 나타난 태양. 황금으로 만든 기차 시간표. 알고 보니 결의 태몽은 시계, 알람, 시간표였고 결은 태몽에 꼭 들어맞는 충실한 5살 인생을 살아가는 중이었다.

결이 깊이 잠든 걸 확인하고 살금살금 나오니 지화와 진우는 벌써 떠나고 없었다.

"그냥 놔둬. 내가 할게."

주섬주섬 그릇을 걷고 있는 그린을 본 정한이 황급히 다가갔다.

"오늘 아무것도 안 했는데 이거라도 할래."

말 그대로 장보기, 재료 준비, 식사 준비, 플레이팅. 모두 정한의 몫이었기에 하루 종일 앉아 있던 그린은 좀이 쑤실 지경이었다.

"이거 말고 조금 이따가 할 거 많으니까 그냥 앉아 있어."

"할 거? 이따가라면……."

갸우뚱하던 그린의 얼굴이 순식간에 새빨개지고 말았다. 오늘은 정한이 지난 3개월간 허벅지를 찌르며 기다리고 기다리던 디데이. 그린이 둘째 율이를 낳고 컨디션을 되찾을 시간이 필요하다며, 참고 또 참은 마지막 날이었다. 물론 참고 또 참을 여유마저 많은 건 아니었다. 율이가 태어나기 직전에 하필 회사에 비상이 터져 이번에는 정한도 따로 육아 휴직을 내지 못했다. 정한은 낮에는 회사 일로, 밤에는 신생아인 율이를 돌보느라 허벅지를 찌를 틈은커녕 수면 시간마저 절대적으로 부족했다.

하지만 그럼에도 불구하고, 결혼 10년 차가 되어 가는 지금도 정한은 그린을 보면 애가 타고 몸이 달았다. 지금으로부터 까마득할 정도로 몇 년 전, 둘이 첫 키스와 첫 마음을 나눈 지 얼마 되지 않았을 때, 정한은 그때와 하나도 달라진 게 없었다. 눈앞에 있지 않아도 그린만 생각하면 치솟는 혈기를 감당하지 못해 한여름이고, 한겨울이고 얼음장 같은 물로 샤워를 하며 식혀야 했다. 회사건, 집이건, 결이와 놀아줄 때에도,

율이를 안고 토닥일 때도 정한의 행성계는 여전히 민그린이라는 태양을 중심으로 돌아가고 있었다.

"지화 씨가 쌍둥이들이 결이 10분의 1만 닮아줘도 좋겠다고 했거든요? 그랬더니 진우 씨가 뭐라고 했는지 알아요? 오빠 닮은 아이라니 죽어도 싫대요. 부모 자식 간에 원수 척질 일 있냐고 치를 떨었어요."

뒷정리를 하던 정한을 바라보던 그린이 킥킥 웃으며 물었다.

"너무 진우 씨다운 소감 아니에요?"

"나야말로 동감. 결이가 하진우 같은 아들이었으면 이쪽에서 치를 떨고 있었겠지."

정한은 무감하게 으쓱 어깨를 올렸지만 그린은 마냥 즐거운 표정이었다.

"신기해. 오빠랑 진우 씨랑 어떻게 그렇게 정반대인 둘이 잘 지내는 건지."

그러다 식탁에 턱을 괴며 다시 생각에 잠겨 말꼬리를 늘였다.

"생각해 보니 좀 서운하기는 하다. 결이는 내가 낳았지만 안 믿어질 정도로 어른스러워. 조금은 더 어린아이처럼 굴면 좋을 텐데."

식기세척기에 접시를 차곡차곡 포개던 정한 역시 평소보다 큰 액션으로 고개를 끄덕였다.

"율이는 제발 그린이 널 닮았기를 바라야지. 얼굴은 민그린인데 성격이 김정한이면. 그건 그거대로 또 재앙이네."

"뭘 또 재앙까지! 어린애답게 떼도 쓰고 징징거리기도 했음 좋겠다는 거지 결이만큼 완벽한 아들이 어디 있다구요."
 그린은 당치도 않다는 듯 눈을 흘기고는 뺨에 얹은 손가락을 톡톡거리며 노래 부르듯 중얼거렸다.
 "난 다시 태어나도, 몇 번을 태어나도 결이 엄마 할 거야. 가끔은 우리 결이랑 율이를 만나러 세상에 온 게 아닐까 할 정도로 뭉클할 때도 있는 걸."
 "그러려면."
 별안간 귓가에 더운 숨이 내려앉았다. 이럴 때면 얄미울 정도로 느슨해지는 저음이 귓가를 적시자 등줄기에 오소소 기분 좋은 소름이 돋았다.
 "일단 특정한 상대와 만난다는 전제 조건이 깔려야 동일한 결과가 도출되겠네?"
 귓바퀴를 간질이던 자잘한 숨결이 가느다란 목을 타고 진득하게 흘렀다. 짤막한 숨을 토해낸 그린의 자그마한 턱이 뒤로 젖혀졌다. 기다렸다는 듯 달궈진 호흡이 밀려 들어왔다. 금세 숨이 턱까지 찬 그린이 고개를 뒤로 물리며 가쁜 호흡을 뱉었다. 고개가 떨어지기 무섭게 커다란 손이 뒷목을 받치더니 집요한 숨이 다시 뜨겁게 파고들었다.
 "결이, 결이 깰 거 같……."
 그린의 고운 이마가 살포시 찡그려지더니 호소하듯 고개를 내저었다.
 "최대한 참아봐."
 번쩍 건장한 두 팔에 그린을 안아 든 정한의 눈빛이 뜨겁게 얽혀왔다. 정한은 몇 걸음 안 되는 보폭으로 거실을 가로질러 2층으로 가는 계단에 발을 올렸다. 하지만 거기까지였다. 참지 못한 건 그린이 아니었다. 층계를 올라가다 말고 다급한 숨이 그린의 여린 몸을 벽으로 밀어붙였다. 처음이었다. 이렇게 초조하고 애가 닳은 표정으로 다가오는 정한의 얼굴은.

지금껏 보지 못한 금방이라도 폭발해 버릴 듯한 정한의 또 다른 모습이었다. 그러면서도 단단하게 틀어쥔 손도, 목덜미 아래를 가쁘게 유영하는 손길도 한없이 섬세하고 부드럽기만 했다. 오랜만에 부부의 은밀한 시간을 맞이한 그린이 몸도 마음도 활짝 열릴 때까지 기다리듯, 정한은 그린의 감각을 틔우는 데만 최선을 다했다. 마지막의 마지막 순간까지 형형하게 날뛰는 제 욕구를 필사적으로 찍어 누르며. 눈도 제대로 뜨지 못할 정도로 불꽃같은 입맞춤이 이어졌다. 그러다 살포시 올라간 시야를 확인한 순간 그린의 온몸에서 힘이 쭉 빠져버리고 말았다.

대체 얼마나 참고 있었던 건지. 일그러진 표정마저 숨이 막힐 정도로 색기가 어리는 정한의 모습에, '아, 이렇게나 오빠는 또 나만 생각하는구나.' 정한의 사랑이 온몸 구석구석, 깊숙한 곳까지 새겨지고 말았다. 또 당연하다는 듯이 배려를 받고 있었다는 사실에 심장이 뭉그러질 정도로 격한 감정이 올라왔다.

"모, 못 참겠⋯⋯."

간신히 입을 뗀 그린이 입술을 달싹거렸다. 그 순간, 정한은 출발선에 서 있다 탕! 하는 신호를 받은 경주마처럼 벌떡 몸을 일으켰다. 단 두 걸음에 남은 계단을 올라 침실 문이 닫히자마자 뜨겁게 치달았다. 그린도 마찬가지였다. 그간 알고 있던 서로의 모습은 새하얗게 지워진 듯 아득한 무아지경에 빠져들고 말았다. 그 속에서 새로 태어난 벅찬 환희가 끊임없이 솟아오르고, 화려하게 피고, 불꽃처럼 타올랐다.

얼마나 시간이 지났을까.

땀에 젖어 매끄러워진 피부가 겹쳐지자 녹을 듯 부드러운 감각이 밀려왔다. 일렁거리는 눈으로 내려다보던 정한이 긴장한 듯 입술을 축였다. 내내 열락에서 잠겨 몽롱하게 들어 올리는 예쁜 눈망울에 시선을 맞추고, 입을 맞추고, 가만히 가슴을 맞댄 채, 나직하게 속삭였다.

"아직도, 나는 아직도 떨려. 너와 함께하는 모든 순간이 믿기지 않을 만큼 설레고."

그린은 뭉클한 미소를 지으며 정한의 뺨을 감쌌다.

"매일을 벅차게 살게 해줘서, 이런 나로 살아갈 수 있게 해줘서. 감사하고."

녹을 듯 절절한 고백에 그저 고개를 끄덕이는 것 말고는 그이상 어떠한 말도 필요하지 않았다. 서로의 영혼을 들여다보듯, 깊숙이 눈을 맞추고, 손을 겹친 채 두근거리는 고동을 나눌 뿐이었다.

잠시 후, 하나로 겹쳐진 숨이 느릿하게, 부드럽게, 규칙적인 리듬을 타기 시작했다. 틈 하나 없이 밀착된 사이로 서서히 피어오르던 열기가 맹렬하게 끓어올랐다. 시공간까지 지워버릴 듯 활활 타는 짙은 불꽃은 까만 밤이 하얗게 밝을 때까지 그칠 줄 모르고 타올랐다.

그린이 기절하듯 잠에 휘감긴 후에도 정한은 쉽사리 눈을 붙이지 못했다. 간만에 무리를 해서인지 그린이 잠에 취해서도 고운 미간을 찡그리며 앓는 소리를 내곤 했던 것이다. 정한은 그린이 달콤한 미소를 머금고 곤한 숨소리를 낼 때까지 부드럽게 어루만지고 나직하게 사랑을 속삭였다. 그러다 잠깐이나 눈을 붙였나. 톡, 톡, 톡. 앙증맞은 압력이 어깨를 두드리다 턱을 밀어 올렸다.

"아빠."

"으음."

잠에 취한 정한이 고개를 젓자 귓가에 잘디잔 바람이 귀엽게 불어왔다.

"일어날 시간이야."

안 떠지는 눈을 억지로 밀어 올리니 밤새 푹 잔 듯 사과처럼 곱게 익은 오동통한 뺨이 시야에 감겼다.

"결이 잘 잤어?"

덥석 끌어안고 까칠한 턱을 비비자 버둥거리던 결이 빠져나오려 용쓰는 소리를 냈다.

"히응. 일하러 가야지."

"아빠 오늘 재택이라 늦잠 자도 돼."

"아침에 축구하기로 했잖아."

"오늘은 일 끝나고 하자. 음?"

"끝나면 율이 데리러 가야 해."

하. 김결. 다문 입을 지나 우뚝한 코에서 길게 눌러 참는 숨이 새어 나왔다. 세상이 무너져도 계획은 실행해야 하고, 무슨 일이 있어도 약속은 지켜야 하는 세상에서 가장 철저한 5살.

잠시 말이 없다 끄응 일어난 정한이 마른세수라도 하듯 얼굴을 비볐다.

"그래, 가자. 가서 축구도 하고, 아빠 일도 하고, 율이도 데리러 가고."

끄아아. 커다랗게 입을 벌리며 기지개를 켠 정한이 문득 뒤를 돌아보았다. 그린은 어지간히 피곤했는지 세상 모르고 잠들어 있었다. 하얗게 드러난 어깨를 타고 위, 아래로 치열했던 간밤의 흔적이 선명한 꽃자욱처럼 번져 있었다. 순간적으로 다시 누워 가냘픈 어깨를 끌어안고 목덜미에 코를 박고 싶은 충동이 치솟았다. 그린의 몸에 새겨진 꽃잎 하나하나에 입술을 대 보고 달콤한 궤적을 실컷 맛보고 싶어 후끈 몸이 달았다.

"아빠. 얼른 일어나. 얼른."

엄마의 수면이 절대적으로 부족하다는 걸 아는지 찬물을 끼얹는 효자의 재촉에 정한은 마지못해 몸을 일으켰다.

"그래, 알았다. 가자, 가. 가서 하고 싶은 거 다 해라. 임마."

동그만 어깨에 이불을 끌어다 덮어준 정한이 끄응 기지개를 켜며 물었다.

"일단 밥부터 먹고. 그 담에 뭐 할까, 결아?"

정한의 드러난 상체를 물끄러미 바라보던 결이 말했다.

"일단, 옷을 입는 게 좋겠어."

번쩍 결을 안고 내려온 정한은 1층 욕실의 유아용 발 받침대 위에 결을 올려주었다. 같은 동작으로 양치질을 하던 부자는 거울 속에 눈이 마주칠 때마다 싱긋 똑같은 모양으로 눈꼬리를 휘었다.

아침을 먹고 앞마당에 나가 공을 차고 돌아온 뒤, 곧 정한의 업무가 시작되었다. 오늘은 그린이 늦잠을 자는 바람에 결을 돌보며 동시에 회의를 진행해야 했다.

"ITER(핵융합실험로) 사업 관련 발주 건은요? 기자재 별로 설계 다 끝났습니까? 빔라인 시스템은요?"

한쪽 귀와 어깨 사이에 전화를 낀 정한은 서류를 한 장 한 장 해체하듯 뜯어보며 항목을 점검했다. 다행히 결은 컨퍼런스 콜 내내 정한의 발치에 앉아 조용히 공룡 로봇을 만지작거리고 있었다. 얌전히 있어준 결이 기특해진 정한이 손을 뻗어 슥슥 머리를 쓰다듬었다.

잠시 후, 휴대폰 너머 들려오는 얘기에 정한이 살짝 눈썹을

예쁜 그림

치켜올리며 답했다.

"그게 이렇게까지 딜레이 될 일은 아닌데. 흐음. 당장 가볼 수도 없고 어쩐다."

CEO인 정한이 재택근무를 하는 날에 회사에 얼굴을 비추는 일은 어지간한 비상사태가 아니면 없었다. 직원들이 부담스러워한다는 이유에서였다. 미간을 찌푸리던 정한은 펼쳐진 다이어리에 날카롭게 눈길을 준 뒤 다음 말을 이었다.

"내일까지 곽 팀장이 책임지고 시운전 준비 좀 해놓으세요. 오전에 들러서 잠깐 확인할 테니."

휘적휘적 무언가를 끄적인 정한이 고개를 끄덕였다.

"어차피 주말이니까 곽 팀장은 나올 필요 없고, 나 혼자 10시쯤 잠깐 들러서……."

습관처럼 또 결의 머리를 쓰다듬으려던 정한이 멈칫 말을 끊었다.

"잠깐. 일단 스탑하고 대기. 다시 전화할게요."

전화를 끊은 정한은 제법 매섭게 눈을 치뜨며 저를 노려보는 결을 빤히 훑어보았다.

"결아, 왜 그래?"

"아빠. 내일 무슨 날인지 몰라?"

"내일이 무슨 날인데?"

미간을 살짝 좁히며 되묻는 정한에게 결은 분개한 모습으로 벌떡 일어나 외쳤다.

"아빠 바보야!"

그린이 잠에서 깬 건 점심때가 가까워져서였다. 느지막이 눈을 뜬 그린은 한참을 이불 속에서 꼼지락거리다 후아암 늘어지게 기지개를 켜며 침대를 벗어났다. 뻐근한 목을 돌리다 말고 무심코 시선을 내리던 그린은 뜨끔한 표정을 지었다. 간밤에 말 그대로 한 마리 늑대처럼 달려들던 정한의 흔적이 온몸 구석구석 새겨지지 않은 곳이 없었던 것이다. 보는 사람도 없는데 그린은 서둘러 옷을 입고 옷자락을 꼭꼭 여몄다. 그러면서도 쉽사리 가시지 않는 여운에 발그레 얼굴을 붉혔다. 씻고 나와 말간 얼굴로 1층으로 내려오던 그린은 아연한 표정을 지었다. 느슨하게 목선이 드러나는 편한 셔츠에 운동복 팬츠 차림의 정한이 소파 위에 널브러지듯 누워 있었다.

"오빠. 왜 그러고 있어요? 결이는?"

"제 방에. 옆에서 놀다가 낮잠 시간이라고 칼같이 들어가더라."

"오늘 재택 하는 날 아니에요?"

"맞아."

대답도 느슨하기 짝이 없었다. 다가간 그린은 고개를 갸웃거리며 정한을 내려다보았다. 정한은 그간 아무리 재택근무라 해도 단정하게 와이셔츠 정도는 갖춰 입고 업무를 보았다. 와이셔츠가 아니더라도, 재택근무를 하는 날은 적어도 구김 하나 없는 단정하고 말끔한 차림이던 정한이 아무렇게나 입고 세상 한량처럼 누워 있는 장면은 본 중 가장 낯설었다.
"그런데 왜 널…… 너무 편하게 있어?"
차마 널브러져 있냐는 말은 못 하고 돌려 묻자 정한이 삐딱한 표정으로 중얼거렸다.
"좀 편하게 있을 수도 있지."
"오빠 왜 그래요? 무슨 일 있어요? 지금 업무 시간 아니야?"
다음 순간, 정한의 입에서 나온 말에 그린은 믿을 수 없다는 듯 표정을 지었다.
"업무 시간은 무슨. 지금은 점심시간이고 서류 기다리다 전자 결재만 하면 끝나는데 잠깐 농땡이 좀 부리면 안 되나?"
"어머! 진짜 무슨 일 있어요?"
생전 처음 보는 정한의 모습에 그린의 입에서 절로 놀란 목소리가 튀어나왔다. 다른 사람도 아니고 그 김정한이었다. 분을 넘어 초 단위로 시간을 쪼개 쓰는 남자. 특히 일에 있어서는 평생 단 한 번도 흐트러진 모습을 보인 적 없던 남자. 그 김정한이 아무리 보는 사람이 없는 재택근무라 해도, 아무리 점심시간이라 해도, 이렇게 편한 옷차림으로 소파에 드러누워 있는 모습은 놀라움을 넘어 충격이 아닐 수 없었다.
"왜 그래요? 프로젝트라도 엎어진 거야?"
그린이 걱정스러운 표정을 지었지만 정한은 뚱한 표정으로 푸흐, 입바람으로 앞머리를 날릴 뿐이었다.
"왜요, 무슨 일인데?"
그린이 갸웃하며 묻자 이마에 빠직, 바코드를 새긴 정한이 마지못해 입을 열었다.

"그게 말이지……."

정한은 그린이 내려오기 전, 회의 도중 결에게 봉변 아닌 봉변을 당했다는 얘기를 털어놓았다. 다시 생각해도 억울한 표정으로 하소연 아닌 하소연을 하는 정한의 모습에 그린은 빵 터질 수밖에 없었다.

"결이가 화낼 만하네. 내일 캠핑 가는 거 한 달 내내 손꼽아 기다렸는데 어떻게 까맣게 잊을 수가 있어요?"

결이 손꼽아 기다리던 캠핑은 한 달 전, 결의 유치원 친구들과 캠핑을 좋아하는 아빠들을 주축으로 급 결성된 모임이었다. 율이도 슬슬 바깥 나들이를 하기로 한 터라, 그린도 율을 데리고 잠깐 보러 가겠다 약속했다. 결은 엄마 아빠에 율이까지 온 가족이 처음으로 가는 캠핑에 잔뜩 기대감에 부풀어 있었다.

"계속 바빠서 깜빡했어. 그리고 내가 안 간다고 했나? 잠깐 잊은 것뿐인데 무슨."

정한은 못내 서러운 얼굴로 벅벅 머리를 헝클어뜨렸다.

"부모님의 원수라도 만난 것처럼……. 그린이 네가 결이 표정을 봤어야 돼. 사람을 한순간에 약속도 신의도 저버리는 사기꾼 취급을 하더라니까."

정한은 질렸다는 듯 고개를 저었다.

"와, 김결. 나중에 쟤는 누가 데려가냐. 저런 자식이랑 숨 막혀서 어디 살겠냐고."

예쁜 그림 517

와락 정한의 목을 끌어안은 그린이 구슬 같은 웃음을 터트렸다.

"숨 막히긴. 그게 오빠랑 결이 매력인데."

"지금 누구랑 누구를 같은 취급이야? 난 저 정도는 아니었어."

질색을 한 정한은 한 팔로 머리를 받치며 다시 벌렁 누워 버렸다.

"사람이 조금이라도 느슨한 데가 있어야지. 융통성 없는 녀석."

그게 회사 창립 이후로 차곡차곡 쌓여온 정한 자신에 대한 평가라는 걸 알고는 있는 걸까? 그린은 애써 웃음을 참으며 툴툴거리는 정한을 내려다보았다.

"그만 투덜대고 일어나요. 일 안 할 거예요?"

"보고서가 올라와야 일을 하지. 지금은 하고 싶어도 할 게 없어."

할 게 없기는.

딱히 보고서가 아니더라도 평소 정한의 기본적인 업무량이라는 게 얼마나 많은지 잘 알고 있는 그린은 여전히 웃음기를 지우지 못했다.

"그것보다 여기 누워봐."

어어? 할 새도 없이 그린의 손목을 부드럽게 감싼 정한이 소파에 길게 누운 옆으로 그린을 끌어당겼다.

"나 계속 누워 있다 왔어요. 오늘 할 일 많아요."

"알았으니까 잠깐만."

그린의 목덜미에 코를 박고 몇 번이나 깊이 들이마시던 정한이 나른한 목소리를 꺼냈다.

"보고서고 뭐고 하루 종일 이렇게 있고 싶은데."

"하루 종일 이러고 어떻게 누워 있어요."

"그러니까 잠깐이라도. 안 되나?"

다른 사람도 아닌 지독하게 꼼꼼하고 성실한 김정한도 결의 철두철미함에는 혀를 내두를 지경인 모양이었다. 그 결과, 엉뚱하게 정한이 빈둥거리며 시간을 보내게 하는 부작용을 만들어내고 말았다. 순식간에 진득해진 목소리는 어김없이 자석처럼 그린을 끌어당겼다. 결국 스르르 고개를 숙인 그린도 정한의 탄탄한 가슴에 뺨을 기댔다. 소파 위에 나란히 몸을 겹쳐 누운 둘은 혹시라도 방 안의 결이 깰세라 소곤거리듯 이야기를 주고받기 시작했다. 결혼 10년이 가까워지는, 두 아이의 엄마, 아빠이다 보니 자연히 화제는 아이에 관한 게 대부분이었다.

"정말 신기해. 처음 만났을 때만 해도 오빠는 결혼도 그렇지만 아이들한텐 아예 관심이 없는 줄 알았는데. 이렇게 육아의 달인이 될 줄 누가 알았겠어."

"누가 그래? 내가 아이한테 관심이 없다고."

"그걸 꼭 들어야 아나. 솔직히 나 같은 꼬맹이랑 결혼을 어떻게 하나 기가 막혔을 텐데 이렇게 아들 낳고, 딸 낳고 살게 될 거라고는 꿈에도 상상 못 했잖아요."

정한이 나직하게 웃음을 흘리며 물었다.

"내가 비밀 하나 알려줘?"

예쁜 그림 519

"비밀? 뭔데요?"

"예전에, 우리 백화점에서 기억나? 내가 초록이 이름 바꾸라고 했던 거."

"아. 기억나! 그게 왜?"

"그때 왜 그랬는지 알아?"

그린의 커다란 눈이 떼구루루 구르더니 고개가 살랑살랑 흔들렸다.

"사실, 우리 결혼 사진 찍고 난 뒤만 해도 혼자 이것저것 기대에 부풀기는 했어."

"기대라니 어떤?"

"그날 스튜디오에서 돌아와서 깨달았지. 아, 이 여자한테 반해버렸구나 하고. 아마 그린이 네가 중간고사, 학점 얘기만 안 했어도 우리 결혼 생활, 제대로 해보자고 먼저 고백했을지도 몰라."

이어진 정한의 늦은 고백이 그린의 입에서 기어이 하이톤을 뽑아내고 말았다.

"뭐라구요? 초록이가 우리 결이 태명이었을지도 모른다고?"

까맣게 잊고 있던 궁금증이 풀리는 순간이었다. 그린의 취업 전, 정한과 백화점에 갔던 날. 둘은 초록이의 이름을 가지고 옥신각신하다 에스컬레이터에서 어설픈 첫 키스를 하고 말았다. 그날 그린은 다짜고짜 오늘부터 초록이는 노랭이라며 시비를 거는 정한의 모습에 고양이를 싫어하나 보다 생각하고 넘기고 말았다. 그런데 알고 보니 초록이가 민그린과 김정한 사이에 생길지도 모르는 첫 아이의 태명이었다니.
"뭐야. 우리 손 한 번 잡아본 게 다인데 거기까지 계획을 세웠다고?"
쑥스러운 듯 머리를 긁적이는 정한을 보며 그린은 다시 한 번 웃음을 터트렸다.
"이래놓고 누구보고 철저하게 계획적이라고 혀를 내두르는 거예요? 콩 심은 데 콩 나고 팥 심은 데 팥 난 거지 뭐. 초록아, 오빠 되게 웃기지?"
소파 밑의 초록이가 결의 방을 슬쩍 곁눈질하며 애옹거렸다. 결이 자고 있으니 그만 떠들라는 듯.

그날 저녁. 약하게 찡찡거리던 율이를 달래던 그린이 걱정스러운 표정을 지었다.
"내일은 오빠랑 결이만 다녀와야 할 거 같아. 율이가 감기 기운이 좀 있는 거 같아요."
"그래야겠지? 아무리 효준이 아빠가 있다고 해도 집에도 쉬는 게 낫겠어."
아빠들 중에 소아과 전문의가 있어 무리 없이 율이를 데려와도 좋다는 얘기를 들었지만 그건 언제까지나 율이의 컨디션이 최상이었을 때의 얘기였다. 고개를 끄덕인 그린이 걱정스러운 얼굴로 당부를 했다.

예쁜 그림 521

"결아. 엄마는 율이랑 집에 있을 테니까 아빠 말씀 잘 듣고, 다치지 않게 조심하고."

"응."

시원스럽게 대답하는 결의 모습에 정한은 살짝 당황한 표정으로 물었다.

"결이 너 왜 아무렇지도 않아? 엄마도 간다고 약속하고 못 가는 건데?"

"엄마는 괜찮아."

"와. 김결. 아빠 배신감 든다? 아빠는 깜빡하는 것도 안 되고, 엄마는 아예 못 가는데 괜찮다고?"

찡찡거리던 건 언제였냐는 듯 옹알거리는 율에게 검지를 잡혀 주던 결이 고개를 돌렸다.

"아빠가 애야? 엄마는 율이 돌봐줘야지."

"야. 김결. 너 그런 말은 어디에서 배운 거야?"

빤히 정한을 바라보던 결이 어깨를 으쓱했다.

"엄마가 맨날 그러잖아. '오빠가 애야?'"

"뭐라고?"

그럴듯하게 그린의 억양을 따라 하는 결의 모습에 벙쪄 있던 정한은 큰 소리로 웃음을 터트리고 말았다. 그린 역시 웃다가 눈물까지 닦아낼 지경이었다.

"오빠랑 결이 덕분에 하루 종일 웃는 거 같아."

그린은 결을 끌어안고 연신 뽀뽀를 퍼부었다.

다음 날. 그린과 율이 둘만 집에 남겨놓으려니 정한은 영 발걸음이 떨어지지 않는 모양이었다.

"걱정 말고 다녀와요. 나 이래 봬도 두 아이 엄마야."

그 두 아이 모두 정한의 손에 붙어 있다시피 하며 크고 있지만, 그린은 걱정 말라며 큰소리를 땅땅 치는 중이었다.

"안 그래도 공부하고 일 한다고 오빠한테만 맡겨둔 거 같아서 미안했는데 잘됐어요. 이번 기회에 나 혼자 율이 실컷 독차지할 생각이니까 걱정 말고 다녀와요."

그린을 한참이나 끌어안고 입을 맞추던 정한은 율이의 보드라운 정수리에도 가볍게 입술을 부볐다.

"율이 엄마 너무 힘들게 하지 말고 잘 지내고 있어."

"아부부!"

침이 잔뜩 묻은 손가락을 정한의 뺨에 문지른 율이 그린과 꼭 닮은 커다란 눈을 초승달처럼 휘며 까르륵 엉덩이를 들썩였다.

"아빠. 안녕. 오빠 잘 다녀와요!"

율이의 손을 잡고 살랑살랑 저은 그린은 달콤한 아가 냄새를 흠뻑 들이키며 찍어놓은 붕어빵처럼 똑 닮은 표정으로 환하게 웃음을 지었다.

캠핑장에 도착한 정한은 같이 온 아빠들과 협동하여 일사불란하게 움직였다. 눈 깜짝한 사이에 몇 동이나 되는 텐트가 일렬로 세워졌다. 어떤 아빠는 불을 피우고, 다른 아빠는 쌀이며 야채를 씻고 식재료를 다듬었다. 정한은 몸으로 놀아주는 담당이었다. 아이들과 함께 잔디가 깔린 공터로 향한 정한은 축구공을 가볍게 통 튀기고는 바로 현란한 발재간을 보여주었다. 모두 결의 또래니 이제 겨우 대여섯 살. 뒤뚱뒤뚱 뛰며 짧은 다리를 삐죽 내미는 게 고작인 아이들이었다.

"우와! 결이 아빠 축구 잘해!"

"결이 아빠! 최고!"

아무리 어른스럽다 해도 결도 결국은 5살에 불과했다. 연신 쌍엄지를 치켜들며 환호성을 지르는 아이들 틈에서 결의 얼굴이 점점 환해지기 시작했다. 결국은 작은 어깨를 으쓱거리기까지 했다.

"우리 아빠 축구 엄청 잘하지? 나 아빠랑 아침마다 축구한다!"

"우와! 우와!"

"나 축구 선수 할 거야. 아빠보다 축구 더 잘 할 거야!"

누가 승부욕의 화신 김정한의 아들 아니랄까 봐 '아빠보다 잘'이라는 단서를 달긴 했지만 또래보다 훌쩍 머리 하나도 크고 발도 빠른 결은 축구에 진심이기도 했다. 아침이면 어김없이 정한을 깨워 땀을 흘리며 공을 차고 좋아하는 축구 선수와 팀의 전적을 줄줄 읊고 다녔다.

한바탕 땀을 흘리며 공을 찬 아이들은 우르르 몰려가 밥을 먹고 다시 뛰어나갔다. 까르르 웃는 아이들의 웃음소리가 맑은 봄날 하늘 아래 멀리까지 울려 퍼졌다. 집에는 신생아가 있다지만 캠핑장의 아이들도 한창 보호자의 손이 필요한, 포동포동 배를 내밀고 다니는 유아들이었다. 한시도 눈을 뗄 수 없었던 정한은 아이들이 잠자리에 든 후에야 간신히 휴대폰을 꺼낼 수 있었다.

[오빠!]

"그린아! 괜찮아? 혼자 율이 보는 거 힘들지 않아?"

[그럼! 나 육아에 소질 있나 봐. 율이 예뻐 죽겠어. 오빠. 결이는? 친구들이랑 하루 잔다고 너무 신났지? 엄마는 찾지도 않지?]

"새벽에라도 힘들면 전화해. 바로 갈 테니까. 율이 데리고 혼자 잘 수 있겠어?"

정한은 그린의 안부를, 그린은 결의 근황을 궁금해하느라 둘 다 대답보다 질문이 더 많았다.

[오빠. 율이 기저귀 갈아줘야 해. 이만 끊어요.]

"그린아. 사랑……."

뚝 끊겨버린 휴대폰을 들고 정한은 피식 웃음을 지었다. 결이 말 그대로 손꼽아 기다리던 일정이었다. 집에 그린과 율이만 두고 오자니 발이 안 떨어지는데도 올 수밖에 없었다. 그런데 쌩쌩한 그린의 목소리를 들으니 무겁던 마음이 조금은 덜어지는 기분이었다.

'하긴. 예전에 갓 입사했을 때도 일 하나는 야무지게 해냈지.'

역시 괜한 걱정이었나 어깨를 으쓱한 정한은 잔뜩 쌓인 설거지 거리를 들고 개수대로 향했다.

그 시각.

그린은 어둑한 방 안을 서성이며 두 눈 가득 전투 의지를 활활 불태우는 중이었다.

"율이야. 도대체 왜 안 자는 거야. 잘 시간이 훌쩍 넘었잖아."

벌써 초저녁에 율이는 그린의 혼이 쏙 빠지도록 한바탕 울고불고 난리를 피운 뒤였다. 그 뒤로 잘 시간이 훌쩍 넘었는데도 칭얼거리느라 도통 잠을 잘 생각이 없어 보였다. 율이는 태어나서 지금까지 항상 정한이 도맡아 재웠기 때문에 그린의 품이 낯선 모양이었다. 그린 역시 정한의 손에 맡겨놓고 거의 아기를 본 적이 없었기에 쩔쩔매는 건 마찬가지였다. 율이는 아기 띠 안에 얌전히 안겨서 꾸벅거리다가도 그린이 내려놓으려고만 하면 어김없이 등 센서를 작동시켰다. 자지러지게 우는 바람에 안아들기를 벌써 십여 차례.

"알겠어. 그만 울어, 율이야. 우리 나갈까? 나가자."

결국 재우기를 포기한 그린은 거실로 나와 빙글빙글 돌며 자장가를 흥얼거렸다. 거실에는 산더미처럼 쌓인 기저귀를 시작으로 신생아인 율이를 위한 온갖 용품이 어지럽게 널려 있었다. 지나가며 걸리는 걸 발로 헤치며 흥얼거리던 그린은 새어 나오는 한숨을 참을 의지조차 없어 보였다.

"율이야. 아빠는 이 힘든 걸 매일 어떻게 한 걸까? 아빠 혼자 결이, 율이 다 먹이고 씻기고 재우고. 아빠는 슈퍼맨인가 보다. 그렇지?"

그러기를 한참, 잠시 소파에 앉자 피곤한 나머지 꾸벅꾸벅 졸음이 몰려왔다.

"애앵!"

하지만 곧 사이렌 같은 율이의 울음소리에 벌떡 일어나야 했다.

"제발 그만 울자 율이야. 엄마가 울고 싶을 지경이다. 아. 오빠 보고 싶다. 결이도 보고 싶다."

큰 소리를 빵빵 친 그린의 첫 단독 육아는 밤이 깊도록 식은땀만 뻘뻘 나는 눈물겨운 고군분투로 이어졌다.

다음 날 오전, 기절한 것처럼 곯아떨어진 아이들과 다크서클이 거의 무릎까지 늘어지는 아빠들과 달리, 이제 막 캠핑장에 도착한 것처럼 쌩쌩한 정한과 결이 집에 도착했다.

"엄마! 다녀왔습니다!"

결이 먼저 집 안으로 우당탕탕 뛰어 들어갔다. 정한은 한아름 짐을 들고 닫혀가는 현관문 사이로 잽싸게 발을 뻗었다. 문을 열고 복도를 지나 거실로 들어서자 눈에 보이는 상황은 난장판 그 자체였다. 점점 다가오는 정한의 얼굴에 참을 수 없는지 처음에는 희미하게, 그러다 길게 호선을 그린 입술이 쿡

큭거리며 떨리기 시작했다.

"그린아. 괜찮아?"

돌아보는 그린의 얼굴에는 살았다는 기색이 가득 번졌다.

"오빠! 율이가 아무리 해도 울음을 안 그쳐! 기저귀도 갈아주고, 우유도 먹였는데! 왜 자꾸 우는지 모르겠어!"

난처한 표정으로 발을 동동 구르는 큰 뽀시래기. 품에는 빽빽거리며 굵은 눈물을 뚝뚝 떨어뜨리는 작은 뽀시래기.

"엄마. 이거 내 거 기차 줄까? 율이 울지 말라고 줄까?"

걱정스러운 얼굴로 들여다보며 엄마와 동생을 달래는 제법 의젓한 중간 뽀시래기.

"결이 재미있었어? 율이야! 아빠 왔다! 율이가 제일 좋아하는 아빠야!"

문득 발걸음을 멈춘 정한은 홀린 듯 한참이나 그 광경을 바라보았다. 이제껏 본 중 가장 아름다운. 가슴 뭉클할 정도로 벅찬 모습이었다. 그림같이 예쁜 장면이었다. 곧 성큼, 완벽한 그림 속으로 들어간 정한은 한 팔로는 율을 안은 그린을, 다른 팔로는 와락 결을 끌어안았다.

겨우 하룻밤 떨어져 있었는데 흠뻑 그리운 마음에 허겁지겁 입술부터 가져다대는 정한이었다.

"오빠 미안. 집이 너무 엉망이지?"

"아니. 너무 완벽한데."

"에이. 그렇게 말 안 해줘도 돼요. 난 육아에 소질은 없나 보다."

피식 웃어버린 그린도 달콤한 입맞춤을 되돌려주었다.
"엄마 나도!"
"그래. 우리 결이도 쪽쪽쪽."
"아빠도 해."
"오냐. 결이 쪽쪽. 율이도 쪽."
까르륵 맑은 웃음소리와 쉴 새 없이 쪽쪽 입을 맞추는 소리가 달콤하게 귓가를 감돌았다. 어디로 튈지 모르던 뽀시래기와 세상 무뚝뚝하던 츤데레 남편으로 만났다가 이제는 훌쩍 결혼 10년차가 되어가는 두 아이의 부모. 여전히 설레고, 여전히 뜨겁게 사랑하는 두 사람.

세상에서 가장 완벽한 예쁜 그림 같은 네 가족이 꼭 닮은 환한 웃음을 지으며 서로를 바라보았다.

외전 III

해피는 엔딩이 아니라 ing!

"은솔 씨. 우리 집에 어떻게 오셨어요?"
"네. 머리 좀 묶어주세요."
"알겠어요. 여기 앉으세요."
"예쁘게 묶어주세요. 파티에 갈 거니까요."
"파티요? 어머. 파티 나도 가고 싶다."
"율이 씨도 갈래요? 그럼 드레스로 갈아입으세요."
 고사리 같은 앙증맞은 손가락이 인형 옷장 문을 열자 단풍잎처럼 오동통한 손이 그중 하나를 골랐다.
"이 드레스는 어떠세요?"
"음, 별로 안 예쁜 거 같아요."
"그럼 쇼핑하러 가실래요?"
"그래요. 우리 드레스 사러 가요. 어서 오세요. 어떻게 오셨어요?"
"네. 오늘 파티에 가려고요."
 앉은 자리에서 위치 하나 바꾸지 않은 인형들은 주인과 손님으로 변신했다.

쇼파에 앉아 물끄러미 보고 있던 지화가 달크닥 찻잔을 내려놓았다.

"아아. 진짜 살 것 같다. 어제도 아침에 눈떠서 잠들기 전까지 인형 놀이만 했다니깐요."

"우리 율이도 그래요. 엄마들 없으면 한 씨 아저씨라도 붙잡고 인형 놀이 하자고 조른다니까요."

그린이 쿡쿡 웃자 지화는 진절머리가 난다는 표정으로 고개를 흔들었다.

"작년엔 이 정도는 아니었는데 6세 애들은 다 이래요? 난 은솔이가 인형만 꺼내 가지고 오면 울고 싶어진다니까."

그린과 정한의 둘째 율이, 진화와 진우의 외동딸 은솔. 같은 해에 태어난 율과 은솔은 아침부터 눈만 뜨면 인형부터 꺼내 드는 6살 동갑내기였다. 어제, 모처럼 휴일에 하루 종일 공포의 인형 놀이에 시달린 지화는 오늘 은솔의 유치원이 끝나자마자 그린의 집으로 직행했다. 남은 연차마저 인형 놀이를 하다 날려먹고 싶지는 않았다. 은솔이는 세상에 다시없이 예쁘고 소중한 딸이지만 몇 시간 동안이나 먹지도 못할 쿠키를 굽고, 역할극을 하는 건 하루로 충분했다.

"조금만 참아요. 다음 주부턴 둘이 쌍둥이들처럼 붙어 있을 텐데 뭘."

"그러게. 진작 이사할걸. 유치원 수속까지 끝나니까 벌써부터 숨통이 트여."

고층 아파트의 펜트하우스를 고집하던 지화는 결국 그린과 정한의 옆집으로 이사를 결정했다. 외동인 은솔이 일에 바쁜 엄마, 아빠 때문에 외로워하는 것도 마음에 걸렸고 더 크기 전에 마당 넓은 집에서 뛰어놀게 하고 싶었다. 그런 의미에서 같이 놀아줄 할머니들과 할아버지들이 수시로 드나드는 그린의 이웃이 되는 건 최고의 한 수나 다름 없는 일이었다.

"제일 예쁜 드레스는 내가 입을 거예요. 내 생일이니까."

"난 결혼해야 되니까 내가 더 예쁘게 입을 거예요."

"그치만 내 생일 파티에 결혼하는 게 어딨어?"

"너만 예쁜 드레스 입잖아? 나도 제일 예쁜 드레스 입고 결혼 할 거야."

율과 은솔은 신생아 때부터 함께 커 온 둘도 없는 단짝 친구였지만 가끔 투닥거릴 때도 있었다. 바로 지금처럼.

"누구랑 결혼할 건데?"

"아빠랑!"

율이가 호기롭게 외친 말에 은솔이 뚱한 표정으로 답했다.

"아빠랑은 결혼 못 하는 거야."

"왜에?"

"아빠는 엄마랑 결혼했으니까."

"나도 하면 되지!"

"그럼 너네 엄마는 아빠랑 헤어져야 돼."

"왜에?"

"결혼은 한 명하고만 하는 거야. 너는 엄마가 혼자 살아도 좋아?"

 질 수 없다는 듯 바짝 치켜든 율의 턱은 은솔의 대꾸에 바로 수그러들고 말았다.

 "그럼 엄마가 불쌍한데."

 "맞아. 그래서 나도 아빠랑 결혼 안 하는 거야. 아빠랑 헤어지면 엄마가 불쌍하니까."

 "엄멈머? 얘들 좀 봐? 멀쩡하게 잘 살고 있는 엄마 아빠를 생이별을 시키고 난리?"

 지화가 눈을 동그랗게 뜨며 물었다.

 "은솔아. 결혼은 한 명하고만 하는 건 어떻게 알았어? 유치원에서 배웠어?"

 "아니. 수빈이가 알려줬어. 수빈이네 아빠도 어떤 이모랑 결혼하고 싶어서 수빈이네 엄마랑 헤어졌댔어."

 또랑한 은솔의 대답에 지화는 말문이 막히고 말았다.

 "어떤 부모가 애들한테 저런 얘기를 해?"

 "직접 한 건 아니겠죠. 요즘은 6살이라도 알 거 다 알더라구요."

 그린의 말대로 알 거 다 아는 6살이지만 결혼이라는 제도에 대해 정확히 모르는 건 사실이었다.

 "그럼 난 결이 오빠랑 해야겠다."

 거침없이 이어진 율의 선언에 그린과 지화는 웃음을 눌러 참느라 안간힘을 써야했다.

 "안 되는데? 나도 결이 오빠랑 결혼할 건데?"

해피는 엔딩이 아니라 ing!

은솔이 큰일이라도 난 듯 가지런하게 돋은 눈썹을 우그러뜨렸다.

"내가 먼저 한다고 했으니까 은솔이 네가 양보해."

"그런 게 어딨어? 율이 넌 처음엔 너네 아빠랑 한다고 했잖아. 내가 말 안 해줬음 아빠랑 했을 거잖아?"

이번에는 율의 말문이 막혔다. 그랬다. 솔직히 다 같이 살 수만 있다면 오빠보다는 아빠랑 결혼이 하고 싶었다. 하지만 엄마가 혼자 살아야 한다는 말까지 들은 마당에 차마 아빠랑 하겠다는 말은 할 수 없었다.

"오빠는 나랑 한다고 할걸? 내가 좋으니까 우리집에 같이 사는 거야!"

유치원에서도 당차고 야무지기로 둘째 가라면 서러워할 은솔도 더 이상 할 말이 없었다. 율의 말은 엉뚱한 논리지만 기적의 논리기도 했다. 그래서 서러웠다. 율이는 은솔에게는 없는 것들이 너무너무 많았다. 야옹이 식구들도 많았고 할머니가 셋에 할아버지도 셋이나 있었다. 은솔은 야옹이도, 할머니도, 할아버지도 없었다. 그럼 오빠 하나 정도는 줄 수 있는 거 아닌가? 욕심쟁이 율이랑 더 이상 놀고 싶지 않았다. 은솔의 도톰한 입술이 바르르 떨리다가 삐죽삐죽하기 시작할 무렵.

"다녀왔습니다."

복도 건너쪽에서 울리는 목소리에 은솔이 반짝 고개를 들었다. 학교에 학원까지 마치고 집으로 돌아온 결이었다. 반가운 얼굴을 한 건 은솔뿐만이 아니었다. 발딱 일어선 율도 도

도도도. 현관으로 내달리기 시작했다. 은솔도 질 수 없다는 듯 율의 뒤를 따랐다.

"오빠. 나 오빠랑 결혼할래!"

"결이 오빠. 나랑 하면 안 돼? 율이랑 결혼 안 하고 나랑 하면 안 돼?"

그린과 지화는 결의 양쪽에 붙어서 '나랑 결혼해 줘!'를 외치는 율과 은솔의 모습에 꺽꺽대고 웃느라 정신이 없었다. 해가 갈수록 한때의 정한을 닮아 점점 더 무뚝뚝해지고 과묵해지는 결이 어떻게 이 난관을 타개할지 흥미진진하기만 했다.

"잠깐만."

툭. 짧은 한마디를 뱉은 결이 가방을 내려놓고 욕실로 들어갔다. 결이 손을 씻는 동안 율과 은솔은 기대에 찬 얼굴로 문 앞에 붙어 결을 기다렸다.

잠시 후, 거실로 나온 결은 오자마자 손 발 다 씻고 세수까지 한 듯 말간 얼굴이었다.

"어머. 결이는 지인짜 잘 생겼다. 대표님도 잘 생겼지만 결이는 대표님 업그레이드 버전이라니까."

저도 모르게 감탄을 뱉은 지화의 말대로 결이는 초등학생인 주제에 벌써부터 완성형 미모를 뽐내고 있었다. 길쭉한 아빠의 체형과 외모를 꼭 닮은 데다 그린의 뽀얀 피부를 물려받아 짙은 눈썹과 길고 또렷한 눈, 우뚝한 코와 붉은 입술이 한 번 보면 눈을 뗄 수 없을 정도였다. 은솔 역시 마찬가지였다. 태어날 때부터 결의 수려한 이목구비를 질리게 본 율은 아무런 감흥이 없었지만 은솔은 결을 볼 때마다 어린 마음에도 어딘가 두근거리고 수줍은 생각이 들곤 했다. 그래서 이담에 크면 꼭 결과 결혼하고 말 거라고 다짐도 해두었는데.

'결이 오빠는 율이네 오빠니까 나보다 율이를 더 좋아하겠지? 진짜로 율이랑 결혼한다고 하면 어떡하지?'

덜컥 겁이 난 은솔은 그렁한 눈으로 결을 올려다보았다. 생일날 촛불 앞에서도, 산타 할아버지를 기다리던 크리스마스 때도 이렇게 간절한 마음으로 빌어본 적은 없는 것 같았다. 그런 은솔의 마음을 알아준 것일까.

"결혼하려면 집도 사야 하고, 차도 사야 하고, 먹고 살아야 하는데 너희들 뭘 해서 돈을 벌 거야."

율과 은솔을 앞혀둔 결이 담담하게 물었다. 아, 결이 오빠가 '너희들'이라고 했다! 은솔의 마음속에 희망의 불이 반짝 켜졌다.

"엄마 심부름!"

은솔이 번쩍 손을 들자 율도 지지 않고 "난 아빠 심부름!"이라고 외쳤다.

"그것보단 훨씬 많이 벌어야 해. 아빠는 회사 다니고, 진우 삼촌은 의사잖아. 엄마들도 일 하잖아. 일을 해야 돈을 벌지"

결이 고개를 가로젓자 6살 동갑내기는 금세 한 마음이 되고 말았다.

"일은 어른들만 하는 건데."

"우린 어려서 안 시켜줄 텐데."

머뭇거리는 은솔의 말에 율의 얼굴에도 수심이 쌓이고 말았다. 기다렸다는 듯 결이 물었다.

"일도 못 하고 돈도 못 버는데 지금 결혼할 수 있겠어? 없겠어?"

"……없겠어."

"없어."

더 이상의 설명이 필요하냐는 듯 결이 일어서자 은솔이 다급한 목소리로 붙잡았다.

"그러면! 나중에 크면! 어른이 되면 결혼할 수 있어?"

'결이 오빠랑'이라는 말이 생략됐다는 걸 눈치채지 못한 결은 무심하게 내려다보며 툭 뱉었다.

"은솔이 네 마음대로 해. 엄마 나 방에 가서 독후감 숙제할게요."

뒤도 안 돌아보고 걸어가는 결의 마음 속엔 단 한 가지 생각 뿐이었다. 일주일에 3일은 축구 클럽에 가야하고 수학 영재반 교수님과 화상으로 스터디도 해야 하고, 오늘은 오자마자 독후감 숙제부터 해치워야 퇴근하고 돌아온 아빠랑 게임도 할 수 있다. 11살 결이의 인생은 틈 없는 스케줄과 계획으로 꽉꽉 채워져 있었다. 그런 결이에게 동생들은 가끔 귀엽기는 하지만 보통은 귀찮은 껌딱지들일뿐이었다. 그나마 은솔이 놀러오면 성가시게 구는 율이에게서 잠시나마 벗어날 수 있어 좋긴 했다.

"세상에. 결이 초등학생 맞아요? 11살짜리가 조련 솜씨가 장난이 아닌데? 육아의 달인 같아요!"

"율이도 떼쓰다가도 결이 말은 항상 잘 들어요. 같은 애들이라 그런지 눈높이로 설명이 되나 봐."

"그린 씨. 정말 전생에 태양계라도 구했냐구요. 엄마 배 속에 있을 때부터 그렇게 효자노릇을 하더니. 결이는 정말!"

순식간에 차분해진 동갑내기들을 뒤로하고 방으로 들어가는 결이를 보며 지화는 무한 하트를 쏘았다.

그날 저녁.

"공주님! 아빠 왔어요! 우리 공주님이 좋아하는 마카롱 사왔어!"

퇴근 후 집에 돌아온 진우는 신발을 벗기도 전에 은솔이부터 찾았다. 어? 이상하다. 현관문이 열리는 소리만 들어도 아빠를 향해 전력 질주를 하던 은솔이의 모습이 보이지 않았다. 거실과 안방, 은솔의 방까지 차례로 훑은 진우는 다이닝 룸 식탁에 앉아 있는 은솔과 지화를 발견했다.

"여보. 아직 저녁 안 먹었어요? 지금 시간이 몇 신데?"

"아. 진우 씨. 왔어요? 오늘은 좀 늦어졌어요."

지화의 머리를 부드럽게 쓰다듬고 입을 맞춘 진우는 식탁에 마카롱 상자를 내려놓으며 아연한 표정을 지었다. 아빠가 왔는데 돌아보지도 않고 은솔은 식탁에 앉아 짧은 다리를 달랑거리고 있었다. 앞에는 한글 학습지를 펼쳐놓고, 지화가 한 숟가락씩 떠먹여주는 걸 받아먹으며 글씨를 쓰느라 낑낑거리는 중이었다.

"여보. 이게 지금? 우리 은솔이. 공부하는 거예요?"

"보다시피."

"헐! 공부? 우리 공주님이? 잠깐만. 사진. 사진부터!"

진우는 휴대폰을 꺼내 찰칵, 찰칵. 사진을 찍기 시작했다.

"웬일이에요? 공부랑은 담 쌓은 우리 은솔이가 세상에."

감격에 젖은 목소리로 반색을 한 것도 잠시, 곧 지화에게 자초지종을 들은 진우는 어이가 없다는 표정으로 휴대폰을 떨구었다.

"뭐라고요? 누, 누구랑 결혼을 한다고? 우리 은솔이가?"

끄덕. 고개를 끄덕인 지화가 흐뭇한 웃음을 지었다.

"어우. 그렇게만 되면 땡큐지. 말 나온김에 정략결혼이나 추진해볼까?"

"지화 씨. 그런 끔찍한 소리는 하지도 마요!"

질색을 한 진우는 은솔의 곁에 다가가 애원하듯 말했다.

"은솔아! 이제 그만 할까? 우리 은솔이 글씨 몰라도 돼! 아빠가 책 열 권이든 백 권이든 읽어달라는 대로 다 읽어줄게. 공부 하지 마."

"아빠. 저리 가! 나 바쁘단 말야!"

은솔이 귀찮다는 듯 손을 휘젓자 진우는 털썩 바닥에 주저앉고 말았다.

"지화 씨. 우리 은솔이가. 은솔이가 나한테 지금! 저리 가라고……!"

"그러게 왜 불타는 학구열에 찬물을 끼얹고 그래요? 가서 옷 갈아입고 씻어요."

"안 돼요! 우리 은솔이가 김정한 미니미랑 사는 꼴은 죽어도 못 봐!"

세상 유난스러운 딸 바보로 유명한 진우에게는 감당할 수 없을 만큼 큰 시련이었다. 아빠가 그러거나 말거나 은솔의 머릿속은 결이 오빠로 꽉 차 있었다. 아직 못 읽는 글자도 많고, 이름이나 간신히 쓸 줄 아는데 어린 마음에도 이런 상태로는 어른이 된다고 해도 결이 오빠랑 결혼을 할 수 없을 것만 같았다. 결이 오빠처럼 시험만 봤다 하면 1등에 독후감 숙제도 척척 할 수 있어야 멋진 어른이 될 것 같았다.

"엄마. 이거 하고 한 권 더 할래."

"은솔아. 내일 유치원 가야 하니까 오늘은 그만 하고 잘까?"

"더 하고 싶은데."

"우리 은솔이 일찍 자야 키가 쑥쑥 크지. 은솔이 키 크기 싫어?"

"아니! 일찍 잘 거야! 아빠! 나 씻겨조!"

그랬다. 조기 교육이다 영어다 남들만큼 극성은 못 떨어도 또래만큼은 하기 바랐는데 은솔은 도통 공부에는 관심이 없었다. 하루종일 인형 놀이를 하다 자기 전까지 인형을 손에 꼭 쥐고 어떻게든 늦게 자려고 기 싸움을 벌이던 하은솔이! 결이 오빠와 결혼을 하겠다는 결심 하나만으로 우리 아이가 달라진 것이다.

얼마 후, 성인 서넛은 들어갈만큼 큰 월풀 욕조 안에서 은솔을 안고 있던 진우는 심각한 표정으로 입을 열었다.
"은솔아. 결혼 안 하고 혼자 살면 안 돼?"
"왜?"
"우리 은솔이 결혼 안 하고 평생 아빠랑 살아도 되잖아."
"싫은데? 아빤 엄마랑 결혼했는데 왜 난 못 하게 해?"
"……."
지화를 닮아 세상 야무진 꼬마 공주님의 반격에 진우의 말문이 막히고 말았다.
"나 결이 오빠랑 꼭 결혼할 거야."
"안 돼! 이 결혼 아빠는 결사 반대다! 내 눈에 흙이 들어가도 그 꼴은 못 봐!"
"아빠. 눈에 흙 들어갔어? 내가 씻겨줄게!"
은솔이 오동통한 고사리 손으로 진우의 눈에 찰박찰박 물을 끼얹었다.
"으헝! 안 돼! 그 시커먼 도둑놈 시키한테 우리 공주님을 어떻게 주냐고!"

해피는 엔딩이 아니라 ing!

소처럼 커다란 진우의 눈에 와락 물기가 맺혔다.

"쯧쯧. 저 딸 바보를 어떡하면 좋아."

뒤늦게 욕실로 들어온 지화가 감고 있던 수건을 풀며 욕조 안으로 들어와 타박을 했다.

"나중에 은솔이 다 커서 시집 간다고 할 때 가관이겠다. 신부 아빠가 초상집에 온 사람처럼 펑펑 울고 있을 거 같아."

"지화 씨. 아까부터 계속 무서운 소리만 할 거예요? 나중에 은솔이 남자 친구 생겼다는 소리만 들어도 세상이 무너질 거 같은데!"

"그러게. 애 하나든 둘이든 또 낳자고 할 때 낳았으면 오늘 같은 날 충격이 좀 덜할 거 아니에요?"

은솔이를 부여잡고 훌쩍거리던 진우가 흠칫 고개를 돌렸다. 곧 날카롭게 정색을 한 표정으로 고개를 저었다.

"안 된다고 했잖아. 은솔이 낳을 때 당신이 난산으로 얼마나 힘들었는데. 다시는 그런 일 겪게 하고 싶지 않아."

진우의 말대로였다. 처음엔 쌍둥이를 가졌던 지화는 태반이 조기 박리 되어 산모와 두 아이가 모두 위험한 상황까지 이르렀다. 정신이 혼미한 가운데서도 기를 쓰고 아이를 지키려는 지화의 노력 덕분에 우여곡절 끝에 은솔이가 세상에 나오게 되었다.

하지만 난산 후유증으로 지화는 몇 년을 고생해야했다. 진우의 극진한 보살핌이 아니었다면 지금까지도 컨디션 난조로 힘겨운 나날을 보내고 있었을지도 모른다.

"낳을 때 힘든 건 잠깐이지만 낳고 보니까 이렇게 예쁘고 귀엽잖아요. 난 고아로 자라서 그런지 되는 데까지 많이 낳고 싶은데."

"지화 씨 은솔이 낳고 많이 약해졌어요. 둘째는 꿈도 꾸지 말고. 그냥 우리 세 식구 오래오래 건강하게, 행복하게 삽시다."

진우가 팔을 뻗어 지화의 허리를 감았다. 부드러운 살결이 손에 감기자 욕실 안의 훈기에 발그레했던 진우의 얼굴이 은근히 달아오르기 시작했다.

"그런 의미에서. 오늘 저녁에 그거 어때요?"

"뭐, 뭐가 어때요?"

자꾸만 어딘가를 더듬는 나쁜 손을 찰싹 때리며 지화도 얼굴을 붉혔다.

"왜? 오랜만에 체력 단련 좀 하고 싶지 않아? 응? 지화 씨."

"오랜만은 무슨! 응급 콜 받고 야간 당직 하느라 겨우 하루 집 비운 거……!"

진우를 밀어내던 지화는 손아귀에 잡히는 무언가에 화들짝 놀라며 몸을 움츠렸다.

"이, 이건 또 왜 난리예요?"

"당신 때문에 그런 거잖아. 그러니까 책임져요."

어느새 은솔은 욕조 난간에 인형들을 올려놓고 수영장 놀이를 하느라 정신이 팔려 있었다.

"웃차!"

"꺄아!"

지화를 번쩍 들어 무릎에 앉힌 진우가 귓가에 은근하게 숨을 불어넣었다.

"생각해보니까. 은솔이 시집가도 괜찮을 것 같긴 해. 여보만 나 안 버리고 데리고 살아주면 죽을 때까지 충성할게요."

"피. 말로만."

"진짜라니까. 일단 오늘 밤에 화끈하게 보여줄게."

못 말린다는 듯 웃어버린 지화가 진우의 어깨에 살그머니 고개를 기댔다.

어휴. 이 딸 바보. 아내 멍청이. 이 사랑스러운 남자 하진우를 어찌할까.

한편, 그린과 정한의 집에서도 한바탕 난리가 벌어지는 중이었다.

퇴근 후, 집에 들어온 정한은 율을 붙잡고 진지한 표정으로 타일렀다.

"율아. 결혼은 가족이 아닌 사람이랑 해야지. 결이는 율이 오빠니까 결혼할 수 없어."

"왜 안 돼? 엄마도 아빠한테 오빠라고 하잖아!"

아. 순간 눈을 마주친 그린과 정한은 말문이 막혀버리고 말았다. 그랬다. 결혼 15년차가 되어가는 지금도 그린은 정한을

오빠라고 부르고 있었다. 물론 대외적인 자리에서나 어른들 앞에서는 이젠 조심했지만 둘만 있을 때, 아이들과 있을 땐 스스럼없이 오빠라고 불러왔던 것이다.

"율아. 그건. 음."

아. 천하의 김정한도 맹랑한 둘째 딸의 반격에는 할 말을 잃고 마는구나.

같은 날 밤. 자리에 누운 그린이 걱정스러운 말투로 중얼거렸다.

"앞으로는 오빠라고 부르면 안 되려나?"

아이들 앞에서는 찬물도 못 마신다고 하더니.

— 엄마도 오빠하고 결혼한 거 아니야? 엄마는 했는데 난 왜 못 하게 해?

아마도 율이는 그린이 정한을 오빠라고 부르는 걸 보고 자신과 결처럼 그린과 정한이 남매 사이라고 오해하고 있는 것 같았다. 지금까지는 자연스럽게 정한을 오빠라고 불렀는데 그랬다간 율이가 계속 오빠인 결이와 결혼을 하겠다며 고집을 피울까 봐 걱정이었다. 잘근잘근 입술만 깨물고 있는데 침실 문이 열리더니 정한이 들어왔다.

"자요?"

"응. 결이는 눕자마자 잠들었고 율이도 방금 전에."

아장아장 걸을 때부터 부모와 떨어져 잔 결과 달리 율이는 꽤 늦게까지 그린과 정한 사이에서 잠이 들곤 했다. 율이가 좋아하는 걸로 잔뜩 채우고 공주님 방처럼 예쁘게 꾸며줘도 소용이 없었다. 잠자리에 들기 전, 제 방 침대에 눕혀놓아도 한밤중엔 어김없이 훌쩍거리며 부부 침실 문을 두드렸다.

겨우 얼마 전부터 혼자 자기 시작한 율은 옆에 붙어서 1시간이 넘게 책을 읽어 준 뒤에야 간신히 잠을 청하곤 했다.

물론 그 모든 건 여전히 정한의 몫이었다. 정한은 결과 율을 낳은 뒤 어쩔 수 없이 집을 비울 때를 제외하고는 단 하루도 그린에게 미룬 적이 없었다. 식사 후 뒷정리도, 아이들이 어질러놓은 장난감을 수습하는 일도, 씻기고 재우는 것까지 다. 당연히 체력이 월등히 좋은 자신이 할 일이라며 그린은 손도 대지 못하게 했다.

덕분에 그린은 무난하게 박사 학위까지 취득한 후 센터 일과 얼마 전부터는 모교에 출강까지 나가는 바쁜 나날을 무리 없이 병행할 수 있었다. 그게 다 정한이 귀찮거나 싫은 내색 한 번 하지 않고 집안일과 육아를 전담해준 덕분이었다.

곧장 욕실로 들어간 정한이 샤워를 하는지 물소리가 들렸다. 얼마 후 뿜어져 나오는 수증기 속에 허리에 수건 하나만 걸친 정한이 저벅저벅 걸어나왔다. 무심코 고개를 돌린 그린의 입에서 절로 찬탄이 흘러나오는 순간이었다.

이제 40대가 되었어도 정한은 변함이 없었다. 윤기 나는 숱 많은 머리칼이 이마 위로 드리워지니 어딘가 풋풋하고 아련한 느낌도 들었다. 군살 하나 없는 탄탄한 근육이 옆구리와 배를 탄탄하게 조이고 걸을 때마다 허리에서 살짝 흘러내릴 듯한 수건은 농염하게 시각을 자극했다.

저도 모르게 고이는 침을 꼴깍 삼킨 그린은 이불깃을 정리하는 척 시선을 돌리며 말했다.

"나 이제 오빠한테 호칭 바꿔야 할까 봐."

"갑자기 왜?"

"율이가 유치원에 가서 엉뚱한 소리라도 하면 어떻게 해요. 엄마가 오빠랑 결혼했으니까 자기도 결이랑 결혼한다고."

가끔 엉뚱하기로는 소싯적 그린을 빼다 박은 듯한 율이라면 유치원에 가서 친구들에게 그런 얘기를 하고도 남을 것 같았다. 피식 웃은 정한이 반듯하게 펴 놓은 이불을 걷으며 침대에 무릎을 걸쳤다.

"잠깐인데 뭘. 7살만 되도 안 그럴 걸. 회사에서 애기 들어 보면 율이 나이때 집에서 하는 소리 듣고 아빠한테 김 서방, 여보. 별 호칭이 다 나온다고 하던데."

"그러고 보면 결이는 참 일찍부터 철이 들었던 것 같아. 율이는 사고란 사고는 다 치고 다녔는데."

대수롭지 않게 넘기는 정한의 반응에 쿡쿡 웃은 그린이 흐뭇하게 눈꼬리를 휘었다. 정한은 짤막하게 고개를 저으며 눈썹을 찡그렸다.

"애면 애답게 사고도 좀 치고 엉뚱한 소리도 하는 맛이 있어야지."

"피, 어머님 얘기 들으면 결이가 오빠 어릴 때랑 어떻게 그렇게 똑 닮았냐고. 김정한을 다시 한번 키우는 기분이라고 하시던데요?"

소리 내어 웃은 그린이 정한의 어깨에 살그머니 머리를 기댔다.

"맞아. 율이가 아무리 사고를 치고 다녀도 하루하루 커 가는 게 너무 아까워. 요즘은 공부하고 일 한다고 우리 애들한테 많이 소홀했던 것 같아서 아쉽기도 해요."

"그럼 늦둥이 하나 더 낳을까? 셋째가 또 그렇게 예쁘다고 하던데."

"미쳤어요?"

휘둥그레 눈을 뜬 그린이 정한의 팔을 찰싹 때렸다.

"오빠 지난 10년간 애들 키우느라 얼마나 고생했는데. 개인 시간 한 번도 못 가지고, 좋아하는 거 하나도 못 하고. 지금 또 낳으면 앞으로 몇 년 동안 꼼짝 마라일 텐데."

"내가 개인 시간이 왜 필요해? 그리고 제일 좋아하는 일들로만 10년을 꽉 채워 살았는데 앞으로 몇 년 더 할 수 있다면 나야 땡큐지."

그린은 새삼 반했다는 표정으로 정한을 올려다보았다.

"왜 그렇게 봐?"

"가끔 믿기지가 않아서. 오빠랑 다시 만나서 결혼을 하고, 결이랑 율이를 낳고 이렇게 행복하게 살고 있다는 게 기적 같아서."

"나도 그래."

몸을 돌린 정한이 그린을 끌어안고 누우며 목덜미에 얼굴을 묻었다. 부드럽게 입술이 겹쳐지고 물기 어린 소리가 고요한 공간을 달콤하게 울렸다. 창 밖으로 드리워진 달이 구름에 가렸다. 드러날 때마다 침실 안의 모습이 시시각각 변하고 있었다. 때로는 은근하게, 때로는 열기 어리고 숨이 막힐 듯 아찔하게.

하지만 밤새 변하지 않는 것도 있었다.

마주 잡은 손, 뜨겁게 얽힌 눈빛, 쉴 새 없이 흘러나오는 같은 모양의 언어.

지나온 날들의 2배만큼, 3배만큼의 시간이 흘러도, 이 소중한 삶이 다하는 순간이 오더라도 변하지 않을 모습이었다.

밤새 서로를 꼭 끌어안고 눈을 마주치던 둘은 약속이나 한 듯 동시에 입을 열었다.

"사랑해."

〈끝〉

작가 후기

살다 보면 한 번쯤 휘청거리거나 길을 잃고 헤맬 때가 있습니다. 막막하게 멈춰 서거나 상처투성이로 도망쳐버린 시리고 아픈 계절도 있습니다.

그럴 때마다 우리를 일으켜 세워주는 건 어김없이 사람의 따뜻한 마음입니다.

그래서 그린이와 정한이의 사랑 이야기는 '치유'에 관한 이야기이기도 합니다.

세상에 있을까 싶은 판타지에 가까운 로맨스지만 그린과 정한처럼 기적처럼 서로를 만나 치유와 회복, 변하지 않는 사랑과 믿음을 나누는 커플이 이 넓은 세상 어딘가에 분명 있을 거라 믿고 있습니다.

부족한 글을 함께 고민하고 다듬어준 테라스북 출판사분들과 네이버 담당자님. 늘 감탄이 나오는 결과물을 뽑아주신 케이 님. 너무나도 사랑스러운 표지를 만들어 주신 김스타 님, 함께해주신 모든 관계자분들께 깊이 감사드립니다.

책이 나올 때까지 아낌없는 응원을 보내주었던 우리 식구들, 가족이나 다름없는 친구들. 무엇보다 엄두도 못 내던 '글'이라는 걸 다시 쓰게 해준, 나조차도 나를 못 믿을 때 용기와 믿음을 주고, 든든하게 자상하게 물심양면으로 도와준 내 소울메이트. 멋지고 사랑스러운 우리 남편에게 고맙고 존경한다는 말을 꼭 전하고 싶습니다.

　그리고 가장 감사한 분들은 역시 독자님들입니다. 베스트리그 때부터 과분한 응원과 사랑에 힘입어 연재를 하고 오늘의 결과물을 만들어낼 수 있었습니다. 여러 번 했던 얘기지만 평생 잊지 않겠습니다.

　마지막으로, 연재 최종화 작가의 말에 썼던 문구로 후기를 마치겠습니다.

　지금도 어디선가 홀로, 하지만 씩씩하게 앞으로 나아가고 있을 세상의 모든 뽀시래기들에게 이 글을 바칩니다.

　감사합니다. 미래힐 드림.

순수한 유부녀 2

초판 1쇄 인쇄 2022년 11월 20일
초판 1쇄 발행 2022년 12월 12일

지은이 미래힐 | 펴낸이 강성욱 | 책임 기획 전주예 | 일러스트 김스타
디자인 김한솔 | 기획 편집 이진영 고현나 김민지 김지수 방은지 김선주 | 교정 김마리
펴낸곳 테라스북 | 등록 제 2022-000073호
주소 (04799) 서울특별시 성동구 아차산로 17길 26, 301호 (성수동2가, 규장각빌딩)
전화 070-4794-5826 | 팩스 0505-911-5826
블로그 https://blog.naver.com/terracebook | 전자우편 terracebook@naver.com
ISBN 979-11-6728-186-9 (04810)
ISBN 979-11-6728-184-5 (SET)

ⓒ미래힐 2022 Printed in Korea

테라스북은 주식회사 스토리펀치의 임프린트 브랜드입니다.

잘못된 책은 구입하신 곳에서 바꾸어 드립니다.
이 책의 전부 또는 일부 내용을 재사용하려면 사전에 저작권자와 주식회사 스토리펀치의 동의를 받아야
합니다.